国家古籍整理出版专项经费资助项目

国家社科基金重大项目『中国近代日记文献叙录、整理与研究』

（项目编号：18ZDA259）阶段性研究成果

晚清珍稀稿本日记

吴荫培日记

主编——

徐雁平
马忠文

（清）吴荫培 著

潘振方 整理

凤凰出版社

图书在版编目（ＣＩＰ）数据

吴荫培日记 / （清）吴荫培著；潘振方整理. -- 南京：凤凰出版社，2023.7
（晚清珍稀稿本日记）
ISBN 978-7-5506-3893-8

Ⅰ. ①吴… Ⅱ. ①吴… ②潘… Ⅲ. ①日记－作品集－中国－清代 Ⅳ. ①I264.9

中国国家版本馆CIP数据核字(2023)第097844号

书　　　名	吴荫培日记	
著　　　者	（清）吴荫培 著　潘振方 整理	
责 任 编 辑	孙思贤	
特 约 编 辑	蔡谷涛	
装 帧 设 计	姜　嵩	
责 任 监 制	程明娇	
出 版 发 行	凤凰出版社(原江苏古籍出版社)	
	发行部电话025-83223462	
出版社地址	江苏省南京市中央路165号，邮编:210009	
照　　　排	南京凯建文化发展有限公司	
印　　　刷	江苏凤凰通达印刷有限公司	
	江苏省南京市六合区冶山镇，邮编:211523	
开　　　本	880毫米×1230毫米　1/32	
印　　　张	12.875	
字　　　数	335千字	
版　　　次	2023年7月第1版	
印　　　次	2023年7月第1次印刷	
标 准 书 号	ISBN 978-7-5506-3893-8	
定　　　价	118.00元	

(本书凡印装错误可向承印厂调换,电话:025-57572508)

序

明清时期,写日记已是蔚然成风。不少文人、官员和学者,出于各种目的,基本都有记日记的习惯,只是本人刊行的日记比较少。究其原因,可能在时人观念中,日记还算不上"著述",不值得去刊刻传世;当然,更主要的原因或许在于,日记的私密性太强,不便拿给外人看。所以,大部分日记还是以稿本或钞本的形式被保留在子孙、门生手里,一代代传承下来。自古迄今,经历种种劫难,存世的稿钞本日记已经不多了。据统计,有日记留存于世的近代人物只有 1100 人左右。因此,今天保存于公、私收藏机构或个人手里的稿本日记,无不享受着善本的待遇,备受世人的关注和珍爱。

如人们所知,日记属于一种比较特殊的文献,具有全面记载生活各个侧面的综合性特点。日记永远都能以第一现场的感觉,将阅读者带入特定场景,沿着作者的心路,去体会当年的生活、境遇与情感,熟悉已经远去的风俗习惯和历史细节;哪怕从其中的任何一天读起,也可以读得下去,因而被视为一种很容易与读者产生共鸣的"有温度"的文献。人们喜爱日记正是源于其自身所具有的独特魅力。当然,注重个性化材料和社会日常生活的研究取向,也推动了学界对日记的重视和利用,以日记为核心材料从事研究的学术成果也越来越多。

目前,日记的出版主要通过原稿影印和整理标点两种形式。原稿影印日记始于 20 世纪石印、珂罗版技术被大量采用的时代。20世纪 20 年代,商务印书馆陆续影印出版有李慈铭《越缦堂日记》和翁同龢《翁文恭公日记》。同为晚清著名日记,比起同时代排印的《湘绮楼日记》，李、翁的日记都是根据稿本影印的，因而使人们能够更为真切地感受日记的原始样貌，甚至作者的书法风格、涂改痕迹，都得以原原本本地保留下来。时至今日，先进的数字扫描和印制技术，进一步促动了新一轮稿本日记的大批量出版，使"久藏深闺"的珍稀稿本日记，得以更多地呈现在研究者面前。可是，对学术研究而言，影印本虽然保存了日记原貌，出版周期也相对较短，但卷帙庞大，且日记多为行草书书写，字迹不易辨识，阅读和利用并不及整理标点本方便。所以，根据原稿本或影印本将日记内容加以点校，一直是文献整理者的重要任务。近些年影印出版的近代人物日记，如钱玄同、绍英、皮锡瑞、朱峙三、徐乃昌、江瀚、张枬、王伯祥等人的日记，也陆续经学者整理后出版了点校本，大大方便了学者利用和研究。由凤凰出版社推出的"中国近现代稀见史料丛刊"，自 2014 年以来，已经出版 9 辑 100 余种，其中日记占到三分之一以上，诸如孙毓汶、有泰、张佩纶、邓华熙、袁昶、耆龄等人日记都是据稿本或稿钞本影印版整理出来的，上述日记一经刊行就受到学界的广泛欢迎。整理本还有一个优势，便是对日记中的讹误做出校订，加补公元纪年，方便读者查核。不惟如此，整理本日记除学者外，也受到不同兴趣读者的欢迎。这几年，出版界、读书界兴起的"日记热"，都与整理本日记的大量印行密切相关。可见，持续推进稿本日记的整理出版工作，对普及中国传统日记知识，增进读者对传统文化的亲切感，具有积极的作用。

　　在全国古籍整理出版规划领导小组和凤凰出版社的积极支持下，"晚清珍稀稿本日记"得以立项，精选十二种有重要价值的晚清珍稀稿本日记邀请专家进行整理。这批日记分藏于中国社会科学院近代史研究所、清华大学图书馆、上海图书馆、浙江图书馆、苏州博物馆、常熟市图书馆等机构，一部分尚未影印出版。这次整理，在做好字迹辨识、释文、标点的前提下，更提倡以研究为基础，撰写有学术深度的导言，搜集传记资料作为附录，并尽可能编制人名索引，来为读者和研究者提供更多的学术支持和便利条件。这十二位日记作者，既有位列封疆的李星沅，状元洪钧，探花潘祖荫、吴荫培，传胪华金寿，翰林秦绶章，也有满洲官员、驻藏大臣斌良，兵部侍郎文治，还有像楼汝同、黄金台、柳兆薰、萧穆这样的地方官员、学者和士绅贤达。这批日记的内容十分丰富，举凡晚清重大历史事件、典章制度、教育考试、金石学术、社会风俗、人物交往、文艺创作、生活琐事等，靡所不包，合而观之，不失为观察晚清社会的一面镜子。另外，此次所选日记多为首次整理。也有例外者，如《李星沅日记》，此前已有据上海图书馆藏钞本整理的刊本，这次整理所用底本则是中国社会科学院近代史研究所珍藏的稿本，较前整理本篇幅大为增加，更加完善。

　　总之，这批稀见稿本日记具有极高的学术价值，是研究文学史、政治史、经济史、社会史、军事史、教育史、文化史、生活史、气象史、思想史的珍贵史料，参加整理者都是长期从事文史研究和文博事业的专家学者，具有扎实的文献学功底和整理经验。相信这套书的出版，将对传播优秀传统文化、推进中国近现代历史和文化研究发挥重要作用。当然，由于在文字识别等方面实际存在的困难，难免会存在一些问题。在此，我们诚恳希望读者不吝批评指正，以便今后的工作精益求精，不断提高。

目　录

凡　例

一、本日记整理对象为《吴荫培日记》稿本(见《苏州博物馆藏近代名人日记稿本丛刊》第十八、十九卷),并附录析出著作《岳云庵扶桑游记》一种。

二、日记中年月标题、段首公历日期等公元纪年均为整理者所加。

三、日记卷十一至卷十三原本书页多有残损,且字数较多,凡此种残缺文字以"……"表示,部分残缺如人名、短语等可根据具体情况予以补充者,以( )表示;原本中有明显误字、漏字者,以〔 〕表示;原本中漫漶不清难以辨识的字用"□"表示;原本中表敬称的空格则去除。

四、本书以简体字整理,繁体字、异体字一般径改,不确定者以脚注形式出校。

五、日记中同一人名字号称呼变化甚多,整理时一仍其旧。原本中双行小字夹注以小字表示,并处在适当位置。

前　言

　　《吴荫培日记》，十册，现藏苏州博物馆，为晚清探花吴荫培所撰。日记起于光绪二十六年五月二十三日（1900 年 6 月 19 日），止于光绪三十三年十一月二十六日（1907 年 12 月 30 日）。吴荫培"自服官京曹至民国庚午在苏弃养，每日日记手自抄缮，从未间断，积卷浩繁"。① 后来历经劫难，日记稿本多有散失，仅有十册遗存，其中光绪二十七年五月二十八日（1901 年 7 月 3 日）至七月二十九日（9 月 1日）另录为《闽轺日记》，光绪三十三年三月初七日（1907 年 4 月 19日）至五月二十（6 月 30 日）另录为《廉郡宦游记》，光绪三十三年七月初十日（1907 年 8 月 18 日）至八月初八日（9 月 15 日）另录为《西江钦灵旅行记》，此三种均亡佚；另外光绪三十二年七月二十五日（1906 年 9 月 13 日）至十月二十七日（12 月 12 日）另录为《丙午扶桑游记》，单独刊刻。

　　现存卷十一至卷十九《吴荫培日记》由吴氏后人捐赠给苏州博物馆，苏州博物馆据此影印，收入《苏州博物馆藏近代名人日记稿本丛刊》第十八、十九卷。此外，《丙午扶桑游记》单独刊刻，后收入《晚清中国人日本考察记集成：教育考察记》下册。

　　吴荫培（1851—1931），字树百，号颖芝，晚号平江遗民，吴县（今江苏苏州）人②。吴荫培生于清咸丰元年正月二十六日（1851 年 2 月

---

①　《吴荫培日记》卷首题识。以下引用《吴荫培日记》均不再出注。

②　同时期有同名者吴荫培（1852—1920），字少渠，号艮思，祖籍安徽歙县。同治十二年（1873）举人，捐为内阁中书。曾入国史馆、方略馆、会（转下页）

26 日），光绪十六年以一甲三名进士探花及第，被授予翰林院编修。历任日讲起居注官、翰林院侍讲，充国史馆协修、纂修，会典馆详校、总校，武英殿纂修，功臣馆总纂，编书处总纂，撰文处行走，教习庶吉士。曾出任光绪十七年、十九年顺天乡试同考官，光绪二十一年、三十年会试同考官，光绪二十八年福建乡试副考官，光绪三十二年京察一等，简放广东潮州知府遗缺。同年，吴荫培自费东渡日本观察。归国后补授广东廉州知府，光绪三十三年改潮州知府，既而丁母忧。宣统二年简知贵州镇远府，奏补贵西道、记名提学使。辛亥革命后归隐苏州。归隐后，吴荫培以诗书画自娱，并热心家乡公益，民国初年曾捐资创立"吴中保墓会"，亲任会长，保护众多名人墓葬。民国六年被推为《吴县志》总纂。民国二十年十二月二十九日（1931 年 2 月 16日）卒，终年八十岁。其生平事迹见于曹元弼撰《吴荫培神道碑》①。吴荫培工书画，善诗词，喜收集图书碑版，擅长鉴定真赝，著有《岳云庵诗文稿》八册，未刊。

一

日记的开始便是 1900 年的"庚子国变"。此时义和团运动已进入高潮，五月十五日大批团民涌进北京，而西方列强也以"保护使馆"为名将军舰开到大沽口外，诸多迹象表明大战不可避免，京师内外人心惶惶。许多京官纷纷谋求离开北京，外出避难，"十五六以来，各京

（接上页）典馆校书，后历任起居注主事、总理衙门章京、刑部员外郎，官至外务部郎中，民国时期，曾短暂入农商部。著有《紫云山房诗词稿》《蜀抱轩文杂抄》等。两人在京师时有过交流，吴荫培在光绪二十七年十二月十五日"贺吴少渠之世兄授室喜"，光绪三十年十月十七日"为庚午事访吴少渠谈"。

① 曹元弼撰《皇清诰授资政大夫二品衔记名提学使贵州镇远府知府前翰林院撰文吴公神道碑》，卞孝萱，唐文权编《辛亥人物碑传集》，团结出版社，1991年，第 718—722 页。

官之眷属,纷纷出京"①。作为京官的一员,吴荫培也在焦急地考虑出路。五月二十三日他决定出城,返回自己在延庆的家中,临别前他还会见自己的朋友金养知,"余力劝其移家清河,意不能决也"。大难面前,何去何从,对于任何人都是一个困难的抉择。不过对于大多数人来说,逃避危险才是首要的选择。于是在返回延庆的路上,吴荫培留宿清河霍家店,他的同僚王苹珊、余子厚、聂献廷等人"皆挈眷来同寓",诸人"彼此剪烛清谈,相与欷歔,不置而已"。

当时同在京师为官的吴县人费德保曾记录"官眷皆避乱出城,有至通州暂避者,有至京北延庆、昌平等家去者"②。相较于其他京官的仓皇出逃,吴荫培似乎很早就将家眷迁到延庆,居住于当地书院之中。吴荫培在延庆主要以教授书院学生和批改试卷为生,他在日记中多次提到自己阅"缙山卷""冠山卷",即是当地的冠山书院和缙山书院的试卷。同时吴荫培与当地士绅之间建立相对稳定的联系,特别是与丁奉如、丁虎臣、丁学孔昆仲关系极为密切。后来八国联军进入延庆强占书院,丁氏主动出车接吴氏家眷避难,丁学孔甚至主动帮吴荫培偿清他在裕盛当的债务。而作为回报,后来丁氏房屋被当地官府以勾结团党的名义查封,吴荫培则在京师为其奔走设法解决。

延庆距离京师只有一至两天的行程,吴荫培等人在这里能较为容易地获得京师的动态。针对京官外逃的现象,六月十七日清廷降旨:"现在各部院衙门当差人员,纷纷告假,殊属不成事体。着各该堂官查明,如未经告假私行出京人员,着即行革职。其已经递呈告假

---

　　① 佚名《庸扰录》,中国社会科学院近代史研究所近代史资料编辑室编《庚子记事》,中华书局1978年,第252页。
　　② 费德保《庚子北京避难记》,引自戴海斌《晚清人物丛考初编》,生活·读书·新知三联书店,2018年,第304页。

者,将来到署销假,着将各该员前资注销,以示惩儆,钦此。"①二十日
吴氏仆人杨升从京师赶到延庆"以各署查核京官即日点名事告",而
吴荫培实际上早在十九日便已经听到此条信息的传闻。于是吴荫培
等人二十二日骑行,快马加鞭,于二十三日清晨赶到京师。他在日记
详细记录此次点名情形:

> 候至午刻,两掌院始先后到。东海师谦和下士,谓近奉谕旨
> 严切,不得不有此一见,若深以为谦者。长白师则严严如,故到
> 时令诸人挨次升堂揖,而后各人画到,竟以司官相待,此则馆中
> 新例矣。是日,同馆到者百余人,不到只一二十人。

第二天他专门"到观音寺街东头,四望皆焦土,煤市街北头、大栅
栏、廊房胡同一带只有墙路可辨而已,为之一叹"。接下来数天,吴荫
培一直居住在绳匠胡同的寓所,并与在京友人时刻交流时局的动态。
六月二十六日夜,雷雨大作,一直持续到第二天上午。由于担心路途
泥泞,吴荫培"行计遂决",于是单车出德胜门返延,与此同时"闻官军
与团民打西什库,一路团众排队者甚多"。于是,在这天下午,仓皇逃
命的朝廷官员与狂热的义和团团民擦肩而过,夕阳余晖中,大清王朝
的命运也不可避免地走向倒计时。

回到延庆的吴荫培一直关注战事发展。不幸是,首先他的小儿
子因感染斑疹伤寒而夭折,其后吴荫培自己也感染斑疹伤寒卧病在
床。七月二十日,京师沦陷,同在延庆的京官人心惶惶,有"欲避山
西、大同一路"者,但是吴荫培"病中不遑顾闻""病更不作是想"。其

---

① 《大清德宗皇帝实录》卷四百六十五,光绪二十六年六月戊子,《清实
录》第58册,中华书局,1987年,第93页。此上谕又见于仲芳氏《庚子记事》(中
国社会科学院近代史研究所《近代史资料》编译室主编,知识产权出版社,2013
年,第15页)。

后吴荫培病情加重,日记中少有关于时事的记录,直到九月十二日,"病体总算全愈矣"。于是吴荫培在十七日便启程入都。

入都后的吴荫培又开始为将自己的家眷从延庆迁入京师而焦虑。此时八国联军占据京师,经常有小股部队到京师周边烧杀劫掠。吴荫培几次出京,都因外兵阻断交通而作罢。不得已,他又通过张翼购得联军护照,甚至欲雇佣洋兵接眷,但因花费巨大而作罢。最后他一人放胆北发,几经周折,终于将家眷安全迁入京师。

关于"庚子国变"这段记录,可以说是《吴荫培日记》中最惊心动魄的内容,也是珍贵的史料,其中诸多内容可以与当时诸人的记录对校,以补史传之不足。吴荫培自己也十分重视保存此段历史,就在同年十一月初八日他便借恽毓鼎日记"互校余所编《庚子见闻录》"。在跌宕起伏的历史大潮中,吴荫培及其周边人物的内心世界值得认真审视。在去留京师的过程中,吴荫培总是犹豫不定,却几次与战事擦肩而过。亲人离世,自己身染重疾,贫病交加之间,吴荫培内心焦虑不安,常常夜不能寐。最重要的是,国都沦丧,天子巡狩,身为臣子的吴荫培却生活在侵略者的统治之下。面对如此时局,吴荫培等一众原本的朝廷精英又怎能不心生感慨呢? 回到京师以后,吴荫培面对满目疮痍的城市,曾"入夜焦思",与故人相遇时常"相对欷歔",其中情感波动可想而知。他们对待侵略者的态度尤其值得玩味。刚入京师时,吴荫培对洋兵心怀恐惧,但其日记中诸多关于洋兵的记录都是转自他人的传闻消息,并成为阻挠他出京接眷的重要因素。随着战局的平稳,身处于占领区的吴荫培等人也开始逐渐接受被占领的事实。吴荫培居住的绳匠胡同属于美军占领区。相较于其他占领区,美国人与恽毓鼎等士绅合作,成立协巡公所,较早恢复占领区秩序,吴荫培一进城便察觉到法界、英界"冷淡",而美界却"人多于鲫"。占领区的民众已然与占领者之间达成某种默契,吴荫培就曾与绳匠胡同的邻居一起公请美国兵官戴立生,感谢其"守望相助"。后来美国要将占领区交给军纪恶劣的德军,吴荫培等人力劝恽毓鼎向奕劻进言,"拟请庆王咨美外部酌留兵队"。战乱之际,各种局势复杂变幻,占领者与被占领者之间的关系难以用简单的"敌我"区分,其中更多的是难言之隐。

二

吴荫培官宦生涯中值得称道的事情是其曾数次出任乡试、会试的考官。其中出任光绪二十八年福建乡试副考官和三十年会试同考官的经历在日记中有详细记录。

光绪二十八年五月十二日上午,吴荫培得到喜报"竟得福建副考官差",不禁感叹"盼望十一年,居然如愿,亦意所不料也"。于是吴荫培便积极料理行装,除购买书籍各物外,还专门花费二十两购买朝衣料。果然,到达福建后,主考官载昌因痁病不能起,于是吴荫培便"御朝衣"独自先入闱,代替主考官履行各项事宜。吴荫培在日记中记录此次福建乡试的拟题、发题、阅卷、写榜等诸多过程。他在其中出力颇多,拟策题时"灯下屡易稿,至明早始定"。日记中并未记录所出题目,根据其他人的记载可知题目为"汉唐宋开国用人论""勾践焦思尝胆论""子贡使外国论""唐藩镇论""筹边防论"①。后期阅卷中他更是"倦则略卧,醒即赶阅"。最后,吴荫培与载昌核对中式名单,发现首尾两人皆是吴荫培取中,此榜解元为林传甲,同榜还有郭则沄等人,光绪二十九年会试中福建联捷者竟有十一人,可谓得士称盛。

光绪三十年的会试是中国科举史上最后一次会试,其地点和上一年同样安排在河南开封举行。吴荫培于二月初六日得到"充会试同考官之报"。由于对新的考试地点并不熟悉,他于当天便去拜访上年考官恽毓鼎,借其《汴闱日记》摘抄相关内容。吴荫培等考官先是坐火车抵达河南彰德府,再沿驿道到达开封。吴荫培熟悉会试流程,

---

① 徐祁撰《清秘述闻再续》卷一,《笔记小说大观》第九册,广陵书社,1983年,第993页。

因此得到同事们的信任。与福建乡试不同，他只是同考官，只负责阅卷任务，但他在日记中详细记录此次考试的试题，大概是因为此年会试废除八股文，所出题目新颖。只是吴荫培可能没有意识到这将是最后一次会试。值得注意的是，日记末附《汴轺杂记》，其中有汴轺携书目、大小供给的物资清单、赴汴路程以及摘抄恽毓鼎日记。这份史料连同之前的日记对于了解科举考试具体过程颇有价值。

吴荫培在京为官数年，常以讲官身份入直侍班，因此得到慈禧与光绪两人多次召见。而从日记中相关记录，也能看到一些有意味的细节。慈禧与光绪于辛丑年十一月二十八日从西安回到京师，便迫不及待地召集群臣，而翰林院讲读们的召对被安排在三十日进行。此次召对，慈禧与光绪“面北并坐”，慈禧面对群臣“大哭三次”，诉数百语；而光绪则叮嘱群臣读有用书、留意西学。两人之不同，截然可见。在京师为官期间，吴荫培逐渐成为当时江苏籍京官的“意见领袖”，曾就沪宁铁路借款事和江淮分省事，上疏力争，赢得朝野称赞。同时吴荫培个人心态的变化也值得玩味。第一次入直侍班时，吴荫培颇以为苦，内心抱怨“不知诸大老衰年当内廷差，何以乐此不疲也”。而数年后，外放潮州时他却“忽忽不乐”，甚至感慨“此后遥隔君门，不能递折矣，一叹”。百般无奈，尽于纸间。

三

《吴荫培日记》中更多内容是对其生活的记录，其中比较有价值的是其交游和书画收集两件事情。

交游是每个士人必不可少的生活状态，也是诸多日记经常记载的内容，《吴荫培日记》就为世人展示身为官僚的吴荫培广泛的交游网络。大致而言，吴荫培的交游网络可以分成三类：一类是师长、上司；一类是亲友、同僚、门生；一类是社会底层人士等等。

对待师长、上司，吴荫培总是毕恭毕敬地“谒见”，有时则会专门去拜访，如光绪二十八年十二月十二日吴荫培专程到常熟谒见隐居于虞山鹁鸪峰下的翁同龢。日记中并未记载两人谈话具体内容,只说"谈半时而返"。而翁同龢却在日记中详细记录谈话内容:"傍晚吴颖芝编修荫培自苏州来谒,送福建闱墨,又四十元。谈庚子京城事,伊皆目击,云拳匪三次拿白莲教,起永定门外,茶馆人与拳匪有隙,因告庄王,步军统领拿送刑部,前后一百余人,老弱妇女悉数骈诛,时大司寇为赵公也。冤哉,最可惨。抵暮匆匆去竟未留饭,颇歉于怀。"①有时吴荫培也会担任"传声筒"的角色。吴荫培与陆润庠都是苏州人在京为官,陆是同治十三年状元,吴是光绪十六年探花,因此两人关系密切,常有互动。光绪二十九年正月二十九日吴荫培在锡山学署遇到王有赞,两人剪烛清谈,而王"以陆凤老久宦京师,宜图解组,嘱为传语"。

与亲友、同僚、门生等人的交往几乎构成日记的主体内容,"某某来谈""晤谈"等字眼随处可见。其中有些人比较有名,如恽毓鼎、叶昌炽、秦绶章、王振声等等,更多的则是一些名位不显的中下层文士,且不少人亦有日记存世,可以相互对读,以还原当时交游之情景。吴荫培与这些人交往方式往往以宴请、唱和为主。相互宴请本来就是官员之间一种社会交往方式,尤其是吴荫培在京为官期间,几乎每天都有各式各样"招饮",他常常疲于酬应。吴荫培爱好美食,经常自制美食。他路过淮阴,尝食淮饺,觉得"味美无极",回到京师后便命仆人仿制,"颇能乱真"。他在家几次设宴都以淮饺请客,名声大噪,以至于徐琪请客时特意叮嘱"携淮饺佐之"。不仅如此,吴荫培经常组织参加各种消夏、消寒诗会,觞咏唱和,有时还自制酒令,与朋友常"尽醉""尽兴"。频繁地社会交游,以及其在朝堂上的表现,使吴荫培获得较高的声望。光绪三十一年末江苏同乡在京师组织研究会,投票选举吴荫培为评议员,且"投票最占多数"。吴荫培东渡日本考察

---

① 翁同龢著,翁万戈编,翁以钧校对《翁同龢日记》,上海辞书出版社,2019年,第3474页。

时，当时留学日本的同乡自愿承担其翻译的工作。吴荫培不仅有交人之能，还有识人之明，他点评接待他的日本留学生，云："志先肄业帝国大学文科之哲学，谈吐间时露英气；子欣留学蚕业讲习所学蚕业，其夫人则学丝布，二年后毕业，均专门学；彰孚在第一高等学校习医科，将来可擢帝国大学；仲廉究心法政；傥畚专学理化，皆吾乡后来之秀。"这几个人的结局值得一提：蓝公武（志先）曾翻译康德《纯粹理性批判》，加入光复会，参加辛亥革命、护国运动、护法运动，新中国成立后，任最高人民检察署副检察长兼政务院政治法律委员会委员、第一届全国人大常委会委员；潘志僖（子欣）与其妻王英归国后先在天津投资经营实业，后为天津青帮头目，人称"潘七爷""天津杜月笙"；王彰孚曾在十九世纪二三十年代担任公立上海医院院长一职；袁希濂（仲廉）与兄袁希洛、袁希涛合称"三袁"，归国后曾任天津法官、丹阳县长，与弘一法师（李叔同）交好，后皈依佛门；袁希洛（傥畚）在东京时便加入中国同盟会，曾作为江苏省代表参加选举临时大总统会，并在就职典礼上代表各省将大总统印授予孙中山，其后又担任启东、太仓、南汇县县长，建国后被聘为上海市人民政府参事、政协委员、文史馆馆员。

《吴荫培日记》中还有一类人物不常见于他人日记，即底层人士。吴荫培在写日记时有一特殊习惯，即在每册日记末开列名单，记录其在生活中遇到的一些不太熟悉的人的字号、住址、关系等信息。如其名单记录当时京师几家书肆经营者，并对某些人作出简单评价，他认为萃古斋掌柜弟罗笠卿"人甚凶"，论古斋掌柜萧翰臣、萧勉臣"人狠极"，评价掮客朱浦泉"人可恶"。还有一些生活细节颇有意思，某次吴荫培去安肃游玩，购买三十斤白菜，而在名单中特意写明："王朝宗，安肃火车站福来店掌柜。如要安肃白菜，托崇文门外抽分厂路北福源蘑菇店何四掌柜写信安肃。"此类信息，不一一列举，这份名单对研究晚清社会生活史有重要的史料价值。

对书画图书的热爱是吴荫培一生的爱好。吴荫培书法绘画造诣很高，经常有人请他写字、作画，所以日记中常出现"写酬应字"的记录。同时他也注重收集书画作品,几乎每到一地便要搜罗当时书肆购买书画。其中日记关于"庚子国变"后吴荫培收集书画的记录颇有代表性。八国联军攻占北京后,大批书籍、书画作品因战乱流入琉璃厂等地售卖。伦明曾云:"壬寅初至京师,值庚子乱后,王府贵家,储书大出,余日游海王村、隆福寺间,目不暇给,每暮必载书满车回寓。"[1]伦明是在光绪二十八年才初入京师,而庚子年间留在京师的吴荫培则见证更多书籍尤其是书画作品的流动。光绪二十六年九月二十日,也就是吴荫培入都第三天,他便在东四牌楼大街上求书画,并以青蚨三千的价格购得张诗舲横幅。从此至次年四月吴荫培出京回苏,他在日记中明确记录自己购得十五件书画作品、一部《国朝诗别裁》和一册王伯唐日记,至少有十六件书画作品因囊中羞涩而索价太昂而舍弃,还有两件作品被其鉴别为赝作而放弃。另外还有书商数次送来书画,但吴荫培并未记明是否购买。总之在这一段时间内,吴荫培购得大量书画作品,而其周边友人同样也有大量收获。他们友人之间经常互相索观对方收藏,彼此相证。在购买这些书画时还有一些有趣的事情发生。某次吴荫培在市上见到江筱涛所藏坦道人吴竹虚小象索价十五金。此图曾托吴荫培题诗,故吴谓"题写者人尚未死,此轴实不值一金",而"彼云早有人还价六金矣"。吴荫培闻之"可叹亦可恨也"。不仅如此,吴荫培鉴定书画的能力也在这段时间大幅提升。书肆张芝轩送来恽册便面三百张,吴荫培初看认为"其中不少佳者",后来"覆视数过"认为"署款字尚少精神,外貌极似,内乏骨力,且便面非一时所画,款字不应一律墨色",断定是赝品,于是吴荫培自己感慨"眼界庶有进乎"。

除了收集书画,吴荫培还刊刻书籍。有些刊刻是任务性质的,如光绪三十一年吴荫培在京师为其师鼎臣刊刻《止足斋诗存》。而有些刊刻则是出于个人兴趣,特别是吴荫培对何焯著作的整理、刊刻。

---

① 伦明著《伦明全集》第 2 册,广东人民出版社,2017 年,第 55 页。

《吴荫培日记》记录其发现、整理何焯家书的整个过程。吴荫培是从自己叔父吴玉雨处购得《何义门先生家书》,光绪二十九年六月吴玉雨从苏州入京,并带来大量书籍委托吴荫培出售,吴荫培则从中自购数种"新购得玉叔手王东庄山水集册八帧、程序伯山水册十二帧、何义门家信册四十余帧,价二十金"。七月初六日,吴荫培因"懒甚"在家看书,"读何义门先生家书册共四十余页,拟细考其人其事、编年、叙次"。十二日,吴荫培开始为家书编年。九月末时"百通中可以编年者已有八十"。十一月初《义门家书册编年录》清稿。次年八月十二日"补书《何义门先生家书编年》小注于册"。光绪三十一年正月吴荫培又在厂肆"无意中购得《何义门全集》四册,喜甚"。二月二十日"校《义门本集》及《东华录》,证以家书,复得二通,《小注编年》共百通矣"。当年中秋吴荫培还在"补写《何义门先生册小注》"。日记关于《何义门先生家书》的记录至此结束,但吴荫培对何焯著作的整理工作并没有结束。宣统元年在王秉恩的帮助下,吴荫培于广州刊刻《何义门先生集》《何义门先生家书》。吴荫培在《家书》卷末跋文中云:"荫培于都中购获全帙。"[①]故意模糊家书的具体来源,有为尊者讳的意图。而《吴荫培日记》的记录则还原此书的真实来源,有助于学者进一步研究何焯著作流传过程。由此一例,日记等文献材料之于书籍史的意义亦可见一斑。

　　本次整理《吴荫培日记》底本为《苏州博物馆藏近代名人日记稿本丛刊》影印本,附录《扶桑游记》底本为《晚清中国人日本考察记集成:教育考察记》影印本。

　　本书在整理过程中遇到许多疑难字迹,蒙南京大学文学院吴钦根、张知强、张何斌、尧育飞、刘文龙、曹天晓、杨珂、顾一凡、何振等博士学友赐教良多,本书在校对过程中又得中国社会科学院马忠文老师指教,获益匪浅,特此表达诚挚谢意。

①　吴荫培编《何义门先生家书》卷末,南京图书馆藏清宣统元年刻本。

吴荫培日记·十一

先王父颖芝公以光绪庚寅(1890)一甲第三人及第,翔步木天,典闽闱,守黔粤,宣统、辛亥致仕家居。自服官京曹,至民国庚午(1930)在苏弃养,每日日记手自抄缮,从未间断,积卷浩繁。岁丁丑(1937),中日衅启,举家仓皇避徙,日记未及携带。事定返里,整理遗物,所存无多,十年浩劫更散失殆尽,即以十册仅存硕果,劫后余灰,弥足珍贵,其中有涉及当时朝野轶闻。余老矣,儿辈又离居外地,先人遗泽保管为难,弃置可惜。今以赠苏州博物馆,藉资保存,并备日后修纂史乘时为当代文献之借助。

一九八一年十二月,孙寅洛敬识

王凯丰口述方:每冬常服,自十月起,正月止。大黑豆五升、海蜇一斤、核桃五十个,外加盐三钱。三味共蒸,每日早粥食,食无间断。

王应三云,宜常服金匮肾气丸,每日早夜各三钱。

庚子五月廿三日(1900 年 6 月 19 日) 雨。晨在京寓,与养知话别,余力劝其移家清河,意不能决也。已初,雨止。王苹珊在余子厚同年家遣价询余踪迹,余遂往子厚寓中晤之。渠亦欲游京北,因与之订定在清河客邸相见。午前,余出西便门,申初到清河霍家店。抵暮,苹珊、子厚、献廷皆挈眷来同寓。彼此剪烛清谈,相与欷歔,不置而已。

廿四日(**6 月 20 日**)　霁。晨……发，赴昌平，余有箱……先遣……驴附伴……河，午后，刘仆……凉风习习……沙河与……
……

廿六日(**6 月 22 日**)　霁。晨……河南口居……团民群……人相见又与……红灯罩团众赴……孔他营……多，万儿率仆从……眺，半夜始安睡也。

廿七日(**6 月 23 日**)　霁。

廿八日(**6 月 24 日**)　霁。

廿九日(**6 月 25 日**)　霁。晨，万儿患头热、喉痛，延刘慎九诊之。

三十日(**6 月 26 日**)　霁。万儿喉痛系由斑疹而起。慎九方有两歧之药，改延刘思恭诊之。

六月朔(6 月 27 日)　晚，潘经士自京返延，知团众势甚猖獗。渠廿九日出城，几陷于不测，幸而得免。

初二日(6 月 28 日)　霁。

初三日(6 月 29 日)　霁。万儿病渐愈。

初四日(6 月 30 日)　霁。午后偕曹邃庵访秦庆臣、刘福山谈。晚与邹镇东、康承庶在院中谈。夜大雷雨。

初五日(7 月 1 日)　霁而微阴。午后到街市，遇翁又申，同到福德涌小坐。晚归寓，万儿病转重，延王应三诊之。竟夕谵语，余不能寐。

初六日(7 月 2 日)　早雨即止。晨为万儿病，约吴簪涵同访王凯平，不晤，晤其世……又访丁虎臣、学孔弟兄、曹、潘、翁诸人……来，心绪不宁之至。夜仍不能寐。

初七日(7 月 3 日)　霁……

初八日(7 月 4 日)　霁。晚……
……

十二日(7月8日)　霁。……霍店……

十三日(7月9日)　霁。晨入德胜……邃老同谒贵坞师,坐谈良久始退。邃老为镶黄旗官学考校官,学舍在北城,顺道少坐。饭而出城即行。晚宿沙河。

十四日(7月10日)　霁。午刻尖南口,晚返延庆。大儿病已愈,王应三之力也。

十五日(7月11日)　霁。晨出门即返,衣冠会拜刘雁臣、董芳庭,又王凯平诸人未晤。午后到吴静涵处。

十六日(7月12日)　霁。午前,邃庵及谢衡甫来谈。午后,耿伯斋来谈。晚到经士处,又到福德涌。

十七日(7月13日)　霁。晨会访谢衡甫。又往东关武庙坛上一游,见所谓王二师兄者,貌不惊人,谈吐却沈静。午后往经士处。晚,吴静涵、邃庵来谈。夜访耿伯斋。

十八日(7月14日)　霁。午后到西城裕成当,访执事李养条,谈。

十九日(7月15日)　霁。晨偕耿伯斋同访赵子永,遂游财神庙。晚到经士处,返寓,写送人楹帖。

二十日(7月16日)　雨。晨,耿伯斋、赵子永来。午后,杨升自京来延,以各署查核京官即日将点名事告,又十六日奉上谕本年乡试展至明年三月,各试官已出差者均回京供职。此信余昨已闻之矣。晚到经士处。

二十一日(7月17日)　霁。……蕙老来谈,知曹石如家……

二十二日(7月18日)　……早八点钟点名,遂令杨升……行,余等……因骡疲不前,不得不假驿马,而驿马只赴昌平,例不送沙河。邃庵等间道驰去,余乘驿马,陈仆步行相随,空车至昌平,时已酉刻,赶紧访王应三、赵晴岚。无意中于晴岚药肆中遇秦韶老及其侄辈葵初诸人谈。晴岚为余雇健夫二人,持军器夜行,更余,抵沙河,宿双和店。是日,闻晴岚云天津已失守。

　　二十三日（7月19日）　霁。丑初即行，黎明至清河，易骑而进。卯初已抵德胜门，辰初进城，到左家街正黄旗官学，晤同馆诸人，知天津失守竟是确信。候至午刻，两掌院始先后到。东海师谦和下士，谓近奉谕旨严切，不得不有此一见，若深以为谦者。长白师则严严如故，到时令诸人挨次升堂揖，而后各人画到，竟以司官相待，此则馆中新例矣。是日，同馆到者百余人，不到只一二十人。午后各散，余返绳匠胡同寓。少顷，伯斋来。晚同到经士、邃庵处。

　　二十四日（7月20日）　霁。晨到长发厚少坐，街市如故，惟除药肆外各家仅开一门耳。到观音寺街东头，四望皆焦土，煤市街北头、大栅栏、廊房胡同一带只有墙路可辨而已，为之一叹。到德林祥晤归林乔、龙光斋晤穆正广，均少坐。又到聂献廷同年处。午后返寓。晚访邃庵，同到吴炯斋寓中谈。夜到许稚筠处，晤凌润台、方幼轩谈。幼轩为照轩军门之子，来京寓刚相家，近已移主稚筠处，谈团事始末甚悉。

　　二十五日（7月21日）　霁。晨过吴蕙老门，知近已移寓绳匠胡同南头，遂往谈，并晤曹石如，知亦同寓。午后，李春卿同年……

　　二十六日（7月22日）　……蕙老来谈，知曹石如家仆李姓……洋人事甚悉，余召之来，彼云洋兵始甚……民被围……一僧一□潜□□信，遂知团众之无用。近日停战前□城上洋兵与旗兵均握手相见矣。午后会访李春卿同年，又访张燮钧谈。夜大雷雨。

　　二十七日（7月23日）　晨雨势尚猛，近午始止。御者谓今日不行，明日泥更没轨，余行计遂决。翁又申来约同伴，然我车彼骑，势不能偕，姑同行进城，而片刻即分道矣。是日，闻官军与团民打西什库，一路团众排队者甚多。余出德胜门，尖于茶家，又申已杳无踪迹。叶菊老有函来，约在德胜门外寓中相晤，访之亦不得，只好驱车行。晚迂道，到清河宿，刘武臣来谈。

　　二十八日（7月24日）　阴而微霁。晨发清河，午初始尖沙河，申刻宿南口井儿店。主人程绳武，山西人，殷勤款客，廉辞例费，出一山水大横幅索题,余随笔写五绝一章,付之。

二十九日(**7 月 25 日**)　霁。晨发南口,午刻尖岔道,申初抵延庆。吴静涵、杨子仪来谈。

七月朔(7 月 26 日)　霁。晨出北门,过高庙。团民于此结北坛,徒党却无多人。余顺道进西门,访又申谈。午后,天阴,陈眉山来。夜大雷雨。

初二日(**7 月 27 日**)　霁。晨到吴静涵处谈,归而静涵来,余留之午饭,丁奉如亦来。午后访赵子永、谢衡甫、刘雁臣,皆晤。衡甫练达老成,延庆能识时务者惟此一人耳!

初三日(**7 月 28 日**)　霁。晚,赵子永、刘雁臣来谈。夜大雨。闻邃庵、经士自京返延,不及晤。

初四日(**7 月 29 日**)　霁。晨,潘经士来谈。午前到赵子永、经士处。午后,邃庵、丁虎臣奉如之次世兄来。闻上意主和已决,合肥廿五日到上海,各省督抚请派合肥为议和全权大臣,徐荫老力梗其议。

初五日(**7 月 30 日**)　霁。晨到南大寺即返。午后,吴静涵、谢衡甫来谈。闻西湾教民与洋人将持六月初六日上谕与宣化府当事讲理。晚阅□宁卷。闻□三日上谕,许侍郎景澄、袁太常昶竟无故正法,为之骇然。

初六日(**7 月 31 日**)　霁。在寓,阅永宁卷。晨,经士、邃庵来。晚,赵子永招饮其□,晤其尊人殿钟,亦入座相陪,蔼然长者也。主人敬客,意颇真挚,上灯后散。

七夕(8 月 1 日)　霁。晨到南大寺,又到南学,晤周伯恭仁甫之世兄,谈,即返寓,曹邃老来。午后,吴静涵招饮衙斋,同座谢衡甫、王凯平、赵子永及房星桥、延庆诸生,昌平州学师也。星桥先来访我,席散往会之,不值。夜,赵子永来。

初八日(**8 月 2 日**)　霁。不忍记。

初九日(**8 月 3 日**)　霁。晨出门谢客,晤赵子永,并到南大寺,午前返寓。晚,耿伯斋、金松岩、吴静涵来谈。

初十日(8月4日)　霁。晨到邃庵、又申处,同到福德涌少坐,又访谢衡甫谈时事。午后到静涵署,与又申、伯斋、子仪看竹。

十一日(8月5日)　阴而微霁。西当杨叔卿来谈。午后,邃庵来谈。晚到南大寺,又访寺邻丁与九环,冠山院生及丁奉如乔梓,谈。返寓,金松岩、吴静涵均来。

十二日(8月6日)　霁而微阴。始为万儿诵《金刚经》。午后,伯斋来谈。王凯平招饮其家,同席晤秦锦泉孝廉,庆臣州牧之世兄也,辛卯山东解元。

十三日(8月7日)　霁。晚挈龙孙游城隍庙。是日演剧,余惮暑不欲观,小憩酒仙殿,晤赵梦书,冠山院生,谈。晚,静涵、伯斋均来。

十四日(8月8日)　霁。午后访赵子永,同到谢衡甫处。衡甫决意集公款办团练,拟化私团为官团,余深然其说。晚,静涵约往城隍庙凉台观剧,邃庵诸人亦同往,彼此藉作茗话而已。

中元日(8月9日)　霁。午前挈龙孙出北门,观城隍出巡,顺道游高庙,登观稼亭一望,颇畅心胸。北门团民近甚驯良,有僧亦习团,谈及该坛管事者马姓,刻又另立坛于西城外济孤寺,因同党不甚协和也。余自西北城外行,见人家有□磨土窑□往观之。进西门,过裕盛当答访□□□未晤,晤掌柜李养条,并晤静涵。返寓,□奉如、赵晴岚、秦锦泉、陈眉山来,晚会访之。

十六日(8月10日)　霁。午前,吴钟甫毓□来谈。午后过南大寺,顺道出南门,时方演剧,游人纷集,余不能留也,即返寓。晚访伯斋,未晤。

十七日(8月11日)　阴。午前,伯斋、静涵来谈。午后雨。

十八日(8月12日)　霁。晨,静涵来,知北仓、杨村先后失守,裕督殉难,洋兵已过蔡村矣,为之浩叹!午后到静涵处,晤其同族秀章谈。晚,经士自京返延,述及洋兵分路北来,万本华军有溃至德胜门者,惟夏辛酉军却有胜仗。十三日朝命李合肥为全权大臣,能否议和,未可定也。

十九日(8月13日)　霁。自十三日起至昨日止,讽《金刚经》计已五十卷,今日始定再写经一卷。晚在院中约静涵、赵晴岚、赵子永、吴钟甫、耿伯斋小饮。客将散,大雨倾盆,入夜始止。

二十日(8月14日)　霁。晨因颐下所患颇似风痰,赴赵晴岚处诊,晤静涵,邃庵诸人皆来,遂作半日谈。午后到伯斋处看竹。晚偕邃庵访秦庆臣、刘福山谈。闻十七日上谕,大臣又正法三人,立山、联元外竟是徐小云先生,骇哉!

廿一日(8月15日)　霁。午后挈龙孙赴财神庙观剧,顺到赵子永家小坐。阵雨忽至,急走奔回,途中竟不能行,遂立不知谁人家车门外,遣仆假子永车不得,子永以驴送余归。水深驴小,有灭顶之惧,子永仆人遂背负余行,到张蔼臣中惠家坐,待雨止,始得缓步返书院。是日,余病方起,夜膳姑饮酒御寒,三鼓时身热大作矣。

廿二日(8月16日)　霁。晨,经士、邃庵、又申、伯斋来,余扶病出见,知京师已于二十夜沦陷,诸人欲避山西大同一路,亦不能决,余病,更不作是想也。延州人高姓医生诊视,尚能下床。是日,慈圣挈圣驾西巡,驻跸岔道城。

廿三日(8月17日)　霁。寒热不解,有发疹之象,延高君及刘思恭并诊之。此数日州中人心惶惶,余病中不遑顾闻也。

廿四日(8月18日)　霁。闻王应三自昌平返延,延之来诊,决定余病确是发疹,并云白者为痧,红者为癍,喜其尚透发不隐也。然余自此日后竟不常下床矣。

廿五日(8月19日)　霁。应三云虽服药,生冷不忌,遂饱食西瓜。

廿六日(8月20日)　霁。此数日疹子虽透,夜间竟不能安卧。

廿七日(8月21日)　霁。服应三药,夜卧略安。

廿八日(8月22日)　霁。应三云,两手心发热,腹内有燥粪,须用药下之,以后须忌生冷矣。是日,服酒军一钱五分,痢疾遂作。

廿九日(8 月 23 日) 霁。

三十日(8 月 24 日) 霁。添服酒军一钱,痢疾遂剧,然尚能下床也。是日,马姓拳民赴岔道御逃兵,彼此相持不下,适马玉昆派出马队到,以枪击之,团民亦伤六人。马队奉马总统檄,本有剿团之举,兵团不洽,见则仇杀。本月下旬,州人常有戒心,余在病中,却茫然耳。

八月朔日(8 月 25 日) 霁。痢疾较昨更剧,有不能自支之状。自此日起,不能下床矣。痢或红、或白、或黑、或黄,几成五色,痢每日三四十遍。

初二日(8 月 26 日)至初八日(9 月 1 日) 皆霁。余病势依然毫无起色,胃纳亦大减。

初五日(8 月 29 日)至初七日(8 月 31 日) 皆雨。

初八日(9 月 1 日)至初十日(9 月 3 日) 皆霁。痢患稍减,间有黄粪,然仍不止。

十一日(9 月 4 日) 霁。

十二日(9 月 5 日) 霁。夜大雷雨。

十三日(9 月 6 日) 霁。夜雨,不久即止。

十四日(9 月 7 日) 霁。院中诸生以瓜果、月饼来馈者甚多,却之不可,只好受之。此邦虎利苹、蜜桃、蒲桃均佳,而一种名虎儿苹者,小如沙果,皮红味甘,尤非凡品,惜余年来竟不知也。

中秋日(9 月 8 日) 雨。停药一天,痢仍不止。

十六日(9 月 9 日) 霁。

十七日(9 月 10 日) 雨。颌下发颐作脓,王应三用针刺之,遂溃出脓,甚畅。

十八日(9 月 11 日) 霁而风大,天寒。痢患稍减轻。

十九日(9 月 12 日)、二十日(9 月 13 日) 均霁。

廿一日(9月14日)　霁。始下床,两腿软不能举,两足亦浮肿难动,行立需人扶掖,竟不克自主矣。起病只一月,卧床者只二十日,不料病躯竟如此也。晚始延客入内室,见吴静涵,谈。

廿二日(9月15日)　霁。应三开方云,元阳未复,中气下陷,仍服补剂、涩剂。痢虽轻,仍不止也。

廿三日(9月16日)　霁而暖。夜雷雨,下半夜即止。

廿四日(9月17日)　霁。

廿五日(9月18日)　霁。

廿六日(9月19日)　霁。夜雷雨,即止。病中彻夜少卧,是夕始稍安睡。

廿七日(9月20日)　霁。与王应三谈医理,彼云补气补血,不可稍偏,阴阳二字须持平,与余意见极合。

廿八日(9月21日)　霁。先人忌辰,茹素,勉强奠揖,竟不能拜,引咎无已。

廿九日(9月22日)　霁。丁奉如来谈。

三十日(9月23日)　霁。服应三方,痢终不止,添延王凯平诊之。

闰八月朔日(9月24日)　霁。午后,曹邃庵来谈。

初二日(9月25日)至初七日(9月30日)　均霁。近日服凯平方,大有灵效。

初八日(10月1日)　霁而大寒。吴静涵来谈。近日痢始减轻至每日不过三四遍、或四五遍,且粪多痢少矣。服药四十余剂,丹方屡试,自八月初三四日后常服霞膏,然腹患终不能已,盖余当始衰之年,元阳殊未易复耳。

初九日(10月2日)　霁。卧时忽受热,午食遂呕吐不已。潘经士来谈。

初十日(10月3日)　霁。痢未全止,患热伤风,颔下发颐作脓,痛亦不已,面有肿象。

十一日(10月4日)　阴。

十二日(10月5日)　霁。午后,邃庵、伯斋来谈。邃庵示我行在谕旨,有从严处分诸王大臣之偏用团民者,或圈禁、或军台、或议处,似乎和议有转机矣。

十三日(10月6日)　霁。

十四日(10月7日)　霁,夜雨。此数日咳嗽甚剧,面肿不消,夜卧亦不安之至。

十五日(10月8日)　雨。

十六日(10月9日)　霁。

十七日(10月10日)　霁。邃庵、经士来辞别,明日携家移住昌平。

十八日(10月11日)　霁。常儿在故乡知余僻居延庆,以电信告急于河南紫珉舅。紫珉函托山西大同镇杨公遣兵来迓。余以京师渐闻安堵,病体又不能行远,以书谢之。吴静涵来谈。

十九日(10月12日)　霁。前数日兼服应三、凯平方。至是应三赴昌平,专服凯平方。午后,赵子永来谈。是日,嗽疾未愈,面肿全消。

二十日(10月13日)　霁。夜闻有逃兵从北山一路来,将过境,幸有宣化马兵在州城,却不敢进。

廿一日(10月14日)　霁。嗽疾渐轻,脾土已固,胃口亦佳,而下气仍不能止。昨、前两夜皆出恭三遍。病已两逾月,背疼、腰酸、足软、腿麻,不知何日复原也。

廿二日(10月15日)　霁。夜发颐脓痛又作。

廿三日(10月16日)　霁。始出院微步,尚可勉力,嗽疾亦渐近痊耳。夜,静涵来谈,得昌平邃庵、伯斋来信,有洋人来延剿团之说。

廿四日(10月17日)　霁。

廿五日(10月18日)　霁。晚,静涵来谈。

廿六日(10月19日)　霁。

廿七日(10月20日)　霁,风大。午后,吴静涵来谈。

廿八日(10月21日)　阴,风大。是日,接昌平信甚多。夜,杨升自京来告急,领日用银。又接董绥金信。

廿九日(10月22日)　霁。午后,风又大。余病始近复原。静涵来谈。

九月朔(10月23日)　霁,风始定。余病已七十日矣。闻潘经士明日移家还京,是日,令奎儿往昌平晤之。

初二日(10月24日)　霁。午前,聂华臣来。晚,静涵来。发颐稍愈,腰尚闪痛,是日霜降,故也。

初三日(10月25日)　霁。永宁王价卿树藩,院中诸生来。午后,王凯平为余以祝由法,火酒挤脓。

初四日(10月26日)　霁。

初五日(10月27日)　霁。静涵来谈。

初六日(10月28日)　霁。此三日居然不出恭,腹疾大愈矣。发颐脓尚未出尽,用《验方新编》药,略效。夜卧亦安。

初七日(10月29日)　霁。始能携仆勉步到书院门前闲眺,饮食亦几复旧。得都中信,翰林院知会昆老初十日以前约同署诸人接见,然余尚不能行远也。

初八日(10月30日)　霁。遣刘仆入都送各友信。午后登车出门,侯王凯平,不晤。顺道访丁奉如、周纯甫、吴静涵,均晤谈。

重阳日(10月31日)　霁,天寒风紧。余病方愈,亦无力登高,徒增怅怅而已。

初十日(11月1日)　霁。晚始散步,到北街小琴鹤斋,晤刘慎九谈,又到大安堂药肆少坐。

十一日(11月2日)　霁。晚散步,到东门武庙观剧,有《南天门》一折尚好。晤阜增当友何兰坡、永宁聂厚斋,谈。夜,刘仆自京回,接各友回信及吴静翁交来故乡家信。刘慎九贻我自制生肌咬头黄膏,颇灵效。

十二日(11月3日) 霁。午后散步,到北街聚德恒少坐,又往东门大街,返寓尚不甚勉力。是日,病体总算全愈矣。

十三日(11月4日) 霁。风甚大,不敢出门。

十四日(11月5日) 霁,风仍寒紧。晨,吴静涵来。午后,王应三自昌平返,延为余诊脉,谈及居庸一路近日过兵,余拟明日入都,只得稍缓矣。

望日(11月6日) 霁。午后,王紫木自永宁来,述其乃翁之意,以人参二根相馈,辞之不得,其诚可感也。晚散步,访王应三,不晤。又到东门大街,转而西北行。返寓,尚不甚乏,知病体大愈矣。

十六日(11月7日) 霁。晨散步,到南门、东门、市中,即返寓。午刻又起大风。晚,吴静涵来。余决计明早入都。

十七日(11月8日) 霁。是日立冬。余病体已近复原。四鼓登骡轿,另以车随行。辰正过岔道,访马月亭统领心胜,即接统张伟人军者,安徽宿州人,老成谨厚人也。李琴卿班联新入营中,亦并访之,探知连日所过,淮军秋毫无犯,延庆所闻皆讹传耳。午正尖居庸关戴星阶分州署。星阶为如皋同乡,一见如故,惜衙斋半毁于七月杪乱兵矣。晚宿昌平州六合店。一路有马月亭所统兵队,安稳之至。

十八日(11月9日) 霁。晨发昌平,午刻尖清河,舍骡轿,易自携车乘之。入德胜门已申正,守城者有日兵数人,并不顾问。余进城即东行,所过日界,人颇繁盛。赴汪家胡同谒昆师,未见,时已薄暮,不及返寓,投宿元恩寺胡同镶黄旗官学。是学本有百余人,七月杪闻警皆星散,晤教习张镜芙叔伦,河间人,副贡,极老成,谈东城及皇城内事甚悉。

十九日(11月10日) 阴,未晓,起大风。晨别镜芙,由西安门外行,过西四牌楼南,一路店房大半焚毁,伤心惨目之至。进法界,有人携蒲桃两堆竟为法兵夺去。由此入英界，亦冷澹。出顺治门，抵菜市口，南为美界，人多于鲫矣。返绳匠寓，时已日中，腹枵甚。到米市胡同宗显堂午酌，顺道访邃庵、伯斋谈，在伯斋处并晤经士。抵暮，又访秦韶老。闻学政缺已全放。保定省护督廷雍为洋兵所杀，和议恐不易成。又闻洋兵已破紫荆关，明春德、俄、法等国将分道大举赴西安一路。吁！圣驾不返，首顽不诛，外人寻衅终不能已。入夜焦思竟不能成寐。

二十日(11月11日) 霁。晨到骡马市，地摊陈百物甚多，索价甚贵，舍之。午前，邃庵来谈。午后进前门，一片焦土，不忍目睹。到贤良寺，访杨莲甫谈，并晤徐颂师、张晼九同年，知江南济急会轮船二帮在月杪一切章程虽定，尚可通融办理。寺中又晤杨渭春乔梓、冯公度恕通家，顺天诸生，辛卯门下生。接谈甚洽。顺道到东四牌楼大街，陈物较骡马市更多，余欲求书画，苦无佳者，仅以青蚨三千购得张诗舲横幅而已。夜，吴叔海来谈。静涵之堂弟，家住余对门。

廿一日(11月12日) 霁。晨访王苹珊、黄石孙同年，均晤。金养知探余在石孙处，与余在东旁立谈即去。余进西城，谒见徐颂师。归途顺访秦培老，返寓已过午。到骡马市南横街闲游，购得文五峰《骊山吊古图》一轴，颇精美。到协巡公所，晤聂献廷同年谈。夜，经士来谈。

廿二日(11月13日) 霁。晨，经士又来。余到市上购得袁少迂山水一轴。归寓，即登车北发，顺道到鼓楼后灵鹫庵，谒见廖仲师，因前日杨渭春言，余眷如南行，可与廖师结伴也。谈及时事，相对欷歔。师极言七月间诸大臣两次西市之冤，皆因召对时陈不宜与各国开衅，致拂某邸之意而已，并无他故。午后出德胜门，途次闻昨日有洋兵大队过此，已入沙河城，焚同知署。到清河，始悉昨所过者，乃德、俄、法、义、印度诸国兵，所以焚署者，以同知沈公先有犒师之约，是晨逸去，故也。余车不敢前进，遂宿霍店。中夜彷徨，不能安枕。

廿三日(11月14日) 霁。晨探各国兵踪迹，或云赴昌平，或云进南口，言人人殊，候至午前仍无确信。余家在延庆，居庸一路又有屯兵，如有战争，大可虑也。余欲返京，仆御等强余北发，行至三里外小营，闻途人云洋兵后队在沙河，余遂决计南还，假道旁僧寺作家书，又寄吴静涵书，并力劝秦刺史行犒师礼，或可保全州城，为公私两便之计。令刘仆飞速赴延，余于傍晚入城，再谒见廖师，上灯后始返寓。夜与董绶金谈。

廿四日(11月15日)　霁。晨，吴叔海、王苹珊、邃庵、经士来谈。午前访恽薇生，不晤，会访王兰楣，兼晤药阶。午后进内城，到贤良寺，晤杨渭春、莲甫昆仲，谈及接眷一节，惟用洋兵较妥，然所费过巨。渭春嘱余访张燕谋，欲商此事，又不值，只好怅惘出城。夜访陈香轮、张汉三谈。

廿五日(11月16日)　霁。午前访王寿山、恽薇生，谈。午酌于米市胡同酒肆中，薄游市上而返。晚，培莘、韶臣等父子来谈。是日，在绶金处见紫琼道人临石谷仿关仝山水手卷，价只十五金，阮囊羞涩，只好舍之。夜访吴叔海谈。

廿六日(11月17日)　霁。晨到市上，即返寓。午后访邃庵、经士不遇，到协巡公所遇邃庵，并晤薇生、献廷、药阶。晚访吴叔海，渠今日出德胜门，探询延庆一路洋兵踪迹，仍无确信，或云洋兵到昌平并不扰害，居庸、岔道亦无战事。果尔则幸甚，惜刘福尚不返京也。

廿七日(11月18日)　霁。晨到市上，东行至虎坊桥而返，访王苹珊谈，归而张汉三、聂献廷来。午后到西河沿邹紫东寓中，晤顾毓之，系为邹氏看宅者，知箱箧大半被掠矣。归途过厂肆，忽遇洋人披车帷与余言，少顷即去，不解其作何语也。晚返寓，吴叔海来谈。入夜，刘福仍不至，余不胜悬悬，因到叔海处清谈解闷。是日，闻苹珊仆人云，渠见昌平来人述及洋兵过境，道与州官以礼相待，并以三千余金相馈，一宿而去。

廿八日(11月19日)　霁。晨到市上美和居食鸡丝面，即返寓。午前访张汉三、陈香轮谈。午后访邃庵，并晤兰楣。归而秦培老来，谈及嘉定黄钦斋云昌平道州署大堂均被洋兵所焚,因犒师银数不足故也索价五千,只馈三千六百。夜到孙子钧处,访钦斋,不值。

廿九日(**11 月 20 日**) 霁,风甚寒劲。午前,李春卿同年来谈。刘福仍不返。午后进城,访郑绂廷侍御炳琳,山东人,癸未庶常,渠昨得秦庆臣世兄信,知外兵过岔道时,庆臣郊迎犒师,延州居然获安,为之狂喜。到贤良寺,晤杨渭谈。抵暮出城。夜,叔海、经士来。

三十日(**11 月 21 日**) 霁。晨到市上。午前再访黄钦斋堧,昌平州署幕友,谈及署虽被焚,民间却无侵掠者。午后,王苹珊来谈。陈升始自延州来,交到大儿廿七日家书,知州城虽受虚惊,尚为安静。刘福因避外兵,廿六日方到,此书改遣陈升携来。关沟一路洋兵未撤,京北行旅须取道得胜口。余急欲北行,竟不能前进也。晚闲极,散步,姑到关中馆听人人乐口技,又会访李春卿,并晤区鹏霄。鹏老上年遭回禄,今年又遇兵乱,移家怀柔,竟耗万金,独居会馆,甚可怜也。

十月朔(**11 月 22 日**) 霁。晨进城,再访郑绂廷,又往贤良寺,访杨彝卿、杨渭春、莲甫,商及接眷用洋兵一节。彝卿约余在寺中午饭后同访张燕谋议之,是否能成须俟明早得信。余顺道遂往东四牌楼一游。抵暮,又往绂廷处谈。上灯时出城。夜写延庆家信及致秦庆臣信。吴叔海来。

初二日(**11 月 23 日**) 霁。午前到绂廷处,同往贤良寺晤彝卿,知张燕谋昨往洋人处,未晤,须俟明日有消息。余遂再往东四牌楼北新桥市上遍阅书画,有石谷立轴真而不甚精者,索价三十洋,囊无余资,只好舍之。途中遇钱幹臣茂才,谈及渠自天津随陆慎伯来,携有一信,令仆取来,乃夏霄倬书也。霄倬亦随慎伯自故乡赴津,办东南济急会,函中力劝余携眷南行,惜延州道梗,不能如愿,为之怅然。

初三日(**11 月 24 日**) 霁。晨再往贤良寺,彝卿云昨燕谋又到洋人处,言及延州接眷,洋人颇有难色,须今晚到寺回复。此事成否尚不可知,而成则必须面订日期且不可缓。明早余又须往寺矣!甚矣！辗转托人之难也！郑绂廷处有专足赴延庆，余将家书等顺道面交。午后北行，出德胜门，往高升、同和两店探询京北情形，知昌平道已通延庆，由得胜口行亦无阻碍，南口一路尚有外兵未撤也。

初四日（11月25日） 霁。晨又到贤良寺晤彝卿，知燕谋处未得洋人信，已往函催。适济急会车主人张云亭本京人来，彝卿嘱彼与余同访燕谋，知洋人有字来约燕谋处翻译吴渭青广东四会人商行此事。余将一切细告渭青，是否有成须俟洋人作主也。午后出城，食面于美和居。晚会访于海帆，返寓已上灯后。夜，吴升海来。余又到陈香轮、张汉三处谈。是夜，始购杂物面作蒸团，食之，价廉而味甘，非经患难，未尝问津也。

初五日（11月26日） 霁。晨到市上，即返。午前，郑绂廷侍御来谈，邃庵、苹珊、黄钦斋、汪药阶不约同至。杨彝卿来信，述及燕谋来复，洋兵未能赴延庆，接眷由西什库法国主教出护照，另托德、俄提督签字，大约可通行无阻矣。燕谋约余明早到彼处定议雇车，与绂庭订定同时前去。晚进西城，访吴子和同年，未遇，又谒钟六英先生，鲁国灵光，岿然无恙，谈及时事，嗟叹不已，亦深不以徐、崇诸老为然。抵暮，返寓。叔海来。

初六日（11月27日） 霁。晨遣陈仆先返延庆，余到市上，归而邃庵、叔海来。午前到燕谋处晤吴渭青，知法护照已取到，有本色十字架画像印，据云此印彼教一律信服，可通行他国也。然德、俄提督并未签字，余深虑此行未妥。到贤良寺，绂廷先至，彝卿、燕谋均在座。余询及德、俄不签字之故，彝卿云彼因议和期近，现不出兵，是以不签，然余未敢信也。商之杨渭春，渠另致书皖人程少唐议和处德翻译。余出城，顺道往访之。少唐与紫东至熟，久知余名，约定明早即有护照。时已过午，小酌于美和居。晚到经士处，兼晤邃庵、伯斋，议及此行须请一德翻译，余托经士觅之。夜，经士来谈。是晨，在市上搜索书画，见江筱涛所藏坦道人吴竹虚小象曾托余题诗四章者，索价十五金。余谓题写者人尚未死，此轴实不值一金。彼云早有人还价六金矣。市侩不懂,硬要居奇,可叹亦可恨也!

初七日(11月28日) 霁。晨出德胜门,到高升、同和两店探询关沟一路消息,知南口、岔道均有洋兵把守,车路不通。又闻有人传警信云,洋兵前日过怀来,昨日赴延庆,并有到永宁之说,究不知确否也!进城,到陆慎伯处,取雷亲家信。陆云已寄延庆,大约入洪、高手矣。晤徐花农前辈谈。又到贤良寺,并访张燕谋、郑绂廷,均不晤,遇绂廷于道中。晚返寓,到经士处。

初八日(11月29日) 霁,天寒风峭。晨到市上,即返。经士来,同访德翻译李海如直隶通州人,约定同往延庆。余进城到贤良寺与绂廷晤,又同访燕谋,定即日用济急会车接眷。据燕谋云,渠晤法主教云,彼兵决不赴永定。此后凡杀教民地方一律议索赔款而已。顺道到东四牌楼散步,又到安定门大街取江楚督东抚贴银四十两。傍晚返寓,点于美和居。抵暮,到邃庵处谈。夜,叔海来。余又到秦韶老处访葵初,询昌平州消息,有洋兵即日过境之说。

初九日(11月30日) 霁。晨到市上,晤秦葵初、裴仲经。裴之尊人前任昌平州,昨自昌平移家入都,述及北路洋兵大队今日到昌平,明日返京师。余始知德胜门外人所传者乃系确信,惟不知绕道延庆否耳,为之怅怅。余本定明日往延接眷,一路既有洋兵,只好稍缓,遂作书与张燕谋商之。午前进西城,会访吴子和。渠新自保阳来,途中有法人结伴,尚无阻碍。返寓,知赵晴岚来,现赴经士寓待余,急往访之。彼云,洋兵有印度八十人,闻初五日赴延庆需索银款,并未骚扰,其大队大约未到延城。余家已徙城西四十五里下板桥,与秦、吴官眷同住,不知受惊何如也。晚再到市上。夜为万儿设祭。

初十日(12月1日) 霁。晨两到市上,购得奚铁生山水立轴。午前返寓,张汉三及余门人张仲祺参贤来谈。仲祺于五月接奉天眷属来京,未出国门一步,虽住东城,洋人并不侵扰,亦可幸也。饭后过厂肆,并访段春岩、耿伯斋、支芰青。晚到王莘珊、吴叔海处。

十一日(12月2日) 霁。晨出德胜门,探询京北消息。据延庆来人云，关沟车路仍断人行，洋兵尚未全撤也。入延庆城者彼众约有二百人，于初八日一宿而去，不犯秋毫。此实不幸中之大幸，然居民受惊不少矣。余急欲北行，尚不敢轻进。返城，到东四牌楼，途遇杨莲甫，约以十四日，放车之期只好稍缓。又往郑绂廷处告之。晚出崇文门，会访赵晴岚，知是晨过我寓，午后已行，因昌平有外兵过境也。返寓后，邃庵、经士、伯斋来谈。

十二日（12月3日）　霁。晨到市上，遍索字画，苦无动目者，兴尽而返。午后再往访之，仍无所获。潘经士来，述及德兵在京北者大队未尽返京。郑绂廷处仆人自延庆还，交到初五日丹儿家书及秦庆臣、吴静涵书，知延州居然保全，惟彼军借寓书院，全家行李不知一概携出否？余眷先期为丁奉如家谆约同往城北天宗莹郎姓家暂避。静涵处本有同行之约，因丁以车来迓，万不能却，其意良可感也。晚，秦韶老招饮便宜坊。夜到叔海处谈。叔海今日为余出德胜门探路，或云关沟车道已通，未知确否？

十三日（12月4日）　霁，晨有雾意。到市上，购得近人吴秋农及嘉庆时人吴蕴之画册两本。蕴之，名嘉佑，画宗云汉，笔意秀润而近荒率。午前返寓。曹邃老来谈，述及昌平一带洋兵络绎，道梗难行，乃华德公司传来消息。余本拟明早北发，只好再待矣。晚又到市上。昨因腹疾略作，在秦韶老席间托孙子钧诊脉，子钧云脾阳不足，为余定方，今夜服之。

十四日（12月5日）　霁。黎明到市上，苦无所获。巳刻又出德胜门探路，知关沟外兵都撤，车行可通，余决计明日北发矣，惟闻沙河尚有彼军，不能不绕道耳。午后取道东城返寓。晚再到市上。夜，叔海来谈。

十五日（12月6日）　霁。晨到市上。午前华德公司来信，知洋兵全数回京矣。饭后登车北发，出德胜门。酉初，达清河，霍店已闭，投宿镇北小店，与不知谁何人杂处一屋。朔风刮面，沽酒御寒，枯坐土炕，殊无聊赖。

十六日(**12 月 7 日**)　霁而微阴。晨发清河,风力更劲,终于不息。午前尖沙河,遇赵子永于双和店,知关沟无洋兵踪迹,茶话而别。申初宿昌平州,访赵晴岚及州牧许东藩谈。

十七日(**12 月 8 日**)　霁。晨发昌平,入南口城。居民大半键户,竟无一人。午前到居庸关,访戴星阶,已自署移居道工局,以茶面饷余。余因关沟无驻兵、岔道无客店,拟托马号人护送,冀可到延州。然竟无应差者,不得已放胆前行。酉初达岔道,天寒日落,城无居人,遇乡约指引,宿西关外大顺店。是夕,窗棂风动,铁衾生棱,如此严寒,余生平未尝此苦境也。

十八日(**12 月 9 日**)　霁。晨发岔道,午前抵延庆南关外。道旁有伏尸三,即初九日洋兵所戮团匪也。进城返书院,与家人欢然相见。相别不一月,而此邦两经患难,虽幸获生全,亦天佑也。少顷,吴静涵来访。晚到静涵署,又往秦庆臣、金松岩、丁奉如、王凯平处谈。凯平又为余诊脉,因途次受风寒过甚,另定一方。

十九日(**12 月 10 日**)　霁。晨,丁奉老来谈。午后访静涵,同往城西裕盛当了典质事。

二十日(**12 月 11 日**)　霁。晨,在寓阅缙山卷。午后,丹儿赴永宁。余挈龙孙出门,遍历城南、城东市上,又往南大寺。晚,静涵、周纯甫来谈。夜阅冠山卷。

廿一日(**12 月 12 日**)　霁。晨到静涵署即返。午后,丁学孔来。余家存质库九箱,价未偿清,学孔设法送归,厚意良可感也。晚会访周纯甫。

廿二日(**12 月 13 日**)　霁。午前到市上,京中济急会车已来,明早不得不行。途遇王应三,同余返书院,为余诊脉,改方。午后到秦庆臣署及丁奉如处辞别,静涵处未晤。晚收拾行装。金松岩来谈,静涵亦两次来送,丁虎臣昆仲亦来,并以赆馈。夜再到丁奉老处,力却其赆,竟不果,姑存之。

廿三日(**12 月 14 日**)　霁。黎明登车,计轩车七乘、大车两乘。

张燕谋另拨张、白两弁，车头李、杨两人护送。丁虎臣及郑绂廷眷亦同行，一路行色颇壮。午刻尖岔道，申初匆匆过居庸，与戴星阶一见，即别。晚宿南口何家店。

廿四日(**12月15日**)　霁。黎明发南口，由虾蟆屯行。午刻尖沙河。申刻过西三，其距清河只三里。途遇土匪二人路劫走南口骑驴者一人，刃伤颈项，深入寸余，血流至腹下，幸不致命，又卖洋胰子者一人，夺去钱二千。余车前导张、白两弁骑出其前，协力擒之。此行随余者计有三十余人，葳芥小丑不敢相犯，若如前日之一人一车，则不堪设想矣。晚宿清河霍店，余体畏寒，小有不适，饮干姜汤而愈。

廿五日(**12月16日**)　霁。晨发清河，午前入德胜门，返寓。一路外兵绝不顾问，虽有护照竟可不用也。午后偕丁虎臣及丹儿小酌美和居，薄游市上。夜，体仍不适，只好早卧。

廿六日(**12月17日**)　霁。晨起已愈。午前到市上，晚再至市上，所阅书画无当意者。

廿七日(**12月18日**)　霁。晨到市上。晚，曹邃老、赵子永、吴叔海、聂献廷来谈。夜访董绶金。

廿八日(**12月19日**)　霁。晨到市上，即返寓。晚在寓斋，以家庖请延庆诸友；赵子永、丁虎臣、吴叔海、聂献廷。献廷因渠叔华臣已到京，代为余约之同来，尽欢而散。

廿九日(**12月20日**)　阴而仍霁。晨，赵子永来，余写致延州秦庆臣、吴静涵、王凯平信，托渠携去。午后会访子永，兼晤经士、邃庵。晚同游市上。夜到叔海处谈。

长至夜(**12月21日**)　霁。午前到市上。饭后，史赓云、王寿山、潘经士、唐春园来。晚，支茇老来。夜，家祭毕，与丁虎臣饭。是日拜跪，两腿尚觉软弱。自七月下旬病后，久不行礼，竟不能自知也。

十一月朔(**12月22日**)　长至。晨进城，到郑绂廷、杨廉甫、张燕谋处，均晤谈。午后往东四牌楼市上物色，得黄秋士山水小册十二幅,价只一元四角,可喜也。

初二(12月23日) 霁。晨到秦培老处谈,午后访经士、邃庵,遇于途,同至骡马市。晚为冰老绍成永房屋事访王寿山谈,又访陈敬庵,不晤。夜到秦韶老处,闻和事明日午后开议。

初三日(12月24日) 霁。晨到市上。午前,董绶金招饮宗显堂。席散,再至市上。晚会访王苹珊谈。

初四日(12月25日) 霁。午前,黄石孙同年、陈敬庵来谈。午后到市上。晚会访张汉三同年,兼晤吴秋航前辈。

初五日(12月26日) 霁。晨到市上,购得狐裘一袭。午后,王苹珊同年来谈。晚再到市上。夜始阅和议十二条款,除赔款外,尚无过于为难者。

初六日(12月27日) 霁。晨挈丹儿进城,赴东四牌楼,徘徊竟日,为家中人购皮衣两袭。所见书画惟钱箨石《兰石》差强人意,格于价不能得。

初七日(12月28日) 霁。晨到市上,购得无名氏山水小卷,酷似张子青相国。闻卖者云,系得之东华门南池子,殆有然欤?午后偕丁虎臣拟听戏。是日,不演剧,只好到骡马市杂耍馆观戏法,并听小曲。

初八日(12月29日) 霁。连日出门,足力颇乏。陈敬庵、潘经士来谈。晚与经士到市上。夜假恽薇孙日记,各事互校余所编《庚子见闻录》。

初九日(12月30日) 霁。黎明到市上,即返。久大药行友河内宋纯甫来余寓煎膏滋药,伉爽人也。午前会访支芰老,兼晤黄石孙谈。晚,同乡诸人醵钱作消寒会,每人四千。集经士斋中小饮,同座共十一人,秦培莩、韶臣、耿伯斋、赓虞、汪药阶、兰楣、丘子瑜、严孟繁、曹邃庵及经士与余也。

初十日(12月31日) 霁。晨到市上,购得马江香女史《花篮画册》十二帧,设色工丽,笔皆双钩,当非赝本。返寓,阅冠山卷两期。

晚再到市上。夜,阅卷毕。

十一日(1901年1月1日) 连朝天气晴暖,不似隆冬。午后偕丁虎臣到市上散步。

十二日(1月2日) 阴,天寒有酿雪之意。晨到市上,即返寓。午后,叶鞠老来谈。晚访曹邃老。

十三日(1月3日) 大雪。晨,潘经士携书画来辨真赝,坐谈片时而去。竟日在寓不出门。是日,德兵官出示,午前在永定门外海子演炮,禁阻行人。届时寂不闻声,殆因胜亦而中止欤?

十四日(1月4日) 积雪未消,初阳渐出。晨到市上,处处泥淖,即返寓,写山西、河南、直隶信。晚在寓治肴馔,饮丁虎臣,并邀秦韶老,因感冒不至。

望日(1月5日) 霁而仍阴。在寓不出门。

十六日(1月6日) 阴。晨,丁虎臣北返延庆,送其登车。汪药阶来谈即去。余在寓,写福建、江西及故乡各信。晚,经士来,拉余至其家,阅钱叔美、董东山画屏。董画极佳,纯庙御题则赝本也,钱题款及画用笔亦皆不可信。

十七日(1月7日) 霁。晨步市上,购得何仙槎前辈折楷册。归而汪药阶携书画来谈。

十八日(1月8日) 霁。晨,汪药阶携瑶华道人山水册来商去取,是册的是精本,惜索价过昂耳。午前到秦培荸处谈,培老出示避乱近作若干首,大半与鞠裳在昌平唱和者。夜,大雪,访董绶金谈。

十九日(1月9日) 晨,雪止,有霁意。午前,吴秋航、张汉三来,余出新得书画示之。午后,秦培老、颂蕃乔梓、杨子仪来谈。晚为子仪事乃访聂献廷同年。夜,同乡消寒二集,酿饮经士斋中。闻德人月初又赴关沟一路,为义和团民乘间败之于岔道,毙德兵十五人,德兵将统大队前往。果尔,则延庆危矣!此说传自经士,但冀其不确也。

二十日(1月10日) 霁。晨到市上。午前北出德胜门,赴高升、同和两店探询延庆近事,知丁虎臣因道梗未归,岔道毙德兵之说实系讹传。而洋兵则初九日又至延城,十六日当未尽行,惟城中官署、居民闻尚不甚骚扰耳。余进城谒贵师,未见,晤二世兄豹严谈。薄暮出城,返寓。丁虎臣于是日来访,并云诘旦即就道,余未及晤也。

廿一日(**1 月 11 日**)　霁。午后到市上,并访聂华臣。晚往秦韶老处谈,兼晤培老。近日,市口南北时有崔蒲之警,闻有人指点外兵往劫,闻之颇有戒心。是日,接鼎儿上月廿四日家报。

廿二日(**1 月 12 日**)　霁。晨起赴市上,天气寒甚,即返寓。午后,聂献廷、杨子仪、曹邃老来谈。

廿三日(**1 月 13 日**)　霁。午后步进宣武门,会访叶鞠老,遇于途。渠出城,余遂往西单牌楼北,一路陈物出售者亦甚多,特不如骡马市之盛耳。余愿物色书画,苦仍不得。傍晚返寓,写家书。

廿四日(**1 月 14 日**)　阴而仍霁。午前进城,到东单牌楼邮局寄家书,顺道往贤良寺,晤杨渭春、冯公度,知和约已用宝,明日与各国相换矣。余遂北往东四牌楼市中,购得陈白阳花卉真迹一轴而归。连日奔波,足力殊乏。

廿五日(**1 月 15 日**)　霁。晨到市上,闻城东药王庙市集极盛,驱车往游,人多于蚁,而所售之物大半粗陋,不逮骡马市也。已初归寓。晚,陈香轮、张汉三、王苹珊来谈。夜到吴叔海处。

廿六日(**1 月 16 日**)　阴而微霁,天气又寒。晨挈龙孙往市上,小酌宴鸣居。又到聂华臣处送行,因越日渠返永宁也。午后,杨子仪来。晚访聂献廷、曹邃老谈。夜到绥金处。

廿七日(**1 月 17 日**)　霁。午前往访吴秋航、张汉三。

廿八日(**1 月 18 日**)　霁,寒甚。晨到市上,即返。午前访张夔钧,谈时事,痛快之至!午后,秦培老来。

廿九日(**1 月 19 日**)　霁。晨往城北柏林寺,领本署半俸,同署在京者只四十余人而已。午后游东四牌楼,购得潘星斋先生花卉横幅。抵暮出城。夜,同乡消寒会三集,仍饮经士斋中。

嘉平月初一日（1月20日） 阴，天寒，又有雪意。午后到市上一游，清淡之至。晚，吴叔海来。入夜，雪甚大。

初二日（1月21日） 晨起雪，霁。午前，经士、邃庵来谈。晚到市上。

初三日（1月22日） 霁。早晚两到市上，毫无所得。吴叔海来谈。董绥金为余物色得墨序《国朝诗别裁》一部，价朱提三两。

初四日（1月23日） 霁。晨挈奎儿到东四牌楼一带，并往顾康民家取苏汇洋票。抵暮，归寓。夜访吴叔海。

初五日（1月24日） 霁。晨到伏魔寺为万儿礼忏，伤感无已。午后到邃庵、经士处。闻近日兵马司、后街、粉坊、琉璃街夜间迭有劫案，不免戒心。夜，董绥金同年来谈。

初六日（1月25日） 霁。晨到市上，毫无物色。归寓，耿伯斋来谈。午后到张汉三处，兼晤秋舫、香轮。汉三留食自蒸饺子。晚，张夔钧前辈来。

初七日（1月26日） 霁。晨访王苹珊、秦韶老。韶老感冒未愈，晤其世兄佑霖谈。午后散步至厂肆，小坐赏古斋，欲觅书画之稍惬意者，苦不可得也。

初八日（1月27日） 霁。在寓阅《国朝诗别裁》。吴叔海来。是日，闻徐楠士兄弟与启颍之均被洋人擒去。

初九日（1月28日） 霁。晨到东交民巷道胜银行取南中汇洋，即返寓。晚到经士处，与同乡作消寒四集。

初十日（1月29日） 阴。晨到厂肆赏古斋，又往各家物色书画，一时苦无动目者，即返。午后，曹邃老来长谈。晚，微有雪意。

十一日（1月30日） 霁。晨往市上，又至撷华书局小坐。途遇冯公度，同到洋货铺中谈。已初返寓。缮《庚子见闻录》，不出门。

十二日（1月31日） 霁。晨，曹邃老来，携杨子鹤山水轴相示，畅谈而去。有厂肆张姓人送南田花卉扇面册十二帧求售，精美无匹。惜索价过巨二百四十金，余不忍，舍之，姑留一日。午后函请经士、邃老来,共观之。晚到市上。

十三日(2月1日)　霁,天寒风紧。午后往厂肆,抵暮返。所见书画无甚当意,晋古斋有山水集册八页,颇甚精美,其中惟陆道淮名人,共知之,余则遍翻《画史汇传》诸书,如张廷玖、吴晋锡,画虽好而名皆不载,可见湮没不彰者多也。

十四日(2月2日)　霁。晨到市上,归而耿伯斋来长谈,并阅先册。晚会访史庚云、王兰楣,不晤。到支芰老处。夜敬神。

十五日(2月3日)　霁。晨到经士处,不晤。午后进西城,访叶鞠老,亦不晤。游西单牌楼市上,毫无物色。

十六日(2月4日)　霁。晨会访耿伯斋,不晤,晤其弟赓虞,谈。伯斋之世兄君亮出示所得王竹坪花卉册,甚精。余归途顺访经士,适有人送来便面三百张,其中不少佳者,南田、廉州、麓台诸件皆赝本也。余在经士处午饭,饭后兰楣、邃庵、史季超均来谈。傍晚返寓。

十七日(2月5日)　霁。晨到市上。晚在寓以家庖请陈香轮、吴秋航、区鹏霄、李春卿、张汉三小酌,皆粤东人也。

十八日(2月6日)　霁。晨进城,到贤良寺,领东南济急会盈余津贴款规银六十两、又盛杏翁寄京专款规银壹百两,度岁之资绰有余裕矣。午后往四牌楼一带,风大无人设市。余因伯斋云渠戚友通州李韵和近开一古玩铺,名志古斋,书画颇有收藏,遂访之,有汤雨生《三十有三士亭诗画卷》及李定之女史山水屏四,皆精品也,惜索价过昂,不能问津。抵暮返寓。

十九日(2月7日)　霁。晨挈丹儿进城,往汇丰银行取款,即返寓。午后,唐毓圃来谈。晚,同乡消寒五集,饮于余斋,同座十三人,除第一集诸人外,潘仲樵及通州瞿仰之皆随后入局者也。厂肆张芝轩携来恽册,始以价昂,不能说合,近日渐能跌价,而余覆视数过,署款字尚少精神,外貌极似,内乏骨力,且便面非一时所画,款字不应一律墨色,此则大可疑者,其中《雪中三友》一幅亦嫌乏神韵。是晨,过厂肆,以此册示寄观阁主计文卿,彼亦不甚许可,以为假画之极好者,遂决计舍之。此可见鉴古之难，貌似易辨而神似难辨，即使神似，仍赝本也，以后于疑似之间详为审察，余眼界庶有进乎。

二十日（2月8日）　霁。午前到市上，晚再到市上，以三铜钱购得日记一册。归，视之，乃故友英山王伯唐驾部手笔也。伯唐子身六安馆，本年七月间闻西市五君子之死，谓中国祸生肘腋，不忍见神京沦陷，先于十八日尽命，亦奇士也。余于王苹珊、易实甫席上屡见之。

廿一日（2月9日）　霁。王苹珊至，乞王伯唐日记去，遂举以赠之。

廿二日（2月10日）　霁，天气严寒。午后，潘经士约往西城内王公厂胡姓家阅书画，主人不解事，竟爽约，以极劣者出示塞责。余甚悔此行也，同往者伯斋、兰楣。晚到叶鞠老处谈。

廿三日（2月11日）　霁，西北风极大。午后到市上购米即返。夜，陈香轮、张汉三招饮寓斋，同座大半粤人。归而祀灶。

廿四日（2月12日）　霁。晨为耿伯斋题《澄清堂残帖》、跋《又仙山灵梦图》诗两绝句。午后游厂肆，在清秘阁见王蓬心绘《寒香课子第二图卷》，吴俊题，嘉庆朝人题者三四十家；又张篁村绘《寒江共济图卷》，沈凤题、徐坚题；又万廉山绘《烟雨倚楼图卷》，道光朝人题者二三十家；又瞿云屏《山水卷》；又蔡、袁等集绘《杂花卷》，凡五卷，索价二百余元，恐难于问津也。抵暮归。夜三鼓后，梦中闻叩门声甚急，披衣出视，乃洋人因门外灯灭促人举火也。

廿五日（2月13日）　霁，气候稍暖。晨至市上而返。午后，支芰老来，余出所得书画示之，长谈而去。

廿六日（2月14日）　霁。晨访伯斋长谈，并到厂肆清秘阁少坐，午前返。晚，唐郁圃、叶鞠老来谈。

廿七日（2月15日）　霁。午前风仍大，午后始息。到市上，萧索之至。晚会访支芰老谈。

廿八日（2月16日）　霁。晨到东小市，无甚物色。进城，赴各师门处，便衣请安。患难之中，不送年礼，因柏林寺昆师处有通饬，不必贺岁也。见铭鼎师,畅谈时事,忧愤久之。晚到四牌楼市上,甚清淡。

小除夕(2月17日) 霁。晨到市上,归而曹邃老来。午后再至市上。夜家祭毕,与家人儿女辈围炉聚饮,惜少一人耳。近日外人因我朝诛玩[顽]首一条处分太轻,联军又有西行之说,和议几乎破裂。

大除夕(2月18日) 霁。晨到市上。午访蔡仙峰同年于铁门僧寺中,见其旅况甚寒,心窃怜之。仙峰向馆东城延宅,夏间尽被匪党劫掠矣。晚又到王苹珊、秦韶老处。夜与董绥金谈。

辛丑元旦(1901年2月19日) 霁。晨起,拜天地祖宗,与家人行礼。午前出门,便服访黄石孙同年,不晤。到聂献廷处清谈。今年无贺岁之事,甚觉出处自如也,惟街市清淡已极,竟难留念。外人弛爆竹之禁三日,又促人换桃符于门。劫火之余,家家扫轨,大都兴会索然耳。

初二日(2月20日) 霁。午后到市上,即返。耿伯斋来谈,携到汤雨生《三百三十有三士亭诗画手卷》,又刘石庵手卷,皆李韵和家物,余留阅之。

初三日(2月21日) 霁。晨到王苹珊处谈。午后,丁学孔自延庆来,述及渠家于上年底被州署封屋,勒赔洋人巨款,因为团党所累,实则匹夫怀璧之罪耳。余为之画策,并偕其同访邃庵、经士,兼晤伯斋。抵暮始返。

初四日(2月22日) 霁。晨访倪小舫,评骘书画。午前进城,为延庆事丁宅不知底蕴,候郑绂廷询之。绂老于岁杪接秦庆臣信,则云外兵到此查明办团之富家,封屋索款。余料秦之为此说必其阍人窃柄,欲借洋兵之名敛钱耳。归而赵晴岚自昌平来,亦知延事。吴叔海、曹邃老、潘经士相继而至,谈至上灯时始散。余姑修延庆各函,以丁事托周纯甫代为调停,不知能否著力也。

初五日(2月23日) 阴。晨送丁学孔返延。到厂肆清秘阁细阅《西林四世司成纪》长卷,满人润祥征题,有刘文清、翁覃溪题,精妙无匹。又到寄观阁计文卿处少坐。午前返寓。饭后,聂献廷、秦韶老乔梓至,韶臣索观余所得书画,谈至酉正始去。

初六日,(2月24日) 霁。晨到市上,即返寓,阅初三日行在上谕:庄、英、赵赐自尽;毓贤正法;徐承煜、启秀亦正法;载漪、载澜斩监候,发极边新疆监禁;徐桐、李秉衡虽已死难,仍加斩监候处分,撤销邮典;刚毅先已病故,情罪较重,定为斩立决,已死免议。玩[顽]首诸臣如此结局,可嗤亦可悯也。午后与家中人看雀牌。晚到吴秋舫、张汉三处谈。夜祀财神。

初七日(2月25日) 霁。晨到市上。午后与家中人看竹。晚再到市上。

初八日(2月26日) 霁。午前,邃庵、经士招饮春酒,集经士斋中,同座皆同乡诸人,傍晚席散。是日,徐、启二人竟弃市。

天诞日(2月27日) 霁。晨到市上,仍觉清澹,即返。午后与家中人看竹。晚访耿伯斋昆仲谈。

初十日(2月28日) 霁。午前,汪药阶来,昨余托题先册,已交卷矣,神速之至。午后为紫东来信嘱往其家查点书画,携龙孙前往,至则仅检得邹宅代图及钱伯垌字、吴雪门画两轴,又吴伯滔《长江万里图卷》乙而已,余则据监守者云,半因饥寒售去,半则兵匪掠去也,为之慨然。

十一日(3月1日) 霁。晨往秦培老处长谈。午后,曹再老至,亦长谈。晚会访药阶昆仲,不值,往经士处。

十二日(3月2日) 霁。午后,丁虎臣昆仲偕刘席珍自延庆来,谈及渠家事,尚多为难。渠因同伴人多,卜寓骡马市聚魁店。晚往访之。

十三日(3月3日) 霁。晨访于海帆谈时事。渠出示《庚子纪事》五古一百六十韵,详明之至。午后,王凯平自延庆来,约丁、刘诸人到余寓相见。晚到市上,购得林文忠书《天马赋》大轴,价番银二饼,无意中物色得之也。

十四日(3月4日)　霁。晨访丁虎臣昆季。午前,耿伯斋招饮寓斋,同座有袁仲兄弟,爽秋太常之后人也。席间见去腊下旬上谕,徐、许五君子皆开复原官。

上元(3月5日)　霁。晨,丁氏昆季来,余即出门访王耜云、章罋庵两同年,久别不见,彼此慰问。进城,访延子澄同年,余皆托题先册也。又为丁事,访郑绂廷、杨廉夫。是日,所访之友无不晤者。在廉夫处又晤刘铁云,润州同乡也。抵暮出城。

十六日(3月6日)　霁。晨到南横街即返寓,王苹珊同年来谈。午后至市上。晚看竹于家。

十七日(3月7日)　霁。午前,钟子余来谈,知六英先生矍铄如故,且能背诵五经不遗一字一句,自是寿者相也。午后在家看竹。

十八日(3月8日)　霁。晨到市上,购得杨补帆《画石册》计十四幅,尚是真迹,价番银两饼而已。午后到耿伯斋处,与李均湖约晤,并阅书画十余件,除吴让之、陈玉方两联外,苦无佳者。伯斋出家藏各种茗饷客,瓶笙一响,清风徐来,信可乐也。顺道访段春岩、徐花农、曹邃老。抵暮归。

十九日(3月9日)　霁而微阴,天气较昨日稍冷。晨到市上,即返,购松花江白鱼,食之,不甚美,盖历时已久,聊解清馋耳。晚与家人看竹。

二十日(3月10日)　霁。晨到市上,有文衡山字册一本,余还价三洋,彼尚居奇,舍之,因衡老字册世间尚多。午后,丁学孔、刘席珍至,世耀东、张仲祺亦同来□□□厂肆。抵暮访陈敬庵谈,敬庵出示其祖庭《秋圃种植图卷》,题者甚多,均嘉道时人,又见其新得黄谷原册、汤雨生卷,皆精美。

廿一日(3月11日)　霁,东北风颇大。晨进城,谒见敬止斋师。又往城北,会访王凯平于其婿赵静兰家。赵业古玩,出示书画数件,苦无佳者。晚谒见贵坞樵师。

廿二日(**3 月 12 日**)　霁。晨访郑尔丹、黄石孙、支芰青三同年畅谈。午前与绳匠胡同邻居高茂护、陈香轮、董绶金、白少植诸人公请美国兵官戴立生于省馆,谢其守望相助也。戴为人甚和平,余等请翻译粤东吴胃青作舌人。戴言中国能开铁路,广通新闻报,尚可有为。相与行握手礼而别。是日以中国肴行西式酒,则中西参用,亦奇极也。晚到丁虎臣寓中谈。归途遇倪小舫,同返余寓,余出示所藏书画示之。

廿三日(**3 月 13 日**)　霁。晨,邃老挈其世兄松乔来,松乔自故乡北上,海道已通也。午前,丁虎臣兄弟自客店移寓余斋间壁冰公老故居中,往视之。晚到市上,并访王苹珊、潘经士。

廿四日(**3 月 14 日**)　霁。晨到市上,即返。延子澄同年、黄仲鲁均来谈。晚,陈香轮、吴秋舫、张汉三、支芰老皆来。

廿五日(**3 月 15 日**)　霁。晨,刘瀛侣来,知保定铁轨已达定州矣。午刻在寓斋请陈敬庵、汪鼎臣、秦培尊、韶臣、耿伯斋、赓虞、叶菊裳、曹邃庵、潘经士饮。是日本请王凯平,竟不至。晚访张燮均前辈谈。

廿六日(**3 月 16 日**)　霁,天气温暖异常。晨到市上,归而李春卿来谈。午前到邃庵处,同访恽薇孙。因闻美兵下月将撤,恐界中匪类生心,拟请庆王咨美外部酌留兵队,力劝薇孙进言也。薇孙述及近日上封事已附片将延牧严参,直属甫经兵燹,贪墨之臣不能不儆,诚哉是言也。晚会访黄仲鲁,不值,到刘子嘉学士处谈。夜邀丁虎臣兄弟、刘席珍饮于余寓。

廿七日(**3 月 17 日**)　霁。晨到市上,又到观音院拜史季超之尊人汇吊。午后,刘子嘉来谈。晚会访刘瀛侣,不晤。到寄观阁小坐。

廿八日(**3 月 18 日**)　霁。晨往吴秋航、张汉三处谈。本署来知会又派教习庶吉士差。午后,王凯平来。晚到市上,遇张茝南,同返余寓,观所得书画。夜看竹。

廿九日(**3 月 19 日**)　阴。大风扬尘,不出门,看竹于家。晚,王苹珊来。

二月朔(3 月 20 日)　霁。晨到市上。晚到丁虎臣处,谈。

初二日(3 月 21 日)　霁。晨,曹邃老来。午后为丁虎臣家事进城,顺道访刘瀛侣谈,到贤良晤杨廉甫,以延事托之。晚到四牌楼,购得沈树基号香泉,嘉庆朝人临各家字册一本,神似赵、董,结构极精,系为百菊溪宫保所作者。归而检查,竟不知其为何人也。夜到虎臣处。

初三日(3 月 22 日)　霁。晨为虎臣处事访吴渭青于广元栈。天气热甚,仅御一棉足矣。午后,刘子嘉来谈。晚到邃庵处,兼晤支芰老。又访献廷,不晤。

初四日(3 月 23 日)　霁。晨到市上。午后到厂肆。西行之计未决,欲与陆保之谈,访之不值。

初五日(3 月 24 日)　霁。黎明,梦南还见母亲,又梦见啖数指,遂惊醒,此啮指之象也,余于是决归志矣。上年屡奉慈谕命余挈家南下,岁暮封河不及就道,今拟独自归省,并作西行计也。晨访郑尔丹、黄石孙、王莘珊同年谈。午后,聂献廷、曹邃老至。晚到丁虎臣处。归而吴叔海、秦韶老亦至。夜为丁宅事访吴渭青。

初六日(3 月 25 日)　霁。晨为丁宅事到贤良寺晤杨廉甫,兼晤李蠡莼,知中俄订约事几乎决裂,势将掣动全局。缘俄已允还东三省,仅索铁路。而楚督张香帅及日使李木斋均电奏阻之,朝廷可其奏。本定明日画约,今不果行,恐俄人又将开衅也。敬止师新奉朝令,即日往西安,余往谒之,谈及此事,相对欷歔。余顺往四牌楼市中。晚返寓,到经士寓中,并约邃庵议往延州移榇事。夜,张汉三、董绥金来谈。

初七日(3 月 26 日)　霁。晨到大街及骡马市上杠房询归榇费,甚巨。午前返寓。晚,秦韶老、曹松乔来。夜到丁虎臣。

初八日(3 月 27 日)　霁。晨偕丁学孔同访吴渭青,不值。余过市□书画摊,有老翁招余入室,询其人为张小浦,山西人,在京候选者也。人颇诚谨,所售书画有石庵联,甚精,论价不谐,只好舍之。午前,渭青在宗显堂约余相晤,余另邀彼到便宜坊小酌,兼请学孔谈延事,略有头绪,遂各散。余访曹邃老谈。晚再到市上,访张小浦,又往秦韶老处。夜到丁氏昆季处。

初九日(3月28日) 霁。晨,潘经士来,谈及救济会可以运枢到沪。午后为此事出门,先到前门外,归至虎坊桥,再到崇文门外客店中讲定骡杠价,拟明日遣仆赴延。两次往返,乏而且饿,大苦事,亦最伤心事也。是日饭时,张汉三来谈。夜到丁氏昆季处。

初十日(3月29日) 霁。晨为骡杠人不齐,行期展缓一日,往虎坊桥天成店议定。进城,访杨莲府、敬止师,未晤,谒见昆师,谈及时事,忧形于色。晚出德胜门,赴龙王庙,与僧阔林讲定停枢事。上灯前又访陈敬庵谈。归寓,尚不疲乏。是日,刘瀛侣招饮富源楼,不克赴。

十一日(3月30日) 霁。晨到天成店,阅骡杠,市侩居奇,百般勒索,可恶之至,即返寓。汪药阶来谈。晚再至市上,遇刘瀛侣,余约渠饮富源楼。抵暮返。夜访丁氏昆季。是日,购得葛正笏字横幅。

花朝(3月31日) 霁。晨到丁处。午前进城,访张燕谋,不值,晤吴纬卿谈。又到敬子师处,敬师不耻下问,以此次到行在后何以入告谆谆询及,余谓回銮一事天下人心仰望已久,惟目前外兵未撤,车驾即不能骤返,亦宜早降谕旨以定人心,至何处建陪都似宜早为布置。适吴肃堂同年亦在座,各据所见以对,遂出。是日,本到柏林寺领俸,时已近暮,途遇黄石孙同年,已代余领到。出城将近上灯,区鹏霄、吴□舫招饮陈香轮寓斋,大……

十三日(4月1日) 霁。晨往嘉兴馆访曹子成谈,还到张小浦处看书……甚精者,即返……刘子嘉来谈,访伯斋,不值,晤赓虞谈。晚到邃庵处,适遇秦培莩、恽薇生、潘经士皆在座。薇生以朋交不期而会,最为难得,邀同人至宗显堂小酌。席间薇生谈及俄主有电信致合肥,本月初七日中朝既不定约,彼将设官东三省,一切旧官皆驱逐。李相甚为愤懑,致书庆邸云:"鸿章一筹莫展,请王爷斟酌办理。"以后东三省不知如何之局也。

十四日(**4 月 2 日**)　阴,大风。晨到福星店访刘瀛侣谈。进城,为延庆事约吴纬青于张寓面谈,无意中晤上年涞水令李胜,谈及杨副将福同为义和团匪戕死,裕制军不发剿,致酿此顽,殊为恨也。又到贤良寺少坐。午后出德胜门,赴龙王庙,候刘福,不至。风大,不可久留,只好返南城。

望日(4 月 3 日)　霁。午前到市上。午后,聂献廷来。晚会访刘子嘉,并到张莅南、耿伯斋处谈。是日,刘福返寓,知昨夜枢已到庙。

十六日(**4 月 4 日**)　霁。晨,聂献廷、潘经士来。午后到厂肆,访陆保之卜西行果否,彼云未必成行。晚到经士处。

十七日(**4 月 5 日**)　霁。晨到观音院奠恽薇生之伯祖母及伯母,即返寓。午后,伯斋来谈。晚到刘子嘉处。归寓后,张莅南来。

十八日(**4 月 6 日**)　霁。午后到省馆看人习东文,有日人姓三岛者充教习。归而于海帆、刘星甫来谈。晚会访聂华臣。

十九日(**4 月 7 日**)　霁。午后,聂华臣来谈,曾刚甫同年亦来。晚到市上。

二十日(**4 月 8 日**)　霁。晨为丁宅事访吴伟卿谈。归途遇曹耕孙,新自故乡偕紫东同入都。余返寓而紫东至,久别重逢,一见为乐,在余寓饭而去。午后,聂献廷来。晚,秦培老昆仲招饮宗显堂。夜,耿赓虞招饮寓斋。

廿一日(**4 月 9 日**)　霁。晨访汪药阶、兰楣。……曹耕孙兼晤周芝庵,长谈。至……燥热,今晚忽起大风。

廿二日(**4 月 10 日**)　霁。晨为丁宅事赴贤良寺访杨廉甫,又往访紫东、顾康民,谈。午后返寓,不出门。

廿三日(**4 月 11 日**)　霁而阴。晨会访刘星甫谈,知俄处有转圜之望,闻为欣然。午后,黄雾四塞,尘沙蔽天,闲步市上,即返寓。

廿四日(**4 月 12 日**)　霁。晨到省馆,看人习东文。午后,段春岩来谈。晚到前门。归寓后,吴伟卿来。夜访丁、刘诸人谈。

廿五日(**4 月 13 日**)　霁。午后,秦佩老来谈。晚到市上。夜,潘经士、耿伯斋招饮经士寓斋。

廿六日(**4月14日**)　霁。晨到市上,公祭徐、袁二公,系伯斋承办,同祭者孙子钧、耿赓虞、曹邃老。祭毕,与徐毓臣晤,即返寓。午后到贤良寺,晤杨廉甫。又到柏林寺少坐,与厅官锡璋斟酌余西行事。抵暮出城。

廿七日(**4月15日**)　霁。晨,潘经士来,同到陈敬庵寓看书画三十余件,无件不精,皆萧山人沈姓所藏。沈与敬庵同官指挥,近为陈璧所参,求售甚急也。其□□□□□绘《积水潭销夏图卷》,为法式善作,又《草桥修禊图卷》,有翁覃溪题额字四及诗并跋而三、又黄谷原山水花卉册,又董邦达、钱维城、蒋溥书画集册,使人爱不忍释。敬庵留余小酌,并以点饭相款。午前返寓,访倪小舫谈。午后,吕椒生来长谈,并偕余同访聂献廷,未晤。余到伯斋处,与兰楣诸人晤。晚返寓,唐郁圃来。夜再访献廷,又访吴伟卿,均晤谈。是日,始购得王忘庵花卉册,即上年九月所见者,价洋六十饼,前以手头告乏,舍去,今则重价得之。寒士豪举,自怜更自哂也。

廿八日(**4月16日**)　霁。晨为南行事赴前门,即返寓。午后到曹邃老处拜其夫人五秩寿,主人以樽酒款客,在座皆同乡诸人。晚,曹耕荪来谈,余本定明日首涂,携女雪华同行。耕荪力言铁路洋兵到处充斥,眷口附车诸多不便。行期只好稍缓,待明日再定。夜,潘经士招饮寓斋。

廿九日(**4月17日**)　霁。晨到名利栈,拟初一日附陈香轮眷属同行。[进]城拜贵坞樵师母寿,师出见,并晤张夑钧诸人谈。午后归寓,紫东在余寓相待。晚到厂肆。

三十日(**4月18日**)　霁。晨到吴秋舫、汪兰楣处。午……京西……家属南归,部署半日已定。……

□晏如,无锡人,湖北州同。

□俊臣,松竹当手。

□若愚,前松竹伙,河西州人。

李竹轩,清秘阁伙,向在荣、翰宝斋。

张仲弼,石基,广东香山人,刑部。壬午丙戌。

胡冕襄,蓉第,广东人,刑部。

温东甫,山西人,味秋之侄。

倪小舫,壎,住南半夕∞。①

李韵和,北新桥志古斋掌柜。

袁清如,住厂肆,遇于晋古斋。

计文卿,寄观阁。

张芝轩,厂西门路北庵装池友。

张蔚村,葛菊屏店间壁,赏奇斋。

朱春堂,访古斋。

罗笠卿,萃古斋掌柜弟,人甚凶。

朱浦泉,掮客,人可恶。

缺子王,骡马市古玩主。

董,赏古斋伙。

刘竹溪,赏古斋主人。

萧翰臣、萧勉臣,论古斋掌柜,人狠极。

夏,住兵马后街,卖书画。

王达村,浙江绍兴人,户部书吏,卖书画,住休宁馆。

李海如,直通州人。

程少唐,长庚子,皖人。德翻译。

舒景兰,直隶人,已故。

张、袁春江、张尔康,善假画山水。

孟……,……花卉……

萧……

---

① 特殊符号

韩子□，□文斋，书坊主人，冀。

朱旭辰，仁寿，戊子举人，刑部。海山之子。

朱小汀，彭寿，乙未进士，内阁。海山之子。

潘鹤皋，吴伟卿妻弟。

吴伟卿，广东人，张燕谋翻译。

陈玉山，高州人。

张友松，太仓人。

陈祝龄，怡和行买办，皆高州人。

蔡芳圃。

黄玉鸣，云溪侄。

黄云溪，广东高州人，瑞记洋行买办。

李卉巢，均和子。

李瑶卿，牛俊臣友，年尚轻。

曹子成，嘉兴人，救济会友。

朱海山，海盐人，朱彭寿父。

杜殿臣，住厂西门澄云阁。

赵静兰，住铸钟厂，王凯平辈。

赵晴岚，昌平州保安堂药主。

张省三，即张八，顺天府学门斗。

夏子春，寓安定门大街南三成木殿，往古斋古玩店。

笑凡和上，伏魔寺。

潘……，芝庭旧仆。

吴荫培日记·十二

辛丑三月初一日（1901 年 4 月 19 日）　霁。黎明送全眷赴天坛，与陈香轮眷同伴。余妻女购头等车票，儿孙、仆妪、婢辈皆附行李车，留守京寓者怡姬、庆婢及仆从也。是日十钟开车，永定门之西毁城通路，车行毫无阻碍。丰台、黄村、安定、廊坊、六垡、杨村，瞬息经过，惟停车时太多，故迟至四钟始抵天津耳。晚宿河东名利栈。是处为贺家胡同，屋则盐商议事处。自联军至津，盐坨弥望十余里，民房尽成瓦砾，颓垣破壁到处皆是，惨目伤心，不忍睹也。

初二日（4 月 20 日）　霁。晨挈龙孙散步河干，即返寓。饭后又挈龙孙北行至天津宫北街一带。津城已夷，余与孙等茗憩东来轩。屋小人多，不堪久坐，即去。晚返寓。定明日赴塘沽。

初三日（4 月 21 日）　霁而微阴。晨挈眷……河中有……始开，自紫竹林……欲觅轮舟，昏黑中不可识……同住一舟，拥挤不堪。是夜实为苦境。

初四日（4 月 22 日）　霁。晨闻通州、西安两轮均已开行，只有福轮船可上，只好就之。昨舟泊西沽，距塘沽东三里，盖日轮过塘沽并不停泊，故余舟亦拖至西沽耳。福州船身甚巨，惜无房舱，幸搭客不多，尚觉清净。余送眷至此，与香轮仍同登岸，上火车，午后即返津。香轮与吴秋舫同约余寓海大道瑞记洋行，其执事黄云溪亦粤东高州，与秋舫同里人，颇诚挚。晚散步紫竹林各洋房，无甚残破。据云溪言，上年团众肇乱，团不能军，马玉昆、聂士成军皆勇敢善战，虽死不退，洋人甚畏之，惟日本兵尤能力战，故津城卒至攻破也。是夜，粤人陈祝龄招饮怡和行，介秋舫来约余，辞不赴。瑞记行友张友松、太仓人蔡芳圃与林仲涟相熟，夙闻余名，一见如故。黄玉鸣乃云溪之侄，皆相晤。余与香轮对榻，卧账房中。瑞记行主，德人，所购铜佛像极多，抛置院中，亵渎殊甚。

初五日（**4 月 23 日**）　霁。晨到海升居早饮，有河豚鱼白，甚美。余闻馨相思，今无意食之，喜可知也。然不敢纵啖，虑有毒耳。酒保云，与春时苦菜同食，虽毒可解。姑存其说。返寓，与香轮、秋舫同饭，即偕往天津樱桃街头枇杷花里，遍地采风，鲜当意者。晚又到岭南栈，晤邓澄波。是日，同游者有日本人井治、粤人陈玉山。傍晚同返瑞记。夜，黄云溪招饮行中，肴甚丰腆，皆海味。香轮在三馥堂得伶人一，愿随入京师作仆。

初六日（**4 月 24 日**）　早起，赴紫竹林，即返。与香轮、秋舫赴车站，拟同上火车，至则闻须俟午正开行。香轮等仍返行，余往名利栈探询福州船，知昨夜始行，盖因俟搭货、搭客耳。午前，余再赴车站，秋航来字，因洋兵多迟一日行，余不能待……升其巅大有居高……车五钟已返京，归寓，与……谈，学孔……斋咫尺，余嘱其帮同留守也。

初七日（**4 月 25 日**）　霁。午前，曹松乔、张汉三来谈。午后，曹耕荪、聂献□、王苹珊、潘经士来谈。晚到曹邃老处。

初八日（**4 月 26 日**）　霁。晨到经士处，为美界换德人代管事约邃庵、献廷谈。邃老云，中、北两城侍御陈、唐两人执意不立华捕局，然于此事毫无筹备，而唐公阴受陈教，自谓一切布置已妥，实则昏聩不知也。余为此事又与邃老同访张燮钧、郑尔丹、黄石孙，均晤谈。午前返寓。晚到骡马市。夜，丁学孔来。

初九日（**4 月 27 日**）　霁。晨，邃老来，聂献廷亦来，同到郑尔丹同年处，因尔丹昨约同访陈玉苍也。到玉苍处得晤，据彼云，换界后各事俱已筹备，可以无虑。即日新立协捕公所，举顾姓官内阁者为绅董支应一切。虽无捕局之名，却有捕局之实。大约美德交替后，此间仍照旧章也。午后进城，谒昆师，未见。余以西行不果，拟将咨文交还。昆师命仆传谕云，柏林寺道远，且非一、六堂期，咨文尽可留此。

师之体恤门生,无微不至矣。傍晚过四牌楼市中,无足观者。薄暮出城。夜到秦韶老处谈。

初十日(4月28日) 霁。竟日在寓休息,不出门。邹紫东来谈。晚到本胡同口即返。

十一日(4月29日) 霁。午前访陈香轮谈,渠刻得沪电,知余眷已于昨日到埠,为之欣慰。午后到骡马市。晚,丁学孔来。

十二日(4月30日) 霁。晨访段春老谈。午后到厂肆,又往煤市街取陆凤老惠银五十数。凤老上年赴行在,近况不甚丰,而以千金馈都中诸友,其意可感也。晚小酌酒家而归。

十三日(5月1日) 霁。晨访曹耕荪,不晤。……

十四日(5月2日) 霁。晨访倪小舫。……商书画事,夏姓失约……不晤,大可……为丁宅事,到府学晤张姓,顺谒文丞相祠。抵暮返寓。

望日(5月3日) 霁。晨到市上,并会访聂献廷同年,兼访曹邃老谈。邃老眷属昨日南行,渠一人留京,移寓经士处也。午前返寓。吕椒生来访,余设樽酒款之,作半日谈。椒生约余同访曹耕荪,甫出门,与献廷遇,仍同返余斋清话。晚同往耕荪处,兼晤经士、邃老、耿赓虞均来,相与谈至薄暮而别。是日,闻联军赴获鹿一带者均撤回,而灵寿、平山各县大遭蹂躏。灵寿令为联军所逼,投井死。其学官某,联军促其备车千辆,以不能供应,击枪死。平山令逸去,真定府据实上闻,李合肥病甚,竟不问也。

十六日(5月4日) 霁。午后到厂肆,又到兴盛店会访郎姓,系丁学孔之亲戚,上年余眷避乱延州,曾主其家也。夜得雨,甚甘,洒尘而已。

十七日(5月5日) 霁而有雨意。晨,访古斋朱姓友送书画来,件虽多,无甚佳者。余仅购得铁小印一方,因有吴字也。午前,耿伯斋来,得奎儿沪上书,知此行毫无风浪,为之欣慰。晚,秦韶老来畅谈。

十八日(**5 月 6 日**)　霁。立夏。欲购樱笋不得,仅得酒酿、盐蛋而已。午后到厂肆赵子纯画馆为万儿绘小影,居然神似。又到荣宝斋、赏古斋小坐,刘竹溪出示钱叔美山水一轴,又董东山、钱茶山山水两幅,皆□精之品,惜索价太昂耳。晚归,与张茝(南)、汪兰楣遇,同到市垆小饮而散。

十九日(**5 月 7 日**)　霁。晨,朱小汀彭寿来,海盐人朱翁海山之世兄。午后到市上,即返。晚,万荑生……

廿日(**5 月 8 日**)　得雨。……同年来谈,竟日……

廿一日(**5 月 9 日**)　霁。晨到厂肆。晚到……

廿二日(**5 月 10 日**)　霁而阴,时有微雨。是午,美国撤兵,换德国,界尚觉安靖,余却不敢出门,因寓中人少也。

廿三日(**5 月 11 日**)　霁,风紧寒甚。晨到市上,即返。紫东来,同到耕苏寓中,兼晤邃、经诸公谈。在经士处饭而归。晚到厂肆、前门。近日有惬意事三:思食延庆酱腐乳而吴静翁以一篓相馈,一也;十七日购得吴字小铁印,余意中正头好之,二也;日前钩稽上月用款,宕空朱提十数,而戴毅老适寄赠是数,三也。

廿四日(**5 月 12 日**)　霁,天气又暖。午前,王苹珊同年来谈。午后进城,会访延子澄同年,又访紫东,不晤,晤顾康民谈。抵暮返寓。

廿五日(**5 月 13 日**)　霁。晨,厂肆友韩子元来。午后,周芝翰来。余到厂肆、前门,小憩阳春居。晚返寓。万儿画像赵子纯绘就,取回,颇能神似。

廿六日(**5 月 14 日**)　霁而微阴。晨,潘经士来。韩子元送来字画轴十五件,内有仇英、陆治、邹一桂轴,皆佳。晚到市上。

廿七日(**5 月 15 日**)　霁。午后到沈溟秋同年处茶话,乱后久别,相见黯然,彼此至好,又各欢然也。晚到前门、厂肆。夜大雷雨。

廿八日(**5 月 16 日**)　霁。晨校先人遗集。午刻,未饭先饱。近日无甚他恙,惟昨夜饭后腹中时觉不舒,今晨食饼粥无多,胸膈已满,不能再下咽矣。午后为画万儿小象事再访赵子纯，徒步半日俾消积食。晚顺道往阳春居，小酌而返。是日，接苏十八日家书，知全眷十四日到苏，途中有一衣箱，竟被不知何人盗挖，甚为诧异。

廿九日(5月17日)　霁。晨，张汉三同年来谈。午前，余到王苹珊同年处。渠即日迁寓永光寺街旧店，又形迢隔矣。午后，在寓写诗。晚访聂献廷长谈。

四月朔(5月18日)　霁。晨，崇文阁张友送来英煦斋《承晖园第三图卷》，戴文节画，有阮文达、姚伯昂诸人□迹题诗，又有成亲王字卷……皆真而……七言联乙而已。午后……到秦韶老处，与张茝……汉三、吴秋舫处话别，因汉三明日南行也。是日，闻汉三、秋舫、苹珊、药阶皆记名御史。

初二日(5月19日)　阴而微霁。在寓写诗。午后到厂肆。晚时雨时止，入夜又雨。

初三日(5月20日)　阴。写思子诗于轴上，毕。晚，同乡消夏第一集，潘经士招饮广和居，同座恽薇生、耿伯斋、秦培尊、韶臣、汪药阶、兰楣、严孟繁、曹耕莎、邃庵共十一人，药阶、孟繁未到。席散，到韶臣处谈。

初四日(5月21日)　霁。午后到厂肆，遇李蠡纯于荣宝斋，谈。又往访沈溟秋、李玉洲。抵暮归。

初五日(5月22日)　霁。晨，李均湖来谈。午前到丁学孔处。午后到王耡云处，送其明日西行，与之话别。顺道进崇文门，往贤良寺与杨廉夫昆仲谈。

初六日(5月23日)　霁。长日如年，闷损之至。午后，沈溟秋招饮天福馆，同座只江西耐庵比部一人，畅谈而散。晚访韶臣。

初七日(5月24日)　霁。午后访曹邃老、周芝翰谈。夜到丁学孔处。

初八日(5月25日)　霁。午后，秦培老来谈。晚到市上。

初九日(5月26日)　霁。午后进城,拜昆师寿,顺道访紫东谈。出城,到沈滇秋同年处少坐,订定望日南行同伴。

初十日(5月27日)　霁。晨,潘经士、耿伯斋来谈。午后,周芝翰来谈。晚访曹耕荪。

十一日(5月28日)　霁。为经士题张篁村《寒江共济图卷》五古一章。午后到翰文斋看书画。晚小酌阳春居。

十二日(5月29日)　霁。晨,周芝翰来。晚到市上。

十三日(5月30日)　霁。晨闻外兵次第出京,余本定明日南行,……秋同年因有眷属,行期改后。余命刘仆赴……坛铁路,但见彼众塞途,虽(行)李车亦……好缓行矣。午前到滇秋……老,张莅南、邓晏如来谈。……黑龙阁于海老来,征诗也。

十四日(5月31日)　霁而微阴。早知如此,附(行)李行尚不至热也。晨,紫东来,余未起。紫东约于经士处,晤。午后会访邓晏如,未见。晚,曹邃老招饮(广)和居为消夏二集。

望日(6月1日)　雨。萱堂诞辰,斋星官遥拜。午后,恽薇孙、秦培老、韶老、佐霖到余斋,索观所藏书画各种,薇孙亦携新得者相质证,彼此尽兴而散。夜雷雨。

十六日(6月2日)　霁。晨访于海帆,谈及渠戚汪淮生云,辛卯冬余在汉上与朱月樵道人遇,余一言提倡,彼画龙之名大噪,获数百番饼而归。道人深感余,并言当时不遇余,通国人皆白眼相加,无识之者矣。道人居秦州,与海帆家咫尺,海老以前事告余,余竟不知也。进西城,顺道登景山一游。山顶高阁游人颇多,南望禁城宫阙,幸无恙。山北有永绥无敦坊,山南为绮望楼,山之东西有四亭,极西一亭已倾圮。金佛不完,琉瓦都碎,燕麦兔葵,令我不能无感。转而东赴贤良寺,晤杨廉甫、李蠡纯,谈本年科场有各省大半展缓之说,余于是决归志矣。晚到市上,又会访芰老。夜设酒肴请丁学孔饮。

十七日(6月3日)　雨。本拟今早南行,因德国瓦酉出京,铁路不卖票。午后雨不止,明日亦不成行矣。夜,大雨。

十八日(**6月4日**)　晨雨即霁。午前,万莫生来。午后,元昌栈友来,约明日如天晴必行。到市中购送人物。晚访邃庵、经士、韶臣,兼晤兰楣、培荈、伯斋。抵暮,大雨倾盆。夜,寓斋之北雨中有火光,不知何处也。

十九日(**6月5日**)　晨雨即止,然不克行矣。竟日在寓。夜又雨。

二十日(**6月6日**)　霁。晨,丁虎臣自平山还……谈及渠二月……平山次日洋兵……难不能交卸亦不……实无能为力也。虎臣之子自……杪与虎臣遇于火车,遂同往,此亦不幸中之幸。午前,吴子和同年来,谈及王廉师忠棅将归山……拟相约往奠,畅谈而去。余设酒邀丁虎臣……蔚文小饮。客散,余往彰义门东南宝应寺询王廉师棅。守寺人云,本月望渠世兄已躬扶出京矣。师弟之情彼此极挚,不及一拜,甚为歉然。晚访丁虎臣昆仲谈,又与董绶金话别。闻前夜火光,武英殿灾也。

廿一日(**6月7日**)　霁。晨起,元昌栈友以车来迓,遂挈刘福行。丁虎臣昆仲、马蔚文、郭维城皆来送。余忘携路费,至天坛将上火车,方彷徨间,虎臣携此而来,相与握别。午后到津,不换车,申初已抵塘沽。闻新济船虽到,远在西沽,而北直隶船却泊岸旁,一举趾即上。栈友以怡和行船价廉,怂恿余就之,余不之较也。晚登岸,就食于肆,遍地腥膻,欲求憩息之处,苦不可得。返船,有深州人邓星五、合肥人丁楚卿与余同住一房,人皆朴实可谈者。

廿二日(**6月8日**)　霁。竟日两次登岸。天气炎热。晚起轮,刘仆返京。入夜,风浪俱寂。

廿三日(**6月9日**)　阴。未刻抵烟台。申正即行。夜入黑水洋。

廿四日(**6月10日**)　微霁。竟日过黑水洋,如履平地。

廿五日(**6月11日**)　霁。午刻过佘山,天忽起风,舟行不能速也。晚始入吴淞口,到虹口登岸,已上灯时矣。余寓三洋泾桥全安栈。夜到月中桂少坐，托寄家书。小酌万福来，饮桂花酒甚可口。薄醉游市中，二鼓后返寓。彻夜鼠声，竟不成寐。

廿六日(6月12日) 阴而微雨。晨往宝善街食汤团。顺到大马路，往月中桂，托李盈科代定返苏小轮。盈科，李挈丈之子也。余往招商局访严春旋、顾缉庭，均晤。□人别久相与馨谈，甚乐……丹至，遂偕余同往市中……视轮船，并代写……大餐……晤。吴珍聘自江西返里。吴……赴苏作东文教习，亦同行。

廿七日(6月13日) 霁。晨起，自新洋江入独墅湖，过高店，已正始抵苏城。买小舟，进盘门，已午初矣。丹、常两儿迓余于吴门桥，遂同舟入城。到家，拜见慈亲，膝恙已愈，身健如常。媳、孙、孙女辈俱出见。七载离家，大半不能相识，相与欢笑而已。子仙、实甫皆已留髯。晚挈儿辈到日升园品茗，并晤仲明、霄卓、陆陶如、戴子千、杨蔼士。

廿八日(6月14日) 霁。晨，仲明、霄卓来，约余作新马路之游，同步出胥门问渡，至小日晖桥，景象大变矣，桥高而平，衢宽而远，是处北达金阊，南通盘蔚，楼阁市廛，宛然沪上。一路大车、马车络绎不绝，惟市上皆烟花渊薮，茶酒生涯，销金寓中无一大本经纪也。茗憩朝阳升楼，又往凤林馆，沽酒一醉。余兴未尽，遂作留园之游，荷厅小坐，忽遇潘济之，谈及滇黔试差，本年业已放人，系朝政之不可测也。游毕，顺道又往西园戒幢寺玩鼋。抵暮进胥门返。

廿九日(6月15日) 霁。晨偕内人及二子并挈寅清孙赴支硎家祠。余省墓毕，时尚早，乘笋舆独往花山一游，晤僧定贤，嘉定人，以菌油挂面供客，并导余登山，观圣祖、高宗御笔石刻，遂跻莲花峰绝顶，磴道虽峻，尚觉坦平。西望巨区，襟带咫尺，遍循山麓行，蔚然深秀。此山之阴与天池接壤，世俗少许问津也。更余始返城。

五月朔(6月16日) 阴。晨，雷砺卿、朱兰生、申伯叔来。午后雨，留申叔饮，谈至傍晚而散。

初二日(6月17日)　阴。晨会访雷砺卿，谈。午后到……寓中，补行奠礼，与霭夫……卿招饮其家，同座……

初三日(6月18日)　微雨。晨出门拜客，晤刘景韩师，……沧桑一别，相对惋然。又晤邹友蘧、费芝云庄，顺……翰卿。午饮于执舅处，执舅留须，神似外祖。两表弟，大号志范，次号鼎元，皆森森玉立，年逾弱冠矣。又到黄梅岳家，见岳母尚健，次房之孙亦成童，惟一足患跛耳。顺卿年老而贫，其子不能继起。余自乙未春北上，忽忽七年，熟人几不能尽识，而此数年中由童而冠者相见问名，尤觉疑讶，如实甫诸郎及王氏姨甥，余皆一见茫然也。

初四日(6月19日)　霁。晨访仲明，同往日升园茗谈。午后，玉雨叔、江霄纬、聂访渔来。晚偕子仙到恒孚楼，又往云露阁，小憩逍遥楼。

端阳日(6月20日)　霁。晨，李梦九、朱寿石来。余偕梦九同访程燕谋学师。午后还。晚，曹智涵来。

初六日(6月21日)　阴。晨起，始衣冠拜客，晤苏府向子振太守、长洲苏静庵大令、汪郎亭师。午归，饭于家。晚到玉雨叔处，玉叔开尊招饮，作半日叙。

初七日(6月22日)　阴。拜客，晤陆春江方伯、聂仲老中丞、章百川中军、赵啸湖大令。午归，饭于家，即出门。晚晤朱研老。

初八日(6月23日)　阴。晨，程燕谋学师来。会访陆陶如于臬署，陶如习刑名，其师则张翰伯也。又访石问壶丈，未晤。午后，王胜之、都韶笙来。晚到养育巷。

初九日(6月24日)　雨。晨，余长庚、尤鼎老、程执舅来。午刻，陶念乔招饮七襄公所，同席宋芝舲、樾峰昆季、倪宾门，听松先生之孙也，新游泮。席散，会访鱼钓伯、吴县春亭大令。又到故人马幹生家一拜，其夫人、世兄四人出见。家境尚可自支，闻之甚慰。

初十日(6月25日)　雨。晨闻执舅家失火焚……之访潘谱老谈。午前……春卿、芝庭两老，石问壶丈亦招饮……晤吴子和丈，又晤恽兰生。席散,访王春塘丈于护龙街,年七十九岁矣,人矍铄如故……尚不减昔日。

十一日(6 月 26 日) 霁。晨,执舅约往新马路勘地,余拉仲明同出城,执舅在喜莲阁茶楼相待。是日,遍履大小杨树弄、寒桥一带,始知是处形势。执舅宅基近为当事者充公,其误在邑令详文杨树弄下加一"南"字也。午饮于德仙堂,其地昔为汪氏母姨所居,今作花薮,即敦成栈故址也。晚归,吴令田春亭以肴点馈余,邀仲明及雷氏诸昆季一醉。

十二日(6 月 27 日) 霁而微阴。晨,仲明来,同往日升园,兼晤陈菊坪,同作茗话。午刻,费芝云招饮畅乐园,同座晤邹咏老、石问老、张叔鹏,作半日谈。晚顺道到恒孚,又访申伯、哲维两叔,茗叙于云露阁。

十三日(6 月 28 日) 霁而阴。晨,戴绥之、钱蓉初、管嘉铭来。余即出门拜客,为执舅事晤潘济之、朱竹石师,又为都韶生事晤陆春江方伯。午饭于家。饭后,拜俞曲园先生,光风霁月,望之如神仙中人。谈及时事,先生谓此时变法与不变同,如废八股而用策论,作策论者即作八股之人也;革旧例而行新政,行新政者即行旧例之人也。中国所以不及日本者,以人心积习,不能变移之故,此所以变与不变同也。谈言微中,使人咀嚼有味。晚到恽季文、兰生昆季处,拜其太夫人七旬晋五寿,主人设彩觞请客,当道到者甚多。余与王梦麟、赓云、章式之、俞阶青诸人同席。有周凤林《醉酒》《湖船》各剧,虽甚可人,惜乎老矣。夜冒雨到执舅处,二鼓后归。

十四日(6 月 29 日) 阴而微霁。晨,都韶笙、朱竹石师……来谈。午前到……均晤。午后,大雨……

望日(6 月 30 日) 晨雨即霁。赴九龙坞省墓。仲明……丹、常两儿偕晤旧仆费惠元,年八十四矣,老而仍健,话四十年前事尚不忘也。其子秀宝亦三十余岁,导余遍历各墓。晚返胥门城外,至马路一游。

十六日(7月1日)　阴而微霁。晨出门拜客,晤景锡三榷使、沈旭初观察、祝少怀及刘氏子纯昆季,子纯即老六昆弟,皆已成人,余不相识矣。午刻,王赓云招饮其家,同座章百川、曾道亨两中军、洪韵松大令涛,文卿侍郎之侄也。席散,余往访梦麟,鼎彝书画,罗列书斋,出示所藏卷轴数十件,皆古雅可观,且多烟客精本。晚到汪母姨处。夜出金阊,宋芝舲、橄峰招饮新马路聚丰园,同座为咏春、松如、念乔、潘由笙、王笑山诸人。归途顺访罗念慈。

十七日(7月2日)　霁。晨出门拜客,晤程明甫,欢然道故。明翁欲以杯酒相约,余力辞。又晤李少梅观察、玉雨叔、张叔鹏。玉叔有酒船消夏之招,期以明日,叔鹏及汪柳师亦同时相约,只好辞之。午刻,都韶笙招饮寓斋。席散,赴唐梓寿处谈。途遇管嘉铭,茗叙于云露阁,兼晤郁少涛舅。夜饮执舅家中,因舅家前日柴房失火,特设筵谢客也。

十八日(7月3日)　阴。晨,霄卓、庄顺老来,同往日升园茗话,兼晤王云卿、朱研老、吴感书,皆皤皤垂老矣。午前往望月,赴玉雨叔约,同游者陈子鹤、江霄纬、问潮、蒯霄。登舟出齐门,一棹山塘蚁舟……祠外,同人散步,入祠团坐,小饮,竟日……可乐也。夜则移……灯,纵饮形迹无拘……

十九日(7月4日)　霁。晨,霄卓来,同到松鹤楼食鸭……话于蕙芳阁,同作圆妙观之游。七年不到,别有景象。午刻,唐毅庵招饮,装架桥巷长安里新宅,厅事、湘帘、斐几、位置都宜。屋后有小园,编篱结亭,亦饶野趣。席散,唐梓寿约往寓斋闲谈,并同步至仓桥金玉琴妆阁,拟以樽酒款余。余适腹痛大作,遂辞主人而归。归后静卧片时,如厕后便霍然矣。

二十日(7月5日)　霁。晨拜客,晤宋芝舲、刘子范。午前赴吴子和叔处,贺其长孙入泮及自庆六旬晋九,又其姬人六十寿,饭而出。晚访万俨仲、李价人、蒋春老、杨惠泉,又到邹宅云华处小坐。夜,唐梓寿又招饮仓桥花曼珠妆阁,同席唐勤甫及周、盛、赵诸人,勤甫又招薛宝钗,颇觉明丽,薄醉而散。

廿一日(7月6日) 阴。晨,聂访渔、朱寿石来。余约霄卓又挈丹儿买舟同出盘门,省墓张家浜。返至春阳地马路,小饮正元馆。又访吴眉卿于苏经纱厂,眉卿导游厂中,得遍阅轧花各种机器。晚微雨,乘马车至觅渡桥,纵览一路形势,遂自盘门转至胥门外进城,余体甚惫,与霄卓茗叙得胜阁。夜,大雨。

廿二日(7月7日) 雨。晨,李梦九、吴子和叔来谈。午前,张叔鹏招饮颜家巷宅中。席散,余访聂仲老,又访赵啸湖同年谈。朱竹老为常儿荐定南汇令汪处征席,是日汪来拜余,会之于盘门外舟中,未晤。汪号蘅芳,山东人。夜归,写酬应字。

廿三日(7月8日) 阴而微霁。晨往王天井巷食点即返。(写)酬应字竟日。晚,仲明来,同到日升园……缦若来谈……

廿四日(7月9日) 时阴时雨。晨,霄卓偕鲍子约来谈。……余偕霄卓同会访李梦九于家,又同至黄鹂桥弄陈氏义庄,观新立普通蒙学,其章程每日分时刻授学,天文、地图、算学、体操,虽规模粗具而门径已开,视寻常小塾迥分霄壤矣。顺道到西街,同到龙园茗话。午前返家,写酬应字。晚会访唐六英谈。六英招廿六日饮,力辞之。又访吴令田春亭议安定事,并往仲明处。

廿五日(7月10日) 雨。晨为安定事访朱竹老,未晤。顺道奠程松轩表伯之夫人,晤其孙鲁士,季常之世兄也。午刻,江霄纬招饮其家。席散,到执舅家小坐。晚访庄顺老谈。夜雨甚大。

廿六日(7月11日) 晨起倾盆大雨,少顷雨止,天有霁意。黄寔夫具酒船谆约城外之游,同游者念乔及丹、常两儿与寔夫之四、五、六世兄。午前登舟,出盘门,舟泊春阳地。寔夫邀看惠洋技戏于二马路丹桂园。是处两年前极热闹,今则寥寂矣。夜,舟仍入盘门,张灯畅饮,二鼓后散,舟子王四寿肴点丰美之至。是日,唐六英又以函招午饮其家,仍辞之。

廿七日(7月12日) 霁。为菊卿叔祖名下有房契寄存甘露镇葛姓家,因买舟作北郊之游。晨起,约仲明、霄卓同去,丹儿亦偕赴阊门观音阁下登舟,顺道访朱竹老谈。午前出齐门,过北马路桥霄卓旧馆美国人医院,屋宇高敞。霄卓因其世兄养疴寓此,导往一游,兼晤姚伯希,稷臣同年之长嗣也。午后过蠡口镇,入□野长泾一路稻田足水,弥望农家。傍……桥,进鹅真荡……五十余里,同人登岸……艺庭同到一阳楼茗话,探以前事……号健安者,其堂兄也,当知之,明日余拟访之。是日,看竹于舟中。甘露镇茶食铺中出售咸饼、葱饺甚美。

廿八日(7月13日) 晨起大雨,少顷时雨时止。闻葛健安家在镇东南葛家庄,距此七里,冒雨移舟访之。健安,乡农之朴实者,迓余于河干,一见如故,并谈及认得窦式之丈及佑夫叔,且自言佑叔有红契在彼家,但不知检得出否耳。俭安谆约午饭,辞之。午后,俭安附余舟达镇,途中遇艺庭亦来。晚同到甘露寺茗话,返舟看竹。

廿九日(7月14日) 阴而微霁。晨与俭安、艺庭同品茗一阳楼。俭安附余舟赴苏,契据竟检寻不出,只好听之。辰正解维,仍看竹。未刻过蠡口,同人登岸,入茶室梳发。晚到齐门,自城外达阊胥门步入城。天气潮热过甚,归而浴。

三十日(7月15日) 霁。午后携僮出金阊,茗憩朝阳日升楼,欲访难前基址,苦不得其详,仅揽马路大概而已。晚进城,葛俭安辞赴乡间,取佑叔所寄存宝花一对,并复寻契据,其人盖君子人也。

六月朔(7月16日) 晨雨。访向子振太守、刘东生渊家,均晤谈。午刻到汪郎师家拜寿,师命以便服相见。费屺怀前辈亦来,食面毕,作半日谭。晚始退。

初二日(7月17日) 雨仍不止。晨再访刘子范,购《局书碑传录》,又司马温公《书仪》、阮文达《小沧浪笔谈》三种。汪郎师为太夫人作三十周忌于圆通庵,往拜之,仍晤屺怀。午刻,王梦龄次鸥招饮其家,同座玉雨叔、霄纬、问潮诸人。席散,顺道访王保三舅谈,又到唐毅庵……葛俭安来，宝花已璧还，而契据竟无可……

初三日(7月18日)　雨。在家写……

初四日(7月19日)　晨霁。汪晋峤、霄卓、仲明来。午……已兆矣。午后为程处事访吴署钱席……晚到日升园。夜又雨。

初五日(7月20日)　晨雨意连绵。午前，程执舅父子来，霄卓亦来，余以酒面款之。午后雨止，偕霄卓到护龙街，欲觅书画，殊无佳者。晚同往松鹤楼点，又品茗蕙芳阁。

初六日(7月21日)　久雨逢庚，居然得霁。晨携木匠，并偕霄卓赴金闾内外勘地，又为执舅处事与吴令田春亭约覆勘小杨树街地。出城，茗憩春蓬阁，执舅乔梓偕来。午刻同饮聚丰园，食八宝饭及罗汉菜，精美无匹，所谓罗汉菜者十八味作羹也。饮毕，同到松峰阁茗话。天忽大雨而田大令适至，遂冒雨行至佑圣观晤田公。候雨点稍细，同往勘验。毕，仍憩松峰阁，晤包逢伯、张渭生、徐隽生、颜孟陶谈。泥途不能步行，假人乘舆而归。

初七日(7月22日)　霁。为万儿还受生并作周忌，延僧诵《金刚经》于隆庆寺。竟日客来甚多，余实不欲告人也，晤僧炯庵谈。夜设焰口一坛，三鼓毕。

初八日(7月23日)　霁。晨，雷砺卿、子蕃、花山僧定贤来谈。午前携霄卓出胥城，赴马路勘地，过惠梓堂，晤吕敬之，即寿圃先生通房嗣孙，能言各巷界址，余所探地皆有约界矣。……往聚丰园食松鸡、药糕，彼此尽饮……醉。饭罢，同品茗，乐也。升平……车进胥城，余访念乔谈。

初九日(7月24日)　霁。在家竟日。晚，仲明来，同出……乘马车作青阳地之游，茗憩蓬莱第……楼。更初，戴月而归。

初十日(7月25日)　霁。晨，王逸帆叔镐以弟子礼来见，苹卿先生之弟也。已初出门拜客，晤刘子庚长谈。午前归。阵雨大作，姚稷臣同年来。午后再出门，晤吴令田春亭，又往葑门一带。夜到执舅处，执舅留饮，更初返。

十一日(7月26日)　霁。晨,胡根仁、希鲁父子、钱逯溪、杨宾甫、孙汉槎、章百川来谈。午后,小卓、陆稻如、林文经来。晚,凉风大起,潮气渐收,阵雨又至,余发感冒,遂早卧。

十二日(7月27日)　霁。晨起,热退。仲明来,为余诊脉,服其药,竟日养疴,不出门。夜又雨。

十三日(7月28日)　晨雨,少顷霁。出门拜客,晤韩古农观察,紫正肄业师也,询上年京事謦谈甚乐。午前访费屺怀,出示所藏黄小松司马《嵩洛访碑图》凡二十四幅,每幅另有小松题记,又有翁覃溪杂题诸诗跋,皆小行楷之精绝者,册首孙渊如篆书跋后数家,有何子贞题长歌,亦小行楷,尤觉字字可宝。屺怀又出吴渔山、钱松壶、蔡松原三册,皆山水无上上品,另出恽王合璧一册,反不逮也。顺道访王恭之,寄鹤琴丈书,又访任筱老,不遇。午前归。午后到吴署直街看周王会,甚热闹。晚为余家基地事由吴趋坊出……憩逍遥楼,无意中遇董致生……兄也,言马路事……进胥门归,拟明日赴沪。

十四日(7月29日)　霁。晨会访雷砺卿、子蕃两亲家,谈及雷氏之屋为我家故居,其内厅门砖楼有"子孙保之"四字,下注"息圃主人题"。此宅当是吾六世祖自王洗马巷移居所得,而此四字家先代罕有知者。余与砺卿订定,拟乞此砖为他日余结宅之用,未知菟裘之愿能偿否也?午前束装。午后买小舟出盘门,仍登大东公司苏州拖船,余物色一舱,起居尚适,从者张仆,送行者丹、常两儿及毛仲老、林文经。

望日(7月30日)　霁。黎明已抵沪上,置行李于月中桂,择寓四马路景星公栈。先是,詹润丹坚约余寓店楼,余因市肆嚣浊、天暑不便起居,故舍此就彼。晨品茗大马路一林春,午前返寓。饭后拜客,进城晤汪瑶庭大令、刘湘生太史,其尊人乙笙司马,病不能见也。出城赴虹口,晤严筱舫,又到新闸、斜街一带,往返十余里,舆人告惫矣。归寓,知哲维四叔亦在申,余到一品香折柬邀之,少顷来,同作樽酒清话。二鼓,余即返而卧。

十六日(7月31日) 霁。晨进小东门,往月中桂,访詹润丹,昨往道署未晤,遣仆询之,知今日又有事,订于明晨往见。余遂出城,往招商局晤顾缉老、严春老,饭于缉老处,兼晤浙江海运吴元卿京培、戴子开启文。午后返寓,乘马车访盛杏荪于斜桥,座中兼晤王菀生同年。是日,又约晳叔同车作张园之游,晤李紫璈大令,谈及今晚北行,拟约余同伴,曾访余于月中桂,余不知也。游张园毕,时尚早,遂顺道游愚园,登楼小酌,凉风入怀,甚快快!上灯时,再至愚园,知是夕放焰火……经霾雨断……扫兴矣。二鼓后……

十七日(8月1日) 霁。晨,霄卓自故乡来,同往月中桂少(坐),又茗憩于一壶春。余进城赴道署,晤袁海观,谈及余干薪一席稍有游移。余告此来,中丞所命,则云必有以报。其言如此,姑听之。返寓即饭,饭毕,汪甘卿招饮一壶春番菜,清谈甚久。晚会访林质斋,未晤。又会访唐隽臣、朱叔梧,皆晤。夜,隽臣又招饮一家春,同席晤嘉兴钮蔚文,二十年前曾于姚伯客处同事。席散,与隽臣小步花丛,三鼓返寓。是日,霄倬仍返苏,约后日到此。

十八日(8月2日) 霁而阴。晨,黄翠峰来,同到清莲阁茗话。午前返寓,徐馥荪来谈。午后会访徐少甫,又访黄翠峰,未晤。夜,许兰圃招饮一品香,同座皆折花侑酒。余闻张五宝为上海昆腔状头,遂招之,从主人请也。张色不惊人而艺则殊众,口齿双清,无可议者。是日,所饮酒以外国香饼及红酒加荷兰水,名曰酒合,香韵独绝,不可忘也。

十九日(8月3日) 霁而微阴。晨到宝善街食南翔汤包,即返寓。朱叔梧来谈,适小卓自故乡至,叔梧亦与之熟,谆约到一家春早饮。饭罢返寓,林质斋、严春旋、沈习之、徐少甫陆续而来。少顷,少甫招饮聚丰园,同座晤杨子萱、陈养泉,皆苏人在沪之得意者。席未散,叔梧又招饮迎春坊二衖花小宝林酒……生钱晋甫……翠至丽品也……意。日来酬应弥烦,背上之疖红涨……余,即返寓而卧,窗外大风彻夜。

二十日(8月4日)　阴,大风仍不止,拟出门访客不果。晨与小卓品茗一壶春,即返寓。刘湘生、陈养泉来谈。午后会访吴元卿、戴子开、陈养泉,均晤。又访钮蔚文、汪甘卿,均不晤。晚与小卓茗憩沪江第一楼,期林生不至,到杏花楼夜饮。

廿一日(8月5日)　阴,风仍大,在寓。午后乘舆进城辞行,又出大东门,会访左菊人。又访杨子萱、黄芝生,均晤。晚,子萱招饮聚丰园,同座朱桂卿前辈、徐少甫诸人。余患背疡甚剧,出示之,同人谓可药,实慰藉之词耳。席未散,陈养泉招饮新泰和。两局均招黛语楼主,然酒罢背痛,竟无余兴一访桃源矣。两席未散,沈习之又招饮金谷香,速客者一再笺来,余往少坐,实则为主人罗姓,习之友也。

廿二日(8月6日)　晨起忽雨忽止,偕小卓同到大马路福安品茗,即返寓。午后到孟河医生巢崇山处诊,巢言是中搭手,须服药、忌口。余在申颇惮酬应,拟明日归矣。晚乘马车访盛杏老谈,兼晤朱叔梧。余与小卓约定在张园相待,遂驱车往长篷,一声昆腔到耳。因偕小卓登楼观之,所演《三醉》《絮阁》《鸳美》《扫秦》《拾金》,皆风风可听者。出园,顺道访张月葭、顾缉老于歌楼,又到黛语楼少坐。上灯返寓。背疡益剧,有不克自支之势。是日,沈习之又来,坚约补昨夜之局,小卓已先往金谷香,余只好辞之矣。

廿三日(8月7日)　霁。晨在寓,收拾行装。午后即……谋、李盈科、詹润丹均来相送。晚……苏州拖船……张仆异舱而居。是日,黄芝生招……香、钮蔚文招夜饮聚丰园,均先辞……

廿四日(8月8日)　霁。晨已抵苏城,仍于盘门雇小舟返家。外患已成,日甚一日,痛不胜衣,甚矣,其惫也。午后延鱼钓伯来诊。

廿五日(8月9日)　霁。客来者甚多,辞不见。钓伯仍来诊。晚,小卓、仲明来谈。

廿六日(8月10日)　霁。与小卓、仲明、陶如为义雀之戏,略忘痛楚,而客来亦甚多。是日,延王赓云来诊。

廿七日(8月11日)　霁。钓伯仍来诊,脓出亦渐畅。仲明、鼎元均来。

廿八日(8月12日)　霁。钓伯仍来诊。执舅、钱子莲来。

廿九日(8月13日)　霁。与仲明、小卓、黄仲森义雀。

七月朔(8月14日)　霁。午后,玉君四叔来长谈。仲明、陶如、颉文亦来。

初二日(8月15日)　霁。天气秋燥,外患不能收功,焦灼之至。午后,小卓、钱幼逵来。

初三日(8月16日)　霁。与仲明、小卓、仲森义雀。钓伯来诊。

初四日(8月17日)　霁。

初五日(8月18日)　霁。腐肉渐去,外患渐轻,苦于天气过热。午后与家人博。向子振同年以百洋馈,并转致三邑尊皆送赆,雅谊可感也。晚,仲明来。

初六日(8月19日)　霁。午后与家人博。刘景韩师七十正寿,晨起急就写一联,并写酬应字,稍觉力乏。入夜,天气渐凉。

七夕(8月20日)　霁。钓伯病,久不来诊。晨往访王赓云,又赴玉峰,晤梦麟,力劝余就诊马筱岩,日前江听珊先以函荐知马……而又生,现在……采也。午后与家人及雷世兄博。夜,执……来,余以酒款之。

初八日(8月21日)　霁。晨,李梦九、季履安、夏小卓来。外恙渐臻平复。晚,庄颂文来。

初九日(8月22日)　霁。午后,庄顺卿、季履安来。

初十日(8月23日)　霁。晨买舟赴曹智庵处诊,智庵不在家,其世兄南笙为余诊。余顺道出闾门,并约小卓,携丹儿作虎阜纳凉之游。一棹山塘,中流客兴,凉风习习,披襟当之。拟登海涌峰,饮憨憨泉,余以背疡时痛,不敢勉行,茗憩吉公祠半日,又游张公祠,薄暮返城。夜,皋桥西块吴趋坊石岸无端塌屋廿余家,压毙六七人,余舟过其下者只早一时许耳。是日,甘露葛俭安检得盛家巷印契来。

十一日(8月24日)　霁。午前，朱黼老、仲明同来。

十二日(8月25日)　霁。为旌表忠义凌子雨讳以塸，长洲人，庚申殉难题遗像卷赞一首，又凌孝子子雨之父墓图卷书后一篇。晚，仲明来，董敬生亦来。

十三日(8月26日)　霁。与仲明、小卓、仲森看竹。自麻雀盛行，此调将成广陵散矣。

十四日(8月27日)　霁。晨往王赓云处诊，兼晤梦麟。将登舆时，因鞠躬开箱，腰忽闪痛，几不能行步。少顷，稍愈，至王处渐近自然矣。诊毕，顺道会访唐子寿昆仲，均晤。又到尤鼎老处，并往会魏芙香，未晤。午后返家。晚，程志范、仲明来谈。

中元(8月28日)　霁。与仲明、小卓、李梦九……腰仍酸痛，不便行步。余有……未能也。

十六日(8月29日)　霁。题邢厚庄《书城坐拥图》……章，即和厚庄题《养寿庐先集》原韵。文经、雨生来。晚，老友顾小香来，畅谈。小香年七十一，其尊人与彦钦公同入泮，与余家三世交，口传养生之诀，四言曰：发常梳，背常暖，腹常护，足常洗。又因余病腰痛，传丹方二：以千千活草根用碗尖水百滚揩之。又方：白凤仙根用高粱酒伏天晒至浓黑为度，治筋寒湿气。

十七日(8月30日)　霁。晨往马筱岩处诊，又往程执舅处谈屋基事。午前归。晚，仲明来。

十八日(8月31日)　霁。昨用马筱岩新药，新肉上又起腐肉，究不知何故也。晨，王栋生为程事来谈。午前，陆陶如、程志范来。午后，雨亭弟来。晚，钧伯病起来为我诊。

十九日(9月1日)　霁。晨，小卓来。午前，魏芙香来长谈，不见十年，彼此依恋。午后与仲明、小卓、仲森看雀。程鼎元来。

二十日(9月2日)　霁。午后，仲明、雨亭弟来。

廿一日(9月3日)　霁。题张翰伯《恒春片石图》五古一章。

廿二日(9月4日)　霁。晨拜朱竹石师寿，未见，就诊王赓云，又访潘济之、潘由笙、金养知。午饭于执舅处。午饭后访顾敦庵,并唁其太夫人丧,敦庵新自皖旋里也。晚到魏芙香处谈。

廿三日(**9 月 5 日**)　霁。午后挈丹儿、三孙女乘小舟出金……纳凉山塘桥下,又游马路,茗憩……抵暮归。

廿四日(**9 月 6 日**)　霁。晨,小卓、陆陶如、金亮卿……为程执舅事访田春亭大令,又到陈菊坪处,均晤。晚与家人看雀。

廿五日(**9 月 7 日**)　霁。晨,都韶笙、小卓、仲明来。午后与家人看雀。

廿六日(**9 月 8 日**)　霁。与小卓、仲明、仲森看雀竟日。晚,玉雨叔、钱竹轩、徐俊三来谈。

廿七日(**9 月 9 日**)　霁。晨步行往候雷砺卿、子蕃两亲家,畅谈而归。晚,魏芙香来。夜与家人看雀。

廿八日(**9 月 10 日**)　霁。晨到日升园试茗,霄卓不来,而卫端生、庄顺卿来,叙谈至午前始散。午后访王东升谈,又为程事访朱竹师,未晤。就诊钧伯处,又到念乔及张翰伯处。夜看雀。

廿九日(**9 月 11 日**)　霁。晨挈内人、两儿赴支硎、寒山扫墓,因支硎社察课,兼约仲明、小卓同往。余到局,又因念乔数年前建龛设位,遂与诸君行秋祭礼,明日放普渡焰口。抵暮游马路而归。

三十日(**9 月 12 日**)　霁。晨,王东升来告程处事有眉目,即出金闾赴山塘马路会访金亮卿谈,又往马路勘定闾二各地基。午前进城,见朱竹师谈定程事。余到桃花桥弄净心庵,访莲伯母,食面而行。午后到执舅处,又到邹宅。晚为程事访田春亭、王东升,各事均接头矣。

八月朔(**9 月 13 日**)　晨,唐子寿、张翰伯、顾小香、葛艺亭、雷砺卿、唐六英来。午后,小卓、雨亭弟来,见客大半日。晚与小卓、仲明茗话日升园,兼晤缪辛生。是日,以番饼三百元托雷砺翁充靖江赈,了先人心愿也。手头告乞,适有及门馈程仪百元……却而仍借之,另二百元由砺卿为……余以珠花……安理得也。

初二日(9月14日)　霁。晨,余长庚、庄顺卿来。午后……处,贺其世兄入泮喜,又往程公祠,赴田绍白同……招饮,余以忌口不入座,游园而已。晚到恒孚,又到聂中丞处谈。上灯时,顺道访魏芙香,畅谈而归。芙香改号耕士。夜到实甫处看雀,实甫有儿女庆事。三鼓后始返。

初三日(9月15日)　霁。晨,庄顺卿来。午后,胡金堂来,同到吴县学看演礼乐。晚到养育巷。

初四日(9月16日)　霁。晨侍吾母挈妻女、两儿妇、龙孙,并约黄实夫女公子同登王四寿画舫,出金阊,小饮聚丰园。午后同游留园,上灯后返家。

初五日(9月17日)　霁。晨就钧伯诊。午前由北街赴昌善局,奠顾敦庵太夫人。游息池上者多时。饭后访江霄纬,预祝其母夫人七秩寿,又到执舅家。晚访向子振同年谈。

初六日(9月18日)　阴而微雨。午后,向子振同年来谈并送行。晚,仲明来,余冒雨与之同到日升园茗话,兼晤庄顺老。茶罢,仲明赴垆头,余偕去,忽遇徐寿卿为余偿酒资,余未识其人,询之,乃恒孚旧友也。

初七日(9月19日)　雨。午后在家,与实甫及家人看雀。晚,文小坡来。

初八日(9月20日)　霁。竟日拜客辞行,晤鲍子约、陶念乔、胡金堂、石壶老。壶老留午饭,允之。饭后,晤王东升、陆春江方伯、沈旭初、汪郎师、程执舅,上灯后归。

初九日(9月21日)　霁。晨,陆春江方伯来谈,并送行……程执舅亦来,执舅在余处午饭……棹出金阊为……屋基事往……一切,惜时近暮,仍不能悉其究……茗憩逍遥楼。上灯返。夜,李邠如来。

初十日(9月22日)　霁。晨在家侍吾母并挈家人照合家欢相于实甫方厅之庭。是处小有树石,颇得生趣。午前拜客,到宝积寺,奠邹友蘧之太夫人冥诞，同座晤朱砚老、邹芝香诸人。饭后访恽兰生，又出盘门、青阳地，为程事访工程局员李子新，均晤。进城过养育巷，舆夫道远已惫。折行，余往益元堂笔友处小憩。上灯时到程执舅处夜膳。更余又到玉雨叔处剪烛对谈，皆辞别。三鼓始归。

十一日(9月23日)　霁。在家。晨，鲍子约、胡颂鲁根仁子来。颂鲁述乃翁之命谆约夜饮，辞之。午前，章百川来。晚到日升园，晤陆靖澜谈。

十二日(9月24日)　霁。晨在家，独照一相。出门拜客，访朱竹师谈，安宅事始竣。又到唐隽臣昆仲处，顺道访玉君叔于费氏肆中。是店忽有横逆事，玉叔约余小饮徽馆。午后访雷砺翁于中市。舍舆，步行出城，到马路即返。晚到隆庆庵，拜黄寔甫堂上冥诞，抵暮归。

十三日(9月25日)　阴。晨，李子新大令来，程执舅、鼎元亦来。余为玉君叔事冒微雨访总捕黄宝之，午前即归。午后偕鼎元并挈两儿买舟出盘门。鼎元为将还房屋事到工程局，余在春风得意楼茗憩。上灯后返城。夜又雨。

十四日(9月26日)　雨。两孙女周岁，斋星官于家。午后，沈旭初、仲明、陈菊坪来谈。

中秋日(9月27日)　雨。午后到观前执舅处，又往云……购零物而归。夜，魏芙香来，余设酒……

十六日(9月28日)　霁。昨，魏芙香来云，渠友杭人……恩荣需次苏省，愿为余执弟子礼，余力辞之。……今晨偕许来见，亦老成练达人也。杜雨生、王逸……雷砺卿、滋蕃均来送别。仲明亦来谈。午后访潘济之，并会候许少卿、魏芙香。行装已束，准明日赴沪。晚往候砺卿，未晤，晤滋蕃谈。到日升园与仲明、菊坪、顺卿茗叙。

十七日(9月29日)　霁。晨，王东升、钱逵溪乔梓、都韶笙、陈菊坪、刘纪云均来谈，并送别。午后买棹出盘门，亲友来送行者胡金堂、仲明、顺卿、程志范、黄寔夫、燕谋父子、小安侄、常儿、龙孙、福孙女皆出城，喜倍、元外孙皆到学场。出城，则程执舅、陆靖澜预在河干相待，相与小坐茶檐下而别。申初登利用公司拖船，丹儿及张仆从。申刻始开轮。同船遇僧定远、陆引之、张俊卿。

十八日(9月30日)　雾。晨抵沪上，仍寓四马路景星公栈，到月中桂小坐，晤吴镜泉，婺源人也，拟以宗支事托查。归寓，詹慎丹来。午前，林文经偕吴幹臣来，幹臣，广庵廉访侄也。午后，余往南市访左菊人，晤谈。晚乘马车访严小舫、盛杏孙、任逢辛，皆不遇。挈丹儿到张园游，文经、幹臣皆来。夜，文经招饮宝丰园小天津馆也。

十九日(10月1日)　雾。晨进城，访詹慎丹，唤舆，拜袁海观，得晤。出城时近午。乘马车往制造局，拜总办毛寔君庆蕃，江西人，前于都中见之。一路由西门外转而南，约行十余里始到。午后访盛杏老谈，顺道游张园观昆剧。晚访徐心田于泰安栈。余邀其同到杏花楼夜饮，丹儿同往。酒罢，心田约余至聚仙园观女伶戏。二鼓后返。

二十日(10月2日)　雾而微阴。晨会访徐少甫，晤其世兄……前乘马车……算者人设一案，案列……银号海关……通无九洋式。游毕，余访顾缉庭、严……游张园，与心田同观昆剧，有女伶周桂林为人……员演《思凡》一折，甚佳。夜到任逢辛处畅谈。汪甘卿招饮聚丰园，客到甚少，余招黛语楼主。席散，访黄翠峰，未晤。

廿一日(10月3日)　雨。晨，钱友逴自故乡来，同寓陈养泉来谈。午后，林质斋来，同往雅叙园小饮，丹儿同座。归而蒋醉春、祁冕廷来。夜，许子博封翁招饮新太和馆，余招黛语楼主，同席晤楚北陈鸥民观察、同乡宋培之诸人。席散，余拟于明日舫客，访许兰圃谈，主人出武夷茶相款，即返寓。三鼓后，徐心田来。

廿二日(10月4日)　阴。晨访汪甘卿于垃圾桥赇德里。归寓，友逴为指官事急赴京，不及与余同伴，附海晏船先行。余又访同乡宋佑之谈。宋新立树艺公司于海州云台山，以皖、浙诸茶及楚、蜀各树种遍教居民植之。据宋云，已有成效，现拟再招股，以期推广。午后，雨。晚到新太和馆请客，客皆到，为许子博、许兰圃、徐心田、吴幹臣、汪甘卿、缪辛生、林质斋、林文经，余与大儿陪末座。同席招花十人，余仍偕黛语楼主，并招张五宝唱昆曲。三鼓后散，余与心田往黛语楼少坐。

廿三日(10月5日)　霁。晨，黄翠峰、蒋醉春来。午前，余与翠峰、醉春到粤人茶楼奇芳清话。晚到大马路，为内人购洋丝绸衫料一领，计番鹰五枚。夜，徐心田招饮金秀云家，余仍招黛语、张五宝二人。

廿四日(10月6日)　时阴时雨。晨写酬应扇二枋。许少卿自苏垣来送，因余为所图比租局差事，有成意。专诚访余送别，颇诚，同到奇芳茗叙而散。严小舫……出所藏书画，相……有石谷拟臣师少……厚，余多可观者。冒雨返寓。晚，许兰圃……沈丽娟家，余仍招黛语，同席晤吴江耆儒沈寿康毓桂，中西书院掌教人，甚谦和，年九十四岁，许子博封翁年七十八岁，与二老谈心，大可乐也。席散，余与心田、兰圃同到花间茶话。三鼓时返寓。

廿五日(10月7日)　霁。晨到新济轮船，看定房舱，即返寓。诸客毕集，余欲食早点，竟无暇矣。少顷，始独自出门购物。午前乘马车访陈鸥民、沈寿康谈。欧、寿二公，余皆相见恨晚，惜余将去海上，彼此不能常叙也。午后，陈鸥民招饮江南村番菜，主人为余招黛未到，遣林卓云代。晚与黄翠峰约于张园相晤，余到时已上灯，翠峰先到余寓矣。夜，许少卿招饮一家春，并邀翠峰及丹儿。席散返寓，部署诸事，到新济轮。少卿、翠峰、林文经、吴幹臣、林质斋、汪甘卿、徐心田均来送别。闻开船须待黎明，夜与心田、质斋登岸至四马路食点，即返舟。丹儿同住舟中，钱福为余守行李甚竭力。

廿六日(10月8日)　阴。晨，丹儿挈张仆、钱福登岸，即起轮行。午后过余山，微有风浪。同舟晤曾仲伯，剪烛夜谈，过从甚密。

廿七日(10月9日)　霁。风恬浪静，过黑水洋。仲伯住前舱底，余住后舱楼，相隔甚远。余因寻访迷路，精神忽乏。晨间竟呕吐两次。

廿八日(10 月 10 日) 霁。黎明抵烟台,因起货停泊竟日。余为船中买办陆良澄司马题其太夫人冯七秩寿……一首。良澄,粤东鹤山人,能鼓琴,人……舟轻摇撼不已……无欲吐之意,始知昨日之呕心由于神……风浪也。

廿九日(10 月 11 日) 阴。晨,风仍大而浪稍平,舟仍震荡。巳初抵大沽口停泊。未初开行。申正达塘沽。登岸,寓吉祥栈。仲伯知余无仆,拨一小僮楚南人助理。同寓晤锡山钱松江,诚谨人也,接谈颇洽。刘仆自京寓来迓。晚小酌于市肆。

九月朔(10 月 12 日) 霁。晨上火车,未正抵京,仍达天坛,返寓。此行塘沽移行李费用几倍寻常,自轮船上驳船价两洋,自驳船上岸入栈价一洋两角,自栈达火车傍价如之,自火车傍上车写行李票价三洋,捎者外加四角。人票在外,较轮船费已过之矣。晚休息不出门。背疡尽愈,船上郁蒸三日,搭手之旁有侧生者,虽形小如豆,然不敢不小心也。

初二日(10 月 13 日) 阴,大风竟日。午前,邃庵、经士、李紫璈来谈。晚访秦韶老。

初三日(10 月 14 日) 霁。晨,邹紫东来。午后出门拜客,晤秦培老、王梦麟、贵坞师、朱益斋。夜到湘乡馆,访仲伯,知尚未到京。夜,吴叔海来。

初四日(10 月 15 日) 霁。午前,秦培老、周纯甫来谈。晚为汪晋峤托查宦事,访徐蟾亭,不晤,晤仁昌友萧颩生。

初五日(10 月 16 日) 霁。晨到市上,欲觅书画,不可得矣。晤袁春江、王缺子谈。午后便衣拜客,进城,客大半不晤,此半日居然事毕矣。晤耿伯斋、汪兰楣、朱叔梧、钱友逑、郑兰庭。

初六日(10 月 17 日) 霁。午前,陶侃如、延子澄同年来……八十矣,精神尚健。……代寄海上石印……午后,王苹珊……揆一、朱益斋、汪兰楣、严孟繁来,余……书架,不出门而门外屦满,有应接不暇之势。

初七日(10月18日) 霁。不出门。午前,朱艾卿来。午后,徐元之、葛菊屏、叶菊老、费芝云来。

初八日(10月19日) 霁。晨,潘子静来。午前到厂肆,顺道访朱叔梧谈,又访郑兰亭,未晡,即返寓。

重阳日(10月20日) 霁,秋高气爽。午前,袁孟梧来谈。午后,世耀东招饮福隆堂,同座晤锡聘之、锡子常、曹邃老等人,傍晚返。

初十日(10月21日) 霁。晨到市上,即返寓。郑兰亭来。午后在寓,部署书斋。秦韶老来。

十一日(10月22日) 晨雨,午前即霁。在寓以家庖请客,客之到者为李紫璈、延子澄、朱叔梧、王梦麟、徐元之、葛菊坪、费芝云、钱幼夔、王苹珊,傍晚席散。是局约潘子静,因天雨未来。

十二日(10月23日) 霁。晨,唐梓寿自故乡来,新捐盐分司,指分两淮,与其弟唐六英同来京。六英则纳资得知府矣。又同乡杨颂如世桢,丹儿同案、朱寿臣钧弼,常儿同案皆以新例得官来京,均晤谈。午后,潘经士招饮省馆惇仁堂,晚返寓。夜,刘瀛侣招饮石头胡同松凤酒,北地胭脂、南都金粉,相会一堂,同座有费芝云及同乡彭静安,子方姑丈之侄孙也。

十三日(10月24日) 霁。午后拜客,晤广元友李松泉、杨颂如、李玉舟、彭静安、徐元之、葛菊屏。

十四日(10月25日) 霁而微阴。陶端一、耿伯斋、吴秋舫、翟朴庵来谈。午后写苏信、发电信,均为故乡诸……捐局事,冗迫之至。晚到市上。

十五日(10月26日) 霁。晨发河南信,附家书,中转……客来不已。唐子寿、六英、葛鞠屏、黄石孙、吴子和,均晤谈。晚到厂肆,与鞠屏、元之同访赛金花,未遂良觌,为之怅怅。

十六日(10月27日) 霁。晨访徐花农阁学谈,其书斋有董东山《竞渡图》一轴,精细工致,上品也。归而郑兰亭来。午后,王寿山、戴子开来。子开过道班留浙江,以近作《新安雁宕游草》二册相赠。

十七日(10月28日)　霁。午后出门会拜客,晤翟静轩、朴庵父子、唐梓寿、六英昆仲,又进东城谒昆、敬师,未见。上灯时返寓。

十八日(10月29日)　霁而微阴。晨会访方勉夫同年,畅谈时事,相对慨然。又会访汪兰楣、严孟繁,午前归。午后到厂肆,又往会馆,晤芝云。芝云出示《萱帏授经图册》《江寺品泉图卷》,上灯时返。

十九日(10月30日)　时霁时阴,天寒风劲,可御重裘。晨,淳于静涵来。午后到市上。晚,姚稷臣同年来。

二十日(10月31日)　霁。晨,曹石如、秦韶老来。石如索阅先册,亭午方去。丁学孔自延庆来。午饭时得郁小涛母舅书,为渠捐事偕广元友访李玉洲取印结,同到吏部具呈,奔波半日,上灯后方毕。

廿一日(11月1日)　霁。晨在寓。午前访王梦麟、秦培老,均晤谈。进西城,赴报房胡同官学,昆师接见,与同署诸人晤,顺道访叶鞠老。出城,又访戴子开,上灯时返。是日,知李合肥晚忽吐血一杯,延西医诊视,尚无妨事。

廿二日(11月2日)　霁。晨,殷柯庭来。午前写家书,即寄邮。午后,紫东招饮聚宝堂,顺道访徐元之、葛鞠屏谈。阅梦麟寄存鞠屏处画……数件四王……皆真而不精……南行归而……

廿三日(11月3日)　霁。晨到市上,连日以劫案伏辜者……屈惨不忍视,即返寓。午前,聂献廷、朱叔梧来。午后,支芝青、黄瑟庵、吴季蓉、叔荃、唐子寿、钱幼逯来,大有应接不暇之势。晚为明日请客事再到市上。夜,郑兰亭招饮会丰堂,辞之。

廿四日(11月4日)　霁,天气又暖。午后在寓斋请客,戴子开、曾仲伯、唐子寿、姚稷臣、唐六英、沈绥若、吴季蓉、彭静安、潘经士,皆到,上灯后始散。是日,市上戮卅余人,不忍闻之矣。

廿五日(11月5日)　霁。午前,秦韶老来谈。午后为暮春眷属南归失物事访瞿仰之。瞿现官南城指挥,名利栈为其所属也。晚往本馆晤芝云谈。是日,同乡杨颂如招饮元兴堂,辞之。

廿六日(11月6日)　霁。午后赴厂肆,访葛菊坪,兼晤兰楣同年及汪鼎臣。晚与三君同饮百景楼。夜同访丘子瑜,小步花丛,始见赛金花真面目,谈吐风生,自是巾帼中使者,论其色则所见不逮所闻,如崔信明诗而已,其女弟子苏小兰亦工肆应。

廿七日(11月7日)　霁。晨到广元,晤李松泉,即返寓。午刻,耿伯斋招饮省馆,觞饮半日。晚席散,与邃庵同访黄石孙同年,兼晤兰楣。夜为同乡亲友验看事访淳于静涵、杨子仪。是日,同乡叶仲瑜招饮聚宝堂,辞之。闻合肥相国午刻薨于邸第。

廿八日(11月8日)　霁。午前,会访秦韶老,闻培老又有掌珠之悼。晚,姚稷臣、唐子寿、沈绥若来谈。客散,余往访支芰老谈。

廿九日(11月9日)　霁。晨到市上,即返。韩献墀通⋯⋯喧,顺道往厂肆⋯⋯月朔看牌之局,归已上灯矣。夜大风。

晦日(11月10日)　霁。晨因方勉翁叠次顾我,余均出门,步往会之。归,又会访陶端一,午前返寓。晚,戴子开、李韵和、世耀东来谈。夜购无肠公子,食之。韵和处交来朱楚云《展重阳图卷》,有嘉道时题诗卅家,甚为精品。

十月朔(11月11日)　霁。晨到骡马市,即返寓。午后往陕西巷恒德堂,与费芝云、刘咏诗、葛菊屏、欧阳竺三看雀。是日,客未齐时,竺三先偕余往林桂生家一游。桂生,吾吴木渎人,恒德堂则折津妓也。入夜局散,又与同人至荣春听曲,其地上月十二夜曾经涉猎,中人之姿,不甚记忆矣。

初二日(11月12日)　阴,天寒酿雪。晨,姚稷臣来。午后,张雨人、曹石如来。晚,雪花甚大。室中未设围炉,握笔奇冷。夜,李紫璇招饮便宜坊,同座大半蜀人,有吴虞臣,原籍广东,余与之叙家世。彼云有四川全省族谱可查,即日当往访之。

初三日(11月13日)　大雪不止,深盈尺矣。午后,雪仍不止。

初四日(11月14日)　霁。晨出门拜客,晤经士、邃庵、吴秋舫。又往潮州馆,访吴虞臣,得见其所抄谱稿。余与彼分支在汉时长沙王芮之子,彼为臣公之后,余则浅公之后也。虞臣云,是谱合四川全省吴姓各谱,荟萃成书,刊成只印一部,计四册,板立毁,恐外人乱宗,无第二部也。余假其稿本归抄之。午刻,戴子开招饮省馆,同座晤徐花农、蒋功甫、唐六英诸人。晚访秦韶老谈。

初五日(11月15日)　霁。晨,浙人蒋韵笙来访富春,彭刚直门人,新以太守分省来京,昨在子开席间相晤,人极诚肯,严州兰溪人也。午前,张苣南……七十寿,在省……午后即返寓……携南……

初六日(11月16日)　霁。晚,汪鼎臣来辞行,余设樽酒款之,尽欢而别。是日,得三号家书,知二号邮信未到,王二太太于月初逝世。

初七日(11月17日)　阴。晨,陈征宇同年来。午前,戴子开、叶仲初、林质斋来。午后,李春卿同年招饮便宜坊,道甚咫尺,而雪后泥途,颇难插脚,因穿间壁当店空房行。

初八日(11月18日)　霁而微阴,天寒风劲。午前,林质斋来,余设酒款之。晚,邹紫东、姚稷臣来。

初九日(11月19日)　霁。晨到市上。闻虎坊桥东照相馆菊花甚多,请人游览,亟往观之,已零落矣,怅怅而返。午后进城拜客,晤朱叔梧,又往奠李合肥阁师,晤沈子梅谈。晚出城,晤丘子瑜、姚稷臣、唐氏昆仲。夜,林质斋招饮同丰堂。是日,殷柯亭招饮省馆,辞之。

初十日(11月20日)　霁。晨,林质斋来商办捐官事,明日即南归措银。丁学孔昨到京,余并以酒款之。午后,杨子仪来。晚,唐子寿、六英来,畅谈至夜。余剪烛开樽,出所藏书画示之。二更后,客始散。

十一日(11月21日)　霁。午前,秦韶老来。晚,淳于静涵来。

十二日(11月22日)　霁。晨起甚迟。方勉夫同年来谈。为程、蒋、郁诸人官事写信。午后进城寄邮,并发电,取银交印结局。雪消泥淖,时有陷辙之虞,更余始返寓。是日,为唐子寿之妹结姻秦韶老之次世兄,子寿坚嘱余作冰上人,夜访子寿,竟不晤。

十三日(11月23日)　霁。晨写家书。午前到市上,即返寓。晚,吴虞臣、聂献庭来谈。是日,在市上购得易实甫《青城步霄图诗册》,有张也秋、黄仲涛等题,价三千五十文。

十四日(11月24日)　霁。晨到……沪上陈鸥民书……余萍水初交,意颇相得,有愿结异姓昆……访李紫璈于伏魔寺,畅谈至夜。夜写酬应字。是日,先慈周忌,余茹素。刘映藜招同丰堂夜饮,辞之。近日阅《经世文编·宗法门》。

望日(11月25日)　霁而阴。晨访唐梓寿昆仲,并与稷臣同年谈。午前访吴秋舫,同往厂肆少憩。葛菊屏招饮聚宝堂,薄暮始散。

十六日(11月26日)　霁。晨到方勉夫同年处谈。午后在寓,与王惕庵约拟来阅先册,期而不至。夜,段春老来畅谈。大风即止。

十七日(11月27日)　霁。午后,杨子仪、刘映藜、胡少芗、王梦麟来。梦麟携新得书画相质,余亦出所藏示之,纵谈至上灯后始去。是日,潘秩仲招饮省馆,辞之。

十八日(11月28日)　霁。午前出门拜客,进东城,赴合肥相国家,江苏全省公祭,同席晤杨彝卿谈。午后,拜敬子师七十寿,未见。顺道谒铭鼎师,畅谈时事。师谓此后愿朝廷永不用八旗同乡为督抚,或尚可挽回时局。师亦八旗籍,能作是言,可谓大公无我矣。晚出城,上灯后返寓。

十九日(11月29日)　霁。晨会访李均湖、聂献廷,均晤。均湖出示高南阜左手书画两册,又李方膺梅花册,皆精品。午前返寓。陆莼舫自故乡来,余款以酒面,畅谈而去。晚到厂甸,游工艺局,系黄慎之乱后创建者。又到前门购物,抵暮归。

二十日(11月30日)　霁而阴。晨到前门外购物,小酌艳芳楼,津馆也,善制鱼。午后返寓。夜,唐子寿来辞别,余款以酒及自制葱韭饼,作剪烛清谈。

廿一日(12月1日)　霁,风劲寒甚。晨,方勉夫来索观余忘庵画册。午后,唐六英来谈。晚到秦韶老处。

廿二日(12月2日)　霁。晨,方勉夫偕其同乡张金坡锡銮……徐花老亦来……山水小卷为第……翁亦有戴文节山水屏扇数幅,邀余……之主人以尊酒相款,饭而归。午后往仁钱馆送唐子寿昆季行,兼晤稷臣、刘湘生诸人,薄暮返寓。

廿三日(12月3日)　霁。晨为唐子寿托姻事到秦韶老处,即返寓,写南中各信。晚,唐郁圃来谈。阅邸抄:大阿哥庆为入八分公。

廿四日(12月4日)　霁。晨到市口,即返。午后到广惠寺,奠杨渭春之夫人,又进城奠昆师之次媳。出崇文门,访瞿仰之谈。夜送唐梓寿、洛英南行,将家书各件交去。夜膳后,董绶金来谈。

廿五日(12月5日)　霁。晨,于海帆、秦韶臣、谢衡甫来谈。午前到市上,即返。午后,方勉翁招饮寓斋。席散,会访段春老。是日,闻戴毅老月初作古,可惜。

廿六日(12月6日)　霁,天气甚寒。晨写本署送来宫殿各处对联,皆白竹布裱就者,计二十六副。晚,陆莼舫、王梦麟来谈。近日阅《续经世文编·盐法门》。

廿七日(12月7日)　霁。晨拟出门,因市上刑人遂止,盖不忍人之心发于不自已也。午后,李春卿来谈。晚访吴秋舫,不值,到厂肆小坐而归。是日,寓房南墙兴修破土,明日动工。

廿八日(12月8日)　阴,天寒有酿雪之意。晨,姚稷臣同年来。午后,淳于静安来。晚访曹邃庵谈。夜微雪即止。

廿九日(12月9日)　霁。在寓,为冰老作传一篇。吴秋舫柬约到余寓中品评书画,候至午后始至。淳于静安来抄先册、诸人著作,自今日始。晚,曹松乔来。夜,王寿山招饮福兴居。

三十日(12月10日)　霁而阴。晨写家书及南中各信。晚寄邮局,访王苹珊谈。夜写沈琪泉同年信。

十一月朔（12 月 11 日）　阴。晨到邑馆，晤陆莼舫、费芝云、刘瀛侣谈，午饮艳芳楼，晚返寓。夜，刘葆……自故乡来京……传稿始改定。

初二日（12 月 12 日）　阴。寒气凛冽，不出门。午后，陆莼……

初三日（12 月 13 日）　霁而仍阴。午前出门，会拜各客，并往秦韶臣、曹邃庵两家，贺其子女送盘喜。进城，由禁城北入东华门，赴国史馆小坐，晤叶鞠老谈。出城，拜客数家，抵暮返寓。

初四日（12 月 14 日）　霁。为关六笙同年题《晓度紫荆图诗册》七古一章。午前，李均湖来观字画。午后，曹石如、黄叔颂、石星渚、刘博泉年丈来谈。博老上年在通州，被陷四十余日，几濒于死，演说遭乱情形，甚骇听闻。晚到市上，又为吴幹臣事访王寿山谈。夜，吴叔海偕侄粹轩来谈，即静涵之世兄也。

初五日（12 月 15 日）　阴而仍霁。晨，朱叔梧以字来约午后来余寓清话，待久不至。晚到市上，归而叔梧始来，余设尊酒款之，畅谈至更余而别，叔梧即日赴热河。是夕，粹轩又来谈。

初六日（12 月 16 日）　霁。晨进西城拜客，晤黄叔颂同年、张燮钧前辈谈。又往曹、秦两家贺喜，在秦宅看交杯合卺，饭而归。晚会访李春卿，不晤，又到朱叔梧处。苏发不列号书，又食物一箱，附织署贡差寄来。

初七日（12 月 17 日）　晨霁午阴。天气严寒，竟日不出门。题《吴贞女》诗一章，为吴静涵之胞妹作。午后小雪。晚，韩献墀来。夜寒甚，为近年所仅有。

初八日（12 月 18 日）　阴。晨访于海帆谈，又访聂献廷同年，不晤。接南信，为程宅转托丁姓事，午后往聚宝堂与献廷相见，兼晤李玉洲，又往吴秋舫处。薄暮到朱叔梧寓中，余拟约叔梧夜饮，叔梧谆留饭，遂畅谈而归。

初九日（12 月 19 日）　霁，寒威稍解。晨为念乔事到……午前，秦……培莪诸人燕饮……

初十日(12月20日)　霁。晨到市上,即返寓。姚稷臣、刘少楠⋯⋯楠来自行在,曾登华山之顶,不负此行矣。午刻到省馆,苏府同乡为陶侃如公祝八十诞辰,三席并设,尽欢而散。晚访李均湖谈。夜写南中各信甚多,明日发邮局。

长至夜(12月21日)　霁。午后到秦佩老、王梦麟新寓,观梦麟新得书画,有南田山水长卷。梦麟喜极,愿出价百五十金。余决其为赝本,力阻之,彼此至好,不忍欺也。佩老新居甚宽敞,抵暮返。夜祀先毕,饮福,遥望故乡,一家欢聚,此间只余与怡姬两人耳。怡姬善事我,且时时念万儿不置,洵贤妇也。膳后,段春老来谈。

长至日(12月22日)　霁。晨为刘年伯母撰书八旬晋三寿对。午前到邑馆拜寿,面而归。晚到秦韶老处。

十三日(12月23日)　阴寒,天气使人难耐。在寓作《厢红旗副都统色普征额祭文》一篇。午前,聂献廷同年、李均湖来。晚,韩献墀来。

十四日(12月24日)　霁。臀上又生小疖,惊弓之鸟甚为担忧。午前,上海人黄涵之来,涵之为葛菊屏友,官楚北同知,托余致书王胜之,故来见也。午后到市上,即返寓。

望日(12月25日)　阴,严寒风劲。小疖时时作酸痛,服内消散。午前,李均湖、关六笙、王梦麟来。

十六日(12月26日)　霁。外恙稍愈。晨冒寒出门,到市上,即返。午后,王苹珊函约,为王伯唐死节具呈事,到西城翰林院公所见昆师,即出城拜客,晤姚稷臣、刘湘生。晚,聂献廷招饮寓斋,同座大半熟⋯⋯筹全不习此者⋯⋯年七月矣⋯⋯

十七日(12月27日)　霁,寒甚。小疖尚不能消,坐⋯⋯昨出门过远,不免受伤也。午后在寓斋请客,客之来者为方勉甫、徐花农、翁鼎臣、叶敬如、陆莼舫、黄涵之、李均湖、耿伯斋,不到者瞿仰之,因有事且道远也。秦培老昆仲,因韶老之六世兄不禄也,韶老子女均长成,而忽撄此厄,且只数日病,甚可悲也。

十八日(12月28日) 霁,寒甚。晨,钱友逵来。午前到秦韶老家,探其世兄丧。午后到市上换钱。小疖已成,脓出未畅,勉强行步而已。晚,陆莼舫、彭樾林来,樾林,子方姑丈之孙也,官福建同知。

十九日(12月29日) 霁。晨到秦韶老处,行接三再揖礼,即返寓。午后,姚稷臣来辞别。晚在寓请诸同年丈宴,客到者九人,黄叔颂、刘葆良、吴子和、郑宸丹、黄石孙、王苹珊、聂献廷、朱艾卿、汪兰楣,仍掣筹行醉乡合从令,尽欢而散。是席不到者,李春卿、陈征宇、关六笙。是日,黄涵之招饮聚宝堂,不赴。

二十日(12月30日) 霁,天气稍和。晨,杨子仪、黄涵之来。午刻函约彭樾林、王梦麟来寓便酌,申初即散。夜写苏、沪各信八函。

廿一日(12月31日) 霁。在寓仍写信。午后,曹邃老来谈。晚,王苹珊招饮广和居。

廿二日(1902年1月1日) 霁而阴,寒甚,非炉火不能御。午前,陆莼舫来。晚,费芝云来。

廿三日(1月2日) 霁而阴,寒威甚烈,脚冻异常。作《随安居万舫遗著合刻后序》一篇。午前,李春卿、杨子仪来。晚,韩献墀来。

廿四日(1月3日) 阴。晨与邃庵约同访段春岩……春老已来……舫来谈。是日朱……招饮省馆。

廿五日(1月4日) 霁。晨到市上,往长发厚少坐,与崔杨……而凌秩凡来。午后在寓呵冻,为陆莼舫写对。晚,汪兰楣招饮天和堂。

廿六日(1月5日) 阴而仍霁。晨到市上,即返。午前,李韵和来。午后,汪范卿来。夜,朱艾卿招饮广和居。

廿七日(1月6日) 霁而仍阴。晨到会馆,晤陆莼舫,即送其南行。顺往前门,一路游人肩摩毂击,转瞬回銮,别有一番气象,固上年所不料者也。正阳门楼虽毁,皆设彩牌楼。午后点于阳春居,薄暮返。

廿八日(1月7日)　霁。晨起,朔风甚厉,赴天桥之南迎銮。本署人多棚小,勉坐半日。午正,圣驾入永定门,人心大定矣。顺道到张燮钧处谈,并贺其补放浙学喜。晚到厂肆、前门。

廿九日(1月8日)　霁。天气渐和。在寓为费芝云题《品泉江寺图卷》。晚,王梦麟来。夜,秦韶老来。支芰老来约,军机有信,翰林院前二十名明早预备召见。夜膳后到陈香轮处谈。

三十日(1月9日)　霁。四鼓进禁城,入景运门,憩九卿待漏所。辰正始入乾清门,巳初进乾清宫西暖阁。慈圣、圣上面北并坐,翰林院讲读以下共廿六人,入见者廿一人,挨次前后跪。慈圣见群臣大哭三次,历述上年播迁时苦状,并以从此后君臣同心、上下协力为勖。圣上则谕时事艰难,诸臣当读有用书,并留意西学。共召对半时有余,慈谕百余语,不能尽记。午前出城,到王寿山处小坐。归寓,方勉夫、吴莲溪、聂华臣来谈。夜,方勉翁招饮寓斋,互以所藏书画出示,同座徐花农、汪药阶、刘益斋、石次青。石名元士,天津杨柳青人,上年毁家纾……

十二月朔(1月10日)　霁。……

初二日(1月11日)　霁。午前拜客……培老。午后进西城,晤陆凤老、俞阶青。抵……献墀来。是日,国史馆知会余以协修署纂修。

初三日(1月12日)　霁,天气和暖。晨到市上,购极大鱼而归,满街冰冻渐化矣。午前到邑馆,会访曹耕荪,不晤,晤费芝云。又到前门,即返寓。夜阅五代欧史。

初四日(1月13日)　霁。午刻,费芝云招饮福兴居,同座曹耕荪、翁鼎臣诸人。傍晚席散,访朱叔梧。

初五日(1月14日)　霁。午后,石次青、许子元、俞阶青来。晚到秦韶老处。闻培莘是日得闽学差。

初六日(1月15日)　霁。晨到厂肆,装潢《两代孝行图册》第三本，竣事，又到访古斋、赏古斋少坐，午前返寓。为陶念乔作家谱序一篇。晚，汪芑孙、钱友逯来谈。

初七日（1月16日） 霁。午前，吴叔海、韩献墀来。午后出门拜客，晤曹耕荪、王苹珊。内城循例谒权贵，皆未见也。

初八日（1月17日） 霁。晨，吴介眉大令交河举人，名寿祺，陈尧章之友来谈。薛汇九亦来。午前到市上，即返。午后，王梦麟、林廉孙、彭子嘉来。晚散步，访刘葆良于圆通观，同出门到王丹揆处。葆良又到余寓夜谈，余设尊酒款之。

初九日（1月18日） 霁。晨，吴叔海来。午前到厂肆，点于阳春居。午后返寓，陆凤老、锡聘之来谈。夜，许稚筠来谈。

初十日（1月19日） 霁。晨为吴叔海友转托借款事再到厂肆，点于阳春居。午前返寓。午后，薛汇九、韩献墀、聂献廷来。为陆凤老代作明年春帖子三绝句。夜，吴叔海来。

十一日（1月20日） 霁。竟日写南信及延庆信。午前，黄……晚到市上，即返。……

十二日（1月21日） 阴，微雪。四鼓……会访黄叔颂、彭子嘉，均晤。午前到省馆……公请陆凤老、汪范卿、王仲彝、彭子嘉、刘少楠。晚接本署知会，明早有司业缺，同署十二人赴引见。

十三日（1月22日） 阴而仍霁。五鼓入禁城，进乾清宫。天寒足冷，排班立露台下，颇以为苦，不知诸大老衰年当内廷差，何以乐此不疲也。辰初引见毕，出谒敬子斋师，久别长谈，师因还自行在，暂乞病假，现虽近愈，尚未复原。师以酒点款余，并谆谕多饮，遂连饮六七觞而退。到李文忠家一拜，返寓。吴叔海庆卅旬有九寿，招往食面。晚，余以家庖邀曹耕孙饮，畅谈而散。

十四日（1月23日） 霁。晨到王寿山处，即返寓。午后，韩献墀、延子澄来。晚留淳于静涵小酌。

望日（1月24日） 霁。晨，姚润吾、秦佐霖来谈唐、秦两家姻事。午后到长栖寺，奠吴子清同年之祖母，又贺吴少渠之世兄授室喜。晚到前门，又为李紫珉事访郑兰亭谈。

十六日（1月25日）　霁。晨到市上。午后，李均湖、彭樾林、延庆康富之、胡湛霖、秦韶老、方勉老陆续来谈。是日，国史馆知会补纂修。

十七日（1月26日）　霁。在寓。午后访支芰青、曹邃庵谈。闻邃老保送南斋，同署共保五人，余不与此等差用，人力求之，实不愿也。

十八日（1月27日）　霁。午刻，蒋稚鹤同年招饮同丰堂。

十九日（1月28日）　霁，天气甚暖。为吴江沈寿康先生题《匏隐庐稿后》七古三章，每章八句。

二十日（1月29日）　阴。晨微雨即止。到市上，返寓，撰本署固山贝子毓昆初祭、大祭文。午刻，吴子龢招饮广和居。夜，段春岩亦招饮广和居。因灯下须赶完二文，辞不能赴。天气甚寒，雪甚大。

廿一日（1月30日）　阴而仍霁。午前，刘少楠来。午后，韩献埠、彭樾林来辞别。晚出门，会拜诸客，晤徐花农、蒋稚鹤、汪苣孙、彭樾林、郑兰庭，上灯后归。花农罢官后惨澹之至。

廿二日（1月31日）　阴，寒威砭骨。晨到市上购物，即返……夫谈。夜写家书……

樊云门又
自任天下伊尹似之治亦进乱亦进，
不以兵车管仲力也如其仁如其仁。

杨廉夫挽又
传筹笔一年血尽未湔君国恨，
看骑箕此去魂飞犹吃辂銮归。

吴汝纶挽合肥相
教我两言与元气侔而入无间，
别公二日为天下恸且苦其私。

曾文玉，广东人。

黄小宋，璟，河南州县分省道。广东籍直隶人，陈香轮席上。

张枬臣，鼎，湖南人直隶府道。朱叔梧友。

夏厚庵，敦复，子松先生之子。杭人，刑部。

吴介眉，寿祺，壬午举人交河人，河南知县。陈尧章友。

石次卿，元士，杨柳青人。湖北知府。

黄涵之，庆澜，上海诸生，湖北同知。

曾霁生，河南人，壬辰，工部。王寿山席上。

林彤子，丹均，天津人，壬辰。方勉夫席上。

刘益斋，学谦，丙戌，方勉夫席上。

毕新周，湖北潜口县。葛菊屏席上。

胡少艻，潜，吏部员外郎，阆夫之弟，住东草厂太平馆。葛菊屏席上。

王仓稊，四川南冲人，癸西举人，李春卿席上。

张芦村，赏奇斋伙。

李松泉，王寿山友，葛菊屏友，广元友。本京人。

邓晏如，无锡人，寓陶端一家。湖北州同。

钱桐江，无锡人，人极诚谦。与陶端一和识。

王子彝，安徽人，住苏州巡检。

翟朴庵，静轩子，风仪，江西知县，癸巳副榜。

翟静轩，安徽泾县人，江苏知县。

万，江西九江人，黄生侄。

周星五，山阴人。

徐次丹，赓陛，双林人，湖州。

潘,京兆荣掌柜。

黄秀伯,慎之之子,在工艺局程晤。

安若愚,秉智,葛菊屏友,前松竹斋友,今改业客栈。

汪芑生,承豫,名炽之子,江西知县。

许子元　祐身,杭人。

张问奇,敏,能画山水,同德米庄伙。

邹薇卿,上海万昌利,三洋泾桥长清里,咏春本家。

姚逸堂,诒庆,杭州,乙酉乡榜,户部主事。

姚润吾,庭炘,杭州人,甲午南榜,戴子开席上。

汪鉴如,立元,杭州人,知县,戴子开席上。

蒋韵笙,富春,浙兰溪人,太守,彭刚直门人,戴子开席上。

吴虞臣,世恺,四川人,原籍广东,住潮州馆。乙酉拔,陕西州判。

谢仲鲁,桐森,谢心源之子,主事世耀东席上。

锡子常,嘏,乙未翰林世耀东席上。

锡聘之,钧,丁丑翰林世耀东席上。

廖基钰,湘浦,江西,乙未翰林世耀东席上。

王忠和,厂西门裱画铺友。

……子博恩晋……

韩子元,翰文斋,其父人极好,父星……

徐、倪,均益元堂笔。

陶,芸兰阁友。

俞渭渔,师行斋执事。

胡,号颂鲁,根仁之子。

胡根仁,光昌。

吕敬之,寿图先生之嗣孙,敬生之弟。本姓董,外孙作嗣,过房与吕家。

董敬生,胥门外廿二三各各董,浙籍,住马路谈家巷惠梓堂。

王东升,荣爵,吴署钱席,倪稼生之徒,绍人。

葛俭安,父楞香,叔文彬,契存楞香手,菊叔祖母住文彬家。认得佑甫叔。

葛艺庭,葛三寿之子,业南货东。

程鲁士,松轩孙季常之子,潘桐生栈友。

邹憩南,松如之子。

马叔眉,名,杭人,官苏藩库厅。

盛幼文,杭人。

周朗峰,云蓝阁主人,杭人。

杨蔼士,藩署帮办书吏。

僧定贤,嘉定人,花山寺住持。

丁沙礼,楚卿侄。

丁楚卿,安,合肥人。

邓星五,直隶州武强人。

陈养田……

陈康伯,养田堂弟,前在州华处常见,今在信昌。

金菊存,苏人,赴广东业珠宝。

吴元卿,京培,皆海运总办。

戴子开,启文,浙江知府,扬州人。丹徒人。

又

秦远洋,广臣,翻译,三百元。

张省三,顺天府学门斗,即张八,与周仁甫认得。

沈叶筠,中书科浙江人,住绳匠∞。①

陈鸥民,锦奎,湖北江夏人,江苏候补道。

毛寔君,庆蕃,江西丰城人,癸酉举,己丑进士,制造局总办。

蒋芝祥,春老族弟,执舅内侄,住东城,认得黄翠峰。

---

① 特殊符号

姚伯希，稷臣之子。

朱楼五，黼卿之子。

季元全，胥门外廿二三各地保。

陆明高，陆福堂之婿，福堂已故，盘门张家浜坟客。

吴荫培日记·十三

辛丑十二月廿三日（1902年2月1日） 霁。晨到市上，并为吴幹臣事访王寿山，即返寓。写上海各信。夜会访许稚筠、陈香轮，均晤。日前，陈鸥民来信，愿订兰谱，是日亦以谱会之。

廿四日（2月2日） 霁。晨到市上，购红梅两盆，即归。午后在寓请客，张燮钧、秦培荨、林廉孙、许稚筠、春岩、蒋稚鹤、汪范卿、朱寿臣、石厚庵，同座共十人，上灯后散。是局有陆凤老，因昨日升左都，未到。

廿五日（2月3日） 霁。午前到市上。晚再到市上。归而王苹珊同年来谈。

廿六日（2月4日） 霁。晨因朱芷青以所著诗稿相赠，亲往谢，约其午刻到余寓小酌，并邀费芝云、刘瀛侣同席，申刻席散。曹邃老来谈。上灯时访于海帆。海老昨开坊得右中允，甚快意……

廿七日（2月5日） 霁，立春。……厂肆邑馆晤……

廿八日（2月6日） 霁。晨为李紫璇事再访……拜年，并贺陆凤老得总宪喜，未晤，晤钱友逯，又晤钱六英先生，矍铄如旧，春秋八十二矣。

大除夕（2月7日） 昨陆凤老嘱于海帆、秦韶老来约今早江苏同乡官谢恩。黎明入景运门朝房，恭候太和殿圣驾与蒙古王公筵宴毕，辰刻行三跪九叩首礼。凤老约往南书房他但满音也小酌。是地乃造办处，在隆宗门外，内监设酒馔，皆天厨之品，有栗泥小米粥，运红糖于中，香味最美，惜每人只半碗，不能请益也。饮罢，往东北城拜师门及各家年。午后出崇文门，晤陶侃如、唐郁圃、汪范卿诸人。侃老方选庐州同知，甚快意，上灯前返寓。夜钩稽各帐，祭先，饮福。此间清静，颇念故乡。四鼓后始卧。是日，以刘少楠所贻太华峰顶松菌先祭后尝，佳品也。

　　壬寅元旦（2月8日）　霁。晨起拜天地祖宗。午后为张燮钧学使写礼对，取书红之义也。晚到市上，清淡之至。

　　初二日（2月9日）　霁。为燮钧写对竟日。晚到长发厚，即返。是日，为刘少楠题《石门吴伯滔摹石涛长江图诗卷》七绝三章。

　　初三日（2月10日）　霁。写对毕。午后独坐玉梅花下焚香，录昨日所题诗。费芝云来谈。

　　初四日（2月11日）　霁。午后始往厂肆一游。夜祭财神。

　　初五日（2月12日）　阴而微霁，天寒风劲。晨到市上，即返。午后出门贺岁。夜，方勉翁招饮春酒，谢之。

　　初六日（2月13日）　霁。晨到市上。近日寓斋棠梅盛开，无事时于花下读史。午后接南中邹颉文信，知喜孙竟化矣，甚为万儿一房……厂肆访计文……

　　人日（2月14日）　霁。午后接……传染丧其一子一媳，余家喜孙与……四孙女亦殇，闻之甚为不乐，遂携仆进城，姑作曹老公观之游，又到护国寺散步，怅然而返。盖余癸巳新春携咏、万两儿作是游，忽忽已十年矣。

　　初八日（2月15日）　霁。午后入内城，赴东北城贺年。晚到张燮老处送行。燮老以《海国图志》《明大政要纂》《理学宗传》《湖南苗防屯政考》四书相赠，余以武夷龙井茶、台湾香报之，是晚畅谈。

　　天诞日（2月16日）　霁，天气和暖之至。午后，汪范卿招饮省馆。

　　初十日（2月17日）　霁。晨，汪兰楣来谈。午前，顾康民、邹紫东招饮省馆，与兰楣同去，是会皆苏府诸人。席散，兰楣、刘少楠同到余寓，偕赴火神庙。本年厂肆书画苦无佳者，间有可观，值昂不可胜计矣。丁学孔自延庆到京,仍寓余斋。

十一日(2月18日)　霁。晨,张戟门来谈。午刻在寓设家庖,请计文卿、吴虞臣、丁学孔小酌。计老颇娴赏鉴,余出所藏示之。夜,方勉翁谆约小饮其家,同席张戟门、张金坡诸人。

十二日(2月19日)　霁。午后进西城,绕道至城东贺岁,并会访张戟门,未晤。夜,刘瀛侣泥饮松凤,其相知者素云校书也。主人叠邀三次,竟不能辞,同座费芝云、葛菊屏诸人。

十三日(2月20日)　霁而微阴。晨,杨子仪来。午后与丁学孔游厂肆,到计文卿处小坐,并往工艺局一游。是日,吴莲溪同年招饮宴鸣居,辞之。

十四日(2月21日)　阴而微霁。晨到市上,即返,竟日不出门,对坐玉梅花下读书。余……书画……

上元日(2月22日)　霁。晨到恽……老处送行,兼晤梦麟……团拜,公请培老、侃老诸人。晚到芝云处坐。与翁鼎臣同游火神庙。夜到许稚筠处谈,稚筠即日移寓内城鹁鸽市。

十六日(2月23日)　霁。晨往厂肆、火神庙,以九金购管劬安、薛夜来画轴,极小人物,工致异常,不让仇寔夫也。午刻在寓请客,方勉夫、刘益斋、杜子丹、陈香轮、吴秋舫、刘少楠、顾汝言。是席,余本会请康民、紫东,均不能来,康民遣世兄恭代。花香酒热,宾主均尽欢而散。晚访秦韶老、胡复生,未晤。

十七日(2月24日)　霁。晨在寓。午后进西城,赴陆凤老招饮寓斋之局,同座皆故乡诸人。顺道贺岁,抵暮返。

十八日(2月25日)　霁。寓斋邀费芝云、葛鞠屏、胡复生看竹竟日,并设酒肴款之,二鼓后散。

十九日(2月26日)　霁。晨,支芰老、于海老来谈。午后出西便门,游白云观,士女虽多,尚不至肩摩毂击。观后有云集山房,前有戒台,后积石为假山,可以登眺,乃光绪十六年兴筑。余前者两度过此,竟不知也。夜,王寿山招饮福兴居,辞之。更初微雪。

二十日(**2月27日**)　霁而阴。午后,秦韶臣来谈。晚,杜子丹来谈。

廿一日(**2月28日**)　霁。午后访翁鼎臣、叶敬如谈。鼎臣行箧携石谷山水册十帧,摹宋元各家,精能之至。晚到厂肆、前门。

廿二日(**3月1日**)　霁。晨,刘映藜来。午后,王苹珊、段春岩、费芝云来。

廿三日(**3月2日**)　阴。晨到厂肆、前门……

廿四日(**3月3日**)　霁,朔风……传来谈,觐传乃佳修先生……

廿五日(**3月4日**)　霁。晨,邹紫东来谈。午前到市上,即返。午后进城拜客,晤许稚筠,又晤王寿山,抵暮归。

廿六日(**3月5日**)　霁。母难,茹素。午前,秦韶老来谈。晚出门,赴厂肆,又往邑馆,晤芝云、瀛侣,访郑兰亭,未晤。

廿七日(**3月6日**)　霁。午刻,李均湖招饮便宜坊,同座晤成子蕃、宝瑞臣、耿赓虞、张湛如诸人。席散,与赓虞访曹邃韩于烂面胡同新寓,即张燮老旧宅也。是日,奉上谕,詹事府署裁,并入翰林院。

廿八日(**3月7日**)　霁。晨,杨子仪来谈。午后会访姚润吾,不遇。到邑馆送费芝云行,同至厂肆,又往访刘瀛侣于北里,兼晤葛鞠屏。夜,三人公钱芝云于万福居,瀛、鞠皆招花侑酒。沧桑之后,生面别开矣。二鼓后散。

廿九日(**3月8日**)　阴,风大而天气仍暖。晨,姚润吾来。竟日不出门。

三十日(**3月9日**)　霁。近日在寓常阅《通鉴辑览》。午后,安若愚来。

二月朔(**3月10日**)　霁。晨起甚晏。午前到秦韶老处谈,即返寓。方子壮同年来。晚到厂肆,访葛鞠屏,未晤,探知芝云展至明日行,亟往候,已出门矣。是日,周贡珊通家以百金寄我,意良可感。厂肆购得《廿二史札记》,价二两三钱,喜此书是板之旧者。

初二日(**3 月 11 日**)　霁。午前,王小庭侍御至。午后,段春老至,均晤谈。晚访支芰老,晤,又访于海翁,未晤。

初三日(**3 月 12 日**)　霁。晨,朱芷青同年来……知单,面邀福隆堂饮……殷……仰之、叶鞠老……讲席事相荐,不能不……

初四日(**3 月 13 日**)　霁。午前,秦韶老来,谈及叶处蕊珠书院渠与鞠老亦有约,余昨不知之,遂亟作函辞鞠老,不欲就之矣。问心殊觉快然,古人云为善最为乐,余以为万事能让人亦一乐也。晚到厂肆一带,访朱叔梧谈,兼晤湘人张柟臣。

初五日(**3 月 14 日**)　霁。竟日在寓。晚为朱芷青撰《金粟山房诗集序》一篇。

初六日(**3 月 15 日**)　霁。在寓,写小楷晋王嘉《拾遗记》一则。晚,刘瀛侣来。

初七日(**3 月 16 日**)　霁。午前,朱芷青招饮福隆堂,到时自以为甚早,而诸客已毕集矣。申刻返寓,访刘益斋谈。又送曹松乔行,与秦韶老谈。

初八日(**3 月 17 日**)　霁。晨,陈敬庵来看余所集《碎金册》,愿画山水花卉册八开相贶。午刻,陈香轮招饮寓斋,同席晤徐次舟赓陛、黄小宋璟诸人。黄小宋有《壮游图》石印本,仿麟见亭、张南山之例而作。黄向官汴州,与紫珉、幹生均熟。

初九日(**3 月 18 日**)　霁。午后拜客,至东城,晤许稚筠、袁叔瑜。

初十日(**3 月 19 日**)　雨,连朝潮热,故蒸气成雨也。午前,王苹珊、郑兰庭来。午后,延子澄招饮同丰堂,同席皆润州同乡,抵暮返。

十一日(**3 月 20 日**)　阴。晚往厂肆一带。夜大雪,天寒。

花朝(**3 月 21 日**)　大雪不止。在寓,自定课程,朝读《通鉴辑览》上半部,晚读下半部,约以各二十页为……夜读《泰西新史》。

十三日(**3 月 22 日**)　霁而微阴。……后画山水,此调久而不弹矣。夜……

十四日(**3月23日**)　霁。雪融,若雨,到处倾盆。在寓不出门。午后,丁虎臣来。

望日(**3月24日**)　霁。晨,聂献廷来长谈。夜到市上。

十六日(**3月25日**)　霁。晨进城拜客,晤许稚筠,有粤西客萧曜海在座。稚筠约余同往余园午饮,三人剧谭半日而散。晚访陆凤老、钱友遽,均晤谈,抵暮返寓。

十七日(**3月26日**)　霁。晨访支芟老谈,又往李均湖处阅两峰、晴江、篁村、新罗各画,主人出门,相约而未见也。

十八日(**3月27日**)　霁。午后,曹石如、支芟老来谈。晚到厂肆,并访朱叔梧畅谈。叔梧足疾未愈,不能出门也。

十九日(**3月28日**)　阴。晨,萧曜海来。午前,吴粹轩、陶侃如、潘叔重来。午后微雨,在寓写酬应字。连日事冗可厌,得暇时仍须看书。又作各处信,颇形烦乱。

二十日(**3月29日**)　霁而多风。晨会访王梦麟,畅作清话,兼晤王仲彝、秦葵初。又到广元少坐而返。午后到厂肆、前门,访朱叔梧,不遇。又访唐郁圃谈。

廿一日(**3月30日**)　霁。晨,同乡徐君善来,新捐纳到部者,凤老亲戚也。午后进城拜客,晤邹紫东、潘叔重、吴肃堂,上灯后返。

廿二日(**3月31日**)　霁。晨为明日觥客购鸭于市不谐,至前门始得,值朱提一两二钱,可谓贵矣,然论市价犹极贱也。西市鸭至小者值一两七八钱。已初即返。午后,萧筱梅来。晚到仁钱馆,访姚润吾,不值。又到朱叔梧寓送其即日南行。

廿三日(**4月1日**)　霁。午刻……筱梅。申正席……日,杜子丹招饮福隆堂,辞……

廿四日(**4月2日**)　霁。午后进西城,赴翰林院公所昆师接见,同署到者四十余人,除办事及书房、史馆提调外皆自认公课,以后当从事丹黄矣。出城,赴松均庵壬戌团拜,晤朱芷青、王劭农诸人,席未散即返寓。夜在寓招萧曜海、胡沛樵、凌佑甫。是日,殷柯庭昆仲邀饮省馆,辞之。

廿五日(4月3日)　霁。晨到省馆,全省公祭并春团,到者五六十人,午饮而散。支芰老招饮广和居。晚到厂肆论古斋,观王廉州《访古山水屏》十二巨幅,甚精粹,惜皆绢本,索价五千金,系翁印若所寄售者。

廿六日(4月4日)　霁。晨到邑馆,会访张悟三,出示渠自南携来书画数种,皆冰老物也。又往访计文卿谈,午前返寓。王受尹自故乡来京,墨林之世兄也,屡到余寓。晚邀其小酌,并招静安之世兄粹轩同座。墨林有遗照丐题,白描极似,系琴川桑君所写。是日,为陈敬庵题《江亭赏月图》三章。

廿七日(4月5日)　阴。从事丹黄,始阅《万国史记》及《公法》。晚到骡马市。

廿八日(4月6日)　霁。清明。晨会访曹石如谈,又访恽薇孙,不遇即返。午刻,萧曜海招饮聚宝堂。席散,访徐元之、葛鞠屏谈。是日,阅《公法会通》。

廿九日(4月7日)　霁。晨,潘经士来。到东城拜客,晤许稚筠。午刻往贵坞师家,拜师母寿,飓生、豹岩两世兄招饮,并留食面,不能却。席散,到紫东家访主人,不晤,其眷新自故乡来京,为余携衣箱一只,遂另唤车送归。夜作札记,忙碌之至。

三月初一日(4月8日)　霁。晨,葛鞠屏、胡治初来,治初,衢农之大世兄也,以知府分……前门下士周……矍铄如旧……赴翰林院公所交课,昆师未……初毓少岑到。晚出城,会访胡沛樵叔侄。到邑馆,会访王受尹,兼晤金诗云、张悟三。夜到秦韶老处,与主人及李橘农长谈。

初二日(4月9日)　霁。晨,万黄生、邹紫东来谈。在寓,为荣相国画山水扇。午后,同乡黄慰农来,静伯之胞弟,以知府分发,尚未定何省。谈及二月中沪上喉疾,许兰圃竟罹是厄,惜哉!

初三日(4月10日)　霁。晨进城,谒见荣相国。相国与冰老旧交,欢然道故,光风霁月,令人可亲。顺道访稚筠,未晤。出城,会访蒋浩泉,申初返寓。曹石如及同乡韩俊卿大令来谈。

初四日(4月11日)　霁。晨,宋捷三同年来。午前进城拜客,即出城,访黄耕舆同年,晤。午后,刘益斋给谏招饮江苏馆,同座晤徐锡臣、李符曾、祁子敏之世兄徐为季和师后,李为文正后,祁为文恪后,皆向所未晤者也。归寓,王伯荀、金诗云来。晚访袁叔瑜谈,叔瑜新闻太夫人讣,特往慰之。

初五日(4月12日)　霁。竟日在寓自课。晚,叶敬如、李橘农来。

初六日(4月13日)　霁。晨,秦佐霖来,以戴文节画册相示,却是真迹,特不甚精耳。竟日在寓。刘瀛侣招饮万福居午饮,辞之。晚作札记。

初七日(4月14日)　霁。晨,王受尹、邹友蓬来。午后赴西城本署公所交课,即出前门,晚返寓。夜写酬应字。

初八日(4月15日)　霁。晨到湖广馆,奠袁叔瑜之太夫人,晤黄耕舆、刘佛青。又会拜王伯荃,并晤梦麟,午前返寓。午后,段春老来,托书渠太夫人寿屏。晚为京察覆带事赴张莅南处谈。是日,忽患左腹内酸痛,尚不甚剧,大约系劳乏所致也。

初九日(4月16日)　霁。腹酸……世兄承石来,在……

初十日(4月17日)　霁,天气暖甚,仅御夹衫。午前到三胜馆请客,客全到,为胡沛樵、治初叔侄、王伯荃、仲彝、邹紫东、友蓬两家昆玉、黄慰农、金诗云、徐君善、蒋浩泉、韩俊卿。傍晚席散,到大德通少坐,顺道访徐元之,不遇,抵暮返。是日,潮州馆朱姓名美瑛者招饮聚宝堂,辞之。

十一日(4月18日)　霁。在寓作札记,并督视土木工修理墙屋,不出门。朱承石来。

十二日(4月19日)　霁。晨,聂献廷同年来长谈。竟日在寓。

夜,朱承石来辞别,设酒面款之。二鼓时,张茞南来,约于秦韶老处相晤,兼与橘农谈,至四鼓始散。

十三日(4月20日)　霁。午后赴公所交课,晤支芰老、周蓉阶谈。是日,葛鞠屏招饮聚宝堂,辞之。接月初家信,三房孙女亦以喉疾疫化矣!可惜!

十四日(4月21日)　霁。午后,王苹珊、黄石孙两同年来谈。晚,韩子元来。访方勉夫、支芰老,未晤,即返寓。夜作论一篇。

望日(4月22日)　霁。为段春岩太夫人写八秩晋一寿屏。午后,郑兰庭来。晚再访方勉翁、支芰老,皆晤。

十六日(4月23日)　阴,午后雨。在寓写屏字,甚拙。夜,聂献廷来。连日牙火上炎,痛楚甚烈,睡后且有寒热,服清火药。

十七日(4月24日)　霁。晨起,痛尚未止,热则退矣。葛鞠屏来。午后,钱友逯来。仍服药。

十八日(4月25日)　霁。诸痛皆愈。午前,徐元之来。午后,秦葵初来。夜作札记。目倦神疲,不耐之至。

十九日(4月26日)　霁。晨,段春岩、邹……

二十日(4月27日)　霁。晨,潘……汪玉森之夫人丧,范卿……寿,又到邑馆,答访叔重,兼晤张悟三、韩俊卿、王受尹。夜作论一篇。

廿一日(4月28日)　阴。午后到贵州馆,拜段春老太夫人八秩晋一寿,即返寓。晚到厂肆、前门。

廿二日(4月29日)　霁。竟日在寓。午后,叶谨茹、孙钧甫来谈。夜到贵州馆,段春老以彩觞延客,余观剧四五折,亥刻返寓。

廿三日(4月30日)　霁。晨,杨子仪来。午后进城拜客,晤徐元之、葛鞠屏、段春老。夜作西镇、中镇、南镇告祭告祝文三首,疲乏之极。

廿四日(5月1日)　霁。晨到省馆,因昨再韩来约印结局重议津贴事,同诸公往李玉洲处谈,大致已有成意。午前返寓。晚,刘映藜来谈。

廿五日(5月2日)　霁。晨,许稚筠、吴子彬来。午后赴本署交课,又往东城顺道到元之、菊屏处少坐,答访吴子彬,晤。子彬,幹臣之世兄也。

廿六日(5月3日)　霁。为聂献廷太夫人写寿屏。杨子仪、魏子良、陈少甫来。

廿七日(5月4日)　霁。黎明入禁城,京察覆带引见。辰正始毕。出城,偕再韩到李玉洲处。午前返寓,支芰老来。午后,叶谨茹招饮省馆,肴馔精美。归而杨东泉来谈。同时,王寿山招饮福隆堂,余往而主客皆散矣。是日,奉谕旨同署十一人仅记名三人,究不知何故也。夜往吴叔海处。

廿八日(5月5日)　霁而阴。晨写寿屏毕。午后,谢伯兰自陕西至此,取道沪上……王价人自永宁……晚到厂肆。夜……菊屏诸人,余大醉……

廿九日(5月6日)　立夏,阴。晨,吴子彬、韩子元来。竟日在寓。

三十日(5月7日)　阴。晨作《读〈史记·赵世家〉武灵王事书后》一篇。晚,许苓西、郑兰庭来。

四月朔(5月8日)　霁。晨,余长庚来。午后,姚润梧来。夜,余约徐元之、葛鞠屏、余长庚饮于寓斋。大风。是日,潮州人朱允钦招饮聚宝堂,日前曾相邀一次矣,因彼此不熟,仍辞之。朱君,吴虞臣之甥也。

初二日(5月9日)　霁。晨,张悟三来谈。午前会访许苓西、王梦麟,均晤。到陶然亭同乡公局,为顾康民、邹紫东、曹邃庵、秦韶臣、李橘农、菊庄作五十寿。晚席散,到郑兰亭、于海帆处。聂献廷同年以酒席贻我,却之。始食蚕豆。

初三日(5月10日)　阴。在寓,摘录时务书。午后,陈伯才来。夜,徐元之来辞别,与鞠屏偕来。

初四日(5月11日) 霁。晨到市上，即返。朱莘耕、吴子彬、朱允钦来。午前往嵩云草堂，拜聂献廷太夫人寿。晚，刘佛青来。

初五日(5月12日) 阴。晨作《变法论》一篇。

初六日(5月13日) 阴而微霁。午后，吴子龢来。晚到市上。

初七日(5月14日) 阴，黄沙蔽天，日色无光。晨进城，访许稚筼，兼晤苓西，同饭。出城，会候陈伯才、黄慰农，均晤。未正返寓，余长庚来谈。天雨昼晦，不知主何咎也。夜作《公法论》一篇。

初八日(5月15日) 霁，风甚大。在寓，作《兴学篇》一首。午后，世耀东来。晚到方勉老处畅谈。

初九日(5月16日) 霁。在寓……晚杨东泉、葛……

初十日(5月17日) 霁。晨作《宋罢……论》一篇。(午)后写折两开。夜到许苓西、吴秋舫处谈。

十一日(5月18日) 霁。在寓，写折一开半。晚到厂肆。

十二日(5月19日) 霁，天气亢热。晨作《唐藩镇论》一篇。午后写折两开半。葛鞠屏、杨惠泉来。晚到市上。夜大风。

十三日(5月20日) 霁。午前作《张世杰以十舟为方碇江中论》一篇。晚写折两开。

十四日(5月21日) 霁。晨，叶谨茹来辞别。午后写折两开。晚往叶谨茹处送行。夜早卧，居然得睡。

望日(5月22日) 霁。五鼓进城考差，候至八钟始入内，题：《明于其义达于其患论》《加税免厘得失策》。是日，风甚大，幸午后渐息，天气不冷不热。酉初交卷。曹石如滕正未完，谆托余相待。酉正始出城。吾母诞辰，返寓，行鞠跽礼。

十六日(5月23日) 霁。拟出门散步，懒不欲行。晨，张悟三、曹石如、方勉来。午后，王梦麟、萧曜海、许苓西、吴秋舫来，谈至上灯时客始散。佛照楼徐姓友馈余鲥鱼两大尾，夜饮饱餐三段，快适之至。

十七日(5月24日) 阴。四鼓梦见万儿，余询以相识否？万云相识。余云尔与我究何缘分,万云一形而分为两耳。残梦初醒,尚记他语,觉彼此虽罄谈,若不甚接洽者。晨起思之,只记此二语耳。为之泪下,两年以来,此念何一日能释耶。午刻,蒋浩泉招饮省馆,归而杨惠泉来辞别。夜微雨,郑兰庭招饮同丰堂,醉而归。

十八日(5月25日) 霁。午后,刘瀛侣、金诗云来。进城会拜客,晤萧曜海、陈苏生,又往本馆晤张悟三、金诗云,抵暮返。

十九日(5月26日) ……与邃庵、海……各得一分,中书举班以上皆……结费半张,众议金同,毫无阻碍,四月初已开办矣。午刻,方勉老招饮宴鸣居,同座皆考差诸人。余同在寓请客,未终席即归。晚设席于家,客九人,许苓西、朱永钦、黄慎之、唐勤甫、孙汉槎、郑兰亭、陈伯才、江小涛、谢伯兰。更余各散。昨以鲜鲥送凤老,今日凤老以枇杷相报,彼此尝新,亦佳话也。

二十日(5月27日) 霁。在寓写酬应字。同乡钱体乾来,友夔堂弟也。晚到前门。夜,刘瀛侣招饮万福居,席散同往松风小坐。

廿一日(5月28日) 霁。晨往陶然亭与王仲彝、徐君善、刘少楠看雀半日。是日,康民、紫东、橘农、菊庄、韶臣、邃韩、答东,同乡咸集,申正各散。余往访朱桂卿、黄石孙,又拜客数处,抵暮返。夜,耿伯斋招饮广和居。

廿二日(5月29日) 霁。在寓,客来竟日,无片刻暇。葛鞠屏、张悟三、金书云、方勉老、钱体乾、余长庚、李蠡莼、黄石孙、胡沛樵、胡治初,皆晤。晚为玉叔购物至前门。

廿三日(5月30日) 霁。黎明入内城,考差引见,候至巳初,始毕。出城,答访胡沛樵、治初,又到邑馆,答访张悟三、金书云、张福申、吴殿臣。午前返寓。晚到广元少坐,又往葛鞠屏、郑兰庭处谈。夜,吴叔海来。客去仍写酬应字,疲惫之极。

廿四日(5月31日) 霁。晨,曹邃老来字,约往渠寓,再议印结局事,午前返。写家书及玉叔信,交张悟三携南。晚,从事丹黄,各事帽集,有不暇给之势,依然疲乏。

廿五日(**6月1日**)　霁。黎明进城,赴本署,孙中堂到署接见,即出城,答访钱体乾,并晤汪子砚,又到孙子钧家贺其子妇双归喜,午前返寓。写安徽各信,曹石……来。晚往市上。

廿六日(**6月2日**)　霁。午后……蒋浩泉并送其明日南……

廿七日(**6月3日**)　霁。晨到市上,又购得鲥鱼一尾,归而饱啖。午后,胡沛樵来辞别。在寓钩稽用帐,不出门。天气热甚。

廿八日(**6月4日**)　霁。晚,曹石如招饮便宜坊。夜微雨。

廿九日(**6月5日**)　霁而微阴。午刻设鲥鱼为馔,招朱芷青饮,葛鞠屏来,同以酒款之。晚,关六笙来,闻粤西乱耗未已,心窃忧之。

五月朔(**6月6日**)　霁。晨到本署,孙中堂接见。毕,又往谒贵坞师,未见,见豹岩世兄谈,访许稚筠于家,午前出城。天气甚热。邀刘瀛侣、蒋春老到余寓小酌。

初二日(**6月7日**)　霁而阴。晨,葛鞠屏来。午后,余长庚来谈。作《兴学篇》一首。晚,黄慎老招饮工艺局,同座许岑西、陈香轮诸人,并晤胡定庵,沈……之内侄也。席散,到岑西寓中,谈至三鼓。

初三日(**6月8日**)　阴,午后微雨。到省馆领四月分津贴款,计一百十八两余。是月,江苏津贴款一千九百五十四两余,翰林院科道得八成五,内阁得一成五。晚到葛鞠屏、王寿山、郑兰庭、蒋春老处。夜,刘瀛侣招饮邑馆。

初四日(**6月9日**)　霁。进城,拜师门节。午刻到陆凤老处拜寿,与同乡诸人聚饮。傍晚会访余子厚谈。

端午日(**6月10日**)　霁。晨到市上,竟日在寓。

初六日(**6月11日**)　霁。黎明入内城,讲官引见。午后返寓,从事丹黄。晚到市上。

初七日(**6月12日**)　阴。晨,黄石孙来谈。午前,唐勤甫来,以酒款之。午后得雨,甚畅。为石孙题《梦隐图》诗四章。

初八日(**6月13日**)　晨阴即霁。晚访江小涛长谈。

初九日(6月14日)　霁。为陈伯才题其尊人《毅夫先生家传书后》一篇。晚到厂肆前门……

初十日(6月15日)　霁,暑甚。……师,兼为沈师母集腋……百四十两,提倡者余及黄石孙、陈仲勉也,余请淳于静安为帐房,傍晚竣事,殊形疲乏。

十一日(6月16日)　霁。午后进城,拜昆师母六十正寿。主人以彩觞待客,余坐一时外,正看小杂《拾玉镯》《百岁捉妖》,天忽大雨,顷刻间急阵倾盆,只好出城。上灯时返寓,仓皇异常。

十二日(6月17日)　霁。十钟后,报喜者到门,竟得福建副考官差,盼望十一年,居然如愿,亦意所不料也,正考官位载克臣同年。午前到韶臣、橘农处谈。是日,客来甚多。晨陈伯才来,午后朱允钦、余长庚来,晚段春老来,均晤。惟易实甫、刘少楠来,未晤。上灯后钩稽用帐,烦琐之至。

十三日(6月18日)　霁。五鼓赴午门谢恩,作《恭纪》七律两章。候至巳正,礼部堂官崇建侯侍郎勋至,始宣旨,余三跪九叩首,礼成,与侍郎一揖而散。循例谒师门、政府,见铭师。师寓内城,尚未知余得差事,余告之,师大喜。又访许稚筠。午前到省馆江苏团拜,请宁藩李芗园等客十余人。风老主办,以余即日出使,亦以客礼相待,余甚愧也。午后返寓,载克臣同年来谈。晚谒沈师母,又访朱古薇侍郎,又到荣宝斋。夜到曹邃老处畅谈。

十四日(6月19日)　霁。晨进城,到各政府门,均未晤。敬师亦出,而昆师因病未见。午刻小酌福全馆,忆及三年前与万儿对酌于此,今不堪回首矣。午后谒贵师,相见欢然,谈至一时外,始出。会访克臣同年,又访风老。上灯后返寓,许芩西来辞别。连日奔波,疲倦已极,车中往往渴睡也。

望日(6月20日)　霁。晨,石星渚……来,均晤。午……连兰亭……晤戴少怀侍郎……二鼓后,往芩西处送行,兼晤吴秋舫,三鼓后归。

十六日(6月21日)　霁。晨往谒孙燮臣中堂,谈及新学流弊,余出旧金山报纸二张,有《父权说》及《生我非恩》两则,中堂阅之,甚为诧异。即返寓。午后写酬应字。晚在寓请客,载克臣适来,并邀入座。客之来者为杨锡侯、曹石如、王寿山、钱体乾、吴殿臣、张福申、汪子砚、耿伯斋、秦葵初,抵暮散。

十七日(6月22日)　霁而阴。在寓。晚到厂肆购书。

十八日(6月23日)　霁。晨进东城,访邹紫东,并往敬止师处请安。师欣然出见,以酒点相款,谆谆话别。午前出城,到江亭,赴吴子稣同年邀饮。未初又往省馆蒋稚鹤同年之局。晚会访陈伯才,并往前门购朝衣料,值朱提二十两。

十九日(6月24日)　霁。晨在寓,杨子仪来谈。腹泻时作,只好谢客。晚到市上。

二十日(6月25日)　霁。在寓。午后写酬应字。晚,王寿山招饮福隆堂,不能辞,醉而散。访吕筱苏前辈谈。是日,孟绂臣、杨少泉两同年招饮江苏馆,李春卿同年招饮同丰堂,均却之。

廿一日(6月26日)　霁而微阴。午后赴江亭段春老之约。席散,到厂肆购书。上灯后返。

廿二日(6月27日)　霁。晨到李文正师宅,拜神牌入贤良祠。是日,徐颂师奉旨代临奠醊。又访余子厚、支芰老、徐花老、杨若米谈。午后进东城,谒见铭师、贵师,均畅谈辞别,并晤庆飚生世兄,说定驿马事。夜为交代庚寅直年事,与兰楣同作主人,请关六笙、吴子稣、黄石孙、蒋稚鹤……款事始有端……

　　李星华,鼎升栈主人,南翔人。
　　沈嵩,号松茂,招商局帐房。
　　王廷璋,号竹斋,又。
　　蔡,怡梅,广大轮帐房。
　　黄,纫秋,花籤之子。

李,绣川,广大买办。

毕畏三。沈廉老席上。

徐士霖,号澍生,江西临江人,浙江候道。沈廉老席上。

何书麓螳帆之胞弟,招商局文案。沈廉老席上。

金慎廷,少伯之子,杭人。沈廉老席上。

王从曾,宋星垣幕友,合浦人。

钦防营稽查。

梁纲,统三,钦州人。

廿三日(6月28日) 霁。晨……午饮,只好应之。午前,邹紫东来……赴广和(居)与石如对酌,作半日谈。晚在寓,部署书籍各物,载克臣同年来。是日,广东陈香轮、吴秋舫、陈子砺等九人招饮秋舫宅,辞之。

廿四日(6月29日) 霁。连日为酒食所困,腹疾又作。王丹揆已刻招饮省馆,戴少怀侍郎未刻招饮寓中,均辞之。晚到厂肆。又为庚午直年事往李玉洲处交代。是夜,刘瀛侣招饮惠丰堂,三次谆约,只好前往小坐,不敢下箸也。汪范卿又招饮广和居,不及赴。

廿五日(6月30日) 阴。晨,钱体乾以弟子礼来见,先期托范卿介绍,求余勿拒,只好从之。陈伯才亦来谈。午后,王苹珊、黄耕舆、聂献廷、余子厚公觞余于省馆。席散,到梦麟处谈。夜,支芰老招饮广和居。

廿六日(7月1日) 霁。行期已迫,各事未竣。荣宝斋友郭寿堃、天福友冀姓、永隆帽店友马姓为余装箱,忙乱之至。杨子仪、唐勤甫、萧筱梅、许稚筠、秦韶老、葵初皆来。是午,王耜云、章罋庵招饮省馆,辞不及赴。晚到前门、厂肆。夜料理行装,天明始睡。

廿七日(7月2日) 霁。晨起已八钟,部署一切。十钟到伏魔寺拈香,仍返寓,又半钟始升舆而行。另录《闽轺日记》。

八月初一日（1902 年 9 月 2 日） 霁。……向例，试差过此者必登岸拈香……船，余独入普觉寺。展拜毕，僧广才导入佛楼凭眺，寺后为狮头山，对岸为飞龙山。闽境自浦城、建宁、延平至此，崇山峻岭绵延不绝，惟白石头、侯官市一带稍形平衍。过芋原后，又见穹岩两岸矣。寺门外有大榕树两株，干如龙爪，绿阴蔽天，又有橄榄树，高接云霄，对叶白干，满垂青宝寺。僧折一枝赠我，受之。午前抵洪山桥泊，桥跨闽江，洞二十余。福州府程听彝、同监试张雁初系己丑前辈，皆来见。闽令黄剑农、侯官令陈贵生先于侯官市来见。是午，克臣因病，候至申正始登岸。五里至五里亭，……许筠师……秦培老……周子迪及将军、都统等均请圣安，小作旧话。又三里，进西门，东行转北，驻皇华馆。载宅家人为办差事殴闽县署中人，夜招雷巡厅谕解之。

初二日（9 月 3 日） 霁。静坐寓斋，屋面南，凡五间，余与克臣各居其二，内间前半设卧榻，后半舍仆人，外间则坐地也。开衣箱检视一切，天气甚热，晚浴稍得凉意。夜，席上有大黄花鱼一尾，计重二斤余，肥美之至。又有名西舌者，即海蚌，味在江瑶、青蛤、鳆鱼之间。水果有黄白果、鲜龙眼，较水口所尝龙眼似胜之，然远不及荔支，宜古人呼为荔奴也。是夜，始与克臣议闱题。

初三日（9 月 4 日） 霁。开扇对书箱，检点各物。此次山东遇雨，装箱诸……贴仅……对联五副，尚……题藏箧……距行台不远，候吏云因贡院……毁去二百余椽，亦巨灾也。晚仍浴。

初四日（9 月 5 日） 霁。竟日在寓，阅《地学浅释》《格致古微续》《富国策》。夜阅福州城市图，始识此邦大概。

初五日（9 月 6 日） 霁。天将明，梦在家中见两魁星，一在大厅，一在大厅后白垩门旁，青面圆目，绝似戏场所演者，少顷即觉，似乎儿辈此番科场或可有望也。晨招雷巡厅谈，写家书寄邮局。竟日或卧、或看书。夜部署各物。当事者送来明日宾兴宴礼节。

初六日（9 月 7 日） 霁。晨起，各事齐备，监临三请帖均到，克臣疝病又发，竟不能起，余只好俟之。午初，闽令黄剑农、巡厅雷新谕均两次来商，述许师言，候至二钟，如克臣病体未愈，只好余独先入闱，允之。未初，遂御朝衣出门，由皇华馆南行，转东赴督府，司道府县以次迓于月台上下，许师及代监临秦培老亦躬迓于大堂檐下。先入座，叙茶毕，余与许师、培老立头班，望阙谢恩，行三跪九叩首礼，然后登暖阁就座，入宾兴宴。堂檐前乐作有《大小魁星》，恍如昨梦中所见者，又有《加官》及他剧，目力不及睹矣。少顷，乐止，司道等先行，许师送余上明轿，由鼓楼东北赴贡院，一路……途入闱则……衡鉴堂西……居高临下，惜规模甚小耳。……厕皆……屋后，须拾级而上。衡鉴堂后为乾隆御诗亭，堂之东克臣居之。内监试张雁初太守来见，余以渠前辈，遂往会之。抵暮，克臣始入闱。夜，内供给以满汉席馈同考官。入闱甚迟，不及往，拜以刺报之。

初七日（**9 月 8 日**）　霁。晨，诸同考、内收掌分两班来见。午初，克臣仍不能上堂，只好余左右手掣签。掣毕，余往会同考孙仰之大令锡华，汉槎堂弟也，又恽叔坤毓德，薇孙胞弟也。晚将拟闱题，示与克臣酌定。

初八日（**9 月 9 日**）　霁。邀同考官三房恽叔坤、十房孙仰之、二房俞谦夫戴祜、九房胡雨亭作霖到余房写题，以酒肴款之。闽闱……窥探之，一与诸公监视刊印竟日。三鼓时开红门发题……穿蟒袍与秦培老等一揖，克臣病稍瘥，然夜间不能出房也。是日浴。

初九日（**9 月 10 日**）　霁。五鼓梦见万儿尚在十二三岁时，旋即醒。阅各书，拟二场题。

初十日（**9 月 11 日**）　霁。张雁初太守来谈。晚与克臣酌策题，灯下屡易稿，至明早始定，盖推敲字之难也。夜，秦培老以肴点馈，甚精美。

十一日（**9 月 12 日**）　霁。邀同考官五房谭彦先子俊、十二房林朵峰景绶、七房刘仲彦彤寯、八房高绍石燊到余房写题，仍以酒肴款之。策题字较多，刊印毕已三鼓后矣。开红门，再与秦培老等晤。是日又浴。

十二日(9月13日) 霁。天气热甚。午前,恽叔坤来谈。午后拟上堂,因内监试张太守致意云各房阅卷未齐,改明日……

十三日(9月14日) 霁。午后……

十四日(9月15日) 霁。邀同……仪、六房赵琴斋鼎仁……张式如斯……到余房写三场题,仍以酒肴款之。是日,阅卷十八本。半夜开红门发题。

中秋日(9月16日) 霁。内供给馈满汉席来,余因近患脾泄,戒食油腻,大半分送十二房、内收掌。是日,阅卷十六本。夜设供拜月,并以鲜龙眼、大佛手、三元饼、粤东绍兴月饼祭万儿,为之一哭。

十六日(9月17日) 霁。阅卷卅一本,是日浴。

十七日(9月18日) 霁。阅卷廿六本。晚,张雁初来谈。

十八日(9月19日) 霁。阅卷廿六本。晚,克臣来谈。夜,恽叔坤、谭彦先来谈。二鼓后大雨达旦。是日浴。

十九日(9月20日) 霁而阴。早起阅卷卅三本。晚到克臣处。夜,四鼓后雨,即止。

二十日(9月21日) 霁。阅卷三十一本,以后无日不早起迟睡,除阅卷外不能兼顾他事矣。

廿一日(9月22日) 霁。阅卷三十四本。

廿二日(9月23日) 霁。阅卷三十八本。

廿三日(9月24日) 霁。阅卷廿六本。是夜天凉,以前间日一浴,此后始停浴。

廿四日(9月25日) 霁。阅卷三十二本。是日,早起极寒,始穿夹衣。

廿五日(9月26日) 霁。阅卷三十四本。监临、内监试撤去二三场不到,首场卷五本。

廿六日(9月27日) 霁。阅……初来谈……因与客酬应,二钟后始就睡。

廿七日(9月28日)　阴,风大天寒。阅卷三十四本。

廿八日(9月29日)　霁,晚天气又热。恽叔坤、克臣来谈。是日,阅卷三十六本。

廿九日(9月30日)　霁。阅卷三十六本。晚又浴。

三十日(10月1日)　霁,天热。阅卷三十二本。晚,张雁初来谈。

九月初一日(10月2日)　霁。晨赴红门,与培老晤商揭晓之期,定十五日,实十四日写榜也。阅卷四十三本。

初二日(10月3日)　霁。阅卷三十二本。午后为克臣商刻闱墨事招恽叔坤、孙仰之饮。晚,张雁初来。

初三日(10月4日)　霁。阅卷三十六本。夜,恽叔坤来。

初四日(10月5日)　霁。阅卷十四本,头场卷始毕。午后阅二、三场补荐卷十二套,并改推九十五号首艺发刻。

初五日(10月6日)　霁。代克臣阅旗卷五本,又阅补荐卷十九套,又统校中卷三场二套。夜与克臣公请内监试、收掌、十二房诸君。

初六日(10月7日)　霁。代克臣阅旗卷十本,又统校中卷三场十套。林朵峰来。

初七日(10月8日)　霁。统校中卷三场廿七套。是日仍浴。

初八日(10月9日)　霁。晨代阅克臣处二三场旗卷十五套,又代阅补荐卷十套。此科各房补荐卷四十一套及旗卷三十套皆……至此夜睡……艺疲惫……

重阳日(10月10日)　阴。统校三场中卷,勉力撑持,倦则略卧,醒即赶阅。至公堂,委员李振磬,号钰庭,江苏孝廉,余旧友也,为余诊脉开方,服之。

初十日(10月11日)　霁。统校三场中卷。余处额中本省九十三名,因补荐卷全归余阅,额外多中五名,又旗额六名中卷昨先发房。是日,共发房本省中卷九十八套。昨服钰庭方,甚合,再就诊之。

十一日(10月12日)　阴。统校未入选卷,定副榜。

十二日(10月13日)　雨。发房副榜卷十八套,统校堂备卷。是晨,以习见语开单示各房,八房高绍石检出中卷有《藩镇论》三四行皆习见,已加圈矣,袖卷来商,遂黜去,以备卷补之。又自检得四房一卷可中,亟登之,即以本房一卷易副车。又六房一卷可以入选,因中卷无可易,只列副榜。此中黜陟,冥冥中殆有主之者,吾辈假手而已。余校阅六百七十余套,剔出雷同习见者三十余卷。假如是日不开单,此卷岂能黜落耶? 夜始得安卧。

十三日(10月14日)　阴。写闱墨封面,屡书屡易而后定。阅落卷,加二场、三场批。晚访孙仰之谈。夜与克臣对插中卷,自一名讫一百七十六止,单双分次,一百七十七名。讫末名皆余手取中,其龙尾一卷则初八日晚间所阅也。是夜,因加批后即缴卷内监试处,四鼓后始略就枕。

十四日(10月15日)　霁。晨补服,上至公堂暖阁,与克臣、秦培老、许师左右并坐……桌对坐体……唱名不作,高……二鼓后填榜单,张挂藩署。

望日(10月16日)　霁。劳倦之余,懒于移寓。午前访内收掌王铸生谈。遍游闱中,登明远楼北望,镇海楼高踞屏山,相距甚近。

十六日(10月17日)　霁。晨部署各物。二钟出闱,拜许筠师、周子迪方伯、张雁初、秦培老,均晤。培老留夜饮学署,兼晤培老侄杏衢。二鼓后返皇华馆。

十七日(10月18日)　霁。晨,福州府玉瑸卿贵来见。十钟赴督署鹿鸣宴,谢恩如宾兴宴礼。诸门生簪花拜见,秩如也。十二钟返馆,秦培老来谈。午后拜客,晤将军崇佑廷善、副都统松梅龄秀、粮道□□□约、盐道鹿遂侪学良、张雁初、徐元之,上灯前返。闽侯两令黄剑农、陈贵生来见。

十八日(10月19日)　霁。晨,许师、崇将军、杨俊卿廉访文鼎、彭召南太守思桂、周子文大令光煦、旧通家李筠生文蕙、陈玉谿韵珂、同乡秦杏衢曾潞、徐元之应年、黄敏仲肇钟、葛玉群德润、周斌之文翰、杨佩甫同绅、叶礼堂葆清、管禄山骏捷、彭樾林荫森来拜,均晤。余留陈玉谿午饭,饭后出门拜本地绅士,晤鳌峰书院山长张箴午侍御元奇,谈及本科,院生中六十九人,皆知名士居多,间有好手见遗者,顾卷知未出房也。晚过乌石山沈文肃公祠门,顺往一游。祠在山之阳,磴道坦平,有南宋绍兴……款以酒饭。

十九日(10月20日)　霁。鹿遂侪……翰太史在琦、谭彦先、孙兰宾大令、同乡居镕青镜生、吕星望保孙、徐渭川兆熊、戴鹤年煃照、许芝生道椿均来晤。午后,许筠师招饮衙斋,同席培老、鹿遂侪、黎季裴观察,同席兼晤少筠世兄。晚席散,拜客。上灯时返。

二十日(10月21日)　霁。晨,陈伯潜年丈宝琛、叔毅同年宝璐挈其世兄暠来见,本科门下士也。周方伯、唐铧之观察赞尧、柯松坡观察欣荣、蒋筱珊太守唐祐、李薰琴大令凤翔门下生李文蕙之尊人、李钰庭大使振馨、赵从九士英、芝珊之侄、同乡钱简斋大昌均来晤。午刻,周方伯招饮衙斋,新筑课吏馆如洋房式,导往一游,同座陈伯潜、叶肖翰、秦培老。晚席散,拜客,晤玉太守。夜返寓,写纨扇。巡捕官雷新谕入见。

廿一日(10月22日)　霁。晨会访陈玉溪,未晤。出南门,行十里,赴南台,会访日本人野口子厉,名多内,北海道人,戊戌秋曾于京师江宁馆讲东文。出闱后渠先来请见,余以事冗未晤,遂专诚会之。南台市集甚盛,惜衢巷狭窄,与城中同。过两石桥,至仓前山日本领事馆,野口出迎,执手甚欢,以香饼酒、柚柿相饷。并晤黄茂才天霖,闽县人,闱作出房余曾加批,旋因外帘他故撤去,其人恂恂自守,却无不平之色,知此邦士习可嘉也。午前进城,赴学署,秦培老招饮,同登三百三十有三士亭小憩,四围皆石……汤贞愍图卷……鹿遂侪黎……徐元之来谈。

廿二日(10月23日)　霁,天气热甚。晨在寓,写送人楹帖款。午前出门,会拜客。午后赴乌石山八旗奉直馆,制军、学使、司道及各房彩觞公宴,余点《小宴》一折,上灯时散。

廿三日(**10 月 24 日**)　霁。晨,叶肖翰挈其弟在廷来见,亦本科门下士也。程听彝太守、林朵峰、俞谨夫、孙仰之、同乡颜森亭士昶、郁志甘钟棠来,均晤。秦培老处送中外日报来,有《江南题名录》,知常儿及邹婿均中式,培老之三世兄希实亦中式。午后出门拜客,赴杨廉访署招饮。夜,同乡秦培老、徐心燕承禧等三十余人公宴余于江苏乡祠,祠近北城,有高楼下临荷也,可以眺远。归寓后,门下士榜首林传甲来见。

廿四日(**10 月 25 日**)　阴而微霁,天气稍凉。晨步行至孙仰之寓中谈,因巷狭不容舆也。黎季裴、李筠生、徐元之来,均晤。门下士郭则沄来见,谈及培老世兄及常儿南闱皆出渠胞叔南云大令房,彼此通家,何其巧也。午后会拜客,晤胡雨亭。晚,麂、黎两观察招饮盐道署。席散,往秦培老处畅谈,至三鼓始返。阅《申报》,知余及门余长庚、戴绥之皆中。

廿五日(**10 月 26 日**)　霁。晨,张雁初、彭樾林来,余便舆出门到徐元之处,同往鼓楼前购物,欲觅旧书画,不得即返。恽叔坤、秦培老、杨佩甫、旧通家林惠亭、本科门生庄鸿泽来见,均晤。晚,崇廷将军招饮署……老,更初返……

廿六日(**10 月 27 日**)　霁。晨……渠屡来相约,欲至余寓,余……再往会之。午后进城,到乌石山沈文肃公祠榕城绅士公觞之局,为主人者陈伯潜、叔毅、叶肖翰、沈丹曾观察翙清、郑友其锡光、胡谦侯咏琛两同年,遍游山上。上灯时散,访李薰琴而返。

廿七日(**10 月 28 日**)　霁,热甚。巳刻访陈伯潜年丈谈,并到源丰润、新泰厚为汇银事与其执事面议。午前赴大学堂周方伯之约,诸生以礼出见,彬彬如式。又赴武备学堂藩臬司道之约,主办者孙静珊观察道仁,导游堂中各处,其地为抚署自裁撤后改建学堂,许师加意整顿,试办两月,已有规模,同游者克臣、秦培老、黎季裴。主人以番菜供客,半年来困于酒食,颇觉滋味一新。晚赴凤池书院,晤郑友其同年,并奠其年伯母。归而写款,至三鼓方毕。

廿八日(10月29日)　霁。晨写款。沈翼孙观察祖燕、陈雪楞太守、同乡潘笏南诵威、周斌之、葛玉群、本科门生曹鸿荃来见,均晤。新泰厚执事田瑞钦亦来,一切成议。陈玉溪自此日起常川来馆,为余代笔。晚,松梅龄副都统招饮衙斋。席散,又到新泰厚。归而写字至三鼓。

廿九日(10月30日)　雨。在寓。门生林传甲、唐瀚波、高士湘、林鼎章、杜履中来见。恽叔坤、葛玉群亦来。晚访鹿遂侪,不晤。到周方伯处夜谈,剪烛西窗,有巴山听雨诗意……雨写楹帖。

十月初一日(10月31日)　雨。……蔡思幹来见,徐元之、黄敏仲来谈。晚谒许师,未晤,晤少筠谈,约定明日小门生带见。会访姚仲勋大令步瀛。夜,恽叔坤招饮寓斋,肴甚鲜美。

初二日(11月1日)　雨。晨在寓,作书。门生林传甲等偕其同年方兆鳌等三十七人来见,贽每人番佛三尊,不增不减,殊可笑也。晚带见诣许师署,分班进谒,师意甚乐。拜客数家即返。周方伯约明早往游鼓山。夜写联,赵士英来见。二钟始卧。

初三日(11月2日)　霁而阴。五钟即起,黎明出南城,至南台税厘局,周方伯、鹿观察已先到,同游者柯松坡观察也。登舟,用小轮拖行台江三十里,八钟已抵鼓山下,便衣换坐篮舆入山。先过阮洋村里许,过鼓山下院,始登山。有东际桥,长松夹道,流泉涓涓。方伯戏谓柯观察云:“此真松坡也。”又二里为第一亭,又二里第二亭,再上里许为半山亭。回视会城,参差毕露,盖是山踞省垣,东南山下人家及山上涌泉寺皆为树石所掩,是处豁然开朗,亭与城遥遥相望也。又三里入更衣亭。两亭上下岩石上留题刊字甚多,目不暇接。越更衣亭,一路数抱老松,皆千百年物,绿阴蔽天,涧声咽石。过香炉峰前,抵寺门,石径通幽。入寺,有放生池,上建关帝阁,珠楼玉槛,高若洋房。池中鲤鱼甚巨,以面饼投之,跳跃咸集。寺内殿宇规模颇……有伏龙潭……约五更三点还……方丈有张瑞阁大字四巨幅,佐以伊蒲之撰,饮罢,步出寺东角……过驻锡亭,逾小岭南,下为云源洞,峭壁千仞,据一山之胜,景剧幽绝。有朱文公"寿"字,方围踰丈。岩石间多刻唐宋人题识,不可胜记。洞前数十步为喝水岩,两崖劈开,奇绝不可思议。闻是岩本有泉流,为开山台僧喝退水。从山后行,岩东壁有"志归石"三大字,蔡襄书;西崖有"凤池山"三字刻石。又东南行半里许,有小刹悬木杵,以水激杵撞不断钟。是刹结构甚新,水石之旁,焕然金碧,惜稍俗耳。岩前步石级而下,有听水楼数楹,林壑秀美,蹊径别开,为陈伯潜学士所建。石壁有"国师岩"三大字,水自下而上,寺僧妙莲曾游学新加坡,以机器自制者也。岩南又半里许有水云亭,石刻朱文公象,眼界极空旷,俯视螺口、马江,或近或远,皆可指数。寺后绝顶为屴崱峰,闻有朱子书"天风海涛"四字石刻,不及往观,或云水云亭即天风海涛亭也。晷短途远,又闻山前后别有数洞,只好舍之。下山,入鼓山下院小憩,即返舟。松坡设酒筵供客。上灯时抵南台,登岸,返皇华馆。

初四日(11月3日) 霁。晨,许师来畅谈。前海防同知吕文起渭英、门生黄毓英来见。陈玉溪因家忌返长乐,余约徐元之来助理一切。午后拜客,厅州守张叙墀前辈星炳、秦培老晤。

初五日(11月4日) 晨雨。……始出门辞行……即返寓……

初六日(11月5日) 霁。连日徐元之皆来寓。午前,潘笏南来,余以酒肴款之。省垣当道诸公谆劝余等改道航海北上。克臣与余再三斟酌,只好允之。门生卢鸿来见。晚谒许师辞行,并晤少筠话别。师以官燕四匣面赠,谆谆雅意可感也。又访启观察谈。抵暮返馆,两县来,请余等附北直隶船行,余力却之,拟专俟海琛船矣。夜到秦培老处。

初七日(11月6日) 霁。晨,玉瑸卿太守两次来谈。李薰琴、许芝生亦来。午后辞行到门,皆不晤,归而写款矣。夜至三鼓始卧。是日,在行馆客厅失番佛券五十尊,为候者窃拾。少顷为守门者伺察得之，人洋并获。余以二尊酬守门者，释窃者不问。

初八日(11月7日)　霁。晨，周方伯来谈。午后往南台辞行，小憩道旁茶阁。是日，陈玉溪自长乐来。

初九日(11月8日)　霁。晨与徐元之作屏山之游。北上镇海楼，全城在望。山下为越山书院，顺往一游。午前归寓，饭。饭后与元之、玉谿东南行，入白塔寺，登白塔绝顶，凡七层，与城西南乌石山下铁塔对峙。塔之东即于山也，其上为观音阁，山之阴为九仙殿，闻向为耿藩所踞，故当道香火均舍此弗及。下山，西行至乌石山，游吕祖宫。过道山亭基，道旁有天章台石碣。游积翠寺，遂登山顶邻霄台，四望城隅，目极山海。一日……余勇可贾……亭又过沈叔……故公建祠堂于此……馆。是日午刻，门生吴应魁来见，家贫不能具贽，以林文忠《政书》进，余饬巡捕官及阍人概除常例，即无赘者皆通报。

初十日(11月9日)　霁。黎明赴万寿宫拜牌，是日慈寿期也。归而写信，又往拜周方伯、崇将军、秦培老，均晤，午刻归。恽叔坤、孙仰之、许芝生来。晚到市上为万儿绘小象一，甚似。

十一日(11月10日)　霁。晨，王会劬来，即去。与玉谿同作小西湖之游，在城外西北隅，出西门半里许即至。入宋李忠定公祠，其旁为林文忠公附祠，小有亭台，其曾孙余门生步随，玉谿约渠在此相迓，并设面款余，同游开化寺，有宛在堂及湖山胜处石碣，全湖风景一览在目。其南为澄澜阁，今设蚕桑局。林生有兴陪余游展，西行七八里，过祭酒岭、凤皇池，至洪山桥茶寮小憩，俟舆夫饭毕，过桥四里许至洪塘，为明状元翁文简故里，又有明曹尚书学佺石仓园遗址。村后一溪通城南，螺江中有小岛，名小金山。楼阁棱尖上祀文昌天后，为翁文简、张襄愍读书处。息游半日，心旷神怡，夕阳西下，缓缓而归。拟顺道游长庆寺，即禅寺夏日产荔枝甚盛……有楼亦可……当海禁未开人家……于都会，陈玉谿所述也。

十二日(11月11日)　雨。前晤周方伯力劝余题名乌石山顶，已与玉谿约重往一游，竟尔不果。拟游城南耿王庄，雨师阻道，行期促人，只好舍之。午后赴南台招商局会王会劬，会劬与余同乡，招食蟹，遂相与一醉而别。

十三日(11月12日)　阴。午前在寓。晚赴秦培老、周方伯处辞别，均晤，上灯后归。各事均毕，只有酬应字待写，部署一切，竟尔达旦。

十四日(11月13日)　雾。晨八钟行，出南门，至五里行台，许师及当事诸公均在此送别，诸生唐瀚波等三十余人又在道旁设酒跪送。余与之坐谈片时，并立饮三杯。诸生贻我鲜橘三，取平升三级意也，受之。到大桥马头，官场来送者分三班，一首府、两县；一同考诸君；一同乡佐贰诸人。另有徐元之、杨佩甫、周斌之附小轮船，陈玉谿则附余舟，皆相送至马江登轮者也。先期船政局沈丹曾观察柬约过马江时邀饮船政署，行六十里，到时已遣舆来迓，遂往。丹曾知玉溪在余舟，并招之同座。席散时已薄暮，惜不及往船厂一游也。丹曾到余舟躬送。上灯时抵海琛船旁，免验单未到，行李不能起驳，待至三鼓时始来。元……同宿拖船中。

十五日(11月14日)　阴。晨登……送至大餐房中。十钟开行，微有风浪……小不敌风力，只好僵卧。

十六日(11月15日)　阴。舟颠簸如昨。午前闻已过石浦。晚到普陀山外，风浪渐平。此一日半已觉疲惫不堪矣。

十七日(11月16日)　阴。黎明进吴淞口，抵金利源马头登岸。往月中桂，访詹润丹，未晤，晤汪献廷，故友日新之侄也。时过早，余到茶楼小憩，再到月中桂，润丹已来候矣。同往老闸看定两船，因是日星期，轮船例不起行李，定明晚行。途遇金养知谈。余到万福来早面，毕，返舟作字致关道取免验单，遂约润丹、养知乘马车同游张园，晤顾雅蘧，自江右轺旋过此，聚谈片时。天雨不止。夜访克臣客邸中，不晤，就浴于肆，即返舟。

十八日(11月17日)　雨。晨到市上。午刻，行李到船。饭后，润丹来，同往舟次茶楼叙话。四钟起椗，余与八仆分坐两舟，有利航小轮拖行。

十九日(11 月 18 日)　霁。八钟已到鲇门外。九钟达盘门,另买小舟进城。十钟抵家,见母亲以下诸人,色笑亲承,喜可知也。竟日不出门。晚,仲明来。

二十日(11 月 19 日)　霁。在家。午后,程执舅、黄实夫来。夜,夏霄倬来。万仆明日附浙江试差伴北行,辞去。

廿一日(11 月 20 日)　阴而微雨。晚约仲明……前三雅园……作浙行……

廿二日(11 月 21 日)　阴。晨,部署行装。午后携刘、杨、徐三仆出盘门,登戴生昌同发公司船赴杭州,丹、常两儿偕许少卿同送至河干。上灯后始开行,同舟遇蒋墨缘谈。

廿三日(11 月 22 日)　霁。四鼓过嘉兴,午前过石门,抵暮达杭州拱宸桥,不及进城,登岸,拟卜寓,室小尘嚣,不堪容膝,舍之,往市中三元楼小饮。毕,观夜剧于荣华园,游省洋场,市集萧索,更不逮吾吴。三鼓仍返船。

廿四日(11 月 23 日)　霁。晨买小舟东南行,过坝,又过东新关,约行十五里进艮山门,又五里抵斗富三桥,嘱□□□过塘行,雇夫轿出侯潮门,达江头。船局委员凌君已易差,新受代者同乡彭蓬斋,相见欢然,托以雇船,始定菱白船,闻严州以上水浅不能行,易十舱船将行李安放,蓬斋谆约孙姓舟夜饮,邻船有姊妹花四枝,彼此分招之,三鼓返舟。天寒甚,余以连年累病之身,船窗前后洞开,万不敢冒冷远发,始翻然改计矣。

廿五日(11 月 24 日)　霁。钱江舟式,大则菱白船,中则十舱,小则八舱。十舱以下皆如非字式,两旁设榻,中通一路,榜人在后转舵,目注船头,故船窗终日不闭。余之决然不行者,恐触寒也。晨起访蓬斋,未起,到曹……淇源系石如……行李起岸……即步出涌金门……一路登白沙堤,入文澜阁、蒋祠、俞楼、凤林寺,徜徉半日,上灯时泛舟归寓。沈铜士、石壶老皆在寓相待,并云早在万香居候,久不来,故到此。石老殷勤留宿,情不可却。余欲游湖,明日拟先移居俞楼矣。夜,顾公度来谈,知余志在遨游,以《湖山便览》一书相赠。

廿六日(11月25日) 霁。晨到清河坊市中,又往石壶老处晤谈。壶老再以移寓请,允以俟湖上游事毕,即往。返寓,饬刘仆还苏,接常儿赴杭助理一切。同乡金燧卿东炜来见。午前发家书于邮局。余迁寓俞楼。问老、铜士约以湖船相送,各具酒肴,并约金燧卿、程赓云同游。先从湖之南滨行,游高庄,又游净慈寺,更余各散,余独返俞楼。守楼者胡老,名五十,勤慎伺应,知为曲园先生之旧人也。

廿七日(11月26日) 霁。晨独游孤山,登巢居阁、放鹤亭,并谒和靖及林典史祠墓,茗憩林社,乃近人林迪臣太守墓舍,其门人建社奉祀者也。铜士及朱子蕃先后寻踪至,茶话毕,子蕃先去,铜士携舆约游北山诸胜。路过李文忠祠,落成未久,顺往游焉。到仙姑山清涟寺,坐洗心亭,临池观五色大鱼出没玉泉中,游泳甚乐。又往灵隐山下,饭于村店。店旁有某姓别墅,屋宇轩敞,可以假座。饭罢,游龙泓射旭诸……又入云林寺……庄园林新筑,小坐……观海亭。抵暮返俞楼。

廿八日(11月27日) 霁。晨命胡老人导游岳王祠墓,北上栖霞岭,遍历栖霞、紫云、金鼓、黄龙四洞。栖霞洞在岭半妙智庵,洞中但供佛象,未见奇异。庵门即古剑关,下为辅文侯牛将军讳皋墓。紫云洞阴凉深广,穹若大厦,下石级二十余,石作紫色,上有石楼,内供石观音像。洞底有深穴,窥之莫辨其际。洞外高阁数楹,可资远眺,临安全城一览皆小。其北能见武林门外诸山,自是佳境。金鼓洞距紫云洞一里许,越岭数百步始到,地势亦竣,洞不深而敞,不高而幽,有泉淳蓄,绿净可鉴。黄龙洞在紫云洞东北,洞中大佛随石凿□金□□巍立,外依山结屋,有洞之名,实非洞也。诸洞以紫云为第一,别有天龙洞,访之未得。余茗憩紫云时,铜士亦至,同步出山。午前返俞楼。同乡汪凤笙县丞远翥来见,少洽姻丈之嗣也,余以酒鳌款之。饭后,仁、钱两县萧韫斋治辉、汪半樵文炳同来,即去。蒋欣如亦来,久别重逢，欢然话旧，同游诂经精舍，登第一楼，望湖咫尺，胜于俞楼之隔绝也。时已薄暮，铜士、凤笙、欣如皆返城，余独游朱文公祠及徐公祠而归。徐公祠系花农侍郎先德。

廿九日（11月28日）　阴。王凤笙携舆……过三台山境，道出……观长耳……南行入大慈山……有人捐资助建，僧……可知其俗矣。余到泉上滴翠轩，适悬匾额，小坐即去。上烟霞岭，入烟霞洞，晤僧学信，闽人，结茅于此廿余年，云游天下，胸有丘壑，于洞旁新建精室，池亭泉石位置都宜，南望钱江，环若襟带，西湖诸僧当称佼佼，以亭上题额请，许之。所设伊蒲馔亦精美。下岭游石屋洞，有"沧海浮螺"石额，虚明高敞，亦尚可观。西北行，度风篁岭，自过溪亭，访龙井寺，有僧法行，年八十余，尚未留髯，自云尝膝行，朝天下诸山，与学信为友，殆亦非俗僧也。寺有行宫，乱后尽毁。登山，观一片云石。又有涤心、冶神、运石诸胜，山石苍翠玲珑，到处入画，惜芜秽不治耳。是日，拟游理安寺、永乐洞及九溪十八涧，皆以暑短不及往。抵暮，自茅家埠一路返楼。铜士襆被来，与余作游伴。是晚，方作游南山五洞诗，铜士来，遂搁笔。

三十日（11月29日）　霁。晨游刘祠、左祠，小憩竹素园，唤小舟入内湖。有近人孙姓，新筑洋房，顺往一游。其旁又有招贤禅院玉佛，自新加坡来，香火极盛。游毕，从孤山下，穿出锦带桥，返俞楼。昨，仁、钱两县馈余筵席，余邀石壶老、陈桂老、蒋欣如、铜士、汪凤笙、朱子蕃、程赓云饮。归而诸客毕集，申刻席散，铜士仍留，同往广化寺访六一泉，寺即俞楼之东邻也。

十一月朔（11月30日）　霁。晨，常儿……重游左祠、李祠……前返楼，陈桂……庵，憩间放台，又……乾隆御笔"漪园"二字为额。暮色苍然，不及留憩，遂分道各返。

初二日（12月1日）　霁。晨挈常儿泛舟东行，游照胆台，登白堤，游张勤果公祠、昭庆寺。又自镜带桥入内湖，游大佛寺及刘氏坚匏别墅。拟游室石山,近已为洋人所踞,舍之。归舟,顺游放鹤亭,即返楼。铜士、壶老放湖船来接,遂移行李下船。到涌金门,二公在万香居相待,略坐即入城,朱子蕃与蒋欣如招饮子蕃寓中,同座晤同乡西防同知陈云生诸人。二鼓后返周公井石壶老寓。寓屋在行宫桥下,距西湖亦不远也。

陈云生,恩普,常州人,浙江中防同知。

汪凤笙,远耄,少洽世兄,浙江县丞。

程雪轩,煜,松江人,清湖镇厘局。

吴绮云,元福,浙候补,备卿侄,住北街。

僧法因,龙井寺,年八十二岁,江西人。

僧学信,又烟霞洞主僧,福建仙游人。

僧惠元,西湖广化寺住持,平湖人。

黄敏仲,肇钟,静伯弟、慰农兄。

黄静伯,肇桢。

相,江宁人。黄慎翁席上。

关咏卿,广东人,外务部。黄慎翁席上。

胡定庵,叔眉师之内侄。黄慎翁席上。

张福申,文寿,东庭侄孙,直隶知县。

吴殿臣,允升,子升侄,江西知县。

许苓西,炳榛,芝轩星垣胞弟。

黄慰农,肇翰,静伯胞弟,知府。

金诗云,国桢,六直人,昆山籍。

王受尹,庆祉,墨林之三世兄。

潘叔重,敦先,江西同知。

张悟三,世瑜,浙江知县。

刘云孙,家藩,安徽知县。

萧曜海,广西平晋,乐府副榜,晋荣。

金桂香，沈桐士。

谢素兰，陈桂舲。拱宸桥北里。

汪桂芳，蒋□。拱宸桥北里。

金宝之，闽□。拱宸桥北里。

林茂庭，荣宅阍人，福建籍直人。

吴荫培日记·十四

壬寅十一月十二日（1902 年 12 月 11 日）游南山诸洞。

十二月十三日（12 月 12 日）游虞山。

癸卯二月初七、八日（1903 年 3 月 5、6 日）游京口、夹山、北固。

三月初八、九日（4 月 5、6 日）游泰山并后石坞。初八（4 月 5 日）夜梦见万儿。

聘室黄夫人墓在尧峰山萧家巷，此本末二页详载。

壬寅十一月初旬日记
癸卯五月初四日止

壬寅十一月初三日（1902 年 12 月 2 日）　霁。晨拜客，晤浙护抚诚果泉勋、乍都统柏研香梁、叶太守茂如寿松、戴观察子开启文。柏君本杭州驻防，奏明驻省城，住宅有池石之胜，小小丘壑，清雅绝伦。少时与崔瑞亭协领相熟，旧事倾谈，一见如故。午刻返寓，饭。饭后再出门，晤运台兼署藩司黄幼农祖络。

初四日（12 月 3 日）　雨。拜客，晤杭嘉湖道崔磐石前辈永安、朱观察小笏启凤。午刻返寓，庄太守兼伯人宝来谈。饭后出门，晤郭观察福卿集芬。

初五日（12 月 4 日）　霁。晨在寓，戴子开、郭福卿、毕畏三奎、崔磐石四观察来，均晤。晚与铜士、赓云、常儿同游吴山。自山下东南瑞石山上，岭有宋米襄阳"第一山"三字，又有"紫阳洞天"四字，皆在岭旁刻石。小憩四景园茶楼,食蓑衣饼。抵暮返。

初六日(12 月 5 日)　阴。晨拜客,午前归。晚便舆往朱子蕃、彭蓬斋处。

初七日(12 月 6 日)　阴。晨与铜士、陈桂老同在湖滨仙乐园茗话,午前返寓。与桂老、赓云、壶老看竹,继烛而毕。

初八日(12 月 7 日)　霁。午前,同乡庄兼伯、陈云生等二十余人招饮吴山赵公祠公宴。左江右湖,万景在目,为城中一大观。余初到时陈云生、朱子蕃诸人本为余舍馆于此,无如石老之意难却,舍之,殊可惜。晚会访时蓬仙观察庆莱谈。夜,崔磐老招饮衙斋。

初九日(12 月 8 日)　霁。晨为壶老事访诚中丞,兼晤黄方伯。午前出钱塘,赴里湖孙圃叶茂如、戴子开、毕畏三招饮之局。孙圃系同乡孙姓新筑,即余前游洋楼也。晚,锡书农榷使麟以肴馈,余招同乡祝谦之及壶老等诸熟友饮,更余席散。

初十日(12 月 9 日)　雨。辞行,晤锡书农、朱小笏谈。午后,时蓬仙、李幼梅辅耀、郭福卿、朱小笏四同年招饮时蓬翁寓中。有新建三层临街楼,楼上有台,为临安第一最高处,大可眺远,惜天雨阻兴耳。夜返寓,洪景护来。

十一日(12 月 10 日)　晨雨即止。辞行,晤黄幼农、杭府宗子材培。顺道过元宝街,游胡氏芝园,玉宇琼楼,想见当日,然渐形衰败矣。闻是宅为张燕谋所得,欲出售,竟无其主。园中虽甚繁华,却少疏散之趣,匪我思存也。晚会访蒲韫斋大令于署。夜,陈桂老移尊至寓招饮。

十二日(12 月 11 日)　霁。晨购物清河坊市上,即返寓。天气晴暖,忽动游兴,便舆出清波门,自南屏山下赴石屋岭,重游石屋洞。洞之巅有名乾坤洞者,只有一小坎,卑浅不足道。其西为蝙蝠洞,两崖相逼,一线中通,较乾坤自胜。下岭访水乐园,在烟霞岭下路旁,近人筑亭表之。日前与凤笙匆匆过此,交臂失之,殊自笑也。洞门双启,中有鸣泉若琴筑,然日夜不息。洞中石壁,好事者凿之成座,位置天然,客来可以坐听,此亦别开生面者。出洞小憩亭上,登烟霞岭至洞,与学信晤。午饭罢,望北高峰,相距咫尺。洞后有磴道可通,山多平坡,登高长啸,同声旋应,如放鹤亭。天阴欲雨,下山自象鼻岩觅径直上,冒雨得佛手、落石两岩。象鼻、佛手皆形似得名,落石则云根倒悬中空若峡,尤为奇辟。薄暮返城。夜,朱子蕃招饮聚丰园。

十三日(12月12日)　雨。晨束装,定明日行。午后访蒋欣如谈。觅书画于肆中,不得。夜,沈铜士移尊至寓招饮。

十四日(12月13日)　霁,大风。晨到清河坊市中,即返。午前辞石壶老,发杭州,出武林门,仍赴新马头登舟。仁钱萧、汪两大令、沈铜士、汪凤笙、朱稚村同、朱子蕃、蒋欣如、程赓云、陈云生、陈桂老均送至马头。稚村及两大令先别去,余均先到拱宸桥相待。是日,常儿因酬应事独附公司船返故乡。余舟达拱宸,诸君皆择寓客邸。夜公觞余于金姓妆阁,席散到荣华园观剧。三鼓后,余假汪桂芬家答诸君席。四鼓时,陈桂老复有谢姓绮筵一局,曲终奏雅,几及天明。子蕃、铜士送余登舟,天寒风劲,二公留余再游一日,余未之应也。

十五日(12月14日)　微霁。黎明解维,风力转顺。巳刻已达塘栖,登岸一游。过厘局时,杨甥黼卿刺舟来迎,序东之弟也。余询其尊人子陶健否,彼言老病颇剧。余以急头北归,不及一访,甚怅。晚泊石门县南门外,县令林伯颖孝恂来见,己丑前辈也。饭后入城散步,市集尚盛。

十六日(12月15日)　霁。晨过石门湾,晚到三塔湾,已近上灯矣。泊嘉兴小西门外马头,嘉兴令陈莅庄廷勖、主簿叶琴初均来见。夜散步入城,赴秀水县前石桥上,独坐望月,清光满地,寂无一人,城中荒凉过甚。闻只有北城市集,余则乱后四十余年元气仍不能复。

十七日(12月16日)　霁而仍阴。晨易舟东南行,往凤央湖游。烟雨楼已圮,有御碑亭,水石竹树,小有丘壑,僧一人独居之。夏秋时节游暑自胜,寒天未免萧索也。小憩两时许返舟,进城拜客,晤同乡费毓卿军门,统领杭嘉湖三郡水师驻此,约余夜饮,允之。到叶琴初署晤谈。午前返舟,移泊北门外马头,因小西门外过于荒落也。同乡汪理仲、叶琴初来见,陈国祥亦来访。同步入北门,于古玩家购得钱梅溪、查声山、朱竹垞、朱椒堂等手札十余种,并与琴初、国祥茗憩某氏园中。上灯时赴费毓卿寓饮,毓卿许假余小轮送苏城。余与毓卿虽初交,颇相得也。

十八日(**12月17日**) 霁。晨购物北门外市中,即返。移舟达杉青闸,距北门只一里也。琴初在杉青闸相送,相与茗话落帆亭而别。解维行,小轮以机器旧故,驶不甚速。午刻过王江泾,抵暮始达吴江。旧仆陈福迓于马头,震泽令夏芝荪辅咸来见,壬戌同年也。马头距城东门三里许,夜踏月过长桥、垂虹亭,顺道进城闲步,即返。

十九日(**12月18日**) 雨。晨进城,答拜夏同年,谈及江浙交界时有萑蒲之警,浙已派费毓卿巡辑,禁察颇严而江苏独无之。夏君已具禀请上游拨兵船专司此事,托余返苏后白诸当道,许之。出西门,冒雨游鲈乡亭,四面平畴,一楼可憩。楼上供三高位,乱后祀三高于此,恐非祠之故址也。午刻返舟即行,风劲天寒,雨雪交加,更初始抵胥门。是夜即返家。

二十日(**12月19日**) 霁。在家,客来甚多。晚与鱼钩伯同往申园福宝浴,晤沈芳衢谈。

二十一日(**12月20日**) 霁。拜客,晤恩中丞、陆方伯、效廉访、太守向绍春同年。是日,寔夫为长君续娶妇,请余夫妇铺床,早晚均饮于其家。

廿二日(**12月21日**) 霁。拜客,晤费屺怀。晚到寔夫家公贺,听昆剧及张步云书,又观戏法。

廿三日(**12月22日**) 霁。午后出门拜客,晤汪郎师。

廿四日(**12月23日**) 阴。晨为胡金堂写对,并写送人联。晚到观前。

廿五日(**12月24日**) 霁。晨拜客,晤鱼钩伯、唐毅庵、顾少轶。午刻到玉雨叔处,玉叔谆留饭,纵谈至暮。又到执舅处。

廿六日(12月25日)　霁。晨携两儿赴德和食羊点,遂出城游马路,茗憩阆苑第一楼,又往禄中会小酌,常熟馆也。午后访雷砺卿、子蕃昆季于药肆中。夜往邹婿颉文处。许少卿邀饮寓斋,二更余归。

廿七日(12月26日)　霁。晨,魏芙香来。晚,夏小卓、林文经来,同往日升园茗话,兼晤李梦九、毛仲老。

廿八日(12月27日)　霁而微阴。晨拜客,晤潘济之、张叔鹏、王鹤丈。又往王伯荃处贺其食苹喜,并奠李少梅观察于其家。午后,效述堂廉访招饮署中,同座汪郎师、任毓华诸人。席散,到朱叔梧处,知海上乾馆事叔梧为余代为斡旋,心甚感之。夜贺余长庚悬匾,饮而归。

廿九日(12月28日)　霁。在家,玉君四叔、戴绥之均来。晚与小卓到护龙街一带,茗憩彩云楼。

三十日(12月29日)　阴。拜客,晤景月汀师,谦不欲以师自居,并以异姓昆季相订,余以名列书院肄业,亦不敢应也。又晤唐隽臣、吴子和丈。天忽雨,和老谆留午饭。饭毕,到恒季少坐。又为魏芙香托事往长署邹芝香处。

十二月朔(12月30日)　雨。晨,沈旭初观察、田少白同年、郭南云大令来,均晤。南云,谷斋先生之世兄,常儿房师也。午后,唐六英、汪理仲来。

初二日(12月31日)　霁而阴。晨,景月汀师、赵啸湖均来谈。晚到护龙街,途遇小卓,同行往品泉小憩,即返。

初三日(1903年1月1日)　霁。昨日常儿悬匾,俞陛青、蒋芝庭、杨药龛大令来贺,均晤。午刻,向绍春同年招饮衙斋,同席吴硕丈诸人。夜以酒肴请账房诸客。

初四日(1月2日)　霁。黎明即起,挈常儿望阙行三跪九叩礼。竟日贺客盈门,客之来者一百四五十人,除中丞外,方伯、廉访、榷使、府三县均到。余请潘济丈、江霄纬、陶念乔、唐隽臣、许少卿陪宾。夜招张步云说书,宾主尽欢而散。

初五日(1月3日)　霁而阴。谢客,赴各署,见朱竹师。又晤顾少轶。顺道奠潘谱琴先生于其家。又见汪郎师,师以吴希玉九十岁无资,令量力相助,余以番银十饼贻之。归而招吴西庚说书。

初六日(1月4日)　霁。晨往支硎扫墓,并自看圹地于龙池中。顾云亭先已进城,如莲陪余行,年老途长,余甚怜之。二鼓时返。

初七日(1月5日)　霁。晨拜客,晤程燕谋学师、李梦九、陶念乔、任筱沅中丞。午刻,荣子衡榷使招饮署中,同席惟汪郎师一人而已。晚到执舅处。

初八日(1月6日)　阴,天寒风劲。晨往护龙街古玩铺访书画,晤项琴舫谈。项年七旬余,幼琴之父也。阅杨椒山墨迹诗卷,诗十二首,乃椒山先生与其友饮于北里言情之作。其末章云:"问谁假我闲金屋,相约卿卿贮碧纱。"风怀旖旎,出自铁石心肠人,殊可异也。索价朱提二百,舍之。归而家祭毕,访仲明,同到日升园茗话,兼晤小卓。

初九日(1月7日)　霁。早起无事。当道以从者骑至,余不出拜客,遂舍舆乘之。风日和暖,偶思枫江凤皇墩,自少小至今数十年过此从未一游,决意出金阊,往探形胜。道出鱼钩伯之门,约其于午后同游马路。出城,行五六里抵墩。墩上向有殿阁,庚申劫后寺基尽毁。近年韩古农观察购地建敦化堂作丙舍,是墩遂统围入墙,有合肥黄翁作导,陪余遍历隙地,桃柳杂莳,惜隆冬无甚可观耳。返至普安桥,钩伯相迓于道左,同至正元馆小酌,并憩阆苑第一楼,上灯时归。

初十日(1月8日)　霁而阴。晨往奠蒋云生,晤其世兄季稣谈。又奠严子明姑丈于云鹫寺,并访唐毅庵。午后到藩署,拜陆春江同年之夫人六轶寿。主人招饮彩觞,有小桂凤《战宛城》、周凤林《凤皇山》诸剧。上灯后返寓,明日赴琴川。

十一日(1月9日)　霁而阴,天寒风大。晨写京信,即递邮局。午后出金阊,搭常熟船,包一房舱行,有小轮拖带。仲明及雷三世兄叔涛暨丹、常两儿相送，先至吊桥小茶楼相待。申正启行，盘过齐门外，由陆墓北达吴塔，时已上灯。舟中男女杂处，拥挤异常，余以包舱尚堪容膝。二鼓后抵常熟翼京门外，即小南门。林生文经馆常熟署，出城相迓，并为余另雇定一船以便起居。船泊城濠，进城不过数武，遂移行李寓焉。是行也，刘、杨二仆从。

十二日（1月10日）　霁。晨游城外，有校场，甚宽敞，其南三层茶楼如沪上式，名留香阁。余亟登之，北望虞山，已得大略。小憩阁上，即返舟。衣冠进城拜客，晤庞绚老、邵伯英、陆云老、昭文令张蓬仙，壬辰同馆也。绚老言虞山形甚长，东西绵亘十八里，山在城中者只东南隅一角耳，如泛舟西门外山塘河中，可觇全山之胜，并以昔人张应遴《纪略》一篇假余。午刻独饮于钱馆，酒肴精洁，此馆即在山下也。余此来本为谒见翁师，师近住此山极西鹁鸽峰下墓庐，距城八里而遥。余欲易舟去，昼短，恐弗及，遂仍登舆行。西出阜成门，由山前坡陀下，直达师所，谈半时而返。一路山光接送，抵西城天色已昏黑矣。顺道拜常熟令郭子华。出城又访俞佑莱。初更后到舟，林生及张蓬仙均以肴点馈。林生并到余舟相待，遂留其小酌而散。

十三日（1月11日）　霁。晨进城，到石梅枕石轩茶室与林生茗话。石梅碉在虞山东南麓，相传仙人插梅石间，遂成树，琴川茶寮聚处也。余是日拟作四刹之游，以穷是山之胜。四刹者，破山、三峰、藏海、维摩，山寺之最著名处也，皆在城外西北境。余游发轫城内，先自子游、仲雍两墓始，遂与林生东北行，从清榷坊历级而上，次第登之。子游墓在下，仲雍墓在上，最上至峰顶有古祠，曰乾元宫，中祀老子。张应遴《记》谓有宋装遗象，今已无之。其东高阜突起为齐女墓，即景公涕出女吴者。上有杰阁，门窗不设，人莫能入。是为达观亭旧址，每夜有营弁到此上灯，昨于城南留香阁上见之。下山西行，过初平石，磊落云根，形极奇古。返枕石轩，舆夫已至，林生有事不能偕余，遂独出镇江门即北门。北行四五里，入破山寺，梁时名兴福寺。山门外有尊胜石幢，幢宋陆展书。又有救虎阁、空心潭，别有廉饮堂，为友人林茂如所葺。茗憩片时而出,西北行,登岭,过三四里达三峰寺,即清凉寺。有僧能谈诗,与翁师为友,访之不遇。时已过午,食伊蒲馔而去。山坡西行五六里,抵藏海寺。寺在虞山之阳,殿宇僻小,无当游览。下坡陀数十级,山之半石壁中分,万仞如削。岭上为小剑门,下岭则大剑门也。奇境骇人,不可思议。其东有危崖数丈,架空欲坠者三叠石也。西为拂水岩,上界石桥,下通涧水,每值西南风起,水捲逆飞,虞山大观萃于此矣。剑门以下山坡尽处即为山塘。东望昆城湖,西望尚湖,映带左右。昨出阜成门,仰视剑门,可以指数,惜未到者不知耳。东北行上山顶,至维摩寺。相传有银杏六株,今仅存枯干一。又有一楼可望江,夕阳西坠,不能久留。东南行三里,由桃源涧下山。涧甚幽,遂停舆片刻,即进城。庞绚老与邵□□、俞佑莱公□余于景园,酒酣话旧,更余始散。是园为琴川酒家第一,距石梅咫尺,亦在虞山下也。

十四日(1月12日) 霁。晨登岸,茗憩留香阁。常熟令郭君太夫人寿,余适到此,不能不一拜,遂往,与庞绚老同食面。午后,绚老导往曾氏虚廓园小憩,台高天然,颇有丘壑,惜主人筑此不久即谢世,殊无谓耳。又往游赵氏园,匆匆一过即出,至石梅枕石轩试茗,兼晤陆云老及蒋拔贡子范。抵暮过游文书院,登昭明读书台。上灯时出城返舟。夜再至留香阁。

十五日(1月13日) 霁。晨,文经来,余与之结伴,搭前日船共回苏。晚抵太子码头,余迁道赴马路,入胥门返家。

十六日(1月14日) 霁。为补齿事赴沪。午后乘马访金心兰,未晤。出盘门,登戴生昌舟,儿辈及雷三世兄均相送。

十七日(1月15日) 霁。晨已抵沪,仍择寓鼎升栈,即上年景星公客邸也。余因楼上高敞,故乐居之。茗憩一枝春。访徐景明牙医,乃粤人而西装者,约一礼拜后竣事。议价甚贵,医法甚新,镶牙用搭桥法,每齿十五洋,八折,余补九牙,价已百番外矣。午后访徐少甫谈。晚赴天乐窝听书毕,闻朱叔梧曾来访,即会之。叔梧邀余往锦谷春饮,余招林爱卿,因黛语楼主已谢客,叔梧为余罗致之也。

十八日(1月16日)　霁。晨浴于肆。再访徐医,先拔一牙,神速之至,绝不痛楚,知其为高手也。午后乘马车拜城外客,晤严筱舫、顾缉庭、严春旋。又奠许兰圃、盛旭老于其家,兼晤杏生宫保。夜小饮万福来,又听书于市中。

十九日(1月17日)　霁。晨,许兰翁之世兄偕其叔吉山来。进城,拜各署客,并访苏冶生,均未晤,晤左菊人谈。午后出城,与李盈科、詹润丹、程志范饮聚宝园。再访徐医。夜,严筱舫招饮洪珍妆阁,余招玉兰香,同席晤喻庶三太守,己丑前辈也。渠招林爱卿,余不得已亦留之,然二人皆匪我思存,即日拟为友人答席,不能不姑择香窟,遂招洪珍。洪初名文玉,寓迎春四弄,亦吴人也。席散,筱舫邀往天仙园观剧,有《铁公鸡》一本。是日,舆至南市,拜许子博丈,适于午前先谢世,为之于邑。

二十日(1月18日)　霁。晨憩法马路茶楼,进老北门散步,返寓,陈养泉来。午后访汪甘卿于蒙学报馆。晚,唐隽臣、任逢年来。夜,徐少甫招饮燕庆园,余招洪珍。夜往洪寓小坐而归。

廿一日(1月19日)　霁。晨再浴于肆,访徐医。归而唐隽臣来约,同饮一品香,对酌毕,同到市中购金山毯。夜,杨子护招饮王远香妆阁,洪珍偕,同席有上海王春洲,善饮而兴极豪,为远香诸人所灌,叠引巨觥而散。同时左菊人、许吉山招饮老泰和,余到时主人已散。到洪珍寓坐至三鼓返。

廿二日(1月20日)　霁。晨点于市。马车出门,拜沈寿老、喻庶三,均晤。午刻,汪甘卿招饮九华楼,至则已散。独酌,游张园。返至洪寓请客,严筱舫、任逢辛、杨子护、唐隽臣、费绮云、徐馥荪、汪甘卿、陈养泉皆到。养泉亦在林寓设席,余往而未坐。三鼓后返寓。

廿三日(1月21日)　霁。晨进城,茗憩邑庙春风得意楼。午前返。汪子渊、喻庶三、沈寿老来。晚往徐医处,演试镶牙,订定廿五日装成。夜,余邀沈、汪、喻三人饮一品香,洪珍偕。

廿四日（1月22日） 雨。晨往九华楼，烹茗食饺，一切如扬州式。午后写酬应字。李盈科、詹润丹、吴衡堂来。晚，喻庶三招饮一品香，洪珍偕。

廿五日（1月23日） 阴。晨偕吴衡堂早点九华楼，遇杨耀卿谈。归而严筱舫来。晚与李盈科往徐医处镶牙，尚觉稳称适意。晚到法马路。夜小酌渭泉楼，听会书。到洪处细谈。

廿六日（1月24日） 阴而微霁。晨到宝善街松风阁茗憩，修发，午前归。饭后马车出门，晤严筱舫、陈养泉、汪子渊。夜到法马路购物，再听会书。遇沈蔚之。往洪处话别。定明晚返苏。

廿七日（1月25日） 阴。晨到宝善街，又访汪甘卿，同往五云日深楼茗话。购得美华利金表一只，价三十八洋。返寓，同往来元馆饮。晚登利用公司船旋里。

廿八日（1月26日） 阴，大有雪意。晨抵盘门，唤小舟入城，抵家。晚与仲明访金心兰，不值。茗憩日升园。

小除夕（1月27日） 雪。晨偕小卓同访金心兰。泥途滑滑，拟往观前，不果。夜敬神，并祀先，毕，合家作围炉饮。

大除夕（1月28日） 阴。晨，衢州吴翰臣来，其弟系峡口外委，名士明者也。携其家谱至余家核之，皆与雁塘派不涉，还之。然迢迢千里而来，其情甚可感也。午后步至阊门外购物即返。夜到日升园。

癸卯元旦（1903年1月29日） 阴而微霁。拜各署年，晤王鹤老、朱叔梧，归而拜吾母以下诸人年。

初二日（1月30日） 阴。招吴翰臣饮于家。晚到仲明处，同往日升园。

初三日（1月31日） 微霁。同仲明、小卓出城送吴翰臣行，并馈以赆。午前茗憩阆苑第一楼，饮正元馆。晚茗话同芳楼。进胥门返。

初四日（2月1日） 霁。偕小卓同访刘临川，并到松鹤楼面。

茗憩观中三万昌。傍晚返。

初五日(**2月2日**)　阴而微霁。晨,偕仲明、小卓,并挈丹儿出胥门,登舟赴九龙坞及光福,省扫各墓。午后抵西跨塘,与丹儿遍历息圃公、逸崖公、谈三小姐、莲舅公、叔苑公、赓生公、申甫公讳畅照、老大房声谐公,各茔均到。晚泊木渎山塘,同人往茶楼小憩,归而看竹。

初六日(**2月3日**)　霁而阴。午刻,始到光福镇,唤舆由市崦岭入山,省扫我章公、春生公墓。毕,顺道游石楼。夜返镇,茗憩市上。返舟仍看竹。

初七日(**2月4日**)　微霁。天寒河冻,敲冰而行。午刻过木渎。余偕仲明,挈丹儿登灵岩山绝顶琴台,西望具区,穷数百里,又遍历西施洞诸胜。抵暮归。

初八日(**2月5日**)　霁。晨登舟,独出盘门,赴张家浜省扫以哉公墓,又往何山省外祖汪药庭公墓。

初九日(**2月6日**)　霁。出门拜年,并奠刘文楠夫人于其家。又往执舅及玉叔处。晚,元和金调卿大令招饮署中,唐毅盦招饮家中,均到。

初十日(**2月7日**)　霁。晨,邢厚庄、唐隽臣来。午刻,鱼钩伯招饮其家,同席晤曹智涵、叔彦昆仲谈。叔彦新接京信,知寿州孙相国保余经济特科,同馆列保者:邃老、李橘农、李柳溪、夏闰枝也。

十一日(**2月8日**)　霁。晨到观前,饮于执舅家,又与小卓及陈桂丈茗话逍遥楼。夜在家以便看请金心兰、刘临川、小卓、仲明、陈桂丈。途遇顾敦庵,并邀其到余家饮。是日,母亲有新恙,服钧伯表药不合。仲明谓当服养阴除风药,心兰意与仲明同,余意遂决。

十二日(**2月9日**)　霁。拜客,辞行,晤恩艺棠中丞,又晤汪柳师,午归。饭后出门,晤邢厚庄。夜到日升园。

十三日(**2月10日**)　霁。晨在家写各信。徐元之归自榕城来谈。午后,雷砺卿、子蕃两亲家招饮斋中,三席并设,行余新制次第看花令,并招吴聘之戏法伴,客尽醉极欢而散。

十四日(2月11日) 阴。晨写各信。午前出金闾,赴执舅之召。天忽雨,到青莲阁,执舅乔梓邀往德仙妆阁饮,同座者郁小涛,表母舅也。夜雨,乘轿归。送徐元之行,并访陶念乔,均晤。

上元日(2月12日) 雨。在家写字。吴干臣、许少卿、陆莼舫来。晚到日升园。

十六日(2月13日) 阴。晨谒朱竹石师,长谈。又访江小蕙、顾敦庵,均晤。午刻,张叔鹏招饮。晚,蒋芝庭招饮,均设席于其家。

十七日(2月14日) 霁。晨,辞行,到效廉访署,未晤。从者御劣马肇事。午前拜吴问潮太夫人寿面后,知马逸伤孩,亟往府署前抚之,并访向子振太守谈。晚,金心兰、刘子庚、张炜如来。余到庙堂巷汪氏看书画,晤汪席之及汪帐房孔茂安,所阅各种苦无当意者。到日升园晤胡景韩,因渠屡来未晤,儿辈约其到此也。是日,为马逸事疚心之至。我虽不杀伯仁,实同此意。君子怀刑,实不啻身自犯法,何辱如之。

十八日(2月15日) 阴。晨,许子元太守自云间来拜。午刻访俞陛青。汪郎师招饮寓斋。抵暮归。

十九日(2月16日) 霁。晨,陈伯才、唐仲芳来。丁春之以弟子礼来见,程志范介绍之也。到金心兰处。午后,拜客,并会访陈蓉曙前辈,晤。夜,陶念乔、黄实甫钱饮金闾小陈妆阁,余招陈小宝,即其本堂姊妹花也。同座庞少如,余旧徒也,坚约明晚一局,竟不能辞。

廿日(2月17日) 霁。出门辞行,晤陆方伯、效廉访。方伯述近作数诗,逐字推敲,畅谈甚久。午刻,魏芙香钱饮寓斋,席散访赵啸湖谈。夜,程执舅钱饮宅中,庞少如钱饮乔文兰妆阁,均到。

廿一日(2月18日) 霁。晨访曹宝甫先生,又到鱼钩伯处。午刻,朱竹石师钱饮牙厘局中。席散,访吴邑林蔚生大令,并晤金调卿大令。晚,李邠如、蒋企之先后钱饮其家,均到。

廿二日(2月19日) 阴。晨,雷砺卿、子蕃来谈。余在家部署行李。晚访唐峻臣。到金阊小陈家赴玉叔及徐受老之约,同座晤冯伯渊,不见者十数年矣。二十日晚局及今夕之局均仍旧赏,酬应而已,较诸海上自不可同年语也。

廿三日(2月20日)　霁。竟日在家。林蔚生大令、顾敦庵、胡伯申来。晚到日升园。是夕,罗戟门招饮乔氏妆阁,辞之。

廿四日(2月21日)　霁。余从者钱福马逸事至今早始了。午前,向子振同年来送行。午后到执舅家辞行,并顺道访文小坡谈。夜,陆方伯饯饮署中。是夕,苏喻之招饮乔氏妆阁,辞之。

廿五日(2月22日)　霁。在家束装,竟日不出门。陆方伯、赵啸湖、许少卿、唐峻臣来送行,均晤。夜浴于肆。

廿六日(2月23日)　霁。母病早愈,各事亦毕。仲明为余诹定是日未刻首涂。送行来者甚多,不能尽晤。午后,乘大轿出胥门,赴官马头登舟。金调翁、许少卿皆亲来送行,林质斋亦来,其余仲明、小卓、杜雨生、程志范、邹颉文、雷亮采、叔涛、毛相伯、小安侄及伊儿、鼎儿、龙孙均随船送至阊门。余约诸公同饮聚丰堂,剧谈畅甚。二鼓时各送余返船而别。

廿七日(2月24日)　阴。因阊门外水浅,舟仍由横塘达枫桥。许少卿自厘局来迓,易小舟同到支硎山义社。天忽雨,余坐篮舆冒雨独赴花山、蹇山两先茔辞别,一拜即行。顺道往寿桃山、中峰山看地,并到顾如莲家贺其孙授室喜。夜,少卿饯饮局中,同座者顾生蓉墅也。

廿八日(2月25日)　雨止,天阴。晨写各信送家。午前,开行。晚泊望亭镇。登岸徘徊,寂寞之至。

廿九日(2月26日)　霁。晨,解维。午刻到锡山,泊北门外。易舟赴慧山作半日游,试茗于第二泉上,载泉一瓮而归。登山未及绝顶,苦无同侣,遂舍之。遇李公祠文忠之弟,小有亭冶,顺往一游。夜返锡山,登岸拜客。李紫璇大令因病未晤,晤王襄卿于学署,剪烛清谈,谆谆以陆凤老久宦京师,宜图解组,嘱为传语。更余返舟。

二月初一日(2月27日) 阴。晨过洛社,向往西北行趋官塘。今因戚墅堰作坝,改西行入宜兴境,赴常州。自洛社镇西进兴隆桥,一路河道新开,桥多不断。过戴溪桥、运镇始西北行,又过坊前镇始西北行,夜泊万塔。是日,风极顺,行约一百五十里,万塔距常州三十里。

初二日(2月28日) 阴。晨北行,过了河桥、陈渡桥。午前到常州西门外。午后进城散步,即返舟。德乾一太守来见,夜往会之。

初三日(3月1日) 霁。武进令揩不与印结,晨致书德太守,午后始取结而行。供张廪给,此两日大都自备,可笑极矣。夜泊奔牛镇。登岸,看采茶灯,游人颇盛。

初四日(3月2日) 霁,风顺帆饱。午前到丹阳,泊小南门外,同年施润斋大令来见。午后进城散步。晚,润斋招饮署中,同席晤徐藻涵世勋、武喆生中彦两学师。徐,吴江人,蔼然可亲。席散,往拜之,兼拜武君。

初五日(3月3日) 雨。黎明,发舟丹阳。昨,润斋赠《邑志》,知城北有观音山、玉乳泉,访之。入广福寺,晤僧苇航,导往,则寺后道旁一井也。井栏"玉乳泉"三字尚存,不知是陈文惠尧佐旧迹否?登望湖亭废址,是山一土阜耳。西望练湖,大半涸尽,无足观者。晚泊丹徒镇。

初六日(3月4日) 阴。晨候潮不能行。上镇试茗,食蟹包,购鲥鱼。午前开出江口遇横风,尚顺。晚到京口,泊江上,风浪颇大。登岸,饮京江第一楼。

初七日(3月5日) 时雨时止。晨独酌鹤鸣园,客座几无隙地,去之。拜客,晤学师汪和柳年丈,谈及城南夹山之胜。丈即命驾,约余游竹林寺,余欣然从之。返舟易衣,滕六适降,遂冒雪自城西转而南行十余里,过米元章墓,舆夫识之,距鹤林寺不及百步。寺乱后新筑数椽,向杜鹃花旧株已无之矣。将抵竹林寺,修篁夹道,不见寺门。入寺,历石阶百数十级,始达方丈室,室后即夹山也。两山合抱,至此始分。大雪漫天,蒙茸山树中,不能逼视。余到寺,汪丈已先至,相与作半日清谈,食伊蒲馔而别。更余始返。

初八日(3月6日)　快雪时晴。晨食蟹包于迎春楼。昨,汪丈约如今日不开船当同作金焦之游。余以京口三山,北固距江口不过五里,余戊寅年曾一至而苦未穷探其胜,遂作书告汪丈,在北固多景楼相待,然恐丈年老倦游,不敢促其命驾也。孰知余舆方到,丈驾亦来,彼此意兴,不约而同。登绝顶多景楼茗憩,山色江光,尽罗眉睫。其下为魁、彭、杨三公祠,山之阳有试马涧,其阴又有试剑石,皆孙吴遗迹。在山之下别有铁塔及宋吴琚书"天下第一江山"六大字,皆在山之半。游毕,余因风顺,拟即渡江,遂与汪丈别。下山,访宝晋书院,为海岳庵故址,其东为甘露寺,匆匆一过,即返舟。午后再至市上。晚开行,泊瓜洲口,品茗于肆。

初九日(3月7日)　霁。午后抵扬州,泊徐凝门外。江都令吴子彝、甘泉令张受之同来见。余登岸拜客,见刘景韩师、徐毓才年丈、吴子彝。晚返舟,吴幹臣、唐子寿同在余舟相待。夜,同入城到左卫街天兴饮。

初十日(3月8日)　阴而仍霁。晨登岸,到旧城唐子寿寓,其居停主人赖公系赖宝臣大令之兄,其子名履鋆,号颖之,上年应闽省驻防秋试,余批其卷,有"堂备"字样,坚欲执贽门下,遂出拜,只好允之。余同子寿到教场可可居小饮,并食蒸饺。幹臣亦至,顺道同到市中觅书画,约于晚间送幹臣寓中,因江都令以酒席馈余,拟假幹臣寓请客也。午前返舟,即进城为万儿求写照于市肆。又访大兴隆旧寓,已易主人矣。晚再至可可居食面,到幹臣寓观市中所送书画,无一真者,舍之。幹臣出示先世两罍轩所藏卷轴,精本甚多。是夕,余所请客系甘彦士、子寿、幹臣,子寿又代邀同寅姚少瀛、孙伯梁两人,共招花四枝,盖捉客伴主也。二鼓后返舟。

十一日(3月9日)　阴。晨到可可居早点。昨,甘彦士约游小金山,集于子寿寓斋。午前出天宁门登舟。芝孙已逝,旧地重游,不胜黄垆之叹。同游者仍子寿、幹臣及姚、孙诸人，觞于湖上草堂。余与幹臣登风亭月观，追维前事，感慨系之。晚进城，为购书画事再至吴、唐两寓。又访甘彦士，均晤。抵暮，出光泽门即东北门返舟。余舟已放至五台山，距城约三里。更余，幹臣、子寿均来送行。余购得明人、国初人书画便面册卅五叶，又金冬心梅花轴一，计价百洋，子寿介绍也。幹臣以丁云鹏山水大轴及顾西梅仕女便面册赠别。来意甚殷，只好受之。

花朝(3月10日)　阴。黎明发五台山，打头风劲。申刻始到邵伯埭，仅行三十余里耳。晚散步镇上，市集甚盛，到得宝泉茗点。

十三日(3月11日)　霁。午前过露筋祠，顺往一游。未正到高邮州，泊望云门外即南门，知州李竹人来见，上年曾相晤。学师王润之同德，余旧友，亦来晤。晚往会拜，未晤。到制胜门外即北门，拜杨骈卿前辈。又到泰山庙，访文游台，拓地甚高，壁上有苏、黄、秦诸贤石刻。上灯后返。

十四日(3月12日)　阴。晨，舟发至北门外，余登岸，到春源食山鸡面。又因丙子年与柳质老同年过此，曾购旧板书于穴城书肆，入制胜门访之。仅于罗翁手得《陆宣公奏议》一部，余无足取。罗老待客拳拳，送余返舟。顺道过放生庵一游。午前解维。申刻过清水潭。夜泊界首。购市中茶干，食之甚佳，可与芜湖大道媲美也。

望日(3月13日)　阴，时有雨意。巳刻过汎水镇。登岸，略步，即行。风顺。午刻过刘家坝。申初到宝应县，泊南门外。朱英甫大令来见，即进城会之，未晤。抵暮，天又雨，街市滑而不平，颇难立足。

十六日(3月14日)　风雨交作，舟不能行。午后，勉步进城，到城隍、都天两庙，规模亦小。闻北门外里许有松岗俗名梧桐墩，逢清明日登眺，人极多，见于《邑志》。往访，则一小小土山，并无一树也。晚小憩茶寮，又游学中而返。

十七日(3月15日)　晨霁，少顷又雨即止，竟日打头风甚大。午前过黄浦。申刻泊平河桥。是日只行四十里。夜又雨，写京、苏家信。

十八日(**3 月 16 日**) 雨仍不止。晨发平河桥。巳刻过二十里铺。申初达淮安府，泊庆成门外即西门。有司不应差，余携仆进城，将家书寄邮局。访胯下桥于城内东南，仅有三字题额而已。城中有镇淮楼，市集尚整齐。余访书画数家，无足观者，舍之。到乔云茶室小憩。归路有清赏斋古玩店朱姓号介柏者，导余至一客邸觅字画。遇同邑程菊卿，上海陈养泉家伙友也，与余似曾相识，乃故人马幹兄之徒，陆晓翁之友，馨谈而别。

十九日(**3 月 17 日**) 霁而仍阴。晨发淮城，过钓鱼台，乃余旧游地。登之，有纯庙御题诗碑，后有韩侯钓台石碣，旁为漂母祠。昔有"古渡临祠庙，行人识故侯"联，今不知在何所矣。近人有设木肆者居此。祠无隙地，舍而去之。顺道往城北河下，食淮饺于文楼，味美无极。返舟，北发，风顺。过板闸，知世振三榷使甫于望日病故，漕帅以下均往奠，余与之相遇，顺通一刺。昨，漕帅遣差弁迓余于淮安，而府县来人则云未见宝应差信，无从办差。噫，是有清江得信而淮阴独不闻者乎！其饰词殊可笑也。未初，抵清江，泊大王庙码头。署清河令张子俊同年壮彩来见，进安澜门即东门，往答之。晡后即出城，漕帅陈筱石制军夔龙亦来拜，吴叔荃参军家楣并来见，均晡。余因明日忌辰，再进城答拜陈公，畅谈时事。上灯后返舟中。彻夜大雨。

二十日(**3 月 18 日**) 雨。晨进城，食蒸饺于豫盛园，味与淮埒而又胜之，清江厨之名故不虚也。午前拜淮扬道沈爱沧观察瑜庆，丹曾观察之胞叔也，叙谈甚久。又会访吴叔荃，亦晡。归而叔荃来舟，余因昨陈筱帅及张同年均以席馈，即以肴酒款之。入夜，雨始止。

廿一日(**3 月 19 日**) 雨。晨进城，食蒸饺于锦盛园。顺道觅书画，不得即返舟。张同年又以肴点馈，情谊过厚，与山阳绝相友，然不能却之。午前，吴叔荃招饮，假座于其友徐丈家。徐系季稣师之胞兄，号仲田，久在河工办事者也，人朴而爽，自是君子。晚席散，沈爱沧观察招饮江北学堂，同席晤粤西范希淹太史，壬辰同馆也。二鼓后返。

　　廿二日(3月20日)　阴而微霁,仍有雨意。晨往锦盛园食饺,顺往东门外慈云寺及清河县学一游。午前返舟。徐仲田丈、张子俊同年来拜,均晤。客去,余即登岸,赴陈漕帅、沈观察处辞行,畅谈而出。筱老以漕标兵弁两名为余押送行李入都,雅意可感也。余归舟,吴仲海静涵之堂弟来见,吴叔荃亦来送行。仲海丐余作陆方伯书,余以静涵面上,不能不允,遂于灯下赶书之。夜,部署行装,至四鼓始卧。是日,陈、沈二公均亲来送行。

　　廿三日(3月21日)　霁。晨,漕标中军吴星甫庚午同年吉甫观察之弟及张子俊同年来拜并送行,均晤。已正发清江。未正尖渔沟。上灯后,宿众兴集。张大令镕万赴宁省,古城巡检苏霈霖出迓并入见。苏号伟堂,安徽人,谈及上年桃宿一带丰收,自去冬十月至今居然无萑蒲之事。黄弁震平号少泉、窦弁应泰号小斋均淮城人,陈漕帅饬随余行。

　　廿四日(3月22日)　霁而大风。晨起,拟入桃源城一游。因前三次过此未曾问津也,宿迁亦然。遂策马唤渡南行。先过运河,次过淤黄河,黄水尽涸,已成陆地矣。行四里,入拱极门即北门,周历城四隅,土屋茅茨,民居朴陋,虽衙署亦如之。访城南淮滨书院,右依黉学舍,今改青选堂,即以明伦堂为生徒讲学之所,新章初定,已具规模。张令乃冶秋尚书之侄,盖凤有秉承耳。院门外有魁星阁,可眺全城大概。城小不逾三里,一览易尽,去之。河堤遍插新柳,亦张令所植,意其人或循良之选欤?午前返众兴集,即行,东风过紧,天又雨。晚宿仰化集朱姓家。

　　廿五日(3月23日)　晨雨,少顷旋止。已正始发。申正宿顺河集。罗大令治霖差接,余到后固无酬应事,即易舆渡运河。行三里,入宿迁阳春门即东门,出镇黄门即西门,登城楼四望,万家鳞次,远胜桃源。西北行,过钟吾书院,规划崇闳。遇监院某翁,云今年亦改设学堂矣。东门外街市繁盛,惜时已上灯,不及留览。戌初,返顺河行馆。

廿六日(3月24日) 阴。晨发顺河集,过六塘河。上年经此,六塘水大,与运河合一,今亦涸成陆地矣。未正宿峒峿镇。策马登峒峿山五华顶,入全潮庵,茗憩戒坛楼。又过南麓三仙洞,碧树苍崖,泉石绝胜。其阳为龙泉庵,惜洞中为贫民所居,垒石于门,设灶于壁,山之真面全失矣。是山平而不峻,寺僧植柏,山顶苍翠,独异两庵深藏不露。余三次过之,亦未知远胜于此也。薄暮返行馆。有张都司捷三,号鸣凯,请见,皖滁人,驻营山下,谈吐不俗,拨兵弁为余守行李,殷勤之至。

廿七日(3月25日) 阴。晨发峒峿,顺道往答张鸣凯。张以高南阜研史百余纸刻石宿迁者相赠,乞余手书联,余并以联、扇报之。午刻行三十里,至汤店。天又雨。晚宿红花埠。山东郯城县陈公亮差接。雨旋止。

廿八日(3月26日) 晨起又雨,终朝不止。闷甚。连日因途次无大车,行李附小车,只走半站。今又阻雨不前,殊可恼也。店主谢恒恭来见,郯城诸生,年七十余矣。

廿九日(3月27日) 阴。晨发红花埠。官道泥泞不堪,改从沿沭河滨行。风力飞人,峭寒砭骨。未刻过郯城县。穿城行,自南而北。申初宿十里铺。陆行七日,仅历程三站有半,濡滞极矣。

三十日(3月28日) 霁。晨发十里铺。未刻到李家庄,候行李车不至,只好作宿站矣。李家庄西岸皆沿沂河,从前街市极盛,自王营一路无遵陆者,此间生计亦歇绝。散步河滨,清淡之至。夜又雨。

三月朔(3月29日) 苦雨竟日,仍不能行。午后已登舆矣,雨甚,只好折回行馆。天寒,尚御重裘,暮春之月竟似隆冬,奇矣! 入夜,雨尤大。三鼓后方止。

初二日(3月30日) 晨起微雨,少顷略有霁色,遂行。未刻到沂州府南关外宿,兰山令叶汝谐大可来见,少顷往会之,并拜沂州守胡星舫建枢,畅谈而返。夜,胡守来行馆,亦晤。

初三日(**3月31日**) 霁。晨发沂州,入南门,行五里,出北门。晚宿伴城,街市枯寂之至。云中忽洒雨点,片刻即止。

初四日(**4月1日**) 仍霁。黎明即行。午初尖青驼寺。晚宿垛庄。沂水令方奎差接。自伴城达垛庄九十里,山皆平衍。垛庄东北境为鲁山,西南境为蒙山、万泉山。惟蒙山绵延不断,视诸山较高,惟距驿路尚远耳。

初五日(**4月2日**) 霁而风大。天未明即发,因是站一百七里,不能不赶程也。午正尖蒙阴县外城东关内盐局,蒙令张鸣宪差接。饭毕,顺道谒文庙,瞻拜圣贤像,即行。抵暮宿鳌阳,新泰令田宝蓉差接。此两日所行道中去夏尽为积水之困,今皆涸矣。

初六日(**4月3日**) 霁。黎明发鳌阳。巳初,茶尖新泰外郭盐局,策马进景圣门一游即南门。城中虽甚清寂,尚觉整齐,市集尽在南门外也。入平阳书院,阒无一人。又到文庙,晤学师艾象丰,号豫章,长清孝廉也。导登魁星阁一望,此城北倚凤皇山,一名曝经山,左为禹山,又东南即鳌山,右为新甫山,距城西北十余里,叠嶂层峦,忽起忽伏,与泰安境徂徕山瑶瑶相对,皆分支于岱宗者。午正尖翟家庄。申正宿羊流店。再谒羊公祠,闻太傅后裔此间竟无人矣。羊流西门外河滨有叔子先人三世墓,又有漏泽园石碣。

初七日(**4月4日**) 霁。四鼓发羊流店。巳刻尖崔家庄,泰安令毛澂差接。申正过白石岭。有泰山行宫,当事以修山路,立碑甚多。酉刻达泰安府,知府恭曾差接,毛令出郊相迓。毛号蜀云,己丑前辈,余甚不敢当也。宿南门外行馆。毛令来见,知余将游岱宗,允以《泰山志》相赠。上灯时即往会之,未晤。夜,检点游装,为明日襥被登山计。三鼓后微雨即止。

初八日(**4月5日**) 霁。晨进城,拈香岳庙,道士出先皇御赐温凉碧玉圭相示。庙规划宏大,然殿屋间有倾颓。汉柏依然,唐槐零落矣。返寓。早饭毕,易便舆而行。自城外西南隅折而北,过梳妆楼,由岱宗坊下，历石磴而上，经玉皇阁。有俗名仙人洞者，为康熙间孙真人修道处，肉身尚存。余丙子年曾到此阁外，新建思鹤堂，轮奂可观。闻旧有白鹤泉，久已湮没，故堂之名取义于此。又北行，经红门。道左有水阁数椽，道士招往，入游，泉声聒耳，颇有清趣。余急头登顶，不及久留。过一天门、万仙楼，谒斗母宫，小憩听泉山房即出。东望石经峪咫尺，惟隔一涧。舆者导余步往，山石崎岖，时有登降。峪广数亩，平坡上皆刻梵经，字大如斗。其旁为水帘崖，又有石壁数仞，下支石为亭，明河督万恭所建，名高山流水亭，境幽绝，余前两游皆未至也。又上登回马岭，逦迤过快活三里，达二虎庙，为中天门。自山下至此，计程二十里，登岱者已达半山。此处上望南天门，下视泰安城，俯仰凭眺，豁然开朗。茗憩移时而行，过御帐坪，万壑泉鸣，一泻如注。毛蜀云大令近建酌泉亭，中横略约绕以红栏，天然图画。又上为五大夫松，居民结屋松旁，恶陋不堪，未免为山灵贻玷。再上，过对松亭，历十八盘，抵南天门，则天柱、日观诸峰在望矣。县署有专价，为余设行台于孔子崖文庙，适馆授粲惟意所适，时已申初。饭毕，仍乘便舆，先往碧霞宫拈香，又赴岳庙观石壁，唐元宗摩崖碑，遂登绝顶玉皇殿，坐浴日卷云亭，凭眺久之。下山至日观峰及乾坤亭址，望爱身崖咫尺。近年愚民仍有轻生之事。本年已有两人舍身矣。当事筑垣阻之，余不得往。暮色苍然，返文庙东轩宿。是夜，余梦见万儿，旁又有一童，检视余少年及万儿所写之字。万儿似云："尚欲生吾家。"余另谓一童云："汝可同来。"询童何名，彼云："传寿。"童语毕，余即醒。登天柱峰，观日出，心甚乐之。

　　初九日(4月6日)　霁。五鼓披衣起，高不胜寒，重裘之外再加斗篷，仍乘便舆，登玉皇顶，坐浴日卷云亭东望。时则风定云开，四山渐曙，始吐一线，旋露半规，红云摩荡之中，顷刻羲轮捧出矣。约半时许，光遂不可逼视，余遂返文庙饭。饭罢，作后石坞之游。西北行，循丈人峰下，阴崖雪积，径路未开。舆者先试以足，余随之步数百武。坡陀愈险，山景愈奇，视群崖中有两峰突起，矗如笋、擎如莲者，不知何名。其下磴道,则黄花栈也,有明人大书三字刻石上。自岱顶至此不过十里许,仰视天柱峰,高不可及;俯视岱阴诸山,亦远莫能即,是为天空山境,统名后山坞。有老尼结庵居此,毛蜀云大令葺而新之。有黄华、莲花二洞,清泉咽石,松阴蔽山。莲花洞之左为碧霞元君墓,以地僻故香烟少,余展拜而去。洞中冰柱未化,乃雪乳凝结而成,亦一奇也。由原路返文庙,即下山。将抵南天门,顺道从小径下百余步,游白云洞。洞在南天门之东麓,与十八盘相望,然咫尺不相通。明人张寿朋隶书"卧云"二字于洞壁,径颇缭曲。游毕即行,申初出山,从岱宗坊北东行到王母池,亦毛令所葺。有王母、八仙等殿,后有亭榭,窗外可览全岱之胜。池水一泓,澄澈不滓。晚进登封门即北门再游岳庙,过环咏亭,缔视题诗各碣,明人居多,可节取者宋人数石而已。出西门,返寓,时未上灯,知泰安守恭敬甫曾昨来拜,述及与玉雨叔旧交,即往会之。

初十日(4月7日) 霁。晨发泰安。闻高里、社首两山在城外西南隅,距行馆不远,遂命舆迂道过之。社首只一小阜,宋王钦若《社首坛颂》碑尚存。其右为森罗殿,后为阎罗七十五司地狱。齐鲁居民以其三世祖宗立碣附祀者不可胜数。高里山踞殿门西北半里许,土山戴石,亦一培塿,惟较社首略高耳。午刻尖垫石,长清令曾硕儒差接。未刻过长城铺万德店,东望灵岩山,苍翠可挹。闻只隔十余里,又闻泰山西麓傲来山下有仙人影、白龙池,皆不及一游,未免可惜。申正尖张夏。

十一日(4月8日) 霁。巳刻过长清县境崮山下。因换夫、马,县使者备茶尖。余望群山皆童,惟此山独多古柏,绝顶有玉皇庙,磴道高而窄,余登眺片时,闻济南只距此五十里耳。午刻尖杜家庙。西初过黄河,宿齐河县城行馆,齐河令姚光浚差接。黄河南岸长堤辖长清、历程两县境,人家数十里相连不绝。

十二日(4月9日) 霁。晨,策马登齐河城南楼,并到文庙书院。书院屋宇甚大,尚未立学堂也。有刘姓童导余遍游各处。返寓

即行。巳刻尖晏城。申正宿禹城桥,禹城令胡炜郊迎并来见。胡号
伯蓉,山阴孝廉,余丁丑年赴绍兴阅郡试卷曾取前列也。办差事格外
华美,并力阻余答拜。余遂便衣乘马入鬲津门即西门一游,历禹王
庙、文庙书院。城中旷地甚多,尚不及齐河、平原也。

十三日(4月10日)　霁。晨发禹城桥,胡大令郊送。午前尖黎
吉寨。申初宿平原县南门外,平原令姚诗志来见。姚号叔言,广东
人,即进城往会之。闻姚令言南门外有汉樊哙墓。访之,只一石碣而
已。夜,又梦见万儿,似乎幼时景象。

十四日(4月11日)　霁。晨发平原,茶尖曲路。午刻尖黄河
涯,乃从前老黄河滨也,德州袁保纯差接。晚宿德州永庆寺。粮道以
下均差接,即往会拜,晤达佑文观察斌于平津馆,一见如故,谆约夜
饮,允之,并拜夏庚堂军门畅谈。返寺,夏军门、袁大令皆来,同晤。
夜赴达观察约,对酌清谈。观察并令其世兄出见。二鼓后归,为慧尘
僧书联屏五件。

望日(4月12日)　阴。晨往市上购物即返,拈香永庆寺中,并
登千佛阁。阁踞一城之中,与城北文庙魁音阁遥遥对峙。又游州学
及州衙、书院。午刻出小西门,渡运河。晚宿景州城内,知州陈友璋
来见。陈号子培,谈时事,似尚明达,即往会之。

十六日(4月13日)　阴。晨往城北开福寺登塔至顶,历级十
三,全城在望。塔下有彭孝女祠,孝女,皖人,殉母堕塔事与岱宗舍身
崖相类,惟为母殉身死,似较得其正也。又往城东访董子祠,残破不
堪。祠左有广川台,与城毗连,亦可凭眺。又到景州小学堂一游,屋
高而敞,规制宏丽,州绅以题额请,许之。返行馆即发。午刻尖阜城
县东门外,知县张朴差接。饭毕,穿城行,自东而北,城中人家寥落。
晚宿富庄驿,交河令龚彦师差接。夜,为景州学堂署"日起有功"四字
额,秉烛书之。

十七日(4月14日)　霁。五鼓发富庄驿。巳正尖献县南门外,
知县阮国桢差接。进城游学宫及日华书院,不知即献王日华宫故址

否？未初过商家林，小作茶憩。申初宿河间府瀛西门外，太守丁春农前辈象震、署河间令陈钰、府经历王选之、典史李荣来见，均晤，即进城答拜诸客。城东南新设河间中学堂，规制亦大，有本城绅士韩姓出迓。知瀛台即在咫尺，历级而上，可以眺远，惜城中太荒落耳。顺道往郡学一游。夜晤丁春老于署中。大堂外柏树甚多，闻署后有瀛洲第一亭，天已昏，不及往。

十八日(**4月15日**)　霁，风大。晨发河间，进西门，出北门。午刻茶憩石门桥。未正宿任丘县西门外，任丘令孔繁潜差接。余入城一游。

十九日(**4月16日**)　霁。四鼓发任丘，因是日拟赶行两站也。黎明过郑州。巳初尖雄县南门外，知县吴兆毅差接。午后穿城出西门，狂风卷地，舆不能前。晚过白沟河，风渐息，茶憩片时。白沟镇长三里，北属新城，南属容城，中以文昌阁为界。酉初宿新城南门外，知县钱澄辔差接。是日雄县典史朱禄魁、新城典史王训彝均来见。王出言爽利，似非庸庸之辈。

二十日(**4月17日**)　霁。晨入城问俗，到文庙。城中虽有四门，东西二门均塞，只南北门出入耳。南门外有紫泉，水极秀美，澄波如谷，宛在画图，惜无人表章之耳。巳初发新城，顺道游书院。午刻茶憩三家店。过楼桑村，问桑树，已无陈迹，有道光时人曾立石碣，纪为刘先主故里而已。村后有三义庙。晚到涿州，入南门，出北门宿，知州林际平来见，号戟卿，闽人也。余作城西郊外之游，行十六里，至蒋庄张老家，系姬人外祖，小憩，更余始返。饬刘仆明早先入都中。

廿一日(**4月18日**)　霁。晨进城，答拜林牧，未晤。往书院一游，已改学堂矣。有州绅熊恩绶出见，知与余门下士王荣绶友善，且同作学堂主人。王生赴会试，熊接待甚恭。余略坐即行。午前茗憩窦店。过弘恩寺重游。自经庚子劫后，殿屋依然，陈设大半残缺。僧以供麦饭请，允之，惜不甚适口耳。晚宿良乡县南门外。入城一游，寥落之至。

廿二日(**4 月 19 日**) 霁。良乡县不备舆夫,只好自雇,价朱提六数。车、马、夫三者亦悭各异常。辰正始发,午刻茗憩长新店。刘福与都中毛仆迓于卢沟桥茶室,再入小坐而行。申初入彰义门,卜寓江苏省馆。曹邃老知余乍到,即来晤谈,并言圣驾驻团河,请安者夜无宿舍,不如俟廿六日回宫后递牌。余深然之。夜归寓。

廿三日(**4 月 20 日**) 霁。在寓检箱箧各物。晚,秦韶老来,长谈。

廿四日(**4 月 21 日**) 晨雨,片时即止,仍放晴光。午前,曹邃老来谈。夜写清江谢信交王、窦二弁明早携行。

廿五日(**4 月 22 日**) 霁。在寓为诸仆钩稽各帐。晚天阴,夜微雨。是日,购鱼白食之,又饬钱仆仿淮饺法作面食,颇能乱真。

廿六日(**4 月 23 日**) 霁。在寓。午后,曹邃老来谈。夜为诸仆分款,前站刘二百四十余元,徐、杨每分二百元零,余每分一百四十元零。明早递折请安复命。

廿七日(**4 月 24 日**) 霁。黎明入禁城景运门朝房候旨,少顷自内廷传谕:"知道了。"余遂退往东城,访邹紫东,知已迁寓观音寺,赴新居相见,长谈而出。到城外新泰厚,接得玉瑛卿太守信并朱提四百余两。又到邑馆访蒋春老谈。午前返寓,饭。饭后,陆凤老来。晚拜客,晤邹咏老、潘由笙、黄耕耰、余子厚、支芰老,上灯后归。

廿八日(**4 月 25 日**) 霁。晨,门下士王耕伯又邹紫东、王丹揆、郑兰亭、支芰老来,均晤。午前,往三胜庵奠罗少豪。闻少豪上月初夜往观音寺,忽得暴疾而逝,甚可怜也。吴秋舫去夏亦先谢世,粤东旧雨凋零,甚矣。又访汪兰楣于香山馆。归寓,饭。饭后进城,谒铭师,并拜鹿芝轩尚书,亦晤。

廿九日(**4 月 26 日**) 阴。晨进城,访许稚筠,未晤,晤延子澄。又谒见敬子师。午饭于福全馆。午后大风,谒贵师,晤庆祕生世兄。又访载克臣。上灯时返。

四月朔(**4月27日**)　阴。晨,吴叔海、教习新庶常李稚舟端启,贵州人,范园尚书之堂弟、同乡赵棣香毓秀,诸生、克卿先生子、石星渚、万黄生、杨子仪来,均晤谈。午前访方勉老,叙谈甚久。到东馆同乡公祝李玉舟、潘轶仲。晚雨,访唐郁圃、彭仲崧。

初二日(**4月28日**)　霁。晨拜客,晤戴少怀、曾刚甫、朱韵琴。午后进城,晤陆凤老、张小浦、董授金。晚晤陈鸥民。是夜,葛菊屏招饮聚宝堂,辞之。

初三日(**4月29日**)　霁而阴。晨,朱艾卿来谈。午后拜客,晤耿伯斋、郭春榆。进城,赴陆凤老招饮,同席晤恩新甫都使铭,由口北道升两浙运使。大风不息。晚访钟六英丈,知于上年十一月杪谢世,可惜!

初四日(**4月30日**)　霁。在寓,客来甚多,赵棣香、朱芷青、吴子修、郭春榆、延子澄、汪范卿、萧筱梅、宋梦云。晚到前门煤市街,代念乔定寓于全泰店。又到长发厚少坐。是夜,郑兰亭招饮惠丰堂,辞之。

初五日(**5月1日**)　霁。教习新庶常谢鲁卿锡璠,四川人、姜少云秉善,天津人、陈韵璠培琨,福州人、俞阶青、陈梅生、苏喻之、段少沧、载克臣、秦杏衢来,均晤。

初六日(**5月2日**)　阴。晨到西城翰林院编书处。是日,本署关门课,大教习徐颂师不到。陆申甫前辈以清秘公款飨客,肴馔甚佳。午刻往钟宅,补奠六英先生。出城拜客,晤顾雅蘧、李蠡纯、关杏垞、赵棣香、区鹏霄,抵暮返。

初七日(**5月3日**)　霁。晨,杨子仪来。午前,赵仲莹、蒋春卿来。诸客来者甚多,不能尽见。晚,鼎儿自汴入都。是日,叶锡蕃招饮省馆,辞之。

初八日(**5月4日**)　霁而阴。晨,陶念乔、赵棣香、孙春圃同年来。午前出门拜客,晤黄瑟庵。进城,奠荣相国。晚,李春卿同年招饮同丰堂。夜到李玉洲、王丹揆处谈。

初九日(**5月5日**)　霁。晨到市上,即返,到京后第一次上市也。郑兰亭、杨子仪、谢伯兰、唐勤甫、唐春园、于海帆、吴畅初、邹颉文来谈。晚,阅书甚倦,略睡片时,即起。

初十日(5月6日) 霁。晨,门下士椿生龄来。午刻,潘经士招饮省馆。晚,毕畏三、区鹏霄、李玉舟、王伯荃、蒋焕庭、顾雅蘧、王小东来。抵暮出门拜客,晤孙孟延、江小涛、石星渚。

十一日(5月7日) 霁。晨,陶念乔、胡绥之、江佟侯、陈煮泉来。午后,沈师母来,谈及渠大世兄种种荒唐,为之浩叹。晚,世耀东、耿伯斋、王梦麟、朱艾卿来。

十二日(5月8日) 霁。晨拜客,晤吕晓初、陈仲勉、郑兰亭、毕畏三。午刻,支芰老招饮寓斋,申正席散。夜到三邑馆,为同郡公车接场。答访陶念乔、蒋焕庭。

十三日(5月9日) 霁。晨,王耝云来。午刻,邹咏春、紫东、曹邃庵招饮省馆,石星渚招饮福州馆,并赴之。晚拜客,晤关伯衡。进城,又晤陆凤老、汪苕生。归而热嗽大作,服毛仆方药,拜客事已毕。是日,万朗庭招饮城中饭庄,辞之。

十四日(5月10日) 霁。晨,李春卿来。午刻,于海老、刘佩青招饮松筠庵,病不能赴。晚,方勉老来谈。

望日(5月11日) 霁。午后,周客皆来谈。晚进城,到电局观会榜,闽中联捷者十一人。

十六日(5月12日) 霁。晨往奠万薇生,又进城贺徐颂老嫁女喜。拜客,晤王伯荃,并贺其联捷喜。午刻,方勉翁招饮豫升堂。

十七日(5月13日) 霁。留须。邹紫东、郑兰庭、李均湖、王石逸、刘佩青来。晚到厂肆。王寿山招饮福隆堂。

十八日(5月14日) 霁。晨赴中左门,送散馆,行礼如例。又赴荣相处吊。归而吕晓初来。晚,孙孟延招饮寓斋。夜大风。

十九日(5月15日) 霁。午前到省馆,请段春老、毕畏三、李少薇、朱芷青、赵棣香、陶念乔,傍晚席散。李秬香太常来。

二十日(5月16日) 霁。晨,葛菊屏、方勉老、陈瑶圃来。午刻,汪药阶、兰楣昆仲招饮省馆。晚,薛生汇九来。夜,关星垞招饮顺德新馆,辞之。更余又大风。

廿一日(5月17日)　阴。晨,闽通家丁震来见。朱芷青、薛汇九来。午后,刘佛青招饮省馆。

廿二日(5月18日)　霁。晨,薛汇九、赵晴岚来。午刻,徐花老招饮寓斋,红白芍药盛开,对酒赏之,同席方勉老、邹咏老。席散,到咏老寓少坐,晤程心一谈。晚到广元及厂肆。夜,余挈常儿邀邹婿颉文饮于月明楼。

廿三日(5月19日)　阴。在寓,不见客。晚到市上长发厚。

廿四日(5月20日)　霁。晨,陶念乔来。午后大风,出门会拜客,晤程友三、祝桐尊、陶念乔、紫东并颉婿。抵暮返寓。常儿明早与颉婿南行,谈至三鼓后始卧。

廿五日(5月21日)　霁。黎明即起,送常儿登车,始静坐写字。竟日休息。午后,王伯荃来。晚会访秦韶老,未晤,晤其世兄佑霖及姚润吾。是日为秦、唐两家文定之期,余不耐作塞修,一切均托润吾为之也。

廿六日(5月22日)　霁。早起写字如昨,试前拟日日如是。巳刻,吴叔海招饮万福居,静涵之女公子文定,故有此局也。候至未初,始入座。余先往宾宴、大观二楼一游,市集甚盛,楼上尽可登眺,惜贾区混浊,不能久留也耳。席散,与耿伯斋再游市上。顺道过谢姗姗家少坐,晤王梦麟畅谈。谢亦吴人,近为梦麟所昵,人不足取而酬应颇工,上年余曾见之。

廿七日(5月23日)　天阴而有雨意。黎明起,始写折二页半,尚不吃力。晨,薛汇九来。午后,唐勤甫、陈子砺来。晚,佛照楼为我代购,得鲥鱼一大尾,重六斤余,夜饱餐甚觉鲜美。李韵和手送来顾南雅《梅兰册》,嘉庆朝吾乡名人题咏甚多,如李福、陶樑、陈鸿寿、徐颐、瞿溶,并有先曾祖春生府君手泽,殊可宝贵,惟索值昂甚,尚须磋磨也。

廿八日(5月24日)　霁。晨写折二页半。赴观音寺修表,并到源丰润取银,午前返寓。晚,姜少云来。是日,散馆赴引,渠已散大令矣。始作论半篇。

廿九日(5月25日) 霁。晨始写折三页半。午前,吴琴波刺史荫桐来,江宁人,其翁号季彭,邹隽丈之亲家也,谈次始知之。晚,王梦麟来。夜,李均和来。是夕,卧稍迟,时已近十钟矣。

三十日(5月26日) 霁。晨写折两页。午后作论一篇。程赓云、陈韵璠来。

五月朔(5月27日) 霁。晨写折二页半。谢鲁卿、李稚舟、吴珍聘、唐勤甫来,均晤。午后出门拜客,晤秦杏衢、夏闰枝、恽孟乐。夜,耿伯斋招饮寓斋。

初二日(5月28日) 霁。晨写折二页半。午后到省馆领印结银单,晤邹咏老诸人,即返寓。方勉老来谈。晚到市上。

初三日(5月29日) 霁,热甚。晨写折二页半。午后,张茞南来。

初四日(5月30日) 霁而微阴。晨写折一页半。出门拜师门节,见铭师长谈。又到凤老处拜散寿,晤其堂弟伯澄。午点于后门外茶家。是日拜客,晤张振卿侍郎、刘少岩、张茞南,抵暮归。

聘室黄氏墓在尧峰山黄梅先公墓旁上手余地。进兴福塘,摇过七条桥,地名萧家巷,守坟者萧姓。黄墓与杨姓墓为邻。

洛社,西进兴隆桥,过高明桥,至北新桥、天津桥、戴渠桥,出小娘荡,出五洞桥,收义河口,进常州西门,龙嘴大塘。归,原路赴丹阳。

涿州西门,三里西坛,五里南庄,四里卞格庄,三里陶家屯,一里蒋家庄。

赵毓秀,棣香,克卿先生子,住上海。

王振声,号绍农,顺天人,壬戌同年。

梁文灿,号质生,山东人。

奇承额,号子勤,旗人。

俨忠,号恕臣,旗人。

胡大崇,号慕姚,戊戌。朴庵师从堂侄。

胡大华,号莲洲,癸卯。朴庵师从堂侄。

陆伯澄,凤老弟,杏庄长子。

谢肃之,恒恭,郯城文生,红花埠店主,七十二岁。

张鸣凯,捷三,都司,滁州人,峒峿山下驻营,六十二岁。

汪,佑生之子。

孔茂安,庙堂巷汪帐房。

武喆生,中彦,丹阳复训,海州人。丹阳施润斋席上。

徐葆涵,世勋,丹阳正谕,吴人。丹阳施润斋席上。

苏喻之,静庵弟。庞少如席上。

罗戟门,少耕弟。庞少如席上。

庞少如,秉铨,余旧徒。

吴子澄,士明,士林弟。峡口外委。

吴翰臣,士林,西安诸生。

袁友安,装池,袁培之弟,上海艺古斋。

管复初,寿铭侄,上海艺古斋。

陈康伯,养泉堂弟,徐少甫席上。

朱省之,浙人,桂卿本家。

喻庶三,江西人,己丑庶常,浙江海运采办。

朱蔺甫、朱紫文,上海电报帮总办。

费会农,绮云弟,浙江粮道幕。严筱舫席上。

费绮云,浙江盐大使,常州人。

严润田,上海人,沙船主。杨子护席上。

王春洲,上海人,六十余岁,善饮,办海运白粮。杨子护席上。

雷亮采,砺卿二世兄。

雷叔涛,砺卿三世兄。

黄祝山、黄寿山,凤凰墩敦化堂司事,合肥人。

洪蟾香,心鲁之侄,古玩铺。

项琴舫,向业虎丘,搦象,能昆曲,幼琴之父。养心庐古玩。

学信和尚,杭州烟霞洞。

寄大井巷万泰桂圆店匾对各一,有题跋。

王述周,似乎姓王,又帮执事。问上海新泰厚阎姓。

田瑞卿,福建新泰厚执事。

张其福,已故怡姬之外祖,子海山,住涿州西门外十六里蒋家庄。

张其贵,字海顺。

侯惠卿,上海新太厚友。

孙伯梁,多,其兄壬寅举人,寿州相国侄孙。

姚少瀛,恺,稷臣本家。

甘彦士,树勋,江西南昌人,两淮分司。

谢挹清,梅石庵,即瑞卿老人之子,能篆刻。

陈宝林,小宝,婢桂。

宝琴,红,小翠子。广陵曹汝发家。

张凤池,号子佩。京新太厚,山西人。

吴荫培日记·十五

癸卯五月初旬日记甲辰二月初五日（1904 年 3 月 21 日）止。

五月廿四、五、六日（1903 年 6 月 19、20、21 日），宿文华殿后主敬殿。

大除夕（1904 年 2 月 15 日），保和殿赐宴。

甲辰上元（1904 年 3 月 1 日），又赐宴。

光绪癸卯五月初五日（1903 年 5 月 31 日） 霁。晨写折二页半。陈仲勉年丈来。午后还帐，作论一篇。晚到恒裕取印结银四十二两余。又到南横街圆通观独妙斋购墨汁。

初六日（**6 月 1 日**） 霁。晨写折两页。唐勤甫、恽孟乐来。午后，代凤老拟廷试策问题四道。

初七日（**6 月 2 日**） 霁。晨写折两页。闽通家新贡士郭则沄来，杨渭青侍御亦来，均晤。

初八日（**6 月 3 日**） 霁。晨写折三页半。吴珍聘、陶念乔来。午后，楚北胡莲洲大华来，朴庵师堂侄，新得会榜者也。

初九日（**6 月 4 日**） 霁而阴。晨写折二页。午后，陶馨甫霈来，念乔本家也。大风卷地，黄沙蔽天。

初十日（**6 月 5 日**） 霁。晨写折二页半。午后出门，奠夏闰枝夫人。又拜客，晤赵棣香、彭赞臣、单俶生、刘映藜、蒋春老、王伯荃、章式之，抵暮返。

十一日（**6 月 6 日**） 霁。晨写折三页半。午刻赴湖南馆，江苏团拜，演玉成部。余另搭东楼桌，办庚午团拜，公请濮紫璇诸人。三鼓时返寓。

十二日(**6月7日**)　霁。晨写折三页半。午后作论一篇。

十三日(**6月8日**)　霁。晨写折二页半。客来甚多,欲属稿作文,竟未能也。客不能尽见,晤者朱琇甫耀奎、小笋之世兄、戊戌同馆、马蓉卿□□、林□□□□癸巳通家、刘权之凤镳,新选延庆州牧、闽通家林寄湖步随、何寿芬启椿、郑漪泉廷琮,皆联捷者也。

十四日(**6月9日**)　霁,大风。晨作论一篇。午后写折二页。闽通家吴荩臣鼎金、黄友亭光厚、杨芸朗廷纶、马搏宇天翿来见。夜早卧,竟不能熟睡。

望日(**6月10日**)　霁。黎明,赴中左门考差。八钟始登保和殿。题下已八钟二刻矣。题:《国有六职》《论学堂以储才致用》《应如何预防流弊策》。是晨,大风即起,响振窗屋,落笔易干,写毕身力俱乏。抵暮返寓。

十六日(**6月11日**)　霁。晨写家书。午后出门拜客,晤陈采卿、张箴五、段春老。上灯时返寓,风仍不息。

十七日(**6月12日**)　霁,大风又起。晨,方勉老来,谆谆索余书折字,只好与之。竟日风不止,不出门。

十八日(**6月13日**)　霁,风始息。晨,夏闰枝、郑兰庭、何寿芬来。午刻在寓请客,客之来者为刘子琇权之之兄、苏喻之静庵之弟、曹再韩、吴珍聘、刘权之、秦杏衢、顾寿礽、宋梦云,傍晚席散。

十九日(**6月14日**)　霁而阴。午刻赴三邑馆苏府公请濮紫璇、刘子贞庆汾,贵州人,余会访住馆之彭、孔、陆、单诸人,并阅策卷。晚席散,到蒋春老处少坐。顺到前门,购得鲜鲋鱼一尾,价番饼两元。夜,郑兰庭招饮万福居。

二十日(**6月15日**)　霁。晨,风老来信,余卷已有消息,取列第三,尚算前列也。闽通家于幼芗君彦来见,李少白茂莲、杨少泉捷三来,均晤。午后进城,拜风老之夫人寿,晤风老,谈及余卷在荣华卿尚书手,风老认识余字,是以述余论中数语皆符合,余稿并无人见之也。出城,会拜毕畏三观察,晤。抵暮返。

二十一日（**6 月 16 日**）　霁。晨，陈敬庵、陈韵璠、郭春榆来，均晤。午刻，余设便酌及鲥鱼、淮饺请程子良、方勉夫、李玉洲、郑兰庭饮。傍晚席散，郭筱陆来见。夜为凤老扩充前拟策题，因枢廷意，仍用旧式题也。是日，新留馆同乡秦、潘等六人邀饮省馆，辞之。

二十二日（**6 月 17 日**）　霁。晨，聂献廷来。为凤老抄拟题，六日不写折楷，已觉手酸可累也。午后写南信。晚，王苹珊来。是日，马蓉卿、程心逸邀饮省馆，辞之。

二十三日（**6 月 18 日**）　霁。晨，马积生前辈来。仍在寓，写各处信。午后，唐勤甫、李橘农、郑兰亭、杜翘生来。余奉钦派廷试收掌试卷差，明早引见，晚间须随读卷大臣宿文华殿也。是日，陶念乔邀饮同丰堂，辞之。

二十四日（**6 月 19 日**）　霁。黎明赴景运门，八钟入乾清宫引见。午前出城，访王梦麟，晤即返寓。部署一切，仍进城赴文华殿后主敬殿。殿中设御座，四壁悬成皇帝御经筵诗屏，余设榻殿西北隅，同事则熊经仲、杜翘生、余子屋三太史，监试则王劭农振声、梁质生文灿、俨恕臣忠、奇子勤承额四御史也。晚到中左门看收卷，即返主敬殿。三鼓后，再往督视礼部吏储卷入箱，同返殿。是为收掌试卷之始事，箱钥则余等四人司之。

廿五日（**6 月 20 日**）　雨，久旱得甘霖，为之一喜。晨登文华殿，与读卷大臣八人揖而分卷。卷共三百十五，分三次而毕。晚仍收已阅之卷入箱，而司其钥。读卷大臣为张冶秋、裕寿田两尚书，薄玉岑、陆凤老两总宪，陈瑶圃、戴少怀两侍郎，张劭予、刘子嘉两阁学。此外竟无一事。

廿六日（**6 月 21 日**）　雨不止，天气极寒。晨再登文华殿，将已阅之卷交出。是日，读卷大臣轮写标识。午后定甲第名次，凤老独任排次。傍晚毕，雨亦止。连日饬内阁治膳甚精美。光禄寺所供不逮也。

廿七日（**6 月 22 日**）　阴。晨俟内阁供事取卷箱，遂往乾清门外听宣旨。晤紫东，同往外务部直房小憩。天微雨，已正始阅十本。消息：吾吴只昭文胡姓一人，黔省却有三人，元则山左人也。午刻赴内阁俟读卷大臣至,将卷箱及钥交毕。是为收掌试卷之终事,遂出禁城,登车返寓。午后不出门。

廿八日(**6月23日**) 阴。午前,钟子余、刘子琇来,均晤。午后,闽通家力毓奇钧自高丽赴汴会试,入京来见,携费芝云书至。力与芝云系同事也。

廿九日(**6月24日**) 霁。晨,方勉老、韩子元、许稚筼来,均晤。午后,方勉老招饮粤东馆。晚到市上。夜写酬应字,至三鼓。

闰月朔(**6月25日**) 霁而微阴。晨,刘瀛侣来。午前,林寄湖来。饭后到天乐园与瀛侣同听玉成剧。晚,瀛侣约饮万福居,二鼓后返。

初二日(**6月26日**) 雨,天气阴凉殊甚。午后出门拜客,晤刘子琇、沈筱眉,又送段春老行,均晤。晚,聂献廷招饮聚宝堂,同席晤蒋艺圃前辈,大醉而返。

初三日(**6月27日**) 霁而仍凉。晨,杨子仪来。午前到省馆取印结银,与同乡翁韬甫、邹咏老等饮于便宜坊。归而曹醉老、何寿芬来谈。晚到市上。

初四日(**6月28日**) 霁。四鼓进顺治门,出西直门,赴颐和园门外奏事处公所,预备本署值日召见。因月朔张翊臣星吉放滇省差,余名补入也。此九日一班,不能不疲于奔命矣。辰刻散值,进城访紫东,未晤。出城到东馆,李玉洲、潘轶仲会请同乡于此。晚访唐勤甫、方勉老,均晤。

初五日(**6月29日**) 霁。午初赴陶然亭,与朱艾卿合从结消夏之集,同座欧阳煦庵、聂献廷、余子厚、王苹珊、顾亚蓬,皆昔年旧侣;杨少泉、吴子和、吴莲溪、曾刚甫、李春卿则新入局者也。苹珊未到。此举自庚子之乱中辍,杯盘重整,旗鼓又新,诸同年作竟日游,抵暮散。余会访吴子修谈。

初六日(**6月30日**) 霁而阴。晨,于幼芗、杨芸朗、吴苠臣来,均晴。午刻,汪范卿招饮省馆。

初七日(**7月1日**)　霁。在寓钩稽各帐。晚,唐勤甫来辞别,余设酒点款之。天忽雨忽晴,颇有凉意。

初八日(**7月2日**)　霁。晨拜客进城,谒铭师并拜那琴轩,均晤谈。又拜张翊臣、庆豹岩,均晤。出西城,往省馆,赴延子澄同年招饮之局。答拜刘雅老,畅谈而返。

初九日(**7月3日**)　霁。晨,延庆诸生赵子永来谈。到秦韶臣处叙话颇久。午前返寓。闵少窗同年、闽通家马搏宇至,均晤。晚写酬应字。载克臣来。抵暮,到郑兰亭、王寿山处。夜,殷可亭招饮福隆堂。

初十日(**7月4日**)　霁。晨,支芰老携画卷来谈,并以题字相属。在寓写信。晚,李韵稣来。是日,沈筱眉招饮同丰堂,辞之。

十一日(**7月5日**)　霁。晨,王伯荃、邹紫东来。晚到市上。是日,仍在寓写各处信。

十二日(**7月6日**)　霁。在寓写各信。郭筱陆年仅二十二,以词馆礼来见,可喜之至。午后,世耀东来辞别,即日送考赴汴。晚到市上。

十三日(**7月7日**)　霁。又遇本署值日期。黎明登车,七钟到颐和园公所,同朝人未尽集也。少顷即散,赴贵、铭师处交带来小门生贽。出城到沈筱眉处,又访管士一,均晤。午刻归寓。饭后出门拜客,晤章式之。晚,曾刚甫招饮粤东馆,上灯时散。

十四日(**7月8日**)　霁,大暑渐甚。晨进城,到余园与江南庚午支、石、汪、徐、王五同年公请铭师及刘雅老。午后席散,同照相于园中。申正出城。

望日(**7月9日**)　霁。晨,刘益斋、李实斋因新放闽试差来晤商一切。同乡陆棣威、彭赞臣来。午后,李春卿来。

十六日(**7月10日**)　霁,暑气甚烈。晨,刘子琇、方勉老、支芰老来谈。晚到市上散步,购得鲜蚕豆,食之,不可多得也。

十七日（7月11日） 霁。晨，何寿芬、单俶生、顾寿礽来。午后，萧筱梅、宋梦云、闽通家关勋夫陈谟来，均晤。夜，王寿山招饮便宜坊，同席晤曹石如。余返寓，石如同行，至余斋中畅谈而去。天微雨，稍有凉意。

十八日（7月12日） 阴。晨，祝荫庭来，余出所藏新得书画示之。杨芸朗、胡慕姚大崇、孔康侯、林寄湖、薛汇九来，均晤。晚访赵仲莹。余与紫东合从请同乡客两席于三胜馆，二鼓时席散。王伯荃、张颂亿、胡绥之、章式之、江儁侯、陆菊裳、孔康侯、单俶生、彭赞臣、陆棣威、陆荷展、陆伯澄、袁心耕、秦心揆、殷可亭、何安生、王君九、汪荖生，共到者十八人。

十九日（7月13日） 霁而微阴。晨为刘子嘉函来托查《汉书》《唐书》，翻阅半日。午刻，李玉洲招饮省馆。申刻返寓，刘权之来。晚微雨即止。

二十日（7月14日） 阴。晨拜客，晤聂献廷，兼晤其兄访渔。进城，天忽雨，到余园少坐。午刻壬戌团拜，王劭农招饮湖广馆，演福寿部，剧甚好。晚访陈敬庵谈。雨余凉甚。

廿一日（7月15日） 阴而仍霁。晨，陈敬庵、刘少岩、薛汇九来。午后在寓稽核各帐，陆申甫来。晚到支芰老处谈。

廿二日（7月16日） 霁。黎明赴颐和园值日，憇奏事处公所，十余人坐半椽中，人气不可向迩。翰林署并无此公所，余以紫东约往外务部公所小坐而行。迂道过巴沟村，进城赴余园，即出城返寓。晚，郑兰庭来，述及李少白大令谆谆愿以弟子礼来见，只好允之。抵暮到曹邃老处送行。

廿三日（7月17日） 霁而微阴。晨到广元，与王寿山畅谈。午后，万萸生来。晚到瑞蚨祥购衣料，点于阳春居。

廿四日（7月18日） 阴。晨，李少白大令茂莲来见。午后到陶然亭消夏第二集，顾雅蘧、杨少泉作主人。大雨，颇有凉意。席散，顺道访沈筱眉、李实斋前辈，均晤。

廿五日（7月19日） 霁。午后，同年童次山观察祥熊、陕人党秋潭为车诚一同年办后事。管士一前辈来，均晤。夜，江小涛招饮广和居。

廿六日(7月20日)　霁。晨拜客，晤刘益斋。进城，为《庚午齿录》事访裕寿田尚书长谈。午刻点于余园。晚到邑馆陶念乔处少坐，又访张劢予阁学、胡少芗吏部，均晤。

廿七日(7月21日)　霁。晨赴省馆，庚午公请童次山、刘雅宾、支芰青三同年。又为《庚午齿录》事与诸同年集议，到者十余人，有四川陈梦卜兆熊、河南高崇甫择善，皆同年谒选在京者。

廿八日(7月22日)　霁。晨，陈韵璠、于幼芗来。闽通家何少逸谌始来见，言语大半不通，只好笔谈。方勉翁、薛汇九均来。勉老约月初同游北河泡，允之。夜到杨渭青处谈刘权之所托事。

廿九日(7月23日)　霁而阴。晨，刘子琇来谈。午后，闽通家十一人公觞克臣与余于福州新馆，并同照一影相。天大雨，顿生凉意。晚席散，克臣到余寓少坐。夜，翁韬甫招饮其家。

六月朔(7月24日)　霁。晨，顾寿初来。午后，何寿芬来。是日，消夏第三集，王苹珊、曾刚甫作主，辞之。

初二日(7月25日)　黎明赴颐和园值日。昨晚熟车忽脱班，步行至西四牌楼北始得一车。八钟到园，九钟即行，十二钟返寓。请客，客之来者：陆申甫、延子澄、李少白、方勉甫、耿伯斋。傍晚席散，到吴叔海处少坐。

初三日(7月26日)　霁。黎明赴翰林院，敬子师到署接见，行堂参三揖礼。拜客，晤陈筱石中丞，以紫珉及周贡珊事托之。出城，访华瑞安、刘子嘉、邹咏春。午刻返寓。饭后，广东通家岑继枢来见，号惠覃，癸巳余荐卷也。庄兼化之世兄自杭到此，号仲贤。殷柯庭改官河南，亦来清理德林公款事，均晤。晚到市上。

初四日(7月27日)　霁。晨，方勉翁、王劭农同年来，劭农索阅先册，畅谈而去。午后，李少白来。晚为玉叔赁房事与吴静安之世兄粹轩同到渠家所租定潘家河新屋一观,并往市上。

初五日(7月28日)　霁。晨,丁次轩太守来谈,新放苏州遗缺府者也。午前,王仲彝来。午后到省馆,与载克臣同年会请闽通家。因马、黄、郑三大令先期出京,添请丁通家震、力通家钟。傍晚席散。

初六日(7月29日)　霁。晨,山东孝廉张鼎臣秉彝来见,乙未荐卷,戊戌年曾晤面者也。午后,余因方勉翁与诸友约定初八日同作北河泡游,属余为导。余闻北河有水涸之说,急命驾出西便门前往,至则果然。莲花零落,池水无波,昔日藕塘,今成苇国。主人以不敢劳客相谢,遂去之。南行赴南河泡,小坐波头摩室半日。抵暮进彰仪门,返。

初七日(7月30日)　阴而仍霁。晨,方勉老、陈伯才、陶念乔、李少白、刘雅老来谈。午后为翰文斋主人写《潘刻五种书后》一篇。晚会访方勉老。夜到省馆送刘雅老行。二鼓后返寓。天微雨。

初八日(7月31日)　阴。黎明,方勉翁乔梓来,偕余至南河泡,清话波头摩室,因本有北河之约,改计至此也。天雨,进城。方勉老招饮浙江会馆之紫藤花馆,同座诸人本拟作壶榇会,众议不同,仍改作消夏会。午后,雨极大。余为取邮信事进城。薄暮返寓。雨止,天气凉爽之至。

初九日(8月1日)　霁。在寓养息,作福建书数函。晚,聂献廷来。到市上,即返。

初十日(8月2日)　霁。晨,直隶通家尚秉和来见,号节之,癸巳荐卷,新科联捷进士,分工部,正定府行唐人也。竟日在寓,不出门。

十一日(8月3日)　霁。黎明赴颐和园值日。午前进城,到净业湖高庙,欧阳煦庵、聂献廷招饮,为消夏第四集。登日下第一楼凭眺。竟日炎暑甚酷,寺僧甚俗,池水甚干,莲花甚少,未能餍游兴也。

十二日(8月4日)　阴而仍霁。晨到莲花寺代玉叔赁寓。归而闽通家吴荩臣来。玉叔昨已携眷到京,暂寓杨梅竹斜街蕴和店,往候之。余约其同往万福居小饮,兼邀单述之大令,玉叔同伴也,叙谈半日。午后返寓。晚,赵鹤琴咏清大令来,休宁人,前日于江筱涛席上相遇者也。康承庶自延庆来云,新赴宣化府考取咨送省城学堂,明日赴保定。玉雨叔亦来谈。

十三日(8月5日)　霁,炎威酷烈已三日矣。晨,吴粹轩来。午后,沈筱眉来。晚,新浴后微有凉意。

十四日(8月6日)　阴。晨到莲花寺,即返寓。午后雨,李橘农来谈。

望日(8月7日)　雨。晨会访庄仲贤。又为石壶老事访郭春榆侍郎,并拜王小庭祖同、陈伯才、李橘农,均晤谈。午后返寓,画山水扇。天气甚凉。陶念乔来。是日,赵鹤琴招饮同丰堂,辞之。

十六日(8月8日)　阴而微霁,新凉一味,暑气毫无。晨,单述之来。午后在寓画扇。曹石如来,闽通家吴元甫钟善来见,肃堂同年四子也。晚到莲花寺与玉叔谈。

十七日(8月9日)　霁。午后到厂肆。晚,李桂生奉紫珉命自汴来。夜约念乔、陈伯才、玉叔饮于寓斋。

十八日(8月10日)　霁。晨访铭师及那琴轩,不晤。到王劭农、潘安涛。又为紫珉事访凤老。饭于凤老处。午后出西直门,赴巴沟村养年别墅再访铭师,知在万寿山友人处。徘徊水榭山亭而返,莲花不盛,水涸故也。晚会访王仲彝,晤。

十九日(8月11日)　霁。在寓。方勉老、陈子砺、周秉谦来,均晤。晚约李桂生饮于寓斋。

二十日(8月12日)　霁。黎明赴颐和园值日。进城,谒铭师谈。午刻返寓,饭。庆飐生来,晤。晚,浙友消夏二集,赴沈子封招饮寓斋。夜,顾康民招饮惠丰堂,二鼓后归。

廿一日(8月13日)　霁。在寓。玉叔、庄仲贤、李桂生来。

廿二日(8月14日)　霁。在寓,为李桂生写扇三件。晚,桂生来辞行,明日返汴。余到市上即归。是日,蒋稚鹤招饮江苏馆,辞之。

廿三日(8月15日) 霁。晨到市上。巳初,陈伯才、王仲彝来。在寓读冰人先生画稿,独操□□。晚到邬文锋同年家奠,晤其世兄。又拜客数处,返。夜,玉叔招饮便宜坊,同座始晤周慕侨大令郑表,吴江黎里人。

廿四日(8月16日) 霁。晚到前门,小憩泰丰楼。

廿五日(8月17日) 霁。晨,龚怀熙来谈。午前出门,为《庚午齿录》事访东城刘心箦同年鸿照。又到渠氏亦园消夏第五集,赴吴子和、余子厚之招,与杨少泉、顾雅蘧、子和雀局。晚席散,访李玉洲谈。

廿六日(8月18日) 霁,天暑仍甚。晨谒铭师谈。午前返寓。饭后,张振之善铎自江西来,曹石如、顾雅蘧、玉雨叔亦来,均晤。余决意请假五日,姑避乡房差也。晚到市上。

廿七日(8月19日) 霁。晨到市上,顺访葛菊坪,不值。归寓,紫东来谈。写酬应字半日。立秋已过,酷暑逼人。晚往玉叔处谈。

廿八日(8月20日) 夜卧热甚,未晓即起。黎明雨至,颇大,稍有凉意。少顷,大雨倾盆,傍晚始止。是日,葛菊屏来谈,以碧螺春茗两瓶贻我,叶细如丝,味香而静,佳品也。

廿九日(8月21日) 霁而时有微雨。在寓写酬应字。晚,陈伯才来谈。读玉叔处《明季完人手札册》,查《明史》,凌驷无传,不知何故,张煌言亦无传。

三十日(8月22日) 霁。在寓写酬应字。晚到前门一带。邀陈伯才小酌纱帽胡同海宴楼,番菜尚新鲜。伯才即日南行,藉以话别。更余返寓。是日,胡绥之、徐芷生、张颂仁招饮省馆,辞之。

七月朔(8月23日) 霁,天气又热。在寓,浴。到玉雨叔处谈。晚,曹石如来。夜为礼部已请假而本署又有明早值日知会,仆到署述意不明,自往本署,饬杨升往园。余出前门归。是日,本署来告,余升补功臣馆总纂。

初二日(8月24日) 霁。晨往恒裕即返寓。秋暑甚厉。午后,恒裕友韩耀廷来。为于海帆画扇一。吴子清同年来谈。

　　初三日(8月25日)　霁而阴。晨到王孝宽同年处,奠其胞兄。又到聂献廷处,贺其世兄纳征。主人本邀陪大宾,余以同乡分印结款事辞之。到省馆对号,至午初毕。与诸人往便宜坊,途中忽遇大雨,急踏步往。吾与吴昶初、夏闰枝同作主人,闰枝未到。傍晚席散,返寓。玉叔以出售书画交我细阅之。是日,万萸生分顺天房,来见。于海帆亦来谈。

　　初四日(8月26日)　霁。巳刻,延子澄同年来谈。午后在寓请客,单述之、唐镜亭、张振之、周秉谦、葛鞠屏、曹葵一、岑惠覃、玉雨叔皆来,惟庄仲贤不到。葵一持新得宋赵子固水仙长卷,颇精美。

　　初五日(8月27日)　阴而微霁。晨到市上。午后,雨,在寓请客,为消夏三集,徐花农、徐班侯、潘安涛、方勉夫、沈子莳、华璧臣、孙文清皆同社诸友,陈敬庵则添邀者,吴佩惠、李玉洲未到。

　　初六日(8月28日)　霁。连日请客,懒甚。读《何义门先生家书册》共四十余页,拟细考其人、其事、编年、叙次。

　　乞巧日(8月29日)　霁。午后出门,会拜客。进前门,出崇文门,半日兀坐车中,仅晤徐花老、龚怀熙而已。

　　初八日(8月30日)　阴。晨,吴苕臣来。午后,雨,陈敬庵、孙文清来阅玉叔托售书画。

　　初九日(8月31日)　阴。晨进城拜客,晤那琴轩、邹紫东、陆申甫、聂。午刻返寓,李均和来阅玉叔书画。晚又雨,天气甚凉。

　　初十日(9月1日)　阴,晨,唐勤甫来。午后到玉叔处谈。申初赴嵩云草堂消夏六集,李春卿、吴莲溪作主。晚席散,访于海帆晤谈。夜到前门即返寓。

　　十一日(9月2日)　雨。黎明赴颐和园值日。玉叔有兴,游玉泉山,冒雨同行。午饭于青龙桥。入静明园龙王庙品第一泉。于山下徘徊半日,雨甚,不克登山,怅怅。抵暮出顺治门,御者心力不济,泥途中竟罹覆车之厄,幸而无恙,附玉叔车返。

十二日(9月3日)　霁。近日录自诗于稿，又为冰老选画。新得何义门先生家书，为之编年。《庚午齿录》事余创办一切，忙碌之至。午后，蒋焕庭、党秋潭来谈。晚访曹石如，晤。

十三日(9月4日)　霁而微阴。午前，康承庶、李子钦先后来。饭后到土地庙花厂、工艺局厂一游。晚往广元少坐，即返寓。是日，购得重台晚香玉，甚妙。

十四日(9月5日)　霁。晨，于幼芗、张鼎臣来，均晤。午后写酬应字。晚到玉叔处，同往城隍庙，又到厂肆。步行半日，稍觉劳顿，抵暮返。

中元日(9月6日)　霁。重台晚香玉耐开不萎，花品殊可贵也。晨在寓，不出门。晚到前门，遇雨而归。夜雨达旦。

十六日(9月7日)　黎明雨，少顷即霁。晨赴西苑门，讲官引见，巳正始毕。出城，知顾雅宾前辈又到京，往访于福安栈，又会访张振之，均晤。时已过午，到聂献廷处贺其世兄授室喜，其新妇乃滇南王西岑之女，恽薇生义女也。晚到恽处贺，晤薇生谈。余为献廷作喜联云："家学冷斋考嘉礼，壻乡石谷傍云溪。"杂拈三家故事，恰相合也。

十七日(9月8日)　霁。晨，淳于静安、高崇甫、宝山潘铸禹太史鸿鼎来谈，潘系教习通家也。午后到江苏(馆)与销夏社诸同年公饯吴莲溪同年，因渠新放山左试差也。抵暮席散。夜饭后到玉叔寓中，晤周慕侨，同谈至三鼓余始返。

十八日(9月9日)　霁。午前，张颂纯来。午后到湖广馆，奠王耕伯之太夫人。又往庄仲贤、吴莲溪处送行，均晤。聂献廷招往宅中，陪恽孟乐昆仲饮。晚席散，为《庚午齿录》事访闵小窗同年，又到葛鞠屏处谈。

十九日(9月10日)　霁。晨访李韵穌谈，即返寓。写闽信、沪信。午后出永定门，茗憩□□茶寮。即进城，到前门一带，为紫珉购物，抵暮返。夜雷雨大作。

二十日(9月11日)　霁。晨赴颐和园值日。归途过凤老寓中，因其近患喘病访之，未晤，盖病不能见客也。午刻出城返寓。晚，厂肆茹古斋友张姓来阅玉叔所托售各件。夜，葛菊屏来。

廿一日(9月12日)　霁而阴。晨，王孝宽侍御来。午后，周客皆前辈来，均晤。晚为紫珉购物事到前门。

廿二日(9月13日)　阴。晨进城访那琴轩，未晤，见铭师畅谈而出。午前返寓。为玉叔写《明末完人尺牍册》，每幅填注名号、小传。晚，周慕侨、玉叔偕至。天微雨。

廿三日(9月14日)　晨雨即止。午后到唐郁圃处为其夫人点主，左、右者畿辅两秀才也。顺道拜客，晤唐勤甫、温寿臣，抵暮返。

廿四日(9月15日)　阴。在寓写扇。晚到玉叔寓中谈。

廿五日(9月16日)　霁。午前到方勉老处谈。午后，葛鞠屏、徐六宜、汪范卿来。晚到邹咏春处，又到莲花寺，玉叔招夜饮，持鳌畅观书画，二鼓后归。

廿六日(9月17日)　霁。晨，石星渚同年来长谈。在寓写酬应字。晚，福建同年钟香樵来。近日忙碌殊甚，一为《庚午齿录事》，一为玉叔书画事，一为酬应笔墨事也。

廿七日(9月18日)　霁。巳刻，葛鞠屏来，以酒点款之。午后进城，拜福文慎师母五旬寿，又拜客数处。到西城凤老处谈，病已霍然矣。是日，方勉老招饮豫升堂，辞不及赴。

廿八日(9月19日)　霁。晨在寓，为冰老题《山水汇存册后》七古一章。午后到三胜庵奠林廉孙。又到长椿寺拜汪范卿尊人杏春母舅三十周忌。顺道会访秦杏衢、潘铸禹。进城，往本署，裕寿田掌院到任。晚出城，过广元少坐。夜邀玉叔、周慕侨小饮寓斋，并看余所藏书画。余新购得玉叔手王东庄山水集册八帧、程序伯山水册十二帧、何义门家信册四十余帧，价二十金。玉叔另以梅瞿山山水册十二帧、董画一小轴相赠。

廿九日(9月20日)　霁。晨到市上，即返寓。午后写折扇二件。庚午年侄沁阳张佑佛大令永楫、张振之、方勉老均来长谈。是日,接奎儿金陵来信,知二十已到宁恒矣。

八月朔(9月21日) 霁。五鼓赴颐和园值日,午前返寓。差事揭晓,仍不得。

初二日(9月22日) 霁。客来不见,惟于霭若来晤谈。午后为玉叔售书画事,玉叔来傍晚即去。是日,蒋春老偕其侄招饮惠丰堂,辞之。

初三日(9月23日) 四鼓雷雨,天明仍霁。晨,汪兰楣、方勉老来。勉老欲游潼川馆,国初查氏园也,向有绉云石,今已不存。余与之同游,馆中石甚玲珑而树木、亭台荒芜不治,舍而返寓。李玉舟来谈。晚到玉叔处。

初四日(9月24日) 霁。午后,何寿芬来。晚,玉叔偕周慕侨来,余偕往厂肆,遍游工艺局,晤黄慎之谈。夜约二公同酌万福居,酒澜,小坐北里而返。

初五日(9月25日) 霁。午后出门,往各家贺,并拜客,晤余子厚、郑宸丹两同年。晚,消夏四集,华璧臣招饮松筠庵。天雨即止。夜到玉叔处。

初六日(9月26日) 霁。晚,周慕侨招饮燕春楼,食番菜。与玉叔偕至余寓,相约同往。同座有河南杨子嘉,官吏部者也。席散,同作枇杷花下游,盖诸公皆有芙蓉癖耳。

初七日(9月27日) 霁而阴。午前,方勉翁来观先册及玉叔书画。晚到市上。

初八日(9月28日) 霁。午后访孙问青,晤,观渠新得董蔗林《进呈雪景》大帧,有纯庙御题,又观宋人所绘《三牛图轴》,署名韩滉,画甚精而韩款则赝也。又到汪兰楣处谈,归而蒋春老、张常端、玉叔均来。玉叔接南信知陈桂老竟作古人,为之惋惜。

初九日(9月29日) 阴。晨,方勉老来观冰老书画。午前,郑兰庭、韩子元来。天雨，傍晚始止。余为曹葵一题《溪堂宴别图》绝句三章。

初十日（**9月30日**）　霁。午后到前门，茗憩合义楼。晚返寓，载克臣来谈。

十一日（**10月1日**）　霁。五鼓赴颐和园值日。李橘农约同署诸公饮于万盛馆，馆即在园门外也。午前散，往载克臣处长谈，又到贵师、昆师处拜节。晚出城，往广惠寺拜紫东之太夫人十周忌，食面而返。是日，方勉老处约壶碟会，不及赴。

十二日（**10月2日**）　霁。在寓，写家信寄南，因内人九月定北上也。又预备《庚午齿录》各省公信。午后，何寿芬来。晚到玉叔寓中食蟹。二鼓余归。

十三日（**10月3日**）　霁。晨到市上，即返。午后会勉老，并会陈冠三，杭人寓方氏者，芰馨太守其侄孙也。又到李玉老处谈。进城拜节，见铭师，并晤世兄锡侯。抵暮到凤老处，因玉叔屋事已成，今日银券两交矣。西城已闭，迂道出前门返。

十四日（**10月4日**）　霁。晨到黄慎之处，以先册携往，因渠索阅也。又到郑兰庭家遍阅其友托销书画，真者少，佳者更少，舍之而返。为玉叔题冰老画稿已装者共十四册，编字号各书签。晚玉叔、周慕侨来谈。

中秋日（**10月5日**）　霁而阴。晨在寓，开销节帐。晚到玉叔寓中，偕周慕侨同游法源寺，茗憩树下，小作清谈。夜，玉叔邀同持螯寺中。归而拜月，惜清光不甚透露也。

十六日（**10月6日**）　霁。晨，邹紫东来。午前，谢伯兰来，均晤。晚在寓，补作《游鼓山记》。夜，风雨大作。

十七日（**10月7日**）　霁。晚起，寒甚，可以衣绵。晨到市上。午后，顾寿礽、宋梦云来。晚拜客，晤陈鸥民、蒋春老、徐禄宜、刘瀛侣。

十八日（**10月8日**）　霁。晨，陈敬庵来谈。竟日在寓。

十九日(10月9日)　霁。晨访李橘农,谈及此次学差,有骇人听闻者,余等寒士乖觉心平气和也。午前返寓。张佑佛、刘瀛侣来。晚到玉叔处,适玉叔来访余,晤谈而去。抵暮,戴少怀来。

二十日(10月10日)　霁。晨,何寿芬来。午后到天乐园听玉成部。近日闷极无聊,借此排遣耳。抵暮归寓。夜雨。

廿一日(10月11日)　霁。晨赴颐和园值日,并因司业缺赴引见。顺道拜德晓峰晤谈。午前返寓。午后拜客,大半不晤,晤石星渚。抵暮归。

廿二日(10月12日)　霁。午刻到省馆,与汪兰楣合从请客,客之来者嘉子年、朱桂卿、载克臣、朱艾卿、朱雨卿占科,系兰楣己卯同年、魏梅生、吴棣仙、耿君表伯斋之世兄。傍晚席散。夜会访葛鞠屏,未晤。

廿三日(10月13日)　霁而微阴。晨到市上,即返,归而写家书。午后到玉叔处。晚,潘安涛同年招饮全福会馆,为消夏第五集。地系财盛馆旧址也,闽人新筑馆于此,爽垲无尘,虚而生白,佳境也。夜,余招玉叔、慕侨、陈鸥民、刘瀛侣、葛菊屏饮于德春堂秋宾处。其师侄凤琴年十三龄,亭亭玉立,谈笑风生,颇有出尘之概。余以闲散无聊,借此与友人谈宴,实排闷也。此调不弹已久,近日樱桃街几乎无人矣。三鼓后归。

廿四日(10月14日)　霁。在寓,写汴信。午后,丁虎臣来。晚到前门,为紫珉购翎线。夜酌致美斋而返。

廿五日(10月15日)　霁。晨到省馆,拜王丹揆尊人七秩寿即返寓。午前,世仁甫来谈。夜到玉叔寓中,与周慕侨谈至三鼓。

廿六日(10月16日)　霁而阴。午后大风。不出门□□□先人忌日,茹素。

廿七日(10月17日)　霁。午前到宝兴隆为紫珉寄翎线并信。葛菊屏招饮肉市东升楼,肴甚鲜美。晚与玉叔同返。是日,吴子和同年招饮松筠庵,系衣冠局,辞之。

廿八日（10月18日）　霁。午刻在寓请客，徐花农、区鹏霄、方容申、世耀东、何寿芬。申正席散。夜，吴棣仙招饮同丰堂。

廿九日（10月19日）　霁。晨，李均湖来谈书画事。接南信，明日遣钱福返苏。晚到厂肆。

九月朔（10月20日）　阴，天气寒肃。晨，钱仆行。竟日不出门。午后雨。

初二日（10月21日）　霁。四鼓赴颐和园值日。归途小憩高粱桥茶楼。进城，过凤老寓中谈，兼晤裕寿田。出城，访耿伯斋乔梓、曾刚甫，均晤。傍晚归寓。

初三日（10月22日）　霁。晨，沈幼眉、石星渚来。午刻到省馆领印结银，与同乡诸人饮于便宜坊。晚到玉叔处，与玉叔同到汇源银号韩养田处。

初四日（10月23日）　霁。午后进东城拜客。夜，葛鞠屏来。

初五日（10月24日）　霁。午前赴省馆公祭先贤，饮福而散。晚，方勉老来。

初六日（10月25日）　雨。晨，陈鸥民来。

初七日（10月26日）　霁。晨，刘子嘉来。午后，许稚筠来。天寒风劲，不出门。

初八日（10月27日）　霁。晨到市上，即返。晚访曹石如。夜，李均湖来谈。唐园以菊花大小十盆馈。

重阳日（10月28日）　霁。晨，吴佩蕙来。午刻，方勉老招饮南西门外唐家园，为登高之会。晚到前门，又访李橘老谈。

初十日（10月29日）　霁。晨，顾寿礽来谈。晚到玉叔处。

十一日（10月30日）　霁。午前进城，赴聚丰堂与庚午同年石星渚、王耜云、汪范卿、徐拙安公请那琴轩、那锡侯昆季。傍晚席散。出城到天和堂，赴刘瀛侣招饮之局，同座玉雨叔、蔡轶南。夜同往北里小坐。

十二日(10月31日)　霁。四鼓赴园值日。是日只有库伦大臣德麟请训,余奉旨召见于仁寿殿。慈圣奏对数十语,圣上垂询只两言而已,时约一刻,退朝已近十钟。午后出城,到于海帆处,贺其得汴差喜,坐谈甚久。申初返寓。

十三日(11月1日)　霁。晨,单俶生、李橘农来。午刻,敬子斋师招饮寓中。傍晚访紫东,不值。出城已上灯后矣。铭师来字云,欲托余代延课其两孙中西文兼通之师,一时实难其选。

十四日(11月2日)　霁。午刻,李均湖招饮便宜坊,席散即返寓。

十五日(11月3日)　霁。巳刻,玉叔寓中谈。午后进城拜客,见铭师,嘱觅西席师须中德文兼通者,颇难其选。晚出城,与紫东晤于三胜馆,余即返寓。是晨接紫东来书,知已接南电,余家与渠眷同于今日首涂北上。

十六日(11月4日)　霁。晨到市上及厂肆、前门。午后返寓。刘雄之来长谈,即辞行赴延庆任。晚,玉叔招饮便宜坊。

十七日(11月5日)　阴而仍霁。晨,孔康侯、方勉老来谈。午后出门拜客,谒见孙寿州相国。又进城,傍晚返寓。近日鹤唳风声,俄日事颇闻噩耗。

十八日(11月6日)　霁。晨接南信,知内人行期展至明春,亦因沪上谣传,不敢北渡也。午后无事,拟赴前门观外人电光影戏,至则但有夜剧,道远只好舍之,往茶楼小坐。

十九日(11月7日)　霁。午后与消夏会诸同年公饯朱艾卿。上灯后席散,返寓。是日,韩养田招饮福隆堂,辞之。

二十日(11月8日)　霁。午后,李玉洲招饮省馆,为第六集,消夏改为消寒矣。晚到玉叔寓中谈。

二十一日(11月9日)　阴,风劲,天寒。闻区鹏樵竟作古人矣。上月廿八日过余寓小饮,相距不及一月也。竟日在寓校《义门先生家书册》。

廿二日(11月10日)　霁,风寒而紧。晨奠区朋樵,一拜即进城,赴本署。是日,敬师到署来□□早至则已不及晤矣。出城会拜客,晤同乡宋汝成开敏、郑兰廷、方勉老、张季端。午后返寓。

廿三日(11月11日)　霁。晨,丁子韬来,自延庆赴平山,道出都门,余车由渠携来也。午后,陆凤老来谈。晚到厂肆、前门。

廿四日(11月12日)　霁。在寓,不出门。

廿五日(11月13日)　霁。晨出永定门,赴十里庄苏太谊园公祭范文正、顾亭林,饮福而散。与陆凤老诸人茗叙四合茶家。晚进城,访汪范卿、戴少怀侍郎,均晤。

廿六日(11月14日)　霁。晨赴市上,到王寿山处谈。返寓,陈敬庵来谈。晚到打磨厂电局,欲问南榜消息,不得。

廿七日(11月15日)　霁。午后奠吴昶初前辈于其家。进城,谒铭师长谈。又往紫东处,其世兄树文新自故乡返京,余仆钱福亦同来。是日,阅电局南榜,伊儿仍不售。

廿八日(11月16日)　霁。晨,李均湖来。午后在寓,写酬应字。沈幼眉、玉雨叔、万萸生来。晚到陈敬庵处谈。是日,本署来知会,补起居注协修官。

廿九日(11月17日)　霁。在寓,校《义门家书册》,百通中可以编年者已有八十。午后,黄耕舆同年来谈。

三十日(11月18日)　霁而微阴,天气寒甚。午后,世耀东来谈。晚到汇源韩养田处,玉雨叔适在座。养田请邀便宜坊夜饮,更余各散。

十月朔(11月19日)　霁。在寓,写南中家书等件。夜访方勉老,探其世兄啸霞病也。

初二日(11月20日)　霁。在寓,作《义门家书编年》小注。午后,杜翘生侍御来。晚到厂肆、前门。

初三日(11月21日)　霁。午前到便宜坊与同乡诸君饮,并领印结局款,为数较夏秋渐少矣。晚,胡丽伯大令金淦来,系扬州同乡,官汴垣者,与紫珉为友,其叔与余庚午同年。夜作编年小注,毕。

初四日(11月22日)　霁而微阴,有酿雪意。晨,吴棣仙前辈来谈。午后到省馆请戴少怀、张季端、关杏槎、陈子砺、吴棣仙、邹咏春、李春卿。上灯后始席散。入夜天气甚寒。夜,延子澄同年招饮同丰堂,辞不及赴。

初五日(11月23日)　大雪。不出门,复校《义门家书编年》,已十得其九,甚喜。

初六日(11月24日)　霁而微阴。午刻,赴三胜庵奠区鹏霄。又往郑兰亭家贺其嫁妹喜。顺道会访黄耕舆、徐花农、胡丽伯,均晤谈。晚,戴少怀侍郎招饮寓斋。夜,关杏槎招饮顺德馆。二鼓后返寓。

初七日(11月25日)　霁。在寓。晚,胡劭介来晤。到玉叔寓中,与慕侨谈至上灯后返。

初八日(11月26日)　霁。郭春榆、庞蓬庵皆来谈。晚到市上。

初九日(11月27日)　霁而微阴。在寓,写《游鼓山记》寄闽。晚到市上。

初十日(11月28日)　慈圣万寿。三鼓即起,夜出西直门,赴颐和园排云门外,黎明行九叩首礼,一切规制与丁酉年同,而稍从简略。灯坊未建,电灯未点,积雪满地,秋花尽凋,此稍异耳。玉雨叔、周慕侨同往,礼毕出园。是日,江苏省同乡官公折谢恩。凤老招往海淀裕盛轩小饮。进城,午后拜客数处,傍晚返寓。

十一日(11月29日)　霁。晚到厂肆,即返。是日,吴佩璁招饮寓斋,为消夏余集,辞之。

十二日(11月30日)　霁。晨,陈香轮来谈。午后,陈玉坡来,均晤。晚在寓请客,陈梅生、陈香轮、胡丽伯、朱永钦、李均湖、陈玉坡、玉雨叔,畅饮而散。陈敬庵来而不及入座,先辞之。

十三日(12月1日)　霁。晨,同乡施懋君来兆麒,故友闵弨侯之门人也。晚到厂肆。夜大风。

十四日(12月2日)　阴,天寒风劲。在寓,写闽信。午后到玉叔处,并晤周慕侨,即返寓。夜,寒甚,为耿伯斋题《东园雅集图卷》七绝三章。

望日(12月3日)　霁。在寓。午后到前门。

十六日(12月4日)　霁而阴。午前,沈爱沧京尹来谈。午后进城拜客。晚,壬戌同年公请外官于松筠庵,王劭农同年邀往作陪,到者只黄少霁刺史一人。夜会拜庞蘐庵廉访,晤。

十七日(12月5日)　霁。在寓,午后约玉雨叔、周慕侨来,以樽酒、汤包、淮饺款之,上灯时散。

十八日(12月6日)　霁。午前到省馆,庚子同年公请庞蘐庵,陪者潘安涛、李玉舟、石星渚、汪范卿。申刻即散。

十九日(12月7日)　霁。晨到市上韩养田处少坐,即返。竟日在寓。晚,徐花农来谈。

二十日(12月8日)　霁。晨,潘经士、玉雨叔来。午刻出门,会访关伯衡。又到三邑馆,与同乡公请李芗园方伯诸人。晚进城,谒见徐颂师,抵暮返寓。

廿一日(12月9日)　霁。在寓。晚到方勉老处。夜,王寿山招饮福隆堂,辞之。

廿二日(12月10日)　霁。在寓,写酬应字。晚到玉叔处,与江小涛同观集册,夜饮,二鼓后散。

廿三日(12月11日)　霁。续送冰老画册百幅。晚到厂肆振古斋,晤骆幼韶谈。

廿四日(12月12日)　霁。晨,方勉老、李春卿来谈。午后为玉叔书画事厂肆人来晤。晚到玉叔处。

廿五日(12月13日)　霁。午后到刘佩青处贺其嫁女喜,即返寓。晚,撰本署诰命文两首。

廿六日(12 月 14 日) 雪。晨撰诰命文两首。晚再访吴棣仙，不遇。

廿七日(12 月 15 日) 阴，天寒风劲。午后到徐花农处，贺其大世兄授室喜。候至申刻，观行合卺礼而出。其亲家为严姓，余以联语贺之，云："婿乡近访客星濑，仙侣笑约神山游。"晚访沈幼眉，又进城会访潘轶仲、朱寿臣，均晤。

廿八日(12 月 16 日) 霁。午前，余子厔来。午后，刘益斋来，均长谈。夜，徐花老招往寓斋，观剧数折即返。

廿九日(12 月 17 日) 霁。午前招玉叔来饯别，作半日谈，出先册示之。晚到孙孟延处清话。玉叔有董书画册各十页，孟延以百有五金相易，余介绍之也。本署来知会讲官月之初三日赴引。

三十日(12 月 18 日) 霁。午后，周慕侨来辞别，晤。

十一月朔(12 月 19 日) 霁，寒气凛冽，风刮如刀。晨到市上，即返寓。晚，李均湖来。夜到莲花寺送玉叔与周慕侨别，夜饮后谈至三鼓，始返。

初二日(12 月 20 日) 霁。晨再至玉叔处，送其登车。隆冬道路途中恐有不虞，余代托陈敬庵转借五城练勇二人护送，午后始行。余返寓，吴莲溪同年来谈。晚到厂肆、前门。

初三日(12 月 21 日) 霁。二鼓进内城，小坐景运门内朝房，八钟始入乾清宫，引见。顺道访董绶金长谈。午刻返寓，即奉旨充署日讲起居注官。吕晓初前辈来谈。晚步至市上，即归。

初四日(12 月 22 日) 霁。在寓，写南信。客来甚多，不能不见者为李实斋、支芰青两前辈、严子载、管寿臣。夜祭先毕，饮福。

初五日(12 月 23 日) 四鼓入禁城。是日长至，皇上祀天坛，余与华瑞安、满人锡、贵两君在左门阶下，俟銮舆回宫时免冠磕头，并候谢恩折下。出城会拜客，时尚早，返寓，点。午前再出门，晤恽薇孙、刘益斋、吴莲溪、陈香轮。傍晚归。

初六日(12月24日)　霁。怡姬因昨夜多饮,伤心痛,为查方书,以葱、姜、萝卜打碎烘火,熨之,午后旋愈。巳初,沈筱眉来。李均湖领厂肆看书画人来,出玉叔所存诸件示之,仍不能售。

初七日(12月25日)　霁。晨到前门、厂肆,午前归。饭后,吴栘仙来谈。

初八日(12月26日)　霁。天寒,有作雪之意。不出门,《义门家书册编年录》成,始缮清稿。

初九日(12月27日)　阴而仍霁。晨,范鼎臣来。午后,顾寿礽、华瑞安来。晚到湖南馆,奠黄秬舆夫人。夜,潘经士招饮寓斋。

初十日(12月28日)　霁。午前赴沈筱眉处,贺其授室喜,其兄幼眉亦出见,颇有忸怩之态,盖情发于中也。晚观嘉礼毕,会访李实斋前辈,又访吕筱苏、吴栘仙前辈,均晤谈,上灯后归。天寒风大,是日过厂肆隶古斋取虞巳凡潢字册二,细观,甚觉惬心,字则法右军、吴兴而一之,余竟不知其人也。

十一日(12月29日)　霁。晨到市上,即返。午前,恽孟乐、陈香轮、李汉珍绮青同年来谈。

十二日(12月30日)　霁。晚到前门鱼市,购得石鸡归。

十三日(12月31日)　霁。午后,李均湖来谈。

十四日(1904年1月1日)　霁。在寓,写扬州、上海等信。陆载之来。晚到江筱涛处长谈。

望日(1月2日)　霁。晨,杨少泉来谈。午刻到厂肆益珍斋,与潘经士约,同观赵子昂墨笔山水卷,又石谷山水大幅十二条,似赝本也。是日,陈香轮招饮粤东馆,徐班侯招消夏余集于松筠庵,并赴之。访华瑞庵谈。上灯时返。

十六日(1月3日)　霁。晨,杨焕章、林贻书、聂献廷、邹紫东来,均晤。午后到吕筱苏处观所藏南田花卉册,余久闻其名,然谛视之,实赝本也。只有东坡卷似乎真迹,跋甚多亦伪,即返寓。晚,支芰老来谈。

十七日(1 月 4 日)　霁。在寓,校《齿录》。午后到前门。

十八日(1 月 5 日)　霁。连日天寒,起眠皆晏。晨,陈敬庵来辞别,晤。午后发庚午公函,不出门。

十九日(1 月 6 日)　霁。黎明赴东小市购物,即返。同乡蒋范五履福来,晤。范五父号英生,自述洲华亲家之胞侄,在对门豫章学堂充西文教习,故特来访也。午后,江筱涛来看余书画,谈至上灯后始散。

二十日(1 月 7 日)　霁而微阴。午刻,邹咏老招饮广和居。夜,石星渚招饮福州馆,均往。晚间,李橘农昆仲招饮前门万庆居,辞之。闻日前有廷寄各直省集款千万为畿辅练兵,江苏派八十五万,甚骇。

廿一日(1 月 8 日)　霁而阴。午后,萧筱梅来谈。晚到市上。夜大风。

廿二日(1 月 9 日)　霁。午前,铭鼎师召饮斋中,同座李荫墀、支芰青两前辈,皆同门也。畅谈至申初散。晚拜客,晤徐拙安、王梦麟,上灯时返。

廿三日(1 月 10 日)　霁。晨到三圣庵,奠顾亚蘧之太翁,会访杨少泉,晤。午后在寓斋请客,严子载、李玉洲、刘益斋、支芰青、林贻书、陶筱沚、潘经士、石厚庵,均到。

廿四日(1 月 11 日)　霁。晨在寓。午后到厂肆。晚与华瑞安同作主人,请前日讲官同引见诸君于同丰堂,客到者李橘农、杨少泉、魏子题、沈子封、陈子砺。三鼓时散。

廿五日(1 月 12 日)　霁。近日天气暖甚。午后,王梦麟来,余以樽酒、淮饺款之,畅谈半日。夜访方勉老,晤。

廿六日(1 月 13 日)　阴。天寒,又有雪意。晨接南中陈某信,知子仙以俗事累我,为之不乐者。竟日即作书寄南。晚,陕西段善鸣中翰来大页,庚寅黄榜同年,其尊人则庚午同年也。

廿七日(1 月 14 日)　霁。晨以昨书意有未尽,再作一书寄家。

午后到厂肆、前门。是日,滕东阁招饮惠丰堂,辞之。

廿八日(1月15日)　霁。为世耀东改其太夫人行述。

廿九日(1月16日)　霁。晚,寓斋消寒第一集,余首倡,请诸同年拈出坐位,为曾刚甫、杨少泉、欧阳煦庵、黄耕舆、聂献庭、余子垕、吴子和、王苹珊、李春卿、吴莲溪诸人,行醉乡合从令,尽欢而散。

嘉平月朔(1月17日)　霁而微阴。晚到市上,顺道访吴桥仙长谈。

初二日(1月18日)　霁。午后进城拜客,晤王梦麟、潘安涛、陆凤老。

初三日(1月19日)　霁。午刻到便宜坊取津款,与同乡小酌而散。是日,始购松花江白鱼食之。

初四日(1月20日)　霁。天寒风大。不出门。晚,张季端来谈。

初五日(1月21日)　霁。晨到厂肆、前门,始购鲟鳇鱼。

初六日(1月22日)　霁。午后,约吴棣仙来便酌,出所藏书画示之。

初七日(1月23日)　霁。晨为庚午存款事访刘益斋谈,又到广元少坐,即返。晚,马积生来谈。夜,同年消寒二集,曾刚甫招饮潮州馆,行次第看花令。

初八日(1月24日)　霁。晨到厂肆、前门。

初九日(1月25日)　霁。午后到松筠庵消夏余集,徐花老作主人。夜,朱韵琴招饮聚宝堂。

初十日(1月26日)　霁。午后,庚午年世兄史树人来,其叔则顺天榜同年也。写酬应字。

十一日(1月27日)　霁。近日校《历科会试齿录》,摘出庚午同年各人。晚,方勉翁来。

十二日(1月28日)　霁而阴。晨,邹紫东来。晚备酒肴,邀严劼光、方勉夫二老清谈甚畅。夜雪。是夕，郑兰亭招饮便宜坊，辞之。

十三日(1月29日)　阴寒而霁。晨起雪已止矣。午前，刘益斋来。庚午款存瑞蚨祥已有成议矣。晚，孙孟延、于海帆来谈。

十四日(1月30日)　霁。午前会拜客，晤王星瑞同年联璧，贵州遵义守也，余因托渠《黔中齿录》采访事，故往访之。晚，陈子砺招饮寓斋，同座皆同馆中人，上灯后散。闻方啸霞昨晚去世，亟往勉老处慰之。阍人云已卧，适汪兰楣以柬邀往天顺栈，余至而兰楣已去。无意中遇旧交林醉香，亦奇事也。归而作山左玉雨叔书，半夜方睡。

望日(1月31日)　霁。晨，薛汇九自保安州来。朱寿石自紫荆关来，出示近作绝句数十章，自言缺之清苦，岁入只二百余金，尚不如馆也，为之欷歔。午后，王梦麟来。晚到方处一拜，勉老出见，伤心之至，余多方宽慰之。夜到茹古斋看无烟客山水仿古册六帧、自题跋一帧，神妙不可思议，索值千金，不能减也。顺道至会馆，会访寿石，不晤。是日，各事纷集，心殊不耐，鸡鸣始卧。

十六日(2月1日)　霁。午前，严幼麟来，劼光丈之世兄也。午后，王梦麟来，同往厂肆看书画，无甚可采者。梦麟购余秋宝画一帧，又古爵。晚到会馆，与寿石晤谈。是夕，单俶生招饮同丰堂，辞之。

十七日(2月2日)　霁。午前到省馆，庚午同年公请王星瑞、李玉洲、李实斋、支芰青诸公，作主者余，邀石星渚、徐拙安、潘安涛□□□朱子良，傍晚席散。是日，耿伯斋招饮寓斋，辞之。

十八日(2月3日)　霁。天气暖甚。午后，同乡吴祝龄来，捷三茂才之子也。汪兰楣约往林处看竹，余因有省馆庚寅消寒局，不能入竹局。晚往少坐。夜，杨少泉作主人，仍行醉乡合从令。吴子和未到。

十九日(2月4日)　阴。晨，吴祝龄来。余将旧存车略加修换，居然新矣，往市上看装。午后，张季端招饮福州馆，薄暮返。

二十日(2月5日)　阴而微霁。五鼓赴太和门外西廊起居注署。因上年注悉成,讲官例应貂褂恭送至内阁。候至八钟半,始命下到阁,与中堂徐颂师一揖而退。拜客,自东北城赴敬子师家,奠其孙媳,晤其大世兄一谈。午前出城返寓,饭。午后拜客,晤严仲麟、汪范卿,薄暮归。

廿一日(2月6日)　阴。午后,孙文卿招饮寓斋,为消夏余集,往而未入席,因汪兰楣谆约林醉香处看竹也。孰知候至上灯,同局陆载祉、陶筱沚等始到,看至三鼓始毕,返寓已二钟后矣。是日,唐园送梅花、棣棠四大盆。

廿二日(2月7日)　霁。午前,庚午直隶解元李渔江来。因刘心算比部以渠寒士转嘱徐拙安告余请提公款以赠,俾为卒岁之资。不料李君傲骨性成,铮铮自命,力辞公中赠款,并言年逾六十,官光禄署正,除夫妇外合族无第三人,孤苦有之,近年印结所入尚丰,贫则未如。一见如故,自是吾道中人,余甚敬之。李君又言《齿录》虽幸得列名,切不可仍列首页,愿附于后。午后,余邀关伯衡、关杏垞、石星渚、王苹珊、陈香楞到寓观书画,并备看点招诸君饮。星渚、苹珊皆不期而至,畅叙至二更始散。

廿三日(2月8日)　霁。午后游土地庙,人多于卿。花市价昂贵,倍于往年。

廿四日(2月9日)　霁。晨在寓,写南信。午后到厂肆、前门,茗憩市楼而返。天气甚暖。

廿五日(2月10日)　霁。风大,天气又寒。晚到源丰润、瑞蚨祥为存银事与陈吉人晤。陈,山左人,久在瑞蚨祥,刘益斋友也。闻日俄已开仗。

廿六日(2月11日)　霁而阴。午后,黄沙蔽天。在寓,写南信。晚到市上。夜大风。

廿七日(2月12日)　霁。晨,李均湖来。夜敬神。

廿八日(2月13日)　晨起大雪。进城拜师门节,晤世耀东、邹树文。知日俄近日战事。旅顺口俄水师大败,有毁船廿八、夺船八之说。日人赴海参崴者,陆师亦大败,有歼师四营之说。晚,茗憩东安门外汇丰堂,抵暮归。

廿九日(2月14日)　霁。在寓。

大除夕(2月15日)　霁。五鼓赴保和殿蒙古王公筵宴,侍班殿之西北隅。巳初,皇上升殿,登宝座。余与于海帆前辈亦同赐宴,甫入座而抢宴者群手纷集矣。殿外有庆隆舞,殿内有喜起舞,又有缅甸、蒙古乐。余等因侍班站立,咫尺天颜,一切未能谛视,惟听一片承平雅颂声而已。巳正,宴毕,返寓。午后到近处贺年。是日,得钦赐羊腿一肘,苹、梨数枚,面饼无数,皆筵席所陈列者。夜,家祭祖先,与姬人同醉。

甲辰元旦(2月16日)　霁。黎明赴太和殿朝贺,行三跪九叩。顺道往北城、西城贺年。晚往近处贺年。归而拜天地祖宗。

初二日(2月17日)　霁。在寓。晚,聂献廷同年来,以江苏阎尔梅新祀乡贤事实相示。

初三日(2月18日)　霁。在寓,撰《先祖事实九则》。晚到市上。

初四日(2月19日)　霁。撰《先祖请祀乡贤呈文》底稿。午后游厂甸。

初五日(2月20日)　霁。黎明赴乾清宫,各国使臣觐见,侍班殿之西南隅,同班恽薇孙学士。顺道往东北城拜年。晚归。夜到李玉洲处谈,以《先祖呈稿》及《事实》示之。近日,病目兼病齿,不看书、不饮酒。

初六日(2月21日)　霁。晨进西城,拜年。午刻,陆凤老招饮寓斋,同座于海帆、吴棣仙、邹咏春、李菊农,相约十七日会请凤老。

人日(2月22日)　霁。午后始游厂肆。

初八日(2月23日)　霁。浮火渐退,目齿病略瘳。在寓,写各信。午前,方勉老来谈。夜早卧。

天诞日(2月24日) 霁。三鼓赴太庙时享,侍班殿之南阶下,同班许颖初学士。遍历后殿而出,黎明返寓。睡至午初。饭罢,始出门拜年。夜晤郑兰庭。

初十日(2月25日) 阴。夜赴松筠庵消寒第四集,欧阳煦庵为主人,大醉而归。

十一日(2月26日) 霁。晨,葛鞠屏来。午后,门下士刘辑庭自津门来,新得练兵处文案事也。晚到厂肆,购得孙子授师七言联一事。

十二日(2月27日) 霁。晨拜年,到三邑馆公局请严子载、李玉洲诸公。午后到打磨厂大德通,为李紫老取银,代送各家,梅诗,晚归。夜,刘益斋招饮寓斋。返寓,寄河南信,三鼓后方卧。

十三日(2月28日) 霁。午前访邻居蜀人杜若洲德舆,因渠家有普通女学塾也。姬人拟就学洋文,渠家仅有东文,且家规不甚整肃,舍之。到东馆,顾康老、邹紫东招饮春酒,晤李橘农,谈及陕人某太史近将起服之期作到院之期,列名在马积生之前,余名一并误抑,不能不彻底一查。饭后到内城西南拜年,出城再访橘老。又往积生处,积老新病掌,邀余入卧内细谈。又往访吏部孙春园、刘伯良两同年,始知部中别有人上下其手,致名次颠倒。伯良云:"当细查更正。"二鼓后返寓。

十四日(2月29日) 霁。午刻,刘佛卿农部招饮省馆。申刻席散。再访马积老谈。上灯时过市上,灯火满街,远不及延庆灯市也。入夜风甚大。

上元日(3月1日) 霁。晨赴保和殿,侍王公百官筵宴班,同班周客皆前辈,余为支芰老代班。时近巳正,风日晴和,上自殿东北隅入宝座,殿阶内外皆可谛视。先奏满洲乐,次高跷、竹马、射妈虎子,次贯跤,次僧乐或即缅甸乐,次回回乐作打鬼状,又有高丽角斗,次滚狮子歌舞。毕,上仍自殿东北隅出,起居注官各退。出城,访郑兰庭,午前返寓。晚为李企庭写扇玉洲同年之侄。夜观灯,游市上。

十六日（3月2日）　霁。午前，马积生来。午后到厂肆、前门。晚点致美斋。夜观灯大栅栏而返。是日，顾寿初以筵席馈。

十七日（3月3日）　霁。晨到方勉老处陪宾，周其世兄啸霞汇吊也。午前到李玉洲处，送其南行，未晤，晤其侄企庭。又往松筠庵，与于海老、吴棣老、邹咏老、李橘老公请陆凤老、黄慎之、翁叕夫。庖人李姓治肴甚精美。抵暮返。夜在寓请客，客之来者陈煮泉、严仲麟、郑兰亭、吴叔海、刘辑庭。煮泉因有事未入座，先去。更余席散。天忽雨。

十八日（3月4日）　阴，大风。在寓，料理信件。晚，吴粹轩来见。

十九日（3月5日）　霁。晨，姚润吾来谈。午后游白云观甚畅，以燕九节游人反少也。晚为石壶丈事访李毓如，晤。夜赴湖南馆同年消寒五集，黄耕舆作主人。是日，冰叔祖老仆刘福来，年七十六七矣。上年其媳误传已殉洋兵之难，今始知不确也，一宿而去。

二十日（3月6日）　霁。午前，林贻书来，徐花农之世兄公泽、策伦、君数三昆季以弟子礼来见，余愧不敢当也。竟日在寓理信件。近患热伤风甚重。

廿一日（3月7日）　霁。伤风未愈。午刻，胡劭介、单傲生招饮三邑馆，辞之。晚，周纯甫、薛汇九来。余因胸怀沈闷，偕汇九同到南下霍茶棚眺远，薄暮返寓。

廿二日（3月8日）　霁。晨，江右张丹铭同年祖祺来，张上年自广西浔州府卸篆，谈及粤西遍地皆匪，良民夜不安枕，明时为羁縻地，自古失教养之术，故匪乱时时复发也，歔欷久之。午刻到省馆与咏春、药阶、兰楣、潘卣生公请同乡春酒，共三席，申正客散。晚，方勉老约往陪严劲丈饮。夜，关伯衡招饮醉琼林。闻江苏金山县沿海一带枭匪为患，心窃忧之。

廿三日（3月9日）　霁。晨访耿伯斋、王耜云谈。午前赴东馆，潘轶仲、朱寿人、秦心揆邀饮春酒，即与主人看竹。晚送严劲丈乔梓行。

廿四日(3月10日)　黄沙蔽天,日色澹青,不知又有何晦也。晨,郑兰庭来。晚,单俶生来。夜,葛鞠屏来。

廿五日(3月11日)　霁。午前到沈师母处,又会访徐花老谈。在寓,作奏折。陈煮泉招饮福隆堂,辞之。夜,吴棣仙来。

廿六日(3月12日)　霁而阴。晨,吴韵唐来,捷三同案之子,祝龄之弟也。刘子嘉前辈来谈。午后到观音寺升平楼茗憩。都下新设茶楼,且别有盆汤浴室,风气渐开矣。

廿七日(3月13日)　霁。晨,郑宸丹、沈筱眉、薛汇九来。午后持奏稿往刘子嘉、恽薇孙二公处。余宗旨在西南边防宜设专员,请设川藏总督而将川督改川抚,又请移云贵督为广西、云贵三省督,而将云贵督事并于云抚,颇为二公许可。薇孙命世兄恭孚翌日往余寓代缮封奏。

廿八日(3月14日)　霁。晨进城拜客,晤邹紫东、李渔江同年承沅,本名璜纶。渔江寓安定门内大格庵东国学后。午刻,敬子师招饮斋中,同座聂献廷、史康侯诸人。师出十余年陈绍酒供客,其两世兄出见,劝酒甚殷,尽醉而返。

廿九日(3月15日)　晨雪。恽恭孚来余寓缮折,余设酒肴款之。午前访支茇老谈。是日,严筱秋招饮东馆。夜,王寿山招饮福隆堂,均辞不赴。傍晚冒雪进城,访徐拙安,将折交汪苏喇代递。

三十日(3月16日)　霁。黎明进城,到西苑门递膳牌,未召见。出城,谢寿数家,到于海帆处谈,午前返寓。晚,张燮钧前辈来。

二月朔(3月17日)　阴。午前到编书处,晤魏芝农前辈谈。又到东馆赴耿伯斋、赵季迪招饮,与伯齐合局手谈。晚,冒雪访刘少岩谈。

初二日(3月18日)　霁。晨,丁震万、郑兰庭来。午后,支茇青、潘振馨来长谈。为孙师郑诠部题其先德子潇太史《把酒祝东风插出红豆词卷》。

初三日(**3 月 19 日**)　霁。晨,顾寿礽、史柏泉来。史为郑兰庭戚友托余致书潘子静观察,特来见者也。午刻赴便宜坊领津款,与同乡诸君饮。归而方勉老、刘少岩来,沈师母亦来。夜到汇元堂观德国电光影戏,虽明知为影片,而景中人全身皆动,能入水出水、能解衣穿衣,栩栩欲活,殊不可解。

初四日(**3 月 20 日**)　霁。五鼓入禁城,登中和殿,侍皇上阅祝版班。往西城玉皇庙,会访顾寿礽谈。午刻赴江苏省馆,全省京官团拜,饮福。晚会拜客,并到李均湖家为其尊人珠浦先生写神主。夜,聂献廷招饮松筠庵,为消寒六集。史康侯同年,余约之新入会。

初五日(**3 月 21 日**)　霁。在寓。午后,吴棣仙前辈招饮旌德馆,同座何润夫诸人,上灯后散。

马吉樟,癸未庶常。

丙戌五月二十日到院。

八月十一日告假回籍。

丁亥二月十六日销假。

乙未二月十一日告假省亲。

是年九月初八日丁父忧。

丁酉二月十二日接丁母忧。

已亥六月十六日服满到院。

历俸十三年一个月二十日　癸卯年十二月二十日止。撰文见缺日。

吴荫培,庚寅。

五月廿九日到院。

八月廿六日告假,措资。

十二月十二日销假。共三个月又十五日。

壬辰六月十一日告假回籍,是年闰六月。

十月廿四日销假。共五个月又十三日。

甲午十月廿六日告假省亲。

乙未二月廿一日销假。共三个月又廿五日。

戊戌七月廿三日告假省亲。

九月初一日销假到院。共一个月又八日。

历俸十二年九个月十九日癸卯年十二月二十日止。撰文见缺日。

张星吉,历俸十二年九个月又一日。

周孚谀,历俸十二年八个月又六日。

张云璈,选学家,著《选学胶言》。

汪端光,扬州人剑浮,举人。

录香安集　蒋立镛撰。

太和殿元旦朝贺班,朝服貂褂。

慈宁门元旦朝贺班,同上。

保和殿除夕筵宴班,蟒袍貂褂。

正大光明殿上元筵宴班,蟒袍补褂。

万寿朝贺班,蟒袍补褂。

皇太后万寿朝贺班,同上。

中和殿阅奏专班,朝服补褂。

太和殿阅册室班,同上。

太和殿册立班,朝服同元旦。

太和门阅册室班,常服。

御乾清门班,常服挂珠。

御勤政殿班,同上。

太和殿阅祝版班,南郊祈谷常雩三大祀,蟒袍补貂褂。

中和殿阅祝版版,祫祭,蟒袍貂褂,余常服补褂。

冬至天坛班,朝服貂褂。

祈谷坛班,同上。

夏至地坛班,朝服补褂。

三坛祈雨班,先农坛、地祇坛、太岁坛,雨冠素服。

太庙班,时享祫祭皆朝服补褂。上亲行。

社稷班,同上。

春分朝日坛班,朝服补褂,甲丙戊庚皆上亲行。

秋分夕月坛班,同上,辰戌、丑未年皆上亲行。

文庙班,同上。

临雍班,朝服侍班,上更衣后各官更蟒袍。

侍心殿班,常服补褂。

经筵班,同上。

先农坛班,朝服补褂。

观耕台班,蟒袍补褂。

十本引见班,常服挂珠。

太和殿侍膳班,朝服补褂。

出入贤良门新进士引见班,常服挂珠。

紫光阁马步箭班,同上。

箭亭技勇班,同上。

洞明堂勾到班,常服不挂珠。

懋勤殿勾到班,同上。

午门受俘班,蟒袍补褂。

恩顺,号子诚,兵部侍郎,住朝阳门内方家园,癸未翻译翰林。

汪文,号道周,户部,安徽人。

吴祝龄,吴韵唐,兴让举人,皆捷三茂才子。精算学,通西文电学。

李子深,浚,宝坻人,癸卯举人,癸未进士,礼部员外,住东南院。

杜若洲,德舆,户部,四川叙州人,子铜士,本∞邻居。①

陈吉人,山东人,瑞蚨祥友。

李渔江,原名璜纶,改名承沅,庚午直解元,住大格巷东国子监后巷。

金子材,保榷,广东汉军举人,徐花老门生。

朱子明,朱益斋同年之子,江苏知县。

冯松生,如京,梦华廉访之子,河南知县。

蒋范五,履福,英生之子,汝华亲家胞侄,豫章学堂西教习。

陈文锐,字澕峰,陕西人,原籍江苏。

刘庆卿,益玲斋掌柜。

施兆麒,号懋君,丁酉举人,贵州知县。潘经士席上。

陆培余,号载礼,长芦盐大使。潘经士席上。

唐忠行,号景岩,壬寅举人。潘经士席上。

管锡仁,号寿臣,常州人,山东临淄县知县。

严隽照,号子载,又号劭光,子明之堂兄,贵阳府。

骆幼韶,名学焜,振古斋东,辛卯门生,济宁人。

夏丽笙,嘉兴人,官江苏省,能医。

言晋生,常熟人。

沈桐,号凤梧,浙江德清人,原籍广东。

胡金淦,号丽伯,宝应人,庚午年侄,乙未进士。

韩养田,汇源执事,通州人。

宋开敏,号汝成,山东知县,宋寿阁子,候选知县,三邑同乡,住济宁州。

济乐农,澂,寓东城宽街北狮子∞。

蔡轶南,曾卿弟,光禄寺,丹徒人。

方荣阳,客申,□石之孙,浙江知县。

---

① 特殊符号"∞"疑是"胡同"的简写,待考。

严小秋、侯心伯,均源丰润友,苏人。

凤琴,德春小乐之徒,陆姓,本京人,十三岁。四座风生,亭亭玉立。

韩耀庭,恒裕□印结友,本京人。

端午樵刻,名岐。

墨缘汇观,安仪周所藏书画。

传御者,铁门车厂,广益公门前。

穆,向在吉之长,杨梅行斜街干果店。

黎、李,萃文斋,大神庙。

李殿奎,住烂面∞车厂,与江苏馆看厂人张姓相熟。

李永兴,车夫,顺兴店,左安门外,虎坊桥东路北,大红门人。

吴荫培日记·十六

四月十七日（1904年5月31日）游大梁吹台。

九月十四、五日（1904年10月22、23日）游西山，十六日（10月24日）游化阳、黄连两洞。

十六

甲辰仲春初六日（1904年3月22日）后日记，十月初九日（11月15日）止。

甲辰二月初六日（1904年3月22日） 霁。晨到厂肆、前门。归而得奉旨派充会试同考官之报。午后访恽薇孙，不遇，以上年日记簿及折稿假示。进城，晤陆凤老，因其新得总裁也，贺之。出前门，发电于局，上灯时归。起折稿，本署刘供事在寓，为余灯下写折。夜，钩稽各帐。二鼓方就枕。四鼓时，有梁上君子自太平馆升屋降庭，将推窗入室，为刘仆驱之而遁。

初七日（3月23日） 丙辰。五鼓进内城，赴西苑门候折，未召见。晤裕寿田中堂、张冶秋尚书、陆凤老、戴少怀侍郎四总裁，同入勤政殿阶下谢恩，行免冠碰头礼，以讲官亦内廷之臣也。礼毕，顺道赴京府治中署，访孙枚生同年寿臣谈，同在京师彼此不知，近以管士一前辈函告，并假我《山东齿录》，故特拜之。午前出西城，返寓。饭后到李均湖家奠其尊人。又拜客，晤钟香樵同年、关伯衡太史。傍晚归，为本署撰册命、诰命文三首。

初八日(**3 月 24 日**) 霁。驱车东、西、北城拜客,晤王筱东、秦心撰、张冶老、庆胙生、铭鼎师、王劼农。竟日行三四十里,疲乏甚矣。

初九日(**3 月 25 日**) 霁。王丹撰同年来谈。午后在寓请客,张丹铭、孙孟延、刘佛卿、于海帆、吴棣仙、邹咏春同席,上灯后散。

初十日(**3 月 26 日**) 晨天阴微雨。会访同事,晤戴少怀前辈。顺访王苹珊同年谈闹事,因苹翁上届亦充是差也。午刻,裕寿老招饮聚丰堂,同座张、陆、戴三公、傅梦岩兰泉、王筱东会鳌,皆同充会房者,汇商一切。铁路驻京办孙麟伯观察钟祥以片来招呼,自本月十八日起以头等火车免票送各考官至河南彰德府,分三期行。晚与诸同事集同丰堂。夜到源丰润。

十一日(**3 月 27 日**) 霁。晨,汪兰楣、程孟常蓼阁同年之世兄也,桐乡人来。午后,徐花老来。出门会拜客,晤何润夫前辈。到西北城。夜往源丰润翁树言手汇银。人马乏极。归而吴棣老来。

十二日(**3 月 28 日**) 霁。晨,沈筱眉、祝荫庭来谈。午前,报喜人至吏部,奏补新设撰文二缺,余与马积老皆蒙硃笔圈出。名次在前者有二人,竟免翻牌,殊可异也。写家书及河南李、曹各书,发邮。晚访吴棣老,兼晤于海翁,斟酌一切。海老为余代拟谢恩折稿。余又访刘伯良、王耙云同年、郭春榆侍郎,均晤谈。夜,陈香轮饯饮寓斋。

十三日(**3 月 29 日**) 霁。晨,单傚生来谈。在寓,料理各事。午后为孙师郑吏部写余前所题《子潇先生双红豆图诗》于卷。晚到市上。本署谢恩折刘供事仍来缮写。是日,陈子砺招午饮寓斋,刘少岩招夜饮宗显堂,皆辞之。

十四日(**3 月 30 日**) 霁。黎明赴西苑门谢恩候折,未召见。访紫东不晤。出城,到孙中堂处以红白二帖并投,所谓换帖也,以后但用红帖矣。是日,两见孙燮相,一在西苑公所,一在寓中也。午后,沈筱眉招饮嵩云草堂,余已却其柬,主人仍固招,只好赴之。顺会河南同年王子蕃大令锡侯。归而支芰老、方勉老来谈。夜到汇源平银,将庚午公款直年事托汪范卿司之。

望日(3月31日)　霁。晨往东馆，三邑同乡公饯之局，客则凤老及余二人，作主人者十七人，顾康民、邹咏春、邹紫东、汪药阶、兰楣、汪范卿、潘经士、潘仲樵、潘田笙、秦杏衢、胡劭介、单俶生、潘铁仲、朱寿丞、徐君善、严小秋、葛鞠屏也。余与范卿、铁仲、寿丞手谈竟日。晚到厂肆购书。夜归，方勉翁以南安鸭、川冬菜、杏粉鸡松馈。是日，韩养田招饮福隆堂，辞之。

十六日(4月1日)　阴，风甚大。在寓束装。午后，袁桷生来。晚到长发厚。是日，收到芦汉铁路局头等车免票。

十七日(4月2日)　霁。晨，紫东来送行。庚午年家董捷臣通守来见。标，文安人也。在寓，摘抄恽薇孙上年《汴闱日记》。晚，万苪生来。夜，葛鞠屏来。黄昏后束装毕。

十八日(4月3日)　阴。黎明即起，登舆，赴前门车站，同事九人、监试二人偕行。卯正三刻发轫，瞬息过西便门。已刻达保定府，杨莲夫方伯士骧率各属员到车站相晤，并以肴点馈。午刻达望都。未刻达正定府，渡泸沱河铁桥，改由驿路之西道行，经元氏、高邑、临城三县达内丘，仍归驿路。戌初到顺德府，下车赴南关外行馆宿。是日，计行九百里，轮轨摇撼，竟日衣冠，不胜其苦。邢台县戚大令朝卿以行馆四处分迓余等。余与萧漱笙、龚怀西两太史同居一馆，刘仆父子及徐、杨两仆四人从，杨少泉同年一仆亦托余代携返汴。火车赏茶房一洋，诸公皆同。

十九日(4月4日)　霁。黎明到车站，诸同事、监试等已先到，四五人一房，分班坐定，余与怀西不特，车无隙地，抑且舆无可容。方惆怅间，忽晤隔房顾亚蓬太史挈伴返汴，另让出一房，行李及舆亦勉强上车，而铁轨已发矣。此由车站中人办理不善，既以免票送人，暗中又将票出售，以至试官、举子混杂一车，殊可骇也。辰巳之间过邯郸、磁州。午初过漳河。达河南彰德府时，余内兄李紫珉作宰安阳，已相迓于车站矣。安阳城外田畴饶沃，麦秀黍油。入北门，至钟楼南行馆。紫珉两次来谈，知延津一带夫马不备，万不能十一人同行，遂定两监试及同事五人明日先发，余与阎芷生同年、萧、龚两太史廿一日就道。

廿日(**4月5日**) 霁。晨，紫珉来谈。午后赴学使试院前一游。晚，行馆门外有迎城隍赛会者，满街灯火，始知今日清明也。夜，紫珉使者来约，俟渠明早送行后始发，并以肴点馈。旧仆岳珊在彰德，紫珉力劝余携汴，允之。

廿一日(**4月6日**) 霁。辰初发彰德，紫珉又来，送出南门。已正将达汤阴县。道旁见周文王羑里城石碣，距此半里为周文王庙，其右为演易台，谒罢即行。进城北门，尖于行馆，邑令周献芝来见宝琛，山东济宁人。饭毕，同人诣岳王庙拈香，遍读两《出师表》及古诗石刻。笔如游龙，生气拂之。晚出西南门城外南郊，又谒嵇侍中祠。晚宿宜沟驿，即以行宫为行馆，宽敞之至。自彰德至宜沟驿计程七十里。

二十二日(**4月7日**) 雨。晨发宜沟驿。是处为子贡故里，村外有祠，余冒雨谒而行。已刻过大赉镇，一路沿淇水行，清波可鉴。过高村桥，水激石响，奔若怒涛，尤令人荡涤俗念。同事阎芷生同年不耐久行，遂自尖于村店。晚宿淇县，进北门，赴城南行馆。同乡胡丽伯大令金淦新摄篆于此，余素识也，相见欢然，并于例外加馈肴馔。夜雨仍不止。自宜沟至淇县计程五十五里。

二十三日(**4月8日**) 晨起雨止即霁。发淇县，出南门。已刻过顿坊店。午刻过太公望故里，碑道旁有太公祠，已近荒废。未刻到卫辉府，北城外市集极盛。过卫河及运河即达城脚。进西门，赴试院宿。卫辉府国心斋荫、汲县裘季青祖谭来见。饭后，询比干庙墓，知在北门外十二里，距驿路不过三里，而自考棚出城，往返共三十里。余遂鼓兴策骑往，同人不欲去，因时已薄暮也。出北门，甫及郊外，仅能辨色。问途，过玉皇阁，至比干庙。进谒，庙后即墓，有"殷比干墓"四篆书石刻，相传宣圣手笔，明人作文以为确凿可证，究无实据也。庙庭有乾隆御碑，其余碑碣甚多，一一携灯读之。略购数种，并饬道人假二灯作导，行至北郊行馆中，迟者亦至。返考棚已十钟后矣。饭罢即卧。自淇县至卫辉府计程五十里。

二十四日(4月9日)　霁而阴。辰初发卫辉,出南门,国太守、裘大令均相送于南郊。巳刻过五端铺。午刻尖塔儿铺行宫旁,墙外有塔,不知何寺也。申初到延津县。入北门,赴行馆宿,知县不来见。余通家周贡珊大令近署滑县,距此一百十里,三日前到此相迓,晚来馆畅谈而去。自卫辉府至延津计程七十里。

廿五日(4月10日)　雨。今日应宿新店,为祥符县境,距延津六十五里。一路无尖头处。庚子年銮舆过此,另由封丘县行。上年恽薇老亦托延津令致书封丘,始有供给,然系不办差也。余因延令不见,无可商榷,候吏促行,遂舍封丘一路,而竟日冒雨行旷野中,饥寒交迫,苦不胜言。傍晚,祥符县舆夫来接,名为三班,实仅五六人,其一瘾深而疾,少顷逸。登金堤行,过金龙宫,有旅店可作茶尖。时已近酉,前站行李车均已远去,万不能宿此,遂勉强就道。舆夫蹩躠,到处泥途,天地昏黑,雨仍不止,不得已停舆堤畔待之。幸刘仆已前去,八钟后始挈灯夫两人来。闻前路距新店尚有六里,缓缓循金堤行。十钟时始达宿处,即行宫旁廨也。是日,险极苦极,皆延令、祥令办差不周之咎,如取道封丘城,即使自尖自宿,何至竭蹶若此耶! 因书以志行路之难。自延津至新店计程六十五里。是日不知行若干里。

廿六日(4月11日)　霁。新店在金堤北。晨再登金堤而下至黄河滨,与同事衣冠恭祭河神,行二跪六叩礼,即登舟南渡。午刻抵开封省城北门外,府县均差接。陈筱石中丞、熙菊彭阁学率司道以下诸人在馆驿设黄幄跪请圣安,余北向会云:“圣躬安。”遂与诸公一揖入座,作片刻茗谈而出。入北门,向东南行,过铁塔下约行一里许即达贡院。知贡举熙阁学等迎于至公堂,降舆,具宾主礼,进茶点三道即起,仍升舆,入内帘,与蔡燕老诸君晤,拜内监试、内收掌诸人。余居东经房第二,每房三间,庖厨在对室。房外有行廊,院极宽敞,以行篱界之。每一房司厨一人,司点一人,司杂役一人,余携五仆入闱,上下共九人,可谓热闹矣。是日,知贡举送翅席上中两桌。饭后,登文明堂聚奎楼,又游总裁堂。归房部署一切,尚觉适意。监试、收掌诸人均来会。晚写南北家书,明日寄省邮局。自新店至开封府计程廿五里。

廿七日(**4月12日**) 阴。晨再登聚奎楼瞻眺。午后雨,遣听差持帖至两知贡举、两司道、首府县处会拜。补作《汴轺纪程诗》。与同事诸公彼此过访。

廿八日(**4月13日**) 阴。始用蓝笔。午后访忠精一、王劭农两监试谈。略写酬应斗方。是日,二班诸同事到。

廿九日(**4月14日**) 雨。拾理求书之件。午后会访西经房诸同事。刘伯良同年今午始到,因在顺德上火车时为西人所阻也。晚仍写酬应字。

三十日(**4月15日**) 阴,午后又雨。晨写南北家书并玉雨叔书,发邮局。仍赶写酬应字。晚访宋金坡、秦少鸿两收掌。宋,庚午同年,此邦太守也。

三月朔(**4月16日**) 阴,午后时雨时止。四主试入闱。傍晚先来拜,并晤谈,即衣冠往会之。

初二日(**4月17日**) 时阴时雨,甘霖已足,仍不放晴,颇深顾虑。连日赶写酬应字,手腕乱脱。姚释筼侍御持其同乡于海帆观察沧澜《前方僧相图册》属题。晚,宋金坡、秦少鸿来谈。

初三日(**4月18日**) 雨小而仍不止。除写字外无别事。午前偕萧漱筼到裕寿老、陆凤老处谈。夜灯下为于海帆题册,效冬心三体诗三章。

初四日(**4月19日**) 始霁。午前偕王筱东、萧漱筼到张垫老、戴少老处谈。是日,各堂各房均写酬应字,有应接不暇之势。余为裕寿翁写所送庆邸、枢庭纨扇金面,作蝇头细字,尚能著笔。晚又登聚奎楼远眺,聊拓心胸。夜,何仲轶、孟玉双来谈。

初五日(**4月20日**) 霁。晚写蓝笔大字。是日,食苏式鸡肉汤包,又以南腿清蒸鸡笋江瑶,味美无比。夜,姚释筠来谈。

初六日(**4 月 21 日**)　霁。午前到裕寿老、陆凤老处谈。是日,虽写酬应字,略图休息。晚到西经房各处谈。

初七日(**4 月 22 日**)　霁,天气炎热,只御一棉。午初赴文明堂与同事接晤,裕、张两主试挈各房签。余因熟于此事,公议不挈签而归,一房同人有作揖相贺者,殊无谓也。返房写墨笔酬应大字,挥毫已十日,尚不能了,殊觉心厌矣。

一房,吴。二房,何作猷,仲秩,广东香山,戊戌。

三房,关冕钧,伯珩,广西苍梧,甲午。四房,姚舒密,释筠,山东巨野,甲午。

五房,赵启霖,芷生,湖南湘潭,壬辰。六房,刘廷琛,幼云,江西德化,甲午。

七房,傅兰泰,梦岩,蒙古正黄,甲午。八房,阎志廉,芷生,直隶安平,庚寅。

九房,赵从蕃,仲宣,江西南丰,壬辰、甲午。十房,王会釐,筱东,湖北黄冈,甲午。

十一房,李稷勋,瑶琴,四川秀山,戊戌。十二房,孟锡珏,玉双,顺天宛平,戊戌。

十三房,龚心钊,怀希,安徽合肥,乙未。十四房,王兰庭,畹香,安徽六安,戊戌。

十五房,萧荣爵,漱篸,湖南长沙,乙未。十六房,刘元弼,伯良,湖北谷城,庚寅。

十七房,蔡金台,燕生,江西德化,丙戌。十八房,袁励准,珏生,顺天宛平,戊戌。

初八日(**4 月 23 日**)　阴,午后又雨。是日,戌初接得题纸,论题五:周唐外重内轻、秦魏外轻内重各有得失论苏轼《上皇帝书》、贾谊五饵三表之说，班固讥其疏，然秦穆尝用之以霸西戎，中行说亦以戒单于，其说未尝不效论汪中《贾谊新书序》、诸葛亮无申商之心而用其术，王安石用申商之实而讳其名论王船山《读通鉴论》、裴度奏宰相宜招延四方贤才与参谋议请于私第见客论《通鉴辑览》、北宋结金以图燕，南宋助元以攻蔡论同上。

初九日（4月24日）　霁。酬应字始近写毕，尚有余波，未能了也。

初十日（4月25日）　晨又雨即霁。写墨笔酬应字。晚到忠、王两监试处谈。

十一日（4月26日）　霁。前在安阳喜晤内兄李紫珉大令，曾作四律以小行楷书于纨扇，俟闱后赠之。上灯时接到二场题：学堂教育宗旨、教农、泰西历史外交、日本埃及用外人得失利弊、美国禁止华工援公法驳正原约。

十二日（4月27日）　霁。仍写酬应字。晚，监试处始送来试卷。夜阅直隶卷五本。

十三日（4月28日）　霁。午后上堂荐四本，以后统在房阅。是日，阅直、鄂、晋卷卅五本。

十四日（4月29日）　雨。阅直、豫卷廿五本，荐八本。三场题：《大学》之"道一"节、"中立而不倚"、"致天下之民"至"各得其所"义三篇。

十五日（4月30日）　霁。阅豫、奉、满、蒙、汉、秦卷卅一本，荐八本。

十六日（5月1日）　霁。阅陇、豫、山左卷卅四本，荐十二本，得山左卷一本颇好。

十七日（5月2日）　霁。阅皖、浙卷卅五本，荐八本，得皖、浙两卷颇好。晚到忠、王两监试处谈。

十八日（5月3日）　霁。闻各房荐卷数甚多，余按收卷簿挨阅，随荐随黜，阅卷旧章亦不得不改从新法，遂提佳者先荐而置中等卷于后,惟须多阅一过耳。是日,阅浙、粤东、蜀、闽卷十八本,荐十六本。得闽光廿六号佳卷,与同人传观,无不击节。到裕、陆二老处谈。

十九日(5月4日)　霁。阅闽、湘、江左、粤西卷十四本,荐四本。因监试监刊上年乡试覆试题纸封门,下午不能荐。闽佳卷有"权""奸"二字过火,与同事王筱东谈及,遂酌易之。

二十日(5月5日)　霁。阅滇、黔、粤东卷八本,连昨阅卷共荐二十本。以后仍按卷簿挨阅矣。是日,又阅粤东、蜀卷廿五本,得粤东路五九号佳卷,的是古文作手。

廿一日(5月6日)　霁。阅蜀、闽、湘、黔、江左、粤西卷六十五本,荐四本。是日,黜多陟少,故发落较快也。

廿二日(5月7日)　霁。阅黔、滇卷七本,连昨阅卷共荐八本,通共阅卷三百零二本,计上堂卷九十二本。午后如释重负,偕王筱东到四堂、二监试处谈。自十三日起昕宵伏案,无时休息,每夜只睡两三时,疲乏极矣。是夕,洗足早卧。

廿三日(5月8日)　霁。阅二场卷二十本。

廿四日(5月9日)　霁。阅二场卷廿五本,荐二十本。近日早卧早起,饭亦提早。

廿五日(5月10日)　雨。阅二场卷廿六本,荐卅六本。

廿六日(5月11日)　阴雨,微霁。阅二场卷廿一本,荐卅六本。二场已荐卷事毕,阅二场补荐卷。

廿七日(5月12日)　霁。补荐卷两套,三场卷四十本。午前往裕、陆二老处谈。

廿八日(5月13日)　霁。五鼓起,竟日阅三场卷五十四本,已荐三场卷均阅讫,诸事皆毕,只有二三场遗卷矣。夜,洗足休养。

廿九日(5月14日)　阴。黎明起,搜遗半日,得湖北卷两套,补荐一套,因次论忽用时事之不切者,遂摈之。午后到两监试处,又与萧漱篔同往西经房遍访诸人。晚,天又雨。夜再拨备荐卷遗。

四月朔(5月15日) 雨。晨补荐卷三套,皆备卷中检出,共荐九十八套,自以为无遗憾矣。此次因监试将各房荐卷次序移置甚多,试官造诣不同,眼界不同,荐卷次序各房自有权衡,设彼此误投,不免多屈矣,此本无关情弊且通例也。以致大堂张冶老处余荐各卷大半凑数。四堂并荐四卷,例不能增减,设得佳卷三本,其一只好凑数矣。凤老来字云,堂上欲均匀房卷,不免为难。余云,吾辈陆庄不必计,惟考生功名关系至重,万不可迁就耳。夜为王筱东详阅一江苏卷代拟评语,并商定补荐。三鼓后腹痛大作,继以吐泻,服建曲而愈。

初二日(5月16日) 霁。阅落卷十之七。晚,明堂发出余房荐江西学二七卷,文境甚高。夜往访戴、张二老谈。

初三日(5月17日) 霁。圈房首卷一套。午后与萧漱赟往西经房访诸公。晚阅落卷,全数毕,交收掌处。闻筱东处补荐大堂江苏卷已中,甚喜,究不知何人也。

初四日(5月18日) 霁。为堂上写进呈一二场题纸。午后再到西经房。晚往裕、陆两处谈。夜,大堂发中卷六套。

初五日(5月19日) 阴。晨,大堂发中卷三套,明堂又发中卷四套,连房首卷共五套。午后,正堂发中卷四套。此次共中十八本。写房首进呈卷、批圈中卷三套又乙本。

初六日(5月20日) 阴。圈中卷九套又一本。晚,天又雨,两收掌宋金坡等来告十四日赴至公堂琼林宴,因试官人数多而闱中显轿不敷,各房须分三班接送,请余定先后次序。余谓内监试当先出、次同考、次总裁,返则先总裁、次同考、次监试,必如此宾主之次方为不紊。

初七日(5月21日) 阴而微霁。圈中卷四套。晚交代各事均毕。到收掌、监试处谈。

初八日(5月22日) 阴。中卷又发下,写批。晚写批十套。天又雨。

初九日(5月23日) 雨。写批七套。午后渐霁,宋、秦两收掌来谈。晚访四主试,均畅谈。夜,凤老处送来草榜,余为广西恭四四卷添改、涂改不符，到戴少老处斟酌一切。是日，各堂发下落卷。

初十日(5月24日)　霁，天气热甚。录落卷堂批于簿。午后，四主试便衣来谈，各事圆满。晚到西经房访同事。夜早卧，甚适。

十一日(5月25日)　霁。晨为紫珉画纨扇，俟到安阳时贻之。午后到四主试处。晚阵雨，竟日写酬应字，至五钟后始毕。

十二日(5月26日)　霁。辰刻登文明堂。是日写榜，一切规模与京师同，惟东西分两案写，一自六名起，一自堂百三十七名起，为小异耳。午、晚均回房饭。二鼓后写五魁毕，送榜出内帘，诸试官同散。

十三日(5月27日)　霁。晨起，曹邃老、殷柯庭来，知贡举熙菊彭瑛、供给所黄观察坦原履中、候补令罗俊卿智杰、颜伯秦缉祐、提调李资深俊、聂献廷宝琛均来。乙未荐卷谢大令芗初绪绸亦来见。午后出闱拜客，有一伞二勇相随，炮声隆隆，诸试官仪从一律。是日，晤陈筱石中丞、曹邃老，余客均拜而未见。晚到开封府幕中，访旧友周贻谷谈。

十四日(5月28日)　霁。晨，胡观察海帆翔林、同乡冯太守松孙娄生、俞大令述之继曾、蒯大令希彭钱、韩大令秀山兆瀛、胡世兄竹楼凤苞、丽伯之子来，均晤。午前赴至公堂恩荣宴，礼节与闽省同。午后拜客，晤熙菊彭。夜，同乡刘大令恺臣瑞霖来，亦晤。

望日(5月29日)　霁。晨，陈太守敬庵文熙、周太守兆麒、张大令佑佛永楫、王季樵学□锡蕃来，均晤。午前出闱拜客，晤庚午同年孙京卿佩南葆田，现充大梁书院山长。未初到江苏馆公宴，主人为两知贡举及汴京诸当道，戏多昆剧，不料于客中见之。夜再访周诒老于开封署。是日，却刘馈金百两，又俞馈金三十两，余此行非为张罗起见，无端之惠不敢当也，却则心安理得矣。

十六日(5月30日)　霁。晨，新门生冈生道来见，滇人也。本科荐卷路生承熙亦来见，黔人也。午前拜客，江苏同乡诸人公宴招饮江苏馆，曹邃老为主人，戏不如昨而宾主分明，余坐至上灯后返闱。夜送同事四人明早先行，余写家书托龚怀希携京。

十七日(5月31日) 霁。晨,王储道仲裴维翰、张介侯屏垣,其尊人名海鹏,余庚午同年、郭苙臣懋忠、周诒老来,均晤。苙臣约余同游二曾祠,诒老并偕往。祠中有瓣香楼,傍湖新筑,又有光绿亭、叠波亭对立,波天通以略约,苇塘弥望,万户砧声,汴中第一胜境也。曾祠之西北有高埠,俗呼为龙亭,乃宋龙德宫旧址,今为真武观,下通一堤,堤左右皆湖。曾祠瓣香楼与龙亭遥遥相对。真武座下有龙墩石,闻尚是宋物。游毕,出南门,折而东,过繁塔下,游古吹台俗名禹王台,地小不过一墩。前立古吹台坊,后建御诗碑亭,当事者驻兵于此。小坐僧房,苙臣出糕饵供客。又北行里许,过黄、田两家花园。黄园有达官假座,略游即出。苙臣邀入田家园小饮。晚入宋门,游相国寺,抵暮返。胡竹楼为乃翁丽伯事又来。夜送聂献廷行,寄家书并会访冯嵩孙谈。

十八日(6月1日) 霁。晨到张、陆、戴三公处谈,即送其明日北行也。云南荐卷秦生康龄来见。收掌宋、秦二太守亦来。午后拜客,晤孙佩南、郭苙臣。苙臣出自制酱鸭作面相饷。食毕,会访蒋焕庭,返闹。夜,胡竹楼来。

十九日(6月2日) 霁。同乡陈直牧子俊土杰、刘大令湘云、吴洁卿大蕴、祥符高同年从甫择善、候道吴阛生蓊、王渭臣梦熊,壬戌同年、吴方臣肇邦、于海帆沧澜来,均晤。写酬应字。午后,曹邃老招饮衙斋,同座皆同事诸人。夜,始便衣出门,浴于河道街肆中。

二十日(6月3日) 霁。晨,孙佩南、张佑佛、周诒老来。为王仲裴观察写纨扇。午后访王仲裴谈。曹邃老约往二曾祠清谈,静憩瓣香楼半日,萧漱云亦来,傍晚散。天气炎热,购夏衣于市中。腹疾忽作,遂返。是日,冯松孙招饮寓中,辞之。

廿一日(6月4日) 霁。晨,殷柯庭来。写酬应字。午后便衣出门,到河道街书店、街肆中访书画,购得田山姜集四册,又见宋牧仲家藏国初书札,索值甚昂,舍之。夜到蔚盛长汇银,又访周贻老,以十元留别赠之。

廿二日（6月5日）　霁。晨在闱中。午后到各处辞行，晤曹邃老长谈两时许，他处不及拜会矣。过城南旧五龙宫，瞻赵太祖卧像，在神座后，薄暮归。夜风雨大作，祥符令孔繁洁、蒋焕庭来。部署行李，至四鼓方卧。

廿三日（6月6日）　阴。晨，冯松孙、郭荩臣来送行，均晤。八钟升舆，出北门，陈中丞以下诸当道均在城外寄请圣安，一揖而别。除实任诸公外，张佑佛、殷柯庭、于海帆、吴方臣均相陪送。午刻渡黄河，未初抵新闸宿。

廿四日（6月7日）　霁。辰刻发新闸。午前过东顶。未初过黑树寨怀庆府阳武县境。申初宿延津县城内行馆。偶游儒学，学师窦石生麟祥出见，丐书便面，余允之。窦，陈州人，询陈州事甚悉，以《庚午齿录》事托之。延城东南隅有石鼓堂，一石鼓甚小，不知何年物也。延令韩厚瀛仍差接。

廿五日（6月8日）　霁。辰刻发延津。已刻尖塔儿店。延津县境行宫之旁有广唐寺，甚小，而有《唐酸枣县建福寺界场记碑》，书法继隋后而开唐前，颇似刁遵笔意。晚宿卫辉府试院，汲县裘令病，国太守新斋萌来见，即往会之，未晤。顺道登明潞王台，俗名望京楼。同人谢不能从也。

廿六日（6月9日）　霁。辰刻发卫辉府，国太守送于西门外。午初即抵淇县，同事寓行馆，胡丽伯延余居衙斋东书房，殷勤之至。晚与梁世兄次丰凤苞同游唐叔祠、殷三仁祠、儒学，晤学师祥符程礼岩，托书纨扇。

廿七日（6月10日）　霁。晨发淇县。丽伯初约余游辉县之苏门山百泉，余以相隔百里驿路不便辞。丽伯谓淇县城西三里外有太和泉似尚可游，余遂迂道前往。泉本伏流，上有龙王庙，下潴为池，他无所异。午前道经高林桥。炎威殊不可当，小憩水滨而行。未刻抵宜沟，宿行宫旁。余以游太和泉，独自迟行，同事先到半日矣。

廿八日（6月11日）　霁。黎明发宜沟。已初尖汤阴县城中，周大令宝琛差接。午刻抵彰德府，紫珉大令先期函约居署中。署右即安阳儒学，有近圣居，厅事颇大，绿阴蔽天，主人乔梓竹林出见，延余宿此，接餐适馆，宾至如归。同事则另住行馆。午后到上房，见舅嫂夫人及二内侄媳并内侄孙等，彼此行觐礼。晚到行馆，晤诸同事。又到城西大寺观明人所绘诸神像大轴，或云吴道子手迹，未确。是夕，令刘、徐两仆送行李随萧漱云返都，余因主人固留，拟信宿三日。

廿九日(6月12日)　霁。晨与镜如、桂生两内阮、署友曹达夫、唐秋帆驱车同出北门，行五里许，至洹水上有张氏园，主人天津业盐者也。有浴室供客，余试之，纳凉绿树阴中，心身一畅。进城与诸人饮于吉星园，肴亦精美。午后返署。晚，署中发审委员刘大令正谊来见，庚午年家子也。夜卧，为百蛉虫所困，竟不熟睡。

三十日(6月13日)　霁。为署中诸人写酬应字。午后入上房辞别。晚散步，过安阳学即返。夜，唐秋帆、曹达夫招饮署中。二鼓后部署行李，四鼓始就枕。

五月初一日(6月14日)　晨束装待发，天雨留客，竟不能行。午后霁，不及就道矣。晚与曹达夫赴城东南，访昼锦书院，为韩魏公旧宅，其西即公祠也。

初二日(6月15日)　霁而后天凉。晨别紫珉，发安阳，岳仆仍随行。出北门，过安阳桥，渡洹水，镜如、桂荪两内阮及同乡席蓉孙揖别于河梁。四十里尖丰乐镇，亦安阳境，主人遣价具、早饭相迓。是镇人家村树，气象郁葱，有纯庙御诗碑亭。过镇北行，即渡漳水，为直豫分界处。三十里达磁州。一路绿树阴浓，道旁见阿瞒疑冢二。午刻进磁州南门，宿皇华馆。晚游城中行宫、书院及崔府君庙，又出西门观城濠一带荷塘。闻往日甚盛，今则凋落矣。返行馆，州牧李兆珍来见。

初三日(6月16日)　霁而阴。晨发磁州。出北门，杨柳长堤，旁通滏水，稻田弥望，大有赵北口风景。二十里过杜村，为汉杜高故里。又十里过车骑关。又五里，牡牛河旧址，有崔府君古庙，门前有泥马居人诏印，康王南渡即此河也。又卅五里尖邯郸县南门外，邯令吴鸿祺差接。饭后即行，询赵武灵王丛台在城隅东北，亟趋访之。地势甚高，能览全城形胜。出北门，行数武，天忽大雨，道旁有接官亭，祀蔺相如、廉颇诸人，遂往避之。少顷雨止，仍行二十里到黄粱梦境。有吕祖祠，入门有水亭，四围种荷极盛，惜未开耳。祠后有卢生卧象，祠左右皆行宫。天雨又至，不及久留。行廿五里，宿临洺关，永年令曹琳差接。

初四日(6月17日) 霁。晨发临洺关，三里道旁有冉伯牛故里碑。又十二里过褡裢店。是地居民以织褡裢布为业，余购毯乙大幅，值一千二百文。又二十里自尖沙河县城内茶家。一路踏沙而行，往县学及学堂一游。二十里康庄。又十五里抵顺德府，进南门，由大街出西门，宿客邸。因明日上火车，不入行馆，邢台令戚朝卿差接。余进城，访铁路委员茹大令泽民临元，未晤。顺道游郡学、学堂，又出北门郊外五里，访豫让桥。自南门至城中鼓楼，市集颇盛。学堂在北门内，规模宏整，有潘姓出见，吴人也，向在吴晓沧广平府幕，今为堂中司事。余返客邸，茹大令来见。闻顺德守梁丹铭亦来访，再进城会之。上灯后返邸，写安阳书，明早遣岳仆返，余从行者只杨、刘二人而已。

端午日(6月18日) 霁。黎明登头等火车，遇茹大令同行，茹因事赴保定也。巳正过枕头，距正定府卅里，停车一刻，途遇何梅阆。未刻过保定府。申正过良乡县，于晦若来附车。酉初抵京。上灯前返寓。

初六日(6月19日) 霁。在寓，检视送人物。晚候刘供事写请安折，不至。二鼓后挑灯自写，即进城到景运门递安折交奏事处，四鼓时仍返寓。

初七日(6月20日) 霁。黎明到景运门朝房。巳初蒙二圣召见，奏对约历时两刻。始出城，到便宜坊与同乡诸公饮，并分印款。

午后返寓,新通家胡家钰、李寿祺来见。

初八日(**6 月 21 日**) 霁。在寓,新通家马步瀛、陈宗蕃即前年闽闱所中、沈钧儒、宋名墇、龙建章、闵道庄、阿兰、邓隆、张其锽、林世焘、又本科新中闽道通家方兆鳌、李景铭来见,共十二人。又顾寿礽、龚怀西、聂献廷、刘翰臣佛卿农部之世兄亦来谈。上灯时会客始毕。

初九日(**6 月 22 日**) 霁。竟日进城拜客兼换帖,晤徐颂师、铭鼎师、蔡燕老、刘博老。晚饮于福全馆。

初十日(**6 月 23 日**) 霁。拜客,晤戴少老、徐花老、邹咏春、沈筱眉,返寓。午后进城拜客换帖,晤陆凤老。晚,史康侯同年招饮寓斋。

十一日(**6 月 24 日**) 霁。在寓,新通家徐培、欧阳鼐、程叔琳、林振先前年闽闱所中均来见,唐六英、陈梦卜、李春卿亦来。

十二日(**6 月 25 日**) 霁。浙江新中翁兆麟,号宇清,以门生礼来见,唐六英之内兄,即其所引进也。午后外城拜客,晤刘正卿、余子垕、李实斋、郭筱陆。晚,李春卿同年招饮消夏集于粤东馆,赵芝珊、范赞臣新入会,王苹珊外放,吴莲溪丁忧,同局仍十三人,更余散。

十三日(**6 月 26 日**) 阴而仍霁。在寓会客,新通家沈衡山、吴叔海、林奎云、萧筱梅、郭春榆、范赞臣来谈。午前赴伏魔寺拈香。晚到汇源、长发厚。

十四日(**6 月 27 日**) 霁。晨拜客,晤刘益斋、汪芝房、兰楣、三邑馆新中钱、朱、张、王诸人。午刻返寓。饭后到方勉老处谈。裕、张、陆、戴四主试招饮江苏馆,畅叙半日,同人议会请之局,定廿六日。晚,余到陶然亭定座。上灯时访关杏槎、李橘农谈,更余始返。

望日(**6 月 28 日**) 时阴时雨。在寓,方勉老、汪范卿、姚释筠、通家陈舜仲、林梅南、方策六来,均晤。晚浴后稍有凉意。

十六日(**6 月 29 日**) 霁而仍阴。晨,郑兰庭、谭彝仲、林奎云来,又本科荐卷浙江吴以成、安徽马承融来见,会客几半日。午后赴广东寺,奠吴年丈,莲溪同年之父也。进西城拜客,晤潘轶仲、姚释筠。晚出城,到醉琼林,定廿六日江亭,看点系中西合璧。更余返。

十七日(6月30日)　霁。晨,蒋稚鹤来。本科荐卷四川唐受潘来见。午后赴朝阳门外,莫长白达佑文观察,因上年过德州时彼此一见,颇相得也。晚过举厂,菀葵燕麦,大半为瓦砾场矣。欷歔久之,阵雨时作,上灯后返。

十八日(7月1日)　霁。晨,同乡陆圭如琦来,云孙先生之子也。致元甫、赵仲宣来,均晤。午前,耿伯斋招饮省馆西院,看竹半日。晚归寓。于幼芗来。夜又有阵雨,即止。

十九日(7月2日)　霁。晨,翁宇清、庄心如、邹紫东、孙寿臣来。晚,王苹珊来。在寓休息竟日。

二十日(7月3日)　霁。晨,恽孟乐、葛鞠屏来。余修车于米市胡同,为米行驴车所惊驰,轴已受损,幸尚可行。拜客,晤何仲轶、王畹芗、李春卿。进城,拜陆凤老夫人寿,与同乡诸人食面,晤吴蔚老谈。晚返寓,赴王苹珊招饮寓斋之局,同席谢渭玙、清舫昆仲、赵芝珊、余子垕、聂献廷,三鼓始返。

廿一日(7月4日)　晨大雨不止,午后渐霁。访吴蔚若长谈,并赴中左门接场,阅诸新贵卷,上灯时返寓。

廿二日(7月5日)　霁。晨,李蠡纯、吴蔚若、谢渭玙、清舫、何寿芬来谈。晚,吴棣仙招饮便宜坊。

廿三日(7月6日)　霁。晨,何仲轶、刘佛卿来谈。午后便衣出门,会访谢渭玙昆玉,并到唐郁圃、蔚盛长、源丰润等处。河南刘恺臣又以消夏百朋来。

廿四日(7月7日)　霁。傍晚在寓请客,谢渭玙、清舫昆玉、王苹珊、赵芝珊、余子垕、聂献廷、欧阳煦庵、范赞臣,二鼓时散。是日,小传胪,余通家只林世焘一人列二甲第二。

廿五日(7月8日)　霁。黎明赴太和殿,侍传胪班,顺道拜客。午前返寓。到新鼎甲处贺喜,粤东馆、畿辅先哲祠均略坐。晚,汪道周招饮陶然亭,酉初返。夜,林贻书来辞别,将有环游地球之行。

廿六日(7月9日)　阴。晨会访刘佛卿,兼晤吴棣老,即赴江亭公请四主试,余主办早到,肴用中西合璧。是日,天气凉爽,不负清游。夜到源丰润汇银曹足七百两,并写家书同交翁树言手。归而龙伯阳、邓德舆两通家来。是日,邹咏春、紫东招饮广和居,又刘益斋、华瑞安、李嗣香招饮江苏馆,均辞之。

廿七日(7月10日)　霁。在寓不会客,以期休息。晚,余子垕招饮寓斋。夜小雷雨,即止。

廿八日(7月11日)　霁。胡景韩廷玲自津沽来见。竟日在寓。晚,孙枚生同年顺天府治中招饮福隆堂,辞之。是日,又有沈筱眉招饮同丰堂局,亦辞之。

廿九日(7月12日)　霁。在寓休息。午后出右安门,游唐家园,散步荷塘,颇有清趣。是日,城外游人如织,小憩茶棚,俟黄昏月上而返。夜,龙伯阳来。

六月朔(7月13日)　霁而阴。晨拜客,晤关伯衡谈。午前赴省馆刘佛卿之约,同席陆凤老及苏同乡诸人,申刻席散。归而封汴省诸人谢信寄邮。晚,刘佩青、方勉老来。

初二日(7月14日)　阴。晨,程通家子荫来。午后到厂肆,又往宾宴楼茗憩,清风徐来,凉爽之至。晚归后,林次煌、龙伯阳两通家来。

初三日(7月15日)　阴。晨,马通家海峰、邹紫东来。午刻,于海帆招饮广和居,申初席散。返寓,庄通家心如来。晚为徐花老题《文待诏小楷书离骚经九歌卷》三绝句。夜,范赞臣同年招饮湖广馆。

初四日(7月16日)　霁而仍阴。晨再添作一绝句,共四章。李春卿、张颂清、宋通家奉茮来。午后写诗于卷,以报花老。晚到三圣庵,奠孟玉双太夫人。夜,恽薇孙招饮寓斋。

初五日(7月17日)　霁。晨会访吴经才谈。午前,汪范老、潘经士招饮江亭。未刻,关杏槎招饮顺德馆。席散访张劭予、赵芝珊。

上灯后归。

　　初六日(7月18日)　霁。已刻赴江亭，与同事蔡燕孙、阎芷生、萧漱云公请监试及各房诸人。薄暮，顺道到窑台茗憩，上灯前返。访李均湖谈。

　　初七日(7月19日)　阴。晨在寓，写安阳各信寄邮局。午前到市上，归而闽通家方、陈、林、李、张五人来，并面订初九日公游之局。晚，微雨。李春卿招饮同丰堂，辞之。

　　初八日(7月20日)　雨。寅初登车，赴颐和园仁寿殿，冒雨侍新进士引见班，于海帆同行。班事毕，到步军统领公所晤清秘诸公，清话片时。已刻始行，道路泥泞，车行摇撼。过长河楼茗憩，未正始返寓。到徐花老处，贺其二世兄策云文定喜。夜，同年公局饯王苹珊，饮于嵩云草堂，肴则赵芝珊主办，精美之至。

　　初九日(7月21日)　时霁时雨。晨，闽通家黄璸来，沈衡山、郑兰亭亦来。午后访江筱涛，为玉叔事也。未刻，闽通家方、陈、李、林、张公觞余福州新馆。归而吴静涵来。夜，潘经士招饮寓斋，同座吴静涵、耿伯斋诸人。

　　初十日(7月22日)　霁。晨，邓德舆、庄心如两通家来。午后在寓请客，吴静涵、耿伯斋、潘经士、唐六英均到，申正散。夜，王寿山招饮福隆堂，耿伯斋招饮福兴居，均辞之。

　　十一日(7月23日)　霁。晨到东馆，与凤老合从觞客，会二月望公钱之局。看竹竟日。

　　十二日(7月24日)　阴，午后霁。进城到铭、贵师处定十五、十六日为小门生带见之期。顺道过十刹海，花叶俱无，只有苇塘而已。并游西什库学堂，为李饶如购洋书，遇教习吉姓谈。夜，支芰老招饮省馆。

　　十三日(7月25日)　阴，时雨即止。晨，马通家海峰来。竟日在寓，查《齿录》，谢客休息。夜雨后凉甚。

　　十四日(7月26日)　阴而仍霁，晨起极凉。姬人邀沈师母游南河泡。余在寓，闵一之、欧阳剑楠两通家来谈。午后往前门东拜客，到蔚盛长，仍将刘恺臣百两寄还，因渠官已被议，余不欲无端受人惠耳。

十五日（7月27日）　霁。晨，吴兴钮觐唐家枢以通家礼来见，余与之旧雨，不受其贽也。巳初到南河泡，徐花农招饮于此，荷花世界，竟日婆娑，同座何润甫、邹咏春、金子材、黎露园、陈笃初诸人，尽兴而返。

十六日（7月28日）　霁。晨写酬应扇。午前赴万福居葛鞠屏之约，申初席散。与穆老茗憩宾宴楼。归阅通家试作。是日，发苏电催常儿来就试中书。

十七日（7月29日）　霁。晨，郑兰亭、章甓庵来谈。在寓，写酬应扇。午后进西城，会拜各客。申初赴江亭，诸同事刘伯良、王畹香、龚怀希、何仲轶、赵芷生、袁珏生之约。未终席天忽雨，余先行到万福居请客，段善民、钮觐唐、翁宇清、王钧九、张颂清、钱自岩、王翼海均到，刘翰臣、朱鲁珍未到，二鼓时散。归寓后大雨。

十八日（7月30日）　阴，午前雨。以自制蔬菜邀胡景韩饮，以其茹六月斋也。饭后雨，彻夜不止。

十九日（7月31日）　雨仍不止。午后，新通家宋奉羲等十六人邀余饮谢公祠，只好冒雨去。席散，访沈筱眉，满院皆水，不能下车也。夜雨仍达旦。

二十日（8月1日）　雨仍不止。在寓，写酬应字，并校《山东庚午录》。夜，时雨时止。是日，关杏槎、胡冕襄招饮庚岭别墅，辞之。

廿一日（8月2日）　晨雨始霁。在寓，写请客柬及征孝册签。午后阵雨即止。晚仍霁。

廿二日（8月3日）　阴。晨，张冶老、龙伯阳来。午后到市上汇源少坐而返。

廿三日（8月4日）　霁而阴。杨芸朗、林寄湖、闵一之、王毓祥、沈筱眉来谈。天气郁蒸，潮热异常。晚又雨。

廿四日(**8月5日**)　竟日阵雨四五次。黄梅天气,间有晴光,总不敌水气也。午后,林次煌、何寿芬来。夜,陈香轮招饮寓斋,雨甚,辞之。

廿五日(**8月6日**)　霁而阴。午前赴省馆,会请新通家,到者十五人,惟李寿祺不至。程子荫倡议延丰泰人照相,此近年新例也。归为徐花老题《宝泉河观荷图卷》七言短歌一章。

廿六日(**8月7日**)　阴。午后出门拜客,晤邹和甫福瀛、黎露园湛枝,道路泥泞,申初即返寓。

廿七日(**8月8日**)　霁而阴。在寓会请闽通家林、陈、方、李、张五人,候至申初方齐。

廿八日(**8月9日**)　霁。晨,蒋宾侯农部来,稚鹤世兄也,以其夫人题主事请,允之。乙未荐卷陈墨荪翰芬来。午后到瑞蚨祥,访陈吉人,未晤,晤执事孟觐侯,章丘人,店主本家,存银事与之谈定。晚到宾宴楼茗憩,途中泥深没轮,车行甚苦。为徐花老题《彭刚直生挽诗卷》五古一章。

廿九日(**8月10日**)　霁。在寓为徐花老写两诗卷,又为何润夫题《春堤试马图》七绝三章。晚,徐花老招饮寓斋,以自制广翅供客,嘱余携淮饺佐之,同座何润老、邹咏老,谈至二鼓而返。

七月朔(**8月11日**)　午前,吕晓叔、李渔江来。在寓,为黄耕舆题其太夫人七十寿诗短歌两章。午后,邹颉文自故乡来,面交鼎儿信,业已同达沪上,因小病仍不来,余意甚不然也。晚,韩养田招饮福隆堂,同时杨子嘉招饮嵩云草堂,辞之。

初二日(**8月12日**)　霁。在寓。本科荐卷楚北严用琛来见。汪孟嘉时谟、庚午同年、蒋稚鹤、关伯衡、同乡徐仲蕃潞来谈。夜雨。

初三日(**8月13日**)　雨后仍霁,街市又泥淖矣。晨出门拜客,访沈淇泉,不晤,遇于途,同下车,假长发酒家小坐,作班荆谈。进前门,往太升堂奠世耀东之胞伯。又往进士馆遍游讲堂,晤吴荩臣、杨芸朗。午后返寓。夜访孙子钧谈。是日,苏府新中式诸人招饮省馆,辞之。

初四日(8 月 14 日) 霁。在寓,写各信竟日。晨,潘铸禹、刘振卿来。闽通家曾彭龄来见。午后,张伯讷、赵芝珊、支芰青来。

初五日(8 月 15 日) 阴。晨发南电,再催鼎来试中书。午前,顾康民、邹紫东招饮东馆。席罢,与潘经士、朱萃畎、潘轶仲看雀。晚大雨,顺道访谢味余昆仲,不晤。是日粤东新庶常陈笃初启晖招饮嵩云草堂,辞之。

初六日(8 月 16 日) 霁。晨为何润老写《春堤试马图卷》。午后到龙泉寺,为蒋稚鹤之长媳题主。晚,闽中同事王筱东、刘幼云、姚释筠、傅梦岩、关伯衡、赵仲宣招饮嵩云草堂。席散,访徐班侯、余子垕,均晤,上灯时返。

七夕(8 月 17 日) 霁。晨为印结分款事江苏新庶常六人皆来,山阳徐少泉钟恂,鼎同年,其胞叔名嘉,余庚午同年也,于海帆、张子武、陈幼臧官四川县丞,其尊人庚午闽通年亦来,晤。忙碌半日,雨毕。午后倦甚,席地酣眠半时许。晚,林梅南来。

初八日(8 月 18 日) 霁。午刻,黎露园招饮江亭,至则主人未到,先游龙树院,寺已半圮,陈玉苍侍郎新筑,将作学堂,工作未竟也。游毕,再至江亭,与何润老、徐花老等畅叙半日。晚,于海老招饮广和居,余到而客已散去。返寓,同乡高载之人俊、朱建侯锦绶来,皆考中书,鼎同年也。

初九日(8 月 19 日) 霁。午刻在省馆请客,张燮钧、沈爱沧、陈子砺、沈淇泉、史康侯、支芰青、刘佛卿、于海帆、吕晓初,主客共十人。席半,天大雨雹,申正散。

初十日(8 月 20 日) 霁。晨,陈幼臧来。为何润老写《壬寅重游西湖杂诗》于《春堤图卷》。午后,润老招饮寓斋新筑月簃中,卷携交,清谈半日。

十一日(8 月 21 日) 霁。晨,顾公度、林梅南、胡式如、沈衡山来,均晤。午后进西城拜客。闻陆凤老请病假,往访之,患喘,尚不重也。

十二日(8月22日)　霁。晨,闽通家刘子达来,前年曾来见,副车也。连日俗冗如猬,思遣闷怀,巳初驱车出东便门,易舟游二闸,乱后第一次逛闸也。小饮酒家,竟日在闸旁茶棚下消遣,薄暮返寓。闻榜人云,庚子七月居民在便门外死难者不知凡几,因俄、法人攻城不利,反而报复也。若南北沙窝、朝阳两门外兵祸不若是之甚,欷歔久之。夜和徐花老前日小饮何氏月筶五古一章。

十三日(8月23日)　霁。晨在寓。午后到土地庙,拟购竹未能成议。晚到万福居请客,孙枚生、顾公度、胡冕襄、王寿山、韩养田、郑兰庭、王毓祥、葛鞠屏,更余席散。是日,天气仍热。

十四日(8月24日)　霁。午后会访秦杏衢,赴嵩云草堂忠精一、王劬农之约。席初上,余因粤东新庶常李际唐勉桑招饮江亭,同座徐花老先来相订,不能不往,上灯时返。

中元日(8月25日)　霁。再游二闸,舟价因节日较贵。竟日小酌闸上茶家。晚进城,过醉琼林食番菜,归。夜热甚,二鼓时有阵雨。余寓房东平台榱断板塌,老妪被压,幸无恙。

十六日(8月26日)　五鼓大雨,巳初雨止。在寓。午后,同乡范葵诚祖培来晤,鼎同年,亦考中书者。是日,同寓罗景湘迪楚中翰迁居北院,蜀人也。

十七日(8月27日)　霁。晨,吴粹轩来。午,邹颉文来。晚到市上。是日,中庭新编篱,颇清雅可观。接南信,鼎仍不来试。

十八日(8月28日)　霁。晨,吴苊臣、王翼海、顾康民、王又陶甘肃拔贡,名黼堂,父作枢,庚午同年来。午后在寓请客,何润夫、徐花农、陈香轮、黎露园、李际唐、朱诚侯、余子材、宋梦云皆到,肴则福山堂与自制参半。余以嵩山猴蘑、华顶松菌、余杭虎爪笋入鸡汤中并制,自以为新法。同人亦均知味者,他如苏氏薄荷汤圆、淮式蟹饺,席间皆啧啧称赏。酒澜,余以武夷茶、碧螺春供客,尽欢而散。

十九日(8 月 29 日) 晨雨即止。中庭始种竹十四竿,与疏篱相衬,在寓监修房屋。午后赴东城会客。夜,胡冕襄招饮庚岭别墅。

二十日(8 月 30 日) 霁。晨,冯公度、王毓祥、同寓罗景湘来,均晤。在寓,不出门竟日。夜,谢味余招饮醉琼林,同席均庚寅同年。

廿一日(8 月 31 日) 霁。晨会访罗景湘,即返。于海帆、张冶如、程子荫、陆凤老来。晚,萧漱云来。天雨半时即止。夜,朱诚侯招饮豫升堂。

廿二日(9 月 1 日) 霁。晨,殷楫臣济、王劼孚来。劼孚,牧臣中翰之胞侄也,言其家难事甚悉。午后,闽通家曾绯生、顾寿礽来。晚,朱芷青自粤东差事来,以近作新刻《佛冈官辙诗》相赠。

廿三日(9 月 2 日) 霁。晨,方勉老来。午后,陈墨荪来。夜,聂献廷、赵芝珊招饮芝珊寓中,肴点极新,与谢味余昆仲话别也。

廿四日(9 月 3 日) 霁。连日修葺寓房,冗杂之至。晨为延庆事与谢、焦二姓谈。午后,徐花老柬邀到寓中接叶亭看并蒂莲花,双茎盛开,共四朵,可异也。又到沈师母处即返。晚到市上。

廿五日(9 月 4 日) 霁。晨访萧漱云、王耕云、耿伯斋、朱芷青,均晤谈。午后,余子材孝廉招饮云山别墅,同座何润老、徐花老,谈宴竟日。晚访章甓庵、张雨人,均晤,上灯后返。

廿六日(9 月 5 日) 霁。为徐花老题母夫人《莲因室遗稿册》步彭刚直韵七绝三章。竟日客来不已,均晤。是日,修屋事始有规模,东西两平台均八九分就绪矣。

廿七日(9 月 6 日) 霁,天气凉爽之至。晨,淳于静安来。为徐花老书昨题诗句于册。午后到邑馆,会访钱自庄。进城贺顾康民嫁女喜。晚出城为玉雨叔购牛疾丸,访于海老晤谈,上灯后返。

廿八日(9 月 7 日) 霁。在寓,写酬应字。午前,王毓祥来。午后,陆锡臣寿玲,工艺局股东、刘少岩、马竹舫、黎喜亭均延庆诸生、秦杏衢、薛汇九来,均晤。晚,近处会拜客即返。

廿九日(9 月 8 日) 晨雨即止,仍霁。午前,王幼陶、吕晓叔来谈。午后浴。晚,支芰青招往寓斋食蟹包。顺道访方勉老、李均湖,不晤。

三十日(9月9日) 霁。晨到市上,即返。十八日寓庖宴集,徐花老以四诗相报,即和原韵会之。午后到宾宴楼茗憩,顺道往厂肆访求书画无当意者。阅中书榜,闽通家丁威起得首选。

八月朔(9月10日) 阴,晨雨即止。午前,薛汇九来。午后,李均湖来,均晤。晚,丁威起、沈衡山来。

初二日(9月11日) 霁。晨出门拜客,晤沈淇泉,出示近得书画,有褚河南《阴符经》墨迹,宋商丘旧藏,后为阎文介所得,转辗购于淇老也,他件不过如此。又为延庆工艺事访股东邹蕭臣,其子云卿出见。午前返寓。饭后进西城,贺忠精一之三世兄授室喜。又谒沈师母,并访潘安涛,均晤谈。上灯前返寓。

初三日(9月12日) 霁。午前,陆锡臣来,工艺拨教师事始谈定。午后,邹颉文来。是日,为何润老题《草堂情话图》五古两首,未毕。

初四日(9月13日) 霁。晨为费芝云事访袁季九,又到恒裕少坐,为王毓祥事访管士一年丈。午前返寓,即进城到德昌洋饭馆,招颉文共饮。晚出城,访王毓祥,遇于途。又到广源访温寿臣,未晤。顺道至邑馆,会访汪芝房谈。上灯前返。是日,寓房工作始毕。出门访客大都为人作嫁,非我事也。

初五日(9月14日) 霁。在寓,写酬应字。午前,刘辑廷来。晚,延子澄来,均畅谈。

初六日(9月15日) 霁。晨为何润老写《草堂情话图题诗》于卷。午前到万福居请张雨人饮,未到,独酌而归。

初七日(9月16日) 霁。暖书。午前,宋奉莪、沈筱眉来。午后,沈衡山来辞行。为程执舅书寿联,送之。夜,何仲轶招饮香山馆。为庄兼伯事到汇源,晤李子谦。

初八日(9月17日)　雨。午后，有人以骡求售，试车。访陆锡臣，为延庆艺局事也。归写酬应字。晚持螯。是日，晨起炎热，雨后凉甚，可御夹衣矣。

初九日(9月18日)　霁，风大，天气转凉而寒，可御棉袄。晨，马海峰、邹敬甫、温寿臣来。午后，延子澄招饮省馆，同座蔚若、橘农、药阶、兰楣诸人。晚席散，即返寓。

初十日(9月19日)　霁，风力仍紧，天寒如昨。晨到市上，即返。午后出门，访方勉老。又往厂甸工艺局。晚访赵芝山、秦石麟，均晤谈。近日在寓，补作《汴轺纪程诗》。是日，壬戌团拜，集嵩云草堂，未到。

十一日(9月20日)　霁，风威稍减。在寓，作纪程诗。午前，龙伯阳、邹辅臣来工艺局股东。午后，沈淇泉、祝荫庭、黄静伯来，均晤。

十二日(9月21日)　霁，天气仍和。晨，袁季九、陈梦卜来。午后，胡式如来。是日，始补书《何义门先生家书编年》小注于册。夜写会各友书。

十三日(9月22日)　霁。午后进城，赴各师门拜节。到紫东家少坐，上灯后返。

十四日(9月23日)　霁，天气又热。午后进西城，出平则门，赴月坛侍班。月坛小而不高，四钟圣驾已到。晚访朱子良侍御谈。

中秋日(9月24日)　霁，热甚，只御单衣。晨到市上，即返。在寓开发各帐。夜月色皎然，拜月，至三鼓始就枕。

十六日(9月25日)　霁。在寓，写何家书注。晚到厂肆、宾宴楼，约王毓祥茗谈。

十七日(9月26日)　霁，天气炎热。晨，徐花老来谈。程子荫亦来，辞行。午后，张箴五招饮广和居。

十八日(9月27日)　霁。晨出门，赴广源，寄唐隽臣银、信，晤温寿臣谈。进东城会拜金子材，未晤。午前返寓，陆锡臣来谈，定焦姓赴延庆教工事。饭后出南西门，到草桥御前营任姓花厂赁桂花四盆而归,价一洋,尚不甚贵。是日,为徐花老题其尊人若洲先生《蘑葡花馆诗词遗册》五律二首。

　　十九日(9月28日)　霁而微阴。晨到萧漱云处谈,即归。写题徐诗于册。桂花已送到,竟日领略香味,不出门。晚写酬应字。夜写信。

　　二十日(9月29日)　霁。晨,丁子韬自延庆来谈。在寓,写何册小注及酬应字。晚,余约丁子韬小酌寓斋,桂香拂拂,各尽觞。夜雨,小有雷声。

　　廿一日(9月30日)　霁而阴。午刻在寓请客,张箴五、朱芷青、关杏垞、何仲轶、延子澄、秦芍舲、黄静伯、恽薇孙、陈墨荪、吴撷芝。所请之客毕到,酉初席散。是日,接南电,三房媳病故,为之悲悼。夜,罗景湘来谈。作本署祭告四海文。关杏垞携陈白沙行书诗卷来示,明成化时人也。

　　廿二日(10月1日)　霁。午前到汇源,访韩养田,即返,因有骡来试之也。饭后赴正乙祠、源丰润严筱秋招饮音樽,演玉成部,入夜颇有佳剧。此调久不弹矣,为小云芝《瑞云庵》一出,看至十钟后始归。张云自安阳因事来京,述及本月初新德有会匪,初六获案,十二夜即正法,神速之至,颇为紫珉喜也。

　　廿三日(10月2日)　霁。晨作祭告文四首,毕。午前,顾寿礽来。午后,王毓祥来,均畅谈。晚到市上。夜食蟹。

　　廿四日(10月3日)　阴而微霁。风大,天气转寒。晨,邹紫东来。午后,颉文婿来。夜,延庆谢鎏泉为余自州人,代购骡至。

　　廿五日(10月4日)　霁。晨欲驾骡出门,骡齿虽稚而性尚生耳,从未驾过车,闻有排之一法,然甚费事也。陈墨荪来辞别。在寓写何册。晚到厂肆、前门,与王毓祥茗话宾宴楼。夜归,写河南信,墨荪分发汴省,渠所托也。

　　廿六日(10月5日)　霁。午后到湖广馆,奠王筱东太夫人。又往赵芝珊处,探其夫人丧。进城会拜江俊侯、朱寿臣,晤汪范老谈。

出城访聂献廷。又到工艺局。夜,王寿山招饮福隆堂,薄醉而归。

廿七日(**10月6日**) 霁而微阴,风大。在寓,写何册小注,竣事。细算养此骡,排时尚须一月,为费过巨,遂作书遣还谢鎏泉。

廿八日(**10月7日**) 霁,天气较暖。在寓,写酬应字。晚,刘佛卿来,到市上,即返。夜,王毓祥来,知渠南学列正取,为之代喜。是日,先人忌辰,茹素设祭,不出门。

廿九日(**10月8日**) 晨雨即止矣,阴。午前出门到厂肆,为刘权之觅书于厂肆。于海帆招饮松筠庵,同座张劭予、张季端、易春和、吕筱苏,诸公拇战,余大胜亦奇事也,上灯时返。

九月朔(**10月9日**) 晨雨即止,阴而微霁。午刻在寓请客,许午楼、高崇甫、石星渚、罗景湘、张辅之、尚节之、谭彝仲、张子武、闵一之、林奎云,申正席散。晚,胡式如来辞行,晤。

初二日(**10月10日**) 霁。晨,高崇甫、吴绎之、马积生来,均晤。午后,朱韵琴来。晚答访吕筱苏于旌德馆。夜雨。

初三日(**10月11日**) 阴。昨见邸抄,先祖崇祀乡贤由苏抚端奏请,已奉旨交部议。午后访刘绍岩,不晤。又访徐花老、聂献廷、陆凤老,均晤。凤老近患喘,甚剧。将夜出城,到厂肆即返。

初四日(**10月12日**) 阴而微霁。晨写何册目录。方勉老来畅谈。午后,夏厚庵来谈。晚到长发厚。夜写汴中信六件。

初五日(**10月13日**) 霁而微阴。晨为先祖事入内城,谒见徐颂师。又访裕寿老,未晤。午刻出城,沈淇泉招饮福州馆。晚到源丰润新居,晤严筱秋谈。

初六日(**10月14日**) 霁。晨,张子武来辞行,又朱子良来。午后,王毓祥来,同往宾宴楼茗话,兼晤许午楼同年谈。是日,江僎侯、吴季荃招饮省馆,辞之。

初七日(**10月15日**) 霁。晨到市上。午前,金甸丞、张冶老来。午后,王赓云之世兄韶九大成自故乡来。晚,林次煌来辞行,均晤。

初八日(10月16日) 霁。晨,郑黼门之世兄仪九来名其藻,官内阁。午前赴市上,即返,方勉老来,面订宗显堂夜饮之局,允之。上灯时驱车前往,同座有杭人钱,现官大兴令,冰老旧交也。又有王稚夔,系夔石中堂之嗣。二鼓后返寓,因明早有颐和园觐见班,即卧。

重阳日(10月17日) 阴。四鼓进内城,赴园,候至九钟,随御前侍卫登仁寿殿侍班,同班者恩露之一人。是日,德国使臣偕胶州巡抚等八人觐见。礼毕,余在园门外遇各国公使眷属三十余人,亦赴慈圣之召。途中游人甚多。余赴大有庄政务处,访许稚筠谈,稚筠留午饭,饭而行。过海淀王夔老相国寓,遂投刺入谒,谈两刻许。天雨,进城探凤老病,知已渐愈。返寓时已上灯,韩芸根招饮寓斋,不及赴。

初十日(10月18日) 霁。在寓,为徐花老题李伯时《法海云山图卷》七绝三章。

十一日(10月19日) 霁。晨会拜诸客,又到前门东大市一路配镜,顺道至厂肆。午后返寓。夜访江筱涛谈。作秦杏衢手托题李南山夫人寿诗二章。

十二日(10月20日) 霁而多风。晨,吴绎之来。午后写徐卷及李寿诗,不出门。

十三日(10月21日) 霁。晨,李均湖送黄大痴山水卷来,用笔甚精妙,惜只有王孟津一跋,其余元明人跋皆无之,以下有吴窗斋、王莲师二跋。画虽佳,不知其为真本否也。刘少岩来。午后,本科及乙未荐卷钱塘钟濂、钟镛两孝廉来见,同胞兄弟也。兄官刑部,弟官内阁。晚到前门,小酌于阳春居即返。近日无事,明早拟作西山之游。

十四日(10月22日) 霁。六钟即起,登车出彰仪门,杨仆偕。西行五里,因石道震撼,绕小路行,又五里过小井,五里过大井,出石道,又十里入拱极城东门名顺治门,出西门旧名洪武门,今名威严门,尖于卢沟桥畔茶家。自大井以西,沙石满路,车行亦不甚适意,以地近山故也。询赴戒坛寺道,距此廿五里。杨仆添雇一驴,藉导先路。西行过洋桥赴良乡者西南行,在片桥下分路,四里张葛庄,六里南营,六里新庄,三里灰厂镇,西北沿山沟行。一路凿山烧灰,驼骡不绝。又三里抵石佛寺,则磴石崎岖,不通车轨矣。是处为马鞍山之背,有慧聚寺车厂,专为香会人寄车而设,余车亦寄于此。雇人负行李登岭,行二里入石坊,又一里达寺,仍宿方丈之东轩。知客僧俊三及方丈僧云霆接待颇殷。时已日落,徘徊松坛下,僧问此来何事,余指松语之。夜饭后独坐千佛阁下,凉月在天,涛声满树,坐至二鼓方就枕。

　　十五日（10月23日）　霁。昨与僧约今早先游潭柘,遂乘篮舆自罗睺岭下山。过新房村、太平庄,达岫云寺,拈香观音殿。毕,仍憩猗玕亭南榭,与此君坐对半日。又出寺侧门,游东观音洞、武帝殿、盂堂观、娑罗树,独坐歇心亭听泉久之。余此游本为玩松坛之月、听猗玕之泉,余非我事也。是日,寺中香会,客虽杂沓而倚竹听泉只区区一人而已。傍晚,仍原路返戒坛。登坛一游,又从千佛阁后登洗心殿及新葺之九间殿,内有明貂珰诸像,仍以图、曹二公神位列其前,余亟与山僧订正之。夜月又上,较昨更明。举觞既罢,独步松阴,仍玩月至二鼓后。是夕,又与僧俊山约诘旦拟游太古化阳洞,又补游黄连洞丁酉年未到。午后即返京。僧谓黄连洞在此山之阳,如明日出山至石佛,迂道往游,不必再返寺也。

　　十六日（10月24日）　霁而微阴。昨夜三鼓后风甚大,黎明风息日出,天助我游兴也。晨起登千佛阁,凭眺片时。令仆先发,余即升舆西行三里,到化阳洞在云鹫南麓。僧如宽相迓,僧俊山亦至。余与二僧秉烛同入,下沙坡数十级。地本旧游,如遇相识,余前记所谓"穷其境得天然石室二者"。一望之甚高,僧云此为天井。一石上似有阶级,僧云此为天梯。洞中约行一里许,遂出。闻此洞本月十二夜有盗四人破窗而入,劫朱提百余,以洋枪伤一香二首即散去,至今未破案也。游毕,登舆仍原路东南行,过慧聚寺外石坊,又过石佛寺,出山西行一里再登山，是为马鞍山之阳，取径极高，灰石山积系凿山者烧石成灰，弃渣积地者。又西北行四五里，达黄连洞，洞门东南向，其上为马鞍山顶，山之阴即戒坛寺。石磴崎岖，只通樵路。自戒坛赴黄连，如从山顶行相距不过四里，今取道石佛则十里而远矣。僧志远自外樵采返，启洞门相迓。黄连洞旧名莲花洞，一名黄龙洞，今相传名黄连者，以洞中石形像黄连干也。洞高敞如堂，中设玉皇座，两旁神像极多。其西北有一穴，闻向有毒蛇及壁虎屡食人，已以巨石塞闭。其东北坡石略高，亦宽大。秉炬入，分两道东行，历级而上，石形均如黄连，亦有石乳。最奇者洞石本清凉，有一石坑近之热甚。僧云此名神仙火坑。离坑数武，则炎凉顿判矣。东北行，石势倒垂，必匍伏始入，中宽外窄，别有奥区。此洞深不如化阳而石则胜之。余一朝遍游两洞，足力稍乏，茗憩神座之下，时已近午，遂辞僧行至灰厂，仆御均在道旁等待，遂易车上路。申刻达卢沟桥，小作茶尖。上灯时入彰义门，返寓。

　　十七日（**10 月 25 日**）　阴。在寓养息不出门，写南中各信。

　　十八日（**10 月 26 日**）　微霁。晨出门会拜客，自西城达东北城，晤秦辛揆、裕中堂，午后返寓。晚到前门东，上灯后归。

　　十九日（**10 月 27 日**）　霁。晨，淳于静涵来。午前到省馆秋祭饮福。午后，陈香轮招饮粤东馆。席散，访方勉老、李均湖，薄暮归。

　　二十日（**10 月 28 日**）　霁。晨，蜀人杨实甫杨葆初同年之二世兄，名鸿迪来。化阳洞僧静峰因劫案事亦来见。午后，陆锡臣、宋奉莪来。在寓，写庚午各信，忙碌之至。

　　廿一日（**10 月 29 日**）　阴而微霁。午后赴厂肆、前门。夜小酌三德楼而归。

　　廿二日（**10 月 30 日**）　霁。午前出门拜客，晤王雨樵同年沛药。午后到省馆，邹厚甫招饮。晚进西城，出前门，返寓。顺道到韩养田处谈。

　　廿三日（**10 月 31 日**）　霁。在寓。午后，世耀东来谈。是日，市上有差事,闻之辍食。

廿四日(11月1日)　霁。为徐花老题《接叶阁吟册》六言四章。午前,马海峰、龙伯阳、浙江张咏沂来咏沂名寿镛,上年举人,肖庵侍御之子,分发江苏知府。晚写酬应字。

廿五日(11月2日)　霁。晨访张季端谈。午前出永定门,赴十里庄,公祭义园,饮福。毕,即进城到教子胡同,游五城教养局,系上年新设,专留养窃犯矣。无重罪者,分工艺十余门教之,询善举也。委员为候补副指挥韩名甫,南通州人,董事则陆锡臣等人也,均出见。薄暮答访赵芝珊,又访范赞臣,未晤。

廿六日(11月3日)　霁。天气又暖,俗事甚多。晨接刘权之信,遣车来迓工艺师,而焦姓未到,只好函催陆锡臣。少顷锡臣来。汪范卿为庚团事、石星渚为鼎作伐事、郑兰亭为薛汇九选教职事,均来谈。余写家书并为庚午事写甬上书,又为西山僧缉捕事写顺天府尹等书,忙碌半日。晚到市上购物,顺买蟹食之。

廿七日(11月4日)　霁。午后为玉叔购旗髻事赴护国寺,品茗寺中,温姓僧人出见,二十年前曾相识也。晚出城,到厂肆,并访李春卿同年谈。

廿八日(11月5日)　霁。晨赴陆锡臣处,为延庆请工艺师,晤。又往孙孟延家贺其胞侄授室喜。是日,江苏省馆庚午团拜,汪范卿承办,因《齿录》事客到甚多。晚席散,为玉叔山左来函寄信件于东城李姓家,余因物件繁琐,不得不亲往。顺道到紫东家送颉婿行,与紫老长谈时事。二鼓后出城,返寓。

廿九日(11月6日)　霁。午前,兴化同年徐十洲大令步瀛来晤。余请客于寓斋,客之来者:袁叔瑜、杨实甫、吴季荃、邹厚甫、王韶九、陆棣威、世耀东,龙伯阳来而未入座,上灯后散是日,西山僧来告崔蒲事已破案。

十月朔(11月7日)　霁,天气仍和暖。晨,门下士杨焕章大令来见。午后游城隍庙,小憩茶家。到汇源与韩养田谈。连日诸事冗杂,是夕稍暇。夜饭后,陆锡臣来,言宝坻工艺师焦姓已到。

初二日(11月8日)　霁。赵芝珊夫人设奠于寓,晨招往陪客。午后事毕,进内城,出崇文门返寓。

初三日(11月9日)　霁,天气暖甚。午前,支芰老、郭筱陆来。午后,王劼孚来。晚,石星渚同年招饮福州馆,更余返。

初四日(11月10日)　霁。晨,方勉老、徐十洲同年来谈。午后,李蓬仙肇海,庚午年侄、韩养田来。晚到市上。

初五日(11月11日)　霁。晨,王钧九、聂献廷来。晚,徐拙安同年来。夜,吕筱苏招饮旌德馆。是晚,及门余冰臣自南中赍其妇所绣佛屏到京,意取创兴实业,用意颇新,假寓余斋中。

初六日(11月12日)　霁,热甚。晨进城,赴东北路拜客,午后返。饭后再出,上灯时返。

初七日(11月13日)　阴,风紧天寒。晨到打磨厂久大药行自配膏方。又到天汇号购西洋参。是店国初时开设,即何义门先生所往来者也。门前“天汇号”匾额三字颇有义门先生手笔,不知是否。午前返寓。徐少达同年来谈。未刻,闽通家于、何、何、吴、林、杨、丁、郭诸人觞余于福州馆。席散,到支芰老处谈。

初八日(11月14日)　霁,寒甚,较前日天气如隔两月,奇矣。晨,庚午山阳同年邱佐中来拜。徐十洲同年、薛汇九亦来,均晤。午后在寓,写酬应字。晚到陈香轮处谈。

初九日(11月15日)　阴。风大,寒较昨更烈。在寓不出门,写庚午各书。夜和衣略卧。

甲辰端阳日自顺德府赴京师

五钟上火车,六点十分行。七点二刻至内丘,渡派河。八点十分至临城,距城廿五里。又二刻十分至高邑。九点一刻五分至元氏。十点五分至枕头,距正定府卅里,停十五分行,十点一刻五分行。渡滹沱河。又三刻至正定府,停车二刻十分,十一点一刻十分行。十一点二刻十分至新安。十二点一刻五分至新乐,渡沙河。又二刻七分至寨西店,距明月店二里。又三刻十二分至定州,渡滱河。一点一刻二分至清风店。又三刻至望都。二点至方顺桥。又一刻七分至于家庄。二点三刻至保定省城,停车十五分,三点钟行。三点五分至漕河。又一刻十分至安肃。又三刻至固城。四点零十分至白河。又一刻十分至高碑店。又三刻十二分至涿州。五点一刻至琉璃河。又二刻至良乡。六点至京城。

　　汪道周。

　　于宝轩,子昂,益斋胞侄,河南知县。

　　陈润甫,工部旧友,写字人。

　　郭文澜,白沟河人,汉军廪生,元氏县教谕。

　　钟仁寿,号薇生。钟同年鸾慕之世兄,山西知县,黄辰殿□之胞侄。

　　苑中砥,号伯华。永清廪,苑同年药池之胞侄,南学肄业生。

　　赵葆泰,号仙楷,习法文。晋卿广文之二世兄。大学堂监察。

　　史俊卿,又尚济川,永丰友。

　　吴尔鸿,号友生。江苏从九,湖州人,翰臣之堂侄。

　　吴廷燮,号向之,江宁人,山西候选,有著作。刘佛老席上。

　　谷如墉,号芙堂,庚寅同年,户部,山西神池人。刘佛老席上。

　　刘中度,号璧臣,庚午丁丑,户部,山东章丘人。

　　王朝宗,安肃火车站福来店掌柜。如要安肃白菜,托崇文门外抽分厂路北福源蘑菇店何四掌柜写信安肃。

　　杨鹤侪,保定城西街路南籍雅堂书坊友。

　　傅式芳,号瑶轩,辛未进士,博野人,庚午同年,正定教授。

　　冯士埙,号晓亭,河间人,又,正定县训导。

　　张宝卿,甘肃秦州人,定州都司刘子嘉亲戚。

马椿龄，号树人。马存龄，马羲三之堂兄弟。

马羲三，乾龄，门头沟人，官陕西知县。马云章相如前辈之世兄。

殷沂初，北京人，恒裕金店友。

曾式如，文玉，工部，广东新会人。辛卯甲午。人甚好，杨若米席上。

郝健庵，三河县人，庆飓生家西席。

赖仙竹，清健，陕西兴安府人，工部。

徐元甫，国盛，湖北襄阳人，都察院，陈吉人席上。

艾鲁泉，安徽巢县诸生，贵师家帐房。

吴德舆，光銮，四川□□人，吴光奎堂弟，贵州知县，已□□

朱显卿，继昌，四川犍为人，朱咏琴堂兄，贵州知县。

陈仲骞，应忠，陈竹香世兄。

钱吉君，溯储，钱鼎馆侄，浙江盐经历。

何云帆，兆熊，四川人，外务部。

僧俊山，戒坛知客。

僧云霆，方丈知客。

僧如宽，化阳洞。

僧志远，黄连洞。

僧觉顺，九间殿戒坛。

郑仪九，其藻，郑繡门大世兄。癸卯举人，内阁中书。

王韶九，大成，赓云大世兄，北河知县。

王雨樵，沛药，庚寅同年，工部改知县。

王玉衡，河南许州人，刑部小京官。

茹泽民，临元，绍兴人，直隶知县。铁路工程文案委员。

李子谦，汇源友。

姚景轩，广源友。

杨镇南，嵩山，永平卢龙人，吉林巡检，王毓祥友。

王幼陶，繡堂，作枢同年世兄，甘肃拔贡。

顾公度,思义,浙江候补知府,太仓人。

殷楫臣,济,辛卯举人,秋樵世兄。

李际唐,翘燊,甲辰庶常,新会人。

苏拉司茶房者,康,老者、杨、白,老者、海、侯、王。

王广圻,号劼孚,王牧臣召棠之胞侄。

徐仲舫,潞。

陈幼臧,心芸,福建人,庚午年侄。

徐少泉,钟恂,淮安山阳人,叔名嘉。

王秩海,慎贤,甲辰庶常。

钱自岩,崇威,震泽人。

朱积臣,应奎,又笏之世兄。

陈启晖,号笃初,广东甲辰庶常。徐花农席上。

黎露园,湛枝,癸卯传胪鼎乡榜同年。

段善民,大贞,陕西同州人,庚寅黄榜同年,中书。

曹达夫,河南候补,镜如叔岳,溧阳人。

唐秋帆,河南候补典史,又。

席蓉孙,安阳县翻译,通法文,苏人。

刘纽夫,正谊,河南知县,安阳发审。

胡月楼,凤夒,丽伯大世兄。

胡次丰,凤苞,丽伯二世兄。

程礼岩,守箴,淇县教谕,开封人。

窦石生,麟祥,延津训导,陈州人。

朱聘三,汝珍,甲辰榜眼,广清远人。

刘翰臣,启瑞,佛卿之世兄。

李景虞,橘农之大世兄。

朱诚侯,兴汾,桂卿之世兄。

邹黼臣,邦良,唐郁圃亲戚。

陆锡臣,寿珍,工艺局股东,祝荫庭友。

修姓，三德楼伙。

鞠恒，号仲九，山东海阳人，三德楼主人。

草桥，距城四里半，御前营裕丰德花厂南西门外李姓掌柜任五，甲辰七月十九日种竹十四枝，每枝□□文。

吴荫培日记·十七

十一月廿七日（1905年1月2日）记事辞金两处。

乙巳正月底二月初江淮分省事。

二月十六日（1905年3月21日）记事辞金。

三月十三（4月17日）至十八日（4月22日）赴保定、真定、安肃。

拾七

甲辰十月万寿节日（1904年11月16日）后日记，乙巳七月初二日（1905年8月2日）止。

甲辰十月初十日（1904年11月16日） 三鼓进宣武门，四鼓后抵颐和园排云门外，灯光花影，辉映鲜新，湖镜无波，天晴风息。黎明七钟二刻，慈圣登殿，百官跪听读表毕，九叩首，成礼各退。余与同寓罗景湘同往，返寓已午后矣。晚往近处，会拜客数家，晤彭振卿谈。

十一日（11月17日） 霁。午刻在寓请客，徐十洲、吕筱苏、彭振卿、徐少达、孙子钧、黄东屏静伯之世兄、杨焕章、余长庚，谈宴半日，余出所藏书画示客，上灯后散。

十二日（11月18日） 霁。晨，徐花农前辈来，谆约薄暮赴渠接叶亭赏菊素斋。届时而往，同座邹芸老、何梅老，谈至三鼓散。

十三日（11月19日） 霁。在寓，合膏方药。顾寿礽、程孟常程藜谷同年之世兄来谈。孟常朴实耐劳，潘振馨一流人物也。

十四日（11月20日） 霁。先母忌辰，在寓设祭。午刻，徐拙安同年招饮聚宝堂。晚，黄静伯、钱吉君招饮永丰堂饭庄，辞之。午后出门，奠章甓庵同年，顺道拜客，晤丘佐中同年。又往兴隆店贺葛鞠屏新设之永丰金店喜,主人他出,未之晤也。

十五日(11月21日)　霁。晨,薛汇九、杨焕章来谈。午刻,葛鞠屏因设肆招饮万福居,辞之。在寓写各信。晚到市上,归而许午楼同年来谈。

十六日(11月22日)　霁。午刻出门拜客,晤袁叔瑜谈。晚,何润老招饮寓斋,菊花百余盆罗列厅事,浓香浅醉,觞政宣行,同座仍徐、邹诸公,剧谭至更余而散。

十七日(11月23日)　霁。晨为庚午事访吴少渠谈。午前进城赴本署,裕寿老入阁到任接见。散时已过午,点于茶室中。晚访陆凤老。夜,袁叔瑜招饮宗显堂。

十八日(11月24日)　霁。晨,葛鞠屏来。西山僧如宽来。午后到厂肆、前门,茗憩宾宴楼。余长庚夫人所绣佛屏八帧于前日由商部堂官进呈,已蒙慈圣赏御笔大字"福""寿"各一幅、四等商权宝星大小各一座,异数也。

十九日(11月25日)　霁,北风甚大。午后,萧曜海来谈。薄暮过罗景湘处。是日,写十二日徐花老招饮即席之作五律两章,报谢主人花老,亦依韵和会。

二十日(11月26日)　霁。晨,杨焕章来辞行,晤。晚到厂肆。

廿一日(11月27日)　霁,风大。午后,尚节之、潘经士来。晚到厂肆。

廿二日(11月28日)　霁。为庚午纂录事午后出门进城拜客,晤蔡燕孙。晚晤熊经仲。

廿三日(11月29日)　霁而微阴。晨到市上。午后,刘辑廷来长谈。晚到土地庙花厂租摆盆梅三本,值十二千文。据厂主张姓云:两日一浇水,花半开半含者可摆至腊月底不落也。

廿四日(11月30日)　午前,石星渚同年来谈。晚送支芰老行,未晤,到厂肆。虚火,右下齿痛甚剧,服清火汤头,并用白玉膏外治之。

廿五日(**12月1日**) 霁。晨,胡劼介来谈。午后,黄静伯来,亦晤。晚,胡劼介招饮斌升楼,牙痛未愈,辞之。夜往支芰老处送行,晤。

廿六日(**12月2日**) 霁。四鼓送余长庚南行。晨到吴蔚老处,贺其女公子与凤老世兄文定喜。凤老邀往其家陪冰人,即往贺之,饮而出城,冰人则经士、范卿也。晚往雷补桐处,贺其世兄授室喜,薄暮归。是日,过京北荣酒肆,晤绍人吴月楼谈宗谱事。

廿七日(**12月3日**) 霁,天气和暖之至。晨,葛鞠屏来。午前,黄静伯、吴月楼,午后,于晦若、张采南来,均晤。晚到汇源。又为静伯托事往宋捷三处谈。夜,吴蔚老招饮寓斋,亦陪潘、汪两冰人也。

廿八日(**12月4日**) 霁。在寓,会请闽通家于、何、吴、何、林、杨、丁、郭诸人。傍晚席散,赴赵芝珊处,消寒第一集。

廿九日(**12月5日**) 霁而阴。在家为徐花老题临苏书大字卷七古一首。

三十日(**12月6日**) 阴。晨,尹仰衡之世兄来。在寓,命家庖制肴,请何润老、徐花老、邹咏老、恽孟乐、朱芷青赏盆梅,畅谈至上灯后散。

十一月朔(**12月7日**) 霁。午后到厂肆,茗憩宾宴楼。

初二日(**12月8日**) 阴,有酿雪之意。在寓,作石壶老诗序。晚,彭振卿来谈。

初三日(**12月9日**) 霁。晨作恽叔坤挽联,叔坤司榷汀州因痛女而得病遽殒,其夫人亦随殉,殊可怜也。最奇者叔坤之胞弟季庵孝廉同于九月初四日怛化,尤令人不解。午后到邑馆,会访陶听松,念乔叔、黄静伯均晤谈。晚,何润老招饮寓斋,梅菊争妍,上灯时方席散。

初四日(**12月10日**) 阴。晨到观音院,奠恽叔坤昆季。午前,邹咏老以家庖招饮寓斋,有蜜制新金橙,甜香独绝,特制也。

初五日(12月11日)　阴。晨，杨实甫、顾寿礽来，均晤。作石序文，始脱稿。午后赴徐花老松筠庵招饮之局。连日与徐、何、邹诸君同座。昨咏老处局，于海老适至，觞咏之事又添一劲敌矣。夜作西苑春联十一副。

初六日(12月12日)　霁而阴。午后赴翁韬甫处取印结款，晤谈。又到清华楼沈淇泉番菜之约。席散，往厂肆李蠡纯处谈庚午事。夜写家信。

初七日(12月13日)　雪。不出门。韩养田来。作会何润老初三日招饮，和润老见赠原韵七律二章，又谢味余尊人七秩寿诗五律二章。

初八日(12月14日)　霁。晨由西城往北城拜客，晤潘安涛同年，又晤李渔江同年，又往南学晤王毓祥，并访顾康民晤谈。是日，为庚午事在东四牌楼一带为访宗室同年溥君事枉走半日，出城已上灯矣。竟日仅食烧饼一枚。

初九日(12月15日)　霁。晨进西城，为庚午事访宗室阿仲权同年，又会访史康侯同年，出城到郑兰廷处，均晤。午刻，秦芍舲招饮省馆。夜访郑宸丹，赴余子厚寓斋，消寒二集。

初十日(12月16日)　霁。晨，杨实甫来辞行，晤。实甫，恂恂儒稚，佳子弟也。作会谢邹咏老初四日招饮诗二律，仍次何润老原韵。

十一日(12月17日)　霁。晨，方勉老、西山戒坛寺僧来。午后，李春卿、邱佐中同年、张景伊畹九之世兄来，均晤。佐中同年谈及淮城有酒馆远香草堂、绿霭亭两处肴馔为天下第一，惜余上年过淮时未之知也。

十二日(12月18日)　霁。晨，徐子怡同年致愉、朱琇甫耀奎，小笏同年之世兄、任叔泉焌，雨泉同年之胞弟来，均晤。午后进西城游市上，顺道访姚释筠谈。夜，黄静伯招饮永丰堂，同时方勉老招饮福隆堂，为约消寒同座人，余允其入会而是日之局则辞之。

十三日(12月19日) 霁而阴。午后拜近处之客,即返寓。晚,葛菊屏来,同到林校书桂孙家看雀,同局耿伯斋、吴季荃、彭振卿、潘经士,三鼓后始散。

十四日(12月20日) 霁。作会谢徐花老初五日招饮诗二章,仍次何润老韵。午前,贵州通家黄本甫孝廉厚成来见,本年堂备,系再同师之世兄也。彼此三世通家,甚为难得。午后,徐花老招饮松筠庵,遣车来迓,不能却,遂往。是日,肴极丰美,与何、邹、丁诸公畅谈半日,上灯后返。

望日(12月21日) 霁,大风,天寒。晨到市上。午后,方勉老来,谈明日长至。晚设家祭,早卧。

长至日(12月22日) 霁。三鼓即起,于海帆来,同赴天坛侍班。月明风息,地白如昼。入坛,行松阴之下,如此清景,红尘中殊不多得,忘寒色之逼人也。返寓,天尚未晓,睡至巳正始起。午后会拜客,徐花老新得孙,往贺之。晚,顾寿初来。夜,恽孟乐招饮寓斋。

十七日(12月23日) 霁。晨,黄静伯来。午后到何润老处,贺其嫁女喜,以自撰喜联及家制羊脯、玫瑰露酒送之,取羊腔酒担之意也。晚返寓,许稚筠来谈。姬人出门,余贺润老嫁女诗原韵二章。

十八日(12月24日) 霁。晨到张季端、沈子惇、徐拙安处,贺其世兄等嫁娶喜。并为庚午事拜凌逸帆,晤谈,始知外务部有恒林亦庚午同年,中式卅余年,名不入单,竟不知其人也。午后,徐花老来谈。晚到蔚若处,又为庚午刻字事到穆正广处。

十九日(12月25日) 霁。晨进西城,出平则门,赴圆广寺,奠庆豹岩世兄,即进城,往慰贵师,未见。午饮福全馆。晚为庚午事再访宗室溥喜,仍不得。夜到石星渚同年处。

二十日(12月26日) 霁。晨写伊儿江阴信及金调翁信,寄邮。午后到前门一带购物。晚茗憩宾宴楼。

廿一日(12月27日) 霁。午后到广惠寺,奠夏闰枝之夫人,为紫珉事访马积生谈,又会访孙文清。晚到厂肆、煤市街。夜访杨若米,亦为紫珉托事也。

廿二日(12月28日)　霁。晨接沪道袁海观信,本年干糇事幸尚蝉联,仍送秦关银数。在寓,为彭振卿题徐崇嗣画《果多得子图卷》七绝二章。徐子怡同年来谈,并辞行。夜赴云南馆,消寒第三集,吴子和作主人。

廿三日(12月29日)　霁而微阴。在寓,再为振卿卷续题章并书之。天寒不出门。晚,王毓祥来长谈。

廿四日(12月30日)　霁。晨写山左玉叔等信。午前到万福居请客,朱显卿、朱咏琴昆仲、李渔江、徐子怡、陈吉人、汪孟嘉、丘佐中、彭振卿、黄静伯。申正席散,到宾宴楼茗憩。上灯后返,昌平赵晴岚来谈。是晚,徐花老招饮便宜坊,不及赴,谢之。

廿五日(12月31日)　霁。晨,彭振卿来长谈,并携所得画件见示,余亦出书画示之。午后,刘翰臣来谈。是日,在寓杂事颇多,写南京、延庆各信。

廿六日(1905年1月1日)　霁。在寓。午前,胡月楼自淇县来,晤谈丽伯之世兄。为史康侯之太夫人题八十寿诗二章、又刘少岩《兰花图》七律一首。

廿七日(1月2日)　霁。晨,刘翰臣来。午刻,凌逸帆来,均晤。饭后出门,因近日送馈岁资者过丰,问心反抱不安,遂往各处却之。如周贡珊仍送双柏不能却,只领一数,胡丽伯送一数,已与刘翰臣言定,非议减不能受也。今日所作之事问心可以对人,非世俗貌,为君子者所能学步。

廿八日(1月3日)　霁。晨,刘翰臣来。胡炭减至六十,余四十送《庚午齿录》刻资,余固辞之,竟不能也。午后,陈松山前辈来。晚到厂肆,小酌阳春居而归。近患伤风不甚重,眼昏略有红色。

廿九日(1月4日)　霁。午前,胡通家式如来,新自承德到京晤谈。晚到醉琼林请客,胡竹楼、刘翰臣、徐花老之长次两世兄,余并设中西馔款之,二鼓后散。

三十日(1月5日) 霁。天气和暖,街市化冻而雪未尽消,即日必得大雪,方如人意也。午前,顾公度来谈。午后出门,会访吴德舆大令聚五同年堂弟,四川人、陈紫蓬前辈振瀛,壬戌同年,均为庚午事也。又访华瑞安前辈,却去周贡珊馈岁一数,均晤谈。晚进城到凤老处,亦晤。夜,史康侯招饮寓斋,为消寒四集,三鼓始返寓。

十二月朔(1月6日) 霁。晨访赵芝山、方勉老谈,均晤。又访潘仲樵,未晤,因姬人小有喉恙,拟商药石也。午后,李韵湖、彭振卿来谈。

初二日(1月7日) 霁,元阳无雪意。午后,许颖初、史叔仁锡华来谈。夜,郑兰亭昆仲招饮前门斌升楼,大醉而返。姬人服余养阴药,又臭花草汁,及外用四虎丹膏药,居然见效。是夜,为计文卿题《寄园鉴赏图卷》七古一首。

初三日(1月8日) 霁。晨,潘仲樵来诊视姬人,病已近愈,再服清化之剂也。竟日在寓,写沪信及庚午江右信,入夜始毕。

初四日(1月9日) 霁。晨写苏家信,即发邮。午前接汪栗庵同年甘肃敦煌来书,厚馈五十金,雅意良可感也。晚到前门葛鞠屏永丰号中,偕其至宾宴楼茗话,上灯后返。

初五日(1月10日) 霁。晨,刘少岩来告,本日礼部入告先祖彦钦公崇祀乡贤事已奉旨依议,为之一喜。午刻,柯凤笙前辈来谈。到龙泉寺,莫常熟翁师。晚为彭振卿事访郭春榆侍郎。又与徐花老约定同访何润老长谈。夜到恒裕领印银。归而为朱寿石题《白猫图》两绝、又题诗稿依其见赠韵两绝。是日,闻贵师骤薨,梁木之悲,不能已已。

初六日(1月11日) 霁。晨到计文卿寓中清谈,以嘱题《寄园鉴赏图卷》,返之。计老虽市井人,亦君子也。进城到徐、裕两中堂处,谢先祖崇祀事。午刻往贵师家一莫。闻世兄庆飚生云,师临终之前谓徐班侯农部云:"药虽医病,不能医心。"盖师之恸二世兄刻不能

忘,至自殒其生也。伤哉！晚出城,到荣宝斋易便衣。夜,瑞蚨祥陈
吉人招饮天福堂。

初七日(1月12日)　晨阴即霁。赴东馆彭振卿招饮,并打雀
牌,与凤老、药阶、经士。主人作竟日游,入夜开筵畅饮,二鼓后返。

初八日(1月13日)　霁。近日起不能早,因夜卧过迟,故也。
午前,赵芝山来谈。午后,何润老又招饮寓斋赏梅菊,主人爱花若命,
情见乎词,同座玉可、芸巢、穗平及主人共五人,饮至上灯后始散。余
到关杏垞处夜谈,又赴三邑馆送黄静伯明日行。

初九日(1月14日)　霁。晨,丁子韬来谈。午后,王毓祥来。
李嗣香、刘益斋招饮江苏馆。申初即返寓,写酬应字。晚,彭振卿来
辞行。夜,张季端来,均晤。是日,在寓料理谢味余之太夫人寿诗屏,
又因其尊人怛化,预备送绸幛。诸务杂沓,烦琐异常,劳碌。

初十日(1月15日)　霁。晨在寓,写酬应字。午后,杨子仪、薛
汇九来,均晤。晚为王毓祥事,访柯凤笙谈。又到聂献廷处。夜到龙
光斋少坐,同门卷始刻成。

十一日(1月16日)　霁。晨到市上,觅关东鱼不得,日俄战事
未了故也。归而写酬应字及杭信。午后,林寄湖来长谈。薛汇九亦
来。晚到彭振卿寓送行,未晤,以家书、同门卷等件交去。夜,潘经士
招饮寓斋,黄耕舆招饮寓中为消寒五集,并赴之。

十二日(1月17日)　霁。晨起甚迟,已近十一钟矣。午前,龙
门拔贡严箴来见,字景程,薛汇九之友,自愿执弟子礼者也。午刻,彭
子嘉招饮三邑馆,辞不赴。在寓写酬应字。夜写蜀信。

十三日(1月18日)　霁。晨进城到贵师寓,因昨主人柬邀余助
理一切,不能不往也。晤贵师之胞兄官直隶大令者,系壬戌同年,坚
留早饭。午后出西城,返寓,于幼芗来谈。晚到徐花老处,贺其得孙
喜,夜饭汤饼筵而散。往杨若米处谈李紫老托兵部事。又因蒋奂庭
事访郑兰亭,未晤。十一钟始归。

十四日(1月19日)　霁。晨起已十一钟矣。范赞臣、刘翰臣、

胡月楼来谈。午后进西城,赴邮局取海上寄仓物,傍晚返寓。

望日(1 月 20 日) 阴而仍霁。昨夜梦见父亲,醒而悚然。晨起到市上长发厚小坐,即返。在寓写酬应字。郑兰亭、黄耕舆、徐花老、薛汇九来,均晤。

十六日(1 月 21 日) 霁。晨到刘诚甫处,贺其嫁女喜。又到汪范卿处谈,即返寓。任叔泉来谈。午后到东馆少坐,观国初诸题名碑,知是馆本在内城东脚下,顺治朝移建于此。即进城拜客。晚到贵师家公祭并送圣。访许稚筠夜谈。

十七日(1 月 22 日) 霁。午前,史康侯来,托书其太夫人寿屏。午后,袁仲青观察熙藜来谈,贵州同年兄弟也。晚到前门,茗憩宾宴楼而返。夜雨。

十八日(1 月 23 日) 雪日。昨九重祈雪,感召天和,大可喜也。五鼓赴东华门,到起居注直房,与诸同事候至辰正,始同踏雪送内阁,见徐颂师一揖,余并谢先祖崇祀乡贤再作一揖而出。过直房,晤顾泮香芳、陆两阁,长坐谈片刻。赴大学堂林奎云处小坐。顺道往贵师宅中与庆赑生晤谈,主人出点供客,食而行。会访袁仲青。是日,所拜之客均晤,以雪中泥途也。晚返寓。夜到胡竹楼处送行,未晤。与刘佛青乔梓畅谈。闻俄人责言谓中国不守中立,将开衅于我,盖不得志于东将逞志于西,中国西北伊犁诸境不能无虑也。为之闷闷不已。

十九日(1 月 24 日) 阴。晨到市上,即返。午后,方勉老、尚节之、胡竹楼、严景程、汪范卿来,均晤。写酬应字,为贵师作挽联。

二十日(1 月 25 日) 阴,天气仍寒。晨在寓,写贵师联,又写延州信。午后,雪,到市上,又往土地庙同顺花厂购梅五盆。晚到李春卿处少坐,又到大栅栏购物而返。

廿一日(1 月 26 日) 霁。在寓。午前,王毓祥来,谈及将返永平,竟无川资,余以朱提五两假之。晚在寓斋办同年消寒第六集,同社来者十人,黄耕舆以病不至,范赞臣以其仆误书社期亦不至,余越日于贵师宅中晤后始知之。是日,行醉乡合从令,又行诗钟一次,稍张旗鼓。

廿二日(**1月27日**) 霁,风紧天寒。晨七钟进内城,到贵师家,与杨少泉襄、李荫墀侍郎题主。是日,送圣陪客,至五钟后始毕,出城已上灯后矣。到三邑馆黄东屏处少坐,始包车一月。

廿三日(**1月28日**) 霁,严寒。晨为紫珉事访郑兰庭谈。到前门购松猪、鹿肉送紫珉。午前返寓,饭后到土地庙购水仙花,顺路访张劭予谈。夜写紫珉安阳书交来怦携去。祀灶毕,时已三鼓。

廿四日(**1月29日**) 霁,严寒。晨到后门外宗显堂,即从前庆和堂,因送贵师发引路祭,同年诸人聚饮于此,地旷风紧,连饮数觥,尚不足御寒也。十钟后路祭毕,执绋行半里,即升车出平则门,圆广寺候师云辁至,礼成,复进城,晚到厂肆。

廿五日(**1月30日**) 霁,天气稍和。因前日庆飚生以席馈,午后在家请客,客之来者夏厚庵、方勉老、朱芷青、陈香轮、胡冕襄、吴绎之、唐郁圃,纵谈至更初而散。

廿六日(**1月31日**) 霁。晨到东小市,拟购舍利裓,价昂,只好缓议,往蔚盛长、瑞蚨祥诸处。午前返寓。晚,何梅老与余等十余人为徐花老公祝诞辰,饮于云山别墅,花老大醉,上灯后归。

廿七日(**2月1日**) 霁。午前至长发厚荣宝斋穆掌柜家,无非俗事。返寓,饭罢,闽年家叶仲冶大令在銮携其尊人芑恭同年书来晤,并交到闽庚午手钞九十余人履历册,各省能皆如此,齿录无难办也。晚到范卿处。夜敬神。

廿八日(**2月2日**) 即小除夕,霁。午前,闵一之来谈。午后进城,拜师门下,谒见铭师,夏间病甚剧,服吉林参枝而瘳,出所著诗稿,命为编次。晚出城,返寓,会访何碧流观察成浩晤。夜祀先毕,即卧。

廿九日(**2月3日**) 即大除夕。三鼓后即起,入禁城,登保和殿,侍圣上筵宴班。余上年曾充是官,一切典礼皆旧习也。圣驾升殿,天方辨色,礼成时已八钟矣。赴东城拜年数家,天气晴暖。午初返寓,开销各帐,片时而毕。晚到大栅栏、观音寺一带,茗憩宾宴楼。

上灯后，以赐宴所得面、饊、苹、橘再供祖先。十一钟后倦甚，早就枕。

乙巳元旦(2月4日)　黎明起，入禁城，赴慈宁宫二门丹墀下侍班，王公朝贺距余等所立南三十余步，三品以下文武百官又远在宫门外行礼也。礼毕时过八钟半，赴太和殿下朝贺，如每年仪。巳正出禁城，在城东拜年。午刻返寓，拜天地祖宗。晚往近处拜年二十余家。是日，天气霁朗。夜倦甚，早卧。

初二日(2月5日)　霁。晨起已十钟后矣，不点而饭。饭罢，进西城贺年，谒见沈师母，兼晤沈益斋同年，主人以酒点款客，饮而出。上灯时返寓。

初三日(2月6日)　霁。晨拈香毕，杨子仪来谈。午前到前门即返，归作《元日退朝书怀》七律二章。晚，何润老招往寓斋小集，牡丹、梅、菊齐放，同座芸巢、玉可二老，纵谈而散。

初四日(2月7日)　霁。在寓。写史康侯太夫人八秩寿屏，不出门。夜祭财神。

初五日(2月8日)　霁。午后，闽通家张葆达来见，张燮钧前辈之堂侄也。晚书寿屏毕。夜往大观楼观电光影戏，远不逮上年所见也。和朱芷青同年《元旦立春》七律韵一章。

初六日(2月9日)　霁。寒威稍减。晨到蔚盛长，为紫珉送炭事换银票。午前返寓。饭后到邹咏老处，与梅、玉二公饮至上灯后始散。

人日(2月10日)　霁。四鼓赴太和殿，侍圣上阅祝版班。黎明返寓。八钟，王劼孚来谈。即到东馆，汪范卿、潘经士招饮同乡春酒。竟日作局戏，略负，二更后散。

初八日(2月11日)　霁。晨往顺治门外一带拜年。午前返寓。饭后到椿树、棉花诸处拜年。始往厂肆一游，觅书画不得。

天诞日(2月12日)　霁。晨赴东城拜年，并拜史年伯母寿。午前即返寓斋，以自制肴请何、徐、邹、于四公饮，尽欢而散。

初十日(2月13日)　霁。晨到厂肆、火神庙，购得《石琢堂诗》

小轴,又王渔洋诗文《带经堂集》。午后到省馆,赴徐花老约,为岁杪祝寿会饮之局,同座即云山席中诸人。余出自制醉乡合从令各筹,与同人一醉。

十一日(2月14日) 霁。晨进城贺年。午前赴东馆吴蔚老、张莔南招饮同乡春酒。午后过厂肆,无意中购得《何义门全集》四册,喜甚。晚在寓请客,客之来者为何碧流、李嗣艿、刘益斋、袁叔瑜、许稚筠、关杏垞、叶仲冶、胡劭介、宋梦云,二鼓后散。

十二日(2月15日) 霁。风大天寒。进内城,往东北路贺年。竟日事毕矣。夜,董捷臣年家来庚午年侄,文安人,山东通判。

十三日(2月16日) 霁。晨到东馆,赴汪药阶昆仲、潘仲樵春酒之约。午前略作局戏。晚赴湖广馆范赞臣消寒之集,举诗钟二次,余未及席终先散。夜,关杏垞招饮顺德馆。

十四日(2月17日) 霁。晨赴东馆,邹紫东、顾康老父子作主人,竟日先入局戏,又与范卿、严筱东、朱莘耕看竹至初更后,是日皆胜。归途观灯市于大栅栏。

上元日(2月18日) 霁。晨游厂肆。午后返寓,写浙江各信。晚再到大栅栏观灯市,又观佛照楼放盒子花炮。

十六日(2月19日) 霁。晨赴省馆举同乡春酒礼,余与邹咏老同作主人,上灯前散。夜,方勉老招饮广和居。

十七日(2月20日) 霁。晨,蔚若来晤。午前出西便门游白云观,申初返寓。是日,胡劭介、邹厚甫招饮省馆,辞之。夜到三邑馆送黄东屏行,并寄浙江各信。

十八日(2月21日) 霁。晨进西城补贺年。午前赴省馆,与起居注同人团拜恽薇孙、翁韬甫,创其事到者十六人。午后同照一相。傍晚尽醉而散。余拜客数家,上灯时返。作和徐花老初九日集余斋原韵四律,附记起居注同人:恽毓鼎薇孙、许泽新颖初、伊克坦仲平、恩露之祥、杨捷三少泉、李士钤嗣香、延清子澄、翁斌孙韬甫、文华焕章、锡嘏子常、崇山敬亭、于斋庆海帆、贵福寿云、华学润瑞安、达寿哲夫。未到者三人：周克宽客皆、景褑佩珂、赵洲翰云卿。

十九日(2月22日)　微雪。晨起，游龙树寺江亭，静坐片时。午前返寓，郑兰庭来。晚，徐花老因其世兄公泽弱冠生日招饮寓斋，并看紫牡丹，同座仍梅、芸、穗诸人。

二十日(2月23日)　霁。晨到何润老处，拜其夫人散寿。进西城，访于晦若，不值。出城至于海老处小坐。晚到何润老处便酌，同座诸人仍如昨。

廿一日(2月24日)　霁。晨访于晦若于途中，晤谈即返。午后为蒋焕斑事到扬州馆，晤杨少彝谈。又到前门，小憩宾宴楼，并访葛鞠屏，亦晤，上灯时返。

廿二日(2月25日)　霁。晨到刘佛卿处。进城，赴铭师召饮，同座陈紫蓬、谢子受两前辈。晚出崇文门，到大德通，取蒋奂翁汇捐事银。夜，蒋奂斑来谈。

廿三日(2月26日)　霁。在寓，写南中各书。夜，刘佛卿来，细谈江淮分省事。是日，尹寿人招饮省馆，辞之。

廿四日(2月27日)　霁。晨到蔚若处，阅其所作之折稿，知当事竟有湮意，殊可叹也。午后到张莒南、吴子和两家贺婚嫁喜。抵暮出城，访蒋奂斑于嘉兴店，晤谈剧畅。

廿五日(2月28日)　霁。晨，吴鹤霄、刘佛卿来，晤谈。在寓和邹芸老初十日省馆正集二律，即以报谢徐、何二老。晚到吕筱苏、丘佐中处，又为江淮事访恽薇孙，适渠家大放焰火盒子，纵观而返。

廿六日(3月1日)　霁。因母难日茹素。午前，萧筱梅来谈。是日，凤老招饮春酒于寓，辞之。

廿七日(3月2日)　霁。晨到省馆，拜华瑞安太夫人七秩寿。即到东馆与诸公局戏，又与范卿、秦辛揆、朱莘耕看竹。更余，余先散，顺道访蒋奂斑谈。是日，潘轶仲、江隽侯、秦杏衢、辛揆作……

廿八日(3月3日)　霁。在寓。午前，王毓祥来晤。午后寓斋请客，朱显卿、尹寿人、韩峨生、刘权之、蒋奂斑、刘辑廷。是局昨晚始定,客到尚齐,上灯后散。

廿九日(3月4日)　霁。午刻到东馆,王君九、韩峨生、王仲彝作主人,与诸君局戏。晚进城,访许稚筠,未晤。夜,刘佛卿招饮庾岭别墅。

三十日(3月5日)　霁。晨,刘佛卿、林奎云来,均晤。午刻,赵芝山招饮寓斋,同席凤老、韬夫、橘农、兰楣诸人,肴馔极美。晚,徐花老招往接叶亭看榴花,主人出素斋供客,余携淮饺助之,二鼓后散。

二月朔(3月6日)　霁。患伤风渐剧。晨到汪范卿处贺其五九寿,即赴东馆严筱秋之约,与蔚若、兰楣、王君九看雀竟日。夜到彭翼仲处,又为上书事访刘佛老,未晤,与翰臣谈。

初二日(3月7日)　霁。晨刘佛老来长谈。在寓写各信。午后到市上长发厚,晤何寿芬,偕余返寓谈。

初三日(3月8日)　霁。晨进西城,访于晦若,谈江淮分省事,知政务处复奏稿,枢府主之,政务处无权也,为之浩叹。又访潘安涛同年,亦晤。午前到三邑馆祭文昌毕,与同乡春园饮福,余以分省事宜抗疏力争,为同乡倡议,同人莫不应也。席散,到东城拜客,晤徐拙安。夜到刘佛老处,晤翰臣谈。归而恽薇生来,少顷翁韬夫亦来,议定即日上公折,由渠两人主稿。薇老并为余诊脉定方。

初四日(3月9日)　霁。刘佛卿、郑兰庭、叶仲冶来,均晤。晚,恽薇老处送来折稿,余袖稿到于海老处斟酌一切,上灯后返。

初五日(3月10日)　霁。丑刻进内城,入长安门,赴社稷坛侍班,同班者有延子澄同年,即以昨奏稿示之。黎明,顺道到进士馆访汪药阶,上书事亦无异议。余出城至翁韬老处,此折定五讲官、二科道共七人列名。午后拜客,另将奏稿送徐拙安同年处,渠前日本有成约也。晚出门,晤贵州年家葛霞仙优。晚,许稚筠来。夜,刘佛老、翁韬老来,奏稿经各人过目,大致改定。

初六日（3月11日） 霁。咳嗽大作，忌口、避风。晨，刘翰臣来。晚，蒋奂斑、致元甫、于海老来。

初七日（3月12日） 霁。在寓养病，写酬应大字。晚，孙子钧来，为余诊脉。夜，张莅南来。

初八日（3月13日） 阴。养病不出门。晚，吕筱苏来。

初九日（3月14日） 霁。晨赴西苑上公折。午前到常熟馆访叶叔谦谈，即返。午后奉谕旨恽毓鼎等公折著交政务处，照汇议章程候各衙门汇议后由政务处议奏，陆润庠等一折并交议等因，钦此。此事似有转机，为之一快，所以然者，日前江督周有私电致政府言分省之弊，政府已有电复言，本无成见，此时当轴稍有悔心。闻太原相国亦力持之也。刘翰臣来，以此事告之，亦甚欢然。晚赴邑馆，访汪芝房谈，又到刘佛卿处。

初十日（3月15日） 霁。在寓。晨，朱显卿、朱咏琴同来谈。晚，刘佛卿来。夜，罗景湘因壬辰团拜，招往湖广馆，观剧演玉成部，甚佳。余因与恽、翁诸人团晤，子初返寓。

十一日（3月16日） 霁。午后到市上、前门，小憩宾宴楼。

十二日（3月17日） 霁。前作于左轩年丈七十寿诗四律，午前写毕。午后，于海老招饮松筠庵，同座者何、徐、邹三人而已。

十三日（3月18日） 霁。五鼓赴中和殿，侍阅祝版班毕，拜北城客。午前赴凤老处谈，即返寓。饭罢，访恽、翁二公不遇，知同集孟乐斋中，访之均晤。江督处由凤公作书，各事部署已定。晚到尺五庄，又到蔚若处谈。夜，杨若米招饮广和居。是日，沈瓒庭招饮同丰堂，辞之。

十四日（3月19日） 霁。晨，刘佛卿来谈。在寓写家书。

望日（3月20日） 霁。晨到市上、厂肆。午前返寓。晚往潮州馆，庚寅同年消寒局，曾刚甫作主。

十六日（3月21日） 霁。在寓写各书。朱显卿、方勉老、朱允饮、刘恺臣、刘佛卿来，均晤。恺臣因交卸时豫藩瑞公从蒋奂斑之请，得以弥补万余金巨款,备述感谢之意。余上年固却馈金而一语吹嘘,居然解友朋之厄,问心殊快然也。

十七日(3月22日)　霁。天气极暖。在寓。午后,陈香轮来谈。

十八日(3月23日)　霁。晨,和何润老前赠七律二首,韵即以寿润老,因是日诞辰也。午后送朱显卿赴黔,晤。又到于海老处。夜,何润老招饮其家。

十九日(3月24日)　霁。晨到瑞蚨祥存银,晤孟觐侯谈。即进城会访沈爱沧,并贺其新授晋臬喜。午前到长椿寺,奠汪兰楣之夫人。晚无事,驱车出西便门,行十八里至甄家坟,访旧仆刘老,几不克。返城,上灯后始唤门而入,一时兴之所到,有此一行也。

二十日(3月25日)　雨。晨,闽通家曾毓骧来见。午后,吕筱苏来,均晤。夜,胡冕襄招饮庚岭别墅。雨仍不止。

廿一日(3月26日)　阴。晨,两次到吕筱苏前辈处,因渠为常儿说萧山朱氏亲事也。午前,耿伯斋招饮寓斋,局戏竟日,继烛始毕。是日午后又雨。

廿二日(3月27日)　阴。晨,夏厚庵、张汉三来谈。午后出门,会访皖人王蓉樵,久客吴中,儿辈相识也。晚归,蒋奂廷来辞别,余以酒肴款之,畅谈而散。

廿三日(3月28日)　阴。晨会访张汉三,晤。返寓,校《云南齿录》毕。午后,何润老来谈。夜雨仍不止。

廿四日(3月29日)　雨,竟日不止。午刻,翁韬甫、叶叔谦、张荫南、张双甫招饮省馆,辞之。晚,蒋焕珽招饮斌升楼,冒雨而去,骡足已屈,勉强前行。同时罗景湘招饮广和居,辞之。

廿五日(3月30日)　有霁色。午后,袁叔瑜来谈。晚到市上,即返寓。夜校义门本集及《东华录》,证以家书,复得二通,《小注编年》共百通矣。天又有雨意。

廿六日(3月31日)　霁。天气尚寒。在寓抄写《大公报》"日俄交恶十年来近事表"。午后,赵芝山来,交到谢味余手书,以余上年寄其尊人祭幛及太夫人寿诗,以炭十二金相贶,余以无名也,决意辞之。

廿七日(4月1日) 霁。晨到市上,即返。会袁叔瑜正月十一日小集余寓见赠七古一章。午后未出门。

廿八日(4月2日) 霁。晨,尚节之、左月溪、刘佛卿来谈。午后到邹咏老家公祝何梅老寿,花老携鱼翅,于海老携狮头,余携酥鸡、海参、淮饺,余皆咏老主之。肴点之外备有七种名茶,畅谈至二更余,始散。

廿九日(4月3日) 霁。晨,左月溪又来谈。午刻到省馆,春祭,饮福后即进城拜客,出前门。是日,拜客所见者为刘佛卿、袁叔瑜。上灯时返。瑞蚨祥未刻招饮,辞。

三十日(4月4日) 霁。晨到市上,即返。天气暖甚。午后,粤西李南陔同年来谈。为徐花老题临米襄阳行草大卷七古一章。

三月朔(4月5日) 阴。午后到观音院,奠吴绎之之胞伯,又会访刘子嘉阁学谈。晚到厂肆。

初二日(4月6日) 霁。丑刻往先农坛,卯刻侍班,黎明礼毕,至观耕台下恭候圣驾亲耕,行四推礼,王公九卿以次递推,余观礼而退,时方七钟也。返寓卧。午后贺胡冕襄之世兄嘉礼,又为庚午事访李肖峰侍御,均晤。晚,何梅老招饮云山别墅西爽阁,桃杏盛开,尽欢而散。

初三日(4月7日) 霁。在寓。韩养田来,渠新移作天成银肆执事也。午后到厂肆、前门,小饮阳春居,食虾子冬笋一小碗,开价五千四百。市上笋每斤值千六百,一碗之微不及半斤,加价三倍有余,此后吃馆子不可不慎也。

初四日(4月8日) 霁。晨,闽通家陈舜仲、方策六、李石芝来见。午后在寓请客,潘安涛、王蓉樵、刘绍岩、张汉三、翁韬夫、吴蔚若、刘佛卿、林贻书、万黄生，傍晚席散。写前题徐花老临米诗于卷。

初五日(4月9日)　霁。午后到湖广馆，庚寅团拜，听梅寿部，三鼓后归。

初六日(4月10日)　霁。在寓，作初二日何梅老招饮云山别墅五古一章。午后到市上，晚，关杏垞来，余设苏面款之。夜，夏厚庵来。

初七日(4月11日)　霁。晨，胡冕襄来。在寓，作刘权之尊人挽联，写之。午后，方勉老来，朱琇甫来。晚到厂肆、前门，茗憩宾宴楼。

初八日(4月12日)　霁。晨到翁韬老、吕筱老处，托题先册，均晤。午前到湖广馆，庚午团拜，帮汪范老作直年，听玉成部，三鼓后返。

初九日(4月13日)　霁。晨，徐陟崧通家来见。午后会访李南陔同年、韩养田，均晤。晚，朱允钦招饮寓斋，蜀馔甚精美。席散，张篴五招饮福州馆。

初十日(4月14日)　霁。在寓。午刻，王寿山招饮福隆堂。晚，李嗣香招饮聚宝堂，均辞之。是日，作本署蒙古亲王册文两首。

十一日(4月15日)　霁。又作蒙古亲王册文两首。午前到市上购包米。晚到厂肆、前门，茗憩宾宴楼。

十二日(4月16日)　雨而仍霁。晨到小市、前门，归而林奎云来谈。午前拜于海帆太夫人寿，海老留饮。晚，畿辅先哲祠聂献廷招饮消寒之集，有三层楼新建，可以眺远，上灯时散。明早拟赴保阳一游。

十三日(4月17日)　阴而仍霁。黎明赴前门登火车，七钟起行。十一钟二刻抵保定省城西门外。换单套车行二里，进城，赴天花牌楼恒升店，朱叔梧旧寓所也。余仆杨升向随叔梧寓此，故就之。寓房甚小，勉强容膝。饭而出门，驱车南行，过丛胜楼下，即城中鼓楼。赴郡学，晤教授刘子年，荫椿，天津人，己丑进士，其堂弟系庚午副榜，名良璧。一见如故，以其近作出示。余顺道出南门，城外有河道可通天津。即进城，游行宫，即莲池书院也。又到县学，为庚午事访县学书岳寿山，同往茶寮略谈。城中市集乱后极盛，因学堂、防营多人故。余此行拟访朱寿石，适遇于市中，喜甚。又往高等科学馆，访阎鹤泉。夜，寿石招饮义成馆，渠明日即行，叙谈至三鼓始散。

十四日（4月18日）　阴。天气甚寒。作短歌一章，赠寿石，往义成馆招寿石饮，即话别而散。归寓略坐，余出西门，赴车站送寿石行。顺道访张通家玠圃玉崙于农务学堂，对门即农学试验场，并往一游。归寓，饭。岳寿山来。晚游北门、东门。夜写苏家书，明日发邮局。

望日（4月19日）　五鼓雨，晨即止。巳初食早饭。闻南门外有刘爷庙，是日为庙集，香市极盛，遂驱车出城，濒河行约三四里至其地。庙毁于庚子兵乱，毂击肩摩，万人如蚁，余不得已小憩茶棚。申初返城。顺游南门、东门外，傍晚归。张玠圃、刘子年来，均晤。又游市上。夜，同寓刘蔚孙景涛来见，常州同乡，官直隶地巡检，与寿石相识。

十六日（4月20日）　天色转霁。余流水行云，惟意所适，忽忆正定一路前轺行时望而未到，遂束装往游。晨到义成馆吃面，购《船山诗集》于籀雅堂。又往莲池行宫一游。归而出西门。午正上火车，望都、定州、新乐瞬息已过。三钟三刻达正定城西北隅车站。驱车南行荒野间约八里，进西门，名临晋门。访客邸，近为兵占，遂卜寓于南街荣庆店，借柜房与主人刘姓共居。湫隘嚣尘，不得已漫就之也。出门由十字街北行不数武，即察院故址，有《唐成德军节度使李宝臣纪功载政碑》，为王士则书，露立荒膡，地方官不知护惜，吾笑其俗矣。游府学、县学，访学师傅瑶轩式芳，博野人、冯晓亭士塽，河间人同年，皆庚午北榜，一见如故，余以履历征之。上灯后，冯同年饬仆以灯相送返寓。寓不设餐，饬邻居肆中送麦饭来，一饱而卧。

十七日（4月21日）　霁。晨起，游市上，茗憩小肆中。又往酒家名永升北楼者食饼作饭。是家为合城首屈，尚洁净，惜午后即闭门，余食后先定晚餐菜，令其送往寓中，以便届时果腹也。时尚早，觅骡车不得，遂策骑南行，有阳和楼跨街高筑，盖鼓楼而偏近城南者，门扃不得入。又南行约一里许，出迎薰门，有赵云故里石碣，清寂之至。即返寓，傅同年在寓相候，以茶食相饷，意甚殷，受之。午后东行六七里，游隆兴寺，即大佛寺也。观隋开皇时碑。方丈僧意定出见，人甚亢爽，不茹素，自述庚子乱中竭力拒团匪、护洋人以保寺屋，意甚自得。晚游东南城，再小憩茶棚下，晤杨老人，名老和，人极朴诚，与余不相识，愿代任茶资，且取火供余吸巴菰，知此邦风俗之厚也。归寓，又往傅同年处辞别。城中有四塔，近南门二、近东西门各一，皆不甚高。地多碱，虽丰岁亦鲜沃壤。

十八日(**4月22日**)　霁。晨饭于永升北楼，主人姜姓亦朴实人也。唤车出北门，名瞻极门，赴车站。十钟上火车，未刻抵安肃县，车站旁又福来店，只此一家，余以行李进城往返不便，姑舍馆是店。骑驴南行二里许，过大小石桥二，一为鸡小河，一为漯河，源出城西四十余里山上，下流通天津，风景尚不俗。进拱宸门，即北门，城只南北两门，无东西门。行约一里，至来远门。即南门。游安肃学宫，乱后大半颓败，余因庚午事访学书谢老，同出北门至茶家小坐。北门城内有明故相郑洛柱国坊，购白菜三十斤，抵暮返。

十九日(**4月23日**)　霁。晨上火车，有骡马市米行友同行，到西便门，米行友引余下车因安肃只有西便门票，前门票适售罄故。到天成行略憩，返寓时已午正。姬人小病。余进城拜铭师寿。晚，孙梅生同年招饮福隆堂。

二十日(**4月24日**)　阴。晨，聂献廷来。午前进城，会拜客，晤姚释筠。出城返寓。午后在寓，候董寿山为姬人诊脉。晚到前门即返。

廿一日(**4月25日**)　霁。晨，韩养田、张汉三、邹紫东、陈舜仲、马羲三乾龄，壬戌前辈马云章相如之世兄来，均晤。羲三谆邀明日天福堂饮,允之。午后,王蓉樵来。晚,徐花老招饮寓斋观海棠,余以明早赴园,上灯时即返。

廿二日(4月26日)　霁。四鼓出西直门,黎明达颐和园。八钟蒙两宫召见,另作《奏对记》一篇。是日,翰林院值日新例,到园只预备一人,故蒙召。癸甲乙三年中,余召对计三次矣。奏对语甚多,即日拟另上封事也。午前返寓。午后赴马羲三天福堂之局,同座除李肖峰外,无相识者。席散,会访袁叔瑜、黄耕舆,傍晚返。

廿三日(4月27日)　晨雨即止。晚,林寄湖来谈。夜,李春卿招饮粤东馆为消寒余集。

廿四日(4月28日)　霁。晨进城,贺瞿子玖同年、余尧衢廉访两家嫁娶喜,并谒铭师畅谈。午前返寓。午后到张蒖南家贺其二世兄授室喜。晚,何梅老招游云山别墅,棠梨红白相间齐放。主人张灯开宴,尽欢而散。

廿五日(4月29日)　时雨时阴。晨,马海峰自秦中入都来见。在寓作折。

廿六日(4月30日)　霁。晨,龙伯阳自粤东、庄心如自山左均来见。在寓作第一折毕,折中言:学堂课本、各省军械,又银币宜一律者三端。折尾归结当亡与枢廷事宜统筹全局。晚,蔚若来谈。

廿七日(5月1日)　阴。午后赴郑兰庭家贺其弟授室喜,又往厂肆。晚会访刘佛卿。

廿八日(5月2日)　霁。在寓,作第二折毕。折中言:罪犯习艺新章宜仿河南、山东章程,通饬天下,令各省分设。午后,吕筱老招饮德临馆。

廿九日(5月3日)　霁。晨,衡州王苠宣良弼,壬辰庶常,改官广东候道、黟县郑菊舫恭,庚寅同年,江苏候道、方勉老、韩养田来,均晤。午后,余尧衢廉访来谈。两折均录清稿毕。晚游五城教养局,顺道访徐花老,兼晤何梅老,以折稿示之,同人均许可。

四月朔(5月4日) 霁,尚阴。细查邸抄,再将第二折稿重改。晚,李渔江、韩明甫来谈。本署刘供事来写折,宿余寓。夜雨。

初二日(5月5日) 霁。在寓不见客,又作一附片,言整顿各省警察事。刘供事写折至灯下始毕,两折一片共计十三开,交渠手进城代递。

初三日(5月6日) 霁。黎明赴西苑门候旨。八钟知二折均留中。赴北城,顺道拜新京兆尹李幼云,又为庚午事访董蜨轩同年志敏均晤。蜨轩谈庚午事颇熟。又访延子澄同年。午后返寓。饭罢,张莒南来。晚会访郑菊舫同年及蔚若,均晤。

初四日(5月7日) 霁。晨会访吴鹤霄、王畹香,均晤。又往李橘老处少坐。到云山别墅探牡丹消息,定十四日觞客。遇李荫墀侍郎谈。又到何梅老处。午前返寓。午后到邹咏老处。又到前门,茗憩宾宴楼,晤潘固生、陆棣威同坐。徐花老来函,昨余上第二折及片均通饬各省疆臣照办。

初五日(5月8日) 霁。在寓休息。撰本署克勤郡王福晋初祭文一篇。

初六日(5月9日) 霁。四鼓赴太和殿,侍阅祝版班。顺访潘安涛、熙小舫前辈谈。午前出城,返寓,作十四日云山觞客五古一章。

初七日(5月10日) 霁。午后出门,到王耘云处,谈及余第一折亦发学务处、练兵处、户部、兵部,居然皆揭晓也。未刻赴瑞蚨祥栈房陈吉人招饮,屋新且洁且高敞异常,即在其店对门也。夜,延子澄同年因其世兄为渠称觞,以童子剧供客,三鼓前归。

初八日(5月11日) 霁。晨到市上,即返寓。吴鹤霄来。午后写寄甘肃汪栗翁折札。湖州人吴友生来名泉鸿,幹臣之堂侄,官江苏从九。夜到陈香轮处谈。归写汪栗翁信。

初九日(5月12日) 阴。晨出门拜客,晤粤西张文明比部,其磁,子武通家之堂兄也。赴北城拜昆师七十赐寿,到时已傍晚,候天使至,停戏,而天忽雨,匆匆饮寿酒而返。夜雨达旦。

初十日(5 月 13 日) 雨,抵暮始止。在寓,钩稽各帐,并写日记。

十一日(5 月 14 日) 霁。晨,刘璧臣同年中度,山东,庚午举人,丁丑进士,官户部来谈。午后访陶仲彝同年,未晤。晚,刘佛卿招饮三胜馆,同座主人之外只谷芙塘同年如墉、吴向之观察廷燮,江宁人两人,清谈甚畅。

十二日(5 月 15 日) 霁而阴。晨,陶仲彝同年在铭,庚午举人,山阴人来谈。方勉老亦至,均晤。午后到三胜庵,公祭许筠师之胞弟殁于京者。陈香轮约往一拜,并晤稚筠,即返寓。晚会访叶叔谦,赴江亭欧阳煦庵消寒余集,行掣筹令。

十三日(5 月 16 日) 阴。晨到市上。午前,张文明来晤。晚,佛照楼主人以双鲥鱼馈,不先不后,适供我明日饷客,喜甚,作七律一章。

十四日(5 月 17 日) 霁。晨因徐花老函告,渠斋牡丹、蕙兰盛开,约往一观,遂驱车访之。又到邹芸老处,芸老谓今日云山之会不让古人,可以不朽,已预作一文记其事,因出示读之。余先往云山别墅,朱芷青同年已在花下读碑。少顷,诸客毕至,同集于西爽阁。是会也,座无生客,客尽诗人,各有著作,彼此传观。余为何、徐、延三公开三寿之觞,行醉乡之令,觥筹交错,竟日尽欢。同座十二人为何梅老、徐花老、延铁老、袁叔瑜、耿伯斋、朱芷青、邹芸老、于穗老、翁笋老、恽苏斋、澄斋两昆仲,暨余也。

十五日(5 月 18 日) 霁。在寓,为萱堂遥祝纯嘏。午前,吴鹤霄来。午后,山阴施篆玗衍庆,江苏候补,壬戌年侄、汪范卿来,均晤。余通家到门者甚多。

十六日(5 月 19 日) 阴。晨进西城谢寿。午后到近处,又往崇效寺看牡丹,共有七十余墩,惜大半残矣。有深绿、浅绿者数朵尚未开绽,较好。晚,方勉老招饮全浙馆。

十七日(5 月 20 日) 霁。在寓。晨,刘佛翁来。午后,熙小舫、徐花老来,均晤。花老往法源寺看牡丹,约余同往。余于傍晚始去,至则何梅老亦来。上人设蒲馔,开尊花下,坚留入席,余不愿为不速客,而好花相对又不能决然舍去,遂小饮至上灯而散。法源寺花信较迟,亦有绿者数朵,不让崇效独步也。

十八日(5月21日) 霁。申初假座省馆请客。程听彝午后先到,余不得已亦先往,听彝少坐即去。届时诸客毕至,为余尧衢廉访、陶仲彝观察、吕筱苏、张箴五、方勉老、赵芝山、聂献廷、顾聪孙、吕晓叔诸人,二鼓后散。

十九日(5月22日) 霁。在寓,题宋梓材同年廷檽《赋梅书屋诗稿》五律二章。张星垣同年、袁叔瑜来,均晤。晚为庚午事到江宁馆即返。

二十日(5月23日) 霁。在寓,写各处信。晨,罗景湘之弟景恒来。午前,许稚筠来,均晤。晚到厂肆、前门,小憩宾宴楼。夜仍写信,近日为刘权之尊人墓志铭事忙甚,一二钟始就枕,每夜辄如是也。

廿一日(5月24日) 霁。在寓。晨,邹紫东来。午前,姚释筠来,均晤谈。天气渐热,写字常常有汗,苦事也。

廿二日(5月25日) 雨。晨进西城,贺景佩珂之世兄授室喜。顺道赴城北,会拜致生元甫,孰知已迁居秦老胡同。泥途辙迹迟滞,午后始返,天气寒甚。恽薇孙为嫁女招往陪张劭予、吴蔚若两冰人,席散到厂肆,抵暮归。

廿三日(5月26日) 霁而风大,在寓,始为刘翁作墓志铭。晚,方勉老来。

廿四日(5月27日) 霁。晨往闵小窗同年家贺其世兄授室喜,又到恽薇生、翁弢夫两家贺其子女婚嫁喜。出门甚早,到崇效寺看绿牡丹,喜尚未落。又观《训鸡图卷》。午前往徐花老处,庆其夫人散寿。饭前返寓。晚,王毓祥、李木斋、顾寿礽来,寿礽长谈至上灯时方去。徐花老招饮寓斋,事多只好辞之。

廿五日(5月28日) 霁。午前在寓请客,程听彝、郑菊舫、王有常、王君硕仁溥，湖北知县，苏州同乡、杨若米、叶叔谦、秦葵初、陈吉人、敬元甫，客到及散皆早。听彝赏鉴甚精，余出所藏书画示之。是日，刘墓志文脱稿。

廿六日（**5月29日**） 霁。午后，徐花老来，谈以墓志文与之商榷，酌易数字。晚到市上。夜雷雨，半时即止。

廿七日（**5月30日**） 晨起雨，少顷止。进城访盛杏老，未值。出城，到李南陔同年处谈，并贺其新选余杭令喜。南陔人甚醇谨，又好善，余以旧仆蒲升荐之。午后返寓。晚，天又雨。夜，杨少泉同年招饮嵩云草堂，为消寒余集。

廿八日（**5月31日**） 霁。午后为刘权之尊人写墓志铭。屠敬山来谈。

廿九日（**6月1日**） 雨，午前后稍有晴光。写墓志铭毕。晚又雨。夜仍不止。

三十日（**6月2日**） 阴，午前又雨，午后止，天气甚凉。在寓写酬应字。陈伯才自故乡来长谈。晚，徐花老招往寓斋赏芍药，小饮。

五月朔（**6月3日**） 霁。晨，何梅老来谈，以新刻旧作两册相赠。午后会访陈伯才，不值。道途泥泞，苦甚。袁叔瑜招饮湖广馆。席散，访王有常长谈。

初二日（**6月4日**） 霁，热甚。午后，陶仲彝招饮陶然亭。席散，访丘佐中，又会屠敬山、张莅南，均晤。上灯后返。

初三日（**6月5日**） 霁。晨在寓，世耀东及渭南雷曼卿、祝三昆仲来，庚午年世兄也，均晤。午后进城，拜师门节。晚出城，顺往大宛试馆阅报处看报。

初四日（**6月6日**） 霁而时雨。晨到陆凤老处拜寿，与汪范老、秦葵初、王仲彝看竹。晚到顾寿初处谈。

初五日（**6月7日**） 阴而时雨。晨约王有常、王耜云、耿伯斋、葛菊坪集余寓看五人雀局，其法东一圈，南两圈，西三圈，北四圈。东下则中接四圈,南下则东接四圈,西下南接,北下西接,圈均四数。假如十圈四十庄,则五人各打八圈卅二庄也。局中添一人而每人时得休息,自是良法。吴季荃有字致伯斋,欲来闯席,余亦延之。是日,方勉老以鲥鱼馈,得以供客。入夜,接局至二鼓后散。

东一○后中继之又四○,第五○后北继之又四○,第九○后西继之又一○。

南二○后东继之又四○,第六○后中继之又四○。

西三○后南继之又四○,第七○后东继之又三○。

北四○后西继之又四○,第八圈后南继之又二○。

以上如打十圈东南西北中,每人各打八圈,如添圈再加五或加十,不可加四加八也。

初六日(6月8日) 霁。晨在寓。沈益斋、盛杏老来谈。杏老言日俄结局与余意颇合。午后为陈梦卜同年身后事到陆凤老处长谈。晚出城,往访徐花老、胡冕襄,均晤。夜写山东玉叔信。

初七日(6月9日) 霁。晨访程听彝,饱看所藏书画,甚富。又到张汉三同年谈。午后到厂肆龙光斋看新刻刘氏墓志,又为李氏代购碑帖。车中忽倦,遂返寓,卧片时。晚,姚释筠招饮同丰堂。席散到本馆,与汪芝老谈。

初八日(6月10日) 霁。在寓,写安阳信。陈伯才来谈。午后进城,会送余尧衢行,未晤。晚出城,余子垕招饮寓斋。天忽大雨,倾盆不止,冒雨而归。

初九日(6月11日) 霁。在寓,未出门。

初十日(6月12日) 霁而微阴,巳刻,刘佛卿来。午前,邹咏老招饮广和居。归而舒伯衡黟县人,庚午年侄、唐郁圃来。写酬应字。

十一日(6月13日) 霁。晨,吴粹轩、陈伯才、陈吉人来,均晤。午后阵雨,少顷即止。作《文姬归汉图题词》七绝四章,为汪荃台纳姬蔡氏,适作郡汉阳,渠尊人和卿年丈以是图征题,故赋此。

十二日(6月14日) 霁。晨为陈伯才事进城,访张玉叔同年,又顺道访史康侯同年,均晤。午前返寓。饭后到云山别墅徐花老招饮之局。阵雨初过,宴饮半日,主人作枣花词一阕属客同和。席散将及上灯,到厂肆、前门,叠访刘雅老,未晤。是日,闻秦韶老病殁任所,又闻戴青老返杭后忽然投井,不知确否,甚为惜之。

十三日(6月15日) 霁。晨,段逢荣来谈。午前到伏魔寺拈香。晚,宋奉峨来。张汉三同年招饮粤东馆为消夏第一集,同时刘佛老招饮广和居,座无他客,因谈江苏省设阅报处事也。刘雅老自隔座来谈。

十四日(6月16日) 霁。天气甚热。在寓。午后,李南陔来谈。晚到市上购鲥鱼。

望日(6月17日) 霁。晨起极早。是日,在寓写酬应字,未出门。

十六日(6月18日) 霁。晨到北城一带,便衣拜客,晤李渔江同年,又谒铭师商师诗稿事。午后返寓。晚,蔚若招饮寓斋。夜访刘伯良、余子垕同年谈。是日午刻,吴叔海招饮同兴堂,辞之。

十七日(6月19日) 霁。在寓,写送邹芸老去冬今春所作各诗十九章,分书五大牋。午后,余子垕、陈伯才来谈。庚午公局招饮,辞不及赴。晚,邹芸老招饮寓斋,陪刘雅老畅谈。是夕,胡冕襄招饮庾岭别墅,辞之。

十八日(6月20日) 霁。晨为紫珉事到杨若米处,又访刘雅老,均晤谈。午前到省馆,庚午公请陶仲彝、王孝宽、刘雅老三同年,又贵州刘卓之年世兄,叙谈半日。晚返寓,陶端一来谈。入夜凉风习习,甚觉适意。

十九日(6月21日) 霁。晨到市上,即返,石星渚同年来谈。午后,勾稽日用帐不出门。夜,天气仍凉,作和徐花老云山别墅看枣花《满庭芳》词一阕。

二十日(**6 月 22 日**)　霁。晨,张汉三来谈。已初进城,拜陆凤老夫人寿。与汪范卿、严筱秋、王伯荃看竹。晚出城,闻何梅老病,访之,未得出见。是日,枣花寺僧以珍珠梅相赠,对叶细花,玉蕊五出,不凡之品也。

廿一日(**6 月 23 日**)　霁而微阴。晨,吴叔海、韩明甫来。午后,姚稷臣同年来。夜,刘佛老父子来,为江苏印结局风潮也。

廿二日(**6 月 24 日**)　阴。晨,刘翰臣、杨少彝以印结局帐来商酌□切,耿伯斋亦来,皆为此事也。午前避俗,赴南河泡小憩。归而翁羧甫来,述与刘氏起衅之故,余力主排解,约于海老至。进城访凤老。夜出城,访恽孟乐、翁羧甫,略有端倪。

廿三日(**6 月 25 日**)　霁。晨,邹紫东、杨莼山、耿伯斋至,皆为江苏印结局事也。午后,刘卓之庚午年世兄,贵州人、郑菊舫来,皆晤谈。

廿四日(**6 月 26 日**)　霁而阴。晨,刘佛卿父子至。午前,刘瀛侣至,均晤。午后,恽孟乐、翁韬甫来,刘氏事又起风潮。晚会访姚稷臣,又到厂肆。夜,刘翰臣来,强拉余赴于海帆处谈。

廿五日(**6 月 27 日**)　霁。午前在寓请客,刘雅宾、姚稷臣、李南陔、王雨樵、沈一斋、陈伯才、汪静初、余子垕、丁威起均来。姚释筠来而未入座先去。夜,沈乙斋同年招饮醉琼林。

廿六日(**6 月 28 日**)　霁。晨,刘辑庭、吴苁臣、方勉老来。午后,刘翰臣、唐郁圃来。夜,刘翰臣为印结局事招饮便宜坊。

廿七日(**6 月 29 日**)　霁。在寓。晨,汪范卿来。晚,叶叔谦、潘经士来。

廿八日(**6 月 30 日**)　霁。在寓,作吴绎之胞伯友梅先生遗照三律。午后,刘卓之招饮贵州馆。晚进城拜客。夜,王耕云招饮宗显堂。

廿九日(**7 月 1 日**)　霁。晨到东馆潘经士招饮,与蔚老、陆守墨、王钧九看雀,傍晚归。

三十日(**7 月 2 日**)　霁。晨,吴绎之、刘佛卿、唐郁圃来。晚出右安门,游尺五庄,游人如织,茗憩途中。夜进城,到邹咏老处。雷雨大作。

六月朔(7月3日) 霁。晨再出右安门,游草桥中顶。午前返寓。午后,蔚老来,告余有保南斋之说。夜,刘瀛侣招饮万福居。

初二日(7月4日) 霁。在寓,为铭鼎师校诗稿。晨,刘翰臣来。午后,龙伯阳、宋奉莪、唐郁圃来。是日,省馆为刘氏事同乡会议,余到时客已散,遂步往刘佛卿处,一切可望平和了事。夜,赵芝山来。

初三日(7月5日) 霁。晨携铭师诗稿,访刘雅老面商一切。午前返寓。午后游下斜街花市,访陈伯才谈。晚,刘绍岩、聂献廷招饮嵩云草堂,未终席,余进城访陆凤老谈,因外间哄传余保南斋,不能不姑探一切也。

初四日(7月6日) 霁,天气热甚。晨,潘经士、陈伯才来。晚,吴友生来湖州人,吴幹臣之侄。是日,略试笔墨,写酬应字。

初五日(7月7日) 霁而微阴。午前,贵州颜少眉中翰来照奎,鼎儿同年,其父嗣徽,庚午解元。午后到市上。晚,刘翰臣来。

初六日(7月8日) 阴。晨,萧筱梅来谈。作本署孝庄文皇后陵告祭文一首。午后访关伯衡,知余南斋事为他人所得,余于此事得失本无究心,淡然置之。进城答拜客,过延子澄寓,少坐。

初七日(7月9日) 霁而阴。在寓。丁子韬、萧黻生名国霂,筱梅之侄、颜小眉、延子澄、沈筱眉来,均晤。入夜天气甚凉。

初八日(7月10日) 阴。晨到龙泉寺,奠郭谷斋世丈春榆侍郎之尊人。归而访戴少怀侍郎谈。午后进城,天大霁,谒铭师,以诗稿缴还,又到国史馆。晚在斌升楼请王孝宽、王寿山、吴友生、韩养田、郑兰亭、吴叔海、刘映藜、丁子韬,二鼓后散。

初九日(7月11日) 霁。晨访李均湖。晚,耿伯斋来。天气又热。

初十日(7月12日) 霁。晨,潘仲樵来,为姬人看牙恙。刘翰臣亦来。午后，秦杏衢来长谈。晚，唐郁圃来。夜，赵芝山同年招饮寓斋为消夏二集。

十一日（7月13日）　霁。晨进城，赴铭师召饮寓斋，同座李荫墀、刘雅老两前辈。席散，访盛杏孙谈。余言及时事，朝廷只少统计、豫计二策，杏老深然之。是日午刻，李南陔同年招饮江亭，辞不及赴。

十二日（7月14日）　霁。晨进西城，贺张玉叔为子授室喜。顺道拜李荫墀侍郎谈，侍郎谆面约十四日午饮，允之。又到沈筱眉、秦葵初处，均晤。午前返寓。韩章五中翰来庚午年侄，河南人。申刻，戴少怀侍郎招饮寓斋。抵暮访徐花老谈。

十三日（7月15日）　霁。晨到李均湖处，晤济乐农共谈，即返寓。姚稷臣同年来谈。均湖手送来周翠岩《桃花庵图诗卷》，有吴谷人、吴山尊、吴惕夫题著，余以二十六金易得之，尚须找二金也。

十四日（7月16日）　阴。晨游南河泡，荷不甚盛，纳凉池畔两时许。午前进城，赴李荫墀侍郎云山别墅之约。席散，访何梅老谈。是日，上谕派载泽、戴鸿慈、徐世昌、端方分赴东西洋各国考察政治。

望日（7月17日）　霁。晨，吴绛之、方策六、李石芝、关伯衡来。午后，于晦若、方勉老、刘翰臣来。天暑惮于见客，又不能却也。

十六日（7月18日）　霁。晨会访陶端一，又到永丰及瑞蚨祥存银，交张书田手。午刻返寓。晚，刘佛卿来。又到市上。

十七日（7月19日）　阴而仍霁。在寓，写各信，大半庚午事也。午前，柯凤笙来。晚，耿伯斋、唐郁圃、刘翰臣来。

十八日（7月20日）　阴。晨为吴、方、李三通家事，访戴少怀侍郎谈。又访袁叔瑜，送其随赵次山将军东行，晤谈甚久。进城，拜陆凤老太夫人十周忌。与汪范老、秦葵初、朱寿臣看竹半日。晚出平则门，欲访有荷花处不得，即返城。抵暮到阅报处，又到刘翰臣处。夜天气凉甚。

十九日（7月21日）　霁而仍凉。晨，汉军郭生文澜来见，白沟河人，廪贡生，元氏县教谕，因其父新故，欲余写墓志，特修弟子礼也。

江都于子昂宝轩亦来,伯山之世兄,益斋同年胞侄也。庄心如、刘瀛侣均次第至,会客方毕而日已正午矣,烦甚。午后进城拜客。晚与庚寅同年赵芝山等七人公请陆申甫,连兰亭未至,另请姚稷臣、孟绂臣,上灯时散。夜雨。

二十日(7月22日)　阴,凉甚。在寓。午后,郑菊舫、陈伯才来。夜,吴绎之来,均晤。

廿一日(7月23日)　阴。午前,刘雅老来,余以酒面款之。午后会拜陆守墨。又进城,贺裕中堂嫁女,途中遇大雨。晚,茗憩小庙而行。

廿二日(7月24日)　霁而微阴。黎明赴铭师召,到巴沟村养年别墅,荷花盛开,凉风习习。余与雅宾前辈同作半日之留。师开觞于水树,出诗稿,彼此商榷,信可乐也。傍晚,北自六房庄趋海淀大道,驱车柳阴之下,行六七里,过万寿寺,又从长河傍东行,返城。此路余向不往来,而风景则胜于石道也。

廿三日(7月25日)　霁。午前,刘翰臣、于海老来。午后,汪静初来辞行。夜天气仍凉。

廿四日(7月26日)　霁。晨起甚早。吴叔海、汪兰楣、林寄湖、刘翰臣均来谈。

廿五日(7月27日)　霁而阴。晨为刘事过潘经士、彭翼仲处谈。归而林奎云来见,近得拣发广西知县矣。午后访余子垕、刘幼云、赵芷生。又往顺天府工艺局纳凉、试茗。是日,和徐花老寓斋莲蕙并开见示二首。

廿六日(7月28日)　霁。天未明,二钟即起,登车,进前门,出西直门,由大道趋淀园,万寿朝贺于仁寿门外。礼毕,与同年赵芝山、杨少泉、余子垕同赴青龙桥酒家饭。饭后唤敞车,行四里,自董四墓一路,入金山口,游宝藏寺。是日,诸内监均到园,居然清净世界。聂献廷、刘绍岩等亦至,同作清谈半日。四钟即行,仍由土道趋万寿寺,试茗于柳阴之下。抵暮返寓,刘翰臣来。

廿七日(7月29日)　霁而阴。在寓。再和徐花老原韵七律一首。

廿八日(7月30日)　霁。晨有热伤风之象,延吴绎之来诊。竟日在寓。左月溪、汪范卿、陈伯才来谈。

廿九日(7月31日)　霁。晨到吴蔚老处,又往徐花老处饱看莲蕙,莲则千叶,兰则蕙兰也。又过方勉老处,均晤谈。午暍将甚急,返寓。晚到厂肆、前门。抵暮进城为刘佛老事访紫东谈。甫归,天大雨。

七月朔(8月1日)　寅刻赴大庙侍班,雨渐止矣。天明礼成,返寓。少顷到长椿寺,拜王荐卿先生十周忌。辰刻即归。李渔江、郑宸丹来谈。刘翰臣约其友陈润甫到余寓写字,因铭师诗稿命余托人钞也。夜虽有阵雨,而天仍炎热。

初二日(8月2日)　霁。晨因伤风未愈,再延吴绎之来诊。

淮城内远香草堂、太平街绿霭亭,仓桥、文楼、城外河下茶楼有淮饺。邱佐中同年云:"肴馔甲于天下。"

吴荫培日记·十八

九月十六(1905年10月14日)复赴东陵游盘山及遵化、阳泉。
乙巳七月初三日(1905年8月3日)后日记

乙巳七月初三日(1905年8月3日) 阴。晨赴南河泡,与徐花老、邹芸老、于穗老、吕筱老、徐班老、夏厚老公饯于晦若,并请方勉翁、何梅翁、沈子封三公作陪,集于波头摩室。竟日不晴不雨,荡舟入花,主宾极乐。余八钟到河上,夏厚翁已先往,诸公次第来游。余四次泛湖,可谓不负此游矣。抵暮返寓。夜有阵雨。

初四日(8月4日) 阴。晨约蔚老、汪范老、陈伯才集余斋,看竹竟日。午前有阵雨,少顷又霁。傍晚,张莅南来谈,与诸客同散。是日,肴只五簋,点则两种,却非世俗所有,有可纪者如南腿江瑶蒸鸡、蟹粉炒对虾、玫瑰薄荷汤圆、蟹粉炒绍兴糕,皆余自出新意者也。夜,葛鞠屏招饮聚宝堂,辞之。

初五日(8月5日) 霁。在寓。晨,永宁王紫禾致中、丁威起来谈。晚,庚午年家苑伯华中砥,永清人、同乡赵儒楷葆泰,晋卿先生之世兄来,均晤。

初六日(8月6日) 霁。晨,永宁吴馨斋桂、方策六、又庚午年家钟薇生大令仁寿,杭州人来谈。午后,王劫孚、姚稷臣、于海帆、林贻书来,均晤。海帆交来宁沪铁路事公启,事涉同乡某公,甚为诧异。

初七日(8月7日) 霁。在寓。陈伯才、张景伊畹九同年之世兄来晤。

初八日(8月8日) 霁。晨,龙伯阳来。午后到东馆同乡顾骢孙、秦葵初招饮,余以宁沪事与同郡诸公说及,大约二三品以下尚可与言也。进城谒铭师,并访紫东,均晤。

初九日(**8 月 9 日**)　阴。晨出东便门,泛舟游二闸,饮于茶家,留连半日。晚进城,便道访刘心箦同年,晤。

初十日(**8 月 10 日**)　霁而仍阴。晨赴海淀青龙桥,直达董四墓,访老农刘海泉,导至桃林下。余亲督采桃一百五十枚,以朱提二两易之。桃皮薄肉嫩,味甘不俗。刘云:桃熟以立秋为期,每遇大水之年桃多且大,以此山高壤也。癸申两岁桃不实,本年虽实而小,以雨水不多耳。余以两筲筐系于辕上下而行。午饭颐和园宫门外酒家。车中作《浪淘沙》词一阕。晚归,写所制词送徐、何、邹、赵、方诸人。夜,齿肉患瘅。

十一日(**8 月 11 日**)　霁而阴。午前到本署,世、那两中堂到任。午后,闽通家于幼芗等十一人公宴余于福建馆,兼饯林奎云通家。晚席散,返寓。姚稷臣来,徐花老亦来,同赴福隆堂天成号韩养田招饮。同时余子垕招饮龙抓槐消夏之集,不及赴。夜服玉女煎,齿瘅略愈。

十二日(**8 月 12 日**)　阴。午前赴厂肆。又赴浙江馆,姚稷臣同年招饮兼之话别。席散,张汉三同年拉往番禺馆访香轮,看雀四圈,两主人兼招晚饮。抵暮会访于海老谈。

十三日(**8 月 13 日**)　阴而微霁。晨,于海老、尹寿臣、严景程、又壬戌年世兄吴次咸象恒,壬午举人,甘肃知县,山西万泉人,父元经,壬戌解元来谈。闻次咸言,猗氏、绛县一带哥老会乱作于今夏,西头可虑也。晚,陈伯才来。夜,石星渚同年招饮福州馆。近日为宁沪事忙甚,徐花老、邹芸老约往工艺局茗谈,不获矣。

十四日(**8 月 14 日**)　霁。午后进城,到铭师处,定十七日公宴移樽师斋之约。又到徐拙安处。夜访刘雅老谈。是日,钟薇生招饮聚宝堂,辞之。

中元日(**8 月 15 日**)　霁。晨,严通家南翘用琛自楚黄入都来见。潘仲樵、严景程来,均晤。仲樵谓余玉女煎不可常服,防骨槽风也。

午后,同乡贝达甫大令蕴章来。晚到城隍庙前一游,又访吴蔚老、尹寿臣,均晤。

十六日(8月16日) 霁。晨,徐通家培来晤。午后到省馆,赴邹芸老招饮,同座刘雅老、陆凤老诸人。天气甚热。

十七日(8月17日) 霁而阴。晨赴铭师宅中,与庚午同年诸公公宴于止足斋,铭师而外兼饯刘雅老。午后席散,到后门。晚访唐郁圃,晤。夜,徐花老招饮汇丰堂。

十八日(8月18日) 霁。晚,王君九为宁沪事来谈。

十九日(8月19日) 霁。晨,尚节之来谈。午后赴省馆,请戴少怀、李荫墀、管士一、张季端、王幹臣、杨少泉、吴蔚老、邹芸老、龙伯阳、宋奉峨,傍晚席散。昨,徐花老采盆蕙见贻,以五绝四章报之。

二十日(8月20日) 霁。在寓,写南信。方勉老、刘佛卿、裔篠凤、庚午年侄、吴鹤霄来谈。

廿一日(8月21日) 霁。晨,赵州张生志颜号若愚,诸生以弟子礼来见,洪福泰尚先生所荐也。已刻到翁韬夫处,唁其世兄泽之丧。午后赴铭师宅,与刘雅老约共商榷师诗稿。出城会赵芸孙,晤。上灯后返。

廿二日(8月22日) 霁。晨为宁沪事赴西城商部署,晤唐蔚芝、阮子衡、胡劭介,又会访王次鸥。午前返寓。午后到湖广馆江苏团拜,演玉成部,三鼓后返,雷雨继作。

廿三日(8月23日) 雨,午后止。会访徐少达同年谈。晚,吴子和同年招饮云山别墅,为消夏之集。天气凉甚。夜到刘雅老处送行,长谈。

廿四日(8月24日) 霁。在寓,天又热。晚,唐蔚芝来谈时事,甚有热肠,彼此颇投契。抵暮到市上,即返。夏间无日不浴,近已间三日,今日浴,甚适。

廿五日(8月25日) 霁。晨,王紫禾、刘雅老、邹紫东来谈。午后在寓请客,钟薇生、贝达夫、胡冕襄、石星渚、赵芸孙苏同乡、王次鸥、吴馨斋、王紫禾、宋梦云，傍晚席散。

廿六日(8月26日) 霁。在寓。午后，徐少达、王孟嘉、张星垣同年来，均晤谈。夜，刘佛老来。

廿七日(8月27日) 阴霁各半。晨到马积老处谈，即返寓。张汉三、翁韬甫二公来谈。午后，雨，进内城，赴城北会拜客，上灯后返。

廿八日(8月28日) 霁。晨，潘仲樵来。李镜如内阮自彰德来，余延之宿寓中，因同伴人甚多，不果。午后出门拜客，薄暮返。上灯时到于海老处谈。近日沪宁事调查稍有端倪也。

廿九日(8月29日) 阴。晨，于晦若前辈来辞行，晤。午后寓斋招闽通家于吴、杨、何、丁、方、李、陈九人饮。郭筱陆断弦、林寄湖出京，均未到。夜，李镜如来。近日，徐花老送来松筠庵学真和上所藏杨椒山家训册、又花老自藏王椒畦《山塘踏月图册》，皆佳。

八月朔(8月30日) 霁。天气又热。晨，王季皋、席蓉生来，皆李镜如同伴，王系赓云之子，余内侄辈也。潘仲樵亦来，均晤。午后，李荫墀侍郎来谈。晚出门到前门、东城。夜点于斌升楼。

初二日(8月31日) 阴。晨，于海帆、尹寿臣来，又同乡曹羲民来，小赓之子也。余因沪宁事偕海老至蔚若处长谈半日。午前返。午后，王次欧、徐花老、刘翰臣来。晚，陈子砺招饮寓斋。夜到李镜如处谈。

初三日(9月1日) 霁。晨会访王干臣谈，干臣出所著注子书数种见示。午前返寓。饭后到天乐园，请李镜如、王季皋、席蓉生、潘仲樵、刘翰臣观剧，听玉成部。余长庚自南中寻踪而至，并邀之。夜，余招诸人饮斌升楼，另邀李荫南铨部亦至，二鼓后散。

初四日(9月2日) 霁。在寓。王干臣、屠敬山、陈伯才、王钧九来。干臣在余寓作竟日谈，并为余题《鼓山览胜图卷》，夜膳后始去。是日，阅邸钞，始有停科举之命。

初五日(9月3日) 霁。在寓，始作沪宁事折。晨，李镜如、吴季荃来。晚,阮子衡来。夜,王季皋来辞行。

初六日(9月4日)　霁。晨,刘瀛侣来。午后进城,谒铭师。晚到宾宴楼,与王幹臣茗谈。夜到李镜如处谈。

初七日(9月5日)　霁。王畹香来。午后,顾寿礽来,均晤。缮折清稿出。夜,屠敬山来,示之。李镜如亦来。

初八日(9月6日)　霁。晨,朱芷青、李荫南来。午后到李镜如处,又会访屠敬山并送行。晚到工艺局茗憩,晤叶叔谦,又访于海老,出折稿细商。夜,李镜如来,以酒点款之。

初九日(9月7日)　霁。晨,陈伯才、徐少达、翁韬夫来。午后出门,送李镜如、席蓉生行。晚,张星垣招饮同丰堂。夜,郑宸丹消夏局招饮福州馆洋厅。席散,访朱芷青长谈。

初十日(9月8日)　雨。晨为家谱事访衢州汪念慈大令,日前在张星垣席上所晤也。又访沈子封看所藏书画,颇有精本。顺道又访于海帆,均晤。午后到瑞蚨祥栈房陈吉人招饮。席散到韩养田处。是日,在沈子封处查得何义门先生之弟小山又号心友,讳煌。兄弟皆有《两汉书校勘本》,顾涧苹先生极推尊之,见《松陵集》跋语中,而吾《吴郡志》遗之,何也?

十一日(9月9日)　阴。在寓。阳湖留学日本生唐易安来演,为沪宁事也。为徐花老题《山塘踏月图卷》,次叶调生先生韵七绝六章。

十二日(9月10日)　霁而阴。在寓,写诗于徐卷。毗陵钱梦琴比部振锽来。午后出门,到恽薇生处晤。晚为沪宁事再访于海老,不晤。夜与于海老约于便宜坊座中谈。是日,盛老两次访余,均未晤。沪宁事发同乡传单,十七日省馆会议。

十三日(9月11日)　霁。晨访徐少达处,归而唐易安来,虽易西装,人甚谦谨也。午后进城拜师门节,会拜盛老,未晤。晚访刘博老,又为沪宁事访阮子衡、陆凤老,二鼓始出前门归。

十四日(9月12日)　霁。晨,刘璧臣同年来。午后,王毓祥来。

中秋日(9月13日)　阴。晨,尹寿臣、吴季荃、徐少达来。午前补写《何义门先生册小注》。晚,邹厚甫、邹芸老、松如及芸老世兄同来,徐公泽亦来。夜,月色不甚光明。

十六日(9月14日)　阴。五鼓赴颐和园,因上海崇明沙洲月初有风潮之灾,上命发赈三万两,吾乡京官同谢恩也。礼毕,余驱车过海淀,独饮裕盛轩,耿伯斋、吴蔚老来谈。进城,到报子胡同龙兴寺,会访妙性名密禅上人,不值。归寓后,同乡潘铸禹鸿鼎、朱锡百寿朋、吴达臣增甲为沪宁事来谈。晚到邹芸老、松如昆弟处,又到于海老处。

十七日(9月15日)　阴。晨,王钧九、陈亮伯来谈。亮伯因浦口、和州铁路事与余商榷也。午后到省馆,与同乡京官、学生集议沪宁事。夜,刘佛翁招饮扬州新馆。

十八日(9月16日)　霁。晨,于海老来,再商折稿。尹寿臣亦至,公折已定三人列名,余与海老及汪药阶也。海老在余寓饭而去。午后出门,会访费芝云、赵芸孙于三邑馆。进城访徐拙庵,晤。夜,陈伯才招饮醉琼林。归而严南翘来。

十九日(9月17日)　霁。在寓。刘权之、王紫禾、徐少达、方勉老,均晤。晚,王劼孚来。夜,刘供事来写公折。

二十日(9月18日)　霁。晨,吴叔海、钱梦琴来。腹泻转痢,精神顿疲。午后谢客。入夜延吴绎之来诊,服药,俟刘供事写折毕,早卧。

廿一日(9月19日)　阴。四鼓御斗篷、风帽,登车,偕于海老同赴颐和园。天气寒甚。八钟始到,知折入而不被召,往政务处小憩。红痢不止,勉力返城。午后顺道奠钟六英丈之夫人,即出城,归寓。晚,尹寿臣来,述及本日有廷寄交江督、苏抚切实查核,并责成盛大臣早为收回,以重路政而杜后患。上灯时病略减,访徐少达,不值。再延吴绎之诊,仍早卧。

廿二日(9月20日)　霁。昨服药甚适,又食山药,病有起色,痢亦渐止矣。晨,郭雅亭、陈伯才、徐信伯、于海老、尹寿臣来,均晤。在寓,养病,写字不出门。

廿三日(9月21日) 霁。病已霍然。晨,吴绛之又来诊。午后拜关伯衡并送行,晤。会盛杏老,未晤。夜访李橘老长谈。

廿四日(9月22日) 霁。在寓养病。刘佛翁父子先后来谈。晚,胡劭介招饮东馆,辞之。

廿五日(9月23日) 阴。晨赴邹咏老处,兼晤松如谈。蔚老招往寓斋,与汪范老、朱莘耕看竹竟日。

廿六日(9月24日) 霁。晨,癸巳通家李翙轩云卿来长谈,近馆裕中堂家也。写杨椒山先生《家训卷》题诗一绝句。午刻在寓请客,桂花盛开,刘伯良、何梅老、徐花老、张星垣、徐信伯、邹芸老、松如昆季、费芝云、顾寿礽皆到,行掣筹令。傍晚席散。夜又请刘佛翁、潘经士、庄心如、吴绛之、张若愚、余冰臣饮。是晨,五大臣奉使出洋,到前门车站,忽于车中遇掷炸弹者,行期有请旨改后之说。是夜,刘瀛侣招饮惠丰堂,辞之。

廿七日(9月25日) 阴。桂香满室。在寓,写郭雅亭尊人墓志铭,系其同乡所撰者。

廿八日(9月26日) 霁。风甚大。阮子衡来。午后到长椿寺,奠秦韶老,又访柯凤笙、汪念慈,均晤。晚,戴少怀侍郎来。

廿九日(9月27日) 霁。写酬应字。午前,邹咏老招饮寓斋,竟日剧谈。席散,到徐花老处看芙蓉及各种旧帖,上灯后散。

三十日(9月28日) 霁而阴。晨,汪范老招往寓中看竹,同局则吴蔚老、朱莘耕也。二鼓后始归。

九月朔(9月29日) 霁。郭墓志始写毕,因前两日停笔也。颜筱眉、王劼孚、程子瀛来谈。夜到尹寿臣处,又赴宗显堂邹紫东约。

初二日(9月30日) 霁。在寓。晨,严南翘来。午后,石星渚来。晚,汪念慈来,均晤。

初三日(10月1日)　霁。晨会访胡于山会馆，又进西城到凤老处，除苏捐赈款三百元外再助赈三十元，体先人好善之心，为乡里倡，自谓绵力竭矣。款交曹莘耕手，到阅报处少坐。出城，又到王君九家少坐。午后往郑戾丹处谈。晚，省馆为学堂事会议。抵暮到陶然亭，赴黄子畲同年消夏余集。

初四日(10月2日)　霁。陈伯才、尹寿臣、唐春园来，均晤。春老乱后久居奉天，今自密云来京，年渐老矣。午后到吴绎之处谈，因渠小病往访之也。又拜客数处，到前门车站看刺客照相的是上等人。晚，吴鹤霄招饮吴柳堂先生祠。

初五日(10月3日)　霁。李翊轩、吴季荃来。晚到厂肆、前门，饮致美斋。

初六日(10月4日)　霁。晨，胡劭介、何又叔景崧，庚午年侄，宝坻人来。写南信。夜招周乔年、余冰臣饮。是日，本署来知会派编书处详校差。

初七日(10月5日)　霁。晨送余冰臣南行。朱寿石来。又奠杨骈老于广惠寺。到徐花老、邹芸老处，均晤。午刻赴江苏馆，庚午公请刘璧臣同年，傍晚归。夜寓斋设酒肴，请朱寿石、邹芸老、松老饮，并观余所藏书画。客散时已二鼓后，又写信至三鼓半，就枕乏极。

初八日(10月6日)　霁。晨到芸老处，送朱寿石行。到张蔼南处谈京察事。午前返寓。饭后往松筠庵直、鲁、吴三省京官会议津镇路事。晚，方勉老招饮江亭。

重阳(10月7日)　早风雨即止。王君九来。吴蔚老、耿伯斋、潘经士招饮天宁寺，与陆伯葵、伯齐、经士看雀。又题燕文贵《秋江泛望图轴》七绝二章。天宁寺登高之局，向来座客常满，近年沧桑迭变，游屐不来，殊可叹也。抵暮，车过下斜街，遇何梅老，同到云山别墅，登西爽阁，望月清谈。又为沪宁路事到朱琇甫处。

初十日(10月8日)　霁。晨，潘仲樵来。又刘心笪之孙搏九海鹏来。在寓，写各信。晚到徐花老处贺其世兄授室喜，饮而归。

十一日(10月9日) 霁。晨，吴绎之来，即出门，杨玉书适来访，遂往渠寓长谈。到邑馆，为沪宁路事访汪芝老、兰楣、韩峨生、张颂清、费芝云。又访郑兰庭，均晤。午前返寓。晚赴畿辅先哲祠史康侯同年消夏余集，补作登高会，升三层楼，举杯对月，颇畅襟怀。

十二日(10月10日) 霁。巳刻始出门，贺翁韬老嫁女喜。归而饭，饭后进城，贺良锡卿授室喜，荣文忠嗣子也，娶庆邸之女。是日迎妆，妆四百抬，奢甚矣。又到徐同年处奠其尊人，顺道至东北城裕宅访李翊轩谈。抵暮出城。

十三日(10月11日) 霁。晨为京察事访陆伯葵侍郎。又至编书处画到，无书可校也。出城访李橘农、陈伯才，均晤。到斜街花市购菊四十盆，值朱提式两。未初返寓。晚访客，出门到潘仲樵家，观其新开东西文学塾，规模甚合。

十四日(10月12日) 阴雨竟日。晨，潘仲樵来。晚在寓请客，汪念慈、杨亿山、杨玉书、潘仲樵均冒雨而来，更余席散。

十五日(10月13日) 雨。晨，杨玉书来，商拟就奉天馆地，徐为出山计，而舍去教职本缺，余以为可，渠即去。余出门到聂献廷、凤老两处，因有东陵填青差事，愿借一骑，竟不可得。午后返寓。两次访经士不遇，然京东路径不谙，只好附伴而行。入夜始与之函定，拟四鼓命仆先发行李车，余诘朝由铁路赴通州取齐。

十六日(10月14日) 霁。晨起八钟半，到前门车站与潘经士晤。九钟三刻抵通州东门外，候行李车，遇站长吴介生湖州人招饮寿酒。席将散，潘仆至，述余仆刘福因所雇骑不能行踬于地，遂折回，余只好先行。午后发通州，过运河，行二十里，宿燕郊。

十七日(10月15日) 霁。五钟发燕郊。晨过夏店，午初尖枣林店中，遇李伯虞侍郎，亦充东陵填青差事者。渠云，到陵后无宿处，宜宿石门驿遵化州境客邸，赴惠陵甚近也。饭后，过三河县城，南门外渡河，始望见盘山。未刻过段家岭。晚宿邦均镇蓟州境，市集甚盛，产白干酒，极著名。薄暮，刘仆亦赶到。是日，共行九十里。

十八日(**10 月 16 日**)　霁。五钟发邦均。晨过蓟州,穿城行,自西而东,一路皆平坦。过蓟州北望,山益高峻,有桃花寺,行宫亦在山半,车行经其下。巳刻尖濠门。自此赴马兰峪,大道应东行趋马伸桥,御者由小道东北行十六里,达富家新店。余车迳赴石门,与经士分道。渡淋河,过章家岭,晚宿石门驿。驿为遵化州所驻,有小城,由西门至东门,小有市集。东门外有石门洞,在道南。又北行半里,两崖壁立,有巨石似人,居民呼为"石将军",望之似接引佛。二山若即若离,中通车路,所谓石门,即此是也。山景绝胜,惜无名群,指为南山、北山而已。是日,行九十里。

十九日(**10 月 17 日**)　霁。晨偕李侍郎西北行,由间道进龙门,即兴龙口也。石如赤壁,水浅可行。北望昌瑞山八陵,佳气葱茏,群峰拱卫。李侍郎先赴红门谒孝陵,又东行谒昭西陵,又东南行入惠陵园内谒惠陵,余皆同行。惠陵之右为淑慎皇贵妃园寝,入门为飨殿,殿之后为宝城,余一一瞻仰。毕,与工部经士诸人同往渠寓,在守陵司员家,部友留余等酒饭。饭后,余作马兰峪之游,因自石门赴马兰相距十六里,今出惠陵园东门行仅六里耳。路多碎石,午后始到。由塔儿山下行,入城,东西不及半里,城北有真武庙,可登眺。庙后有楼,高踞城隅,北望边外诸山,历历可指。余因时尚早,出城西行六七里,恭谒景陵、裕陵。万松如海,中无杂榆。裕陵隆恩门外有盘月松六株,高不逾丈,围以朱阑,阴浓蔽亩。归路出园门,达马兰峪时已抵暮,问道由新城行十六里,返石门寓。

二十日(**10 月 18 日**)　五鼓起,入龙门,赴惠陵淑慎皇贵妃园寝之飨殿行填青礼填青礼,官先拈香拜,内阁书满文、余书汉文"淑慎皇贵妃之位"七字,书时御黄绫手套、鼻障,皆漆书,工部以石青填之。事毕,赴隧道一观。天忽雨,余鼓兴作遵化汤泉之游,不因雨阻也。到马兰峪茶肆小憩食点,雨不甚大。沿山下,东行九里,遇一川,石大如臼,堆积中流,泉鸣涓涓,辉映五色,惟骡行滑不胜趾,危险异常。幸达彼岸,迷途屡问,始至福泉寺,背倚一山或云名松山,或云名桑树峪。僧瑞峰、继宏二人出迓，导观流杯亭。亭北有大池，龙口水热如沸，温过昌平之汤山，湢池则不逮也。余浴时雨后天凉，不敢久坐，时方申初，天有晴意。殿前有石幢，明戚继光所立，乃绘福泉寺图刻石。匆匆览毕，僧告余归路由东道行，另渡卫家河，即前川之下流，此易涉耳。驱车行二十余里，天暗路生，仆痛马惫，上灯后始返石门。

　　廿一日（10月19日）　霁。晨步行入城，出城里许，再至石门口详探形胜，因前两日昏黑经此，不知其概也。石门为两山之口，在马兰峪、昌瑞山东南，自古要隘山口，疑若无路。南北两山，询居人亦无主名，不知何故。返寓，为主人所嬲，强令写屏联数事。巳刻始登车，途中遇嫁娶者甚多。午刻渡淋河，未刻尖濠门，申刻达蓟州。由东门穿城至西门，游独乐寺，有观音阁，相传阁额为李太白书。阁四隅分上中下三层，佛象金身，兀立下层，而首则与上层相并。三层四围皆有朱栏护之，如转楼，然与正定之大佛同而仍异，亦奇观也。询盘山道，距此二十五里。有刘姓守庙人愿作导，遂鼓兴出西门行，过五里桥、贾各庄，望盘山仿佛可接而仍不能到。更余始抵杏树庵僧院，系万松寺下院。宿院无闲房，只好与老僧同榻矣。

　　廿二日（10月20日）　霁。晨嘱僧号兰浦觅扒山虎用两木穿椅，裹绳行，四人抬之，不甚适意。由莲花岭登山，过莲花池池仅一小潭，向为僧舍，今废为民居。深林陡壑，一径独开，万怪千奇，不可名状。五里达天成寺，门外矮松一株，夭矫如龙，绿阴匝地。入门有楼，为一览阁，背倚翠屏峰，左右两山拱抱如椅。阁五楹前临一线之向，俯视蓟州，空明深秀兼而有之，真胜境也。阁后为佛殿，殿后历级而上又有一殿，依山结屋，拓地绝高，其右为舍利塔，高十三级，银杏数株，满林秋色，使人意远。僧住持雍波以伊蒲馔饷客。饭毕，登舆，行五里，由欢喜岭至万松寺西南，有橐佗石，伛偻道旁。其西峰绝顶为唐李靖舞剑台，余攀藤扪葛，约行一里余，望之甚近，竟无路，只好舍去，小憩寺楼。又往殿后各处散步，即出寺门东北行。望见仙人桥在山麓下，自莲花岭至此，皆自下而上，又上行至青沟岭，约五里，始下磴道。过盘谷寺旧址，寺后靠山为龙首岩，岩之下为智朴大师墓，康熙时诗僧，与渔洋山人友，创修《盘山志》者也。墓在此山正面，几及绝顶，余在山下，隐隐望见，以为距云罩寺不远矣。然从龙首岩左行，既踏岭端，过天门开之上，仰视云罩寺，犹高踞北峰，相隔一涧也。岭端风力飞人，寒气凛冽，东为紫盖峰，其下为古中盘，再下望见中盘寺、少林寺。余登十八盘而上，下视桃园洞，有石级可步，因急头凌绝顶，舍不往。又上则虬松万干，翠阴蔽天，中通一径，已近云罩寺矣。寺倚挂月峰，入门有楼南向，与万松、天成相似，惟据地独高耳。僧外出，所藏降龙水珠及舍利与辟支佛牙，皆不获睹。出寺后，左门步石级里许，登挂月峰，其巅有定光舍利塔。此真盘山绝顶，俯视万物，皆在我下矣。其北为自来峰，相隔咫尺。导者云，登自来可眺塞外。余以足力甚惫，不得已下山，夕阳已落，不能久留，忽舆忽步，随地交换。由故道行七里，过盘谷寺，天渐曛黑，再行五里达万松寺，上灯已久矣。登楼少憩，僧谓由此返天成寺磴道略宽，假两灯先导后送，二鼓后到天成。饭毕，遍翻《盘山志》及游记，已得此山大概。三鼓始卧，枕上听泉声、树声，彻夜不断，疑山雨之忽来也。

廿三日（10 月 21 日） 五鼓残梦初醒，猛见窗月，而窗外山光近人，真可助卧游也。晨起天霁，闻寺内有善蛇洞，询僧，云在舍利塔旁有彻公和尚塔，塔下即洞门也。访之只一小穴，无足观者。其东麓约行数十步，有梅仙厂，道光时长白观梅林荣栖隐处，乃依岩为室者。早饭毕，登舆，下莲花岭，东行八九里，过感化寺，已废民居。又东行，见松阴蔽途，红门高耸，已达静寄山庄矣。行宫在山之东南境，居高临下，周围三十余里。东南隅宫墙缺处旁通石桥，墙外行人不禁樵采，余得随之入，由四面芙蓉西行转北，瞻仰太古云岚诸胜。又西北登坡陀，行数里，达千尺雪，观唐太宗晾甲石坡，平可卧，绕以盘泉，极似泰山石径峪。余掬泉坐饮，静憩片时。东行折而南，约步七八里，过农乐轩池上居。又过往日宫市，遗址已鞠为茂草矣。是日，余以足力甚疲，惮于登陟。北望擁云亭、石佛殿不克往游，东北望莲花峰，岩峣在上。昇者傍宫垣外北行四五里,一路柿叶成林,青红相间。又过涧西行,往千像寺。观寺后摇动石,屹立岩际,以树枝置两石上下间,掣之则隐隐欲动,亦一奇也。寺西境与行宫相接,僧出柿供客。小坐而行,抵暮上莲花岭,返天成。雏僧旭升奉其师命以素纸乞字,余虽疲,灯下仍奋勇书之。是晚,拟作少林寺中盘之游,竟不及往。

廿四日(10 月 22 日)　霁。晨起,饭毕,别僧出寺,访飞帛涧,在寺后岩上。舆人云,大雨后则泉如飞帛也。过双桥,登岭东行四里,游西甘涧,有废寺,后有元王志谨石龛。又一里达东甘涧,观蒲团石及山顶天井。仍折回原路出山,游山南天香寺望先师台,即山之南台也。晤僧清源谈即去,返杏树庵,与僧兰浦别。上车西南行,不经蓟州,取道邦均镇北,晚宿段家岭。盘山上盘以松胜,中盘以石胜,下盘以泉胜,昔人相传之说也。余游山两日半,上下盘皆到,独遗中盘,惟过天门开时望见之耳。又查《山志》云:“五峰即五台,自来峰,北台;先师台、南台;紫盖峰,中台;九华峰即莲花峰,东台;舞剑台、西台。”余足迹虽未遍历而皆目接之,此山大概在是矣。

廿五日(10 月 23 日)　霁。晨发段家岭是岭路甚平坦,在蓟州界西三河界。渡三河而西,回望盘山,殊不忍舍去也。入三河城南门,出西门,过石佛寺。枣林有演剧者,游客甚多。午刻尖夏店。晚过燕郊,渡运河。夜入通州东门,宿西街万增店。

廿六日(10 月 24 日)　阴而仍霁。晨步鼓楼市中,商业大减昔年而市集尚盛。出南门到宝通寺。八钟三刻上汽车,九钟一刻已达前门。归寓接伊儿书,慈亲有近恙,服仲明方渐愈。晚为顾敦庵事访孙子钧晤。汪念慈招饮同丰堂辞之。

廿七日(10 月 25 日)　霁。在寓。午后,阮子衡、王君九、张星垣来均晤。

廿八日(10 月 26 日)　霁。晨,刘翰臣、吴鞠农来晤。即出门,奠郑宸丹同年,不胜黄墟之感。到刘佛卿处,贺其京察记名喜。又到蔚老处、曹达一处,均晤。午后往省馆庚寅团拜,陈仲勉谈及郑身后苦况,余以二十金赙之。晚席散,到邱佐中同年馆中,又为紫珉事往汇报馆晤李肖眉,越缦同年犹子也。

廿九日(10月27日) 霁。晨到紫东处、陈亮伯处,均晤。又到徐颂师处拜七十赐寿,主人便衣出见,饮而出。午后到西城拜客,晤王孟嘉、李蠡莼,傍晚归。

十月朔(10月28日) 霁而阴。晨,邹紫东、李翊轩来。午后出门,到前门购物。夜访张萓南谈。

初二日(10月29日) 阴。大风,天寒。不出门。顾寿礽、吴靖涵、李春卿、黄仲弢来晤。

初三日(10月30日) 霁。在寓。于海老来。午后客来尤多,程子瀛、汪范卿、吴子和、黎凤梧名佳森,广西阳朔诸生,庚午年侄来,均晤。

初四日(10月31日) 阴。晨访陆伯葵、胡劭介、陆凤老,均晤。出城已午后,到福隆堂壬戌同年承泰阶平,约陪王劲农、朱芷青同年。晚归,接南信,知执舅及子仙弟夫人噩耗,为之不乐。为沪宁事到王君九处,遇于途,又拜客数处而返。

初五日(11月1日) 霁。晨拜客一二处,即返寓。午后到畿辅先哲祠消寒会,余作主人,所请欧阳、黄、李、赵、史、聂、余、曾、张、吴、杨十一公,均到。行诗钟一次,又行觥政挈筹令,二鼓后散。

初六日(11月2日) 阴,天寒。晨写南信。午后奠郑尔丹同年,又进城到本署,又到进士馆会潘铸禹、吴达臣、朱锡百,傍晚返。

初七日(11月3日) 霁。晨在寓,分同乡印结事。夏闰枝、于海帆、徐星伯来,丁震万来。

初八日(11月4日) 霁。顾寿礽、邱佐中来。写酬应字。晚,吴静涵来。夜,翁韬老招饮寓斋,新辟客室,精甚。

初九日(11月5日) 霁。在寓。

初十日(11月6日) 霁。黎明赴西苑,入宝光门内,诣来薰风门阶下侍班。九钟王公百官庆万寿,礼成而退。访沈丹曾谈。午前返寓。饭后赴前门瑞蚨祥购物,茗憩宾宴楼,上灯后返。

十一日(11月7日) 霁。晨,沈丹曾来晤。午后写酬应字。不出门。

十二日(11月8日) 霁。晨到市上,即返。午后在寓请客,沈丹曾、胡伯庸、吴蕅涵、黎凤梧、管纯甫、吴鹤霄、钟笙叔、王劫孚、吴叔海,均到,上灯后散。

十三日(11月9日) 霁。晨到夏闰枝处晤谈。午前赴编书处,校《农政》公阅本一卷。

十四日(11月10日) 霁。晨,王紫禾来晤。午前在寓请客,陆伯葵、吴蔚老、翁韬老、邹芸老,清谈半日。

十五日(11月11日) 霁。晨赴许颖初、沈子封两家贺其世兄授室喜。又到孙孟延贺其续胶喜。归而聂献廷来。晚到前门,晤韩养田。

十六日(11月12日) 阴而仍霁。晨,宋奉峨、韩子元来。午后进城,访铭师。夜束装,明日赴白沟河。

十七日(11月13日) 四鼓即起,天寒风大,赴前门车站。郭雅亭仆人与龙光友王金镕、又韩子元在汽车相逅。六钟半开行,十钟到定兴。下车,在小店茶憩。十一钟登舆,舆前无帷,寒甚。行三十里,过张家庄,拟作茶尖,竟无憩息处。有定兴茂才孙姓延往家塾中少坐,其胞兄与郭雅亭弟壬生异姓昆弟也。又行廿二里,过沈各庄。又八里,达白沟河。郭宅以执事接导,至其对门集成盐店作公馆,即郭宅出赁屋也。少顷,雅亭来见。盐店友张璧臣,天津人;牛马税局友陶树臣,湖北黄冈人,皆主人请之陪宾者,殷勤之至。又郭宅总理各事张献图,白沟河人亦来见。韩子元与余同来。入夜,主人设席饮客,十钟后即卧。

十八日(11月14日) 霁。午前与韩子元往对门郭宅一奠即返。晚登车到南街主人当房,候执事及舆来接,即到郭宅行点主礼。

四钟礼成,返寓。与子元及金镕步至河沿,视南北两大桥。返至郭宅,入后门,饮于书斋,同座晤朱佑三槐之,永清,己卯举人、又集成盐店友言雨萱江苏溧阳人。更余返。子元是夕即行,余定明早行。主人虽遣舆相送,余力辞,以车行反适意也。

十九日(11月15日) 霁。九钟与主人辞别,登双套车行。午正过张家庄,小作茶憩。申刻抵定兴,入迎薰门即南门,寓北门客店中。竟日未食,冷而且饿。点毕,出西门,行一里,过拒马河,游白衣庵,当事者新设造纸局。庵中有小屋三椽临河,可眺一城,胜地只此矣。进北门,赴学堂,访王潜斋茂才茂文,庚午年世兄,兼晤王子安孝廉履泰,皆定兴人也。夜,二君来会,皆晤谈。定兴城中有慈云阁古寺也,近人于阁之北建喜雨楼,实一亭耳。

二十日(11月16日) 霁。晨出东门,行二里,至车站。八钟上汽车。十一钟入都,午正返寓。

廿一日(11月17日) 霁。陈舜仲、方勉老来。午后,吴蔚老并同往恽薇孙处。晚到前门,晤郑兰亭。

廿二日(11月18日) 霁而阴,风大。在寓,写信。顾寿礽、方策六、王紫禾、李蠡莼、闵一之、李翊轩、赵芷生、王君九、秦葵初来,均晤。

廿三日(11月19日) 霁。晨送秦葵初南行,晤。到编书处校正本一卷、恭阅本一卷。晚访凤老谈。夜到李橘农处长谈。

廿四日(11月20日) 霁。晨,吴静涵来。午前,铭师约淳于静安往寓斋抄书,并招小饮,余导之同去,畅谈而出。晚拜客,到翰林院查阅《图书集成》数卷,抵暮返寓。

廿五日(11月21日) 霁。晨,杨少泉、蒋范五来。午后到潘经士处,探其夫人丧。夜,吴静涵、叔海招饮同兴堂。席散,到张蔷南处。

廿六日(11月22日) 霁。晨,庚午年家蒋嵋西来,谈及渠尊人甲戌年会试时殁于京师,涕泣不已,至性人也。午后再到潘经士处,又答访杨少泉。晚进城。夜饮六国洋饭店,琼楼玉宇,如入不夜之城,费洋佛两尊而已。

廿七日(11月23日) 霁。晨,韩明甫来。午后,何梅老招往寓斋赏菊,同座玉可、芸巢、松如,主人各赠一诗,更余席散。

廿八日(11月24日) 阴而仍霁。晨到市上,即返。在寓写南信、酬应字。晚,王劼孚来。

廿九日(11月25日) 霁。晨约吴簜涵、陈伯才、邹松如看雀,至夜方罢。

三十日(11月26日) 霁。晨,云南庚午年家孙玉堂来拜,淳于静安、郑兰亭亦来,均晤。午前到赵芝山处。晚到省馆汇议沪宁事。

十一月朔(11月27日) 霁。作铭师《止足斋诗存后序》。午后,曹松乔来。

初二日(11月28日) 霁。为赵芝山题《曾宾谷西山纪游图诗卷》五古一章。晚到市上。

初三日(11月29日) 霁。晨候戴少怀侍郎晤,即返寓。潘仲樵来谈葛鞠屏永丰堂事,竟尔出倒,甚为诧异。仲樵热肠人,有存款百余金,不愿告官,欲为鞠屏援手,苦无术也。午前答曹松乔,未晤,晤芸巢、松如。又往会吴佑之,赴编书处校书一卷。晚到土地庙,并访谢履庄谈。

初四日(11月30日) 霁。晨进西城拜客,至东城到铭师处,又访严筱舫于宁波馆。出前门,饥甚,点斌升楼。上灯时返。夜,韩明甫招饮便宜坊。

初五日(12月1日) 霁。午后,曹松乔来,访徐花老,晤于芸巢家。晚,庚寅消寒会,曾刚甫招饮粤东馆,举诗钟一次。席未散,余赴广和居陆彤士、王君九之约,同座有袁观澜,同乡宝山孝廉,议沪宁事也。夜,删改马幹翁《循吏传》毕。

初六日(12月2日) 霁,天暖甚。晨,耿伯斋挈其甥王生曾思来,劲棠之世兄也。午后,萧筱梅来。晚到市上。撰送潘经士夫人挽联并书。

初七日(12月3日) 霁。晨进城,赴国史馆。又访绵达斋侍郎,未晤。到贵寿云家奠其夫人,又奠裕相国于其家。晚出城,访长沙皮幼洲同年。

初八日(12月4日) 霁。午刻,杨玉书自故乡来,以酒款之。皮幼洲同年、徐荣云均来。

初九日(12月5日) 霁。晨到彭向青处吊其太夫人,即赴编书处校书一卷。出城,到潘经士处奠其夫人。晚返寓,杨玉书来。

初十日(12月6日) 四鼓雨,竟日阴。晨,王耜伯、吴静涵来。午刻出门,赴徐花老、刘嘉老处贺其世兄双归及授室喜。又到杨玉书客邸,渠妇、子并出见。又到蔡仙峰、吴剑秋同年两家贺喜。晚归。夜到徐花老处便酌。

十一日(12月7日) 霁而阴。晨到刘益斋、吴玉青鼎处贺其世兄授室喜。午前返寓。饭后,刘辑廷、朱子良来谈。晚到前门东,晤唐郁圃,上灯时归。

十二日(12月8日) 霁。五鼓进城值日,未召见。赴西城沈师母处,又到商部与顾寿礽、阮子衡、邹厚甫、胡劲介诸人晤。午前返寓。何梅老来,设酒款之。晚访刘绍岩,未晤。到陆彤士处谈。韩明甫为印结事又邀饮便宜坊,辞之。

十三日(12月9日) 霁。午前,刘颖如来。晚,陈玉坡来。在寓写各处信,冗杂之至。

十四日(12月10日) 阴。始有寒意。晨,陆彤士、顾寿礽、蒋嵋西、吴静涵来,均晤。到省馆即返。晚,同乡在省馆举研究会,宝山袁观澜孝廉登堂演说,始行投票,公拥余为评议员,投票最占多数,愧不敢当也。夜往宾宴楼,因本与刘瀛侣有茗谈约,余到时已过迟,不遇。

望日(12月11日) 霁。晨,杨玉书来,到徐花老处再贺喜。赴本署,新掌院荣尚书接见。出西城,会访韩明甫,傍晚归。

十六日(**12月12日**) 霁,风紧寒甚。晨,郭雅亭来。在寓写家书。晚,徐花老招往观剧。夜,尹寿臣招研究会诸同人饮广和居。席未散,再至花老处,二鼓后归。

十七日(**12月13日**) 霁,天寒。在寓再写家书。晚,庚午年家边诗孙大令嘉燡,任丘人来。

十八日(**12月14日**) 阴而仍霁。晨到市上。午前,蒋嵋西来。午后,吴子修、林寄湖来。晚在寓请客,严筱舫、韩明甫、陆彤士、李均湖、杨玉书、曹松乔、王君九、刘颖如,更初席散。是日,李春卿招饮消寒局,不及赴。

十九日(**12月15日**) 霁。午后到厂肆。晚到宾宴楼。夜访计文卿长谈。

二十日(**12月16日**) 霁。在寓。吴簪涵来。作《先祖父孝行传》送史馆。

廿一日(**12月17日**) 阴。晨进西城,会拜客。午后到蔚若处,贺其嫁女喜。晚到程友三、刘佛卿处,上灯后返。

廿二日(**12月18日**) 霁。在寓。晨,王紫禾、张星垣来。午后接沪上公电,会审公堂英副领事有殴官擅押良民事。沪绅虑乱民暴动,欲京官转致外部维持之也。夜,刘瀛侣招饮惠丰堂。

廿三日(**12月19日**) 阴而微霁。午后,任友泉来。晚到省馆会议沪事,知昨日海上乱民已暴动,拆毁会审公堂并焚捕房。有中外彼此伤损事,恐交涉国际矣,可骇之至。夜,刘佛卿招饮扬州新馆。风大天寒。

廿四日(**12月20日**) 霁。在寓。晚,程友三来。

廿五日(**12月21日**) 四鼓赴太和殿,代恽薇孙阅祝版班。晨访郑兰亭。午刻奠裕中堂于其家,顺道候刘瀛侣。抵暮归。明日长至,入夜家祭,毕饮福。

长至日(**12月22日**) 霁。晨,吴静安来,闽通家蔡思斡来见。

访吴蔚老，又访余子垕。将《先祖父孝友传》交去，已旌表者，例可入史馆也。午前返寓。晚会访吴静安，未晤。到松筠庵庚寅同年消寒集，欧阳煦庵为主人。

廿七日（**12月23日**）　霁而阴。晨，丁子韬、吴诒孙来。午前访何梅老，在云山别墅晤谈良久，以吴静涵事转托之，即返。饭后理庚午事。夜到丁子韬处，兼晤王紫禾。

廿八日（**12月24日**）　霁。晚到市上。

廿九日（**12月25日**）　霁。晨，李翊轩、何寿芬来。作《寿延子澄》七古四章，每章八句。

十二月初一日（**12月26日**）　霁。晨到东小市即返。午后，刘博泉年丈招饮惠丰堂，主人以首座相待，在张振老诸人上，甚为踟蹰。上灯时到张劭老处谈。

初二日（**12月27日**）　霁。晨，杨玉书、吴季荃来。作仪鸾殿对。在寓写家书。午后，陈伯才来。到前门宾宴楼晤汪范卿、刘映藜，余招映藜饮万福居，并邀蔡凤庭。席散访花。

初三日（**12月28日**）　阴。晨到何寿芬、林贻书、李毓如诸家贺其婚嫁喜。拟进城访张振老，遇于途即返。在寓，录寿延子澄同年诗。未刻，子澄招饮省馆，同座皆云山别墅诗社诸人。席散，到翁韬甫处长谈。

初四日（**12月29日**）　霁。晨，潘仲樵来。陈伯才约往艳香堂早点，同座与邹松如谈。午前返。午后，丁子韬来。晚，边诗孙来。夜缮本署例撰宫门春联。

初五日（**12月30日**）　霁。晨到市上。午后，吴季荃来。

初六日（**12月31日**）　霁而阴。晨，顾寿礽、庄心如来。午后，张劭予前辈招饮寓斋。访王君九谈。

初七日（**1906年1月1日**）　霁。晨写那、王横屏幅，张冶老所转托也。午后，张季老招饮湖广馆。夜，王寿山招饮福隆堂。

初八日（1月2日）　霁。晨,杨玉书来。写那横幅。午后到编书处校书一卷。夜,刘瀛侣招饮万福居。席散访花,晤洪媛媛,佳人也。

初九日（1月3日）　阴而仍霁。晨,吴子修、吴鹤霄来。午前写那件始毕。在寓写家书、南中各书。

初十日（1月4日）　霁。晨写江阴伊儿信。到前门购物。午后进城,赴铭师处,送师所著诗集二十部、又刻板,系余与诸同年集资刻者,师意甚乐。晚到张振老处谈。夜访杨玉书、吴叔海,均晤。

十一日（1月5日）　霁。午刻赴福州新馆请客,张振翁、张劻翁、李理翁、刘子翁四侍郎、柯凤笙、吴炯斋、陈子砺、李橘农、秦杏衢皆到,张箴五后到。同座皆同署人,余携所藏书画出示,尽欢而散。

十二日（1月6日）　阴,晨起小雪即止。午前到市上购物。午后到王晼艿处。又进西城访张冶老、陆凤老,均晤。凤老是日得工部尚书之名。

十三日（1月7日）　霁。晨起甚迟。曾生毓骧、王劼孚兄弟来。到郑兰亭处,未晤即返。午后到斜街花市赁红梅五盆。归而蔚老来。夜到郑兰亭、潘经士处,均晤。

十四日（1月8日）　阴,有雪意。午后进城拜客。夜,胡冕襄招饮庾岭别墅,同时瑞蚨祥招饮,辞之。是日,本署来报京察一等信。

望日（1月9日）　阴。晨,陈伯才来。午后,王君九来。到孙、荣两掌院处谢京察优等。晚到编书处校书数页。归而校满一卷毕。夜,吴鹤霄来。

十六日（1月10日）　霁。晨到前门鱼市。又往源丰润为庚午详录事晤严筱秋。午前返。饭后往李毓如处,贺其嫁侄女喜。进城拜胡云楣侍郎七十正寿,主人以彩觞宴客,饮而归。夜会访徐少达同年,兼晤张荫南谈。

十七日（1月11日）　霁。晨赴本署。午刻,那琴翁以端揆到任。未刻,荣华翁以协揆到任。礼毕,清秘诸公留饭。出城拜客数家。晚返寓。

十八日（1月12日） 霁。黎明赴午门，送《起居注》于内阁，见徐颂师，顺往国史馆少坐。午前到编书处校正本一卷，归寓。晚到宾宴楼，遇刘翰臣茗谈。夜，张汉三招饮寓斋。

十九日（1月13日） 霁。晨到市上，即返。赵芝山来。午前，于子昂、吴子中来，谈至四钟后方早饭。晚到蔚老处。夜，恽薇孙约往渠寓中公祝东坡生日，人各醵一金，薇孙作文为倡，尽醉而返。访潘经士、王君九，不晤。

二十日（1月14日） 霁。晨，王君九、李翊轩来。未刻在寓请客，吴子修、关杏垞、胡冕襄、陈香轮、张汉三、于子昂、陈伯才，饮至更余始散。

廿一日（1月15日） 霁。午前请吴子中、萧筱梅饮于寓斋，适石星渚来，亦邀之入座，午后散。是日，晨起闻恽孟乐家有回禄之灾，晚往视之，全家毁尽，为之叹息，幸人口未伤。明日孟乐嫁女迁至薇孙家办事。夜送吴子中行，未晤。陈伯才招饮绚春茹香酒，同座皆铁路友人。余姑招德春、凤琴，此调久辍，聊以酬应而已。

廿二日（1月16日） 霁。晨到恽孟乐、黄慎之、刘星甫三家贺嫁娶喜。恽因灾不出见，刘则掩关谢客也。到凌逸帆处谈。午后往源丰润，为庚午详录事鞿鞲，又到万顺店。晚进城谒铭师，因师昨以吉林参馈慈闱，躬往谢之，上灯后归。

廿三日（1月17日） 霁。在寓。赵芝山来。午后游土地庙花市。晚微雪，到杨玉书家即返。夜祀灶，雪略大。

廿四日（1月18日） 雪霁天寒。午前，公慎书局王丹阶送书来。午后到署呈请截取。出前门，购冰鲜松猪肉、鹿肉、蒙古鸡、松花江白鱼等，并送李紫老。夜到源丰润。

廿五日（1月19日） 霁。晨谒孙中堂，未见。午后到刘佛老处，与翰臣及其友同试电、重、光、水各科学仪器，上灯后归。

廿六日（1月20日） 霁。晨到两掌院处，又顺道访陆凤老谈。

午后归。晚到宾宴楼，与刘瀛侣茗叙。夜为庚午详录事到源丰润。

廿七日(**1 月 21 日**)　雪。晨携酒独登江亭凭眺，乾坤一白，作五律两章。遇梁巨川谈。返寓，为长发厚段友写春联。晚，张燮老来，代托笔屏联三十事。岁晚事冗，不得已应之。夜敬神，写各处信。

廿八日(**1 月 22 日**)　阴。四鼓赴中和殿，侍圣上阅祝版班，到时稍迟。出前门，过鱼市购松花江鱼，又赴东大市，午前返寓。写张件。晚访刘幼云、李实斋、胡太史大勋，均晤。夜又写张件。是日，共书联十五付、屏五张。天寒甚。

小除夕(**1 月 23 日**)　阴，天气寒冻。晨进城拜师门节。午后始返。晚访何梅老不晤。又访邹芸老。夜写张屏、联毕。

大除夕(**1 月 24 日**)　霁。晨到协巡局晤骆幼韶大令学煜，辛卯余通家也，以德恒详录事托之。又到瑞蚨祥，晤陈吉人，本年共余朱提五百两，付存款。洗浴于洪庆堂。午后归还账。再为张燮老写屏一张。夜到前门，再至瑞蚨祥。更余返，祭祖先，接灶，与家人同醉。二鼓时，骆幼韶来，庚午详录事已了，协巡局之力也。

丙午元旦(**1 月 25 日**)　霁。黎明赴太和殿，候至巳初，先诣中和殿，随御前大臣一同行九叩首礼，即登太和殿侍班。毕，由后门赴西城贺年。午正即返寓，拜天地祖宗毕，卧至上灯时始起，寓中诸人皆早卧，余守夜至三鼓就枕。

初二日(**1 月 26 日**)　阴寒，微雪。晨起已迟，贺岁，到徐花老处晤谈。午后返寓，何梅老招饮寓庖，入夜方散。

初三日(**1 月 27 日**)　霁。晨贺岁，过朱芷青寓谈。午后在寓请客何梅老、徐花老、方勉老、于海老、邹芸老、朱芷老。余出家庖饷之，有鹿脯、哈斯玛、蒙古鸡、松猪肉诸珍味，诸客赞不绝口，更余席散。

初四日(**1 月 28 日**)　霁。晨赴东北城贺年竟日。上灯时返，祭财神。

初五日(**1 月 29 日**)　霁。晨赴近处贺年，到杨宅少坐，午前归。

晚到厂甸。夜赴大观楼观电光影戏,有日俄战事及河间阅操诸相。

初六日(1月30日) 霁。晨赴西北城贺年,谒见沈师母。晚过曹老公观,萧索殊甚,上灯时返。夜写信。

人日(1月31日) 霁。晨,陈伯才来。午前到潘经士寓,赴经士、范卿春酒之约,局戏竟日。夜访刘伯良同年。

初八日(2月1日) 霁。晨进城,谒铭师畅谈。午刻,陆凤老招饮春酒于省馆。

初九日(2月2日) 霁,寒甚。晨赴东小市欲购物,未设市,遂由药王庙趋东河沿一路返。午后游厂肆、前门。

初十日(2月3日) 霁。游厂肆,欲觅书画,无所得。遇陈伯才、陆桐士于土地祠新设戊戌政法研究会公所,入内少坐而出。

十一日(2月4日) 霁。晨至北城宗显堂,访徐景明,拔去一牙。午前到东馆,秦杏衢、心撰、潘轶仲、王君九、江僎侯作主邀请春酒。余与阮紫衡、胡劭介、吴季荃看雀。夜入局戏,二鼓后归。

十二日(2月5日) 霁。黎明赴景运门,江苏同乡谢恩毕,返寓。到省馆,与咏春、伯才合从公请同乡春酒,共三十余人。夜赴徐花老招饮寓斋之约。

十三日(2月6日) 霁。晨到长发厚少坐,午前返。午后到厂肆,又往东城贺年。夜观灯到瑞蚨祥,灯市极盛。

十四日(2月7日) 阴。晨到厂肆,欲配《带经堂蚕尾集》,虽有而仍不合式。午前返。闻杨玉书二世兄病,往视之。午后在寓,约刘瀛侣不至。

上元日(2月8日) 晨雪即霁。到保和殿侍筵宴班。午前到东馆,朱莘耕寿丞、韩莪生、张颂清、王伯荃邀饮春酒。余作官,与同人入局,胜。夜观灯大栅栏,又至元兴听留声机器,热闹之至。

十六日(2月9日) 霁。晨赴厂肆。午前,汪药阶、兰楣、袞甫招饮便宜坊,又邹咏老招饮省馆,并赴之。傍晚席散。返寓,写家书。

十七日(2月10日) 霁。晨为庚午事,访姜颖生谈。进城赴敬子斋师宅,贺其孙世兄续娶喜,晤润西闳卿。晚出城。夜观灯市上。

十八日(**2月11日**)　霁。晨到东馆,赴蔚若、胡劭介、张莅南、潘仲樵招饮春酒,竟日局戏,与顾康老、陈伯才、王君九看雀,亥正始返寓。

十九日(**2月12日**)　霁。晨访徐景明于宗显堂,上牙卸去即返。午后,耿伯斋来。晚游白云观,上灯时归。访李均湖。夜天气寒甚。

二十日(**2月13日**)　阴,雪霁天寒。晨赴宗显堂,晤徐景明。午后,余邀景明及俞琢吾寿璋,上虞举人,恩中丞文案饮于楼厅。饭后拜城北客数家。晚仍回宗显堂,徐景明留饮,同席刘鹤樵甲午四川举人、尚左琴戊戌即用、彭荟庵壬寅举人,均芜湖人,恩老幕客也。与景明同寓。三鼓后始返。上牙已装讫,下牙尚未竣工也。

廿一日(**2月14日**)　阴,寒极。晨到吴佑老处谈。午前赴省馆《起居注》团拜,十八人同照一相。晚微雪,赴张振卿侍郎嵩云草堂之约。

廿二日(**2月15日**)　霁。晨赴北城宗显堂。午饮于庆云堂。拜北城客数家,再至宗显堂。夜,徐景明具酒肴相饷。饭毕,补下牙。

廿三日(**2月16日**)　霁。贵州通家陈正猷来见。王紫禾、淳于静安亦来。午后,任友泉、赵芝山来。昨补牙不甚适意。

廿四日(**2月17日**)　阴。晨到恩宅访徐景明,为余修理下牙,始能饮食如常。顺候俞琢吾谈,午前返寓,饭。饭后偕杨甥达臣观剧三庆园,系新出之长春班。夜饮斌升楼。是日,阅邸抄,中堂徐颂师原品休致。闻去秋赐寿,联、额俱无,仍不见几而作,真不可解也。

廿五日(**2月18日**)　霁。晨,陈伯才、郑兰亭、淳于静安来。进城欲访胡劭介,遇于途,遂归。午刻,耿伯斋、阮子衡、胡劭介、曹汝霖公请省馆,辞之,到厂肆。晚,顾康老、邹紫老招饮东馆,聂献廷同年招饮寓斋为消寒集,行掣筹令。席散,已门外雪深矣。

廿六日(**2月19日**)　雪。晨进城,访徐景明。午前返。晚到贾家胡同苏学堂,遇顾赞廷、又教习徐子山名安仁,壬寅鼎同榜也。是日,母难日仍茹素。

廿七日(2 月 20 日)　霁。晨,何梅老来谈诗,甚畅。午后在寓请客,吴佑之、徐景明、阮子衡、王次欧、耿伯斋、曹揆一、恽孟乐,申正席散。晚到孙孟延寓,拜其夫人三秩寿。主人留夜饮,有女剧,歌者金文澜。

廿八日(2 月 21 日)　霁。苏学堂开塾,晨送杨甥入堂。午前观礼而出。午后到国史馆。出城谢寿数家。是日,徐景明招饮汇丰银行,辞之。

廿九日(2 月 22 日)　霁。再到苏学堂。午前赴严筱秋、陈子丹东馆春酒之约。未刻席散,游万柳堂,登御书楼,又访夕照寺,上灯后返。写送汪范卿六十正寿及岁杪得孙联句。

二月朔(2 月 23 日)　霁。午前到汪范卿处拜寿即返。午后,刘子嘉侍郎来。晚拜客数家,到何梅老处谈。

初二日(2 月 24 日)　霁。晨,潘仲樵、闵一之、张燮老、姜颖生、庚生兄弟来。午后在寓,盆梅盛开。

初三日(2 月 25 日)　霁。晨到观音院,奠罗景湘之祖。午前到三邑馆祭文昌。拜客数家,返寓。夜,唐郁圃来。

初四日(2 月 26 日)　霁。五鼓赴西苑门,京察引见。毕,访成子蕃、张冶老,均晤,午前返寓。丰泰主人任景枫招饮,并为前日照相不惬意改为同人摄影,同人大醉。晚访徐花老,看白牡丹。

初五日(2 月 27 日)　霁。晨,陈绥之来。午前到省馆,翁叐老、丁润生、徐少达、邹厚甫招饮春酒。席散,偕邹芸老同赴松筠庵于海老之局。晚到张汉三处谈。夜再到宝兴隆,为金调翁询捐事也。

初六日(2 月 28 日)　霁。晨,丁子韬、又宝坻庚午同年王重光来。午刻,成子蕃来。在寓写各书。淳于生、陈生来寓为余抄书,不出门。

初七日(3月1日)　阴而霁。晨,李翊轩来。为题册事,拜左笏卿、李琳卿,不晤。会吴叔海谈。晚,张星垣同年招饮万和轩叶宅。是日,得京察圈出信。

初八日(3月2日)　霁。晨,陈绥之来。写信事将毕。晚到宾宴楼,晤叶叔谦。是日,刘瀛侣约而不至。

初九日(3月3日)　霁,天气甚寒。晨到编书处校正本一卷。饭后拜客,晤李荫墀侍郎。晚到本署,瞿中堂同年到任。夜访徐少达于张荫南寓中,观竹垞老人《风怀诗》原稿册。

初十日(3月4日)　霁,天气仍寒。晨,王劼孚、徐花老来。在寓作清如公、莲夐公《文苑传》。

十一日(3月5日)　霁,风大天寒。在寓,加作《云客公传》,因《苏郡志》"艺文门"有著作也。又作冰叔祖《孝友传》。陈润甫来,写字。晚,葛霞仙来谈。写各处书。

十二日(3月6日)　霁。在寓。晨写自作诗,送徐花老、邹芸老。午后为庚事看陈抄写,不出门。

十三日(3月7日)　霁。晨到汪范老处。午后赴城北拜客。夜,胡劭介、顾寿礽等招饮北宗显堂,辞之。

十四日(3月8日)　霁。晨拜客。午后,张燮钧侍郎招饮寓斋。晚访关杏垞谈。

望日(3月9日)　霁。五鼓入内城赴引,巳初毕。到国史馆少坐,晤余子厚谈。到东城拜客。午前到编书处校书一卷。晚为庚午事访王梦皋比部枚,河间人,庚午年家也。夜访左笏老长谈。

十六日(3月10日)　霁。晨,陈伯才来,告李橘农世兄顷自枢廷探信知翰林院记名者十一人,余与焉。竟日在寓,校《庚午录》。午后,左笏老来长谈。史竹孙大令恩培,庚午年兄弟,直隶遵化人,方策六均来。夜,刘映藜招饮万福居,不能却,同席并晤其兄咏诗。

十七日(3月11日)　霁。晨,赵芝山、徐花老、胡劭介来谈。午后,朱子良、刘咏诗、顾寿礽来。不出门,自作谢恩折稿,本署王供事缮写并代投。

十八日(**3 月 12 日**)　霁。黎明进西城，赴西苑门谢恩，八钟半散朝。到掌院师门处。又为庚午事往北城，又谒见铭师谈，午后返寓，饭。汪范卿来。晚拜何梅老寿，未晤。天气渐暖，洋灰鼠竟不能御。

十九日(**3 月 13 日**)　霁。晨谒见孙寿州相国，赴西城拜客，再至东城。午后饮于斌升楼，傍晚返。

二十日(**3 月 14 日**)　霁。晨在寓，客来不已，丁子韬、王耕伯、陈伯才、延子澄、吴蔚若、邹紫东、于子昂、杨子仪、张振老、戒坛僧静峰来，均晤。晚，李理老招饮寓斋，同时蔡凤亭招饮聚宝堂，辞之。

廿一日(**3 月 15 日**)　霁。晨，黎凤梧、郑兰亭来。午后到厂肆。夜，耿伯斋、王耜云招饮东馆。

廿二日(**3 月 16 日**)　霁。午前，王毓祥来。午后在寓请客，左笏老、姚释筠、姜颖生、庚生、张星垣、张汉三、刘咏诗、程友三、潘经士、蔡竹筠皆到，傍晚席散。访李均湖谈。

廿三日(**3 月 17 日**)　霁。晨赴西苑门，与于海老同预备召见。已初召对于勤政殿东暖阁，慈圣垂谕殷勤，逾格嘉奖，另作记。午前出西城，返寓。晚会拜客，到邹芸老、吴蔚老处，均晤谈。

廿四日(**3 月 18 日**)　霁，炎氛可畏。晨，淳于静安来。会拜客，晤吴炯斋。返寓，饭。午初出门，晤单束笙、刘博老。自北城行，上灯后始返。和耿伯斋东馆招饮七律一章。

廿五日(**3 月 19 日**)　阴而微霁。晨在寓，吴静涵来。午后，刘映藜、刘绍岩来。

廿六日(**3 月 20 日**)　霁。晨，陈伯才、李翊轩、陈韵璠来。为先册缮国史传事到恽孟乐处谈。午后，方棣臣来，其尊人系庚午同年也，昨刘绍岩谈及余始知之。在寓，写酬应字。晚，刘瀛侣约往宾宴楼茗话，并招饮阳春居。夜游花丛而返。

廿七日(**3 月 21 日**)　霁而阴。晨会拜客，晤李实斋、刘幼云、朱芷青,午前返寓。饭后进城,晤张振老、刘博老,上灯后返。

廿八日(3月22日) 雪。在寓。晚为杨宅第三甥病代访潘仲樵,同往诊视。天寒甚,冒雪奔波,殊不适意。

廿九日(3月23日) 霁。在寓。

卅日(3月24日) 霁。晨,尚节之、庄心如、陈书农大令嘉琳,福建庚午年侄,新选江西上犹令,仲虞大令之子来,均晤。午后,杨子仪来校《庚录》,余写酬应字。

三月朔(3月25日) 霁。晨,耿伯斋、刘咏诗来。午前,徐少达来。午后到福州馆刘佛卿招饮,陪凤老。归而出门拜客数家,晤陈伯才、李橘农。夜,杨少泉招饮嵩云草堂为消寒余集,掣筹饮酒,谈宴甚乐。是日,翁韬老简大同守。

初二日(3月26日) 霁。晨赴东北城,奠伊仲平副都之太夫人。便道到翰林院,明早值日请感冒假。出城到同兴堂请客,孟觐侯、计文卿、王劼孚、王寿山、吴静涵、吴叔海、刘映侣,行掣筹令,尽欢而散。夜,蔡竹筠招饮福州馆。

初三日(3月27日) 霁。在寓。石星渚、李嗣香、王丹揆来。晚,杨子仪来校书。夜,闵一之来。

初四日(3月28日) 阴。晨,邹松如、陈绥之来。午前到市上,即返。饭后,姜颖生、陶端一来。晚会访松如,并晤芸老。

初五日(3月29日) 霁。晨约蔚老、范老、伯才至寓斋看竹竟日,继以半夜,胜。是日,于海老约饮广和居,辞之。

初六日(3月30日) 霁。晨,吴静涵来。赴东城,午前即归。饭后,叶小涵来谈。晚在寓,约邹松如小饮,并邀何梅老、徐花老,畅谈至二鼓后。芸巢因病不至。

初七日(3月31日) 霁。晨进西城,访王劼孚、朱子良。又到进士馆会张清五书云,广西庶常、于幼芗、陈绥之,均晤谈。午刻出城返寓。晚会访姜颖生,又至厂肆,上灯后归。

初八日(4月1日)　霁。晨,闽通家诒安陈熙台来见号春阁,又陈韵璠弟陈培源亦来。午前,刘咏诗、程友三招饮省馆。席散,与主人及徐均善看雀。晚,邹紫东招饮东馆,陈伯才招饮斌升楼,并赴之。

初九日(4月2日)　霁,大风。晨,顾赞廷来。赴西直门,奠恩露芝太夫人,午前返寓。晚,汪子贤铨部来。夜访孙子钧、秦杏衢谈。

初十日(4月3日)　霁。午前,吴静安、叔海昆仲招饮同兴堂。晚,张汉三同年来。

十一日(4月4日)　霁。晨,潘仲樵、王劼孚来。午后到丰泰,庚寅同年公钱张汉三,并照相,上灯时返。

十二日(4月5日)　霁。晨得报,奉命出守广东潮州遗缺府,忽忽不乐。到翁韬老处。午后到陆凤老处。晚访王耕云。夜访何梅老,均长谈。

十三日(4月6日)　霁。晨在寓会客,朱芷青、吴绹斋、陈子砺、陈伯才、马、林贻书、杨子仪来,均见,余未晤。午前到翁韬老处。晚到徐花老处。夜,赵芝山来。

十四日(4月7日)　霁而阴。晨赴西苑勤政殿召见,叩谢两宫,另有恭纪一首。到枢府徐尚书、庆邸处,均见,傍晚归。

十五日(4月8日)　霁。晨进城拜枢府瞿中堂。午刻拜鹿尚书,又到铭师处,均见。午饭于德兴堂。晚到荣中堂、铁尚书处,未见。夜会拜张子颐观察,闻晨起无病,顷刻怛化,为之骇然。是日,瞿老云,慈圣因余有封奏两事,命改作呈交政务处。

十六日(4月9日)　霁。在寓,作学堂、铁路两事呈。此后遥隔君门,不能递折矣,一叹。午后赴鸿胪寺行礼领票。晤宗室玉太守肯堂,新放济南遗缺者。又晤张汉三同年。未刻有方勉老福隆堂之约,至则主客已散。赴万福居李琳卿封君之约,琳老山左诗人,人极伉爽,何梅老之友也。

十七日(4月10日)　霁。晨到省馆,拜汪和卿年丈八十正寿。访李琳老,未晤。作第一呈毕。

十八日(**4 月 11 日**)　晨,翁韬老来畅谈。

十九日(**4 月 12 日**)　霁。作第二呈毕。晨,吴静安来。晚,何梅老柬约云山别墅看花,兼晤恽薇孙,以呈稿示之。夜赴陈子砺寓斋之约。又赴何梅老广和居约。

二十日(**4 月 13 日**)　霁。作内人诞辰。午后进城,拜铭师七旬晋九寿,观剧。王供事来写两呈。夜,潘仲樵来谈。呈写至四更方毕。

廿一日(**4 月 14 日**)　霁。晨赴政务处,已散班,访许稚筼,将呈稿交去。晚,于海老招饮松筠庵。夜,袁昆稣自衡水来,畅谈。

廿二日(**4 月 15 日**)　阴。晨拜枢府铁尚书、荣协揆,均见。出城返寓。午后赴省馆邹咏老约。晚,王耜云招饮福州馆。夜,赵芝山招饮寓斋。何梅老来夜谈。

廿三日(**4 月 16 日**)　霁。在寓。晨,郑兰亭来。午前天雨忽晦。午后请客,葛霞仙、袁昆和、单椒生、顾赞廷、宋奉峨、陈春阁均来,上灯后散。

廿四日(**4 月 17 日**)　霁。晨,刘辑廷来。赴车站送袁昆和行。进城访那琴老,又到徐拙安处,均晤。归寓。饭罢,赴刘嘉老吴柳堂先生祠之约。夜赴欧阳煦庵醉琼林约,又程友三绚春饭局,招凤琴,三鼓后归。

廿五日(**4 月 18 日**)　霁。赴东北城会拜客,晤王丹揆、陆彤士,抵暮归。

廿六日(**4 月 19 日**)　霁。赴西北城会拜客。午后往云山别墅,赴刘博老、何梅老约,白海棠盛开。晚到蔚老处。夜邀程友三过寓小酌。

廿七日(**4 月 20 日**)　阴。到粤东馆,与张汉三同年合从请消夏会诸同人,作竟日集,尽醉而散。

廿八日(**4 月 21 日**)　阴。晨,顾寿礽、杨子仪、杜名尚,山东人,小门生来。午后出门拜客,到杨宅少坐。晚,刘幼云招饮寓斋。瑞蚨祥陈吉人招饮栈中,肴丰室美,得未曾有。

廿九日(4月22日) 阴,风大天冷。李镜如自汴来。晨赴王丹揆太仓馆约,未入席。到三邑馆合郡公宴。午后拜客,晤李蕊纯、李镜如。夜,龚怀西招饮醉琼林。

三十日(4月23日) 霁。晨在寓。午后赴东馆耿伯斋、潘经士约,与翁弢老、吴饨老、杨芸、史伯斋同看雀,二鼓后返。

四月朔(4月24日) 晨,同乡程少荷年家庚午年弟兄,山东知县,名长庆来晤。午前拜客数家,晤诸伯,约前辈谈。饭后赴湖广馆张振老音尊之招。晚拜前门外东南路诸家。夜,尹寿臣招饮寓斋。闻余所上学堂、铁路两呈,一奉旨学部知道,一奉旨外务部知道。

初二日(4月25日) 阴。晨到李镜如处。午前赴内城源丰堂,与庚午同年公请铭师及那氏昆仲、林贻书。晚席散,到大学堂操场观运动会,访谭彝仲谈。运动会以赛跑为主,形式不一,盖寓练习于游戏中也。取入场券,入门有接待者,惟男女杂乱,究非妥善。

初三日(4月26日) 霁。午前到大学堂操场再观运动会,因昨观未畅也。夜校《庚录》。

初四日(4月27日) 霁。晨,杨子仪、万荑生来谈。到西城拜客。午刻赴汪范卿省馆约。晚赴陈香轮、关杏垞顺德馆约。席散,到李荫南处谈。

初五日(4月28日) 霁。晨进城,访董授金谈。午前赴东馆三邑同乡陆、顾诸公约,与翁弢老、程友三、秦心揆看雀竟日。

初六日(4月29日) 霁。晨,陈伯才来。余到广惠寺,奠陆蔚庭,遂与伯才同游崇效寺观牡丹花,未盛开,初发只十余朵也。归而饭,部署寄山东玉雨叔物。晚进城,拜张冶老六秩赐寿,主人以彩觞请客。出城送张汉三行,上灯时返寓。

初七日(4月30日) 霁。晨,杨玉书来。出门拜客,晤张燮钧、恽孟乐、潘仲樵。午刻赴宋梦云、钟笙叔福州馆约。晚赴吴子修苏馆约。薄暮到杨颂臣家观习东文。夜赴吴佑之苏馆约。

初八日(5月1日) 霁。晨为母亲寿屏事访邹芸老,未晤。到厂肆。午前返寓。包慎生、刘映侣来。晚,秦杏衢招饮醉琼林。

初九日(5月2日) 霁。晨,李镜如来。午前,徐花老招看兰蕙、牡丹即返。午后,史竹孙招饮同丰堂,李荫墀侍郎招饮云山别墅。夜与刘映侣约到内城德兴堂饮,刘不至,姑折柬招桂卿,即出城返寓。

初十日(5月3日) 霁。晨会访朱祥甫竹师之子、赵芝珊谈。到江亭,赴《起居注》同人公饯恽薇老,因病不出,托张季端代主,客则翁、贵与余三人也。晚访杨玉书、余子垕谈。

十一日(5月4日) 霁。晨,李镜如、王耕伯来谈。午刻赴叶叔谦省馆约。晚赴冯公度松筠庵约。始到杨颂臣家铃木直八先生处学东文。夜赴柯凤笙太昇堂约,未至,遇主人于途,遂不去。

十二日(5月5日) 霁。在寓请客,史竹孙、程少荷、徐玉甫子怡同年之子、朱祥甫、程友三、曹君雅、陈伯才、李镜如。晚席散,到杨馆学东文。

十三日(5月6日) 霁。晨过崇效寺观牡丹,晤凤老。午刻赴东城拜客,晤汪芝房,上灯时返。

十四日(5月7日) 霁。晨奠段春岩之太夫人,拜客数处,到沈师母处。午后在寓。晚到杨馆。夜赴朱允钦寓斋约。到王寿山处。

望日(5月8日) 霁。在家为慈闱作寿,宴客一席,客来者于友芗、陈春阁、曹君雅、李镜如也。晚到杨馆。

十六日(5月9日) 在寓,为周贞伯画纨扇。午刻,鼎儿到京。晚到杨馆。

十七日(5月10日) 阴。杨玉书、李镜如、萧筱梅来。晚到杨馆。

十八日(5月11日) 雨。赴胡云老家贺其世兄授室喜,泥涂车撼。午后返寓。晚到杨馆,铃木公未来。赴刘少岩宗显堂约。

十九日(5月12日) 霁。晨拜客数家,晤石星渚。午刻赴天寿堂段义山招饮并观票戏。夜到杨馆。

二十日(5月13日)　阴。晨到杨玉书家,晤陶济川。午前到李敬如处送行。

廿一日(5月14日)　霁。晨,蔚若来。赴近处拜粤东诸京官。午刻返寓。晚到杨馆。夜赴吕筱苏豫升堂约。

廿二日(5月15日)　霁。晨拜粤东诸京官。午前赴张燮老寓斋约。晚到徐花老、何梅老、陈香轮处。夜到杨馆。

廿三日(5月16日)　阴。晨再拜粤东诸京官,返寓。午后,世耀东来。晚赴粤东馆粤东京官公局,略坐即散。到杨馆后,赴宗显堂刘佛卿约,将散未入席。

廿四日(5月17日)　霁。晨,陆凤老来谈。午后赴省馆张劭予侍郎约。晚到杨馆。

廿五日(5月18日)　阴。晨,郑兰亭、何梅老来谈。晚到杨馆。夜赴省馆张莅南约。

廿六日(5月19日)　霁。晨写三月用帐。庄心如来谈。午后赴三圣庵,奠林寄鸿夫人。晚,耿伯斋招饮寓斋,再与联渥轩晤,余到时诸客将散矣。夜到杨馆。

廿七日(5月20日)　霁。午刻在寓请刘博老、张振老、李琳卿、何梅老、徐花老、邹芸老,欢饮半日。夜到同丰堂请客,客之来者为铃木直八、胡慕姚、杨颂臣、杨芸臣、王受尹、潘穉樵诸人,二鼓后散。

廿八日(5月21日)　霁。晨到内城万通洋行,与联渥轩约会于此,兼晤意大利人费姓。同渥轩访法国署公使顾瑞,又有马姓翻译亦法人,相见甚欢。午前返寓。饭后到西什库,拜法国主教林懋德,兼晤孟司铎,宝兴人。林君交余一信,系投粤东主教,余告以须秋后到省,渠云随时可投不急也。晚到湖广馆,赴李橘农、夏闺枝、沈子封、汪兰楣音尊之约,五钟返寓。夜到东馆赴王丹揆约,又赴东城胡芸楣侍郎寓斋约。是日,三次入内城,疲甚而事则应手皆竣。芸老席上设女儿酒,主人云二十余年旨酒也。

廿九日(5月22日) 霁。晨到方勉老处谈。在寓部署寄玉叔物。午后,吴子和来。赴顾亚蓬、恽孟乐省馆约。晚到杨馆。夜赴泰来店送程少荷行,将玉叔物交去。

闰四月初一日(5月23日) 霁。在寓,于友芗来。午后进城拜客。晚到杨馆。

初二日(5月24日) 霁。在寓。午后,杨季玉来。晚到杨馆。

初三日(5月25日) 霁。晨到厂肆杨季玉处。午刻赴乙未通家万荑生、林贻书、萧筱梅、吕晓叔、石厚庵、王耜伯、世耀东等福州馆约,酒阑同照一相。晚往清化寺街药局会访庚午同年王印重光,可怜之至。夜到杨馆。

初四日(5月26日) 阴。李翊轩、杨季玉来。午后到湖广馆苏省音尊公宴。晚冒雨访李琳老。

初五日(5月27日) 霁。晨,江右黄朗轩通守融恩来谈。午前到张燮老处观所藏石谷卷册轴二十余幅,大半精品也。晚赴嵩云草堂杨少泉约。顺道访铃木公,未晤,晤中岛先生。夜赴广和居吴鹤霄约。

初六日(5月28日) 霁。午前赴福州馆闽通家约,主人则于、林、郭、杨、吴、何、丁、陈诸人也。晚赴李春卿粤东馆约。夜到杨馆,并赴胡冕襄庚岭别墅约。

初七日(5月29日) 霁。晨,余冰臣、潘穉樵、李琳老来。午后到孙孟延处读画,有石谷一轴,精甚。赴厂肆,又到潘仲樵处。晚到杨馆。

初八日(5月30日) 霁。晨,何梅老柬约过寓斋食鲥鱼,同座芸、花、穗及褚伯老诸人。晚席散,进城访铭师谈。始游东安市场。夜到杨馆,返寓极迟。是日,自购得鲥鱼一尾,重约四斤六两,值三番佛。

初九日(5月31日) 霁。晨,陈伯才来。进城拜客,晤左子异、准仲莱。午后归。晚到杨馆。夜,史康侯招饮。二鼓始出城。

初十日(6月1日)　阴,微雨。午刻赴省馆庚午公约,汪范老主之。晚到杨馆。

十一日(6月2日)　霁。午后奠陈子砺夫人,又会张紫东少甫同年之嗣孙。进前门,出顺治门。夜到杨馆,又赴太仓馆王丹揆约,未入席。

十二日(6月3日)　霁。晨,邱佐中、于海帆来。赴太仓馆孙子钧、陆彤士约。午后赴聚宝堂刘博老约。席散,访朱佑三槐之,永清举人于直馆。夜,陈伯才招饮便宜坊。

十三日(6月4日)　霁。世耀东、徐少达来。午刻赴刘振卿广和居约。晚进城,游东安市。赴左子异寓斋约。

十四日(6月5日)　霁。午前赴褚伯老号孝通寓斋约。晚到杨馆。

十五日(6月6日)　霁。午前赴甲辰通家宋奉峨等江苏馆约,主人则宋、庄、徐、闵、马、胡、陈诸人也。晚到杨馆。

十六日(6月7日)　霁。在寓。晚到杨馆。

十七日(6月8日)　霁而微阴。晨赴巴沟村铭师别墅约,同座除石星老因小病不赴外,余皆余同门也。午后席散,进城,到湖广馆庚寅公局,观剧至半夜始返。

十八日(6月9日)　霁。午后赴广和楼听义成和部,有新编爱国女子戏,亦无甚可观也。

十九日(6月10日)　霁。晨,徐、宋梦云、刘子达来谈。午后赴省馆会议苏省铁路招股事,余专自认及代招股洋二千元。晚到杨玉书家,又到潘仲樵处。是日,姬人赴涿州省亲省墓。

二十日(6月11日)　霁。晨,方勉老、陈伯才来。晚赴杨馆。

廿一日(6月12日)　霁。午前,薛汇九、吴粹轩来。晚赴杨馆,访刘伯良同年。

廿二日(6月13日)　霁而阴。晨,石厚庵、余冰臣来。午前会访叶肖韩。午后进城购物。晚返寓,到馆。是日,姬人归自涿州。

廿三日(6月14日) 霁。在寓,校《庚录》。晚到杨馆。

廿四日(6月15日) 霁。晨贺唐郁圃续胶喜。出永定门十里,游南苑,小憩茶棚。晚西行,进右安门,返寓。到杨馆。

廿五日(6月16日) 霁。晨,恽孟乐、潘仲樵来。午后赴宗显堂刘佛翁约。夜到杨馆。

廿六日(6月17日) 霁。晨与恽孟乐同赴东馆吴蔚老约,与顾康老、耿伯斋、孟乐看雀竟日。晚赴同丰堂蔡燕老约,未入席先返。

廿七日(6月18日) 霁。在寓,校《庚录》。晚到杨馆,始舍东语,学文理。

廿八日(6月19日) 阴。在寓。晚到杨馆。

廿九日(6月20日) 阴。午后访翁弢老、李嗣老、唐子寿,又到前门。晚到杨馆。

三十日(6月21日) 霁。晨,王丹揆、黄朗轩、黎凤梧、赵芝山来。午后到厂肆、前门、瑞蚨祥、源丰润。夜到杨馆。归而唐子寿来谈,至三鼓始散。是日,赵芝山放甘肃宁夏守。

五月初一日(6月22日) 午前到醉琼林请黄朗轩、唐子寿、江小涛饮,未初返寓。晚到源丰润、瑞蚨祥、广元各处。夜,孙孟延招饮寓斋。席散,到赵芝山处谈。是日,《庚录》始校讫,如释重负。

初二日(6月23日) 霁。晨会拜客,到源丰润交苏省铁路股洋八百元,每元合京足七钱一分五厘,共合京足五百七十二两正。午前返。李嗣香招饮寓斋。夜,邹紫东招饮东馆,并赴之。

初三日(6月24日) 阴。在寓。午后始得大雨。

初四日(6月25日) 霁。晨进城,拜陆凤老寿饮。午后拜各师门节。

端午日(6月26日) 阴。在寓,付帐,写酬应字,方勉老来。

初六日(6月27日) 雨。晨赴方勉老会芳园约。晚赴尚节之松筠庵约。腹疾作，不能饮啖。

初七日(6月28日) 时阴时雨。在寓，写字。午后，黎凤梧来。服午时茶迷曲。

初八日(6月29日) 霁。晨进西城拜客，晤朱子良、吴子和、吴炯斋。午后归。晚会访赵芝山、汪子轩。夜，唐子寿来长谈。

初九日(6月30日) 阴。晨访蒋稚鹤、翁叕老。广东灵山令刘墩号埶舫来见，山东人。午后赴永定门外茶棚，观人驰马。作《邹芸老文集序》。

初十日(7月1日) 霁。晨与鼎儿偕赴南河泡观荷。午后拜客。晚过工艺局茗憩。

十一日(7月2日) 阴。晨，石星渚、于伯山来。午刻，薛汇九来。饭后，汇九谆约至丰泰照相，茗话宾宴楼。晚雨，同饮万福居而散。

十二日(7月3日) 霁。午前到省请客，是局因慈闱寿屏联，专请吴蔚、邹芸两公也。蔚老因病不至，至者芸老、张燮钧、张紫东、唐子寿、邹紫东、费芝云、余冰臣。是日并请陆凤老，亦因病未来。四钟散。晚，袁珏生招饮于此，阵雨留客，抵暮始散。

十三日(7月4日) 霁。午前，曹揆一招饮余园。席散，与陈伯才游东安市场，小憩茶棚。晚出城，内城康庄、外城泥途，有天渊之别。

十四日(7月5日) 霁。午后，庄心如来，晤。晚到沈师母处，又徐花老处长谈。夜，刘映侣招饮万福居。大雨即止。

十五日(7月6日) 霁。赴东馆公局为苏府同乡汪范老等十一人作寿。与范卿、陈伯才、朱莘耕看竹，傍晚散。

十六日(7月7日) 阴。蒋稚鹤、李渔江来谈。午后赴恽孟乐、余子垦、许静山处。

十七日(7月8日) 阴。在寓，为单椒笙《题潘笏庵书唐李怀琳绝交论卷》。

十八日(7月9日) 霁。在寓。广东县丞毛舜卿来见，湖南人。

陈伯才亦来。写酬应字。

十九日(7月10日) 霁。晨写邹芸老文序,作《题贾竹农梦蝶图诗》。午后出门。晚到厂肆,与王仲和掌柜饮致美斋。

二十日(7月11日) 霁。晨赴北城游普济寺即高庙。出西直门,至淀园各枢府处辞行,晤瞿、鹿二老谈,甚清切。鹿公云,余已补廉州缺,渠亦曾任是郡,是光绪戊寅年,其时尚无教堂也。

王老道士,云水洞。

赵企唐,宁海州人,自修者,人甚好。

僧昙宽,塔院庵。

僧来兴,顺天人,一斗泉。

僧一山,山东人,华岩洞。

僧显荣,大名清隆人。

僧明悟,山东人。

僧悟定,山东海阳人。兜率寺知客。

西峪云居寺:

保泰,方丈。

智参,知客。

恒修,山西人,知客。

张纯甫,顺天人。房署帐席。

李汉三,安徽寿州人。房署帐席。首之中有白发一小丛,余皆黑。

吴种吉,友贤,湖北汉阳人,署房山县。

贺五琴,颀,刑部,庚辰,安徽人。

王箫九,又,王寿山之甥。

李松泉,广元友。

滕寿芝,洪福泰执事。

严善斋。

翁铸言,源丰润友,洞庭山人。

刘介屏,广元友,昌平人。

朱景迈,竹石师之子,号祥甫。

张兰浦,文达公子,南皮人。

曹君。

曹君雅。

徐仲衡,子怡之世兄,庚午年侄,徐致愉世兄。

程长庆,少荷,庚午年兄弟。

施衍庆,菉玕,江苏知县,壬戌年世兄,绍兴人。

张寿镛,咏霓,宁波人,江苏候道。

史恩培,竹孙,庚午年兄弟。

黄秀山,厂东门,名德堂书坊掌柜。

长萃,季超,刘博老、何梅老席上。

长麟,石农,刘博老、何梅老席上。

钟灵,秀之.刘博老、何梅老席上。

张仲如,本京人。

徐普安,通州人。

郭次九,荣宝友。

郭寿堃,荣宝友。

袁舜卿,通州人

渠式如,元兴洋货号友,冀州衡水人。

李毓深,琳卿,山东济宁诗人,何梅老友。

林栋,子名继沆,号云生,刑员外,庚子冬骡马市常见。蔡竹筠席上。

陈应涛,吏部,戊戌进士。蔡竹筠席上。

梁禹甸,兵部,甲辰进士。蔡竹筠席上。

陈寿琳,号书农,福建闽县诸生,江西上犹县,仲虞同年之子,其昌,浙江秀水县。蔡竹筠席上。

徐铫,号景明,广东番禺人。蔡竹筠席上。

彭萃文,号荟庵,安徽芜湖人,壬寅举人,内阁中书。

尚光钺,号左琴,安徽芜湖人,丁酉举人,戊戌即用,分发江苏。

刘景松,号鹤樵,四川宁远人,甲午举人,滕录知县。皆恩艺翁家西席。

俞寿璋,号琢吾,浙江上虞人,癸巳北榜,湖南知县。

何茂,元兴洋货店友,深州人。

梁翊清,宁波镇海人,刘翰臣友,能造仪器。

施省之,湖州人,少饮先生侄。

陈香斋,嘉兴人,陈伯才席上。

王栢生,上海人。陈伯才席上。

商衍鎏,号藻亭,广东驻防,张汉三席上。

黎桂森,号凤梧,庚午广西年家。

雷延寿,号曼卿。陕西人,庚午年侄。

雷多寿,号祝三。陕西人,庚午年侄。

边嘉煇,号诗孙,竹潭同年侄。

李,号松泉。长发厚,皆山西泽州人。

杨炳坤,号元之。长发厚,皆山西泽州人。

王致瑞,号庆云。长发厚,皆山西泽州人。

袁希涛,号观澜,宝山,丁酉举人。

僧兰溥,杏树巷万松寺下院。

僧雍波,天成寺。

僧旭昇,又雍波之徒。

徐家保,号献廷,仲虎之子,候选道,无锡人。

王履泰,子安,定兴,甲午举人。

王茂文,谦斋,王同年惠吉之世兄,诸生,定兴人。

樊,寿泉,本京人,礼部,郭雅亭岳丈。

朱槐之,佑三,顺天永清人,己卯举人。

薛,云生,浙江山阴人,容城典史。

张献图,白沟河绅士。

王金镛,号铸亭,白沟河人,龙光斋友。

言雨萱,江苏溧阳人,容城盐局。

张璧臣,名殿魁,天津人,原籍吴县人,白沟河盐局。

陶树臣,湖北黄冈人,白沟河税局。

郭文润,壬生。雅亭胞弟。

郭文澜,雅亭。汉军廪生,元氏县教谕。

朱宝莹,琇甫,编修。

朱宝瑜,瑾甫,壬寅举人。

张景范,文骏,叔鹏之世兄。

钱振锽,号梦琴,刑部,戊戌进士,常州人。

唐演,号易安,常州人,日本留学生。

子汪章黻,户部,小京官主事。

父汪念慈,名汪张敷,浙江衢州西安人。张星垣席上。

邹民,山东福山人,医生,锦什坊街。陈吉人席上。

福介竹,懋,满洲人,戊子举人,提背街门主事,住水车∞①。陈吉人席上。

常,赵州人,洪福泰掌柜。

张若愚,志颜,赵州诸生。

李荫南,春溥,吏部,山西人。徐花老席上。

王捷卿,浙江人,户部。徐花老席上。

黎桂森,名凤梧,庚午年侄,广西人。

张文明,其镟,己丑刑部,庚午。

东河沿张永和,大顺鱼行主。

---

① 特殊符号

吴荫培日记·十九

丙午五月廿五（1906 年 7 月 16 日）后游京西房山，又芯题石经山。

丁未六月廿三日（1907 年 8 月 1 日）游广东西樵山。

九月十四日（10 月 20 日）慈亲终七。

十月初十日（11 月 15 日）展花山等先茔。

丙午五月下浣一日（1906 年 7 月 12 日）起日记。

丁未十一月下浣六日（1907 年 12 月 30 日）止。

七月廿五日（1906 年 9 月 13 日）赴日本止。

十月廿八日（1906 年 12 月 13 日）自日本返苏起。

丁未三月初六日（1907 年 4 月 18 日）抵廉任止。

五月廿一日（1907 年 7 月 1 日）返省起。

七月初十日（1907 年 8 月 18 日）赴西江止。

八月初九日（1907 年 9 月 16 日）返省。

游上方山兜率寺　丙午夏作

畿郊林壑探奇遍，曾作盘山绝顶游。

却笑摘星陀太近，但从屋角见峰头。

丙午五月二十一日（1906 年 7 月 12 日）　霁。作《何梅老春风四瑞诗》五古一首，四瑞者谓牡丹与梅、榴、菊也。晨赴褚伯老、何梅老处，又到杨玉书家。午后在寓。晚自具肴馔，请沈筱眉，并邀褚伯老、方勉老小酌。

廿二日(7月13日)　霁。晨写《何梅老四瑞图诗卷》。午后到市上、前门。晚茗憩宾宴楼。

廿三日(7月14日)　霁。勾稽用帐。午前，吴静涵来。写酬应字。晚到土地庙，茗憩工艺局。

廿四日(7月15日)　霁。晨赴东馆，同乡诸寿客答席，与陆凤老、汪范老、吴蔚老看竹竟日。抵暮返，部署行李，明日游上方山。

廿五日(7月16日)　阴。晨赴前门车站，登火车。巳刻即达琉璃河。换山车，行二十余里过韩姑村，又六里抵周口店，已过午矣。韩姑、周口皆出煤石，每日有山车。问入上方山道，在西南，距此四十余里，较韩姑反远也。拟觅篮舆入山不得，天忽雨，闻房山县城，相隔只十里，遂雇两驴与杨仆，同东行至城，进南门，宿于馨远斋饭店。游城四隅，群山如障，闻金太祖陵在城西北十余里也。又到新设小学堂一游。归寓薄醉。天又雨，达旦，滴沥之声不止。

廿六日(7月17日)　雨。昨托房山令吴君代雇扒山虎，定今早入山。雨师阻我，只好暂留，笺告吴令，少顷吴遣车迓余赴署。余不愿扰人，俟早饭毕始去。吴令名友贤，号种吉，湖北汉阳人，在京曾寓余对门，谆谆留客，不能却。署友李汉三，安徽寿州人，亦来作陪。午后步出西城，望金代陵，云气满山，不能辨认。履伤足根。归途遇大雨，小坐酒家，返署。主人及县丞石姓以求书请，为书两横幅。晚，天有霁色。

廿七日(7月18日)　霁而微阴。天助游兴。晨登篮舆，出南门，西南行五里缸窑村，又七里韩姑村，越铁道，过香光寺门，未入游。假笠而行十八里，达孤山口，始入上方山境六里瓦井村，四里周谷庄，八里孤山口。北行五里过中院，小憩农家石磴上，村老以茗进，问接待庵距此只五六里。再行过背阴洞，洞在山麓之右，中空如室，无当观览，舍之。少顷达接待庵，乃上方寺下院也。城中舆夫八人，不善行山路，易短杠舆，穿岩越涧，蹩蹩而前。自接待庵以上，皆磴道，幽深僻静,别有奥区。五里至百步云梯,尤峻绝,历级二百数十,左右皆铁索,为明司礼监冯宝所置,有石碣可考。级尽为云梯庵,即古欢喜台。凭垣槛南望,此山仅入初地而已,可俯视众山也。再进为款龙桥,入兜率禅林小门,松桧苍然,中通一径。又上为瓣香庵,折而西北为虹桥庵。又上抵兜率寺。寺居此山正中为常持,山中七十二第庵皆此寺拨僧守视。自云梯达此计五里。寺僧悟定延客入。台殿高低,峰峦左右,宏丽甲于群刹。殿后壁有石刻《佛说四十二章经》,题为冯保书,后有观察大夫刘效祖跋,似一人笔迹。余寓西北偏殿之左轩,望右轩屋角,双峰高矗,咫尺可即者,一摘星陀,一莲花台也。摘星如驼峰,尤高峻。午点后与僧悟定西南行半里,至文殊院,度听梵桥,茗憩地藏庵。又南行里许,游华严洞,左右分两门,其左洞外卑内高,支木为楼,内外如一,右洞尤凉爽。僧一山出迓,静坐半日。视石壁题名,国初人颇多墨迹,知此山游屐之不多也,因亦题名洞口。晚钟已动,归路过塔院庵,舆夫来接,遂返兜率寺。僧以书扇请,许之。右轩寓客,有山东老人赵姓号企唐,盖假寺以自修者,与之言,诚朴君子也。

廿八日(7月19日) 雾而阴。晨起,登山舆西南行,过文殊院,上岭。穿磴道,披蒙茸,为云水洞之游。五里过摘星陀、莲花台两峰,下有小庙,庙后为上摘星陀之径道,弗不能往。东望兜率寺,相距只一二里,舁者云向有捷径,今茅塞矣。西行下岭,约三里至洞,同游者僧昙宽塔院庵主及洞主王道士并余主仆共四人,秉三炬携一杖。入半里得一穴,蒲伏行十八步,手先足后,与两膝并进,痛甚。出,穴大如堂、深如室,忽上升、忽下降,四壁扣之,皆白石,外色黝黑,似历年为炬熏故。导者指石壁随物肖形,应接不暇,又有清泉可供汲饮。行三里许,导者以杖叩片石,镗鞳如钟声,别有石击之,如磬如鼓,此真天造不假人工者,奇矣!再行一里许,地滑不平,余忽倾跌,幸无伤,然惊险不欲入。闻再进里许,有所谓"鹞子翻身",亦一穴,入者只伸足侧身下,只好舍之。出洞小憩,计此游入洞不过历一半,尚有四里许,未穷其胜而洞口大概已得之矣。午刻由原路返兜率寺,饭毕拟下山。

天且雨且止，询悟定一斗泉路径，云不过一里许，遂与之东行。越洞循磴而上，过圣泉庵，门扃未入。再上为斗泉岩，下即一斗泉。相传华岩师卓锡时有龙占此，师飞锡击之，龙吸泉去，留泉仅满斗。其说存而不论，泉则以此得名。岩高广如厦，石屋天然，不受风雨。僧来兴居此烹茗供客，余留连半日，薄暮仍返兜率寺。余此来但携古人游记，苦无山志，且以南行期促，不克多留。闻山僧云：山中七十二茅庵今存者不过将半，余径游之。庵完善者仅五六处，其余大半颓废，且狭小者居多。盖此山之僧皆苦志自修，是以独处不问世俗也。惟伊蒲之馔甚俭，寺僧又一意戒饮，吾辈终以为苦耳。

廿九日（7月20日）　霁。晨登舆下山，拟作芯题石经山之游，悟定、赵老人均相送。余因天暑另假赵老人笠以行，悟定以余舁者不齐，亲至接待庵代为呼雇，意甚周至也。辰刻出孤山口西行自上方山至云居寺云有小径，相距只十八里，不必出孤山口，然不通舆骑。折而北，二十余里过石门，又数里过下庄，北望石经山之阳，隐隐有台殿者，小西天也。左为东峪，即通上方山小路；右即芯题山，下为西峪，云居寺在焉。自下庄至云居寺三里，距孤山口三十里。午后至寺，清泉修竹，门外一溪，界以石桥，涓涓不绝。寺规模宏整，僧众广多。门东向有南北二塔，北塔四隅有唐人小石塔四，为宁思道、梁高望等所书；南塔下亦有石碑，无足观览。到方丈少坐，僧保泰出见。晚点毕，升舆，过溪东北行八里，登石经山，游小西天。乱后阒其无人，墙宇颓废。其地有五井、七洞之胜。井凿地如瓮，洞分列上下岩，下洞二、上洞五。上洞之中间者为雷音洞，门不封锢，四壁嵌《法华经》石碣，计一百四十六方。石碣之隙另有小石，刻唐人名款，如"元和四年郑十三娘"等字，盖当时刻经者、摹揭者，往往遗之可惜也。雷音洞左右四洞皆贮石经，自隋僧静琬创刻，唐宋迄辽金相继刊经版不绝。版列洞中，石阑灌铁。闻明时有邑令曾启洞阅版，版溢不能位置，别开小洞庋之。董其昌榜曰"宝藏"，故上岩有六洞也，洞皆人力所开，未及山巅，已过山半。经字体不一，或漫漶、或分明，洞外遥视，不能谛视，惟以贞珉累代,沦没深山,无人过问。窃谓不如效长安碑洞,任人毡搨,俾广流传之为愈也。上洞迤东有石亭,又有洞曰"火龙"。最上闻有观音洞,余未及游。返云居寺,访香树庵,沿溪行半里即至,无足游。夜饭后即卧。

六月初一日(7月21日) 霁。晨发云居寺,仍乘山舆。过下庄,遇王姓搨碑者,余欲觅云居寺北塔下四唐碑,不能齐,只好舍之。过石门,东南行四十余里,达琉璃河,时方亭午。即登火车返京,未正抵前门,申初返寓。晚浴,足跟受水浸,不良于行。

初二日(7月22日) 霁。在寓,养足。钱新甫前辈来。

初三日(7月23日) 雨。庚午年家宋小淇肇鎬,福建人来。

初四日(7月24日) 阴。足稍愈。午后始在外城辞行,到沈师母处。又到关杏垞、吴蔚老处畅谈游山事。

初五日(7月25日) 霁而阴。晨赴内城一带辞行。晚到延子澄同年处。

初六日(7月26日) 霁而阴。徐蔼村、李翊轩来送行,均晤。午后,于海老、尚节之来。晚,延子澄招饮广和居。庚午各件均交柯、延二公。湘南、粤东二省录仍归余任之。

初七日(7月27日) 霁而阴。黎明赴海淀巴沟村铭师处辞行,师留饮,午后辞别。游蓝淀厂、又平则门外圆广寺。夜赴凤老处。是日,又到隆长寺妙性僧处。

初八日(7月28日) 霁。晨,吴蔚老来,顾寿礽来,均晤。午后到徐花老、邹芸老处辞别。夜挈常儿饮泰丰楼。

初九日(7月29日) 霁。晨到褚孝老、何梅老处辞别。潘仲樵、萧筱梅、陈伯才、尚节之、黎凤梧、颜肖眉、李春卿、柯凤笙来送行,均晤。晚,黄芝云来,谆谆约饮,辞之。夜到秦杏衢、孙子钧处,知余内阮李邠如殁去,为之怅然。

初十日(7月30日) 霁。晨,何梅老来。午初发京师,赴前门车站,吴静安父子送其女同行,世耀东、邹紫东、潘仲樵均到车上送行。晚达紫竹林,寓佛照楼。夜与吴静安父子饮赵桂兴。二鼓时,刘权之来晤。

十一日(7月31日)　霁。晨登舆,拜直督,未晤。阍人约明晨,余辞以轮船即发,恐不能待也。到河东王师母处,兼晤世兄。午前返佛照,权之送便席来。饭毕,赴津趁电车行。天热,茗浴于市中。旧城拆尽,城根均变为马路,不相识也。晚访李嗣香前辈谈。夜登新济船官舱。

十二日(8月1日)　阴。晨开船,买办粤人关少棠待客周至,肴馔适口。午前出大沽口,风浪俱寂。

十三日(8月2日)　霁。黎明观日出。夜过黑水洋。

十四日(8月3日)　阴。午后雨。入夜达吴淞口。

十五日(8月4日)　阴而微霁,时有雨意。黎明抵沪,寓庠泾桥全安栈。赴顾缉老处,以德律风代雇返苏船。又到月中桂晤北有弟,知詹慎丹病故,为之怅然。午后赴老闸招商小轮局,定大船明晚行。乘马车访沈寿康先生,年九十九矣,强健如昔。游愚园、辛园、张园。夜游市上,饮杏花楼。

十六日(8月5日)　霁。晨茗憩一壶春。午饮九华楼。晚登舟。

十七日(8月6日)　霁。八钟抵苏城盘门,登舆返家,谒慈亲,虽似康健而言语不能如常,甚为担心。雷氏昆仲、毛仲老来。

十八日(8月7日)　霁。晨,雷砺卿、许少卿、李盈科、杜鹭舲均来。晚,黄实夫来,同往风来品茗。铭师送吾母人参,砺卿云甚佳。

十九日(8月8日)　霁。李镜如来。

二十日(8月9日)　霁。晨,陶念乔、邹友蓬来。午后与雷氏兄弟、龙孙买舟出阊门,游西园,饮聚丰园。

廿一日(8月10日)　霁。晨出门拜客,晤魏芙香、汪郎师、程志范昆仲、李镜如、潘宾如、鱼钓伯。午饭于松鹤楼。是日,奠执舅、李邺如于其家，傍晚返。

廿二日（**8月11日**）　霁。晨，吴荸棠、丁春之、李梦九、毛仲老来。仲老在余处饭。午后，魏芙香来。

廿三日（**8月12日**）　霁。晨出门拜客，到汪母姨、邹友蘧、朱研老处。饭于松鹤楼。午后到秦培尊、唐隽臣处。大雨。晚到三万昌。

廿四日（**8月13日**）　霁。晨会访李梦九，同游吴县学。程志范、蒋企之来。晚与卫端生茗话风来。天气热甚。

廿五日（**8月14日**）　霁。晨挈龙孙赴支硎、花山省墓。归途自龙池越须弥岭，游无隐庵，二鼓后返。

廿六日（**8月15日**）　霁。热甚。在家暖书。晚到阊门，茗憩太伯庙桥鸿景楼。

廿七日（**8月16日**）　霁。晨，雨亭弟钱幼逵来。会访杜鹭舲。午后始大雨，天气稍凉。

廿八日（**8月17日**）　霁。晨与仲明茗话风来。晚，王秩凡、江席之来。右骸患疖，甚剧。

廿九日（**8月18日**）　霁。疖穿而脓不畅。午后，查涵仁凤声，庚午年侄来，秦培老亦来谈。晚雨即止。

卅日（**8月19日**）　阴。午刻，雨。饭后出门拜客，晤黄寔夫、朱叔梧、程舅母、叶菊老、汪郎师。师谆留夜饭，更余始归。

七月朔（**8月20日**）　霁。晨，宋樾峰来，即出门会拜数家。出胥门，赴许少卿、胡景韩约韩姓船，游虎丘、李文忠祠。晚泊横马路口，同座魏芙香、顾蓉墅。主人强余折柬招周文宝。二鼓后散。进阊门，返家。

初二日（**8月21日**）　霁。晨，庚午年家汪通丞骏孙来。奠李邺如于其家。赴仓桥陈介福船潘宾如亲家之约，与宾如、叶、陈二客看雀。游留园。晚大雨。二鼓后返家。

初三日（**8月22日**）　霁。在家养疴。玉君四叔来。饭后同往凤来茗话。天又大雨。晚留玉叔到家小饮。夜又雨。

初四日(**8 月 23 日**)　霁而阴。晨闻雷理老狂发鼻衄,往视之,以热乳方告,渠家竟不知也。又告以童便茅花方,此症用药无过于是者。拜客,晤王蓉樵、潘济之、鱼钓伯、曹叔彦、王胜之、唐毅庵。天雨,毅庵留饭。饭后晤吴子和丈。赴汪郎师寓斋之召。天又大雨,与胜之、鼎甫丈同登万宜楼系藏书之所,凭眺极畅。夜饮后,顺道会访宋樾峰。

初五日(**8 月 24 日**)　霁。在家。林梅南、石仲老、曹智涵、蒋季龢来,均晤。晚偕仲明同访雷理老,又到养育巷市中。

初六日(**8 月 25 日**)　霁。在家,祀先。午前,许少卿来。饭后,鱼钓伯来。

七夕(**8 月 26 日**)　霁。晨,王鹤琴丈来谈。余携龙孙、元外孙买棹出盘门,赴胥门外养牲局,放鸭三只,晤顾乐山、杨辛生,皆识余者,余竟不识也。二公意甚周挚,导游局中,余始出,移舟金阊,饮禄中会。晚纳凉,到普济桥。归途又至马路、阆苑第一楼茗憩。上灯后返城。夜又雨,即止。

初八日(**8 月 27 日**)　霁。晨,金调翁送我酒筵,却之不获。午后拜客,晤彭颂田,又会访调老,约其到我家夜饮,兼邀李紫璇大令、许少卿。晚大雨。更余席散。

初九日(**8 月 28 日**)　霁。同乡诸绅约怡园公宴,余已函辞,尤鼎老又以柬迹,晨,吴卓如自来面邀,午前只好前往,主人张樾阶、潘济老等十余人,作半日叙。晚到王伯荃处,又到唐毅庵处。毅庵谆约仓桥花家号宝珠一饭,遂折柬招洪文玉,同座者杭人沈芥生也。二鼓后返。

初十日(**8 月 29 日**)　霁。晨,王受尹来。

十一日(**8 月 30 日**)　霁。作先册跋毕。仲明、钓伯来。晚到养育巷雷理老处。

十二日(**8 月 31 日**)　霁。午前,曹叔彦、鱼钓伯同来谈。午后料理行装，明日赴沪。天气热甚。晚步出胥门唤渡，到洋桥，茗憩吉祥春，上灯后归。

十三日(9月1日) 霁。午后登舟，出金阊，赴钱万里桥车站。毛仲老、雷叔陶、儿辈均相送出城。阵雨忽至，车中遇袁观澜、唐隽臣，畅谈。四钟开行，抵暮达沪上，寓四马路鼎升栈，钱仆从。夜饮江南林番馆。

十四日(9月2日) 阴。晨到钱江馆，访唐隽臣。午后无事，值星期又不能访客。到清莲阁小坐。遇杜雨生来访，并赠我近人东游日记两种，再作茗叙。天雨甚。同到聚乐园小酌而散。夜往春仙园观剧。

十五日(9月3日) 霁而阴。晨到法马路，又往雷氏药肆访雷磐如。午前到招商局访顾缉老，留早饭并谆约夜饮。饭后乘马车访客，晤沈寿康丈及沈淇泉同年。晚，袁观澜招饮又一村番馆，同席有渠弟俶畲希洛及南汇朱叔源曾睿，皆留学日本者。席散，赴缉老金如玉家约，循例招金湘娥，从主人之请也。

十六日(9月4日) 霁。晨进西门，赴龙门师范学堂，即前为龙门书院者。会访袁观澜，并候俶畲及总理沈恂卿孝廉恩孚，见堂中规模宏整。观澜在此充教员，俶畲亦会晤。余因即日东渡，袁、沈诸君皆曾游是邦，遂邀其午后饮海国春。俶畲明日即行，允为余导先路。申初席散，沈寿老招饮一品香，同座晤粤东郑植卿勋、郑绩卿增熙、马搴飞如龙，皆潮州人。诸人均折束，余亦招绮云楼，从众而已。夜返寓，陆靖澜来，同到浴室清话。

十七日(9月5日) 霁。晨往大马路一壶春茗憩，观报纸也。先是十三日谕旨，立宪已有明闻，至是通国皆知矣。午后乘马车拜客，晤郑植卿、马搴飞。晚，沈恂卿招饮一品香，同座云间雷继兴奋、同乡董栽之瑞椿，皆曾游日本者。雷君允为余致书其友戢元丞翼翚，约明日往取。夜，沈淇泉同年招饮花如兰家，晤任逢辛长谈。余以招花无定主，逢老强余招某姬，顾缉老又泥余召金湘娥，皆匪我思存也。

十八日(9月6日)　阴。晨往法马路茗憩。午前返寓。沈寿老、赵棣香来谈。午后马车拜客，晤许苓西炳榛、雷继兴。顺道游徐园。是日午后，潮州郑、郑、马三君招饮新太和馆，辞之。晚，潮人周佐廷国彦、马蔼初瑞庭招饮一家春。二公皆业糖行，前日沈寿老处同席者，主人亲来迓，不得已赴之。同座无不招花，余勉召张五宝，以能度昆曲也。日本之行，已购三菱公司头等票，由恒泰行鄞人毛丹香手写定。

十九日(9月7日)　雾而阴。晨为马、郑二君写便面，到九华楼早点，食淮饺甚精美。午前返寓。王劼孚来，并面约晚饮。余部署行装。午后与陆靖澜同往虹口访博爱丸，晤日本人，云明日午前二时开船。顺道到澄衷学堂一游，杜雨生作教员于此，导观各室，又登自鸣钟楼。晚赴大庆楼王劼孚约。是夕，饬钱仆移行李上博爱丸。余以友人之约四鼓时始到虹口，孰知博爱已开行矣，少顷天明。

二十日(9月8日)　阴。黎明与埠头人议，余赶乘铁路车，姑赴吴淞，换小车，达海口，遥望轮舶无多。据海上人云，博爱丸昨霄已过，追之弗及矣。返至蕴藻浜车站，晤站长陶环伯，故人觐宸孝廉世兄也，一见如故，以早点相款。余囊内如洗，颇有潭沱麦饭之感。又遇新关使者徐同元，系同赴吴淞者，为余登新关船，详查出口船册，又送余至三菱公司账房，代付车价，其意亦可感也。三菱账房总理为通州施静斋、副者鄞人李志方，余备述失路情形，彼允为余设法换票，于下一班起行，并代写长崎电稿致其友张济庆留钱仆待余。午刻冒雨到月中桂，向汪献廷假行资。发电毕，往九华楼饭。晚再到三菱账房，又访徐同元于其家，以车资还之。夜往天香楼听书。是日，阴雨连绵，彻夜不止。

廿一日(9月9日)　雨。晨到沪宁车站，登火车，午前达苏。冒雨唤小舟入金闾，过仓桥浜。忽忆前日行时文玉主人曾谆约一晤，遂往访之。余以连日不快意，特置酒水阁，邀桃庵昆仲、元机诸人，小作雨窗之集，花意宜人。上灯后假舆归家。

廿二日(**9 月 10 日**)　雨仍不止。晨,鱼钩伯来。晚赴唐毅庵家,贺其四秩寿。主人开尊宴客,同座者吴丈子佩、山阴韩蔼堂也。

廿三日(**9 月 11 日**)　阴而渐霁。晨乘舆出阊门,抵车站,八钟登车。午前达沪,仍寓鼎升栈,晤汪献廷,已代向施静斋处写定山口丸票,廿五日下午开行也。午后游大马路,小憩马安茶社。访赵镜清、棣香昆仲,同到奇芳茗话。夜,赵氏昆仲招饮新太和馆,棣香之长兄一琴、季弟淳渊均同席,招花待客,余召王佩香。夜到汇山马头观山口丸,仍返寓。

廿四日(**9 月 12 日**)　霁。晨赴九华楼点。午后到三菱账房,晤施静斋、李志方等,茗憩肆中。晚往海国春新号,邀月中桂友汪献廷、吴锦泉饮。

廿五日(**9 月 13 日**)　霁。晨到市上,即返,移行李至月中桂,接长崎钱仆来信。少顷,汪献廷、吴锦泉谆约至雅叙园便酌。饭后以马车送至汇山马头山口丸。时尚早,余不致离船,徘徊马头旁而已。施静斋到船相送,另写一东人说帖,易余船票去。据云长崎信已接,头余船款可收还,交月中桂也。是日六钟后起椗,出吴淞口。另作《丙午扶桑游记》以是日始,十月廿七日归自日本止。

十月廿八日(**1906 年 12 月 13 日**)　霁。在家。午后赴观前。

廿九日(**12 月 14 日**)　霁。晨,雷砺老来,谆约夜饮。午刻与仲明、小卓出阊门,游马路,观剧。夜赴砺卿斋中之约。

三十日(**12 月 15 日**)　霁。晨赴支硎扫墓,薄暮始毕,舟不及开。

十一月初一日(**12 月 16 日**)　霁。由木渎赴光福扫墓,舟泊光福镇,抵暮自长歧返。过司徒庙,适有里人报赛者,昆曲两枱,如听承平雅头。夜返舟,茗憩市中。

初二日(**12 月 17 日**)　霁。晨解维行,过善人桥,登岸,作穹窿山之游。晤道士金锦瀚于文昌殿，其余各殿大都衰败。师竹山房门扃，竟不可入，闻容膝地亦无之矣。下山即行。午刻达石马头，有韫辉学堂，系木渎士民新设者。旧友石梅仙在此教习算学并为司事，叙谈片时而别。夜返城。

初三日（12月18日）　霁。始拜客，晤陈中丞、陈方伯、朱廉访、陆观察、何太守、元和窦大令、吴县张大令。

初四日（12月19日）　霁。午后拜客，晤朱竹师。

初五日（12月20日）　雨。午后冒雨赴观东云露阁，为先祖乡贤入祠事与冯伯渊谈。余著屐出门，伯渊以为奇，平生本相不能变也。

初六日（12月21日）　霁。午后拜客，到府学、县学。

初七日（12月22日）　霁。在家。晚到凤来茗憩。

初八日（12月23日）　霁。在家。晚到观东程宅。

初九日（12月24日）　霁。午后拜客，晤秦培老、石壶老。归而玉君四叔来。

初十日（12月25日）　霁。午后到府学乡贤祠部署一切，定明晨入祠。顺道拜周少朴提学。晚返家。仪仗各物均已齐备。

十一日（12月26日）　霁。黎明，衣冠，奉先祖木主入吴县学乡贤祠，拈香后两学师来拜，即奉木主赴府学，中丞、方伯、提学、廉访、观察、苏府三县暨同知、学师等全到，朱竹师、沈旭翁亦来，绅士则尤鼎丈、潘济丈、张樾老、陶念老，皆代余陪宾，其余亲友来者不可胜计。午后返家。夜邀雷砺老、陶念老、许少卿、夏霄老、毛仲老、雷磐如、黄寔甫、顾蓉士、雷亮采、叔陶昆仲、宝生侄、儿辈，开筵一醉。

十二日（12月27日）　霁。谢客。午刻赴石壶老新居之约。壶老归自浙中，小有山资，营屋于其婿家陶氏有舫斋，可以延客，甚自得也。

十三日（12月28日）　霁。晨偕夏霄老联步赴金阊早点德和馆，由山塘至河田，先茗话于锦胜楼，又至马路清莲阁茶叙。午刻小饮禄中会。晚进胥门，品茗凤翔春。夜，唐隽臣招饮司前街。

十四日(12 月 29 日)　霁。谢客。午后，程志范招饮于家。

望日(12 月 30 日)　霁。在寓。程鼎元、鱼钧伯、毛仲老来。晚到陈菊坪、雷砺老处。

十六日(12 月 31 日)　霁。晚到潘济老处，因雷砺翁有助赈款，系济老嘱余代募者，余为之交去。夜，黄寔甫、陶念乔招饮陈介福家水阁，同席有王桂生，虽老而仍能豪饮，余从前竟不知也。

十七日(1907 年 1 月 1 日)　霁。午前赴秦培老约。夜赴于春之家约。

十八日(1 月 2 日)　霁。

十九日(1 月 3 日)　霁。午后到王咏梅处。晚赴许少卿、胡景韩洪妆阁约。

二十日(1 月 4 日)　霁。作《东游归国后条陈五事》：一、兴女子师范、幼稚园；二、沿江海各省设水产讲习所、试验场；三、各行省酌设农林讲习所、试验场；四、设储蓄银行及邮便局存款事；五、戏剧改良，仿东西国形式。晚访殷厚培前辈谈。夜赴潘宾如亲家约。

二十一日(1 月 5 日)　霁。午后，周贻老来，较甲辰春汴梁把晤时似增老境。夜，条陈五事脱稿。

廿二日(1 月 6 日)　霁。自写呈稿，晒所藏书画。晚，唐毅庵、金亭昆仲招饮毅庵家，余招洪文玉。

廿三日(1 月 7 日)　霁。顾蓉士来，与儿辈为余分缮呈稿。晚到雷砺卿处即返。定明日赴金陵。

廿四日(1 月 8 日)　霁。晨上汽车赴沪，同车遇董绥金同年，系自毗陵赴京也。午前到沪，访赴粤洋公司轮船，奔走半日。晚独酌鸿运楼。夜上太古行隆和轮船，匆促间觅房舱不得。五鼓开行，不能安卧。

廿五日(1 月 9 日)　霁。同舟遇楚南彭笏臣同年文明将到镇江，始彼此叙话。是夜四鼓抵金陵下关。

廿六日(1月10日) 霁。天未明,乘马车入仪凤门,寓花牌楼乐嘉宾馆。坐以待旦,晨茗憩邻近茶家。午前拜端午帅,因林贻书先寓书云余有条陈托午帅代递,遂以稿本面呈,甚为激赏。午刻即邀饮衙斋,同座有德国领事诸人。宾主倾心,各以巨觥竞饮。午帅以《雪夜评碑图卷》命题,即携归寓。薄暮,彭笏臣同年来谈。夜访许午楼同年于其家,阍人云已往蜀矣。又过钓鱼巷访旧不遇,怅然而返。

廿七日(1月11日) 霁。晨到状元境书肆散步。午后往北城三牌楼,拜昨同席德国领事及教员诸人德国领事伦爱森、副领事珂鞠德、教习璞斯玛、贝来法、延兴阿等。晚游贡院,未免沧桑之感。夜,彭笏臣同年招饮悦生公司,同座晤杨觐侯锡圭、王镜潭龙诰两同年。归而往市上,拟就浴。端老电话约看书画并小饮,同座晤程文周军门。是夕所见宋元人各种,有赵固画,与曹君直所藏者用笔不同,余不能决也。

廿八日(1月12日) 阴。晨到秦淮文德桥畔德星聚茗憩。为端老题五古一首,如兀坐旅邸,竟不能动笔也。赴三山街散步。返寓,饭后写于卷端。夜访潘季孺、王镜潭、彭笏臣,均晤,即辞别。二鼓时入端老署,又留饮,同座晤袁海观京兆,三鼓后归。

廿九日(1月13日) 阴。早发金陵,出仪凤门,午前登金陵轮。天又霁,即行。

十二月朔(1月14日) 霁。午前抵沪,往月中桂,又为赴粤到法公司问行期。二钟上汽车,抵暮返家。

初二日(1月15日) 霁。晨出门辞行,晤陈中丞、王鹤老、苏府何肖雅、元和令窦甸膏。午饭于三雅园。抵暮归,为故友王墨林题照。

初三日(1月16日) 霁。在家,始检行李,写酬应字竟日。

初四日(1月17日) 霁。午后往苏府中学堂即正谊书院、高等学堂即可园,晤王鹤老、蒋季稣、李梦九。又到两级师范学堂即紫阳书院,有洋教习十三人,晤王康吉。夜往程舅母家,与志范昆季便酌而返,即辞行。

初五日(1月18日) 霁。束装不见客。晚与子仙散步近处,茗憩风翔春。到黄寔甫家辞行。

初六日(1月19日) 霁。晨,雷砺卿、子蕃来谈。晚往雷处辞行,晤子蕃。夜,黄寔夫来,因明日余冲日,力劝余定后日行,从之。

初七日(1月20日) 阴。在寓,不出门。午后与雷氏昆季看竹于家。晚到养育巷市中购物。

初八日(1月21日) 阴。晨携杨仆登舟,赴钱万里桥,上汽车。车中遇杨实甫,嘱题《执经问道图小象》,走笔成二绝句。午刻达沪,寓四马路鼎升栈。饭后到招商局晤黄竹泉,定广利轮。晚偕实甫往王家库辛家园,又往观音阁马头陈松卿家。两处共有书画百余件,陈处较多。夜约实甫饮于杏花楼。

初九日(1月22日) 阴。晨往观音阁马头,知眷船已到。余午前往招商局晤顾缉老,又至舟中早饭。饭后返寓。往访沈淇泉。晚到九华楼挈家人共饮。夜赴顾缉老一家春约。又与家人观剧春仙园。出门时天忽雨,遂返寓。

初十日(1月23日) 阴。晨,毛仲老来,同到大观楼茗话,食蟹包,颇似润州,与九华楼之饺可称双绝。唤马车往虹口,莫严筱舫,晤其世兄子均谈。赴制造局访金燧卿,导观枪厂、炮厂、炼钢厂。遇冯姓号次蕃者善谈相,燧卿同事也。顺道游西门外女子学校及幼稚园。晚往斜桥,访沈寿老。近因倾跌患病未痊,晤于床上,尚爱客能谈。明年足百龄矣,余与苏州诸绅拟公呈请大吏入告也。更余返。夜饮万福来,与鼎儿、顾蓉士、杜雨生浴于双凤园。又至舟中。三鼓后返寓。

十一日(1月24日) 阴。晨,仲明、杨实甫来,同到大观楼茗点,又同进新北门,拟购风帽不得,即返寓。近日海上游客戴风帽者实鲜,风气如此也。午刻,淇泉招饮跑马场旅泰西餐。饭后返寓。部署发行李。晚到广利船大餐房小坐。登岸,与蓉士等饮九华楼。天雨,余听会书于万云楼。三鼓返舟,写信至天明,始略睡。

十二日(1月25日)　阴。八钟开轮。

十三日(1月26日)　阴。连日风浪俱寂。

十四日(1月27日)　阴。风顺,舟甚稳。

望日(1月28日)　阴。晨七钟抵香港,水色皆绿。午后,狂风大雨,瞬息倾盆,港中小舟遭覆者数艘,闻有淹化者,可怜之至。夜望岸上,灯火高下万点,如在画图。半夜雨仍不止。

十六日(1月29日)　雨。舟西行,入急水门,经内伶仃洋,转西北行,两岸无边,水色转黄。午前入虎门,申刻抵粤省白鹅潭。上快艇,登岸,寓迎珠街泰安栈。楼高临海,暂作盘桓。夜往濠畔街江苏馆,晤同乡叶仲畬基琳、翰斋增祺乔梓,又寄关杏垞大□信于邮局,即返泰安寓。

十七日(1月30日)　霁。晨偕顾蓉士、常儿赴苏馆。例不能栖眷,遂进归德门。途遇吴铭新来访,余遂偕至光塔街施笠仙樑寓中,并晤同乡潘子颂树声、陆鲁瞻长泰同访寓。午饮于郡庙福来,笠仙作主人。饭后茗话卫边街乐园。晚雨,往云台里陆眉五刺史继昌寓中。鲁瞻之尊人也,庚午同年蔚庭太守胞弟。仍返泰安栈。夜,程赞甫来谈。

十八日(1月31日)　霁,天寒可御重裘。始往各署禀到。胡揆夫方伯前辈、朱喾伯廉访、段少沧署学使、陈省三太守、庄心嘉、虞和甫两首令,皆晤见。午饭于吴铭新寓中。晚移寓华宁里东升公馆之小楼。夜,恽厚存观察、闽通家王叔谦启嘉来谈。

十九日(2月1日)　阴,天气仍寒。晨往施笠仙处,晤。往督辕看封篆,周制军仍未见。午后拜客,晤李健斋观察光宇、王有常同年。

二十日(2月2日)　阴。晨拜客,晤龙省卿直牧学震,江西人。午前见周玉山制军。

廿一日(2月3日)　阴。晨往宋颖云太守寿嵩处,晤。返寓,甲辰会试通家马正翰,又粤通家伦鹿苹兆常、蜀通家罗少棠凤翅、庄心嘉、王有常来。午后往河南后乐园访许少筠,并到先师几筵前一拜。

廿二日(2月4日)　阴。晨访刘子琇观察麟瑞谈。午后无事,游城北观音山三君祠,登天海澄清楼,又往启秀坪阮文达祠。夜,闽通家黄友亭大令光垕招饮卫边街贵联升。

廿三日(2月5日)　阴。甲辰通家包延杰、又胡叔陶敬夫同年子、王有常来。午后答拜客,晤陈鹿庄大令寿璠。又出归德门,往补抽厂访程赞甫,又到海珠会黄友亭、高第街访许芝轩,均晤。夜,许苓西、于叔谦来。

廿四日(2月6日)　阴。晨会拜江蓉若家琇、潘子颂、宋颖云。午刻,刘子琇招饮江花紫桐艇,由海珠往花埭一游。夜,朱廉访招饮署中。

廿五日(2月7日)　霁。午前会同寓刘馨吾大令世德,安徽人。奉方伯牌示,赴廉州任。往河南奠许师,以新撰挽联、鲜牡丹夃数呈之。午后移寓藩署前龙家试馆,因龙伯鸾有书来迓也。晚,程赞甫、龙仲和伯鸾本家来。夜,王有常招饮寓斋。

廿六日(2月8日)　阴。晨到王有常处。归而料理送人物。午后拜客,晤王苣宣观察良弼,又拜西关外客,晤叶仲畬父子。

廿七日(2月9日)　阴。晨访朱仲甫太守咸翼谈廉州事。午后出东门拜客,又晤宋颖云。晚散步市中,点于逸士林茶楼。夜,甲辰通家李仲郭大令寿祺来。王有常同年赠我《广东舆图》全部。

廿八日(2月10日)　霁。晨,方星垣政枢、孙和孚元兰,常熟人两大令。午前见朱廉访,在官厅晤陆眉五,云儋州因岑督杀劣绅,其弟揭竿为乱。午后,王有常来。出西关到广雅书院,游清佳堂湖、舠一黄亭,晤吴玉臣前辈道镕。夜,庄心嘉招饮署中。

廿九日(2月11日)　阴。晨,粤通家李筠生文蕙、闽通家陈诸荣、又施烈仙、陆鲁瞻来。午前到许芝轩处,补奠许少衢九世叔,兼游其新葺之楼,高深、华美兼有之。午后拜法国主教梅君、司铎魏君,均晤。夜游市上。是日,得方伯饬赴任檄。

大除夕(2月12日)　阴。晨到各署谢委。午前访刘子琇,兼晤段少沧,留饭而出。饭后拜客数家。返,吴铭新来。晚会访之,不值。叶仲畲来晤。夜饮毕,游于市,毂击肩摩,拥挤不已,茗憩逸士林,晤潘子颂、施烈仙诸人谈。

丁未正月朔(2月13日)　微雨。晨出大南门外万寿宫拜牌,并同官团拜。毕,返寓,出门至各署各友处贺年,晤江蓉若、潘左阶观察文铎、庚午翻译同年。午后返。晚散步,游城隍庙,顺道至东门而归。

初二日(2月14日)　阴。晨拜年,晤恽厚存。赴督辕见周帅。返寓,饭后,往见朱廉访。晚往西关外,会拜李方谷之胰,庚午年家,若农师胞侄。未晤。到十八铺市上一游。夜雨。

初三日(2月15日)　霁。晨往双门上拱北侨观铜壶滴漏。午前,施烈仙约往寓斋,与彭季群、施霁人、潘子颂、吴铭新诸人看竹至二鼓后,薄醉而归。

初四日(2月16日)　阴,天气忽寒。晨拜年,晤吴玉臣前辈、姚俊卿同年筠、胡子英通守永昌。午刻到藩署,未见。返寓,出城,往海关官银号,会访龙泽南大晟。又往海滨、沙面一路,抵暮返。夜,詹允阶同年瑞云来。是日,晤姚同年,云客岁岑督拟办船税为粤省兴利,因民间大起冲突,卒不果行,甚为可惜。

初五日(2月17日)　阴。晨,陈小玉冠英,闽人,玉溪通家之世兄、恽厚存、葛馨堂大令肇兰来。午后偕顾蓉士、鼎儿出城,赴珠江,唤彩华小学桐艇,往游花埭,看花半日,茗憩翠林,上灯后返。

初六日(2月18日)　阴,时有微雨。晨会拜屠云岩鸿勋晤,又见胡方伯谈。归而吴致之及闽通家陈绎如大令寿彭来见。午后到王有常同年处看竹。夜招饮。是日,见胡方伯叙谈甚畅。方伯谓彼此同馆,尽可便衣相晤。又谓此间藏置书画甚不相宜,有家藏一箧,两月不开,全为虫蚀殆尽,不可不防也。

人日(2月19日)　阴。晨会拜冷云帆大令春膏、胡叔涛年家翊清,养夫比部之世兄,云帆辈也。即归寓,同乡程赞甫、陈启之俦来谈廉州各事,余设酒款之。午后出城,往大沙面,拜法领事魏仲达,操中语甚热。余谓中法两国此后当民教相安。彼云目前无甚交涉事,惟北海至南宁铁路光绪廿四年中国已允法国助理,现在绅民有筹款自办之说,将来未知如何,恐此款亦未易筹办也。彼此握手,情意颇殷,并允作书致副领事嵇伯约而散。晚过河,莫许师,并晤少筠。顺道往潘氏养志园,园亭甚丽,而主人仲瑜同年已故,为之怅然。归路往会馆,会访叶仲畬、程赞甫,上灯后返。

初八日(2月20日) 阴。午前,虞积甫大令汝均、北海常关办事官黄寿俞北谦来。午后出南门,会拜年,由沙台至天字马头而返。夜,于叔谦来。

初九日(2月21日) 阴。晨会贺年,出东门到钱局,晤陈启之、程仲坚,又晤陈省三同年。午后出西关至宝华坊,访李孔曼世兄,未晤。晚,王穆清招饮寓斋。

初十日(2月22日) 阴。晨,李退谷大令立才、莼雨同年弟、蒋香甫守戎良廷,廉州人、李筠生、施烈仙、潘子颂、黄友亭、李方谷之胅、方楚漳大令积骈,新任合浦县、钱照台国宝来,均晤。午后,吴铭新招饮寓斋,看雀四圈,即赴段沧老招饮署中。夜往市上散步。蒋香甫云,廉郡米贵,向来一洋购米卅余斤,今仅购十七斤,深以为虑。

十一日(2月23日) 雾而阴。晨,吴铭新、许苓西、施烈仙来。午后会拜陶子员大令钟福。又赴工艺局胡子英通守招饮,未终席即行。夜,彭季群、潘子颂招饮彭氏寓斋。

十二日(2月24日) 阴而微雾。晨往拜李直绳军门,未晤。到工艺学堂一游,晤王春岩大令登琦,福建泉州人。出小北门眺望,返寓,刘仲愉恒,香山人来。晚拜客,王莐宣招饮寓斋。夜微雨。

十三日(2月25日) 阴。晨,王春岩大令来。午前,刘仲愉来。到省馆看雀,程赞甫、陈启之招饮。晚到学务公所探段沧老母丧。接廉郡兼办海关差事札。

十四日(2月26日)　阴。晨访刘子琇、许苓西，又访海关会办吴仪生观察政修，均晤，返寓。饭后到施笠仙寓斋，程仲坚招饮并看竹。

上元日(2月27日)　阴。晨出门会拜客，晤吴孟斐大令贞亮。午前返寓。饭后步至双门底。晚，许苓西招饮珠江满记花艇，四鼓后返。

十六日(2月28日)　雨。晨到刘子琇处，即往学务公所，奠段少翁太夫人。午后到李筠生处。晚，沈子林招饮寓斋，看竹。

十七日(3月1日)　雨。晨会拜客，晤施笠仙、何紫枫。午后到观音山三君祠，陈省三、虞和甫、庄心嘉招饮天海澄清楼。晚，陆眉五刺史招饮施宅，看竹。

十八日(3月2日)　阴。晨，恽厚存来。午后出归德门，拜李平书钟珏于自来水厂，晤。进城，出大北门，游双林寺，再北行，过明绍武君臣塚，又到流花桥约。晚，陈祖庚直刺倧万招饮寓斋。

十九日(3月3日)　阴。晨，李平书来，又合浦举人廖杏斋俞簪来，均晤谈。长班条报藩署牌示，调补潮州缺。午前会访清水濠石安侯福澜，不晤。晚访沈凤楼观察桐于督署，兼晤周大帅。大帅云自北海至廉州系我之地，既已集款，尽可自造。法人要挟，惟有购料用工以应其请，可矣。又云潮州造蔗糖未善，须改良，浆不轧尽，不能作薪。彼此谈吐，蔼然相得，遂散。夜，伦鹿苹招饮大南门外启明学校。是夕，石安侯招饮瑞和艇，辞之。夜半雨。

二十日(3月4日)　霁。晨赴各署谢调补牌示。午前返寓。杜雨生自故乡来。午后往小北门外下塘村，小憩宝汉茶寮，观南汉马二十四娘墓券石，又唐墓志石。返寓，赴督练公所，沈凤楼、谢靖之汝钦、姚兰苏鸿法招饮。夜赴朱廉访招饮。

廿一日(3月5日)　霁。晨往学务处，段沧老太夫人汇吊。午前返寓。胡方伯招往署中，阅考选举贡试卷，同阅者陈鹿庄寿瑯、同乡陈少蘅佩实、毛丰山昌年也。二鼓后归。是日，共校二十四卷。

廿二日(3月6日) 阴。晨到藩署阅卷。午前赴江苏馆团拜，晤朱廉访及同乡官场百余人，演周丰年粤东戏。晚再到藩署校文定榜，至三鼓方竣事，取举人卷五十三名，贡生卷十四名，又备卷二十余名。

廿三日(3月7日) 阴，时有微雨。晨谒胡方伯，因昨定榜时太促迫，方伯命将各卷复校，将已取者黜二名，仍补二名。午前假施笠仙寓请诸友，沈子林、陆眉五、王穆清、王有常、彭季群、程仲坚、陈启之、程赞甫、潘子颂、吴铭新、施笠仙、霁人，看竹三局，余与赞甫合。三鼓始返。夜雨。

廿四日(3月8日) 晨雨即霁。顾曙云、夏用卿同觫来。午前会拜王春岩、朱芸卿益湛晤。午后出西关拜客，晤李孔曼、邓小赤中丞、苏伯赓。夜访陈省三于署中，留饮而归。

廿五日(3月9日) 阴。晨到学署前看举贡榜，顺道过市上购物即返。廖杏斋来谈廉州事李小崇诸绅情形。午后，胡方伯邀往署中，补写落卷评语。抵暮游广州陈列所，又出归德门即返。是日，熊似谷招饮其寓，辞之。

廿六日(3月10日) 霁。晨在寓。午刻，潘左阶同年文铎招饮贵联升。席散，游观音山，登镇海楼茗眺。晚过施笠仙寓，主人留饮，与季群、霁人、子颂看竹至二鼓后返。是日为余母难日，因潘同年谆约且有庚午事面谈，遂不能茹素，自记大过一次。

廿七日(3月11日) 阴。晨，刘馨吾大令世德来。午刻偕蓉、雨、鼎儿出南门，渡海至河南戏院观剧，演战国齐赵事。半日只有一本，且有单详载此剧本末大略，与日本同，惟无活动，舞台且不布真景，不专说白，此为异耳。夜返寓。

廿八日(3月12日) 阴。晨，黎兆丹士宣来。午前，王有常来。午后会拜客，出西关到逢源南约南强学堂，访李方谷。探知荔枝湾路不远，遂到彭园前过渡，游卢园、荔香园即潘园，今废，陈姓居之。彭东、卢西北、潘西南大有三人共宅夹清漳之概。晚仍进西门，访袁遂三，不晤。是日,陈伯端相忠招饮钱局,辞之。

廿九日**(3 月 13 日)**　阴。天气潮热,仅御单衣。晨访袁逯三,又拜李直绳军门,均晤,谈及营中可假官轮相送,约初十前后必到也。午刻,李秋秾招饮濠畔街金陵馆。未刻,许澜律招饮寓斋,晤苏伯赓畅谈。是日,又有朱芸卿、虞和甫招饮之局,均辞之。

二月初一日**(3 月 14 日)**　阴。晨,廉州署经历杜宗诗,号咏斋,来见。湖南诸生余葆初希阙,余新延书启来。出门拜刑钱席吴子翔五崇,又晤其弟敬之大令立庄。访俞潞生太守炳辉,因小恙,造其房清谈,其世兄亦出见。又晤陈少卿通守名骏,湖南人,庚午年家。午前返。晚游贡院,又出城访陈少蘅、段沧老,兼晤刘子琇。晚,方楚漳大令邀饮寓斋。席散,到王有常同年处谈。上灯时风起骤冷。

初二日**(3 月 15 日)**　阴。天凉转寒,晨起可御重棉。伦鹿苹、颜绍璟来。午后出门,晤庄心嘉即返。天寒转甚,御珠皮不足,竟御灰鼠重裘矣。许苓西新建海滨照霞楼,余因觞客事往访,定初五日假座于此,即返寓。黄友亭馈酒筵来。明日拟先请幕宾诸人。

初三日**(3 月 16 日)**　雨。晨,闽通家陈香阁熙台来见,因上年拣发到此也。到督署,拜督夫人寿,未见,又拜陈玉苍侍郎,晤。归寓,请吴子翔、敬之、李秋秾、熊似谷、伦鹿苹、杜雨生、顾蓉士饮。晚席散,雨止。许苓西招饮照霞楼。

初四日**(3 月 17 日)**　雨。晨赴督署禀,辞约。午后前去拜督幕章介眉,因昨同席也。赴西关外,拜蔡伯浩观察乃煌,畅谈履新后御下之法。谓给资从宽而约束不得不严,如嫖赌等事必先禁绝,以杜舞弊之源;到任之日宜出示晓喻,有招摇索费者一律捆送,所言皆切中官方,非泛论也。归寓,饭罢,谒周制军,长谈北海铁路事,谓蒙自路假手外人,主权尽失,龙州路借材法国,主权尚存。将来宜立商业公司,与之商办,可以用彼国工料、人才,不可自失权利。余言到任后细察北海情形,当绘图上达。制军意甚许可,辞别时颇邀奖饰。晚,李直绳军门招饮寓斋,西餐。夜,刘子琇招饮漱菱紫桐艇。

初五日(**3 月 18 日**) 阴。晨至臬署辞行,不晤。拜客,晤关树珊直刺广槐、李少甫大令祖湘、李松琴观察文涛。午前返寓。晚假许氏照霞楼,用瑞花艇酒肴觞客,客之来者沈凤楼、潘左阶、王荩宣、许润律、陈祖庚、胡子英、许芝轩、苓西、袁遆三、黄友亭,未到者刘子琇、苏伯庚。二鼓后,席散,归而写京城各书。明日常儿北上,四鼓始就枕。

初六日(**3 月 19 日**) 阴而微霁,天气渐暖。晨,施笠仙诸人来,为常儿送行。余赴朱廉访处辞行,晤。归,留笠仙诸人小饮。饭后,出城至大巷头,登快艇,上广大轮,潘子颂与常儿同行,余兼送段沧老。晚到照霞楼,晤苓西,抵暮返。知昨夜十钟广府署西大街某家有盗劫事,骇甚。夜,屠云岩、李筠生来。

初七日(**3 月 20 日**) 阴。晨出东门,赴钱局,拜方宣甫、陈启之、程仲坚,均晤。仲坚导余观铸洋圆、铜圆厂,自镕银、镕铜、造坯、光边、过筛、压印,无一不用机器,形式与东国同。午前返寓。饭后出南门,拜法国梅主教。过河南,会拜潘仲瑜之世兄向欣及江阴章国桢,均晤。晚访宋颖云。

初八日(**3 月 21 日**) 阴而微霁。晨在寓。午前,王有常、虞和甫来。午后,吴仪生、叶翰斋、黄友亭来,均晤。晚,白建侯、袁遆三招饮澄鲜紫桐艇,三鼓后归。

初九日(**3 月 22 日**) 晨雨即止。拜沈次端传义、蒋艺圃式芬二观察,均晤。又到工艺学堂,晤胡子英。午前归。饭后赴河南,访许少筠。又到西关,赴苏伯赓之招,观苏、米墨迹两卷,苏卷尤精绝。夜进正南门,赴吴铭新处约。是日,沈观察言潮州英人交涉事,为之寒心。

初十日(**3 月 23 日**) 阴。在寓,写酬应字。午后赴双门底市上,又东南行,登定海门城楼即返。

十一日(**3 月 24 日**) 霁。晨,陈少卿、王春岩大令、程仲坚、陈启之、合浦人宋筱星、陈竹友、通家包少阶来。午后与蓉士、雨生赴公园茗憩，晤陆鲁瞻谈。夜，王有常招饮寓斋。

十二日(3月25日)　霁而阴。晨在寓。午后，黎少丹、施烈仙、陆鲁瞻来。访陈省三同年于署，晤谈。晚写酬应字，又到市上。夜，同寓龙少鹏来见。蓉士在床捕得大蜈蚣一条，长六寸，宽八分，可骇之至。

十三日(3月26日)　阴而微霁。晨写京信。许润律函约午后赴渠寓，与苏伯赓、蔡伯浩同往西蜀卢雪斋太守家，观所藏书画，宋元本甚多，有黄鹤山《樵山水小卷》，又赵松雪字卷、倪云林山水轴，并皆佳妙。本朝恽、王各件皆赝本也。此公盖究心于远而反忽乎近者。夜，蔡伯浩约饮郡庙中福来居。

十四日(3月27日)　雨。晨出南门，往照霞楼，访许岑西，又访张弼士京卿振勋谈铁路事，又往义善源晤王展卿德成。进城，访庄心嘉，午后返。晚谒朱廉访，兼晤袁逵三，又会访虞和甫，均晤谈。夜，陈省三招饮筲斋。

十五日(3月28日)　阴。在寓。晨，罗召棠、孙礼臣大令庆璋来，又闽通家罗莲舫大令镇藩来见。

十六日(3月29日)　阴。晨，冷云帆大令来晤。午前挈眷出城，买舟沽酒，游大沙地。竟日雨不止。

十七日(3月30日)　阴。晨，王春岩、黎兆丹、彭恩溥德洋、徐小农元英、吴铭新来。同铭新送施笠仙行，饭于笠仙处。午后游五羊仙观，有石上看仙人拇迹，甚大。五石则皆非旧物也。游警察总局、习艺所、男女寄宿监，晤童佩卿太守凤池、罗召棠、潘少卿。晚与铭新茗憩陶然亭。夜微雨。

十八日(3月31日)　阴。晨，龙伯鸾凤鏕自大良来，余设酒看款之，并邀其侄少鹏与刘子琇、蓉士、雨生两生陪之。午后席散。晚会拜客，晤徐篆香大令凤衔、陆鲁瞻。夜，义善源王展卿招饮瑞和艇，三鼓后返。

十九日(4月1日)　霁而阴。天气爽而又寒,可衣薄皮,天时真不可料也。午前,袁遂三来,始知广玉不至,只好附商轮行。饭后,王春岩来。夜,李芳谱大令灼春自廉州回省来见。

二十日(4月2日)　阴。在寓,删订日记。江蓉若、吴铭新来。午后与铭新到陶然亭啜茗。晚,铭新约饮古今同酒楼。

廿一日(4月3日)　阴。午后与蓉士、雨生出南门,至鸿安、泰安栈,探于爱行期,又至沙面、西关。晚茗憩十八铺西餐馆。

廿二日(4月4日)　雨,即止。晨访李隽臣太守崇说,畅谈廉、潮各事即返。午后,伦鹿苹来。夜,李隽臣来,彼此一见如旧识。余上年所上条陈五事,岁杪端午帅入告,奉旨各衙门知道。

廿三日(4月5日)　阴。晨,同乡章补农来谈渔业事。廉州法政教员彭恩溥四川人、黄朗垣轩佐,番禺人、陈仁山炽昌,东州人来,均晤。晚出门拜客,又往朱廉访署辞别。夜,夏用卿、刘子琇招饮学署。

廿四日(4月6日)　阴。晨写河南各信。午后,程赞甫、吴铭新来见。晚,王叔鲁文焘来,雪澄观察世兄也。晚微雨即止,刘仲愉来。夜到市上,即返,写日本各友信。

廿五日(4月7日)　雨。晨,彭季群来谈。午后写酬应字。晚,王有常来。夜,许苓西来。

廿六日(4月8日)　阴。晨,胡子英来晤。偕蓉士、雨生往市上购书寄信。午前归。晚约程赞甫、陈启之、吴铭新、蓉士、雨生小饮古今同。天大雨即止。夜校《扶桑游记》毕。写酬应字,二钟方卧。

廿七日(4月9日)　阴。晨在寓。午后出门辞行,晤王有常。于晦老自京到粤提学任,夜往见之,并晤陈少蘅。余定明早行,赴廉州。

廿八日(4月10日)　阴而微霁。晨出归德门,上香山轮赴港。送行者甚多,李方谷、许芝轩、王春岩、陆鲁瞻、程赞甫、吴铭新诸人,余到时稍迟,皆于马头、船尾一见即别。同船遇温佐才观察。申初抵港。邓亮之兆彬以小轮来接,赴湾仔,舍馆其家。亮之系许芝轩侄辈也。夜招余及诸幕友饮。

廿九日（**4 月 11 日**）　霁。晨访吴理卿于南北行街，未晤，晤杨竹溪。又到鸿安栈。午前返邓寓。饭后，亮之以马车约游下环愉园，又游中环山上公家园。粤人卢复初元善省中开威建药房者，自省寻踪至此，谆约宴琼林夜饮。是处临海结楼，笙歌遍地，同座晤何仲池、何华生，皆粤人商于此者，又日本人隅田岩次郎，均甚浃洽。主人嘱余折柬招一人，不知名，不相语也。席散，与邓亮之及何姓人散步花丛，即返。香港地形狭长，上环在西，中环在中，下环在东，邓宅面北临海，楼小而洁，延余眷及幕客、仆姬等十余人适馆授餐，意甚周到。亮之并以弟子礼来见，余却其赞而允其请，彼此相得也。

三十日（**4 月 12 日**）　霁。晨为隅田写"灵丹济世"额。闻于爱船昨已到港，遂发行李上轮。吴理卿招饮某处，亲往辞之。归而隅田、何氏昆仲、卢复初等各以药物赠我，匆促间苦不能却。邓亮之为余给上下水资，余力辞不能，遂馈以袍套而厚赏其仆役。晚登轮，即起椗西南行。

三月朔（**4 月 13 日**）　霁。晚达广州湾，泊。是处分东西两岸，东属高州境吴川，西属雷州境遂溪。余买小舟登西岸，到西营。去秋经风灾洋房十数家，清淡异常，市不成集也。

初二日（**4 月 14 日**）　霁。黎明开行，因雾停轮二时许，风浪寂然。戌初达琼州海口，子初行。

初三日（**4 月 15 日**）　霁而阴，水如镜平。午前过斜阳，又过涠洲，皆廉州海境小岛也。午后由冠头岭下北行，自西转东，为北海口。合浦令池仲祐号滋铿来见，又以大水师船四艘相接。未刻登岸，住水师行台。阖府及北海官绅次第来见。吴梅宋，官白石场大使，亦于行台相迓，话旧欢然。晚拜梁慎始观察澜勋于洋务局。又片约北海各国领事，明早往晤。

初四日（**4 月 16 日**）　霁。晨拜北海副税务司巴顾德、英副领事佛来蔗、法领事施备、英医院李惠来，均晤。施领事即来会拜，借海关水阁茶叙。午前登程北行，过高德街沙墩，又过乾体埠之东小村，道路甚坦，一路多仙人掌。六十里达廉州府城南，北海镇何榆庭军门长清、署府高葵北太守觐昌等均出接于三浦女庙。晚进定海门，居法政学堂，即从前试院也。合郡官绅来见，高太守、何军门、池大令、吴梅宋外、北海镇游府忠正、守备陈玉祥、署经历杜宗诗、厘务委员县丞黄永元、代理合浦典史孙光祖、署府教授王德耿、署训导李青、署合浦教谕王兆凤、署训导徐敬修、廉州税务办事官王维祖、巡警官巡检唐人英，皆一见不及久谈也。夜大雨。

初五日(4月17日) 霁。晨见诸绅。午后会拜何军门忠久山，定明日接印。夜部署一切。高葵翁来谈。越晨遣各友分头赴税厂顾蓉士、账房兼常关；杜雨生，西关税厂；施霁人，常乐税厂；顾曙云，武利税厂；黎少丹，石康税厂；黄桢甫，总江口常关兼查验税厂；奚鲁勤，西场常关；刘仲愉，西关外常关；王禄，十字路税厂，皆定明早前往。

初六日(4月18日) 霁。午后接印，以后另作《廉郡宦游记》至五月初六日卸任，廿一日返省止。

五月廿一日(1907年7月1日) 时阴时雨。晨抵省城。与雨生茗话补抽厂海滨酒家。进城，访吴铭新、邹建东，兼晤蒋慰农大令钤炜，同看寓房。午饭铭新寓中。大雨后到云台里定房，眷口暂寓鸿安栈。

廿二日(7月2日) 霁而阴。晨写《廉郡纪事》，与江席之到省馆，兼约陈小玉，托江、陈代缮各件，同饮于味莼园。晚到云台里寓，行李已发到，蓉士等先移寓。天又雨，余仍返鸿安栈。夜往市中。

廿三日(7月3日) 霁。晨拜各署，晤护督院胡方伯、署藩吴子和同年、提学于海老、广府陈省三、景将军诸人。晚返鸿安，买醉红舟，携眷同游大沙面，饮至一钟始返栈。

廿四日(7月4日) 时阴时雨。晨迁寓云台里。拜署臬龚仙洲观察心湛、张少堂观察祖良。午后拜朱廉访、夏用卿,均晤。晚,于海老、李筠生来。

廿五日(7月5日) 霁。晨,陈兆唐大令荫桐、伦鹿苹、张少堂、苏雨之大令育仁来。午前到观音山三君祠,同乡公饯朱廉访。晚拜客,晤李简斋观察、陈少卿、宋颖云。晚返寓,吴子和同年来。

廿六日(7月6日) 霁。在寓,刘子琇来。晚到卫边街一带。

廿七日(7月7日) 霁。拜客,晤胡护院、李军门、沈寅谷之乾、王苫宣、邹建东、吴子翔。晚偕蓉士、雨生茗憩乐园。夜,桂南屏站来长谈。

廿八日(7月8日) 霁。陈省三、王松山太守崧来。晚,沈寅谷之乾招饮寓斋。

廿九日(7月9日) 霁。为《商报》登廉事不实,另作一函,托邓亮之致香港商报馆主人。朱廉访来辞行。晚,庄心嘉招饮寓斋。

六月初一日(7月10日) 霁。写近著《榕树诗》贻朱廉访。夜,姚俊卿同年筠来。

初二日(7月11日) 霁。写上年《东游诗》,亦送朱廉访者。晚,姚俊卿、彭恩溥来。

初三日(7月12日) 阴。出门拜客,晤吴子和同年、郭缉熙司马继昌、陈少蘅。又到苏伯赓同年家细观所藏书画。

初四日(7月13日) 霁。晨到朱廉访处谈,即返。吴铭新、李方谷、方楚漳、卢复初、姚抡之来。

初五日(7月14日) 霁。午后,萧漱筼来。

初六日(7月15日) 霁。在寓。与蓉士、雨生等看竹。

初七日(7月16日) 霁。晨与蓉士。雨生赴东门外钱局,访陈启之,兼晤方宣甫、陈伯端。伯端留饮于园中荷花池上,傍晚返。

初八日(7月17日) 雨。晨赴五仙门外快艇。晚送朱廉访登轮北发,顺道游荔枝湾荔香园。归接藩署饬知准补潮州缺。

初九日(7月18日) 阴。晨往胡护督、吴和老处谢饬,知及前补潮州缺,并会访朱志侯兴沂谈。午后,吴和老、于海老招饮三君祠。夜,腹中不适,遂不食饭。

初十日(7月19日) 霁。晨往见龚廉访,又到钱局拜胡慕姚农部大荣晤,并到威建药房会访卢复初。午前返。饭后算用帐。叶仲畬、李筠生来。晚看竹。

十一日(7月20日) 霁。午后,邹建东招饮寓斋,看竹而归。

十二日(7月21日)

十三日(7月22日) 霁而阴。晨在寓见客,晤陈幼帆观宾,福建人、陆达村继照,太仓同乡,均县佐、廖竹生子烺,江西太守、彭小峰、陈兆唐、林选青绍铨,元和同乡。午后晤金寿荃保福,子材之兄。晚,沈子林、王穆清、吴铭新、邹建东招饮子林寓斋,看竹。

十四日(7月23日) 霁。晨,吴子翔来。午后,江蓉若、王有常来。晚看竹。

十五日(7月24日) 阴。晨拜客,晤吴和老、存吉士同年庆、王有常。午前返。晚看竹。

十六日(7月25日) 霁。晨偕蓉士、雨生出城,游西关外,小饮中西园,眺沙面洋楼一带地,甚凉爽,颇畅胸怀。晚,王松山招饮寓斋。

十七日(7月26日) 霁。拜客,晤廖竹生、吴子寅太守尚恭。午前返。饭后,陆圭如琦、彭希孟清震、朱志侯、屠云岩鸿勋、邹建东来。到王有常处夜饮,看竹。

十八日(7月27日) 霁。晨,门下士包少阶延述、黄友亭来。卢葆帆太守蔚猷、虞和甫大令来,均晤。午后散步,赴河南,访许少筼。归路茗憩中西园,买棹,由五仙门返。

十九日(7月28日) 霁。晨,王翼周维祖、邹辑臣宜瑞、大埔令李服田先畴来。午后,彭季群、郑可模来。

二十日(7月29日) 霁。拜客,见胡护院、于海老。午前归。

廿一日(7月30日)　霁。晨在寓。张智山锡晋、詹允阶、姚俊卿、潘左阶、庄心嘉、池滋铿、闽通家陈绎如寿彭来。

廿二日(7月31日)　霁。偕铭新、建东、蓉士、雨生,晨附轮船火车,赴佛山,往豆豉巷官银号,晤刘式之,同往小平泉饮。晚返省,至海滨自来水公司林选青处,小憩洋楼。余返寓,浴。浴后再出城。夜,选青留饮,余与铭新、蓉士到中西园茗憩。二鼓后同上快艇纳凉,即宿补抽厂舟中。明日约定游西樵。

廿三日(8月1日)　霁。晨偕铭新、蓉士附官山渡船至官山镇,南海县境也。午后到镇,易山舆,西行八里,登西樵山,抵云泉仙馆。晤馆主李彬仪,导游白云洞,在山半,高旷、深窅兼而有之。有泉一股,作曲水流觞之景,石隙泉流,奔赴不止。其右为逍遥台,拓境绝高。下为鉴湖,又右即仙馆之山楼也。楼背山新筑,下多花石,凭眺绝佳。仙馆后通石级,其上为养云庐。山麓刻"别有天地"四大字。又有小桃源、右天门诸胜。游毕,夜借宿山楼,馆主以鲜鱼饷客。大雨适至,听瀑达旦。楼未署名,余为题"云海天船"四字,拟即日书之以畀之。仙馆主人皆粤人老年之好道者,最长者年八十余,山居静隐,世事都忘,殆真有桃源之乐者。

廿四日(8月2日)　阴而仍霁。晨下山,由官山渡船回省。午后到补抽厂舟中。晚,苏伯赓同年招饮其家,大雨。夜,大雨达旦。

廿五日(8月3日)　雨。午前到观音山三君祠请客,客之来者为方宣夫政、张少堂、陈省三、夏用卿、刘子琇、王松山、傅赓堂汝梅、苏伯赓、虞和甫、庄心嘉,未到者沈寅谷,上灯时返。

廿六日(8月4日)　雨而阴。晨赴万寿宫拜牌,顺道往八旗会馆访刘子琇谈。子琇新接眷寓此也。归而林雪龛来。午后在寓请客,沈子林、赵宇文梦奇、邹建东、陈伯端、姚俊卿、张智山、林选青、王穆清、王有常、吴铭新,兼看竹。二鼓时散。

廿七日(8月5日)　阴。

廿八日(8月6日)　霁。晨,恽厚存来。午刻赴八旗馆恭祝万寿圣节茶会,中外称觞,摄影而散。晚到许润律处谈,又与雨生往惠爱市上购物。

廿九日(8月7日)　霁而阴。晨,邹辑臣来。晚看竹。

三十日(8月8日)　阴。为池滋铿题所著《出洋日记》等三种,各系七绝一章。晚看竹。

七月初一日(8月9日)　霁而阴。为恽次远前辈同年作七十寿叙。

初二日(8月10日)　阴。晨拜客,到八旗馆,晤刘子琇,又晤丁伯厚、吴玉臣、李筠生,午前返寓。

初三日(8月11日)　霁。晨,闽通家黄金爵号锡卿,本年考取二等,授盐库大使来见,又陈绍庭德昌来。

初四日(8月12日)　阴而霁。黄献廷璘、包少阶两通家、又程后姚昌甫,通州同乡、方楚漳来。作寿叙毕,写清稿。

初五日(8月13日)　霁。午后,恽厚存、池滋铿来。晚与雨生到市上,茗憩陶然亭。地窄天炎,片刻不堪容膝。

初六日(8月14日)　霁。晨拜客,见胡护院、吴和老。到恽厚存处,遥祝次老寿,食面。又游大北街女子师范学校。午刻返。饭后,许少筠来长谈。晚与蓉士、雨生出城,往大新街,即返。接护院札,饬往钦州查核郭、宋两军事件。夜赴白眉巷邓宅及高第街金宅,观乞巧陈设,谷板大半芝麻粘制,穷工极巧,到眼一新。邓为铭新之友,金则许芝轩之友,皆导引而去者也。

初七日(8月15日)　霁。晨到邹建东处辞别,又见胡护院、吴和老、署运台丁少兰观察。又往警察署,见署廉访龚仙老,均即辞别。此行本取道北海,因发起人和观察廷彪、丁都转知其踪迹在广西横州,拟改由西江赴钦。午后返寓。晚为查钦、雷事偕蓉士、雨生赴观音山下广元书院营务处,晤袁遂三、陈祖庚、吴壮生。顺道游三元宫,眺望全城形胜。又到随官学堂一游。

初八日(8月16日) 霁。晨客来不断,闽通家祝廷赞号慕文、黄锡卿、又同乡李茂斋大令汝璠、吴崇仁、彭季群、李方谷、桂南屏。午后,中协张心田殿琦、刘仲璟福宋来。晚,兵轮管带邱彪臣副戎宝仁来。夜看竹。

初九日(8月17日) 霁。晨,庚午年兄弟邵澍田大使声鎔,湖南人来。拜客,晤陆子竞县佐缉照,湖州人。又到兵轮公所,晤局友任姓,又晤刘子琇。午前返,束装。夜看竹。绥靖兵轮管带吴毓卿光宗来,闽人,订定明午起行,先赴西江。

初十日(8月18日) 霁。晨,陆子竞、邹建东来。午后发广州,迄八月初九日旋省。另作《西江钦灵旅行记》。

八月初九日(1907年9月16日) 霁而阴。晨抵补抽厂马头,与雨生乘舆进城,返寓。竟日作手折,夜交顾、杜诸人缮写。

初十日(9月17日) 阴。晨赴胡护院、吴和老、秦军门处,均晤,面递手折。龚廉访处未见,手折亦交去。又往访刘子琇。午前返寓。接苏上月电,骇悉慈闱疾危。旋叠接廿五日苏家书,竟于是日午刻弃养。查得病之由,乃十七日泄泻兼发热,服仲明药。廿二日外感已去,正气大亏。廿四日延曹智涵来,与程鼎元参酌靳不开方,谓即服山参仍不能补救万一,终天抱恨,夫复何言! 午前,刘子琇即来慰唁。

十一日(9月18日) 霁。吴铭新、王有常同年来。余初意立即奔丧,有常云官此者大例设奠,遂拟择日举行。

十二日(9月19日) 霁。陈省三同年来。午后,李方谷、伦鹿苹、蒋慰农、吴铭新来,定十八日假光孝寺设奠,讣告同人。

十三日(9月20日) 霁。包少阶、庄心嘉、张智山来。

十四日(9月21日) 霁。彭季群、刘子琇、陈小玉来。子琇云:藩、臬、盐、学四司拟为余公偿新逋,余力辞之。

十五日(9月22日) 霁。黄锡卿、许芝轩、李孔曼来。

十六日(**9 月 23 日**) 霁。恽厚存、祝慕文、陈伯虞、王有常、刘子琇来。子琇云,渠与四司及李子川均拟送厚赆,并谆嘱勿辞,余意甚不安也。

十七日(**9 月 24 日**) 霁。彭季群来。午后乘舆到光孝寺,布置一切,寺为虞翻故居,有南汉铁塔,并有贝叶。

十八日(**9 月 25 日**) 霁。黎明赴光孝寺汇吊,将军、副都、藩、臬、学、盐诸当道送来客一百二十余人,主宾者恽厚存、蒋慰农、彭季群、王有常、吴铭新诸公,薄暮返寓。

十九日(**9 月 26 日**) 晨雨即霁。晚,袁逵三、黄锡卿来。

二十日(**9 月 27 日**) 霁。晨,黄献廷来。

廿一日(**9 月 28 日**) 霁。王有常来。

廿二日(**9 月 29 日**) 霁。邵澍田年家、邱彪臣分统、黄友亭、沈子林、李筠生、黄锡卿、袁逵三来。

廿三日(**9 月 30 日**) 霁。晨,吴铭新来。

廿四日(**10 月 1 日**) 霁。晨,蒋凌九来。午后,王有常、刘子琇、彭季群、蒋慰农、江蓉若、李筠生来,大半送行者。发行李。

廿五日(**10 月 2 日**) 霁。晨,王有常、江蓉若来。午刻,伦鹿苹来。饭后出归德门、五仙门,登快艇。刘子琇、蒋慰农、念农、奚鲁勤、顾曙云、吴铭新、陈小玉、郑和梅、卢复初、姚伦三、江席之,均送行。子琇并假小轮拖快艇前发,申初上致远轮。夜八钟半起椗,天未明已达香港。

廿六日(**10 月 3 日**) 霁。午前登岸购物,访公家园。乘电车,上香港山顶,至挂旗处之下。下山,茗憩金玉茶楼。晚返船。

廿七日(**10 月 4 日**) 阴而仍霁。晨赴下环愉园,又往外国坟山,遍览港中形胜。午前返舟。晚五钟起轮,出口,微有风浪。

廿八日(**10 月 5 日**) 阴,风教昨略小。晨过汕头口外。夜过厦门口外。此行沿海滨数十里外前进,不入大洋。

廿九日(**10 月 6 日**) 阴。晨仍有风。午后浪略平。过福州口外。

九月初一日(10月7日)　风雨大作。晨过温州洋。午后过台州洋。风仍不绝。入夜四鼓后已抵黄水洋。浪打船窗,满舱皆湿。

初二日(10月8日)　雨。晨八钟,始望见吴淞口,十钟到。俟西医来验疫,遇同船高定安恩洪,山东登州人,唐少川处翻译谈游西藏事,甚悉。一钟起轮,抵埠。冒雨与蓉士、雨生登岸,茗点,到月中桂。蓉士又往观音阁定船。天色已暝,不及驳行李。再食点于肆。夜仍返致远船。

初三日(10月9日)　霁。晨移行李至戴生昌马头,到全安茶楼少憩。午前登舟,北有弟、汪献廷来。抵暮,俟潮平放行。

初四日(10月10日)　霁而仍阴。晨十钟抵苏,易小舟,进盘门,返家,设奠一哭。晚,仲明、雨生来。

初五日(10月11日)　霁。晨,雷理卿来长谈。夜到近处市中浴。

初六日(10月12日)　雨,天气顿寒。午前,蓉士、雨生来。午后,玉君叔来。晚到各庙及观中烧七香。

初七日(10月13日)　阴。慈亲六七之期。许少卿来。黄寔夫荐七礼斗母䃋一坛,三鼓后毕。

初八日(10月14日)　霁。胡景韩来。

初九日(10月15日)　霁。林梅南来吊。晚,胡金堂来。

初十日(10月16日)　霁。写《金刚经》。石问老来。

十一日(10月17日)　雨。晨,陶念乔来。晚,恽季文来吊。夜,李梦九来。

十二日(10月18日)　阴而微霁。

十三日(10月19日)　阴。午后赴各庙烧香,另易衣拈香武庙。

十四日(10月20日)　阴。慈闱终七之期又到,倏忽光阴,终天饮恨。写荐先单,皆亲族长者,我少壮时习见者也。悲从中来,不能自已。玉君叔、炯庵上人等诸客来奠。是日,通七忏事毕,道众礼《玉皇经》。夜作谢十王法事,因首七曾有斋十王之举,从俗例,非余意也。酆都阎罗之说世俗云然,以子孙而为其亲祈禳,不忍存是心也。即使可祈,岂俗道所能解脱耶!先祖遗命,五七放瑜伽焰口一坛,其他僧道概不用。呜呼,斯可法矣。

十五日(10月21日) 阴。尤鼎老来吊,谈及苏杭甬路事,英人强我外部借彼银公司债,现在电达外部,力拒之,尚不知究竟。

十六日(10月22日) 雨。

十七日(10月23日) 阴。

十八日(10月24日) 霁。晨偕雷理老、蓉士、雨生、鼎儿登舟,出盘门,赴养牲局,又往阊门外永善堂、培德堂诸丙舍,相视一切。顺往积善院白莲桥浜、西园一游,上灯时返。

十九日(10月25日) 雨。

二十日(10月26日) 雨。

廿一日(10月27日) 阴而仍雨。沈旭初观察来。晚雨仍不止,闷甚。

廿二日(10月28日) 雨。计雨已四日矣。

廿三日(10月29日) 雨有止意。陆申甫廉访来奠。潘宾如亲家来。

廿四日(10月30日) 霁而仍阴。晨偕仲明、常儿赴支硎扫墓,兼看地于花山,上灯后返。

廿五日(10月31日) 霁。许少卿、定远和尚来。

廿六日(11月1日) 霁。晨偕杜雨生与堪舆师金缉甫及其世兄君达赴支硎、寒山、花山先茔相地。余顺往白马涧一带看山,又到花山岭左右、黄雀墩、尖山一名小天平山等处。金缉甫为余择得尖山下寿穴秀美可用,当存记,系墓客张遂和所导者。抵暮始返舟,更余进城。

廿七日(11月2日) 阴而仍霁。晨,张心逸来。午后,唐隽臣、玉君叔、胡金堂、魏芙香来。

廿八日(11月3日)　晨有雨意，少顷果雨。入夜仍雨。夜半始止。

廿九日(11月4日)　阴，少顷有霁意。午后北有弟来。写致紫东信。

三十日(11月5日)　霁。雨亭弟蒋企之来。

七月初一日(11月6日)　霁。卫端翁来奠，并长谈。胡景韩来谈盘厘局事。

初二日(11月7日)　霁。

初三日(11月8日)　霁。

初四日(11月9日)　霁。陈菊坪、吴衡堂、唐毅庵来奠。余左足跟皮裂，不良于行。

初五日(11月10日)　霁。官吊，陈署中丞、朱方伯、陆廉访、毛提学、惠粮道、崇织造、苏府何以下及各绅来者七十余人。夜请司丧。是日，陪宾者尤鼎老、潘济老、陶念乔、唐隽臣、林梅南、吴颂文、许少卿、胡景韩。

初六日(11月11日)　霁。晨自为慈闱题主，亲友汇吊，来者七十余人。晚举襄赴胥门外大马头。路祭凡三起，一养育巷松年长门前，为方和轩、潘宾如、黄实甫、陶念乔、胡金堂诸人；一司前街魏芙香门前，为许少卿、胡景韩、林梅南、吴苪棠、北有弟诸人；一胥门马头，为麻党、程志范及余本家诸人。是日，陪宾者胡金堂、张心逸。

初七日(11月12日)　霁。晨携眷属赴培德堂迎慈梓奉安于梅花厅，与司事叶有赓、潘蔼士、俞诸人谈。午后祭奠毕，拜辞先灵出堂。晚返家。

初八日(11月13日)　霁。

初九日(11月14日)　霁。

初十日(11月15日)　霁而阴。晨偕嘉定杨佩甫赴支硎恭诣寒山、花山先茔相地。据杨云：彦卿公墓定申寅向，并不兼向，现在向不旺,而墓之右牛头山却旺。如子孙有三房,弟三房最盛。缘墓左属长房,对向属次房,墓右则属三房也。用事今明年不利,须俟己酉年春后。又云:退补公墓乾巽向兼亥巳二分,正对天平山,是茔与寒山茔皆好而稳。昭位菊卿公墓亥巳向亦稳,穆位空地可用且交运,惟须移前建造,向则拥乾巽,亦对天平山。是日,另往小天平山相地,杨云:此较寿星峰老茔尤胜,向用酉卯,不必兼庚甲,后靠山脉,前对龙马坞,四面山势皆佳,且决非热地,其最妙者以深藏不露也。一切与金缉甫所见同,但不主兼向之说耳。小天平山在花山初地亭子上东行,转北过颜家坟,再东北行约小半里,墓客张瑞和领看,其地系渠本家产。上灯后返城。夜雨达旦。

十一日(11月16日)　雨,午前止。许少卿来,云近得铁路厘局差事。

十二日(11月17日)　阴。晨,夏霄老自洞庭西山来谈。午后出胥门,赴马路,约霄翁茗话松风阁。霄老先到,出近作诗文相与商榷,甚乐。晚同饮与锦和馆,即送其明日行。夜,天又雨。

十三日(11月18日)　雨。写天津、广东信。晚,吴衡堂来。夜雨仍不止。

十四日(11月19日)　阴而微霁。先慈忌辰,茹素。写各处信。夜仍小雨。

十五日(11月20日)　阴。晚,石壶老来谈恒款事。夜请账房顾蓉士、郭达村、雷磐如、胡伯申、仲玉、顾云士、杜雨生诸人饮。天又雨。

十六日(11月21日)　雨。晚,尤鼎老来,以粥厂事相托,余辞之。彼云余先德乐善,皆竭力为此种善举,且余儿辈尽可分任。不得已,允之。

十七日(11月22日)　阴而却霁。沈衡山来奠。吴锡蕃亦来。夜又雨,三鼓后雷雨达旦。

十八日(11月23日)　阴。写冰老画册试笔。晚,李梦九来。

入夜仍雨。伊儿为鼎儿饯饮，家人团坐一叙，甚快。

十九日(11月24日)　霁，天寒。写万儿诗卷。晚约朱叔梧莕话凤翔春，谈津事及金陵保荣事。

二十日(11月25日)　霁，天寒。写卷。晚，黄实甫来。

廿一日(11月26日)　阴，寒不见日出。晨，玉四叔来。汪柳师之世兄伯春来奠。晚，江霄纬来。晚先雨后雪，即止。

廿二日(11月27日)　微霁，天仍寒。雨亭弟、许少卿、胡金堂来。

廿三日(11月28日)　霁。晨，苏府何太守以东北路粥厂照会至，荐事者接踵而来，朱砚老荐沈定之、吴和老荐吴仲俞，皆来见。午后乘小舟出盘门，送鼎儿赴广。晚进城。夜，尤鼎老荐徐厚安。蒋心祝亦来见。李梦九来，荐张安林，系余所素知者。三鼓后，陶念老为厂事，余约之来面商，允以东南路厂相更调。因余于此事向未热习，东南路易于规随也。写卷事将毕，明早赴光福扫墓。

廿四日(11月29日)　霁。晨登舟出盘门，由横塘、石湖赴顺湾俗名陈湾，访故人郑雨辰墓。因不知守墓人姓名，茫不可得。余因郑宅老仆许升，念其旧主，特挈渠引道访之。至塘上，遍访仍不可得，怅然。散步顺湾塘上村陇约七八里，废然而去。取道自塔影浜行，晚过木渎石马头，夜泊善人桥。

廿五日(11月30日)　霁。晨起已过上崦，达光福镇。命仆持片往巡司署托雇舆，少顷夫至。由峙崦岭入山，过宜家巷，先游潘氏四梅阁。午前达长岐岭，下谒先茔。祭扫毕，与坟丁陆姓度地绘图，折树枝为六尺杆，长短适合。归路顺往潭西游蟠螭岩壁精舍，南望白浮山，兀立湖中，距石壁不数里。问山人足迹往游乎，皆曰未也。夜返镇，茗憩三醉楼。

廿六日(12月1日)　霁。晨登岸，食面而行，面美胜城中远甚也。过张士观桥，访雅宜山，只一土阜。过塘湾，望白阳山，吾乡古人如王雅宜、陈白阳、文五峰、高一云皆以山名假作别篆，近人则铜井、茶磨、西脊,不一胜计矣。余拟以小天平山人自名,尚未能定。午刻过木渎,顺游羡园。晚过继善堂马头,访故人汪翰卿先生墓,上灯后返。

廿七日(12月2日)　霁。在家,候各粥局友写查户票。夜,念乔来谈。

廿八日(12月3日)　霁。写卷毕。

廿九日(12月4日)　霁。晨到双塔寺局查户,到严衙前王废台一带。

十一月朔(12月5日)　霁。五鼓赴卫道观、双塔寺、相王庙三处粥厂监视开局。九钟半到临头里金谷茶家剃头。往程处拜执舅。是日,志范昆季释服。饭而归。

初二日(12月6日)　霁。早往德和羊点,柳寿偕。又出城,茗憩阆苑第一楼。驱车至胥门,再品茗于吉祥春。午后归。晚到近处市上。

初三日(12月7日)　霁。晒书画,写《自跋先人画象册后》。朱叔梧来。

初四日(12月8日)　霁。晨到卫道观查户,至仓街、城东南隅一带。午后返家。写跋。杨玉森来。

初五日(12月9日)　霁。先慈百日,玉君叔、鱼钧伯等来,设肴款之。

初六日(12月10日)　霁。晨到卫道观、双塔寺两厂。竟日谢客,晤崇权使、彭振卿、宋械峰、汪伯春原恂柳门师嗣子、许少卿、恽季丈诸人。

初七日(12月11日)　霁。谢客,到黄寔夫处。往卫道观厂,写招贴"极贫户如有遗漏者一律报名",宣明发粥三局同时贴条。午后到阊门一带,晤胡金堂,又往莲伯母处。夜到雷理卿处,与杨培甫约谈。

初八日(12月12日)　霁。偕雷理卿、毛仲明、鼎儿赴支硎,往小天平山相地,已定即日成交。

初九日(12月13日)　霁。晨,曹慎卿、张纯卿安林之子来。午后拜朱竹老、何小雅长谈。又往邹宅少坐。上灯后返。

初十日(12月14日)　霁。

十一日(12月15日)　霁。在家,聚书。

十二日(12月16日)　霁。仍聚书。午后到皮市街、观前。晚与雨生茗憩云露阁、石琴楼,兼晤念乔。

十三日(12月17日)　霁。到相王庙、双塔寺两局调查发粥多少,相王黜退粥工刻扣者一人。访吴子和丈。午前返。张咏霓太守来。

十四日(12月18日)　霁。聚书毕。

十五日(12月19日)　霁。晚到道前街。夜,魏芙香来。

十六日(12月20日)　阴。门生蔡熙光来见,号耀庵,浙江石门附贡生,年三十三岁,江苏候补,系顾云士亲戚也。夜预为长至祭先,毕,合家饮福。

十七日(12月21日)　阴。本定今日南行,得上海商局信,广大轮约二十边始开,遂改明。午后发行李,命仆先行,余则许少卿约定由铁路登程也。雷理老来约夜饮,陪二世兄冰人倪锡畴。夜往赴之。

十八日(12月22日)　阴。晨在寓。午后为金调翁事拜朱竹老,又访石壶老谈,并约定恒孚款事我处以马路房作抵,彼此清讫。

十九日(12月23日)　霁而阴。午前束装出城。许少卿待于马路一品香。茶点毕,少卿备马车送至车站。送行者雷亮采、顾蓉士、杜雨生、鼎儿、龙孙也。时已午正,即开车,酉初到沪,寓鼎升栈。往商局,访王竹斋,知广大轮已到,明夜起椗。又往月中桂,晤北有弟、汪献廷。夜茗点于大观楼。

二十日(12月24日)　阴。晨到商局,晤王竹斋,即登广大轮,与帐房友蔡怡梅看定官舱。余进小东门,到月中桂,与北有弟、献廷同出城,茗憩四海升平楼。献廷又招饮于聚宝园。晚自鼎升栈发行李。主人李星华谆谆馈我酒鸭,殷勤之至。再到商局,邀沈淇泉约饮花如兰家,辞之,少顷又来月中桂催请,姑往一谈。二鼓后上广大轮。

廿一日(12月25日) 霁。丑正二刻开行。

廿二日(12月26日) 霁。两日风浪俱寂。是日补作东瀛诗一首。

廿三日(12月27日) 阴雨,微有北风。夜,机器出水处因修葺,停轮半时许。是日,撰《雷子蕃太夫人吴孝妇传》。

廿四日(12月28日) 阴。晨起,窗南望见大香山兀立海中,闻距港只六钟时也。天时雨时阴。午后一钟抵港,泊招商马头,在港之极西,地名西环,距宴琼林海滩甚近也。惜宴琼林已闭,就饮上海酒店西餐。醉后乘电车游湾仔一带。天气热甚,仅御夹衫。夜散步到谢塘嘴,游灯市,品茗莲香居,热闹之至。

廿五日(12月29日) 阴。晨散步,到海滨购先施公司三女罐鱼,因昨食此鱼有佳味也。即返轮。十钟起椗。天雨。晚候潮,泊于内海,距广州省城八十余里。是日,补作东瀛诗四首。

廿六日(12月30日) 晨起椗,午刻抵省城。先到鸿安栈,晚移行李,寓濠畔江苏省馆,晤叶仲畬、翰斋乔梓、朱季心监经历仲甫观察弟也。冒雨访王有常同年。抵暮出城,返馆。

关少棠,粤人,新济轮买办,人极妥好,待客周至。

端方,午桥,一字匋斋。

彭文明,笏臣,湖南湘乡人,前署江宁候府,庚寅。

杨觐圭,锡侯,湖南,候道,又。

赵似尊,松茂室友,极好。

王龙诏,镜潭,湖南邵阳人,候道,又。

潘睦光,季孺,西圃师之世兄。

金,文珊,盐城人,巡捕。

伦爱森，德国正领事，三牌楼。

珂鞠德，又副领事。

璞斯玛，教习，陆军学堂。

贝来法，又。

延兴阿，汉口来。

谭启宇，伯臣，席初中丞子，贵州人，粮道。

何戳章，黼廷，广东人，候道。

温秉忠，荩臣，广东兴宁人，候选道。

程文炳，从周，安徽颍州人，长江水师提督。

袁树勋，海观，湖南湘潭人，前上海道。

施静斋，通州人，上海三菱公司买办。

李志方，宁波人，又副买办。

王纯山，上海，又帮伙。

蔡启明，又帮伙。

李星华，上海鼎升栈主人。

徐同元，宁波人，吴淞炮台关卡船，住虹口唐山路自来火行燮昌公司门前第九号房。

陶环伯，觐宸孝廉之世兄，吴淞铁路站长。

袁希洛，俶畲。

袁希濂，仲濂。均观澜弟，江苏宝山人，日本留学。牛込区袋町三番地崎玉馆。牛込区高阳馆。

王季纶，咏梅，潜卿之世兄。

王曾宪，彰孚，南汇人，劼孚胞弟。

耿善勋，君校，华亭人，伯齐胞侄。本乡区第一高等学校。

王惕斋，仁乾，宁波人，京桥区西绀屋町万朝报馆对门。

徐安仁，子山，江苏通州举人，壬寅，陈士砺随员，京桥区锻冶桥中央旅馆。

陆光熙，亮臣，申甫观察世兄，牛込区河田町振武学校。

蔡世俊，君卫，闽县人，东京高等工业学校机织科。

高慎儒，进斋，葵北大世兄，神田区中猿乐町后乐馆。

陆龙翔，坎生，松江华亭人，本乡区成学馆。

戢翼翚，元丞，湖北人，并区新滨町春月楼。

贾丰臻，季英，上海人。

龚肇煊，星楼，江宁人。崎玉馆与袁傲畲同寓。

汪森宝，书堂，药阶世兄，使馆随员。

彦悫，明允，旗人，又。

朱聪照，二贞，杭州人，高葵北之婿，又。

袁汰，文白，钱塘人，安田馆相晤，东京府荏原郡大井村字下芝九七七番（体育会左侧，住伊藤セキ方）。

安田恭吾，安田馆主人，神田区猿乐町三丁目三番地安田馆。

田中荣藏，伊势荣主人。

富塚有邻，卜三川力，音托米子卡伊势荣番头即掌柜，本乡区本乡五丁目十一番伊势荣旅馆。

周渭泉，神户中华会馆事务员，广东番禺人，神户市中山手通六丁目。

张济庆，宁波人，长崎裕昌钱庄主人。

叶有耕，培德堂司友。

潘蔼士，培德堂司友。

余，培德堂司友。

夏霄翁馆洞庭西山东村求忠学堂，航船在胥门外日晖桥金庭马头。

刘权之公馆在天津西关外双庙后横街北口鱼市殷家胡同山左福山刘寓，可寄信。

申伯叔之子，号朴如，芸兰阁纸业。

马蔼初，捷兴糖行。均潮阳人。

周佐廷。均潮阳人。

马挛飞,名如龙,盈昌土行。均潮阳人。

郑植卿,名勋,福建知府,宝成土行。均潮阳人。

郑绩卿,名增熙,德成土行。均潮阳人。

朱叔源,名增濬,南汇人,又。

袁俶畚,名希洛,宝山人,观澜之弟,日本留学生。

袁观澜。

宋小鹤,安徽人,住胡家宅平安里。

钱俊甫,湖南官,薪甫之弟,住垃圾桥流行里。

庞莱臣,住。

陶镜帆,孝潾,念乔族叔,芸兰阁旧友。

杨辛生,陆晓翁友,牛王庙养牲局。

顾乐山,香山人,牛王庙养牲局。

吴镜泉,婺源人,上海。

汪献廷,日新侄,月中桂友。

宋小淇,肇鐺,庚午年侄,福州人。

洪殿魁,上海月中桂友。

周文宝、洪文玉,仓桥弄。

沈秉权,衡斋,塘基街土药局,梧州。

林毓荃,从九品,贵县典史,弹压大垆委员。

翁璜,夏伯,梧州三关土税缉私委员,广东县丞。

汴轺杂记

汴轺携书目

万国公法，四本。

公法会通，五本。

各国交涉公法论，八本。

中国古世公法论略，一本。

列国岁计政要，两本。

御批通鉴辑览，十六本，两函。

万国史记，八本。

泰西新史揽要，八本。

地理学讲义，一本。

天演论，二本。

海国图志，十六本，两函。

欧罗巴通史，四本。

西洋史要，二本。

格致古微，四本。

采风记，四本。

李氏五种纪元编、沿革图，两本。

史姓韵编，四本，一函。

元史译文说补，四本。

廿二史札记，十六本，二函。

经世文编，十二本，二函。

经世文续编,卅二本。

五经合纂大成,二十本。

通商约章纂要,四本。

地学浅释,八本。

四裔编年表,四本。

西政丛书,卅二本,四函。

化学工艺,十本。

自强十议,十二本,一函。

御批通鉴纲目,二本。

古今史论大观,十二本,一函。

中外经世绪言,八本,一函。

西学通考,十二本。

公法总论,一本。

天下郡国利病书,三十二本,四函。

读史方舆纪要,廿四本,四函。

前汉书,六本,一函。

后汉书,四本,一函。

九通序,三本。

盛世危言,五本,一函。

历代史论,六本,一函。

佩文韵府,六十本,又一本。

泰西教育史,二本。

康熙字典,一本。

角山楼类腋,八本。

事类统编,十二本。

文心雕龙,四本。

刘氏矿政辑略,八本。

原富,八本。

日本维新三十年史,六本。

日本国志,十本。

泰西学案,一本。

世界文明史,一本。

中国财政纪略,一本。

中外政治汇编,十二本。

书画通目考,四本。

危言汤刻,两本。

经籍籑诂,五本。

日本新法考,一本。

扬子法言,一本。

墨子,四本。

尸子,一本。

商君书,一本。

贾谊新书,二本。

列子,二本。

庄子,四本。

老子,一本。

孙子,六本。

韩非子,六本。

文中子,二本。

晏子春秋,四本。

文子缵义,二本。

管子,六本。

春秋繁露,二本。

淮南子,六本。

荀子,六本。

吕氏春秋,六本。

山海经，三本。

竹书纪年，四本。

邓析子，一本。

子史精华，二本。

古文辞类纂正、续，十本。

廿一史约编，八本，一函。

洋务实学新编，二本。

楹联集锦，二本。

潘刻五种，六本。

顾刻巴西美国地理兵要，三本。

又日本新政考，乙本。

格致书院课艺，八本。

度陇记，四本。

使黔草，一本。

古诗源，四本。

半行庵诗，二本。

梦奈诗，一本。

国朝馆选录，二本。

续富国策，四本，一函。

西学启蒙十六种，十六本。

皇朝直省舆地图，一本。

万国舆图，一本。

各国政艺简要录，二本。

大供给

○大米，四十斤、二十斤。

○郑州米，十斤、五斤。

海参，一斤。

南腿，一肘。

松花，二十个。

〇香菌，五两。

〇香油，十斤、五斤。

冰糖，一斤。

〇酱菜，一斤。

〇酱油，五斤。

〇大盐，五斤。

大叶，二斤。

粉条，五斤。

木耳，四两。

〇粉面，三斤、一斤半。

〇花、胡椒，各一两、各半两。

白面，五十斤、二十五斤。

鱼翅，两片。

海蜇，一斤。

〇鸭蛋，二十个、十个。

南酒，一坛。

〇口蘑，五两。

带丝，三两。

〇白糖，二斤、一斤。

〇香醋，五斤、二斤半。

〇料酒，五斤。

〇香片，二斤。

〇粉皮，三斤、一斤半。

金针，八两。

净丝，二斤。

杂拌，一斤。

○折表纸,五刀、二刀半。

火香,二把。

○洋烛,二对。

○牙碱,二斤、一斤。

圈者或全用或减用,余存供给所。二月廿八日定。

小供给

猪肉,四斤。

○鸭子,一只。

○鸡子,一只。

鸡蛋,十二个。

豆沙,四两。

牛烛,二斤。

青菜,各色每日照送。

鱼虾随到随送。

鸡鸭凭条调取,余除青菜外订隔日一送。二月廿八日定。

自京赴汴梁路程

彰仪门,十五里小井,十里大井,十里卢沟桥,五里长新店,五里赵新店,五里董公庵,五里长杨村,十里良乡县,共六十里。

十里小十三里,五里大十三里,十里窦店,十五里燕谷店即刘李河,十里挟河村,五里常店,五里仙峰坡,五里胡良河,五里涿州,共七十里。

十里包子铺,五里忠义店,五里松林店,五里熨斗店,五里泽畔铺涿州、新城分界,五里平安店,十里高碑店俗呼高密店,五里马村河,五里三丈铺,五里界牌新城、定兴分界,五里祖村店祖逖故里,五里定兴县,五里小北河即易水,五里北河店,共八十里。

三里三里铺,三里六里铺,四里泥河铺,五里十五汲,五里尚汲店，十里固城镇，五里界牌定兴、安肃交界，五里田村，五里麒麟店，五里白塔铺，十里安肃县，十里十里铺，五里刘祥店，五里荆塘铺，五里漕河，五里西漕店，十里徐河桥，十五里保定府，共一百十五里。

五里五里铺，十里小激店，十里大激店，五里阎望铺满城境，五里郭村，五里汤村，五里泾阳驿，五里孟村，五里太平庄，五里方顺桥。五里拱宸镇，五里高映铺，五里十五集，五里良村汉光武故里，望都境，十里望都县，共九十里。

二里顺城铺，八里戚里铺，十里荆坟铺即二十里铺、十里清风店定州境、十里乐庄铺，十里清水河，十里定州，十里八角郎，五里孟良桥，五里咬村铺，五里明月店，五里三十里铺，五里界牌铺定州、新乐分界，五里田村铺，五里北十里铺，五里新乐县，共壹百十里。

五里南五里铺，二里七里铺，八里小寨铺，三里十八里铺，二里同常点，五里马头铺，五里界牌入藁城界，五里吴村堡藁城驿路错入新乐、正定界者仅此十里，五里正定界牌，五里伏城驿闵子骞故里，即新城铺，十里三十里铺，十里北牛铺即二十里铺，亦即拐角铺，十里十里铺，十里正定府，共八十五里。

五里南关渡滹沱河，二十里二十里铺，十里荆璧铺，三十里栾城县，共六十里，实省八十里。

卅五里赵州，五里大石桥，二十里沙河店一名刘秀庙，二十里王莽城即古鄗县，二十里柏乡县，共一百里。

三十里大宁铺渡河，三十里内丘县，二十里官庄，十里庞马店，二十里双羊铺，十里顺德府，共一百二十里。

十五里康庄一名当庄铺，二十里沙河县渡沙河，二十里褡裢店，十五里临洺关广平府永年县境，十五里界河店，十里黄粱梦境，二十里邯郸县，共百十五里。

二十里二十里铺，二十里车骑关，十里杜村，二十里磁州，共七十里。

二十里王家店，十里丰乐镇入河南境，先渡漳河，四十里彰德府，共七十里。

十五里魏家营，十里羑河铺有文王羑里城、二十里汤阴县，二十五里宜沟驿子贡故里，共七十里。

十五里大赉镇，十五里高村桥一路沿淇水行，十三里十二里铺，十二里淇县，共五十五里。

三十里顿坊店，二十里卫辉府太公望故里，共五十里。

十七里五端铺，二十八里塔儿铺，二十五里延津县，共七十里。

二十七里大村集，十八里封丘县，二十里新店祥符境，共六十五里。又另一路出延津东门五十二里金龙宫，十八里新店。

七里渡黄河，十八里开封府北门，共廿五里。

摘恽学士赴汴日记

癸卯二月十四日(1903 年 3 月 12 日)　登火车，历卢沟桥、长新店、良乡县、琉璃河、涿州、高碑店、定兴县、白河、安肃、曹河。七钟抵保定公馆，在浙绍乡祠。头等车五元八角，二等减半，三等一元八角五分，轿子、行李共七元。

十五日(3 月 13 日)　六十里尖方顺桥属满城，本应泾阳驿，因地狭移此，三十里宿望都县，公馆在东关。

十六日(3 月 14 日)　三十里尖清风店属定州，三十里宿定州西关。

十七日(3 月 15 日)　二十五里尖明月店，二十五里宿新乐县西关。

十八日(3 月 16 日)　尖伏城驿属正定县，过沙高河，四十五里中历藁城境，宿定府城大佛寺隋时铸铜像，高七丈，以三层楼覆之。

十九日(3 月 17 日)　出南门五里，过滹沱河，二十里尖冶城铺，四十里，里甚长，中历获鹿县，宿栾城县，公馆在龙冈书院。

二十日(3 月 18 日)　四十里抵赵州，换夫、马，尖大石桥。四十里过鄗县故城汉光武即位处，二十里宿柏乡县南关。

廿一日（**3 月 19 日**）　过沙河，六十里尖内丘县，六十里宿顺德府南关北门外有豫让桥，又有响水河。

二十二日（**3 月 20 日**）　三十五里沙河县尖地方官不办差，二十里褡裢店，十五里临洺关属永丰县。沙河二十里铺有唐丞相宋文贞公璟神道碑，墓去村不远。

二十三日（**3 月 21 日**）　二十五里过吕祖祠，即卢生入梦黄粱初熟地也。祠侧有行宫。二十里尖邯郸县，五十里过杜城铺，汉杜乔故里，二十里宿磁州，城外有滏水，公馆在行宫旁。昔人咏磁州有"四面荷花三面柳"之句，殊有江乡风景。

二十四日（**3 月 22 日**）　三十里过漳河水浅有桥，尖丰乐镇属安阳县，四十里宿彰德府，公馆在考棚。

廿五日（**3 月 23 日**）　四十五里尖汤阴县岳王庙在城内，廿五里宿宜沟驿。岳庙侧厢东奉岳制使云像，西奉王四子雷、震、霖、霆像，东别院奉王孙岳珂像。殿前古柏一株，系千余年物。有亭覆纯庙御碑。庙对门铁铸男女五奸像，又有泥塑施全像，一丐者像侍焉。相传纯庙幸汤阴时，先一夕丐者卧庙外，闻足声彳亍，似有数人投智井中。次晨失铁象。上适至，欲观铁象不可得，大索未获。丐者述所闻，索诸井，五像在焉。上大悦，授丐者官。是夜丐者卒，乃塑其像而加封。文王羑里城在县北门外五里，有碣志之。

廿六日（**3 月 24 日**）　二十三里过大赍店属濬县，古鹿台也。先贤子贡故里亦在濬县，有碑在宜沟驿南关外。十二里高村桥属卫辉境，自大赍店至此沿淇水行，水流甚急。廿五里宿淇县，公馆在行宫旁。

廿七日（**3 月 25 日**）　五十里宿卫辉府，公馆在考棚。

廿八日（**3 月 26 日**）　四十五里尖塔儿铺属延津，廿五里宿延津县。

廿九日（**3 月 27 日**）　四十五里尖封丘县。封丘县驿站前岁六龙过此，遂成孔道。昨托延津令函致公馆，饮食均供给。十八里宿新店属祥符。

三十日（**3 月 28 日**）　三里到河边。具行装在河干，恭祭河神，行二跪六叩礼。登舟到岸,十八里抵开封府北门。府县迎郊外,巡抚司道皆差帖接,河弁率弁兵升炮跪迎接入城,有全副执事导行。二里馀至贡院,升九炮,入。至公堂前,降舆,各当道迎于堂上。首府以下排班相迓,在堂具宾主礼。进茶点,即起,仍坐舆,入内帘,拜内监试。知贡举、监临送翅席二桌,赏扇对各一。

三月朔(**3 月 29 日**)　遣听差持帖至两知贡举、两司道、首府县处会拜。汴省饮水以黄河水为上,铁塔次之。

初二日(**3 月 30 日**)　写酬应字。

初三日(**3 月 31 日**)　登聚奎楼远眺。晚,总裁入闱,遣仆持帖候寿州师起居。

初四日(**4 月 1 日**)　总裁来拜,聚院中立谈,约同事诸人会拜。内收掌来拜,即往会之。

初五日(**4 月 2 日**)　便衣至四总裁处谈。

初六日(**4 月 3 日**)　知贡举张中丞入闱,差帖来候,即具柬会之。

初七日(**4 月 4 日**)　公服诣公堂、掌房。供给进黄河鲤,肉嫩而肥。

初八日(**4 月 5 日**)　二鼓后,题纸送到各房。

初九日(**4 月 6 日**)　查题出处。

初十日(**4 月 7 日**)　写酬应字。

十一日(**4 月 8 日**)　晚八钟后,二场题纸到。

十二日(**4 月 9 日**)　午后分卷三次。五钟公服上堂,荐四本。顷刻即退,明日不上堂。

十三日(**4 月 10 日**)　荐四本。

十四日(**4 月 11 日**)　荐八本。是日头场卷分齐,每房二百九十三卷。

十五日(**4 月 12 日**)　荐八本。

十六日(**4 月 13 日**)　荐八本。

十七日(**4 月 14 日**) 荐八本。

十八日(**4 月 15 日**) 荐八本。画一荐卷表,以省分为经,以正大光明四堂为纬,而以荐卷之字号分列各格,又以各省分卷所得之数附焉。

十九日(**4 月 16 日**) 荐八本。

二十日(**4 月 17 日**) 荐九本。共荐六十一本。

廿一日(**4 月 18 日**) 写进呈头场题纸。

廿二日(**4 月 19 日**) 写进呈二场题纸。

廿三日(**4 月 20 日**) 点二场卷,每堂各荐六本。晚阅落卷。

廿四日(**4 月 21 日**) 点二场卷,卷分四色,交监试。午后阅头场备荐卷,合校二三场。夜检阅《论语正义》《精义》《五经汇解》各书以广三场之旨义。

廿五日(**4 月 22 日**) 阅三场,已荐各卷。

廿六日(**4 月 23 日**) 阅三场卷,每堂先荐七本。

廿七日(**4 月 24 日**) 阅三场卷毕。点阅落卷,每省先二场、次三场,一省毕则检其数合缚而箧藏之。知贡举和都统是日入都。

廿八日(**4 月 25 日**) 点落卷,补荐浙江一卷。

廿九日(**4 月 26 日**) 点落卷。

四月初一日(**4 月 27 日**) 点落卷,补荐满洲一卷。

初二日(**4 月 28 日**) 整齐落卷毕。光明二堂交下中卷磨勘,加墨圈。

初三日(**4 月 29 日**) 圈卷三套。正大二堂发中卷。灯下改文两篇。

初四日(**4 月 30 日**) 圈卷三套,补荐满洲一卷。正堂竟中列房首。

初五日(**5 月 1 日**) 圈卷四套。

初六日(**5 月 2 日**) 圈卷四套。

初七日(5月3日)　圈卷四套,毕。

初八日(5月4日)　各堂中卷再交各房加写批语,落卷移交收掌官。

初九日(5月5日)　加批毕,交还各堂,堂上发下落卷。午刻在文明堂写榜头榜尾。

初十日(5月6日)　补写应酬字。晚录草榜底本。夜校对闱墨脱误。

十一日(5月7日)　写酬应字。午后,四总裁来拜,即具柬往会之。

十二日(5月8日)　七点钟,公服集文明堂写榜,设两案,榜分两纸。午刻归房饭。约三刻,复升堂,至二鼓,填毕,各散,惟考官、知贡举候送榜。十一钟升炮,开门,榜悬贡院大门外。

十三日(5月9日)　戚友来拜者趾错于门。午后偕同事拜客,以一红伞前导,两马前后从,一号房随轿投帖。夜至外收掌,赴爱泽民同年等之约。

十四日(5月10日)　午初琼林宴,同考官各蟒袍补褂集至公堂,设黄幄于堂东南向,役设拜垫三层,行三跪九叩礼,入宴。总裁、知贡举筵于堂中,南向;斜设监试、同考官筵于左右,亦南向,第稍偏了;再下则提调等筵。知贡举安总裁坐,司道安同考官坐,各一揖。总裁复向同考一揖。筵系四水果、四干果、四冷荤四菜。各官阮入座,乐作。先跳加官,次跳五魁,次演天官赐福。各官再诣黄幄谢宴,行一跪三叩礼,礼成,各散。未刻赴江苏馆巡抚、司道、首府县公局,戏两班合演,二鼓散。

十五日(5月11日)　赴二曾祠之约。亭台傍水,大有西湖三潭印月风景。

十六日(5月12日)　午后拜客,赴八旗奉直同乡会馆公局,戏散将近四鼓。有小桂枝、小蛮皆翘楚。

十七日(5月13日)　国忌,不拜客。新门生来见。供给所送来节省银一百二十两,又三场酒席折价共廿四两,中席折价六两,藩台送来补领路费银五十两。五品以下在京先领一半,四品以上到省补给全分。

十八日(5月14日) 午刻赴己丑同年黄观察之约。晚赴江苏馆同乡公分戏局,又赴信陵书院王季樵学士等之约。三鼓始归。延藩台送程仪五十两,又额外加送五十两。王粮道送三十两。

十九日(5月15日) 扬州四同乡邀饮二曾祠,辞。

二十日(5月16日) 总裁起程。潘同年、宝兴隆邀饮,均辞。

廿一日(5月17日) 差人各署辞行。由宝兴隆汇京银六百两,差囊也。

廿二日(5月18日) 九钟起程,抚藩各官送于北门外。在馆驿茶坐,濒行,抚臣寄请圣安,设黄幄、香案,抚臣、藩司向北跪,称:"河南巡抚臣张人骏等恭请圣安。"毓鼎、捷三在左面北立,转身会云:"回京代奏。"礼毕。与各官一揖,登舆至河干,祭河神,不及三刻即达北岸。一钟宿新店,同伴七人。

廿三日(5月19日) 七十里宿延津。一路荒村,无尖顿处。

廿四日(5月20日) 廿五里尖塔儿铺,四十五里宿卫辉府。

廿五日(5月21日) 五十里尖淇县,史大令迎送,谒见如前,临行诣县会拜。六十里宿宜沟驿。

廿六日(5月22日) 廿五里尖汤阴县,四十五里宿彰德府。

廿七日(5月23日) 廿五里尖丰乐镇,渡漳河。来时土桥为水冲败,乘舟而渡。四十五里宿磁州。风景较二月尤胜,买磁烧小人物三十余枚。

廿八日(5月24日) 七十里尖邯郸县,四十五里宿临洺关。店贾携褡裢店织毯求售,择购,大幅每件一千二百文、中幅每件八百五十文。

廿九日(5月25日) 卅五里自尖沙河县,因舆夫不及两班,改坐敞车,舆夫舁空舆行三十五里,宿顺德府。

三十日(5月26日) 候火车。

五月朔(**5 月 27 日**)

初二日(**5 月 28 日**)　候火车不至。

初三日(**5 月 29 日**)

初四日(**5 月 30 日**)

初五日(**5 月 31 日**)　登花车,抵正定,因雨至宿客栈。

初六日(**6 月 1 日**)　包花车,十钟抵保定,五钟到京。

初七日(**6 月 2 日**)　备安折、膳牌,交杨苏拉代递。午后赴海淀。

初八日(**6 月 3 日**)　六钟至宫门外。八钟半事下,未召见,仍回海淀,归。

附　录

岳云庵扶桑游记

　　头品顶戴两江总督奴才端方跪奏,为知府出洋游历回国条陈考察事宜据情代奏,恭折仰乞圣鉴事。窃据广东潮州府遗缺知府吴荫培由日本游历事竣回籍呈称,职本年三月蒙恩简放广东知府,请先自备资斧,赴日本考察政治。由外务部给咨东渡,周历各都会,博采旁咨,当务之急,约有五端,谨效一得之。愚请为代奏:

　　一、兴女子师范学校及幼稚园。兴学以蒙小学校为基础,蒙小学校以幼稚园为基础。日本幼稚园学生由保姆教导,事甚浅易,而体、德、智三育即寓其中。是幼稚园又以女学校为基础。欲兴女学,首重师范。现各省女学渐兴,上海亦有幼稚园,而风气初开,民未笃信,似宜降旨,责成各行省遍设女子师范学校及幼稚园,以开众学之先,示循序之义。

　　一、沿江海各省酌设水产讲习所、试验场。佃渔网罟,自昔肇兴,近日渔业公司成效渐著。然江湖弯远,小民捕取,多不以法。日本水产教育遍于通国,或设所讲习,或开场试验,利源日广,似可令沿江海各省仿行。彼国有渔捞、养殖诸科,一切传习规则皆可仿办。

　　一、酌设各省农林讲习所、试验场。中国自古重农,今则地有弃利。日本府县各有农事讲习所、试验场,又有林业事务所,课长、技手,大学中有林学一科,并设林产物制造实验场。窃谓当参考彼国条例,各省统设农林讲习所、试验场,责令地方官切实举办。

　　一、试办储蓄银行及邮便局存款。民无恒产,则无恒心。稍有余资,无可存储,反或挥霍,穷则失义,何事不为。日本储蓄银行,自十元起,计日取息。又有存款于邮便局者,积印花十枚为日币一角,附存生息,满五元作公债票,政府得力任保护。是以百姓之财莫非国家之财,挹彼注兹,不穷应付。中国似可变通仿办,责成度支部及各省官银行与著名票号,自一元起,照日本章程参酌行之,便民裕国,莫善于此。

一、戏剧宜仿东西国形式改良。将使下流社会移风易俗,惟戏剧之影响最速。日本演戏学步欧美,厥名芝居,由文学士主笔,警察官鉴定,所演皆忠孝节义,有功名教之事,说白而不唱歌,使尽人能解。中国京剧等处戏剧已渐改良,惟求工于声调,妇孺不能遍喻,似宜仿日本例,一律说白,其剧本概由警察官核定。此事虽微,实于风俗人心大有关系。

以上各条皆简易可行,行之亦必有明效。考察所及,谨列上陈等语。奴才察其所陈各节于教养源流尚有见地,该员情殷献纳,自当代为上陈,以备圣鉴采择所有知府游历回国条陈考察事宜缘由。谨缮折代陈,伏乞皇太后、皇上圣鉴。谨奏。

光绪三十二年十二月三十日奉硃批各该衙门知道,钦此。

出洋游历回国呈

光绪三十二年十一月

具呈,新授广东潮州府遗缺知府吴荫培为出洋游历回国谨陈管见,恳请代奏。仰祈圣鉴事,窃职本年三月十二日蒙恩简放广东知府,召对时跪聆圣训,请先自备资斧,赴日本考察政治。幸荷懿旨俞允,旋由外务部臣给咨东渡。自夏徂冬,往来彼国,周历东西京各都会,政界、学界一一参观,博采旁咨,稍增闻见。窃惟中东国势不同,行政亦异,而以彼证我,有可借镜改弦者。凤侍承明,备员讲幄,冀以刍荛末论,勉效一得之,愚妄以为当务之急,厥有五端,谨分条缮列,为皇太后、皇上陈之:

一、兴女子师范学校及幼稚园也。学业始于普通，终于专门。中学校以下大抵皆普通学。中学校以蒙小学校为基础，蒙小学校以幼稚园为基础。日本幼稚园学生小者只四五岁，保姆教导，分谈话、手技、游戏等三科，事甚浅易而德、智、体三育隐寓其中。日课惟午前三小时，无寄宿舍，过午即归。故胎教外最重家庭教育。是幼稚园尤以女学校为基础也，而欲兴女学，先重师范。窃谓今日兴学当以此为第一事。现今京外各省女学渐立，上海亦有幼稚园，而风气初开，民未笃信，似宜降旨，责成各行省遍设女子师范学校及幼稚园，以开众学之先，示循序之义。按日本女学程度最高者如男子之中学，其为幼稚园保姆者，入学不过四年，修值极廉。我国创设此学目前尚少师承，只可借材异地，一切章程姑为效法。三年后，学既卒业，女学校、幼稚园皆不患无师矣。

一、沿江海各省酌设水产讲习所、试验场也。山海之利，取资无尽。开矿未必皆获，而渔业较有可凭。中国佃渔网罟，自昔肇兴，近年新创渔业公司成效渐著。然江湖鸢远，涉险为难。沿海数千里，北达营口，南迄闽广，小民捕钓，大都私自经营，不由练习，养鱼不以时，取鱼不以法，习俗使然，由来久矣。日本水产教育遍于通国，府县或设所讲习、或开场试验，因地制宜，利源日广。似可仿而行之，令沿江海行省先为试验，一切传习规则，彼国有渔捞、制造、养殖诸科，诚能切实设施，殆有利无弊者也。

一、各行省酌设农林讲习所、试验场也。三推耕籍，中国自古重农，山虞、泽虞各有官守，是林业亦并重者也。日本各府县有农事讲习所、试验场，又有林业事务所。课长、技手，因地设官。农科大学中分立林学一科，内有林产物制造实验场，所列标本不可胜计，盖同一植物，农林皆民生，实业不容偏废。自长崎达东京轨道之旁，田畴肥美，林木蔽天，弥望皆是。中国水道湮废，斧斤不时，人多惰农，地有弃利。近奉明诏，通饬各直省绘图造册，报部详定妥章。窃谓当参考彼国条例，统设农林讲习所并试验场，斟酌地宜，责令地方官切实举办。

一、各省试办储蓄银行及邮便局存款事也。民无恒产，必无恒心，财产者所以羁縻人心之具也。人有货布，多则聚思存，少则用之不惜，且以金贷，人莫不计及子母，而取赢于子者，或并其母钱而失之。海内商家，巨万则可存，锱铢则不纳，小民稍有余资，无可存储，反或挥霍，穷则失义，何事不为。为民上者似不可不虑及也。日本有储蓄银行，日币自十圆起，计日生息。又有存款于邮便局者，以日币一分购印花一枚，积印花十枚为日币一角，亦可附存，取息满五圆作公债券，政府为便益小民，力任保护之责，随时收放，遍国通行。是以百姓之财莫非国家之财，挹彼注兹，不穷应付。中国苟仿效之，此时以银圆一角起息，究嫌琐碎，似可通融酌增，责成度支部及各省官银行与著名各票号，存款自一圆起，照东国现行章程，参酌创办。公家偶有要需，亦可提用。此来彼往，上下流通，但使经理得人，不特便民，亦可裕国。当今要政殆无有善于此者。

一、戏剧改良概仿东西国形式也。借古人以自镜，下流社会易生感情，戏剧之影响最速。日本演剧学步欧美，厥名芝居，由文学士主笔，警察官鉴定，幕场所演皆忠孝节义，有功名教之事，说白而不唱歌，使尽人能解。夫演戏一事，日新月异，中国梨园子弟诲淫诲盗，积习相沿，今者京沪各处竭力改良，而求工于声调之中，妇孺岂能共喻？似不如仿日本例，一律说白，别建舞台。一切剧本概由警部臣鉴核并调查。东西国形式大加变更，其从前歌曲者别列一班，不必搀混。事虽甚细微，社会感人，关系实大，故并渎陈。

以上各条，费不必尽出国家，但使提倡而维持之。朝命一颁，天下响应。学校或官立、或私立。水产、农林同为美利，可设公司，行之数年必皆有明效大验。银行所以便民，戏剧关乎社会，目前兴办简易可行。职静念时艰，参观他国，礼失求野，特类举上陈，如荷圣明采择，应否饬下，出使日本国臣调取章程，分条酌办，请旨施行。职为考察回国，扼要陈言，起见不揣，冒昧具呈，是否有当，恭请代奏皇太后、皇上圣鉴。谨呈。

丙午扶桑游记卷一

吴县吴荫培

光绪三十二年春荫培奉命典郡粤东,召对日请先自备资斧观政日本,仰荷懿旨俞允,五月呈请外部给咨出洋,六月南归,七月东渡。自秋徂冬,周历东西京都会暨横滨、小田原、名古屋、大阪、神户、长崎各境。平生酷嗜林壑,居东都七十余日,又作日光、箱根两山之游。自中元后十日发沪上,十月杪回国,其间游历之期,逾三阅月,随笔著录,率不成文,排日记之以证鸿雪。

七月二十五日庚申(1906年9月13日) 霁。午后往虹口汇山马头登三菱公司山口丸。是丸载重三千三百二十。顺头等客,同船者只有俟(侯)官蔡君卫世浚,余皆东西国人。蔡生系留学东京者,为余通家闽县方策六驾部兆鼇及门,接谈甚洽。酉初起椗,出吴淞口。

二十六日辛酉(9月14日) 阴。舟偏北向正东,由黑水洋越黄海行,尚平稳。

二十七日壬戌(9月15日) 霁。晨起,见肥前五岛,在船正北。巳初由神岛,达长崎口。例于入口时检疫,头、二等舱客只一见而已。午前偕蔡生附小轮舶登岸,蔡生由铁道赴东京,余挈钱仆游市中。长崎为肥前国境,林峦高下,楼阁参差。拾级登丸山,有樟社,以樟树得名,大可十抱。山半碑碣甚多,皆近人题刻。下岭,过第一楼小饮,系闽人设肆,馔之美者有鲜鳆鱼、龙虾,味俊绝。余因沪上三菱行友有函致裕昌号,访其主人张济庆,鄞人也,一见如故,申初送余返舟。即起椗行,经高丽海境。入夜望海中岛岸,灯光不断。

二十八日癸亥(9月16日) 雨。晨起,已达门司。船向东北,门司在南,其北岸为赤间关,即马关也。因货起落,泊半日,申初始行。雨仍不止,夜与同舟英人陈姓女士谈中学,颇识门径,系赴横滨游历者。

二十九日甲子(**9月17日**)　时雨时止。晨阅日本地图。舟行播摩滩，其北岸为须摩、舞子、明石诸境，南为淡路岛。一路带雨看山，凉翠欲滴。午前将到神户，如长崎例验疫。饭后登岸，俟关吏验行李讫。卜寓荣町二丁番地田中旅馆，临街筑楼，脱屦而上，席地而坐，供役者皆女子，洁净之至。晚出门，向北行一里许，越铁轨道，又西北行，经中华会馆门，晤粤人周姓。导登武帝殿，其左有厅事，规模宏大，最东有小园，金桂盛开，周姓折两枝赠我。抵暮冒雨归。此间山景可人，明日拟小作句留，往诹访、布引两山以偿游兴。夜写家书。

八月初一日乙丑(**9月18日**)　霁。晨北行三里许，登诹取山西南麓，拾级而上，为诹取山神社。东人亦信神鬼，不异中华，惟庙中无神像，但设位供花而已。有老媪拈香来此，喃喃诉告，忽攒眉、忽拍手，愚诚亦可嗤也。神社之东北麓为公园，地平坡高，下细径中通坡上，凉亭相望，有石碣卓立，榜曰"金星过日测验之处，明治七年立"。旁结藤棚二，游客往来，屐声不绝。东行下山，有矿泉，池石参差，依岩结屋，卖茶者居之。余既游且浴，见有铜铸又吉像，伊藤相作碑为记，系创开是泉者。此处旅馆环筑，山径坦平。东北车行七八里，达布引山麓。闻大声发于岩树间，则雌瀑也。宽十余丈，长数十尺，玉龙万叠，一泻不停。道旁有招饮荷兰水者，小憩片时，心目大快，觉泰山水帘洞无此巨流也。过桥，再上三里为雄瀑。泉高而狭，如一疋布，自天而下，与雌瀑判然不同。有人设去来轩，置茗待客，山楼面面随意凭眺，亦佳境也。傍晚下山，小饮月花亭，仍返田中馆。

初二日丙寅(**9月19日**)　霁。晨赴三之宫汽车站，往东京，即前日所经铁道也。辰初登车即行。巳初过大阪，又过西京。一路修竹干林书。午后过名古屋，巳正过滨名湖，此地为东海第一名湖，有松林小岛，兀立湖中，松外无一他树。旋过滨松及天龙川。申初过大井川。申正穿金谷山洞，又过静冈。酉初过沼津，此处入富士山境，为此邦第一高山,然天暝不能见矣。戌初过国府津。亥初过平沼,距此即入横滨道。旋抵东京新桥,时亥初二刻外也。暂寓芝区芝口山城馆,饭于邻家酒肆中,半夜始卧。

初三日丁卯(9月20日)　霁。晨上电车,赴神田区择寓,尝麦于淡路町明月庵,即移行李,寓猿乐町安田馆。午前往牛込区袋町埼玉馆,访宝山袁偢畲希洛,兼晤上海贾季英丰臻。偢畲云昨屡迓于新桥,彼此竟相左也。殷勤款接,留饭而归。晚购书近处市上,小饮南神保町会芳楼。东京遍地电车,四通八达。市内分区十五,中央为麴町区,宫城在焉。东日本桥,西四谷、赤阪,南芝区、麻布,北神田,又北下谷、本乡,东北本所、浅草,西北小石川、牛込,东南京桥、深川。区外各郡环列,与区径接者东境南葛饰郡,西及西北境丰多摩郡,北及东北境北丰岛郡,西南境荏原郡,南境、东南境皆滨海,为东京湾。余初至是邦,漫书其大略如此。

初四日戊辰(9月21日)　雨。寓楼洁净无尘,隙地种树,位置颇雅。午后携部咨赴麴町区永田町中国公使馆,晤杨星垣京卿枢,谈及余此来考察,允转咨日本外务省绍介参观,又言留学风潮近尚未息,盖现在人数逾万,其初级者中无定主,诚不免遇事生风耳。

初五日己巳(9月22日)　雨。午前,山阴陆亮臣庶常光熙来,约往本区味莼园小酌,酒酣,畅论时事,感慨系之。晚,杨星老招饮使馆,同座皆随员及各省留学监督,晤乌程张杏荪元节、仁和朱二贞聪熙、元和汪书堂森宝、汉军金子材保权诸人。

初六日庚午(9月23日)　雨。闷甚,写家书。午后,雨略小,往本区后乐馆,访丹徒高进斋慎儒谈,尊人葵北前辈觐昌现摄粤东廉州篆,余适奏补是缺。进斋言是省匪盗过多,廉郡岁戮千人。错节盘根,自问本无利器,为之惘然。晚往京桥区木挽町厚生馆,访同馆新任提学诸公。夜顺道饮花月楼。

初七日辛未(9月24日)　霁。晨往麴町区九段阪上,登高眺远。适作家书寄邮局,录号者彼国女子也。昨购东京市图,按图随意散步,居然无误。归而袁傚畚、高进斋、南汇王彰孚曾宪在寓相候,同上电车,往京桥区土桥观五二共进会,为明年大博览会起点也。此会所列标本皆日本通国府县所产,不杂他国器物,且各物均标明价值,随意交易。其最佳者为美术品,有长二丈余、宽一丈余《日光山图》绣轴,绘声绘影,巧夺天工,古人露香园遗制尚不逮也。门外有屋数椽,榜曰"台湾茶室",以中华缠足女供役,抚今思昔,叹息久之。时已过午,诸君招游下谷区上野公园,余先约往三桥亭西餐。申初入公园门,登石级,观西乡隆盛铜像及彰义队阵亡者之墓。游动物园,门面东,入门分三路,西北路行有鹿、猿、马、驴、虎、狮、象、驼、羊之属;中路行有狐、豺、狸、参羽族鹫、玃、角鹫、果然山猫、蒙古犬之属,其中又有观鱼室及池,有鲵鱼、金鱼、鲫鱼、鸳鸯、鹤、鹅、鸭之属;南路行有绵羊、山羊、野猪、黄鼬、猩猩、鸵鸟、鸸鹋、珠鸡、食火鸡之属,又有北极熊及鼍皆极大,平生所未见者,不可胜计。抵暮出园,沿不忍池岸西行,残荷在水,风景绝佳。余因安田馆出入不便,彰孚约往本乡一路择寓,上灯时返。夜游市上。

初八日壬申(9月25日)　雾而阴。晨移寓本乡区五丁目伊势荣馆,三层楼,西洋室。通州徐子山孝廉安仁来谈。饭后至麴町、下谷、浅草各区,或车或步,随意句留。问道往浅草公园,鬓影衣香,目迷五色。入二王门中为浅草寺,亦有佛象。其后池石纵横,林塘清润,有喷水机可资眺览。又有动物院、凌云阁诸处,时已近暮,均不及游。

初九日癸酉(9月26日)　雨。晨,徐子山、慈溪王惕斋仁乾、同县潘子欣志憺来。午后,同馆提学使诸公来,均晤谈。晚冒雨往本区弥生町,游第一高等学校,又至小石川区市中。归而天寒,小病,遂早卧。

初十日甲戌(9月27日)　阴。昨病虽止,晨起劳倦。因西洋室受寒,移居临街前房,仍从东式也。宝山袁仲廉希濂来谈,傚畚之兄也。午前往小石川区饵差町访武进董绥金同年康、南海麦敬舆秩严二君,均官刑部,来此考察法律学者。归寓,饭罢,到本区帝国储蓄银行,晤行友西川太平,余以所携川资暂存,可陆续取也。又往厚生馆,访长白连兰亭同年甲,并候汪书堂、高进斋于其寓,均晤。夜,王彰孚来。

十一日乙亥(9月28日)　霁。晨往市上,即返。潘子欣、徐子山、通州潘新伯肇元、金萃郊孝廉圻、余通家秀水沈衡山比部钧儒来。午前到牛込区扬场町高阳馆答访袁仲廉,又河田町振武学校答访陆亮臣,均晤。晚归,饮味莼园。夜往浅草公园常盘座观剧,所演子报父仇,名《俱不戴天》。剧本皆彼国文学士所编,警察官鉴定,说白而不歌唱,场内山水、树木、园亭、第宅一一像真,月色、雨声尤酷似。亥正返寓。

中国戏剧改良,使下流社会感化乃当务之急。往者诲盗诲淫,风俗伤败,莫此为甚。所望当事者亟起救正之也。

十二日丙子(9月29日)　霁。昨,公使馆书来,交到外务省咨文。晨函约沈衡山、潘子欣来。午前偕子欣至外务省,适书记官严村成允他出,约后二日去。同饮味莼园。晚游九段□□□□,观大村益次郎铜象。夜,王彰孚、袁俶奋、高进斋、同县蓝志先公武来谈。志先肄业帝国大学文科之哲学,谈吐间时露英气;子欣留学蚕业讲习所学蚕业,其夫人则学丝布,二年后毕业,均专门学;彰孚在第一高等学校习医科,将来可擢帝国大学;仲廉究心法政;俶奋专学理化,皆吾乡后来之秀。

十三日丁丑星期(9月30日)　晨起雨,少顷霁。赴九段阪下国光馆,观日露战事露即俄也辽阳大战图。入门极黑暗,登楼四望如幕,两国交绥,血飞肉薄,山川、城郭、望之逼真。馆楼圆作塔式,栏绕其中,外有余地,戒客勿越。栏外置胜露时所夺战具,其下即山石,人物皆以布纸设色造之,稍远则绘图接之。惟是真是幻,两两交融,使人暮辨,斯可异耳。顺道往神田区骏河台留学会馆,晤潘子欣及长洲王咏梅季纶、同县蒋墨缘怡章、汪味根郁年、章立夫世荚,一堂皆三邑人。子欣为余代约江陵邓斯安振瀛,明日同赴外务省。午前返寓。饭罢,又到神田区三崎町东洋馆,访邓君,得晤。拟续游五二共进会,客票额溢,不出售,舍而游日比谷公园,茗憩松本楼,晤仁和姚稷臣同年文倬谈。晚,吴江殷柯亭直刺柏龄招饮芝区茸手町寓楼,依山傍树,地甚清静,同座晤祥符沈筱眉豫善,更余始归。

十四日戊寅(10 月 1 日)　霁。晨偕邓斯安往外务省,严村成允仍未到署,晤副领事船津松一郎,余将考察清单交去,同返东洋馆斯安寓房,甚洁,三崎地亦适中,余有卜居之意,因伊势荣楼高不胜寒也。午后北行七里中国七里合日本一里,记中书法均以中里计。到王子村西夕原,答访潘子欣,并见其夫人、世兄,竹篱茅屋,远隔尘嚣。夜,姚稷臣同年招往上野公园精养轩西餐,同座连兰亭同年,谈及明日与严村君同往印刷局,余亦拟往观。归寓后,因致书严村。王彰孚来谈。

中秋日己卯(10 月 2 日)　阴。晨往东洋馆,晤斯安,竭力劝余迁寓,允之。天又雨。午前返寓,接连同年电话,已与严村晤,饭后约余同观印刷局,遂冒雨去。局在神田区神田桥,分二部,一活版专印公家出版书契,一造币则通行全国纸币者也。先至官报排印所,又至雕刻、制肉即制印泥处、刷板、调查、整理等所,男女工共四千二十余人,工资男优于女,男最多者日给国币一圆外,最少者半之;女最多者日给国币半圆,最少者亦半之。工作之勤,局中一律。其最新者官报所有铸字机一座,一人手捺字母,顷刻间字已成。又有排字架,如取天字则第二天字随第一字出,用千万字不乱。雕刻所有大小刻铜版二,相距三四尺,此以人司,彼以机运,具体而微,不爽毫发,此奇之又奇者。阅毕,晚往本乡区一丁目本乡座观剧,系演人臣之尽忠致身者。亥正返寓。

十六日庚辰(10 月 3 日)　雨。晨移寓东洋馆,主人斋藤姓以中华肴馔供客。余所处楼容席十二,窗外绿阴,前后均通空气,此后可久居矣。午前到日本桥区本两替町日本银行,偕连同年考察,有支店长诘所、理事室、营业局、国债局、贷付割引处、出纳局、公债证书室、发电室。此外有标本室,日本数百年前银币、楮币及我国、西洋各国银币、楮币罗列完备。其出入分国债及本银行两项,收款、发款截然不紊,井井有条。又有藏书室,专储各国银行专书。约一时察看毕,返寓。晚冒雨到近处,小酌聚丰园。天气骤寒,早卧。

十七日辛巳(10月4日) 阴。晨,沈筱眉来,又与邓斯安彼此过从。午刻,高进斋招饮味莼园,同座朱二贞,曾游箱根,甚称林壑之美,畅谈而散。抵暮又雨。

十八日壬午(10月5日) 晨起阴,少顷雨。接外务省严村成允来书,又绍介参观书。午前访董绥金同年谈,绥金以《新译监狱讲义》相赠,并留饭。晚往王子村访潘子欣,不晤。冒雨东行,由上野公园之北,经铁道,一路过谷中墓地及东叡山宽永寺之门,觅路返寓。夜雨甚大。

十九日癸未(10月6日) 阴。午后往本乡区弥生町成学馆,偕王彰孚到汤岛町女子高等师范学校。课事已散,同游上野公园帝国博物院,岑楼广厦,万汇包罗,内分历史、地质、动物、风俗、人种、图书等,凡六部,古今中外,一名一物,并蓄兼收,目不暇给。有古代遗骸二具,外衾虽朽,体式尚存,乃千余年物。又有棺作椭圆式,亦古制。皆为陈设品,其他万怪千奇,莫可殚述。晚归,潘子欣、袁俶畲来。

二十日甲申(10月7日) 霁。星期。晨,袁俶畲来,约同往本乡区汤岛町教育博物馆。入门,第一陈列场多教育用具、成绩品,中为大成殿,左右第二、三陈列场亦教育用具,有图书阅览所。游客纷至,徘徊片时,遂同赴浅草公园。入动物院,有牝牡两狮、熊、罴、虎、豹、猕猴之属,大略与上野同。惟另有狒狒一,形似猴,而身极肥且强大有力。又有鳄鱼及腽肭脐,一喜伏,一喜跃,皆他处所未见者。院中有日本象形,极大人物演彼国故事,以鲜花叶为衣,五官爪肤逼真无异,甚为适观。又有木偶戏及留声机器,盖日人善于生计,故设此揽客也。其西北为凌云阁,阁十二层,登其顶眺望全京,俯视一切。又东行到水族馆,初入门甚暗,四围设水柜于壁,玻璃发光,鱼无遁影。柜内设管,遍通空气,间以草石,水族皆欣欣自得也。午饭于浅草雷门牛岛饭馆。饭后,俶畲他去,余再游传法院。晚观日露战争图,与前国光馆所见略同。返寓,接潘子欣函,已订排日偕余参观诸友。凡出洋游历者例延舌人翻译,余至日本观政,所晤同乡诸君皆愿尽义务者,子欣约定王咏梅、袁俶畲、王彰孚、蓝志先、江宁刘宾如家愉、同县冯心支世德,课余分日偕游,可感也。

廿一日乙酉(10月8日)　霁。晨,通州潘丹仲孝廉恩元及王咏梅来,同到麹町区西日比谷町东京府第一中学校。所谓第一者,因东京外尚有三中学也。生徒八百余人,课程分修身、国语、汉文、外国语、历史、地理、数学、博物、物理、化学、法制、经济、图画、唱歌、体操十二科,教室分甲、乙、丙、丁、戊五组,有一、二、三、四、五年生。校长胜浦鞆雄、教谕文学士雏田作乐出见,谈及中学校系统,凡小学校寻常科七岁至十岁,四年毕业升入高等科;十一岁至十四岁,亦四年毕业,第三年即可升中学校,先后共五年毕业,然后升专门科,递迁至大学为止。雏田吐属甚雅,自云平生心服孔孟,遇中国读儒书之人,辄钦羡不置。余谓孔孟之教万世不废,中外从同,中国尊纲常,西学重伦理,一也。彼此笔谈,相说以解。午刻往神田桥三河屋西餐。饭后到本乡区女子高等师范学校,晤教务员柴宫平八,导观各教室及博物、图画等标本室。其中讲堂兼自习室规制极大,除教员、旁听生座外,每案二人,纵二十二,横七,凡案一百五十四,共容学生三百八人。讲堂后即体操场。柴宫随处指导,观体操场及跳舞,毕,始出。其高等女学小学校、幼稚园约明日再往。晚答访袁俶畲。

廿二日丙戌(10月9日)　霁。晨,袁俶畲、贾季英、沈衡山、袁仲廉来。余与俶畲再往女子高等师范学校。先入唱歌教室,又观用器体操。毕,往幼稚园,有游戏、手技、谈话三科,学生只四五六岁,教员即本校四年学生充之,谓之保姆。游戏一科,一、二年最幼者先习步伐,画地为圈,保姆用两小旗作导,幼者能各就范围,无一逾越;稍长者,一保姆鼓洋琴,一保姆宣口令,或离合或错综,楚楚可观,体操之法在是矣。其手技为积木、折纸,谈话则教之善言。此三科:游戏,体育;手技,智育;谈话,德育也。高等女学校及小学校一一往观,大致与高等师范相类。午后赴日本桥区本石町常盘小学校,训导金子良助导观各处。有二十教室,学生分寻常、高等二科,皆四年毕业,附属有幼稚园,一切课程大略同他小学校,惟高等科有商业一门,此其独异者。晚返寓,留傲畬小酌。饭后往本乡区山新町,访蓝志先,并晤刘宾如谈。

廿三日丁亥(10 月 10 日)　霁而阴。晨往本町安田支馆,答访王咏梅。又为同乡留学事到使馆,与杨星老谈。午刻约王彰孚同赴本乡区元富士町帝国大学,先到本部投外务省函。大学分科六,曰医、曰法、曰文、曰理、曰工、曰农,农科大学另设于青山外驹场,在本乡者只五科。余先观医学,入解剖室、尸室。解剖处列十余尸,或察肌、或检骨、或验肉,五官四体大都截开,尸经药水炼养,故无气味,一切脏腑皆储玻璃筒。陈尸处别列一室,余所见二人亦经药水所养,面色已变,且略膨胀,未免动狐兔之悲,继思牺牲一人而能利济万物,化无用为有用,亦似有理。导者云各尸或购自贫家、或病者自愿也。附属医院九所,余到外科,讲堂有为学生听讲处,即为病者实验处。又有外科小手术室、消毒室、绷带室。又观一、二、三等病室,一、二等一人一室,三等众人合室,均有看护妇随时调护。又至电学实验室,有玻璃泡,圆如西瓜,接以皮圈,通电气,用片纸界之,以手掌贴近于纸,掌中但见筋骨不见皮。西学治病所谓实测者如是也。晚往浅草公园侧,拟观剧不得,灯下看活动写真而返。

廿四日戊子(10 月 11 日)　雨。晨在寓,料理各事。午后往本乡区追分町荣林馆,访刘宾如,同到帝国大学工科。先观建筑列品室,有古今东西各种房屋模型,其余一切工作陶瓦诸器不可胜计。又至化学、机械学、采矿及冶品学列品室,日不暇给,余等欲往实验室,竟不得门而入,买椟还珠,未免自愧。晚,宾如偕余回寓,余设酒肴款之,上灯时订后约而去。

　　廿五日己丑(10 月 12 日)　雾。晨,蓝志先来,同往浅草区御藏前片町高等工业学校,晤长洲王拱之颂贤、嘉定徐季清家瑞,导往各处,详观细察,应接不穷。校中学生千人,分电气、机织、窑业、化学、染色、建筑、绘图、电力、机器九科,皆有实验工场。又有化学分析室、酿造制糖室、制版工场、制漆工场、木工场,各工皆以机轮运动皮带,而统以最大之蒸汽机关及汽罐、唧筒。散则万殊,合则一本,灵妙如此。王拱之云,机器之精者大半购自欧美,本国所造仅粗者而已。入窑业标本室,所储日本磁器不逮西洋,而我国江西磁仅陈其下等者,不知何故。校外附设织工徒弟学校,又工业补习学校,亦有教室、工场,惟学成后只为中下等工师,不甚发达也。午前返寓,饭后答访袁仲廉。又至麴町区富士见町木田馆,答访潘丹仲。晚到志先寓,同往下谷区上车阪町岩仓铁道学校,晤干事员榊原浩逸,赠我《学则》并报告,并再三陈说校中分建设、机械、业务三科,自辰至未初教正科学,申刻后教高等学。建设科即建筑课,工事落成后改称保线科;机械科即汽车课;业务科即运输课,三者备而铁道行矣。学生人数查明治三十八年平均数九百六十余人,有机械科生彭祥斑,我国湖南人,近年考绩列第六,他日可期大用。上灯时与志先出,小酌聚丰园,并同返寓,小作清谈而散。

　　廿六日庚寅(10 月 13 日)　雾。晨,潘子欣、徐子山来,同往小石川区指谷町盲哑学校,又往帝国大学,均停课,改赴下谷区上野公园东京美术学校,晤直隶黄二南辅周,一一导游。校中分七大纲,为日本画科、西洋画科、图案科、雕刻科、金工科、铸造科、漆工科。黄生习西洋画,先导入教室,有一男子裸体立,各生用木炭为笔临摹,有神似者。又入日本画教室,学远不逮我国,以不知用笔也。又入图案科,则写建筑形以界画专门者。又入雕刻科,木雕、石雕、牙雕及铸造科、金工、漆工诸教室,大抵雕琢之工无不穷形尽相,惟妙惟肖,三四年生较一二年生程度自异。又入陈列蒔绘髹漆标本、学生成绩品室,内有中国雕漆物,又有漆盒一事,据云二千余年前物,不知确否。午刻与子欣至精养轩西餐,旋返寓。晚,子欣又来,蓝志先、沈衡山、王咏梅、昆山张芝生应奎均至。衡山约余及子欣等赴品川芝滨馆小酌,临海结楼,可风可浴。品川在新桥南,电车往来计三十余里,亥正始返。

廿七日辛卯(10月14日) 霁。星期。晨往本乡区团子阪观菊花人形活动戏剧,艺花者七八家,皆筑台插花,下设轮轴可以旋转升降,剧中皆日本故事也。午前到赤阪区冰川町,答访钱塘吴子修庆坻、德化刘幼云廷琛,诸公留饭而出。顺道至京桥区西绀屋町王惕斋家清谈。惕斋遨游东国已数十年,熟悉商情,洞达时务,入都会有建白,为当轴所知,其言可采用也。晚到日本桥区龟岛町偕乐园小酌。

廿八日壬辰(10月15日) 霁。晨偕王咏梅再赴小石川盲哑学校,徐子山亦至,晤校长小西信八,导观各教室。教盲以指代目,教哑以手代口。盲生寻常科四,曰:国语、算术、讲谈、体操;技艺科三,曰:音乐、针治、按摩;哑生寻常科六,曰:读方、习字、作文、算术、笔谈、体操;技艺科四,曰:图画、雕刻、指画、裁缝,皆五年毕业。小西君赠余洋铁刺孔板一,其字母文曰:"光绪三十二年八月廿八日吴荫培、王季纶、徐安仁来观东京盲哑学校,将以实验盲生认字者。"是日,因五二共进会盲哑生制物出品,开大亲睦会,诸生大半停课,是以余未目验。此会发起者、监督青山武一郎,众宾杂遝,有伯爵德川达孝主办并延余等观。监督、各教员及哑生之毕业者一律以手演说,忽喜忽忧,局中人不言自喻,特吾辈不知耳。监督赠余食料券。饭罢,听盲生鼓洋琴,盲哑生同习欢迎军士之歌因日俄战事军士有伤目致盲者,因作歌迎之。应弦合节,响遏行云,其歌曲系校长等所撰。又观哑生卒业者演剧十余折,如《日本军乐队》《日露战争》及《滑稽大酒宴》等剧,虽不能言,自然入妙。别有活人画,登场时五官四体寂然不动,亦特色也。同座者晤西京盲哑院长鸟居嘉三郎,为言西都山水之佳,劝余游览,与之订后约而别。晚与咏梅饮会芳楼。夜游本区东明馆、南明馆及九段劝业场。

廿九日癸巳（**10 月 16 日**）　霁。晨，蓝志先来，偕余往丰多摩郡帝国农科大学，由赤阪区青山西行约二十里始抵驹场。学中分四科，一农学、一农艺化学、一林学、一兽医学。余先观兽医学科，入蹄铁室，有历朝蹄铁，有各国蹄铁，而中国亦有焉。有最大最重者，彼云近年战时所用。此物我邦未免忽视而彼竭力铺张，亦有理也。次观林科，通国林木摄影图，遍悬四壁，其余标本皆日本所产。有新制绸帽，谛视不知是木。另有人造绢，其细若丝，则产自德国者，可以织为帷幕，惟不能作衣耳。观农学科，各国农具必备，植物处有温室，玻璃作屋，罗列群芳，果则香蕉，草则兰蕙，皆温带种也。又观农艺化学科，有教员德人出半寸小玻璃二片，视其上似有小点，毫厘莫辨，以千倍八百倍显微镜照之，其一为猪肉上微生虫，长约一寸余，宽约现五六分。据云，人生食之必毙，惟煮熟可免；其一为血筋，鲜红中明析如画。各科均有标本列品室，目不暇给。另有圃场，遍植各国树木，皆标名木牌为志，有北美利产大王松针长一尺余。时已未初，校中不及遍历。归路，过溜池町枫亭酒家小酌。夜，董绥金、麦敬舆招饮寓斋。

三十日甲午（**10 月 17 日**）　霁而阴。晨，袁傲畬来，偕往大森大井村体育会中观运动会。电车南行约三十里抵其处，天忽雨忽止，此邦体操每习兵式，故竞走之会不多而教练之队不绝。有茌原郡女童近千人，教员导之旅行，是为郭公不知其取义也。又有滑稽大行列者，或上面具、或改常服，种种游戏，不可名状。余因午刻有潘子欣上野公园精养轩之约，遂辞诸人，返东京。电车瞬息间已抵上野，同座晤汾阳王书衡学部仪通、震泽钱自严崇威、同县王轶海慎贤两太史，未正返寓。天气转晴。晚往本乡区丸山一路散步，天又雨，遂返。

丙午扶桑游记卷二
吴县吴荫培

九月初一日乙未（**10 月 18 日**）　霁。晨往麴町区富士见町私立法政大学，因是校中国人甚多，余遂独往。校不甚广，除教室外只有图书馆。学生一千人内中国学生数百人，分两部：一大学、一专门；又分四科：一高等研究、一大学预备、一外国语专修、一法政速成，此外又有补修科。速成、补修科均为吾国人留学而设。有名田中政吉者，神户人，能通华语，与余晤谈，并导至四班学堂听法学博士高野严三郎讲"财政公正厘则免税特权"一段，有大学专门部楚北人何姓作翻译，余援旁听生之例，参坐其间，断章取义，亦能领会。是校新筑寄宿舍，田中君导往一观，乃不日落成者。返寓，饭罢，偕刘宾如往小石川区大塚洼町高等师范学校，晤校长嘉纳治五郎，系有声学界者。是校规制之宏整、教法之完全，为东京第一。屋分三座，皆有高楼，右一座为校长及接待室，中为讲堂，左一座为教室，四面结楼，中则操场。其后一座为实验室，若图画、若地理、若历史、若物理、若化学、若植物学、若动物学、或矿物地质学、若农学，每室均有标本。另有化学讲堂，居各实验室之中，教员座后设玻璃厨，内置别种化学物，因有毒气，另开孔洩之，不使之传染入校，立法极密。三座之外旁有手工科、木工、金工诸室，又有寄宿舍，甚宽大。晚饮宾如于味莼园。夜散步神保町市中。

初二日丙申（10月19日） 霁。晨，冯心支来，同往神田区一桥高等商业学校，生徒皆出外旅行，约改期再赴。到帝国大学理科，入机械实验室，教员以玻璃小长管置电火上烧之，少顷玻璃质忽软，用两手曳之，细若毫发，又将管之首用力吹之，其末立即成圈。有凸面、凹面镜各一，凸者光聚，故照人面小而远；凹者光散，故照人面大而近。又入动物学室，羽毛鳞介，无不具备，较上野博物馆尤多。又入地震学室，内列地动机数具，形式不一，有用笔界于纸上画直线者，稍震则直者曲矣，以此测地震度数不爽。别有标本陈列室，动植物不可数计。又赴内科病院，因前日足迹未及也，规制与外科同，学中医院凡九所，余入归入科医院，有孩儿标本室，自一月至九月胎无不陈列，此外有两头孩及无脑孩，阙状甚奇。观毕，到本区万花楼饮。午后赴女子高等学校，因运动会停课。再至帝国大学，观法科、文科讲堂。

又入文科心理室,所见皆测量之器。是科,形上形下合而为一,以机运器,即器验心,如催眠术法,盖亦具大神通者。又入化学室,晤江宁顾石臣琅,亚蕖太史弟也。有图书室,藏本国及中外各书数万卷,中国如《图书集成》《通鉴》《廿二史》暨各省志皆备。主办者请余署名于观书簿而出。晚再到团子阪看菊花。夜往牛込区鹤卷町东北馆,答访方策六及闽县李石芝景铭两通家谈。

初三日丁酉(10月20日)　霁而阴。晨偕蓝志先同往深川区越中岛水产讲习所,晤监督松原新之助,为言学生大概分渔捞、养殖、制造三科,三年毕业,后复有研究科,渔捞毕业入远洋渔业,程度稍次者入现业科,习鱼油罐法,此为实修而设。渔捞场在千叶,制造场在山田原。书记山田德助导观标本室,罗列模型及中外水族甚多,有北海道鲑人工孵化场模型,又有牡蛎、鲇、鳗、鲤、鲢生长顺序,分瓶置之,真珠壳宽长二寸以内,其余玳瑁、海狼皮、鲸须、温肭脐等不计其数。其渔具若饵、若钩、若网,形式不一。观化学室,有盐田模型。此外有应用化学室、分析化学室、天秤室。动植物室则有养殖鱼病图,细菌学室则实验微生物、杀细菌者。又有试验部,罗列鱼油及食物标本。有冷藏库,乃暑天用阿摩尼亚化海水以造冰藏鱼者。有干燥室,系借火力以烘干各物者。有沃度制盐处则以海草制物者。山田德助云,是所学生共一百七十六人,开办费十四万银圆,常年费八万银圆,皆政府主之。其邻即商船学校,顺道即往,晤事务员大塚录四郎,导观各船雏形室,或全形、或分析,各物俱备。又往式场即讲堂,场后有图,绘各国出洋舰旗数十,最大者为英国旗,载重二万余吨,他国以次递减,独中国无之,此真相形见绌者也。又至制图室、航海教室、机关教室、自习室、寄宿舍、病室诊察所、食堂贿所即厨房、浴场、汽罐室、镴凿所、器械室、武器库,因地制宜,秩然各当。学生分航海、机关二科,每科分甲乙二种,甲种小学校高等毕业者入之,乙种寻常毕业者入之,常年经费银圆九万二千以上。是校与讲习所并列深川海滨,有明治丸一艘,专备学生研究之用。遇粤人陈复兴,与志先为友,系北洋资遣来此者,导登明治舟一览。归途,饮志先于本区广昌和。夜往本乡区千代田馆,答元和访江晴佳彤谈。

初四日戊戌(10月21日)　霁而仍阴。晨往神田区神田桥和强乐堂江苏全省同乡欢迎会,午刻同人次第演说,摄影而散。天又雨,同馆丹徒支芰青恒荣、东莞陈子砺伯陶同到余寓畅谈。晚西北行十里,赴北丰岛郡巢鸭学校内宏文学院生运动会。雨甚,余到时会将散矣。晤校长嘉纳治五郎,执旗授赏,环集生徒。见案头有古诗一章,系彼都人观会所作,盛称中国人材发达,国家可转弱为强,词气间似甚推许我者,寄语学界同人宜各努力也。夜赴邻店金子家鸡酒小饮。

初五日己亥(10月22日)　雨。晨到本乡区市上,即返寓。饭后雨止,赴外务省访严村成允,谈及余考察是邦各署可偕提学诸公同去,遂往厚生馆与支芰老约定。过五二共进会门,有以活动写真箱招人寓目者,箱上有细孔,内藏机括,投铜币一钱,以手摇箱外之柄,其中摄影瞬息变换;若不投币,则机闭不开,虽竭力摇之,暗无所睹,其法与自动电话同。往京桥区南锅町风月堂西餐,主人曾游学法国,东京肴馔当首屈一指。晚顺道往深川区经永代相生二桥,探东京湾形胜即归。天又大雨。

初六日庚子(10月23日)　阴雨连绵不止。晨往本区春日馆早点。竟日客窗听雨,闷损异常。晚,张芝生、王咏梅来,接严村来书,并开单约排日往观各局署。

初七日辛丑(10月24日)　雨。晨再往印刷局,学部及提学诸友均至,局长得能通昌出见。一切规制均前次所寓目,有同乡奉贤褚生及湖北某生留学局中,皆专习化学者,言及先学应用化学,再学颜料。导至化学实验室,用硝镪水入杯内,红黄青白、浓淡浅深,顷刻变色,始悟海水之变换非本色也。又有诊察课,专为医全局中人而设,则前游所未至者。得能君言是局明治廿三年前邮片销五千万枚,现今销五亿万枚,成效已著。导至其家,其夫人亦出见,以茶点、酒果相款,并出示所藏日本前人字卷及日本全国名胜图,情意周至。午后赴兴业银行,距印刷局咫尺,晤总裁秘书役村田俊彦,导观一切。行中分十项:曰贷付、曰割引、曰预金、曰有价证券、曰仕拂、曰收纳、曰株式、曰债券、曰保护预、曰信托,各司其职。另有仓库托信室,系外人所托寄藏券票,每人一楼,月费银圆四角而已。地不甚大,有运动场,备行中人练习,又有标本室,则罗列矿石者。行主导登楼列坐,为言兴业是行为日本银行中央机关,现在工业、农业发达,银行极为重要,中国如办银行,是邦人甚愿助理,其宗旨在招徕,盖商家之言也,遂各散。晚冒雨赴芝区,访德川达孝伯爵于其邸,与之笔谈。上灯时返,夜雨甚大。

初八日壬寅(10月25日) 霁。晨,董绥金同年约观地方裁判所折狱,期于公使馆张杏荪处取齐,偕往。裁判所在麹町区西日比谷,与控诉院、大审院同设,楼阁毗连,规制宏大,晤所长判事渡边畅,茶话片时。是日,有大久保时三郎杀人巨案,借控诉院第三法廷质讯。是廷共五大间案桌,中一、左右二,如新月弯形。案高于地者约二尺,中座问官为岛田及某某等三人,左右座各一人,一书记、一检事也。面问官坐者辩护士三人,观审之人约二百余,又有各报馆记事之人,皆设座,下至犯人亦然,惟重犯另设一槛耳。余等坐辩护士后,犯人以草笠障面,警察巡查监之。另有承值案上下者,公堂丁也。是案午前诘问约三时,岛田不动声色,反复推求,被告亦从容陈诉,然一时未能定案。午刻,余等出院,张杏荪招饮枫亭。饭毕,到日本桥邮便局。是局为东京邮政总会地,有通常邮便室,有保险室。又附设电报局,电信之重要者为军务电,分海军、陆军两项。此外有海底电,若电池室、电力板均可一一人览。余所见日本各局各院,中国绌于财力,骤难学步,惟此局则为现行之政,然权操于税务司,则仍退听外人也。是邦多储蓄银行为便民善政,邮便局亦有储金之例。民间以银一分购一印花,积十印花易银圆一角,已可起息。积五圆为公债,国家公款不足即以公债挹注,彼此流通,不穷应付。惟邮便局储金定章有限制,其最少者为五圆,公债券非如储蓄银行存款无定限也。余索其小章程而返。夜,潘新伯、金苹郊来谈。

重阳日癸卯(10 月 26 日)　阴而仍霁。晨再往日本银行,一切皆前游所到,惟适值金库开时得入一观,由隧道进库,外设重门,大如深巷,各辟专室,分甲、乙等字号编次,入口、出口判然两途,旁为发电室,有空气流通库中,其下设水管,遇警拨机,水立至。役员野井政也出见,言是行存本大都为国家款,有外股千余,每股日金七百,经大藏省许可,得作存款,大藏省存款亦并入此行,并言本行以现金换票无甚利益,惟有保证发引法,凡借出之金极少,月息七厘,此较获利耳。公债因战事而起,为数计十亿以上,本国纸币通行国民而不行于他国,遇国款时甚为支绌,从前抵公债,一为烟草专利,一为关税,此后设再有不足,只好抵铁路矣。其言并不铺张,亦彼都人可取者。午饭于风月堂。饭后赴麴町区钱瓶町电话交换局,是局设于明治三十一年。先入交换室,任事者大半女工,皆高等小学校三年毕业者。前列屏板,后藏电机,各家通话时,电铃一摇,屏板间电灯即显,每屏编列百号,一女工司之,耳听电筒。以两电筒分悬两耳,目视屏号每号各有铜片,电话至时铜片自开,话止则铜片既闭,电灯亦息,手司皮带分插各号。口告两家,五官并用,瞬息不停。有电力室,其旁又有电池,万线交横,笼于一本。东京交换局五所,此为总局,市内郊外划然分司。观毕,晚往芝区市上购雨衣。归途过九段坂上,有富商某家因作六秩寿,以布造假富士山于园林间,遂往一游。

初十日甲辰(10 月 27 日)　霁。晨再往高等师范学校,校长嘉纳治五郎招观运动会,都庐寻橦廲弥建樐,赳赳武夫、彬彬文士一人兼之,真令人不可思议。午饭毕,与甘泉张云门孝廉鹤第同赴赤坂区西南涩谷赤十字社医院,晤山上兼善。导入管理室、标本室,见药水中肢体甚多。另有大手术室,为病人开刀时专室,白磁铺地,洁无点尘,四面玻璃,中通空气,病人及医生至此,必浴而进,恐外来浊气侵入也。山上云,每岁经费国币二十五万圆,战时军士受伤者入社,其费国家任之,平时虽军人亦收费,一切规则与西洋各国同。病室甚多,大略如医科大学,有看护妇、教场。散时天色近暝,即返寓。

　　十一日乙巳(10 月 28 日)　霁。星期。出寓门,北望甲武,电车道咫尺,即在目前。晨起,乘兴登车,由四谷赤坂区西行,遂遍游新宿市上。午前由原路返。张芝生、潘子欣、高进斋、冯心支、刘彬如来谈。饭后往小石川区白山御殿町植物园,系帝国大学理科附属者,为学生实验而设。万木萧森,下连峻阪,一卉一树,各有标名。门向西南,入门北行,长约一里,自东至西,宽约三四里。前中后分三路,后路植桧柏,中路植花菜,地皆平坦,前路植莲竹,有池石之胜。其上坡陀磊落,覆以松阴,尤为幽绝。园之正北,有温室,内植赤道下所生花木,较农科大学略少。园中座落无多而丰草长林,令人不暇应接,真大观也。晚游芝区芝公园,小酌芝山红叶馆。

　　十二日丙午(10 月 29 日)　霁。晨往牛込区本村町陆军中央幼年学校。分科二:本科二年、预科三年,由高等小学校第四年生升入,又五年升士官学校。教授部教普通,训育部教军事初级,学生七百余人,科学与他校略同,有课汉文一科,仍以东语授之。有器械室,内列化石、岩石等物,有硝子制金刚钻模型,又有宝石模型。自修室中设教员座,诸生环坐左右,威仪肃然。午后赴陆军士官学校,与幼年学校毗连。分科五,为步兵、骑兵、炮兵、工兵、辎重兵。本国人由幼年学校三年毕业者先入联队,然后升此;我国人入振武学校,三年毕业后升级亦如之,学生千一百五十人。门外东南隅有二十八珊米榴弹炮三。校中分中、东、西三路,中为食堂,前则操场,极大,两旁为寝室,东为教室,西为自习室。规制严密,时时操演。余到时方过午,联队早已陈列,错综变化,步伐整齐,抵暮不息。门外为野战炮车厂,各学生又演试炮,炮上有转折千里镜,可以对准,头发则必中。西校有模范室,罗列模型,有狼穽、钉板、小坑,种种不可枚举。吾辈所见不过形式,而如此战备,邻国何能不戒心耶! 返寓后,写家书。夜赴本乡,购樱味噌寄苏,充高堂甘旨。

十二日①丁未（10 月 30 日）　霁。晨上电车，赴新桥，换汽车往横滨，计日本程九里，合中国五十余里，不及半时即到。往横滨税关，晤税长某，为言税关分六课：一监查课进口报告由关监查、二检查课查货优劣以定税则、三征收课因货多少以定价值、四货物课入口必加印，无印不能入关、五监视课查入口烟酒等秘密物、六庶物课一切杂事如建筑等。有统计室，又有保税库备商家存货有抵当物，可存一年、傢置仓商家建筑料到埠存关例在九十六钟内，逾此另存仓库，如例纳费。据税长云，从前建造仓库费仅国币三百万圆，现在政府以八百万圆添建，尚未工竣。至日本国出口货大半取道横滨，据明治三十八年报告，出口货三一二千一百万，横滨出者一亿五千万，占全数之大半。若进口货，神户较横滨尤多，三十八年报告神户入者四亿八千八百万，遇战事时如军用品格外加多，今年较上年略少矣。午刻出税关，往租界山下町，访领事粤东吴伟卿仲贤于公廨，京华旧友也，相见欢然。午后到正金银行，一切与日本银行相似而宏丽过之。楼上饭厅客座随处休息，建筑之美过于皇居，火炉采欧美各国式，无一同者。有金库，由隧道入重门，邃室内设电灯，门开则明。又有保护预品库，亦在隧道之下，有保险铁柜，专备外人寄储。库中另有小房数间，因外人寄物时有秘不示人者可入室藏匣，然后置柜。此柜筦钥两事一存行、一交本人，不合从不能取阅也。观毕各散，余觅路游伊势山俗名野毛山，在横滨停车场西南，山顶为太神社，有明治十年西征阵亡军人之碑。山不甚高，可眺全海之景，其下为野毛寺，又有明治三十六年海员悼逝碑。抵暮下山，购横滨图于市中，即登车，戌初返东京。

十四日戊申（10 月 31 日）　霁。晨再至裁判所，晤所长判事渡边畅，谈及日本全国裁判，递分四项：一区裁判判小事，一地方裁判判事之大者，一控诉，一大审。诉讼分民事、刑事二项，民事视款数，如在金二百圆以内区裁判问之，多则属地方裁判。刑事归区裁判者以

---

①　原文如此。

六阅月为期,过此期亦属地方裁判,此寻常裁判通例也。更有民事特别者,如皇族有事可迳达控诉院,递达大审院;刑事特别如谋叛及反抗政府者,控诉院亦不能问,必大审院及可,此特别裁判通例也。所中官僚判事而外有检事,又有书记一官,必兼通文法者充之。其下有折达吏,如中国差役,亦必试验其资格,向未犯罪者方任之。此外廷丁在折达吏下,系值杂事者。讼费有定限,不能多索。有开廷日,割黑板榜于门,写明何日何时讯何案。案由书法:民事用偏假名写,刑事则据实直书,两造名各载于下,一望了然。余等先入裁判所,又赴控诉院,均观其问案而出。午饭于芝区市中。饭后到麹町区八重洲町警视厅。日本警察现行者分二类,一行政、一司法,条目甚多。余先往参考陈列室,昔之倡办警务者皆有图象,其余名物纷繁,有小儿玩具及妇女花线,均系染色中实验有毒,特一一标列。又有长刀,系从前杀大久保者。此外列假票各室及绳缚罪人各式,皆有标本。又往消防署,即附属厅内者,遍观消防各具,若救火天梯高六十丈,分三层,升降有机轮,可以旋转。又有蒸气水龙,若四轮车形,上列两表,一视蒸汽、一视出水。署长云,一分钟时可出水七担,神速之至矣。中国人就学者,现有七十人,分高等、营业、卫生三部。时已抵暮,若电信房、巡查讲习所均不及入观,即返寓。

十五日己酉(11 月 1 日)　霁。晨赴麹町区山下町劝业银行。此行系农工业改良发达为资本计国币一千万圆,明治二十九年创立。是日,储蓄债券开彩,来客纷集,余等随众同观其法。用大铁笼一具,下设机轮,可以旋转,中置竹丸,标明号数,两人摇之,另用木器插入笼中,取出竹丸,即为得彩。近年鄂省彩票规制闻亦从同。午刻,道出巢鸭村,饭于胜阳楼。午后赴王子村抄纸局,复晤局长得能通昌及其夫人,遍观各室各厂。凡麻稿、麦稿、桠皮、褚皮、雁皮、桑皮、竹皮以及纤维、蓝缕各有标本,皆可为纸。造纸从前用旧法,明治四年始改良,男女工人一千余人。傍晚演习水龙,严肃整齐,群力奔赴,瞬息间如降大雨。夜与王书衡同访潘子欣长谈,饭而归。

十六日庚戌（11月2日） 大雨即霁。潘丹仲、金萃郊来，偕余再赴青山农科大学，一切皆前游所到。惟入动物养蚕室，春夏秋冬皆有蚕，每日有育蚕记事表，比较凉热度数，如温度七十六数，十四日即出蚕。天凉则借火温之，炉火皆设于室板之下，不直接也。桑叶藏楼底，霜雪不侵，防其枯槁，运以空气，法至善也。晚到外务省，访严村成允，未晤。又往王惕斋处。夜，高进斋、蓝公武、张芝生、袁俶畬诸人至。明日为天长节，公使馆送观兵式参观证来。

十七日辛亥（11月3日） 霁。天长节日乃日皇御诞。晨衣冠赴青山观兵场，场中分设三幄，北为日皇及太子幄，次皇族、诸大臣暨各国公使幄，次游历各官幄。辰正，军乐齐鸣，皇舆莅止，与宫内省大臣同乘而来，次太子，次诸臣，仪从甚简。入幄，皇族、诸大臣、各公使以次鞠躬参见，日皇一一答之，即上马，挈陆军大臣四五人巡行兵场一周，立马幄前，视步队、马队、炮队、辎重队及兵卫师团等排列而行，约计二万余人，步伐整齐，如荼如火。已初巡毕，日皇登舆还宫，国民观者皆嵩呼而退。余顺道往青山下驮谷村，访金子材于其家，主人留饭，饭后返寓。与潘子欣约往本乡座观《侠艳录》新剧，系是邦文学士近日编定者，亥正剧终。

十八日壬子（11月4日） 霁。星期。偕袁俶畬同游芝公园，登芝山坡上，又游德川家庙，规制崇闳，庙后即其先代墓也。午后在芝区河屋西餐。叔畬有事先归，余独上爱宕山顶，登塔观海，随意遨游而返。

十九日癸丑（11月5日） 霁。晨往牛込区西五轩町宏文学院，校长嘉纳治五郎屡经会晤，相见甚欢。是院为中国留学生而设计，学生一千六百余人，有普通科，有速成普通科，有速成师范科，有夜学速成理化科及警务科，有夜学日语科，并有电器标本室，又松轮标本室，罗列海产水母等物甚多。章程亦尚完备，惟是校学生论者每多訾议，则以速成非美名耳。嘉纳君设西餐留客，并贻所著教科书数种及校生摄影图，彼此握手而散。饭后往小石川区茗荷谷町东亚铁道学校，是校如宏文例，皆中国留学，分预科、本科及高等预科，又特设入高等工业专门学校科，学生二百三十余人，内本科四十八人。校长笠井爱次郎云，开办费彼独力自任，常年以学费作经费，不足则彼补助之，盖亦热心教育者。晚到冯心支寓中，上灯时返。

二十日甲寅（11月6日） 霁。天寒。晨起往巢鸭村巢鸭监狱。入典狱室，晤狱长某君导观。六大工场左右分列，予所见各工如裁衣、制皮、结履、编带、织布、纺线、锯板、造伞、作箱、糊匣、打铁、劈竹、搓绳、磨米，中为烧砖煮饭所，旁为浴室，即以洗米水灌入之。狱分十监，亦左右列，左监五，中设瞭望案，每监三十室，室皆容八席，居八人，楼上为讲堂；右监五，亦如之。此外有诊视室、病人室、药室。监犯二千余人，管事者二百余人，内分五部，一庶务、二管理罪人、三检存罪人工物、四医务如卫生等事、五教务，典狱长一人、监视长十五人、医员五人、教员九人、警察二百人。狱长云，是狱只监禁之犯定死刑者另入东京监狱，不令工作，皆责令工作，工本由官款自备，勤者赏，惰者罚。赏罚不一格，优者售出物价给十之六，最少给十之一；罚则减其食，照常食给三之一。自来社会教育发达及家庭教育完全者罪人必少，各国皆然，现在日本通国之民不识字者百不及十，然犯者近来人仍不少，且有一犯再犯者，此由出狱后无教导之人，以至再陷于罪耳。童孩犯罪者自十六龄迄十二龄以下全数教育不重作工，惟年长者归实业教育，晨起皆入工场，夜则归狱。狱房院落宽大，花树成阴，一切建筑、树艺概由罪人兴作。狱外有看守，教习室又有制品陈列室。阅毕，余往近处植物园，购得津久毛草花种日本音コスマス。取道本乡区，饭于万花楼。饭后赴王子村，访潘子欣，拟观蚕业讲习所，遇于途，遂同往。入标本室，有讲习生制作品，标名为记。入病蚕类陈列室，有蚕蛆经过模型及各病蚕并营茧模型。入生丝类陈列室，或列丝、或列茧，各国丝茧皆备而中国之茧为最，日本有良者，次者名类不等。入养蚕室，每室下开方窟，上覆铁，下生火，随时列表记温度，昕宵无间。又有蚕病试验室、茧子取扱场、缫丝场，他如器械检查室、肉眼检查室皆为验丝色而设，一切规制井然。子欣习蚕业，其夫人习缫丝，亦晤见，彼此各专其学，汲汲如恐弗及，将来归国为吾乡倡，亦佳话也。子欣告余飞鸟山公园枫叶颇多，因同行半里许，登之。然青红尚未一色，山如培塿，平而不高，徘徊片时即下。抵暮到王彰孚处畅谈，并留饭。夜游□□□□，是日为大祭日，人如山海，观猴犬剧，甚奇。

廿一日乙卯(11月7日)　霁。晨往青山御料场实践女子学校，晤校长夏天歌子，为彼都女子中著名人也。校中除日本人外，另设中国女学生规则，分速成中学并速成师范、工艺两科，又设预备科，凡入中学、师范、工艺等科者先入学习之。中学分科十二，为修身、读书、会话、作文、汉文、算术、地理、历史、理科、图画、唱歌、体操，二年卒业；师范分科十一，为教育、心理、理科、地理、历史、算术、图画、唱歌、体操、日语、汉文；工艺分科十，为教育、理科、算术、唱歌、日语、汉文、刺绣、编物、图画、造花，与师范皆一年卒业。余见唱歌者，有蒙古女二人随众和声亦能合节，可见有教无类也。午刻往外务省，访严村成允，订定余陆续参观各处，并交出介绍书。未初饭于市中。晚到麻布区笄町东斌学堂。是堂系本月新设，中国留学生百余人，分兵学预备及兵学二科，年限各一年半，通以三年毕业。余到时诸同人将散，堂长长寺尾亨请同赴芝区观其分设处，有高楼可望东京湾，遂往茶憩而散。抵暮为觞客事赴芝公园三缘亭茗憩。夜，闽通家方策六等邀饮味莼园。

廿二日丙辰(11月8日)　霁。晨往神田区锦町经纬学堂。是堂明治三十七年创设，皆中国学生，分普通、高等二科，又别设法学、商业、警务、师范四科。现在学生有普通科六班、警务科三班、福建师范科一班，都八百十三人，与公立明治大学毗连。普通科年限二年毕业考取者可入明治大学专门科；高等科年限一年毕业考取者可入明治大学本科。连日参观各校，大抵彼都人士刻意招徕，而校中一切内容究不知有无实济，不及细考也。又往骏河台南甲贺町明治大学，学生共三千余人，内中国学生五十余人，学分法律、政治、文学、商业四科。余等小坐食堂,有小松五六株一盆,翠阴普覆,系校长岸本辰雄自植者。午后到本町大成学堂,规制甚隘,内日本学生五百余人,别有中国学生二十余人则入中学速成科者,湖北铁路学堂学生肄业者四十人亦在于此。又往雉子町高等警务学校,学生四百八十,皆中国人,教科分午前、午后、夜晚三部,一年卒业;本科分科三,为高等研究、为警察高等、为警察普通;别科分科二,为宪兵、为日语日文。晚顺道往留学生会馆,与诸同乡晤。夜到芝公园三缘亭觞严村成允、张杏荪、金子材、殷柯庭、王愓斋、麦敬舆、陆亮臣诸人。

廿三日丁巳(11 月 9 日)　阴。晨往振武学校,先晤陆亮臣庶常。是校宗旨在培植将才,首重军事教育,卒业后可升入士官学校,中国学生四百余人。委员长陆军中将福岛安正亦出见,言及我国人体格皆好而精神散越者多,稍不逮日本。此由每日功课七时钟或嫌力乏,以后拟减一时课,又出示诸生成绩册,图画一科有土尔扈特王所绘,闻王现归国接其眷属,亦留学于此者,此后汉北风气或渐开欤?是校之旁即成城学校,顺往一观,学生共八百人,中国二百八十人,教科则日语、日文、英语、英文、算术、地理、历史、博物、卫生、化学、物理、图画、体操,大略与振武同。福岛君留饭于振武校中,谓即以学生所食者饷客,示大公也。午后到下谷区真岛町东京警监学校,校立于本年三月,学生六百余,皆中国人,分本科、速成二科,修业以二年为限。闻校中翻译未有善者,学生不谙日语,仍以讲义为师,吾乡有留学是校者所述如此,余等诘校中理事小松良,亦不能讳也。晚再往团子阪看菊。归后蓝志先、沈衡山来谈。

廿四日戊子(11 月 10 日)　霁。晨往丰多摩郡户塚村早稻田大学,晤讲师渡俊治,方生策六为我介也。学中分设中学校、实业学校,学生八千余人,分部四:为大学部、为高等师范部、为专门部、为中国留学生部,内中国专门者二百人,留学者八百人,中学校三人,有图书馆如帝国大学。阅毕,往本乡区第一高等学校,先期与王彰乎约会,得入化学、物理学讲堂及实验室,晤物理学教员友田君。导入第一器械室,有铜质震动板,用沙糁板上另以麻磨铜板中,边板不动而沙走中,成十字形四,中成半规形,又有铁质振动弦线,用小白纸四五条,界弦上,有动而下者,有不动者,可测算定之。别有窥光移之镜,执镜者手动一分,前面光移五六尺。又入图书馆观活版写真画册,陈列甚多。午后东北行,过浅草区吾妻桥,赴本所区游向岛,堤上有花月华坛,临隅田川,亭台树石,结构极佳,悬想樱花开时,正不知若何繁盛也。又有百花园,林阴蔽翳,小有池亭。近人诗碣刻石甚多,有萩楼门寿星梅竹亭之胜,主人佐原平兵卫出见,其子梅吉尤好客,出素纸乞书,并以是园摄影片及烧料磁鸭见贻,余许书楹帖报之。夜归,王咏梅、袁似耷、高进斋、蔡君卫、华亭陆坎生龙翔来谈,至亥正始散。

廿五日己未(11 月 11 日)　霁。星期。晨起,因俗事过多,赴邻近酒家静坐,并为王咏梅嘱阅近著也。午后到本乡区市上购物,即返。晚往会芳楼,觞同乡潘子欣、袁似耷、王彰孚、蓝志先、冯心之、王咏梅、刘宾如及沈衡山诸人,二鼓后散。

廿六日庚申(11 月 12 日)　阴。晨自上野附汽车作日光山之游。辰正三刻发,西北行经王子村,又东北行经古河小山,至宇都宫,是为栃木县境。换车西行,经鹤田鹿沼,转西北行,经文狭今市,到处田畴肥沃,林木萧森。午正三刻抵日光町,卜寓小西旅馆之别馆,馆倚山冈,门前有红树二株,风景幽绝。饭后乘人力车出游,将入山,但闻水声潺潺,自西南来,此大谷川也,为日光山全境脉络,四通八达,上流自中禅寺湖贯注,溪壑纵横,到处入胜。一路依山填土,磴道坦平,断处接以木板,或通小桥,车行甚稳。过东照宫及轮王寺门,时已抵暮,不及入,徘徊片刻即返。连日奔波,夜卧酣甚,三鼓后雨。

廿七日辛酉(11 月 13 日)　晨雨,巳初始止,泉声、风声满山不绝,误以为雨声也。早饭毕,作中禅寺湖之游。人力车一人挽、两人推,西行入鸣虫山境。先过含满渊,即大谷川溪流之一,临崖结屋,下瞰飞涛,中有巨石,刻"械满"二字,望之不甚可辨,而水势轰若奔雷,白如卷云,真异观也。对岸有佛座环列,坂上旧有小亭,明治三十五年因水患冲去。又西南行,过清泷村,至此分二道,西北为中宫汤元道,西南为足尾铜山道。余车西北行,过马返村,又过深泽。上山,或西北或东南,盘磴而行,先经女人堂,到剑锋下茶室,观般若、方等二泷,般若狭而直,方等宽而曲,恰好相对。又上,地皆平衍,至白云泷、华严泷,云气漫山,翁然不能谛视,惟见玉龙卷地,石破天惊而已。抵暮达中禅寺湖。入山已造深处而豁然开朗,忽睹洪流,奇绝不可思议。小憩临湖楼,回望男体山,其巅尚在高处,令人作更上一层想。天色已暝,只好明日出游矣。楼北倚男体山,南俯中禅寺湖,眺览极畅。浴罢遂卧。

廿八日壬戌(11月14日)　霁。晨起,见朝阳在山,为之色喜。辰刻饭罢,即买舟游湖。西北行,达上野嶋踞,湖水中央有胜道上人纳骨塔,元禄十五年立。其下又有四石塔,一慈眼大师塔,余不可辨。塔畔有高松一株,针细而短,舟人云,二百余年前物。又往寺崎,有一小堂供药师、如来,在临湖楼西南岸,与男体山恰相对。又西行,往歌滨有胜道上人立木观音堂,又有胜道趺坐处及泉水沃面处。三年前曾被水灾,仅存旧址。返舟登岸,往游二荒神社散步。时已正午,发临湖楼,由旧道行,先经华严泷,特再往游。是泷为中禅寺湖水所泻,高七十余丈,宽数丈,有近人小野长愿《瀑布歌》刻石,形容颇肖。过白云泷,上有一亭,乃山人筑此留客者。下亭千步,始达鹊桥,水势尤极喷薄,泷分两股,一西南,一正西,余始在亭畔,但见西南旁脉咫尺相望,不知正西别有巨流也。立鹊桥上,万珠溅衣,几难驻足。又往马返诸地,达清泷村,改道北行,至泉泽,步行一二里,赴裏见泷,地非孔道,泷水隐两厓间,浩瀚与白云泷同。天已抵暮,仍取道泉泽,返日光桥,达小西别馆。夜膳时,食品有名ワユ者,即望潮鱼也。

廿十九日癸亥(11月15日)　晨霁即阴。乘人力车游东照宫,乃奉祀德川家康之庙也。觅导者日本名案内人购游券入,自表门,而御唐门,而阳明门,而拜殿。表门内有三神库,其西为御手洗屋,又有御厩及马。御唐门崇闳壮丽,阳明门尤过之,尚有唐代制度。门外有南蛮铁灯笼,暨莲灯笼,又有朝鲜钟,则明崇祯朝制者。自阳明门外东行,上阪,下御门内石阶,转入东照宫,后山为奥宫,其后最高处为家康墓塔。余仍原路出表门,西行达二荒山神社,登拜殿,神乐适作,笙箫笛管,大略与吾华同。又西南行,往大猷庙,乃祀德川三代将军家光公者。入二王门,又入夜义门、唐门,迄拜殿,本殿均与东照宫相似。入皇嘉门,历奥院出,过龙光院,石灯塔不可胜数。又西南行,登坡陀,访慈眼堂,入能久亲王御庙,观所藏一切宝器。其上又有梶氏墓,不及往。东南行,到轮王寺,登三佛堂,入宝物所。堂后有相轮塔,其下有唐铜御灯二。游事既毕,过日光町市上购漆器数事,返小西馆。饭后发日光山,小雨。未正上汽车,申初达宇都宫。饭于车站白木屋,申正易车行,戌刻抵东京。

丙午扶桑游记卷三
吴县吴荫培

十月初一日甲子(11 月 16 日)　雨。赤阪离宫开观菊会,昨张杏荪交来宫内省招待券,系公使馆绍介者,如天长节例,中国游历官得与焉。午后至杏荪处取齐,兼晤杨星翁,未初同赴宫中。入门树色千重,蔚然深秀,松竹之外,枫林如花,真画境也,而红叶千林,偶间黄叶一树,尤为画所不到。菊花分棚标种,计十余棚,有一本千百花者、有一本一花者,皆彼国所仅见。有二棚,各列菊三本,标名如小春霞神、路山云雀、玉楼台之类,花分七百十余轮,枝张十尺五寸,高四五尺,而其本不过周围寸余,离地尺许,始放花叶,无花不绽,无叶不齐,此一奇也。又有一棚菊,分四十二行,每行七本,计植二百九十四本,皆一本一花,花大如八寸之盆,数百花如一花,无一小蕊,亦一奇也。别有丸山一路,种菊数棚,有大如荷瓣者,亦菊种殊形,诡状不可思议,虽由人力却夺天工。花棚之北另设食棚,观菊者例入宴,皆西餐上品,有宫内省属员主辨。是晚日皇未至,此邦内外诸臣随意游眺。古人后苑曲宴、赋诗钓鱼,其乐不过如是也。申正出宫,酉刻返寓。

初二日乙丑(11月17日) 霁。晨,冯心支来,再往神田区高等商业学校。讲堂、教室、商品陈列所、图书馆大略如常例。学生一千三百余人,中国留学者五六十人,豫科一年、本科三年、专攻科二年皆毕业。东京市上服贾者无不自商学校中来,此大较也。又往麴町区永田町宫内省学习院女子部,皆华族之女。女学有小学、中学、专修三科,专修科又分文学、技艺两部。六岁自幼稚园而小学,又六年而中学,又三年而专修学,学业已备。余所见者或作文、或图画、或供花、或刺绣,皆彬雅可观也。又往是区有乐町东京府厅,晤厅属河边荣养,谈及府中内务部分三课,第一部土木、会计、庶务、卫生,第二部学事、兵事、民籍、社寺,第三部农工商度量衡检定。余先入度量衡检定所,技师小林万藏出见,导观第一室天平、第二室尺、第三室衡、第四室量,尺寸合式者火烙印一定字。其他医师量药者,凡杯匦之属,一一核准加印,盖民间所造度量衡,例呈府检核也。小林因是日午后停工,亲携磁杯,用机器印一定字相示。余与河边君约后日再至府,遂偕心支游日比谷公园,饭于松本楼。晚到京桥区筑地活版制造所,观私立印刷局,晤野村宗十郎,周览一切,与官立局大略从同。夜,袁仲廉、俶畲昆季、王彰孚招饮偕乐国。

初三日丙寅(11月18日) 微雨,天阴。星期。晨往日本桥京桥购物,午后返寓。写酬应字半日。潘子欣、袁俶畲、王彰孚、高进斋、陆坎生、上海陆建三定来。夜到王咏梅处。

初四日丁卯(11月19日) 阴。晨偕王咏梅,赴神田区一桥共立女子职业学校。是校虽分设学科,却注重技艺。学生甲、乙两科计七百二十余人,课程分修身、国语、算术、家事、理科、体操共六类,艺科分裁缝、编物、刺绣、造花、园画共五类,此外另有割烹科。余入应接室,见制作品甚多。干事淀三树大郎云,本校经费除学生纳金及制作品出售外概不取给公家。同乡潘子欣之两女皆肄业于此。余入造花教室,见诸女各执一枝对花,仿造一叶一瓣,剪染精工,较他艺尤可观也。又往东京府,入议事堂,并至度量衡检定所重阅各室,器物罗列,划然不纷。至市役所,与东京府署联属有内记课、庶务课、会计课、调度课、教育课、卫生课、土木课、水道课,课各有长。全市又设扫除监督长,各区扫除污物,有监督巡视诸官。又有卫生试验场,系隶卫生课者。余入第一化学分析室,凡各区自来水察验其有无妨害,逐日报告。第二显微镜室,设镜照微生虫,有名之スト者藏于瓶,色黄,导者用点滴上玻璃浸药水烧之,置镜下照之,如小蚯蚓状,闻食物中猪肉类甚多,人误食之立毙,余前在农科大学所见者与此同。又有验鼠疫室,人入其中,必先薰药水自卫,始免得染,有《传染病预防法规》刊书见赠。又有净水池在新宿之淀桥,隶水道课,府中允出手札介绍往观。午刻与咏梅饮风月堂。饭后往京桥区役所,亦府中绍介者,晤挂长内川义章,出示区域所章程,计分挂七,为庶务挂、户籍挂、兵事挂、税务挂、卫生挂、食计挂、水道挂。一室中案牍纷繁,人众络绎,大抵东京官制,府统乎市,市统乎区,故区役地小而事较多,然区与民最亲,民事实无所不括也。晚往警视厅,托其通电话于芝区警察署,约明午前往,再入陈列室一观。天又雨,即返寓。夜,咏梅来谈。

初五日戊辰(11 月 20 日)　雨。晨,潘子欣来,同往本乡区弓町女子美术学校。美术凡八类,为日本画、西洋画、雕塑、莳绘、刺绣、编物、造花、裁缝,学生六百余人,分三科为本科、选科、研究科,本科内又分普通、高等、预备三科,凡小学校高等卒业者得入普通科,中国学生有六人,又有附属料理法讲习所,则学割烹者。入下谷区上野公园东京音乐学校,学生百六十人皆高等,彼都学校大概有中国人,独此校无之,盖所学既跻优级,我邦人每不屑从师,而彼能精益求精,观摩不厌,此则大可嘉者。学科注重歌乐,而豫科兼国语、英语,本科兼中西诗文,伦理、体操两门二科皆有。余入讲堂,有美国教员独操洋琴,众学生唱和之,曲终而韵不尽,教者以手扬起如挽留,然知其教人皆于虚处着力,为上乘者说法也。午刻往面肆小憩,即赴芝区警察署。署中办事分类七,为遗失拾得、为司法、为营业、为交通与卫生、为户口簿、为违警罪件簿、为功过簿,有留置场,有讯问所,有消防署,又有练习击剑者处。此外有巡查讲习所,学警察者有百五十人昨已领凭卒业,有所长统之。余入是所,彼特令其操演步伐,一切如式。其讲习者为法律、为警察法,有操演场,凡高等小学已历三年者讲习二月即竣入,私立大学及中学校三年者亦可入所讲习。一切章程极形详密。晚与子欣小酌风月堂,又往京桥区购物。夜返寓,蓝志先、王咏梅来谈。

初六日己巳(11月21日) 霁。晨登甲武铁道电车,往南丰岛郡新宿淀桥净水场,即东京全境自来水厂也,晤技手小林幸太郎,笔谈甚久。是场明治廿五年兴工,三十年始竣事。水源自西多摩郡大字羽村,引入沉澄池,再转入滤池,又再转入净水池,然后由机器卷入铁管以达各区。计沉澄池三、滤池十八、净水池六、池皆居高,四围筑堤若阜水。过净水池,其旁为机关室,中有环洞如隧道,左右各有环洞,下为净水出入口,其外屋列机器四,后设火锅十二。余是日所见机器运动者二,火锅烧者三,余皆设而不用。以吸水入管,昼夜不停。小林绘图演说,指示极详。午前返寓。饭后上新桥汽车,赴横滨,因吴伟卿函约往阅横滨监狱也。到时已过未初,伟卿署距狱尚远,不及往。晚游横滨植木株式会社,林亭之中杂莳花草。酉正返东京,潘子欣、蓝志先、冯心支招饮会芳楼,亥初始散。观东京府化学分析室及此净水场,卫生之法美矣!备矣!滤池之外密布铁网,水放于下,然余所见网上尚有虫鼠淹没水面,可见办事之难也。

初七日庚午(11月22日) 霁。昨与伟卿约本日再赴横滨,顺道即作箱根游,留钱仆居守,余则独自旅行也。午正上新桥汽车至神奈川换车,未初到横滨。伟卿署马车已驾,偕其翻译官浙人余云龙亨嘉登车,行五六里始达监狱之门,盖在横滨西南境也。典狱长有马四郎助出见,导入第一课室,为存储各犯罪案所,每犯有照相、有表、有案由,统列一册,编号为记,阅者一望了然。又入第二课室,乃各狱官办公之地,狱中有杂居监,六人一室,都二百十二间,已定罪者居之;有分房监,一人一室,都一百八十六间,未定罪者居之。别有室居欧美人犯者,较本国人尤完美,设桌而兼榻者一。又有病监,四人一室,都十间。此外工场共七处,分竹、木、金、土、稿、鞦等工,大略如巢鸭。余所至印刷工场、织工场各犯均俯跪相接,严肃异常。又至操场,每日各犯例操一时,以舒振气体,行列亦甚整齐。有炊事场、有浴场,前后分二楼,各犯每晨登前楼,脱监衣入浴,浴毕达后楼,易工艺衣,晚则仍易监衣入号。归号后尚有夜工,如编草带之类,此则与巢鸭异者。狱之第二重门左右榜曰"男拘置监",男惩治场其外为监视者学堂及辨护士室、刑事被告人接见所。狱门东向北为男监,南别有女监,则设女小学校。有马君云,每年经费国币十三万圆,罪人工作物出售者约得三万圆,余则出自公家。有马以《监狱报》二册及监图相赠。抵暮始返,吴伟卿招饮筋斋,座客甚多,大半东京使署及粤友。夜留宿伟卿斋中。

初八日辛未(11月23日) 霁而阴。晨为伟卿友写屏联数事。饭后上汽车,赴国府津,伟卿以马车相送。申初到国府站,登电车,过小田原,微雨,达汤本,时已上灯。雨止,乘人力车入山。少顷抵塔泽,寓环翠楼。长桥宽涧,泉石纵横,潺潺之声不绝。夜浴温泉,四体俱适。浴后与同寓铃木重一小田原人清谈,渠载酒索诗,遂书《游日光山》二章。是楼依岩结屋,灯窗高下,如在仙山,有鸟实花合,红梅天竹为一佳品也。是日,为王咏梅作所著《木铎诗序》。

初九日壬申(11月24日) 霁。晨登寓楼,凭眺四围,岑翠排闼而来。余所居楼窗面东,西北为塔。峰东北为汤坂山城。山下有溪流一道,通玉绪、千岁二桥,泉石秀美,到处入画。午饭后驱车入山,自太平台宫下底仓小桶谷取道,达芦惕松坂旅馆宿。余过小涌谷时为车夫所诳,误入小路,舍车而徒者三里许,遂觉汗流浃背。夜浴琉黄泉,较塔泽之温泉,臭味有别,天气寒甚,以地近山顶,故也。

初十日癸酉(11月25日) 霁。晨起,唤人力车,为芦湖、箱根之游。岚翠迎人,中通一径,西南傍二子山行,达湖上。湖较中禅寺略狭而秀美过之,东岸为元箱根村,南行沿湖滨,有松坂支店。登岳影楼,茗憩多时,尘襟尽涤。过此,为置关所,系幕府时代禁人往来者。又过塔岛,离宫在焉。湖西南岸为箱根町,小有街市。归路,访箱根神社,高距山半,在湖正北,其右为曾我社,与松坂岳影楼,遥遥相望。下山循故道,返芦汤。饭罢,又浴。晚因觅车不获,徒步发芦汤,由小路,达小涌谷。抵暮,宿宫下奈良屋寓楼,面对鹰巢山,亦卧游胜境。是处亦以温泉名,惟热度太过,如遵化之泉,非挹注凉泉,不能浴也。

十一日甲戌(11 月 26 日)　霁。晨起,游市上,登养食山,即在宫下路旁,不甚高也。返寓,浴毕,西北行,过底仓之早川,有板桥名万年桥,下为大阁石风吕,丰臣秀吉征小田原时来浴处也。车行山路甚幽,达木贺,岩瀑高飞,琮琤不绝。人家傍山结屋,汤泉极多,有以宫内楼榜其门者,中有泉名"罗衣泷",刻石崖上。过此为宫城,野村坂路,益峻。北为明星岳,西北为明神岳,有茶家可小憩。仍循原路下山,由宫下太平台塔泽,抵汤本,寓太和屋,时方亭午。西南行,访玉帘泷,水晶万叠,飞沫纵横,绝壁自饶胜景,其地小有园亭,名弥荣馆。余略坐即行,返寓,再浴。上电车,赴小田原,易人力车北行,往横滨分监,系近年创设。有马君以片导观者,暗教诲师平塚龙驯,遍历各处。狱中置东京一府暨神奈川、埼玉、群马、千叶、静冈五县之幼年犯,各习工业如木工、笼工、农业,学业兵式与普通体操是也。亦有成年犯则作工,分类十,曰:木工、锻冶工、稿工、土工、石工、竹工、洗濯工、炊事、扫除与石运搬工是也。有讲堂、图书馆、教场、操场、领置库、寻问所、水连所,又有病室、医室、浴场、炊场、洗濯场、薰蒸室,规模小于横滨却近完备。戌初再上电车,达国府津。夜附汽车返东京。

十二日乙亥(11 月 27 日)　雨。午前,宁波孙慎卿德全来,余言目前中国便民善政莫如法日本储蓄银行及邮便局存款事,贫家可以积钱,宵小无从盗窃,公债票行彼此挹注,上下流通,便民即裕国也。彼谓储蓄一事如备本三万金中国即可试办,惟须俟农工商发达,民有余资,方易积款,否则恐无济云云。慎卿寓东有年,财政事调查极熟也。饭后赴两国桥,乘小汽船渡隅田川,往向岛百花园,晤佐原平兵卫,以楹帖赠之。其子梅吉殷勤接待,贻我所植花种,并冒雨导游樱堤,历白须神洞,又偕往堤畔言问亭茗谈,以团子饷客,乃是亭著名食品也。抵暮返。入夜雨止。

十三日丙子(11 月 28 日)　霁。晨再往上野公园东京音乐学校,因月初参观时未遍历也。学生分处各室,鼓琴自习,歌声铿然。是校每年经费日币五万一千余圆,学生衣食学费每人平均计之,岁出日币二百十余圆,校中人所述也。顺道过帝国图书馆,购券始入。东人阅书者络绎,皆按底册另纸署名取书,随阅随缴,余亦检宋版书数种,有陈旸《乐书》,杨万里作序,系宋徽宗时献于朝者。又杂检明版书数种,翻阅一过,即出。重游动物园,又往浅草、雷门购物,饭于仲见世常盘楼。晚返寓,潘子欣来谈。

十四日丁丑(11 月 29 日)　霁而阴。定明日发东京,先旅行名古屋,再作西京大阪之游。晨往本乡丸山蓝志先、冯心支处,均晤。午饭于九段阪下新汉楼。饭后往使馆辞行,并取护照,晤张杏荪谈。晚赴日本桥、京桥购物即返。夜,潘新甫、高进斋、王彰孚、袁仲廉、方策六、李石芝来话别。

十五日戊寅(11 月 30 日)　霁。晨起,赴新桥停车场,匆匆即发,送行者多不及晤。王惕斋候于车站,潘子欣来,送余同上汽车,握别殷勤,意尤可感。辰初二刻首涂,同车遇伊藤统监府书记官金山尚志,又海军大军医上村浅次郎,笔谈甚相得。入夜抵名古屋,爱知县境也。寓车站下桝屋旅馆。夜东行踏月,游纳屋桥,街衢大如东京市集,亦繁盛之至。

十六日己卯(12 月 1 日)　霁。晨东北行,入名古屋城,其北为离宫,余则驻师团各兵地也。出城,游东照宫、建中寺,附电车东至千种而止。午刻返寓。饭罢,游若宫、八幡社、博物馆、大须观音寺,又购券入黄花园看菊,园中以菊花结轮,或桥形、或扇形、或船形,随意造作,新奇绝伦。又有电光菊灯戏,编菊为人,演彼都故事,如东京团子坂而远胜之。舞台有二电灯,瞬息变换,其最多者有八十余灯,令人目眩神摇,不可迫视。

十八日庚辰(12月2日)　阴。晨上汽车,命钱仆逅赴神户。午后抵西京,寓麸屋町押小路泽文旅馆。地在市内偏北,距御苑甚近,遂乘车入寺町御门,北行过桂宫佑井,松竹成阴,门内有碑石,扃不得入,望之而已。西行瞻紫宸殿,其东南为大宫,规模宏整,林木萧森,蓬莱佳气,若离若即。晚仍由原路返。夜游新京极四条桥市上,万灯照电,华美异常。

十八日辛巳(12月3日)　霁。晨往釜座椹木町盲哑院,访院长鸟居嘉三郎,因在东京时有约也,导观各教室,大抵与东京盲哑学校同。学生寻常、高等共二百五六十人,课程之外盲习按摩、针按、音曲;哑习绘画、裁缝、木工,总以教技艺为主。余欲观西京大学,鸟居君允作书介绍,适大兴朱石坚瑛至,彼此罄谈。午后西行,过二条离宫,赴铁道,上汽车,至西山上嵯峨村,易人力车。先游五台山清凉寺,一路竹林极多。又往小仓山二尊院,过角仓了意墓,入祇王寺。是邦人墓碣林立,有石碣书"妓王妓女佛刀自之旧迹",书法不甚可解,去之。西南行,入天龙寺,地极宽广,寺内有后嵯峨院天皇及龟山院天皇两帝陵,又有峨山及法华塔石碣。出寺,过琴闻桥,沿溪有临川寺即三会院,其西岚山下有渡月桥,桥下水甚清澈。过桥,登山,为法轮寺,有"智幅"山额,后阳成天皇御题。僧云,亦名虚宜藏山。余小饮山畔花月亭,凭眺极畅。京都西境诸山,爱宕山在北,龟山、小仓山在西,岚山在西南,名最著,山亦葱茏秀美,佳气郁蟠。山下有温泉,距此里许,不及往。循原路上汽车返。夜游祇园新地,小憩酒家,市集亦盛。

十九日(12月4日)　霁。晨再赴盲哑院,晤鸟居君,出西京大学绍介书,笔谈甚久。余以昨游岚山告,彼云君好游,此间西山幽秀、东山丰丽,当并往,因开示东境名胜名所,又以院中哑生画扇相赠,情意肫挚,颇有彼此惜别之感。余遂先往大学,投书后有书记官石川一导观法科大学教室、电气工学科教室、高压实验室、蓄电池室、发电所、瓦斯制造所、锻工场、木工场、工学制图室、矿学标本室及陈列室、采矿冶金学教室、图书馆、运动场，一切规模较东京略小。已设者理工科及法科、文科，若医科大学另设于是学西南，农科则尚未及也。午刻顺道游东山，东南行，过应天门、太极殿，规制宏丽，明治廿八年建，以祀桓武天皇者，又号平安神宫。考桓武改元，延历十三年迁都平安城，即今西京也。又南行，古刹甚多，游知恩院，门有"华顶山"三字额，系后奈良天皇御笔。伽蓝极大，院东南有经藏及钟楼，石径通幽，林阴蔽翳。又南道出圆山公园，访高台寺，亦有池石之胜。又上清水坂，折而东，入清水寺，为音羽山境，外则天梯石栈，内则华阙朱堂。俯视西京，一览无尽，为眺远最佳处。山下有音羽泷，泉流不绝。游毕，饭于山家，一路以清水烧磁器出售者，市店纷集。下山，过丰公庙，又过博物馆门，时已近暮，不及入。庙中有见返松一株，苍秀如书。又过丰公神社，从耳塚下行，返寓。夜移寓七条停车场小林亭馆，往市上一游即返。

　　二十日癸未(12月5日)　霁。晨饭毕，上电车，西北行至北野。先游天满宫、北野神社，门前有影向松，道西又有铜马作飞行状，社内铜牛、铜虎对立甚多。天满宫者，彼都人祀管原道真处，宇都醍醐天皇时人也。平野神社在天满宫西北，地亦开拓，有冬樱一株始花。又西北行，游金阁寺，一名鹿苑寺，在衣笠山之下。金阁三层，下临池石，前有九山八海石，右有人龟出龟岛，其北山有龙门瀑布鲤鱼石，又有虎溪桥、夕佳亭诸胜。此外云根、石陆、舟松，彼都人喜标名目，类此者不可枚举。山僧供茗果笔谈，出寺行数十步，过不动尊堂，在东北岭上。午后返寓，到新京极购物，毕。晚上汽车赴大阪，寓停车场青山亭旅馆。唤人力车游心斋桥，市中满街灯火，如入不夜之城。归，饮于武藏屋。

　　廿一日甲申(12月6日)　霁。晨赴东区，大阪城外因第四师团守城，未入门。是城乃丰臣秀吉所建，以壮丽著名者也。往东横堀河畔博物场,入陈列室,所见旧书画甚多,然精品实少,有后鸟羽天皇手迹及宸翰。其北有笃庆堂,系台南刘氏宗祠,道光初题额尚存,明治三十三年恢拓能久亲王宫自台移筑于此。壁有刘、李二姓婚书,世变沧桑,殊可叹也。动物植物园在场之南,有两虎、一豹、一象及鱼鸟之属点缀其中。游毕,浴于市中。午后往道顿堀五花街,各处市集皆盛。又南行,访住吉公园,相距道远,约日本二里许,合中国十三四里,余不知也,人力车到时已申初,天忽雨,遂茗憩片时。园中地极清旷,林阴亦繁,余因雨不及遍游。北行,折而东过天下茶屋,丰太阁往来地也。流水板桥,景物秀美,村落人家,编红白茶花及罗汉松为篱,或分或合,树顶皆齐。余游大阪,当推此地为最胜。归路上关西铁道汽车,过四天王寺,往岁博览会地也。由此东北行,至梅田驿,返青山亭寓。夜往西区,访大阪府厅,游中国街市,饮聚乐园而返。余赴东国,出游必携南针,入境先购地图,故所至皆如熟识。住吉公园及天下茶屋不载大阪图中,余不知路之远近,一往直前,幸天雨即止,又附汽车归,不至竭蹶。书此以自儆且戒,以后不可浪游也。

廿二日乙酉(12月7日)　阴。卯刻上汽车,半时即达神户,访慎泰号主赵壬斋,王惕斋友也。钱仆寓海发盛栈,安置余行李,亦来迓余。往,少坐即北行,赴诹访山,浴于矿泉。又西行,游广严寺一名楠寺。入寺门有古梅,老干如铁,东人立碑识之。寺中诸墓林立。南行,入楠公神社,游客颇多。其旁有劝商场,又有水族馆,较东京不逮也。过凑川新桥堤上。午后返寓。饭罢,移行李,上宏济丸。晚登岸,小饮月花亭。夜仍返舟中。

廿三日丙戌(12月8日)　阴。晨游神户市上,茗点于杏香楼,再至慎泰少坐。已刻登舟即行,一路看山,目不暇给。

廿四日丁亥(12月9日)　阴。晨达门司,停舟半日,申初行。风浪大作,入夜始安。

廿五日戊子(12月10日)　霁。晨达长崎,登岸东北行,登诹访山,游公园,若憩六角堂,望海。又往劝商场及商品陈列所,因星期不开门去之。返至裕昌号，访张济庆谈。晚上船，济庆殷殷相送，申初行。

廿六日己丑(12月11日)　霁。海水无波，舟行甚稳，四鼓达吴淞口外。

廿七日庚寅(12月12日)　霁而阴。晨，舟达沪上，行李移月中桂，午饭于九华楼。晚附铁路返苏。上灯时抵家。

东游归国致都门诸友书

自出都门，航海返里，树云迢隔，忽忽半年，鄙吝复生，离索增感。扶桑东渡，历秋徂冬，始达长崎，继涉神户，诹访之山，布引之瀑，客路所经，一一登眺。八月初吉，舍舟而车，湖访滨名，岳瞻富士，辙迹一日，即抵彼都，同乡后进，开会欢迎。舍馆初定，联翩过从。此主东道，彼作舌人。学界、政界，次第考察，横舍万千，扼要周历，礼失求野，我宜改弦。当务之急，先兴女学，胎教所本，风气实开，有幼稚园蒙养，斯盛学有统系，此为基础，其他行政各有可师。水产、农林，效法尤易，或讲习所、或试验场，实业既兴，大利乃博。宜民之事，更有两端，银行储蓄、戏剧改良，风俗转移，实受影响。从来社会，当救下流。民不积产，必无恒心，乐可感人，何藉歌曲日本剧孝节事说白而不歌唱，下流社会最易感化。观他国足导我邦，拟效刍言，特陈当轴。神山名胜，随处云游，日光、箱根，泉石尤美。西都岚山、大阪茶屋，轨路既通，屐齿亦遍。乘槎乍返，粉社依然。母老倚闾，幸侍膝下。祖庭旧德，崇祀一乡，爨舍入祠，亲朋肃拜。节逾长至，部勒行装，指日图南。捧檄色喜，长安北望，如见故人。山水子期，风月元度，尺书干里，聊布所怀。荫培顿首。

皇清诰授资政大夫二品衔记名提学使贵州镇远府知府前翰林院撰文吴公神道碑①

曹元弼

维我朝以经术治天下,菁莪域朴之化,沦浃垓埏。每三年大比,群百郡廉孝,升诸礼官,扬于王庭,天子临轩策命,量才任官。而一甲三人,点用时即授翰林职,尤为海内士大夫所仰望。二百数十年间,吴中先达,膺此选者,于各省为盛。迨科举停,世变亟,而太傅陆文端公、翰林院侍讲芸巢邹公与撰文吴公,犹岿然鼎足而峙,皆纯德高行,贞志皭然,上以无负天恩,而下以维持人纪。如何昊宰,曾不愁遗。陆、邹相继去十余稔,而公亦辞世三年,墓有宿草矣。

公讳荫培,字树百,号颖芝,一号云庵,吴县人。曾祖嘉瀛,候选州吏目。本生曾祖嘉泰,增贡生。祖仁荣,六品衔附贡生,钦旌孝子,祀乡贤祠。父恩熙,五品衔光禄寺署正,廪贡生,亦以孝行蒙钦旌,文辞雅正,为乡里老师。累世质行,顺气钟祥,为生哲人,用昭前光。公幼夙慧勤学,趋庭承师,善属文。年十八,补博士弟子员。二十,举于乡,声名藉甚。里中英儒赡闻之士,洪笔丽藻之客,砥砺学问,并相推敬,弟子受业者甚众。自同治庚午登贤书后,至光绪己丑,迭上公车,而回翔未集,淹久二十年,学以益邃,声誉日隆。

庚寅,成进士,以一甲三名及第,钦授翰林院编修。姻族朋好,交口称荣,而公怆然,深以父署正公不及见为憾。壬辰,留馆。寻以讲官入值,数蒙召对,每上封奏,详陈利弊,而江淮添设巡抚,及沪宁路款两事,上疏抗争,尤为朝野所称。迭掌文衡,襄校京兆试、礼部试各二。壬寅,奉命典福建乡试,得士称盛。甲辰,迁翰林院撰文。丙午,简放广东潮州遗缺府。公以时事多艰,非周知四国之为,不能胜任愉

---

① 卞孝萱、唐文权编著《辛亥人物碑传集》,凤凰出版社,2011年,第624—627页。

快，粤省滨海，交涉尤繁，呈请自具资用，东游观政。归国后，扼要陈五事，由两江总督转奏，蒙嘉纳施行。

泊抵省，补廉州府。时钦、廉匪乱，并勾结桂匪，借闹谷起衅，焚毁教堂、学堂，城守兵警单弱，势危甚。公联合防军，亟办团练，日夜力御，电省派兵来援，卒转危为安。守廉两月，调潮州府。廉人德公，绅耆士民，祖饯络绎，至今讴思不衰。丁未七月，大府檄赴钦州，查办军事，出入匪巢历旬日。时防城股匪骤扑钦城，复由间道窜灵山，孤城无援，且夕岌岌。会李军门准履北海镇任，公就之，痛言灵城危状，请电促武利新军驰救，围赖以解。八月，将赴潮州，丁继母程太夫人忧，奔丧归。宣统庚戌，奉命守贵州镇远府。在任一年，黔抚庞蓬庵、沈爱苍两中丞，先后倚重，列名剡章，请补贵西道。同时学部唐春卿尚书，亦以提学使密保。

会白豕构祸，赤县分崩，归隐家巷，杜门不出，惟与二、三同志朱古微、邹芸巢诸前辈，及愚兄弟等相过从。芸巢义形于色，正气凛凛，每语友朋，金炼愈精，玉洁不污，岁寒然后知松柏之后凋。公与同志，恒诵陶渊明《停云》诸篇，及唐人诗"妾心古井水"句，自号平江遗民。公内行纯笃，官京师时，尝以两世孝行，征集在位通人、处逸大儒题咏，汇成巨帙，导扬清芬。至是编定印行，累世积善，克承厥志。素性仁慈，重悯离乱，顾瞻周道，哀此子遗。虽栗里桃源，销声绝迹，然事关穷民生死，而于出处大节无与者，未尝不黾勉匍匐，濡迹手援。既与乡人士集资，设男女两工厂。又勉允众请，董男普济堂事十余年。勤恤穷民，力除浮费，增置田产，积存现金至四万余。并自捐资，修普济桥。去事时，穷民皆涕泣相送。自王法不行，盗贼猖獗，乡间发墓重案，比比而起，长此不已，将致塿无完柩。公创立保墓会，凡无主孤坟，悉为植碣，绘图造册立案。莠民稍知顾忌，恶风渐戢。近年倡修古墓，如宋魏鹤山、元葛应雷、明董香光、国朝何义门诸先生墓，以及虎阜倪烈妇之鸳鸯圹，并加封树建碑。严寒盛暑，偕会中友，徒步下乡勘视，备极劳瘁。又约束丁役，劝导乡民，事事躬亲，感以情，晓以理，是以有保卫之功，而无骚扰之弊。奸宄敛迹，乡愚有颂声而无怨声。其门衰祚薄，墓虽有主，而力不能自保者，亦得请于会以保之。维此惠心，泽及枯骨矣。修《吴县志》，征文考献，实事不诬。生平廉俭好施，故人子弟贫不自存，皆扶持之。远近求书及丧礼请题主，润笔酬币，悉以赒恤穷乏。最后申浦有以千金酬者，随以助赈。

公初与汪甘卿观察有违言，不相通问者数年。及东陵之变，愚兄弟晤观察，相对涕泣，急商补救。观察就公商，立与同晤李公印泉，急电当事，请严拿凶贼，尽法治罪，敬谨赶修陵工。自是公与汪公，交谊如初，论事浃洽无间，二公之以大义忘小怨也如此。以视前代君子而不仁者，宁亡国家之河山，苍生之身家性命，而不肯消胸中之芥蒂，以致反为小人利用之资，成一网打尽之祸者，其公私贤否，相去为何如哉！君子于此，盖并贤之，而李公之深明大义，勇于率彼天常，尤至可敬佩也夫。呜呼！百善之原，皆本于孝。公世笃仁孝，汪公孝行，亦余所夙知。辛亥、壬子间，方为出使日本大臣参赞，闻父丧，立辞归。上官固留之，泣对曰："中国虽已无君，钟霖不能无父。"遂奔丧冒难归。李公事亲至孝，遭母丧，哀毁郁结，致生大丁几殆。服阕久矣，每年仍庐墓时多。自云南迁苏，首修惠定宇先生之墓，因保墓事，与公至相得。盖孝子不匮，气类相感也。因论公事，而并及之。

公好图书碑版，善鉴别。尤好登临名山大川，著有岳云庵文稿、诗存、丛稿、游记若干卷。公在朝，历官翰林院编修，日讲起居注官，翰林院撰文，加侍讲衔，历充国史馆协修、纂修，会典馆详校、总校、武英殿纂修，功臣馆总纂，编书处详校，撰文处行走，教习庶吉士，光绪辛卯、癸巳顺天乡试同考官，乙未、甲辰会试同考官，壬寅福建乡试副考官，京察一等，记名道府。外任后，历广东廉州、潮州、贵州镇远知府，奏保贵西道，记名提学使，加二品衔，授资政大夫，晋荣禄大夫。曾祖、祖、父，并赠如公官。曾祖妣□、祖妣□、妣□、继妣□，皆封夫人。配：初聘黄，娶李，皆封夫人。子三：铭丹，附监生，会典馆誊录，议叙盐大使，先卒。铭常，壬寅补行庚子、辛丑举人，就职直州同，邮传部路政司行走,弼德院三等秘书官。铭盘,殇。女铭琬,适同邑壬寅举人、邮传部主事邹应苍。孙五:寅恭、寅治、寅洛,俱业儒。寅清、寅濂,殇。孙女六:寅亮适周,寅和适王,寅畏适庄。禄、桂、潮,均殇。曾孙四:曾棠、曾栋、曾榆、曾楠。曾孙女三。

公以咸丰辛亥正月二十六日生,服官中外数十年,宣统辛亥旋里,庚午十二月二十九日卒,年八十。葬于旧长境一都十五图虚字圩花山之麓。铭常以墓道碑文请于余,余于公为中表亲,而公年远长于余,少从两昆,接闻高论。中岁列职词曹,忝为后辈。晚来同感风泉,相契益深。公外和内介,每见余辞气激昂,

棱角峭厉,辄以危行言孙之义相讽切,余深感之。旧雨遗声,临风陨涕,爰为铭曰:

五常百行,大本在孝。移孝作忠,是曰名教。时际其隆,稷契是宗。运罹其厄,吾谁适从。在汉龚鲍,守死善道。古伤心人,独有怀抱。为社稷臣,为清白士。惟陆与邹,公与鼎峙。夷廉惠敦,归洁其身。余言不谀,大书贞珉。

据作者手稿